7625 9158

# LA CONQUISTA DE
# MÉXICO
# TENOCHTITLAN

EDICIÓN CONMEMORATIVA

HISTÓRICA

SOFÍA GUADARRAMA COLLADO

# LA **CONQUISTA** DE
# **MÉXICO TENOCHTITLAN**

## MOCTEZUMA XOCOYOTZIN

·

## CUITLÁHUAC

·

## CUAUHTÉMOC

La Conquista de México Tenochtitlan

Primera edición: septiembre, 2019
Primera reimpresión: diciembre, 2019

D. R. © 2019, Sofía Guadarrama Collado
D.R. © 2013, *Moctezuma Xocoyotzin, entre la espada y la cruz*
D. R. © 2014, *Cuitláhuac, entre la viruela y la pólvora*
D. R. © 2015, *Cuauhtémoc, el ocaso del imperio azteca*

D. R. © 2019, derechos de edición mundiales en lengua castellana:
Penguin Random House Grupo Editorial, S. A. de C. V.
Blvd. Miguel de Cervantes Saavedra núm. 301, 1er piso,
colonia Granada, alcaldía Miguel Hidalgo, C. P. 11520,
Ciudad de México

www.megustaleer.mx

ISBN: 978-607-318-366-6

Impreso en México – *Printed in Mexico*

El papel utilizado para la impresión de este libro ha sido fabricado a partir de madera procedente
de bosques y plantaciones gestionadas con los más altos estándares ambientales, garantizando
una explotación de los recursos sostenible con el medio ambiente y beneficiosa para las personas.

Penguin
Random House
Grupo Editorial

Ya es tiempo de hacer justicia: la creencia de que los mexicas tomaron a los españoles por dioses y que Cortés fue confundido con el dios Quetzalcóatl carece de fundamento.

CHRISTIAN DUVERGER

Los historiadores nacionalistas y patrioteros, tanto de España como de México, han menospreciado sistemáticamente su figura y despreciado su memoria. La objetividad histórica le debe una disculpa a Moctezuma Xocoyotzin.

JAIME MONTELL

Para Claudia Marcucetti,
amiga y consejera.

# SOBRE ESTA COLECCIÓN

L a historia de México-Tenochtitlan puede dividirse en tres periodos. En el primero, de 1240 a 1429, surge el imperio chichimeca, peregrinan las siete tribus nahuatlacas que llegan al Valle del Anáhuac, tiene lugar la sujeción de los mexicas al señorío tepaneca, así como su posterior liberación. Esto se aborda en las primeras dos entregas de la heptalogía *Grandes Tlatoanis del Imperio: Tezozómoc, el tirano olvidado* y *Nezahualcóyotl, el despertar del coyote*.

En el segundo periodo, que va de 1429 a 1502, se crea la Triple Alianza entre Texcoco, Tlacopan y México-Tenochtitlan, además, surge el imperio mexica, el cual logra un gran crecimiento y esplendor. Lo anterior se expone en la tercera y cuarta entregas de esta colección: *Grandes Tlatoanis del Imperio 3. Somos mexicas* y *Grandes Tlatoanis del Imperio 4. Esplendor y terror*.

El último periodo, 1502 y 1525, aborda la llegada de los españoles al Valle del Anáhuac y la caída del imperio mexica, lo cual está expuesto en los últimos tres tomos de la serie: *Moctezuma Xocoyotzin, entre la espada y la cruz, Cuitláhuac, entre la viruela y la pólvora* y *Cuauhtémoc, el ocaso del imperio*.

La presente edición conmemorativa, *La Conquista de México Tenochtitlan. Versión de los mexicas*, es una recopilación de las últimas tres entregas de la heptalogía *Grandes Tlatoanis del Imperio*.

# LA CASTELLANIZACIÓN DEL NÁHUATL

En el náhuatl prehispánico no existían los sonidos correspondientes a las letras *b, d, f, j, ñ, r, v, ll* y *x*. Y los sonidos que más han generado confusión son los de la *ll*, pues las palabras como *calpulli, Tollan* y *calli* no se pronunciaban como suena en llanto, sino como en *lento*; y el de la *x*, que siempre se pronunció *sh*, como *shampoo* en inglés.

| Escritura | Pronunciación original | Pronunciación actual |
|:---:|:---:|:---:|
| México | Mes*h*íco | Méjico |
| Texcoco | Tes*h*cuco | Tekscoco |
| Xocoyotzin | *Sh*ocoyotzin | Jocoyotzin |

El uso excesivo de la *x* en el náhuatl tiene una explicación muy simple. En el castellano antiguo no existía el sonido *sh*, por tanto, al escribir en náhuatl, los españoles utilizaron la *x* como comodín. Asimismo, aunque en 1492 Antonio de Nebrija ya había publicado *La gramática castellana*, el primer compendio de usos gramaticales en lengua española, ésta no tuvo mucha difusión, por lo que la gente continuaba escribiendo como consideraba correcto.

La ortografía difería en el uso de algunas letras: *f* en lugar de *h*, como *fecho* en lugar de *hecho*; *v* en vez de *u* (avnque); *n* por *m* (también); *g* en lugar de *j* (mugeres); *b* por *u* (çibdad); *ll* en lugar de *l* (mill); *y* por *i* (yglesia); *q* en vez de *c* (qual); *x* por *j* (traxo, abaxo, caxa); por último, *x* por *s* (máxcara).

Debido a lo anterior —y para darle a la lectura de esta obra una fonética semejante a la original—, el lector encontrará palabras en náhuatl con *sh* y una sola *l* (que comúnmente se escriben con *x* y *ll*), como en *Meshíco* y *Tólan*.

Asimismo, se han eliminado —y en algunos casos, cambiado— las tildes que han castellanizado la pronunciación de algunas palabras, por ejemplo, *México-Tenochtitlán* por *Meshíco Tenochtítlan*. En casos como *Tonátiuh*, cuya sílaba tónica recae en la *u* en castellano, se agregó tilde para recalcar la pronunciación en náhuatl.

En náhuatl todas las palabras son graves, pues siempre se acentúa la penúltima sílaba, así pues, *Ishtlilshóchitl, Cuauhtémoc, Coatépetl, Popocatépetl*, entre otras, mantienen la tilde. Cabe aclarar que el sonido de *tl* al final de la palabra no equivale a *t* o *l*, sino a *kh* (sin sonidos vocales *ka* o *ke*), por tanto, se pronunciaran *náhuakh, Ishtlilshóchikh, Coatépekh, Popocatépekh*.

Finalmente, se debe tener en cuenta que en el náhuatl actual, la pronunciación varía dependiendo de la zona geográfica.

# MOCTEZUMA XOCOYOTZIN

ENTRE LA ESPADA y LA CRUZ

A las cuatro de la mañana, como han sido todas tus madrugadas desde que eras niño, abres los ojos, Motecuzoma Shocoyotzin, y te dispones a cumplir con tus obligaciones. Pero ahora ves el techo de tu habitación, inhalas y exhalas profunda y lentamente. Los vuelves a cerrar y esperas que al abrirlos todo sea como antes. Pero ese antes ya se encuentra muy lejano.

Cuando eras un niño te levantabas, aunque fatigado, apurado para eludir el regaño de tu padre. Los años que estuviste en el Calmécac (escuela para los *pipiltin*) y los que fuiste soldado, capitán, sacerdote y tlatoani fueron estrictamente iguales. Ahora sólo permaneces acostado hasta que sale la luz del sol. Te acomodas del lado izquierdo y cuando te cansas, te acuestas bocarriba. Piensas en la desgracia de tu pueblo. Te acomodas del lado derecho. Se te duerme el brazo y harto por estar acostado, te sientas y observas la habitación casi vacía y descuidada.

En tu mente cruza una ráfaga de recuerdos. Lo que más te gustaba hacer era subir a la cima del Coatépetl (Templo Mayor) y observar el horizonte antes de que aparecieran los primeros rayos de sol. Cuando eras aún un escuincle solías gritar y correr alegre junto a tus hermanos; iban hacia los montes sagrados (templos). Competían por llegar primero a la cima. Tenían fuerza, juventud y muchas ganas de vivir. Y cuando algún sacerdote los encontraba jugando en los *teocalis* ustedes salían corriendo.

La vida era mirar el lago bajo el cobijo de la sombra de un árbol. Contemplabas con devoción los cuerpos bronceados de las niñas que jugaban cerca de las canoas. Era una flor de Tenochtítlan la que más te atormentaba. Hablaba sin cesar. Pero no contigo. Y cuando la tarde llegaba, abusabas del apuro de ella y la perseguías de lejos. Sin ser visto, rondabas por su casa y luego volvías a la tuya y recibías las reprimendas acostumbradas. Tenías juventud.

La juventud ya no está. Las noches de pasión se han desvanecido. La gloria se ha derrumbado. Las sonrisas se han diluido en tu
recuerdo.

Te frotas las mejillas, los labios y la nariz. Inhalas con profundidad. Te sientes demolido. Ya no puedes ir a cantar y danzar a tu dios
Huitzilopochtli. Extrañas el sonido de los *teponashtles* y las caracolas.
Los muros del palacio de Ashayácatl son tan gruesos que no se escucha nada. Extrañas la ciudad, el aire libre, los campos, el lago, los *teocalis*; extrañas tu libertad, tu juventud, tus mujeres, el poder. Tú, el
huey tlatoani de Meshíco Tenochtítlan y señor de trescientos setenta
pueblos que se encuentran desde el mar del poniente hasta el oriente
—cuarenta y cuatro de ellos conquistados por ti mismo—, Motecuzoma Shocoyotzin, te encuentras preso.

## 8 DE NOVIEMBRE DE 1519

Motecuzoma Shocoyotzin no sonríe al pasar, cargado en fastuosas andas, por la calzada de Iztapalapan, la cual los macehualtin[1] comenzaron a barrer desde la madrugada y donde luego colocaron la majestuosa alfombra de algodón por la cual el tlatoani está transitando en este momento en compañía de Cacama, tecutli[2] de Teshcuco; Totoquihuatzin, tecutli de Tlacopan[3]; Cuauhtláhuac[4], tecutli de Iztapalapan; el joven Cuauhtémoc; e Itzcuauhtzin, señor de Tlatelolco; y más de doscientos pipiltin, que llevan sus cabelleras largas atadas sobre la coronilla con una cinta roja, todos descalzos, en silencio, sin mirar a nadie. Miles de hombres, mujeres, niños y ancianos —en la calzada, en las canoas, en las azoteas y en las calles— yacen arrodillados, con las frentes y manos tocando el piso, ya que está prohibido ver al huey tlatoani. Ya casi nadie recuerda su rostro, ése que muchos miraron apenas hace dieciséis años; los más jóvenes ni siquiera lo conocen.

Al final de la calzada se encuentran esos hombres de los que tanto se ha hablado en los últimos años, esos hombres barbados, cubiertos de atuendos que parecen de oro sucio y opaco. Es verdad que tienen venados tan grandes como las casas y que no huyen de la gente; entienden el idioma de los barbudos y obedecen; exhalan con tanta fuerza que parece que se tratara de un fuerte y breve chorro de agua de las cascadas. Sus pasos son ruidosos, como golpes de palos huecos. Vienen caminando hacia el huey tlatoani. Son cuatrocientos cincuenta hombres blancos y aproximadamente seis mil soldados tlashcaltecas, cholultecas, hueshotzincas y totonacas.

---

1 Macehualtin es el plural de *macehualli* y significa «plebeyo, siervo, peón».
2 Tecutli quiere decir «señor, gobernante».
3 Actualmente Tacuba.
4 Cuauhtláhuac o «Águila sobre el agua» era el nombre real de Cuitláhuac, pero Malintzin al traducirlo a los españoles cambió su pronunciación.

Se escucha un trueno, es un estruendo ensordecedor que espanta a los miles de macehualtin arrodillados; un estallido salido de una de las cerbatanas de fuego que traen los hombres barbados. Sólo Motecuzoma y los pipiltin (nobles) han visto asustados el humo y el fuego extendiéndose rápidamente, imposibilitando ver de lejos. La gente no se ha atrevido a levantar la cabeza. Aunque sólo unos cuantos meshícas han visto esos palos de fuego, como le llaman algunos, todos los demás saben que cuando se escucha el trueno alguien cae muerto con la cabeza o el pecho despedazados. Lo saben porque de eso se ha hablado en todos los pueblos y en todas las casas desde hace muchos días. Los barbudos se han apoderado de varios pueblos de las costas y otros tantos cerca de Meshíco Tenochtítlan, utilizando estas trompetas de fuego, como las nombran otros.

En cuanto Motecuzoma baja de sus andas, ayudado por Cacama, tecutli de Teshcuco y Totoquihuatzin, tecutli de Tlacopan, se advierten sus sandalias decoradas con *teocuítlatl*, (oro) y piedras preciosas, y unas correas que cruzan en forma de equis por sus pantorrillas. Cuatro miembros de la nobleza sostienen las cuatro patas del palio rojo, decorado con plumas verdes, oro, *iztac teocuítlatl* (plata), chalchihuites y perlas, que evita que al huey tlatoani lo incomoden los rayos del sol. Motecuzoma, Cacama y Totoquihuatzin tienen en sus cabezas las tiaras de oro y de pedrería que los distinguen como señores de la Triple Alianza, y visten exquisitos trajes de algodón anudados sobre el hombro izquierdo.

Los extranjeros bajan de sus grandes venados y caminan hacia el tlatoani. Hay mucho silencio. Se miran a los ojos con gran asombro. Motecuzoma, Cacama y Totoquihuatzin —cumpliendo con el saludo ceremonial— se arrodillan ante los hombres blancos, toman tierra con los dedos y se la llevan a los labios.

Un hombre que trae un cuchillo muy largo, fino y delgado, de un metal parecido a la plata, atado a la cintura, se quita el casco de metal, lo pone cerca de su pecho, sonríe, agacha la cabeza y comienza a hablar frente al huey tlatoani. Su lengua es incomprensible. Otro hombre habla segundos después, pero en lengua maya. Luego una niña, de aproximadamente quince años, que viene con los barbados, pero que no es como ellos, sino que tiene la cara y la piel como todas las que viven en Meshíco Tenochtítlan, tan hermosa como cualquier doncella, camina junto a los que vienen al frente; se acerca al huey tlatoani, sin mirarlo, se arrodilla, pone su frente y sus manos en el piso y pide permiso para hablar.

Motecuzoma ha sido muy bien informado en los últimos años. Sabe que al hombre que viene al mando del invencible ejército que llegó del mar, en todos los pueblos, le llaman Malinche (dueño de Malintzin[5]), y deduce que esa niña que camina junto a él es la niña Malina Tenépatl, esclava y lengua del señor de barbas largas.

—Mi tecutli Hernando Cortés, capitán de la tropa española enviada por el tlatoani Carlos de España —habla la niña Malina—, dice que se alegra mucho de que por fin puede ver a tan grande señor, y que se siente honrado de que usted le permita conocerlo. También le agradece todos los regalos que le ha enviado desde su llegada.

Malinche se aproxima con una confianza que hasta el momento nadie se ha permitido (Motecuzoma percibe un hedor desconocido) y extiende los brazos hacia el frente. «¿Qué está haciendo?», se preguntan rápidamente todos los miembros de la nobleza. «¿Cómo se atreve?». Cuauhtláhuac y Cacama se apresuran para interceptar al hombre blanco —y también se percatan de su mal olor—, lo toman de las manos y le dicen que está prohibido tocar al huey tlatoani. Los hombres que acompañan a Malinche se alteran y apuntan con sus cerbatanas de fuego. Se escuchan rumores. El tecutli[6] Malinche alza

5  Sobre el significado de Malintzin hay muchas versiones. Una de ellas dice que fue bautizada como Marina, pero como en náhuatl no existía la letra r, pronunciaban el nombre como Malina, por lo que al agregarle la terminación -tzin, que en náhuatl es un sufijo que indica respeto o cariño, se le llamaba Malintzin. Otra versión cuenta que Malinalli era su nombre en náhuatl, que significa «hierba seca», y que simplemente se le llamaba Malintzin en forma de respeto. Otra más cuenta que Mali en náhuatl significa «cautivo», que unido a -tzin, Malintzin, era «venerable cautiva». Una más asegura que deriva de Malinalli, nombre del decimosegundo día del mes mexica, y que por ser nombre propio, se podían suprimir las últimas dos letras, li, quedando como Malinal.

6  Los españoles confundieron la palabra tecutli —que significa «señor», y en cuya fonética el sonido de cu casi no se escuchaba o no se entendía para el oído castellano, sonando como u— con la palabra teul. Al preguntar por el significado de la palabra teul, los mexicas que les dieron la traducción creye-

las manos, da un paso hacia atrás y habla, pero no se le entiende. Entonces el otro hombre traduce a la lengua maya y la niña Malina, al náhuatl.

—Mi señor Hernando Cortés quiere hacerle un regalo. —La niña mira directamente a los ojos del huey tlatoani.

Motecuzoma voltea a ver a Cacama y a Totoquihuatzin.

—Niña —Cacama la regaña—, cada vez que te dirijas al huey tlatoani Motecuzoma debes hacerlo de esta manera: Tlatoani[7], *notlatocatzin*, huey tlatoani: «Señor, señor mío, gran señor».

Con humildad la niña Malina agacha la cabeza y responde que así lo hará. El tecutli Malinche le pregunta qué le han dicho y ella le informa lo ocurrido. Entonces, él se arrodilla ante el huey tlatoani y todo su séquito lo imita.

—Señor, señor mío, gran señor —dice Malinche sin levantar la cabeza.

—Dile que ya se puede poner de pie —dice Motecuzoma a Malintzin, quien a su vez traduce en lengua maya al otro hombre, al que llaman Jeimo[8], que conoce la lengua de los barbados.

En cuanto Malinche se pone de pie, se quita un collar de margaritas y diamantes de vidrio que trae puesto y se lo ofrece a Motecuzoma. Cuauhtláhuac y Cacama se disponen a detenerlo, pero en esta segunda ocasión, Motecuzoma les ordena que no intervengan. Malinche se acerca al tlatoani y le pone el collar.

—Tráiganle dos collares de regalo —dice en voz baja Motecuzoma, sin quitar la mirada del hombre blanco.

Minutos después, uno de los hombres de la nobleza se acerca con dos collares hechos de piezas de conchas rosadas y con unos pendientes de oro con forma de camarones. Se los entregan a Cacama, quien se prepara para entregarlos a Malinche.

---

ron que se trataba de *teotl*, que designa a un dios. Entonces los conquistadores creyeron que los nativos los habían confundido con dioses y escribieron en sus crónicas que los llamaban *teules*, lo cual es completamente falso, pues cuando ellos llegaron Motecuzoma y todos los mexicas ya sabían que no eran dioses.

7    Tlatoani quiere decir «el que sabe hablar».

8    Jerónimo de Aguilar.

—Espera —dice Motecuzoma muy sereno—. Yo se lo daré.

Cacama, Totoquihuatzin, Cuauhtláhuac y el resto de la nobleza no pueden creer que el huey tlatoani esté dispuesto a tener contacto con los extranjeros. Motecuzoma camina lentamente hacia Malinche y le pone el collar.

—Sean todos ustedes bienvenidos a esta su casa —dice Motecuzoma.

Cuauhtláhuac avanza al frente, se arrodilla, toca la tierra con los dedos y se lleva un poco a los labios. Se pone de pie y vuelve a su lugar. El acto lo repite cada uno de los miembros de la nobleza. Sólo se escuchan los ruidos que hacen los venados gigantes con sus hocicos y sus patas, el graznido de las aves acuáticas, el trino de los pajarillos, el arrullo de las tórtolas y el agua inquieta en el lago.

—Cuauhtláhuac, acompaña al tecutli Malinche —ordena Motecuzoma.

Aunque no está de acuerdo, Cuauhtláhuac agacha la cabeza y camina hacia Malinche, lo toma del brazo y espera a que Motecuzoma suba a sus andas. En cuanto comienzan a caminar, se escuchan los gruesos graznidos de las caracolas, el retumbo de los teponashtles, el silbido de las flautas y las sonajas. La gente, como en tiempos pasados, cuando Motecuzoma volvía victorioso de las guerras, les entrega girasoles, magnolias, flores de maíz tostado, flores de tabaco amarillas, flores de cacao. Cuelga en los cuellos de los hombres barbados collares de guirnaldas y adornos de oro. Muchos de los extranjeros se muestran a la defensiva ante los regalos de los macehualtin. Alzan sus armas y apuntan con sus arcos de metal. Meshíco Tenochtítlan, de quince kilómetros cuadrados, tiene doscientos mil habitantes. Todos observan curiosos —desde las azoteas, las canoas en los canales y las copas de los árboles— las armas extrañas de esos hombres, sus venados gigantes, sus barbas largas, sus trajes de plata opaca y sus perros llenos de pelo, pues los de estas tierras apenas si tienen pelambres en la frente y el pecho.

Adelante va un grueso contingente de danzantes. Los siguen los sacerdotes —con las orejas saturadas de heridas por el autosacrificio— que echan incienso hacia los lados; luego vienen los capitanes

veteranos con sus trajes de águila y jaguar, y sus *macahuitles*[9] y escudos en cada mano. Otros traen arcos y flechas. Después avanzan los
venados gigantes, moviendo sus cabezas de izquierda a derecha, de-
fecando al mismo tiempo que caminan. Una docena de hombres barbados detienen con sus correas a los perros, que ladran exaltados,
olfatean, vuelven a ladrar, orinan y vuelven a ladrar.

La gente se pregunta qué significa lo que está dibujado en el
estandarte que carga sobre los hombros uno de los extranjeros.

Siguen más venados gigantes y los niños ríen al escuchar las
exhalaciones que suenan como chorros de agua. Los extranjeros cargan tantas cosas que parece que trajeran cascabeles de metal. Luego
marchan decenas de hombres con más arcos de metal y cerbatanas de
fuego.

Hasta el final entra el tecutli Malinche con los capitanes que lo
protegen; cientos de guerreros —con sus atuendos de guerra, macahuitles, arcos, flechas, cerbatanas, lanzas y escudos— de Tlashcálan,
Tepóztlan, Tliliuhquitépec, Hueshotzinco, Cempoala y Cholólan[10].
Cantan orgullosos porque han logrado entrar a la ciudad de Meshíco
Tenochtítlan, un lugar que para algunos de ellos había estado prohibido por años.

A ellos, los tenoshcas no les dan muestras de bienvenida. La celebración se extingue rápidamente. Cuauhtláhuac los guía hasta un
muro de piedra gruesa, con pilares que resguardan el palacio de Ashayácatl, conocido por todos como Las Casas Viejas —ubicado en el
lado oeste del recinto sagrado y construido por el abuelo de Motecuzoma Shocoyotzin, el tlatoani Motecuzoma Ilhuicamina, cincuenta
años atrás, y remodelado por su padre, el tlatoani Ashayácatl—. En
la parte del centro tiene dos pisos y cuatro construcciones exteriores
de uno.

—Aquí es. —Cuauhtláhuac señala la entrada del palacio de
Ashayácatl.

---

9   El macáhuitl era una macana o garrote de madera que tenía unas cuchillas de obsidiana —vidrio volcánico— finamente cortadas; tenía el mismo
uso que una espada.
10   Cholólan o «Chollollan: agua que cae en el lugar de huida» es la actual
Cholula, que se ubica a siete kilómetros de la ciudad de Puebla.

Pero Malinche no le pone atención. Está impresionado con el majestuoso teocali que se ve al fondo. Aunque está bastante lejos, resalta sobre los demás edificios.

—Es el Coatépetl, el Monte Sagrado —explica la niña Malina—. Está dedicado a Huitzilopochtli, dios de la guerra, y a Tláloc, dios del agua.

Malinche quiere ir a ver el edificio que vio desde que estaba a punto de entrar a la ciudad. Entonces, la niña Malina le expresa a Cuauhtláhuac los deseos de su dueño.

—Motecuzoma los está esperando —dice Cuauhtláhuac, ignorando lo que acaba de escuchar.

Al entrar, Malinche y sus hombres cruzan un amplio patio hasta llegar a la sala principal donde ya se encuentran Motecuzoma y el resto de la nobleza.

—Siéntate aquí —el tlatoani toma a Malinche de la mano y lo guía hasta el asiento real.

Todos los miembros de la nobleza están asombrados al ver lo que hace el huey tlatoani.

—Ésta es tu casa —dice Motecuzoma mirándolo directamente a los ojos—, come y descansa. Este palacio puede albergar a más de doscientos hombres. He dado instrucciones para que los miembros de la nobleza los atiendan como se merecen. Volveré después para hablar contigo. —Sale, para dirigirse a su palacio.

Contaba mi padre Ashayácatl que cuando yo nací, en el *calpuli* (barrio) de Aticpac, en el año Uno Caña (1467), mi tío abuelo, Tlacaélel, el *cihuacóatl* (supremo sacerdote), hombre de sesenta y nueve años, me observó en brazos de mi madre por unos minutos, en silencio, y sin acercarse dijo: «Tú serás tlatoani».

Crecí sabiendo que era uno de los probables sucesores de mi padre. No sabía aún quién le seguiría en el puesto, pero mi tío abuelo, el gran cihuacóatl Tlacaélel, se encargó de educarme con mano dura siempre que tuvo oportunidad. No hubo día en mi infancia —si se cruzaba en mi camino— en el que él no me corrigiera. Su comportamiento autoritario me hizo pasar muy malos ratos. Jamás me permitió hacer berrinches ni responder de forma insolente a mis mayores.

Mi padre también fue muy estricto. No recuerdo el día exacto, pero lo que no puedo olvidar fue la primera vez que me castigó. Si cierro los ojos puedo ver su mano acercándose a mi boca. En la otra tenía un punzón, que se veía enorme. Tragué saliva cuando sentí sus dedos ásperos en mi labio inferior. Lo jaló hacia afuera y sin advertencia lo perforó.

—Nunca debes mentir —me dijo al mismo tiempo que giraba su mano de derecha a izquierda para que el punzón perforara mi labio.

Mucho después mi madre me contó que tenía cinco años de edad.

En mi mente había un solo pensamiento: «Te odio».

Tenía los brazos extendidos hacia abajo, apretando mis muslos con las manos.

—No llores —ordenó mi padre, como siempre lo hacía, con mirada inflexible.

Nunca lloraba. Enterré las uñas en mis muslos cuando sentí la segunda perforación. Cerré los ojos para no ver las enormes manos de mi padre, y también para no ver a mi madre, para que su llanto no me contagiara, para no pensar en lo que me estaba ocurriendo.

«Te odio».

Luego sentí la tercera perforación. Continuaba con los ojos cerrados. No quería ver el rostro de mi padre.

—Que no se repita —dijo mi padre tras sacar el punzón de mi labio, y luego ordenó—: abre los ojos.

Obedecí.

—Esto es para que aprendas que no debes mentir. Jamás. —Me apuntó al rostro con el dedo índice. Sus ojos estaban tan abiertos que parecía que se le iban a salir—. Por ninguna razón. —Me dio la espalda y se fue.

Me llevé la mano a la boca y respiré profundo para no llorar. Era otra de las reglas que mi padre me había impuesto. No llorar. Por nada. Jamás. Ya antes me había castigado con azotes o golpes. Incluso me había dejado largas horas encerrado.

Mi madre pensó que dejé de llorar en cuando empecé a caminar. Aprendí que no llorar equivalía a no mostrar mis sentimientos, que a fin de cuentas era lo mismo que mentir. Supuse que mentir estaba permitido. Y sin comprenderlo comencé con una mentira ligera, luego con otra. Eran mentiras para eludir la culpa por alguna travesura. Hasta que mi padre me descubrió, me castigó perforándome el labio inferior, y me dejó solo con mi dolor. De pronto vi la palma de mi mano teñida de rojo. Fue la primera vez que vi sangre. Mi sangre escurriendo desde mi boca hasta mi pecho. Sentí su sabor y me gustó.


Imposible olvidar mi infancia. Imposible ignorarla. No entendía porque los niños teníamos tantas obligaciones y castigos. El día que mi padre nos avisó a mis hermanos y a mí que seríamos entregados a los sacerdotes para que nos educaran sonreí: creí que me había liberado de mi padre, quien no preguntó por mi alegría. Seguro pensó que se debía a un interés por mi educación.

Mis hermanos y yo salíamos a jugar con otros niños: primos y vecinos. Nos correteábamos unos a otros con palos de madera, simulando ser guerreros. Algunos teníamos caparazones de tortugas que utilizábamos como escudos. Hacíamos pequeñas lanzas con las ramas de los árboles y luego nos las aventábamos. Corríamos a veces hasta la orilla del lago y si alguien nos daba permiso, nos escondíamos en las canoas. Desde entonces fui mandón. Por lo mismo siempre era el capitán, aunque fuese un juego. Premiaba a los que demostraban su valor y a los cobardes los castigaba o los expulsaba.

La guerra era un juego.

Ninguno de nosotros sabía lo que nos esperaba a partir del día siguiente.

—Van a enseñarnos a ser guerreros —dijo uno de mis primos.

Me fui a dormir esa noche imaginando que nunca más volvería a ver a mi padre, que mi vida cambiaría a partir de entonces. Y cambió. Cambió por completo.

Al amanecer mi padre habló conmigo. Ignoré su largo discurso. Sé que decía algo sobre la obediencia y nuestro futuro. Hubo una despedida solemne antes de entrar a una de las pequeñas aulas. No sabía que volvería a casa y que seguiría mi vida con mi padre. Sonreía. Lo único que me interesaba era alejarme de los castigos. Todos los niños corríamos llenos de alegría. Nadie le dio importancia a la llegada de uno de los sacerdotes. Sólo algunos obedecieron al primer llamado de atención. Luego ingresó otro sacerdote y dio un grito descomunal que provocó un silencio repentino. La desobediencia de un niño generó que los dos hombres fueran tras él. Lo arrastraron hasta el frente del cuarto pese a sus patadas y gritos. Uno de los sacerdotes sacó un punzón igual al que mi padre había utilizado para castigarme por haber mentido y se lo enterró en las costillas, una y otra vez. El niño lloró y le ordenaron que no lo hiciera, porque de lo contrario seguirían con el castigo.

La mirada del sacerdote me hizo recordar los ojos de mi padre. Apenas había llegado y sentía que ya no soportaba estar ahí. Observé en varias direcciones y encontré a mis compañeros con gestos llenos de terror. Era una desilusión comprender que la vida era así en todas partes. Que no sólo se trataba de nuestros padres. Que la educación era general. Miré con odio al sacerdote. Sus ojos me irritaban más que los piquetes que le propinaba al niño, que se esforzaba por no llorar. Me preguntaba por qué aquel niño no podía contener el llanto.

Esa noche nos llevaron a los teocalis para que aprendiéramos a orar mientras echábamos incienso a los dioses. Hacía mucho frío, era de madrugada. Estábamos casi desnudos. De mi nariz salía mucho líquido. Todo mi cuerpo temblaba. Los sacerdotes hacían oraciones al dios Huitzilopochtli mientras que los niños debíamos permanecer hincados, soportando el clima, el hambre y las diminutas piedras que se nos incrustaban en las rodillas.

—Tengo frío —me atreví a interrumpir la oración de los sacerdotes.

Las llamas en la fogata bailoteaban con el viento mientras una recua de hojas secas se deslizaba de un lado a otro del recinto sagrado, que entonces era mucho más pequeño que el actual. El sacerdote, que también estaba arrodillado, detuvo sus oraciones, bajó la cabeza y manos hasta la tierra y habló sin mirarme.

—Es para que valoren los privilegios que nos da el Sol.

—Tengo hambre —insistí.

—Sólo así le darán valor a lo que se llevan a la boca. Deben acostumbrarse a sufrir el hambre, el calor y el frío. De igual forma prepárense para los días calurosos, ya que tampoco podrán quejarse.

Al día siguiente muchos niños amanecimos enfermos, lo cual no sirvió para evadir nuestras responsabilidades. Nos dieron unos brebajes hechos con hierbas y nos sacaron al sol. Decían que la mejor cura para esa enfermedad era estar activos. Cinco días después estábamos completamente sanos. Mi odio hacia mi padre fue creciendo con el paso del tiempo. Creía que yo merecía un mejor destino, no me daba cuenta de que lo que mi padre hacía por nosotros era lo mejor. La educación era su mejor herencia. Pero nada de eso lo comprendía a esa edad.

Pronto fui acostumbrándome a las jornadas. Nunca más volví a enfermarme por pasar casi desnudo toda la noche frente al teocali de Huitzilopochtli. Mi cuerpo se acostumbró al poco alimento que recibía y mi mente a soportar el autosacrificio que debíamos hacer todos los días: perforarnos la lengua o los labios, o alguna otra parte del cuerpo. Aprendí a pescar, a sembrar, a cosechar, a barrer los teocalis. Aprendí las primeras enseñanzas sobre nuestra religión, como los demás niños, sin entender. Repetíamos y repetíamos sin interés, sin ganas de saber por qué estábamos ahí. La mayoría lo asumíamos como una obligación, un camino sin salida, sin comprender la religión desde su esencia.

Hasta los seis años de edad creí que mi padre había sido tlatoani desde siempre. Tampoco entendía mi situación. No me importaba. Nunca pregunté sobre la jura ni las fiestas que se hicieron. Tal vez porque no me interesaba la alegría de mi padre o cualquier cosa relacionada con él.

Mi primer encuentro con la muerte fue cuando tenía siete años. Estaba jugando con mis hermanos a la orilla del lago. Ellos corrieron al interior de la isla mientras yo me quedé observando a dos hombres que golpeaban a otro. Le perforaron el pecho con un cuchillo de obsidiana y huyeron sin percatarse de que los espiaba. Me quedé quieto detrás de un árbol. No sabía si debía callar o correr y avisar a mi padre o a alguien del gobierno. No sentía miedo. En verdad, no sentía miedo. Nunca he sabido qué es eso. No sé por qué. Cuando era niño me preguntaban si sentía miedo y yo no sabía qué responder porque no entendía el significado del miedo. Por eso no hice nada al ver a esos hombres. Por eso no sentí miedo al caminar hacia el hombre caído. No pude quitar la mirada de ese pecho lleno de sangre; tenía un color claro y brillante. Sentí deseos de tocarlo, de meter mis dedos en su herida. No lo hice. Contemplé su rostro inmóvil, sus ojos abiertos que parecían observar el horizonte. De pronto el hombre se movió e hizo un ruido con la garganta sin mover los labios. Sus ojos se dirigieron a mí. Tenía las manos sobre el pecho. Los dedos de sus manos se movían como si quisieran cerrarse. Me estaba observando. De pronto dejó de moverse. Me incliné un poco para comprobar su muerte. En ese momento escuché el grito de un niño y corrí para que no me encontrara ahí, junto al cadáver.

Nunca me pregunté por qué habían asesinado a aquel hombre, pero sí me intrigaba saber qué había sentido al morir. Tampoco le comenté a nadie sobre lo que había visto ni lo que sentí al respecto.

Ni siquiera a mi madre, a quien amé como a nadie. Ella solía observar la luna por largos ratos, a veces toda la noche. Sabía cuándo lo hacía y salía tras ella, que sin decir una palabra ponía su mano en mi cabeza y me acariciaba el cabello, sin quitar la mirada del cielo. Decía que prefería ver la luna cuando salía, porque era se veía más grande. Luego se sentaba en algún lugar. Cuando yo era todavía muy pequeño, ella me acostaba en su regazo y me acurrucaba. Ella veía la luna y yo observaba sus labios, y extendía mi mano para acariciarlos. En cuanto ella sentía mis dedos, se inclinaba y me besaba la frente. Fui creciendo y seguí con el mismo ritual de seguirla, hasta que una noche mi padre le prohibió que me cargara.

—Ya está muy grande ese niño para que lo trates así.

Mi madre no amaba a mi padre. Para el matrimonio no importan los sentimientos de la mujer. Uno va y la pide; y si no se la dan se la roba. Ellas están obligadas a amar y a respetar a su hombre en cuanto se convierten en esposas o concubinas. Si mi madre lo obedecía no era por amor. Jamás logró amarlo, pero nunca le faltó al respeto. Siempre obedeció sus órdenes. Sus otras concubinas eran distintas, sumisas, aunque a sus espaldas hacían cosas que mi madre jamás se atrevió ni con el pensamiento.

El día que ella murió supe que estaba verdaderamente solo. No derramé una sola lágrima. Cuando vi su cadáver, contemplé sus ojos cerrados, su gesto impávido, como si se hubiese ido a dormir con alguna preocupación, algún enojo. No la toqué. No porque tuviera miedo, sino porque lo que yo tenía frente a mí no era mi madre sino un cuerpo muerto. Los cadáveres no me provocan sentimiento alguno; la sangre, sí.

## 3

El frío de la madrugada es intenso. Pero a Motecuzoma, que se encuentra en la cima del Coatépetl, eso no le importa. Lleva varias horas ahí, reunido con los sacerdotes en una ceremonia en la que no hubo música ni danzas. En esta ocasión han estado haciendo oraciones desde que anocheció. La llegada de los extranjeros les quitó el sueño.

—¿Qué estoy haciendo? —se pregunta el tlatoani Motecuzoma Shocoyotzin una y otra vez.

La tarde anterior, luego de instalar a los extranjeros en las Casas Viejas, Motecuzoma se fue a su palacio para dialogar con los miembros de la nobleza. Quería saber sus impresiones, pero sólo recibió reclamos y cuestionamientos. Una hora después regresó a las Casas Viejas —donde volvió a percibir el mismo hedor—, invitó al tecutli Malinche a que se sentara en el trono y mandó colocar otro igual para él.

Los dos miembros de la nobleza que habían colocado la silla, que iban descalzos y vestidos con ropas de henequén, dieron unos pasos hacia atrás, sin darle la espalda al tlatoani, y se colocaron en cuclillas a unos metros de distancia del trono, con la cabeza inclinada y la mirada dirigida al piso. Pidieron permiso para retirarse con un tono de voz muy bajo. Motecuzoma le respondió, de forma casi inaudible, a otro de los miembros de la nobleza que se encontraba de pie a un lado suyo, y éste a su vez respondió en voz alta. Los dos hombres se pusieron de pie y sin alzar la mirada caminaron hacia atrás.

Después dio la orden de que entraran todos los pipiltin con los regalos que había preparado para los huéspedes: plumas finas, joyas, seis mil piezas de la más fina ropa de algodón, comida, plata y oro. Fue un proceso muy largo debido a que cada una de las personas que entraban se arrodillaba, hacían las reverencias al tlatoani, entregaban su ofrenda, luego caminaban hacia atrás sin darle la espalda a éste, se sentaban en cuclillas con la cabeza y mirada hacia abajo y pedían permiso para salir; Motecuzoma le respondía al noble que estaba a su lado, éste hablaba y el otro salía sin mirar al frente y sin darle la espalda al tlatoani.

Luego Motecuzoma habló; la lengua de Malinche, que era al que llaman Jeimo, tradujo así:

Estáis en vuestra naturaleza y en vuestra casa, holgad y descansad del trabajo del camino y guerras que habéis tenido, que muy bien sé todos los que se vosotros han ofrecido de Putunchán acá, y bien sé que los de Cempoala y de Tascatélcatl os han dicho muchos males de mí. No creáis más de lo que por vuestros ojos veredes, en especial de aquellos que son mis enemigos y algunos de ellos eran mis vasallos y se me han rebelado con vuestra venida y por favorecerse con vosotros lo dicen, los cuales sé que también os han dicho que yo tenía las casas con las paredes de oro y que las esteras de mis estrados y otras casas de mi servicio eran asimismo de oro, y que yo era y me hacía dios y otras muchas cosas. Las casas ya las véis que son de piedra y cal y tierra —en ese momento Motecuzoma se puso de pie y alzó sus vestiduras para que el tecutli Malinche viera su sexo—. A mí véisme aquí que soy de carne y hueso como vosotros y como cada uno, y que soy mortal y palpable —con gran insistencia se tocó con las manos el pecho, el abdomen, caderas, genitales y piernas—. Ved cómo os han mentido; verdad es que tengo algunas cosas de oro que me han quedado de mis abuelos: todo lo que yo tuviere tenéis cada vez que vosotros lo quisiéredes; yo me voy a otras casas donde vivo; aquí seréis provisto de todas las cosas necesarias para vosotros y para vuestra gente. Y no recibáis pena alguna, pues estáis en vuestra casa y naturaleza[11].

Al terminar de decir esto se retiró y permaneció en la sala principal de su palacio con todos los miembros de la nobleza: ministros, sacerdotes y capitanes del ejército. Todos se hicieron la misma pregunta: ¿Qué debemos hacer? Aunque todos creen tener la respuesta, nadie sabe realmente cómo sacar a los barbados de sus tierras. No hay evidencia de la existencia del tlatoani que tanto mencionan, cuyo nombre los pipiltin de Meshíco Tenochtítlan apenas si pueden pronunciar. ¿Calo o Alos? «Qué nombres tan difíciles los de estos extranjeros», expresa uno de los sacerdotes.

11  *Segunda Carta de Relación*, de Hernán Cortés.

Toda la tarde y noche del día anterior estuvieron entrando informantes al palacio. «Acaban de comer», «Han puesto sus armas en las azoteas de las Casas Viejas», «Están cuidando todas las entradas».

—¿Cuántos días piensa darles hospedaje? —preguntaron en varias ocasiones a Motecuzoma.

—No lo sé —respondió mordiéndose el labio inferior.

—Debemos ponerles un límite.

—No es tan fácil —respondió Motecuzoma, apretando los puños—. No sabemos en realidad cuánto poder tiene su tlatoani.

—¿Y si están mintiendo?

—Por eso mismo necesitamos averiguar. —Se llevó las manos a las sienes e inhaló profundamente.

—Consultemos a los dioses.

Salieron de las Casas Nuevas y se dirigieron al Coatépetl, al inicio de la madrugada. Ahí permanecieron haciendo oraciones hasta el amanecer.

En cuanto el horizonte comienza a iluminarse Motecuzoma decide volver a las Casas Nuevas. Hoy ha decidido ayunar. Ordena que le preparen el *temazcali*, un baño de vapor que tiene en su palacio y que sirve para curar los malestares físicos y emocionales. Al entrar a aquel cuarto oscuro, extiende los brazos y cierra los ojos por unos minutos.

—¿Qué debo hacer?

Una hora más tarde sale del temazcali y se dirige a su habitación, donde ya lo esperan varios pipiltin para vestirlo con un atuendo nuevo.

—¿Qué debo hacer? —se pregunta justo antes de salir de las Casas Nuevas y dirigirse a las Casas Viejas.

El palacio está rodeado de soldados tlashcaltecas, totonacas y cholultecas. Motecuzoma entra en silencio, seguido de un numeroso contingente de pipiltin, sacerdotes, ministros y capitanes del ejército. Los extranjeros que se encuentran en el patio no hacen reverencias. Parece que bromean. Algunos no dejan sus arcos de metal y sus trompetas de fuego. Antes de entrar a la sala principal, uno de los capitanes anuncia la llegada del tlatoani. Malinche, que se encuentra rodeado de sus soldados, les ordena que se callen y hagan reverencia al tlatoani. A pesar de que todos obedecen, se escuchan risas y murmullos. Toda la sala apesta a sudor, a orines, a mierda, a carne podrida. Malinche, arrodillado ante Motecuzoma, regaña en voz alta a los que siguen desdeñando la presencia del tlatoani. Por fin todos callan.

—Tecutli Malinche —dice Motecuzoma y se le acerca—. Ponte de pie.

La niña Malina habla en maya, luego el otro extranjero lo pronuncia en su lengua. Malinche se levanta sin mirar a los ojos al tlatoani, quien se siente complacido con el respeto que muestra el capitán.

—¿Qué tal pasaron la noche?

Motecuzoma quiere saber cómo le ha llamado Malinche, pues no escuchó su nombre ni la palabra tlatoani; y le pide a la niña Malina que le diga a Malinche que repita la palabra.

—Su Majestad.

Motecuzoma intenta repetirlo:

—Su matad.

—Su Majestad —corrige la niña Malina.

—¿Hablas su lengua? —pregunta Motecuzoma.

—Muy poco, mi señor.

—¿Es difícil aprenderla?

—Sí.

Malinche observa y sonríe al mismo tiempo que acaricia el puño del largo cuchillo que cuelga de su cintura. Luego la niña Malina le explica que el tlatoani está interesado en su lengua.

—¿Quiere aprender nuestra lengua? —pregunta Malinche a su joven intérprete.

—Sólo preguntaba —responde Motecuzoma—, tecutli Malinche.

—Hernando Cortés —corrige.

El tlatoani se queda en silencio y observa a Malinche, quien una vez más dice su nombre.

—En... en... —Motecuzoma trata de pronunciar el nombre— en... ando Coté...

—Erre, erre —explica Malinche mostrando el movimiento de la lengua.

—Ede... Ede... —Motecuzoma intenta pronunciar ese sonido inexistente en la lengua náhuatl—. Ede...

—Erre, erre...

—Ege... Ege...

Los extranjeros siguen arrodillados. Motecuzoma frunce el ceño y niega con la cabeza.

—Dice mi señor Cortés que no se preocupe —traduce la niña Malina—, que ya habrá tiempo.

«¿Tiempo?», se pregunta Motecuzoma en silencio. «¿Cuánto tiempo piensan estar aquí?». Observa a los extranjeros y se cuestiona una vez más: «¿Qué más quieren? Ya les dimos la bienvenida, ya les hicimos regalos, ya les ofrecimos nuestra amistad. ¿Quieren más plumas?, ¿más mantas de algodón?, ¿más alimento?, ¿más oro?, ¿más piedras preciosas?».

—Me han dicho que hay un mercado muy grande en Tlaltelulco.

—Tlatelolco —corrige la niña Malina.

A pesar de que tiene muchas cosas importantes que atender, Motecuzoma decide llevarlos personalmente. No es que tenga grandes deseos de pasear con ellos, pero sabe que no es conveniente que anden solos por la ciudad. En cualquier momento podrían llevar a cabo una matanza como la que hicieron en Cholólan, o peor aún, convencer a los tlatelolcas de que se revelen contra Meshíco Tenochtítlan.

—Niña, dile a tu dueño que les voy a mostrar la ciudad. Pueden ponerse todos de pie.

Aún no salen de las Casas Viejas y ya los esperan cientos de meshícas curiosos. Los capitanes del ejército tenoshca les ordenan a gritos que se quiten del paso y que se arrodillen ante el tlatoani.

—Señor, señor mío, gran señor —dice uno de los capitanes—, no podemos salir aún. Mucha gente no obedece nuestras órdenes.

—Quieren ver de cerca a los extranjeros —agrega otro capitán.

La niña Malina le explica lo que sucede al tecutli Malinche, quien a su vez le da una orden a uno de sus soldados. Minutos después se escucha un trueno ensordecedor y una nube de humo se esparce entre ellos. Motecuzoma y su séquito permanecen de pie, mirándose entre sí. Les inquieta que los extranjeros utilicen sus armas con tanta frecuencia.

—Vamos —dice el tlatoani mirando hacia el frente.

Al cruzar por la salida de las Casas Viejas, se encuentran con miles de personas arrodillas, llenas de temor. Los miembros de la nobleza se preparan para acompañarlos también. En cuanto Motecuzoma sale ya lo esperan cientos de soldados. Llevar a sus invitados escoltados por el ejército no es costumbre de ninguno de los pueblos del Anáhuac, pero Motecuzoma ya no confía en los extranjeros. Sube a sus andas ayudado por dos miembros de la nobleza. Malinche y sus hombres suben a sus grandes venados. Los siguen los tamemes (cargadores) y miles de soldados tlashcaltecas, cholultecas, hueshotzincas y totonacas.

Ahí continúan miles de personas por todas partes: arriba de los árboles, en las azoteas, en los canales, en las canoas. Siguen asombrados al ver a los extranjeros montados en sus venados gigantes y con sus palos de fuego y sus arcos de metal. Ni Motecuzoma ni sus tropas pueden controlarlos. Ahora todos ven el rostro del tlatoani.

Al llegar a Tlatelolco, los hombres barbados quedan asombrados al ver a tanta gente, mercancías y animales. Luego de un recorrido muy lento por el tianguis, se dirigen a los teocalis de Tlatelolco, donde los recibe Itzcuauhtzin. Después vuelven a Tenochtítlan y los llevan a La casa de las aves, un sitio muy grande con estanques donde se crían miles de pájaros de muchas especies.

—Las aves de rapiña las mantenemos en aquellas jaulas —explica Motecuzoma al llegar, aún sobre sus andas, y señala hacia un mirador.

—¿Cuántas personas están a cargo de todas estas aves? —pregunta el tecutli Malinche, montado sobre su venado gigante.

—Trescientas.

—¿Para qué tenéis tantas? ¿Os las coméis?

—Solamente clases como las codornices, los guajolotes y los patos. Pero a la mayoría las veneramos por sus extraordinarios plumajes. Todos los días las aves nos regalan sus plumas.

—¿Se las arrancáis?

—No. No hay necesidad de eso. Se les caen solas.

Caminan por un corredor hasta llegar a unas jaulas a las que llaman La casa de las fieras. En una de ellas se encuentra un par de jaguares. El tecutli Malinche y sus capitanes observan con mucha atención y tratan de reconocer a aquellas fieras jamás vistas en sus tierras. Más adelante hay ocelotes, gatos monteses, coyotes, zorros y muchas otras fieras.

—¿Con qué los alimentáis? —Malinche jala la rienda de su venado gigante para evitar que avance.

—Con las partes del cuerpo que no utilizamos de los sacrificados.

El tecutli Malinche niega con la cabeza y hace un gesto que Motecuzoma no logra comprender.

—Ahora vamos a ver las serpientes —dice el tlatoani con entusiasmo.

El lugar destinado a las serpientes es mucho menor. Los españoles buscan en varias direcciones y lo único que ven son cántaros alineados.

—¿Y las serpientes? —pregunta Malinche.

Motecuzoma baja de sus andas, se acerca a uno de los cántaros, le quita la tapa, mete la mano y saca una serpiente tan gruesa como sus brazos.

—Es enorme. —Malinche se acerca, después de bajar de su venado.

—¡No! —dice el tlatoani en voz alta—. ¡Es muy peligrosa! Si lo muerde, moriría en unos cuantos minutos.

Luego de mostrarle una docena de serpientes, Motecuzoma los invita a ver a los enanos y gente deforme que está dentro de unas jaulas.

—¿Por qué los tenéis prisioneros? —pregunta Malinche al mismo tiempo que observa a un par de niños pegados por el pecho.

—Por sus deformidades.

—Miren, acá tenemos al niño araña. —Señala a un niño con cuatro piernas, quien debido a su defecto mantiene su espalda de manera horizontal y se para sobre sus manos y cuatro pies.

## 4

Tu mirada siempre te delata, Motecuzoma. El enojo, el arrepentimiento, la vergüenza, la tristeza y el asombro se ven claramente en tus pupilas oscuras, tus cejas pobladas y rectas, tus párpados gruesos y caídos, tus ojeras onduladas y largas. Lo sabes bien: puedes fingir siempre y cuando no te vean a los ojos.

Nunca fuiste capaz de engañar a tus padres. En una ocasión estuviste a punto de lograrlo. Habías cometido una falta imperdonable, de esas que tu padre, el huey tlatoani Ashayácatl, no perdonaba. Habías robado un *macáhuitl* porque querías tener un arma de esas en las manos. Uno de los soldados te delató. Fuiste detenido por una tropa junto al lago y llevado ante tu padre, quien siempre tuvo la habilidad para reconocer tus emociones a través de tus ojos.

—¿Robaste esa arma?

—No.

Tu madre estaba a un lado tuyo, mirándote seriamente. No sentiste vergüenza por haberle mentido a tu padre. Aunque sí mucha tristeza de que tu madre, tu joya más preciada, estuviera ahí, delatándote con sus cejas arrugadas. Pero tu padre te descubrió por ello. No la estaba mirando a ella, sino a ti.

—Estás mintiendo —dijo tu padre—. Lo veo en tus ojos.

—Sí, padre. —Te arrodillaste tras admitir tu falta.

—Iba a castigarte con cincuenta azotes en las palmas de las manos, pero por haberme mentido ordenaré que te den el doble.

Tus ojos estaban en los de tu madre. Brillaban. Sabías que ella se sintió mejor en cuanto admitiste tu falta.

Te llevaron al patio principal del Calmécac, reunieron a todos los alumnos alrededor tuyo; te arrodillaron ante una piedra tan grande que te llegaba a la cintura y te ordenaron que pusieras sobre ésta las manos con las palmas hacia arriba. Uno de los maestros dio aquel discurso sobre las leyes y los castigos que merecían los delincuentes. Luego llegó uno de los soldados y comenzó a azotarte. El primer golpe fue el que más te dolió. Los siguientes los ignoraste, mientras pensabas «No duele, no duele».


Luego de la muerte de tu madre, abandonaste los juegos para siempre, Motecuzoma. Eso que hacían los demás niños ya no tenía gracia. Por primera vez los observabas de una manera distinta, como si jamás hubieras sido parte de esos juegos. Te sentías tan extraño frente a ellos. No sabes qué fue lo que pasó, solamente dejaste de pensar en cosas infantiles.

Te dedicaste a aprender. Sentías una necesidad desmedida por mostrarles a todos que no eras como los demás, que no estabas ahí por ser el hijo del tlatoani. Cumplías fácilmente con todos los quehaceres en el Calmécac. Todos tus compañeros te trataban bien, con respeto. Querían ser tus amigos, pero tú no sentías lo mismo; y nunca se los dijiste. Jamás negaste que fueran tus amigos ni los rechazaste. Algo en ti te decía que debías conservar todas esas amistades aunque sintieras que eran un estorbo.

No sólo la muerte de tu madre cambió tu forma de ver el mundo, sino también presenciar por primera vez un sacrificio humano. Estabas al pie del teocali de Huitzilopochtli, que no era tan grande como ahora. Viste cómo llevaban al primero de muchos guerreros enemigos capturados en la última batalla. Un grupo de sacerdotes tenoshcas forcejeaba con el prisionero. Lo cargaron de los brazos y las piernas. La multitud observaba, algunos permanecían en silencio, otros murmuraban y otros vociferaban jubilosos. El hombre al que iban a sacrificar gritaba frenético. Lo que estabas viendo ya lo conocías, aunque sólo por voz de tus maestros. Era un acto que no podías dibujar en tu mente porque antes de eso la guerra y los sacrificios eran sólo un juego.

La altura del teocali de Huitzilopochtli era tan corta que podía verse perfectamente lo que ocurría en la cima: el hombre intentando dar patadas y manotazos para huir de la muerte, y los sacerdotes sacrificadores sometiéndolo para acostarlo sobre la piedra de los sacrificios. Uno de los sacerdotes levantó los brazos, empuñando el cuchillo, miró al cielo, dijo una oración al dios portentoso, luego dejó caer sus manos sobre el pecho del prisionero, que liberó un grito estruendoso. Con un estacazo le perforó la piel. Maniobró para abrirle el pecho al hombre que seguía vivo y dando gritos de dolor, gritos que se quedaron por siempre en tu recuerdo, Motecuzoma. Poco después el sacerdote sacó el corazón del prisionero y lo mostró al pueblo, mientras la sangre le escurría por los brazos, dirigiéndose a los cuatro puntos cardinales. Finalmente el cuerpo fue lanzado por la escalinata del teocali. Conforme el cadáver rodaba y rebotaba escalones abajo, una lluvia de sangre salpicó a los presentes. En ese momento pensaste: «Deberíamos hacer más sacrificios».

La muerte se apoderó de ti, Motecuzoma Shocoyotzin. Entró en tu mente para nunca más abandonarte. La comprendiste. Esa noche soñaste con cuerpos destazados, llenos de sangre. Viste ese líquido sagrado escurriendo lentamente por los escalones de los teocalis. Había mucha sangre. Suficiente para saciar la sed del dios portentoso. Para lavar los teocalis. Para dar vida. Para nutrir al sol.


—Necesitamos más sangre para alimentar a nuestro pueblo —dijiste años después ante tu maestro, que además era uno de los sacerdotes del teocali de Huitzilopochtli.

Escuchaste a tu espalda el murmullo de algunos compañeros. Tus palabras eran claras, pero el significado no. Mucho menos para ellos, que aún eran muy jóvenes.

—Explícanos lo que estás pensando, Motecuzoma.

—Necesitamos más guerras.

Las miradas de tus compañeros eran como flechas apuntando hacia ti.

—¿Más guerras? —preguntaron algunos.

—¿No te es suficiente con las guerras actuales? —preguntó otro.

—Con eso tenemos bastante sangre y muertos.

—Pero no suficientes prisioneros —respondiste sin apartar la mirada de los ojos de tu maestro.

Al salir te encontraste con algunos compañeros. Tenían las mismas sonrisas burlonas. Sus miradas te persiguieron. No era la primera vez que mostraban esa actitud.

—Ahí va el gran guerrero —espetó uno de ellos liberando una carcajada.

—¡Necesitamos más sangre! —lo secundó otro, exagerando su tono burlesco—. ¡Sangre! ¡Queremos sangre!

Te detuviste sin decir una palabra. Experimentaste la misma ira que habías sentido años atrás cuando tu padre te había castigado perforándote los labios. Los dos muchachos caminaron amenazantes hacia ti.

—No cabe duda, ser el hijo del tlatoani no te hace mejor. —Sonrió uno con provocación.

—Aparentemente —dijiste al mismo tiempo que le enterrabas la rodilla derecha en los testículos.

El otro se apresuró a auxiliar a su compañero que se encontraba retorciéndose en el piso. Sin esperar diste un segundo puntapié.

—Ustedes y yo somos hijos de la nobleza, con destinos similares, pero no somos iguales —dijiste mientras uno se reponía del dolor y el otro trataba de detener el sangrado de su nariz.

Lo que sí era cierto, Motecuzoma, era que tú estabas condenado a recorrer el mismo destino que ellos si no aprendías el dominio de la palabra, el arte del convencimiento, la única arma con la que podrías contar el resto de tu vida.

En lugar de permanecer en el teocali, te fuiste a tu casa. Tenías muchas dudas sobre lo que acababas de hacer. Golpear a dos de tus compañeros era lo de menos. Incluso te habías quedado con deseos de propinarles unos cuantos golpes más. Lo que te preocupaba era tu reputación. No la reputación del hijo del tlatoani, sino la de Motecuzoma Shocoyotzin. Ganar enemigos era lo que menos buscabas. Aunque tampoco podías volver con la cabeza agachada y pedirles perdón.

—No entiendo tu comportamiento, Motecuzoma —dijo tu maestro al verte al día siguiente—. El mejor de mis alumnos, el más sabio, en el que pongo todas mis expectativas se comporta como uno más del vulgo.

Jamás te había regañado ni elogiado. Te sorprendió que de un día para otro te hubiera convertido en el mejor y el peor de sus alumnos. Abría y cerraba los dedos de las manos como si intentara apresar algo. Imaginaste que en ese momento te indicaría el castigo merecido:

azotes, quizás; perforaciones en la lengua, o de manera benigna, trabajos arduos.

—Eres uno de los hijos del tlatoani. Tienes una responsabilidad.

Sentiste deseos de decirle que estabas harto de ser el hijo del tlatoani, que sus enseñanzas te aburrían, que no creías lo que decía, que tú tenías una teoría mejor sobre la religión.

—No eres como los demás. Y no estoy hablando de tu linaje.

Levantaste la mirada a pesar de tenerlo prohibido.

—Tu razonamiento es privilegiado.

—Lo dice porque soy hijo del tlatoani.

—No te lo dije antes precisamente porque eres hijo del tlatoani. No quería sembrar la arrogancia en ti. Pronto iniciarás tus entrenamientos militares y deberás tener mucho cuidado, Motecuzoma.

Guardaste silencio, sufriendo la incomodidad de verlo abrir y cerrar los dedos de las manos una y otra vez.

Ese mismo año Dos Casa, 1481, murió tu padre y tú tenías catorce años. No tuviste tiempo de reconciliarte con él. Si hubiera vivido más su relación habría cambiado mucho, Motecuzoma. Pero en aquellos días no lloraste ni mostraste sentimientos de dolor o de arrepentimiento. Ahora ves todo de forma distinta. No eras el único niño que odiaba a su padre, ni el único que era castigado con severidad.

Por primera vez presenciaste los funerales de un tlatoani y la elección de otro; y tu vida cambió por completo. Ya no eras más el hijo del tlatoani, sólo eras un miembro de la nobleza, uno más entre las decenas de sobrinos del nuevo tlatoani Tízoc.

Tu ingreso a las tropas meshícas fue como el de todos. Ser Motecuzoma, hijo de un tlatoani difunto, no te concedió privilegios. Por el contrario, tu hermano Macuilmalinali y tú fueron tratados incluso con mayor severidad por parte de sus compañeros y maestros. Eran los más jóvenes del grupo; un par de muchachitos —casi niños— enclenques e ingenuos. Cualquier broma u hostilidad sería pasada por inadvertida ante los ojos de los capitanes y sacerdotes. Se les dijo desde el primer día que para poder soportar un combate debían comenzar por aguantar los acosos en los entrenamientos.

El primer ataque no tardó en llegar. Macuilmalinali se encontraba a un lado tuyo cuando un grupo de jóvenes los rodearon y saludaron con cordialidad. Ni una sola suspicacia sobre sus planes.

—Oh, gran señor Macuilmalinali —dijo uno de ellos arrodillándose ante tu hermano—. Hemos venido para entregarle esta humilde ofrenda.

Sin preguntarse qué era lo que estaba en el bulto, tu hermano lo tomó y lo abrió sólo para encontrar ropas de mujer.

—¿No le gusta nuestro obsequio? —Le siguió un empujón en el pecho, que llevó a Macuilmalinali a caer de nalgas. Otro joven se había acomodado con rodillas y codos en el piso, justo detrás de tu hermano. Las risas se transformaron en carcajadas. Apenas si pensaste en auxiliar a Macuilmalinali, cuatro manos te rodearon el pecho. Forcejeaste sin poder liberarte.

—¿Es usted quien quiere ponerse el atuendo de guerra?

Lograste disparar un nutrido escupitajo en el rostro de uno de ellos antes de que cayera de rodillas por un fuerte golpe en los testículos. A una distancia muy corta estaba Macuilmalinali acostado bocarriba, iracundo, lanzando patadas y golpes a los que pretendían desvestirlo.

Para defender el honor tuvieron que propinar y recibir golpes hasta que sus agresores se cansaron. Terminaron con sangre en los labios, los ojos hinchados y con cuantiosos moretones por todo el cuerpo.

El segundo ataque fue una semana después. Llevaban más de mediodía concentrados en la tarea que les habían asignado sus maestros: recolectar espinas para el autosacrificio. Debían volver al campo de entrenamiento en cuanto tuvieran el número indicado. De regreso al Calmécac, el mismo grupo de jóvenes les cerró el paso.

—¿Ahora sí vas a ponerte estas ropas? —preguntó uno de ellos extendiendo la mano.

—Sí —respondiste y te acercaste.

Macuilmalinali se quedó desconcertado, pues sabía que aquellos que acceden a vestirse con ropa de mujer se condenan a hacerlo por siempre.

—¿Quieres que me vista yo solo o quieres ayudarme? —dijiste en cuanto él se acercó a ti para darte la ropa.

Liberó una sonrisa mordaz.

—¿La señorita quiere que le ayude?

—Sí. —Tenías las prendas de mujer en una mano.

Aún recuerdas sus ojos y su aliento. Te miró asombrado y asustado. Logró sujetarte del brazo mientras tu mano apretaba el cuchillo que justo en ese instante le habías enterrado en el abdomen. Habías sacado el arma —que llevabas escondida— aprovechando que tenías las prendas femeninas en la mano. Fingiste un intento por desvestirte delante de ellos y sin decir más defendiste tu honor. Los demás infantes quedaron mudos al ver a su amigo caer de rodillas. Dirigieron las miradas en todas las direcciones. No había más testigos que ellos y Macuilmalinali. Le sacaste el cuchillo y le limpiaste la sangre con las ropas que te habían dado.

—¡Vámonos! —exigió uno de ellos asustado y comenzó a correr. Los demás lo siguieron apurados, sin decir una palabra.

Macuilmalinali quedó tieso a tu lado.

—Ya no nos van a molestar —dijiste.

Esa noche, Motecuzoma Shocoyotzin, hubo gran alboroto. Las tropas tenoshcas recorrieron toda la ciudad preguntando a quien se cruzara en su camino si habían visto a algún extranjero merodeando por el tianguis o por las orillas del lago.

A los aprendices les ordenaron que se formaran en el campo de entrenamiento. Había cientos de antorchas encendidas alrededor. Se escucharon los grillos y algunas aves nocturnas. Un grupo de soldados marchó a paso lento frente a ustedes. El capitán —cuyo penacho era de plumas azules y rojas— se aproximó y se detuvo delante de cada uno, acercando considerablemente su rostro mientras fruncía el ceño. Era fácil percibir su aliento.

—¡Esta tarde fue asesinado uno de sus compañeros! —gritó el capitán y caminó de un extremo a otro, empuñando el macáhuitl con la mano derecha—. ¡Quien haya visto algo que dé un paso al frente!

No hubo quien moviera un pie. Sólo se escuchó el viento y los grillos. Levantaste la mirada hacia el cielo y observaste miles de estrellas.

—¿Tenemos al culpable entre nosotros? —Se acercó a uno de tus compañeros—. ¿Fuiste tú?

—¡No, capitán!

Repitió lo mismo frente a cada uno de los alumnos:

—¿Fuiste tú?

—¡No, capitán!

—¿Fuiste tú?

—¡No, capitán!

A tu izquierda se encontraban los testigos, aquellos jóvenes que bien pudieron cambiar tu destino.

—¿Fuiste tú?

No se atrevieron a delatarte.

—¡Daremos con los culpables y los condenaremos a muerte! —sentenció el capitán y se marchó.

Nunca te sentiste mal por haber matado a ese joven. Tenías la certeza de que para eso estabas aprendiendo a usar las armas, y que la vida de un hombre no debía tener valor alguno para un soldado si es que quería sobrevivir.

Para ejercitarse en las armas utilizaban macuahuitles sin piedras de obsidiana, flechas y lanzas sin filo, por lo cual no hacían daño.

—Deberíamos utilizar armas reales —dijiste un día al capitán.

—¿Eres ingenuo o pretendes burlarte de mí? Si usáramos armas de verdad terminarían muertos, Motecuzoma. —Acercó su rostro al tuyo—. ¿Escuchaste? —Te golpeó la sien con sus dedos índice y medio—. Muertos. ¿Y quién iría a las batallas? Me sorprende que digas comentarios de esa índole siendo hijo de un tlatoani.

—Sabemos que es un entrenamiento, que nuestras vidas no corren peligro. Por ello no nos esforzamos lo suficiente para protegernos de los golpes. Si nuestras armas cortaran, seguramente enfocaríamos toda nuestra atención en los movimientos de nuestro contrincante.

—Ay, muchacho. —El capitán liberó una risa casi inaudible. Luego el resto de la tropa lo siguió.

Las risas subieron de tono.

—Por eso muchos soldados mueren en su primera batalla.

—Porque no entrenaron lo suficiente.

—¡Cierto! Y también porque no sabían a lo que se enfrentarían en realidad; porque creían que seguía siendo un juego de niños que se dan de golpes con palos. En cambio, si un guerrero conoce, antes de ir a la guerra, el sabor de la victoria, el valor de un preso, el sentimiento de ver morir a su contrincante, podrá ser un mejor combatiente.

—Para eso existen las Guerras Floridas. Para entrenar y para conocer el sabor de la victoria o de la derrota. Eso lo conocerás en su debido momento. Ya me habían comentado sobre ti, pero no imaginé que llegaras a tanto. Crees saberlo todo. ¿Quieres enseñarme a mí cómo entrenar a mis tropas? Yo he liderado muchas campañas. ¡Yo! ¿Lo entiendes? Sé muy bien lo que hago. No te confundas, muchacho. Ser hijo de un tlatoani no te da lo que a mí me ha dado la experiencia. Tu linaje te ha hecho soberbio.

Poco después —cuando Tízoc había muerto y Ahuízotl fue electo tlatoani—, comenzaste a participar en las batallas y te convertiste rápidamente en uno de los mejores y más valerosos guerreros, no sin antes conocer el sabor de la derrota. Tras las guerras contra Cuauhtlan y la Huasteca, regresaste con un gran número de prisioneros que tú mismo capturaste. En consecuencia el tlatoani Ahuízotl te puso al frente de las tropas que marcharon contra el ejército del Istmo de Tehuantépec —el pedazo de tierra más angosto entre los dos mares—, donde un grupo de comerciantes había sido víctima de imperdonables ofensas.

En esa ocasión regañaste a uno de tus soldados por atreverse a juzgar la decisión del tlatoani de enviar sus tropas para vengar una ofensa.

—Es absurdo que cada vez que alguien ofende a un meshíca en algún pueblo, el tlatoani envíe sus tropas para castigar a los ofensores. Yo creo que lo único que busca son excusas para hacer la guerra.

Llevaban más de una semana caminando en medio de un calor insoportable, que no tenía comparación con el clima de la ciudad isla, Meshíco Tenochtítlan, donde bien podía hacer calor de día, pero de noche bajaban las temperaturas y amanecía tan fresco que daba gusto contemplar el alba. Donde estaban caminando hacía calor día y noche. Te detuviste al escuchar las palabras del soldado y lo miraste de frente.

—Tienes razón en lo que dices. El tlatoani busca excusas para hacer la guerra. Cualquier ofensa es motivo para alzarnos en armas. ¿Y sabes por qué lo hace?

—Por ambición —respondió el soldado con el mismo gesto soberbio que cargan todos los que juzgan a sus gobernantes sin entender las dificultades de gobernar.

—Lo hace para que tú, ellos —señalaste al resto de la tropa—, tus hijos, tu mujer, tu padre, tu madre, tus abuelos y tus hermanos no tengan que ser vasallos de otros pueblos. Tu inexperiencia no te permite comprender lo que acabas de decir. Desconoces el sufrimiento y el hambre que vivieron nuestros ancestros hace cien años. Aún no entiendes por qué somos el *altépetl* (señorío) más poderoso de toda la Tierra. Si nuestro tlatoani ignorara las ofensas, tarde o temprano seríamos vistos como unos cobardes, y seguramente atacados, y muy probablemente vencidos por nuestros enemigos. Ésta es mi única advertencia. Piensa mejor lo que dices.

El soldado bajó la cabeza y pidió perdón. No volvió a hablar en todo el camino. Al llegar al Istmo de Tehuantépec fue uno de los más valerosos. Volvieron victoriosos a Meshíco Tenochtítlan.

Fueron tantas tus hazañas en los combates y tantos los prisioneros que capturaste personalmente, que pronto recibiste los altos rangos militares conocidos como *cuachictin* (cabeza rapada), *tlacatécatl* (comandante de hombres) y *tlacochcálcatl* (gran general).

Luego de llevar al tecutli Malinche y a sus hombres a conocer las casas de las aves y las fieras, Motecuzoma los lleva a conocer los lugares de recreo que posee: inmensos jardines llenos de todo tipo de flores hermosas y exóticas —por donde pasan bellos ríos de agua tan transparente que se pueden ver las piedras en el fondo—, y grandes estanques poblados de aves y peces.

—Mi señor Cortés pregunta a quién pertenece todo esto —traduce la niña Malina.

—Esto es sólo para el tlatoani, la nobleza y huéspedes —explica Motecuzoma sentado en las andas que cargan seis hombres.

El tecutli Malinche lo observa desde su venado gigante, sin dejar de acariciar el puño de su largo cuchillo de plata. Ya es más de mediodía y no han comido. Muchos de los hombres de Malinche se quejan y piden agua. Entonces Motecuzoma les manda traer garrafas.

—En este lugar se cultivan únicamente plantas medicinales.

—Dice mi señor Cortés que le gustaría volver a la ciudad —traduce la niña Malina.

—Allá, en ese cerro, está Chapultépec —señala Motecuzoma—, uno de mis lugares favoritos de recreo. Tiene un mirador en la cima desde donde se puede ver el lago de Teshcuco, la isla de Meshíco Tenochtítlan y muchos pueblos.

El tlatoani observa al cielo y calcula el tiempo. Entonces ordena que los lleven al recinto sagrado. Los cientos de soldados que los siguen ya están agotados por el calor. Jamás las calles de la ciudad habían estado tan sucias, pues los venados gigantes no han dejado de cagar. Miles de personas curiosas se acercan para verlos y los capitanes de las tropas les gritan para que se quiten del camino. Uno de los miembros de la nobleza —que siempre carga tres varas altas y delgadas— camina delante de las andas que cargan a Motecuzoma, y grita:

—¡Arrodíllense ante el huey tlatoani!

Antes de entrar al recinto sagrado, extiende su brazo con una de las varas para que el tlatoani se sostenga al bajar de sus andas. Pronto

una decena de hombres se apresura a acomodar una alfombra de algodón para que Motecuzoma no pise el suelo. Pero él les hace una seña
con la mano para que en esta ocasión no la pongan. Luego le pide a Malinche que él y sus hombres bajen de sus venados gigantes y que los
dejen afuera, pues están por entrar a un lugar sagrado que merece respeto. Los extranjeros obedecen, y soldados de menor rango se llevan a
los venados gigantes a las Casas Viejas. Entonces el tlatoani le explica al
tecutli Malinche y a su gente el nombre y la función de cada uno de los
edificios.

—Éste que ven aquí —señala un edificio que consta de inmensos muros y columnas, decorados con franjas verdes, amarillas y
rojas, que rodean todo el lugar, con más de doscientas aulas y cinco
patios— es el Calmécac, la escuela donde asisten únicamente los
miembros de la nobleza y donde se preparan los futuros sacerdotes.

Luego señala un ojo de agua, rodeado por una pequeña plataforma de roca.

—Éste es el Tozpálatl, que abastece de agua a todo el recinto sagrado.

Los guía al otro extremo y les muestra una edificación, ubicada
detrás del altar de las calaveras, que tiene un patio en forma de rectángulo y dos muros.

—Éste es el juego de pelota. —Es un lugar tan grande que en su
interior caben todos los hombres que acompañan a Motecuzoma y
Malinche.

—¿Para qué es eso? —Malinche señala los anillos verticales de
piedra que se encuentran en la parte central de los muros.

—Los jugadores deben pasar una pelota de caucho por esos anillos, pero solamente golpeándola con las rodillas o las caderas. La
gente se sienta a observar el juego desde esas gradas.

—Qué juego tan extraño —dice el tecutli Malinche y todos sus
soldados hacen comentarios entre sí. El tlatoani se percata de que
están burlándose.

—No es solamente un juego —se dirige a ellos con seriedad—.
Tiene un significado religioso: es la lucha entre el día y la noche, la
batalla entre Tezcatlipoca y Quetzalcóatl.

El tecutli Malinche y sus hombres lanzan unas carcajadas.

—Sigamos por este otro lado —dice el tlatoani muy molesto por la actitud de los extranjeros.

Pronto Malinche y sus hombres comienzan a hablar en un tono escandaloso.

—¿Qué demonios es esto? —pregunta frente a una larga plataforma rectangular, en cuyos extremos se hallan unas paredes decoradas con cientos de cráneos labrados en piedra y recubiertos por estuco; y en cuyo centro, a todo lo largo, se ubican cientos de cráneos verdaderos, algunos aún con carne, ojos y cabello fresco, perforados de forma vertical por varas de madera.

—Son los cráneos de los enemigos vencidos en batalla. Es el altar de las calaveras (*huey tzompantli*).

—Esto es... —El tecutli Malinche cierra los ojos y se tapa la boca y nariz—. Repugnante.

El tlatoani continúa e ignora la actitud de Malinche. Muchos de los soldados extranjeros observan el tzompantli con desdén, otros con curiosidad.

—De este lado se encuentra el adoratorio del dios Tonátiuh —explica Motecuzoma—, también conocido como La Casa de las Águilas. Aquí se llevan a cabo, en honor al sol, los combates entre los prisioneros y los guerreros águila y jaguar. Lo cual significa para el enemigo la más gloriosa de las muertes.

Más adelante se encuentran con cuatro edificios alineados entre sí.

—Estos teocalis están dedicados a Coacalco, teocali de los dioses de los pueblos derrotados en batalla; Cihuacóatl, deidad femenina, relacionada con la tierra; Chicomecóatl, dios de la agricultura; y Shochiquetzal, dios de las flores.

En el centro de esas cuatro construcciones se encuentra un edificio con un muro circular en la parte trasera, cuyo techo tiene forma de cono y en el frente tiene muros rectangulares y unos escalones que llevan hasta la cima donde se encuentra un patio rodeado de almenas, una serpiente de aspecto terrorífico y un adoratorio cilíndrico con un techo cónico de madera y paja.

—Éste es el edificio dedicado a Quetzalcóatl, dios del viento. La boca de esa serpiente es la entrada al teocali —explica orgulloso

Motecuzoma, pues este teocali ha sido construido en su gobierno y diseñado por él mismo—. Tenemos en nuestro panteón la figura divina llamada Quetzalcóatl, quien está relacionado con uno de los astros, y tiene un ciclo en el cual es visible por las noches, y desaparece en el horizonte antes de reaparecer como un astro de la mañana; luego desaparece de nuevo antes de recobrar su forma de astro nocturno. Este ciclo de muerte y de resurrección, esa alternancia de caracteres matutinos y vespertinos convierte a Quetzalcóatl en una personalidad cíclica, hecha de apariciones y desapariciones[12]. No significa que Quetzalcóatl vaya a regresar físicamente.

Malinche y sus hombres dirigen su atención al edificio que se encuentra justo frente al teocali de Quetzalcóatl, el Coatépetl, el Monte Sagrado, el huey teocali. Motecuzoma intenta explicarles que los teocalis que se encuentran a los costados están dedicados a los Tezcatlipocas: al norte al Tezcatlipoca rojo y al lado sur al negro, dioses relacionados con la muerte, la destrucción, la hechicería y la oscuridad.

—Estos dioses rigen los puntos cardinales y el eje central de abajo hacia arriba: del cielo a la Tierra —explica.

Pero Malinche no deja de ver el Coatépetl de aproximadamente sesenta metros de alto, con una enorme escalera doble, delimitada por alfardas que alojan cuatro cabezas de serpiente hechas de basalto.

—Mi señor Cortés quiere subir —traduce la niña Malina.

—En un momento —responde Motecuzoma y señala unas construcciones de un solo nivel, en forma de L—. Esos edificios que se ubican entre los teocalis de los Tezcatlipocas y el Coatépetl son los recintos de los guerreros águila, al lado norte; y de los guerreros ocelote, al sur. Ahí se albergan los furiosos guerreros que se pondrán al servicio de Tonátiuh, dios del Sol.

El tecutli Malinche se encuentra contemplando las dos serpientes completas, que parece que se miran retadoramente entre sí, una orientada hacia el norte y la otra hacia el sur, sobre la plataforma principal.

---

12   Esos rasgos míticos incitaron a algún exégeta a sobreponer la imagen de Quetzalcóatl en la de Cortés. Véase *Cortés*, de Duverger, p. 360.

—Mi señor Cortés quiere subir al huey teocali —insiste la niña Malina.

—Vamos —responde Motecuzoma.

—¿Qué es esto? —pregunta Malinche y señala el monolito esculpido justo al inicio de las escaleras.

—Es la imagen de la diosa desmembrada Coyolshauhqui, arrojada al nivel terrestre por su hermano Huitzilopochtli.

La niña Malina traduce y el tecutli Malinche muestra indiferencia ante lo que escucha, pues él y sus hombres están asombrados al ver el piso de la plaza empedrado con lozas blancas, lisas y pulidas.

—Es increíble que esté tan limpio —exclama Malinche.

Dos miembros de la nobleza se acercan a Malinche y le ofrecen sus manos para ayudarle a subir los escalones.

—Va a cansarse mucho al subir a este gran teocali —dice Motecuzoma.

—A mis hombres y a mí no nos cansa nada —responde Malinche mirando hacia la cima del teocali. Luego libera una risa soberbia.

Apenas si suben veinte escalones los extranjeros ya empiezan a jadear.

—Este teocali ha sido ampliado once veces —explica Motecuzoma mientras sube por los escalones con gran agilidad, al igual que todo su séquito de pipiltin, sacerdotes y capitanes—. Cada nuevo desarrollo ha cubierto al anterior.

—¡Esperad! —dice Malinche, que respira agitadamente.

Motecuzoma sonríe al ver que no sólo el tecutli Malinche está completamente agotado.

—Este teocali se orienta hacia la puesta del sol, hacia el poniente; su plataforma rectangular simboliza el nivel terrestre del universo.

Aún no llegan a la mitad y todos los extranjeros se sientan en los escalones a descansar. El tlatoani los observa en silencio y piensa que bien podría deshacerse de esos intrusos en ese momento. Nadie ha podido sobrevivir una caída. Pero intentar empujarlos también es un gran riesgo, pues ellos podrían llevárselos consigo. Además, traen sus trompetas de fuego y sus arcos de metal. «¿Cómo confiar en alguien que jamás suelta sus armas?», piensa.

Subir la otra mitad de los escalones se vuelve un lento y ridículo ritual en el que muchos de ellos lo hacen sentados, mirando hacia la ciudad.

—Dice mi señor Cortés que estos escalones están muy altos.

Al llegar a la parte superior del teocali, Motecuzoma les muestra orgulloso el extraordinario paisaje que se ve desde esa altura: los teocalis del recinto sagrado, que relucen blancos por la cal; toda la ciudad de Tenochtítlan, con sus canales y calles hechas con una simetría exacta, llena de árboles y flores; el lago de Teshcuco, repleto de canoas y aves acuáticas; las tres calzadas —divididas por puentes de madera levadizos, que permiten el libre flujo de agua de un lado a otro de éstas—, que van a Iztapalapan, Tlacopan y Tepeyácac; el acueducto que provee de agua del cerro de Chapultépec a la ciudad; todos los pueblos en las islas cercanas, a las orillas de la laguna, en tierra firme y sobre los montes.

Malinche y sus hombres apenas si pueden respirar. Contemplan la ciudad con las espaldas corcovadas y sus manos sobre las rodillas. Al dirigir su mirada al otro lado observan el gran teponashtle, cuyo resonar se escucha a más de dos leguas de distancia.

—Mi tecutli Cortés quiere que le muestre sus dioses —dice la niña Malina.

—Éstos son el teocali de Tláloc, dios del agua y de la lluvia, dios de los mantenimientos. —Motecuzoma señala el adoratorio decorado con almenas de roca, con formas de caracoles y un tablero de franjas blancas y azules—. Y éste es el teocali de Huitzilopochtli, dios de la guerra, dios tutelar del pueblo meshíca. —El otro está ataviado con un tablero de color rojo y varios cráneos labrados, pintados de color blanco y almenas con formas de mariposas—. Este teocali representa las dos actividades principales de los meshícas: la agricultura y la guerra.

Luego los invita a caminar al interior del adoratorio, el cual está techado con maderas muy finas y labradas con extremo cuidado. Los recibe una nube de humo espeso y oloroso, proveniente del copal ardiendo en los braseros. En la entrada yacen colgados unos cascabeles de oro. El piso y las paredes tienen gruesas costras de sangre. En el centro se encuentran dos altares, los cuales tienen, cada uno, dos bultos corpulentos. Uno de éstos representa la imagen de Huitzilopochtli, cuya cabeza y cuerpo están tachonados con piedras preciosas, perlas y oro. Tiene en el cuello un collar de corazones de oro, plata y piedras azules. Unas serpientes fabricadas con oro y piedras preciosas recorren el cuerpo de Huitzilopochtli, que sostiene en una mano un arco y en la otra, un par de flechas. A un lado se encuentra un ídolo menor, que carga una lanza y un escudo fabricado con oro y piedras preciosas.

En el otro altar yace la imagen de Tezcatlipoca, cuyos ojos están hechos con espejos de metal finamente pulido. Su cuerpo también está decorado con oro y piedras preciosas. A su lado se encuentra la imagen de un dios menor cuyo aspecto es de hombre y de lagarto. Está relleno con semillas de toda la tierra.

Malinche se estremece al ver en uno de los braseros los cuchillos para el sacrificio, manchado con sangre, así como los corazones de los hombres que fueron sacrificados dos días atrás. De pronto y sin avisar sale del adoratorio. Les cuenta a los demás soldados lo que acaba de ver. El tlatoani no entiende lo que dicen, pero infiere que no están de acuerdo con lo que acaban de ver. De pronto, Malinche le dice algo a Jeimo Cuauhtli, y éste le repite a la niña Malina. Ella asiente con la cabeza y se dirige a Motecuzoma.

—Dice mi tecutli Cortés que usted, un señor de tanta grandeza y sabiduría, debería entender que esos ídolos son tan sólo cosas malas, llamadas diablos, que lo tienen completamente engañado. Y si usted desea verificarlo, mi tecutli Cortés puede colocar una cruz y una imagen de la virgen para que usted compruebe el temor que esos demo... —la niña Malina nota la ira en los ojos de Motecuzoma— ...nios tendrán ante... esos —por un momento se arrepiente de lo que está diciendo— ...objetos santos.

—Si yo hubiera sabido que iban a faltarle el respeto a nuestros dioses, no los hubiese traído hasta aquí. —Observa furioso a la niña Malina—. Tú sabes que eso que acabas de decir se castiga hasta con la muerte. Ellos nos dan salud, lluvias, buenas cosechas y muchas victorias. Los meshícas estamos obligados a venerarlos y a hacer sacrificios para ellos.

La niña Malina baja la cabeza avergonzada, y comienza a traducir. Malinche no necesita esperar a que Jeimo Cuauhtli hable, por lo que ha visto comprende que Motecuzoma está muy molesto. Sabe que por el momento ha sido suficiente.

—Necesitamos descansar —dice Malinche—. Vámonos.

Motecuzoma y su séquito los observan. Los extranjeros se sientan en los escalones y bajan lentamente.

## 6

M e ejercité en las tropas, cumplí con mis obligaciones y finalmente recibí el nombramiento de soldado. Todavía no acudía a ninguna guerra. Ya había cumplido trece años.

Principalmente me dediqué a estudiar los astros. Aprendí la lectura de los libros pintados. Medité sobre los acontecimientos que ocurrían día a día. Recorrí pueblos y conocí señores importantes que pronto se convertirían en mis aliados. No hablé de mis ideas religiosas y militares. No propuse ni discutí. No era tiempo aún.

Mi primer combate fue un fracaso. Salvé la vida gracias a que los soldados más ejercitados salieron al frente. Recibía pocos golpes al igual que el resto de los soldados de mi edad, la mayoría entre trece y quince años.

Incluso hubo una discusión entre capitanes esa madrugada, antes de salir a combate. Uno de ellos quería que los más jóvenes marcháramos primero. El otro le respondió que no arriesgaría a un grupo de niños.

—¡No son niños! ¡Son soldados!

—¡Inexpertos!

—¡No es la primera vez que llevamos soldados jóvenes a la guerra! ¡Y si no sobreviven será porque así lo quiso el dios Huitzilopochtli! ¡Él sabrá protegerlos!

Finalmente llegó el capitán general de todas las tropas. Luego de escuchar a ambos capitanes, decidió mandarnos atrás.

—Bienvenidos a las tropas —nos saludó a poca distancia. Luego se dirigió a los capitanes—. A ellos —señaló con el dedo índice— denles teponashtles y caracoles para que anuncien la batalla. Y a estos otros déjelos atrás. Protejan sus vidas.

A partir de entonces aprendí que a las tropas hay que inculcarles el deseo de defender su honor. La humillación de uno, debía ser la de todos. Si alguien ofendía a Huitzilopochtli, ofendía al tlatoani, a sus sacerdotes, a su ejército y a su pueblo. Tardé muchos años en comprender esto.

Poco nos duró el privilegio recibido en la primera batalla; en las siguientes comenzaron a morir soldados de todas las edades y tuvimos que ir al frente. Entonces aprendí a usar las armas, y comprobé que cuanto había dicho al capitán, tiempo atrás, sobre las Guerras Floridas era correcto.

Salíamos a las batallas de madrugada y volvíamos al atardecer, cansados y heridos. Comíamos, curábamos nuestras lesiones, reparábamos nuestras armas y dormíamos lo posible —a veces cuatro o cinco horas—, para volver a atacar al amanecer. Estábamos tan flacos y quemados por el sol que apenas si nos reconocían en nuestras casas cuando volvíamos.

En una ocasión perdimos una batalla y fue uno de los momentos más tristes que viví. Las cicatrices de la guerra no sólo se llevan en brazos y piernas, también en la amargura de la derrota. Había pasado poco más de dos años fuera de Meshíco Tenochtítlan y sentía como si hubieran sido diez. Salí con cuerpo de niño y convertido en un hombre. Mis brazos y piernas eran flacos, pero fuertes. Mi voz cambió. Las mujeres que antes encontraba a mi estatura ahora las veía al nivel de mi hombro o más bajas.

Entramos en silencio, con parsimonia, por la calzada de Tepeyácac. Sentí las miradas de la gente sobre nosotros. Había duelo por todas partes. Mujeres viudas con semblantes cadavéricos, niños tan huérfanos como desnutridos, padres y madres pálidos y con lóbregas ojeras.

Comprendí que no sólo los soldados habíamos sufrido la hambruna. Entendí la necesidad de prevenir que la miseria arrasara con Meshíco Tenochtítlan en guerras futuras.

Al entrar al palacio del tlatoani, nos encontramos con un gran banquete. Tízoc fue recibido con gran regocijo por sus esposas, sacerdotes, ministros y consejeros, que se veían igual de saludables que antes.

—Vengan a comer —nos dijeron.

—¿Y tu pueblo? —le pregunté.

—¿Qué con el pueblo?

—¿Qué van a comer tus vasallos? ¿Ya los viste?

—Ya me ocuparé de eso.

—¿Cuándo? ¿Hoy o en una semana?

Me dirigí a la servidumbre y les ordené que llevaran toda la comida a la entrada del palacio.

—¿Qué estás haciendo? —preguntó enfurecido.

—¡Voy a alimentar a los tenoshcas!

Todos los presentes se mantuvieron al margen. Sólo algunos se atrevían a murmurar.

—¿Qué le ha ocurrido a este muchacho? —se alcanzó a escuchar.

Los sirvientes se mantuvieron en espera de lo que diría Tízoc.

—¡Vamos! —grité a los sirvientes—. ¿Qué esperan?

—¡No se muevan! ¡Yo soy el tlatoani!

—¿Les vas a negar el alimento? ¡Respóndeme! Si es así, saldré en este momento y le diré a todos los meshícas que su tlatoani no les quiere dar de comer.

No respondió. Su respiración se agitó.

—¡Lleven la comida afuera! —me dirigí nuevamente a los sirvientes.

Tras dar aquel banquete a la gente, me fui al teocali de Huitzilopochtli donde solía pasar la mayor parte de mi tiempo. De pronto, mi maestro Tlecuauhtli apareció a mi espalda.

—Tuviste suerte. Otro tlatoani habría ordenado que te mataran por lo que hiciste.

No respondí.

—A mí no me engañas, Motecuzoma —dijo.

—¿De qué habla? —le pregunté sin quitar la mirada del teocali del dios portentoso.

Unos nubarrones surcaron el cielo.

—Eso que hiciste. Salir ante el vulgo y gritar: ¡Tenoshcas, vengan a comer! Eso no era suficiente para alimentar a un pueblo. Ni siquiera a uno de los barrios. Algo te traes entre manos.

—Debemos ganarnos la lealtad del pueblo. —Dirigí los ojos a mi maestro—. Dale de comer a tu pueblo para que luego ellos te preparen los banquetes. De lo contrario un día te servirán veneno.

Sonrió, y puso la mano en mi hombro.

—Tú y yo nos estamos entendiendo.

—Al volver a Tenochtítlan y ver tanta gente desnutrida sentí mucha ira por haber desperdiciado tanto tiempo en una guerra y volver sin riquezas.

—A ti te dolió el fracaso.

Me quedé en silencio. Jalé aire. Tlecuauhtli mostró la dentadura al mismo tiempo que alzó las cejas.

—No es eso —mentí—. Sólo que...

Tlecuauhtli hizo una mueca de ironía y movió la cabeza de izquierda a derecha. Gotas espesas comenzaron a golpear el piso y los escalones del teocali.

—Vámonos —recomendó mi maestro.

Negué con la cabeza.

—Aquí me voy a quedar.

Seguí a Tlecuauhtli con la mirada mientras bajaba por las escaleras del teocali. Pronto vi cómo se hicieron enormes charcos en la plaza principal. La gente que había estado caminando por ahí corrió apresurada para esconderse de la lluvia. Luego oscureció y grandes relámpagos iluminaron el cielo. Siempre me ha gustado quedarme bajo la lluvia y sentir el regalo del dios Tláloc. Es cuando mejor acomodo mis ideas. Volví a mi casa hasta la madrugada, cuando las lluvias habían terminado.

Muy pocas veces me he quedado dormido hasta que sale el sol. Esa mañana un dolor de cabeza me despertó. Escuché el ruido de los guajolotes y a algunos niños jugando. Me senté por un rato en mi petate y observé la luz que entraba. Arrugué los ojos y bostecé. Cuauhtláhuac seguía dormido en el otro petate. Tras ponerme de pie le di una patada en la pierna para despertarlo. Luego me apuré a bañarme para acudir al Coatépetl.

Llegué tarde. La ceremonia matutina a nuestro dios portentoso había terminado. Sólo estaba mi maestro Tlecuauhtli.

—Le suplico perdone mi tardanza, maestro —dije arrodillado.

—Ponte de pie y acompáñame.

Caminamos hasta el lago. Luego subimos a una canoa. Mi maestro me ordenó remar. No habló, y yo no me atreví a preguntar a dónde nos dirigíamos. De pronto ordenó que me detuviera. Estábamos en el centro del lago. Alrededor podíamos ver centenares de canoas. Había hombres pescando y otros llevando mercancías.

—¿Qué quieres? —me preguntó sin preámbulo.

—No entiendo, maestro.

—Sí. Sabes a lo que me refiero. —Se masajeaba los dedos de la mano derecha—. ¿Hasta dónde quieres llegar?

Los pescadores se encontraban tan ocupados que resultaba imposible que nos estuvieran escuchando. Sentía la mirada de mi maestro como un par de lanzas. Estuve a punto de responder, pero me tragué mis palabras.

—Te conozco bien, Motecuzoma.

Observé media docena de gansos que nadaban cerca de nuestra canoa. Metían sus cabezas en el agua y luego se sacudían.

—Sé que no estás de acuerdo con la forma de gobernar de Tízoc.

—Hay muchas cosas que debemos cambiar.

—Pensé que ya lo entendías. Los ministros y sacerdotes estamos para aconsejarlo.

Mi maestro Tlecuauhtli guardó silencio por un instante. La canoa se bamboleaba suavemente. Un ganso pasó volando muy cerca de nosotros.

—Hemos decidido nombrarte consejero.

No supe cómo responder. Estaba seguro de que con lo que había hecho el día anterior había perdido todas las posibilidades de recibir un cargo importante. Además, era un soldado inexperto.

—Eres muy joven, pero has demostrado tener la capacidad para ostentar el puesto. —Tlecuauhtli volteó la mirada al horizonte y sonrió tenuemente—. Te hemos elegido por tu temeridad e inteligencia. Tienes un gran poder de convencimiento. Pero no es suficiente. Debes mejorar. Ya aprenderás. El poder de la palabra hay que saber usarlo en todo momento y con todos: tus hermanos, tus capitanes, tus mayores, incluso con el vulgo. Para que el pueblo te obedezca primero debes hacer que te ame.

—¿Qué valor tendrán mis argumentos a la hora de tomar decisiones en el gobierno?

—Todo dependerá de tus argumentos. El respeto debes ganártelo.

—Me esforzaré.

Luego me preguntó si aceptaba el cargo. En cuanto le dije que sí, él habló por un largo rato sobre las obligaciones que tendría y me explicó muchas cosas que yo ignoraba sobre el gobierno, cosas que aunque uno pertenezca a la nobleza no las conoce. Al terminar me dijo que remara de vuelta a la ciudad. Después caminamos hasta la casa de los sacerdotes.

Mi entrada al oscuro teocali fue lenta y fría. Jamás me sentí tan observado como aquel día, a pesar de la poca concurrencia. Creí reconocer a todos, pero luego me di cuenta de que estaba equivocado. Había muchas personas que jamás había visto.

—Entra —dijo uno de los que no conocía.

Caminé lentamente observando alrededor. Había una hoguera en el centro y teas en las paredes que alumbraban el interior. Al frente se encontraba un hombre maduro.

—Es el cihuacóatl —dijo una voz a mi lado—. Arrodíllate ante él.

Ya lo conocía, sabía que era el hijo de Tlacaélel, el cihuacóatl anterior, pero hasta entonces no habíamos tenido un trato cercano.

—Bienvenido, Motecuzoma —dijo en cuanto me hinqué frente a él—. He escuchado tanto sobre ti que ya ansiaba este momento.

Nunca había visto a un hombre que me impactara tanto. Era como si estuviera frente al huey tlatoani de toda la Tierra.

—Tras la muerte de Tenochtli se designó a un consejero supremo para que fuese la conciencia del tlatoani, y se le nombró cihuacóatl. Su tarea principal es cuidar de los meshícas y hacer de ellos un pueblo próspero. Hubo dos antes. El primero fue hijo de Ténoch, y el segundo fue mi padre, Tlacaélel. Igual que él, tuve la posibilidad de ser elegido tlatoani, pero decidí convertirme en cihuacóatl. Antes de que malinterpretes mis palabras debo aclarar que no te hemos mandado llamar para eso. Tú tienes otro destino. Mientras tanto debes curtirte como soldado y sacerdote.

Aquella propuesta resultaba tentadora, aunque no la entendía por completo. Me parecía hasta cierto grado algo inverosímil verme como uno de los consejeros del tlatoani. Entonces volvieron a mi mente las ocasiones en que presencié reuniones de mi padre con los ministros y sacerdotes.

—¿Cuánto valen las palabras de un consejero?

—El tlatoani es sólo un instrumento del gobierno. Son los dioses quienes mandan y se comunican a través del cihuacóatl y sus sacerdotes.

—¿Cuándo comenzaré?

—Espera, muchacho. No es tan sencillo. Para eso todavía falta mucho. Debes instruirte. Nosotros nos encargaremos de eso. Mientras tanto seguirás en las tropas, como hasta el momento. De tus logros como guerrero y de tu aprendizaje dependerá el tiempo que te tardes en ser consejero. Mientras tanto habrá muchos cambios.

—¿A qué se refiere?

—Tízoc no está bien.

—¿Está enfermo?

—No.

—No entiendo.

—Será mejor que por el momento no lo entiendas.


Tízoc murió poco después.

Fui nombrado consejero del señorío de Meshíco Tenochtítlan en el año Tres Caña (1495). Tenía veintiocho años de edad. Gané mucho reconocimiento. Luego fui nombrado sacerdote del Coatépetl en el año Siete Caña (1499).

En el año Diez Conejo (1502) murió Ahuízotl, quien fue tlatoani por dieciséis años. Murió de hartos malestares en el intestino que sufrió mucho los últimos meses de su vida: todo lo que comía lo defecaba en forma líquida. Quedó tan flaco que apenas si podía mantenerse de pie.

Cuánto disfrutaron sus enemigos al enterarse de que por fin había acabado la vida de Ahuízotl, quien había emprendido más guerras que cualquier otro tlatoani, y con lo cual logró que Meshíco Tenochtítlan se convirtiera en la ciudad más poderosa. Hizo vasallos a los pueblos del norte, sur, poniente y oriente.

En cambio, Tenochtítlan sufrió tanto al saberse huérfana. Miles de mujeres lloraron su muerte, arrodilladas, desahuciadas. Se enviaron mensajeros a Acolhuacan, Tlacopan y todos los pueblos tributarios; y éstos llegaron con prontitud, como siempre y como debe ser, en compañía de toda su nobleza y centenares de tamemes que trajeron las ofrendas correspondientes a un funeral: oro, piedras preciosas, jade, ropas, mantas, plumas y los acompañantes del muerto —esclavos[13] destinados a ser sacrificados el día del funeral—, que se llevaría el tlatoani al más allá. Los días siguientes llegaron los demás reyes de todos los señoríos, como Colhuacan, Shochimilco, Iztapalapan, Shalco, Cuauhnáhuac y de lugares más lejanos. Colocaron su ofrenda en la habitación real en la que yacía el cuerpo de mi tío Ahuízotl y le dirigieron, como era nuestra costumbre, solemnes y extensos elogios.

Éramos tantos los presentes que resultaba difícil caminar de un extremo al otro. El lugar se impregnó con los aromas de la gente, del cadáver y humo del copal. Diez días y diez noches estuvimos ahí, escuchando los elogios de cada una de las personas que llegaba, los cuales duraban, en ocasiones, varias horas, pues era nuestra costumbre ser grandes oradores en todo tipo de circunstancias: fiestas a los dioses, nombramiento de algún señor y funerales.

El cuerpo del difunto tlatoani fue hermosamente ungido con el betún divino y vestido con sus mejores prendas, cadenas y brazaletes de oro, piedras preciosas y un magnífico penacho de plumas azules, verdes y rojas. Se le puso una pieza de jade en la boca, luego fue cubierto con mantas finas y colocado sobre unas andas, en las cuales fue llevado en hombros por los señores principales. A ellos les siguieron los cantores y músicos que tocaban tristemente los teponashtles, las

---

13   En el Anáhuac había tres formas de esclavitud: 1. Los prisioneros de guerra, generalmente destinados a los sacrificios de los dioses; 2. Los comprados, siempre bajo un solemne contrato, ante cuatro ancianos que fungían como testigos; 3. Los condenados por algún delito. Los esclavos comprados estaban obligados únicamente al servicio personal de sus amos, por lo tanto, eran libres de comprar propiedades y de tener sus propios esclavos. La esclavitud no era hereditaria. Si un hombre libre embarazaba a una mujer esclava y ella moría antes del parto él tenía que tomar su lugar como esclavo. Pero si ella daba a luz, él quedaba libre al igual que su hijo. Los padres podían vender a sus hijos para satisfacer sus necesidades económicas. Cualquier hombre podía venderse como esclavo. Los amos no podían vender un esclavo en contra de su voluntad. Los esclavos rebeldes, fugitivos o viciosos eran amonestados con un collar de madera y eran vendidos en el mercado.

caracolas y las flautas. Recorrimos los ciento ocho barrios para que todos los pobladores se despidieran de él. Caminamos por las tres calzadas: la de Tlacopan, al oeste; la de Tepeyácac, al norte; y la de Iztapalapan, al sur. Luego nos dirigimos al centro de la ciudad. Marchamos lentamente frente al Tozpálatl, el Calmécac, el juego de pelota, el huey tzompantli, el adoratorio del dios Tonátiuh, llamado la Casa de las Águilas, los cuatro teocalis dedicados a dioses menores; los recintos de los guerreros águila al norte y los guerreros ocelote al sur, los teocalis dedicados a los tezcatlipocas y, finalmente, al grandioso Coatépetl, el mayor del recinto.

Ahí nos esperaban centenares de guerreros, formados, firmes, respetuosos, con sus escudos, arcos, flechas y macahuitles. Todos galanes con sus penachos, sus cabezas de jaguares y águilas, ricamente fabricadas en madera.

Se escuchó entonces el grueso silbido de la caracola. El recinto sagrado estaba lleno de gente, pero el silencio que lo habitaba lo hacía parecer vacío. Se escuchaban distantes las narices aspirando el líquido que les fluía por la tristeza. Pronto aparecieron los sacerdotes con sus pebeteros, caminaron hasta el cuerpo del difunto tlatoani y comenzaron a incensarlo. Lo rodearon repetidamente hasta que el humo los cubrió por completo. El silbido de las caracolas seguía sonando como un lamento. Cargamos el cuerpo y, a paso lento, subimos los ciento veinte escalones hasta la cima del Coatépetl, donde nos esperaba la imagen del dios portentoso, el dios de la guerra, nuestro venerado Huitzilopochtli. Desde ahí, donde se podía ver claramente toda la ciudad y el lago de Teshcuco y los pueblos vasallos, pusimos el cuerpo sobre gruesos trozos de madera aromática que pronto arderían con el fuego.

Los que habíamos subido hasta la cima del huey teocali nos apartamos del difunto y caminamos hacia los lados para que el pueblo pudiera verlo. Abajo la gente que se encontraba frente al Coatépetl también se movió hacia los lados dejando completamente vacío el espacio frente al teocali dedicado a Huitzilopochtli. A lo lejos replicó, lento, un teponashtle: pum, pum, pum. Lo acompañó el grueso y largo graznido de una caracola. Todos seguíamos en silencio. Al pum, pum, pum del tambor le siguió el de otro de mayor tamaño. Luego se

escucharon los cascabeles. Un danzante caminó al centro con un recipiente lleno de copal, esparció el humo hacia los cuatro puntos cardinales, se arrodilló frente al huey teocali, besó la tierra y luego se
puso de pie. El pum, pum, pum se escuchó con ritmo más raudo, ¡pum-
pum-pum-pum, pum-pum! Luego oímos un grito: ¡ay-ay-ay-ay, ay! El
danzante sacó unas sonajas que llevaba entre el *máshtlatl* (calzoncillo) y la cintura, y comenzó a bailar en un mismo eje, dando vueltas a
la derecha y luego a la izquierda. Los cincuenta cascabeles atados
a sus pantorrillas sonaban en sincronía con los teponashtles, como si
sus pies fuesen los que tañeran el ¡pum-pum-pum-pum, pum-pum!
Enseguida entraron cuatrocientos danzantes que le siguieron el paso.
Todos con finas, largas y coloridas plumas en sus cabezas, y con escudos y macáhuitles en las manos.

Luego de varias horas —cuando ya había oscurecido— las danzas se suspendieron para incinerar el cuerpo de Ahuízotl. Se apagaron
todas las hogueras para que sólo el fuego del tlatoani nos iluminara.
Mientras ardía entre las llamas, los danzantes reiniciaron su ritual
ofrendándole sus pasos. ¡Pum-pum-pum-pum, pum-pum!

Cuando las llamas consumieron el cuerpo, los danzantes se detuvieron una vez más para abrir paso a esclavos, enanos, corcovados,
doncellas y a algunos sacerdotes que acompañarían al difunto en su
camino. Fueron pasando lentamente, entre la muchedumbre, hacia el
huey teocali. Subieron en silencio los ciento veinte escalones para entregarse a los cinco sacerdotes, que los cargaron de los brazos, las
piernas y las cabezas para ponerlos de espaldas en la piedra de los sacrificios, donde les sacarían los corazones. Entonces, retumbaban los
teponashtles, chillaban las caracolas, resonaban los miles de cascabeles y gritaban los danzantes: ¡ay-ay-ay-ay, ay!, ¡pum-pum-pum-pum,
pum-pum! Los gritos del sacrificado se perdieron entre tanto ruido.
Pero los que estábamos en la cima del huey teocali podíamos escuchar
claramente sus gritos de dolor mientras uno de los sacerdotes les en-
terraba en el abdomen un cuchillo de obsidiana. ¡Ay-ay-ay-ay, ay!
¡Pum-pum-pum-pum, pum-pum! Abajo la gente danzaba. En los escalones los esclavos esperaban con las cabezas agachadas. Arriba los
sacerdotes forcejeaban con el sacrificado, mientras el otro sacerdote
principal, con mucha dificultad, le abría el abdomen con sus dos

manos para luego introducirlas en lo más profundo hasta llegar al corazón y arrancarlo mientras el sacrificado continuaba vivo, gritando de dolor, pero con menos fuerzas. Cuando el ejecutor arrancó el corazón, lo alzó ante la imagen de Huitzilopochtli, mientras los torrentes de sangre fluían por sus brazos, y luego lo mostró a la gente que observaba desde abajo; lo arrojó al fuego en forma de ofrenda.

Poco a poco fueron pasando los que decidieron acompañar al tlatoani difunto. El fuego ardió hasta el amanecer. A mediodía, cuando sólo quedaban cenizas, recogimos los restos y los guardamos en una olla de barro, que esa misma tarde enterramos en el *cuauhxicali* (jícara de águilas).

## 7

—Qué palacio tan hermoso —dice el tecutli Malinche mientras él y sus hombres contemplan con gran asombro la entrada.

Al ingresar se encuentran con una aglomeración de señores principales, cada uno con sus propios sirvientes.

—¿Cuántas entradas tiene vuestro palacio? —pregunta el tecutli Malinche, con la mano en el puño de su largo cuchillo de plata.

—Veinte —responde Motecuzoma.

—¿Cuántas habitaciones?

—Cien aposentos[14].

Hay tres patios muy enormes. En el del centro se halla una fuente muy grande y bella, cuya agua viene del acueducto.

En el palacio viven más de trescientas personas, entre familiares y huéspedes. Motecuzoma Shocoyotzin tiene además una corte que entra y sale todos los días al palacio para atenderlo exclusivamente a él, porque le está prohibida la entrada a los criados.

Malinche y sus hombres notan que esta gente no hace más que esperar las órdenes de su señor —muchos de ellos conversando en voz baja— en las antesalas de la casa real.

—Señor, señor mío, gran señor —traduce la niña Malina—. Dice mi señor Cortés que está asombrado por toda la belleza que se ve en sus palacios, que son tan maravillosos que le parece que en España no hay uno semejante.

Motecuzoma ordena que se sirva la comida; camina lentamente hasta un banco de madera finamente labrada y acondicionado con una almohada de cuero, se sienta y sus sirvientes colocan frente a él una mesa decorada con elegantes manteles.

El banquete consiste —además de mucha fruta— en platillos no sólo de la región sino de muchos de los pueblos lejanos que los

14 Algunos historiadores aseguran que cada habitación medía aproximadamente nueve metros cuadrados.

tenoshcas han conquistado: tamales hechos con hojas de amaranto cocidas; tamales hechos con espigas de maíz revueltos con amaranto y almendras del hueso de capulines molidas; tamales con carne de guajolote y chile amarillo; tlacoyos —tortilla blanca rellena de frijol—; pescado en salsa de ciruela; gallina asada; pipián —guisado de gallina con chile colorado, tomates y pepitas de calabazas molidas—; codornices asadas; mole de chile amarillo con tomates; mole verde, rojo y de olla; ranas con chile verde; ajolotes con chile amarillo; huauzontles —planta verde con forma de arbusto— con chile verde de tiempo de secas; quelites —hierbas silvestres comestibles— con chile verde; camarones con chiltepín, tomates y pepitas de calabaza molidas; gusanos de maguey con salsa de chiltepín; guacamole rojo; salsa de guaje con tomates; atole de aguamiel; atole agrio, de pinole, de cacahuate, de maíz de teja; sopa de hongos; nopales con charales —peces de cinco centímetros de longitud—; tacos sudados; pescado enchilado; pozole blanco y rojo; camote con guanábana; y diversos tipos de tortillas: grandes, chicas, gruesas, delgadas, hechas de maíz blanco, negro, rojo, verde blanco, pinto, negro-morado, rojo-negro, encalado; y canastas llenas de chiles: chile chipotle, serrano, chilcostle, ancho, mulato, guajillo, ozolyamero, chiltepín, mora, manzano, de árbol, jalapeño, habanero y pasilla.

Motecuzoma escoge tres platillos señalándolos con el dedo: quelites con chile verde, pozole rojo y codornices asadas. Tres hermosas doncellas se apresuran a servirle y llevárselo hasta su mesa.

Malinche y sus hombres esperan a que les sirvan de comer, pero eso no ocurre. Entonces pregunta a la niña Malina y ella le explica que nadie puede comer al mismo tiempo que el tlatoani.

En cuanto Motecuzoma termina, las doncellas comienzan a ofrecerles comida a los extranjeros, quienes comen apresurados, y sin esperar a que les sirvan otra vez, se dirigen a las ollas por dos o tres porciones más. Hacen mucho ruido al masticar.

Al terminar se sientan a descansar; Motecuzoma los observa sin hablar.

—Mi señor Cortés dice que no cree que alguno de los sultanes o reyes de los que hasta ahora se tiene noticia haya tenido tantas ni tales ceremonias como usted —traduce la niña Malina.

Pero el tecutli Malinche no obtiene respuesta a este último elogio, pues el huey tlatoani está distraído: su mirada se encuentra enfocada hacia el final del salón. Se pone de pie sin dar explicación alguna y camina hasta una columna muy cerca de la entrada. Lo siguen varios de los pipiltin, pero él les pide que vuelvan a sus lugares.

—¿Qué estás haciendo aquí? —pregunta.

—Quería ver —responde atemorizada una niña de nueve años.

—No es un buen momento para que estés aquí.

—¿Por qué?

—Tecuichpo, no puedo explicarte en este momento. ¿Dónde está tu mamá?

—Allá —señala hacia afuera de la sala, sin tener la certeza de la ubicación—, con las otras concubinas.

—Vamos. —Motecuzoma toma de la mano a su hija y la lleva a la sala donde permanecen todo el tiempo sus concubinas.

—¿Quiénes son ellos?

—Unos extranjeros venidos de tierras muy lejanas.

—¿Qué quieren?

El tlatoani se detiene en medio del pasillo, observa a la niña y la toma de los hombros.

—No lo sé.

—¿Van a quedarse mucho tiempo?

—No lo sé.

—¿Es cierto que tienen unas trompetas de fuego?

—Sí.

—¿También pueden matar a muchas personas con esas armas?

—Sí, por eso debes mantenerte alejada de ellos.

—¿Por qué?

—Porque son muy peligrosas, y tú eres una niña.

—¡Ya no soy una niña! —grita y se va corriendo por el pasillo.

Al volver a la sala principal, Motecuzoma permanece en la entrada en silencio, observa que Malinche y varios de sus hombres más importantes[15] se han reunido para hablar. El tlatoani duda, duda todo el tiempo, y se pregunta de qué están hablando los barbudos,

---

15   Pedro de Alvarado, Juan Velázquez de León, Diego de Ordaz, Sandoval, Bernal Díaz del Castillo y cinco españoles más, de los cuales Bernal no menciona sus nombres.

qué están tramando, qué quieren. Ya les regaló mucho oro. Ya los invitó a hospedarse. Ya los llevó a conocer la ciudad. Ha hecho muchas cosas en contra de su voluntad y la de diversos miembros de la nobleza. Sostuvo prolongadas discusiones con ellos, en las que algunos se mostraban a favor de recibir a los extranjeros y otros en contra. Hizo todo lo que estuvo en sus manos para evitar que llegaran a Meshíco Tenochtítlan. Finalmente, Malinche alcanzó su objetivo, según él: conocerlo y entregarle un mensaje de su tlatoani Carlos Quinto.

De pronto uno de los hombres barbados se percata de que Motecuzoma está en la entrada y todos los demás voltean a verlo. El tlatoani jala aire y camina hacia su asiento. Malinche y sus hombres se acercan a él con mucho respeto.

—¿Qué es lo que quieren? —pregunta Motecuzoma.

En cuanto la niña Malina y Jeimo Cuauhtli traducen, Malinche inmediatamente responde:

—Ya os lo he dicho, mi señor Mutezuma, vengo a traeros un mensaje del rey Carlos de España.

—¿Cuál es ese mensaje?

Malinche sonríe y camina hacia el tlatoani, vuelve a sonreír y se tapa la boca con una mano, fingiendo que se acaricia la barba.

—Es cierto —hace una pausa y observa a uno de sus hombres, le hace algunas señas y él se apresura a llevarle un rollo de papel. En cuanto Malinche lo tiene en sus manos se lo entrega al tlatoani.

—¿Qué es esto?

—La carta que le ha enviado el rey Carlos Quinto.

—No sé qué quieren decir estos rayones.

—Si gusta puedo leerlo para vosotros.

Motecuzoma le entrega el documento al cihuacóatl Tzoacpopocatzin, que se encuentra de pie junto a él, y éste se lo lleva a Malinche.

—Ilustre Mutezuma, rey de la gran ciudad de Temixtitan —mira rápidamente a uno de sus hombres y se percata de que su sonrisa es demasiado evidente—, os pido que recibáis a mis embajadores, liderados por el señor y capitán don Hernando Cortés, quien lleva instrucciones sobre el adoctrinamiento que vuestra gente necesita para conocer la verdadera religión de nuestro dios y su hijo amado, Jesucristo, y su madre, la virgen María. También los he enviado debido a que he recibido información de que algunos pueblos se han quejado mucho de las injusticias que hay por esos lugares[16].

—¿Qué injusticias? —Motecuzoma frunce el ceño y mira a Tzoacpopocatzin, quien se encoje de hombros.

—Los tlashcaltecas se han quejado con mucha tristeza de los meshícas.

Motecuzoma arruga los labios. Los miembros de la nobleza están molestos por lo que están escuchando. Muchos de ellos quisieran intervenir, pero saben que no pueden decir una sola palabra.

—Los conflictos entre Meshíco Tenochtítlan y Tlashcálan son asuntos que conciernen únicamente a estos dos pueblos y no a su tlatoani.

—Pero no son los únicos que se quejan.

—No importa. Lamento mucho que su tlatoani no esté de acuerdo con la forma de gobernar de los tenoshcas.

—Por eso he venido —Malinche habla con suavidad—. No pretendo intervenir, quizá me he expresado mal. Quería escuchar lo que vosotros teníais que decir.

—¿Eso qué significa?

—Que me gustaría quedarme hasta que logremos poner un remedio a los conflictos entre Meshíco Tenochtítlan y sus enemigos.

—Ya le dije que los asuntos de Meshíco Tenochtítlan no le conciernen a su tlatoani.

—Os suplico me disculpéis. No pretendo incomodaros. En verdad me siento muy honrado de estar aquí, conversando con vosotros. —El tecutli Malinche hace una pausa esperando algún gesto de Motecuzoma—. También tengo la misión de hablaros del dios verdadero.

—Los únicos dioses verdaderos que conocemos son los que tenemos en Meshíco Tenochtítlan. Muchos pueblos tienen sus propios dioses y nosotros jamás hemos estado en contra de ellos. Al contra-

16   Había una enorme brecha entre México-Tenochtitlan y el resto de los pueblos vasallos. La vida de los macehualtin era deplorable: jornadas de trabajo de sol a sol, pagos miserables, mala alimentación y abuso por parte de los patrones.

rio, muchos de los dioses que tenemos los adoptamos de otros pueblos. Si ustedes quieren podemos poner un teocali para sus dioses.

—Eso no sería posible. El dios verdadero es un dios celoso y no acepta que se adoren a dioses falsos.

El rostro de Motecuzoma se encuentra serio. Los miembros de la nobleza también están molestos.

—Ya hemos hablado demasiado sobre esto —Motecuzoma alza la voz por primera vez.

Ante esta reacción Malinche cambia su actitud. Sabe que no es el momento adecuado.

—No quiero incomodaros más. Me retiro para que vosotros descanséis —dice Malinche y se arrodilla ante el tlatoani. Los hombres que lo acompañan hacen lo mismo.

## 8

Escuchas tu nombre y sientes un escalofrío recorrer todo tu cuerpo. No estás soñando. Uno de los miembros del Consejo —llamado Tlalocan y formado por doce altos dignatarios civiles, militares y religiosos— acaba de pronunciar tu nombre: Motecuzoma Shocoyotzin.

Apenas ayer finalizaron las exequias de Ahuízotl, y hoy el Consejo se reunió en el palacio de Ashayácatl para elegir al nuevo tlatoani. Asistieron también los dos señores aliados de la Triple Alianza —Nezahualpili, tecutli de Acolhuacan[17], y Totoquihuatzin, tecutli de Tlacopan— y como testigos familiares del difunto tlatoani y señores principales.

—Miembros del Consejo —los saludó Tlilpotonqui, el mismo cihuacóatl que había instruido a Ahuízotl por muchos años—, ha llegado el momento de elegir al nuevo tlatoani, al hombre que nos guiará y protegerá de los peligros que acechan a nuestro pueblo. Todos ustedes saben que para dicha elección tienen preferencia los hermanos legítimos del difunto tlatoani, pero debido a que ya todos han muerto, deberemos seleccionar a uno de sus hijos legítimos o sobrinos. Recuerden que no podemos poner los ojos en aquellos que sean niños, adolescentes, ni de edad avanzada. Mencionaré primero a los siete hijos del difunto tlatoani Tízoc...

—¡No! —respondieron casi todos sin esperar a que el sacerdote los nombrara.

Incluso tú, Motecuzoma, estuviste a punto de levantar la voz, pero sabías que te estaba prohibido. Tú también rechazabas que los hijos del hermano mayor de Ashayácatl ocuparan el puesto más importante en el gobierno meshíca.

El cihuacóatl no intentó persuadirlos y continuó:

—Los hijos del difunto Ahuízotl —continuó aquel hombre de sesenta años y los presentes asintieron con la mirada.

---

17 El reino de Acolhuacan también era conocido como el reino de Texcoco o reino chichimeca.

Tlilpotonqui comenzó a nombrar a los hijos de Ahuízotl. Tras mencionar a cada uno de ellos enumeró sus virtudes. Habló tan bien de ellos que por un instante tuviste la certeza de que alguno de ellos sería el elegido. Todos escucharon atentos y con gran respeto.

Después dijo:

—Los hijos del difunto Ashayácatl.

—¡Macuilmalinali! —dijo una voz—. El hijo mayor de Ashayácatl, quien está casado con la hija de Nezahualpili.

—No —respondió Nezahualpili—. No ha demostrado ser apto para un cargo tan importante.

Todos vieron el rostro enfurecido de Macuilmalinali, quien no debía intervenir.

—Cuauhtláhuac —dijo uno de los doce miembros del Consejo.

Muchos mencionaron la nobleza y las virtudes de Cuauhtláhuac. El cihuacóatl los escuchó atento hasta que terminaron de hablar. Tú también estuviste de acuerdo en que tu hermano sería un digno representante del gobierno meshíca. Sin poner atención al discurso, observaste al entusiasta y valeroso Cuauhtláhuac, su penacho de plumas rojas, su cabellera trenzada hacia la espalda, su atuendo fabricado con algodón y sandalias de cuero; pensaste que tenía el porte para ser tlatoani.

—Tlacahuepan —dijo otro de los miembros del Consejo y los demás respondieron con entusiasmo.

Los elogios hacia tu hermano son tantos que parece que será el elegido.

Finalmente, el cihuacóatl menciona tu nombre, Motecuzoma Shocoyotzin. El escalofrío que recorre tu piel parece interminable. Todos te observan. El cihuacóatl, Tlilpotonqui, habla de ti con gran entusiasmo.

—Sin duda alguna, el tlacatécatl (comandante de hombres), Motecuzoma Shocoyotzin, es uno de los príncipes con mayores virtudes en el ejército y gran valor. Posee, a sus treinta y cuatro años, la edad adecuada para gobernar. Siempre ha demostrado su aplomo al hablar en las reuniones del Consejo. En los asuntos religiosos es el más fiel y...

Ya no escuchas lo que dice el cihuacóatl, ni pones atención a sus movimientos. Aquel hombre delgado camina de un lado a otro mientras habla. Te señala en ocasiones y todos voltean a verte, pero evades las miradas. Nunca te ha gustado que te observen de manera prolongada. Te apartas mentalmente. No te percatas que Tlilpotonqui ya dejó de hablar de ti y ahora están deliberando los doce altos dignatarios civiles, militares y religiosos. Debaten sobre las virtudes y debilidades de los candidatos. Pronostican la forma en que cada uno actuaría en caso de llegar a ser huey tlatoani. La nobleza escucha atenta. Los candidatos observan en silencio. Algunos están seguros de que serán los elegidos, incluso sonríen discretamente. Otros se muestran serios, temerosos y hasta molestos por no haber sido favorecidos en los argumentos del Consejo. Tú, Motecuzoma Shocoyotzin, sigues ausente. Siempre has sido callado, discreto, profundamente respetuoso de los designios de los dioses y amante de los versos y cantares que con tanta frecuencia se elaboran en los teocalis y en las escuelas.

El cihuacóatl y los doce altos dignatarios del Consejo siguen deliberando. Sabes que esto puede tomar horas o incluso días. De pronto te pones de pie en medio de tan importante evento y sales sin dar explicaciones. Los soldados que cuidan la entrada te observan con extrañeza. Murmuran. Algunos creen que has sido descartado de la elección. Al llegar a la calle caminas sobre un puente de madera para cruzar uno de los más de veinte canales que atraviesan la ciudad de forma paralela, de norte a sur y de este a oeste. Al llegar al otro lado te pierdes entre el tumulto. Mujeres y hombres van de un lugar a otro, cargando petacas[18] llenas de maíz, cacao, tomate, chile; otros llevan animales. Recorres la ciudad que construyeron tus ancestros: Acamapichtli, Huitzilíhuitl, Chimalpopoca, Izcóatl, Motecuzoma Ilhuicamina, tu padre Ashayácatl y tus tíos Tízoc y Ahuízotl.

Te diriges a los baños y ahí, tras desnudarte, te lavas todo el cuerpo por segunda vez en el día. Te sientes indigno de gobernar Meshíco Tenochtítlan, tienes la certeza de que otro lo hará mejor. Pero ¿no es eso lo que buscaste todos estos años? Para eso te casaste con la hija del tecutli de Ehecatépec; para ganarte la simpatía del

---

18   La palabra *petaca* proviene del náhuatl *petlacalli*, que significa «caja hecha de petate».

soberano de Tlacopan, quien al momento de elegir al nuevo tlatoani estaría a tu favor. Gracias a eso, tras la muerte de tu suegro, fuiste nombrado tecutli de Ehecatépec. Con el mismo objetivo te casaste por segunda ocasión con Miahuishóchitl, la princesa de Tula, cuyo antiguo linaje tolteca te daría mayores posibilidades en la elección.

Alzas la mirada y observas el cielo y a las aves que vuelan de un lado a otro. En el horizonte ves los volcanes Popocatépetl e Iztaccíhuatl, así como otros cerros más cercanos. Metes una jícara en el agua, la llenas, respiras profundo, cierras los ojos y viertes el agua sobre tu cabeza.

Ahora que has purificado tu cuerpo, te sientes preparado para entrar al recinto sagrado. Te pones tu tilmatli, el manto que te cubre el torso y es anudado por arriba del hombro izquierdo; penacho, brazaletes, sandalias, y caminas nuevamente por el mismo lugar por donde llegaste. Pasas por los puentes de madera que cruzan los canales hasta llegar a la calzada de Tlacopan, que te lleva directo al recinto sagrado. En cuanto llegas caminas por el lado izquierdo del juego de pelota y del otro lado observas el edificio de un solo nivel que alberga el Calmécac. Por todas partes ves a los nuevos alumnos que cumplen con sus labores: algunos barren, otros preparan cantos y versos, y otros ensayan sus danzas. Te detienes frente a uno de ellos, le pides su escoba y él, sin cuestionarte, te la entrega. Sigues tu camino rumbo al Coatépetl. Subes por los ciento veinte escalones, y al llegar a la parte superior te encuentras en el gran patio, donde se ubican los teocalis de Tláloc y de Huitzilopochtli.

Tal ha sido tu devoción religiosa que hace algunos años fuiste nombrado sumo sacerdote de Huitzilopochtli. Desde antes de recibir este nombramiento, ya te enclaustrabas por días en el cuarto del huey teocali haciendo penitencia. Te conoces bien, Motecuzoma, sabes por qué lo hacías. Tenías un objetivo: ganarte las simpatías de los sacerdotes y del pueblo para tarde o temprano ser nombrado tlatoani. Como supremo sacerdote decías que Huitzilopochtli hablaba contigo siempre que te encerrabas en ese cuarto.

Aprendiste que para hablar en público la primera regla era no hablar. Tu silencio, Motecuzoma, decía más que tus palabras. Cuando abrías la boca era para dejarlos a todos asombrados. Eso te hizo muy temido y reverenciado.

Te arrodillas, tocas la tierra con una mano y te la llevas a la boca. Luego te pones de pie y comienzas a barrer el patio superior del huey teocali, una de tus actividades predilectas. A esta altura te sientes protegido por los dioses, te sientes libre como las aves porque puedes ver toda la ciudad, el lago y los pueblos del otro lado: Tlacopan, Azcapotzalco, Chapultépec, Teshcuco, Tepeyácac, Iztapalapan y muchos más. Aquí arriba el viento sopla más fuerte y, por lo tanto, el calor es menor. Barres los interiores de los teocalis de Tláloc y Huitzilopochtli y el patio superior. Barres, barres y barres, hasta que de pronto escuchas tu nombre, Motecuzoma. Reconoces esa voz. Es Tlilpotonqui que ha subido hasta la cima del huey teocali. Dejas de barrer y lo observas con atención. No ha subido solo. Detrás de él vienen los doce miembros del Consejo, los señores de Acolhuacan y de Tlacopan, y los señores más importantes de toda la nobleza. El cihuacóatl se arrodilla ante ti. Todos los que lo acompañan hacen lo mismo.

—Mi señor —dice el cihuacóatl. No puedes creer que el hombre que tanto te impactó hace algunos años y al que debías mostrar reverencia ahora está arrodillado frente a ti—, venimos a pedirle que acepte ser huey tlatoani de Meshíco Tenochtítlan.

Levantas la mirada y observas el recinto sagrado, la ciudad entera, sus canales, las calzadas, el lago, los pueblos alrededor, y no puedes creer que tú, sí, tú, Motecuzoma Shocoyotzin, hayas sido elegido huey tlatoani de Meshíco Tenochtítlan. Sientes que tu pecho retumba como los teponashtles. Pum, pum, pum, pum. Serás el hombre más importante de toda la Tierra. Oh, Motecuzoma... No encuentras palabras para responderles. Respiras agitadamente. Carraspeas y tragas saliva. Ahí están, frente a ti, arrodillados, esperando que aceptes.

—Sí —te tiembla la voz—. Acepto ser huey tlatoani de Meshíco Tenochtítlan.

Todos celebran tu respuesta, te hacen los honores correspondientes y te acompañan al palacio de Ashayácatl, donde te esperan familiares, amigos y pipiltin. Al llegar la noche se lleva a cabo una celebración en privado; se mandaron traer bebidas de maguey y mujeres públicas. Siempre te ha enloquecido verlas recién bañadas, oler sus pieles perfumadas con sahumerios olorosos, tocar sus cuerpos untados con ese ungüento amarillo al que llaman *ashin*, acariciar sus rostros pintados y ver sus dientes teñidos de rojo.

Danzan para ustedes, con el mismo poder erótico de siempre. Luego, cuando las bebidas los alegran, tres de ellas, las más hermosas, se dirigen a ti, Motecuzoma, el tlatoani electo. Dos te llenan la espalda y rostro de besos y caricias, mientras la otra te devora el falo mostrándoles a todos las dimensiones de sus nalgas.

Al fondo uno de los ministros comienza a masturbarse, de la misma forma en que lo hacen en los rituales de fertilidad. Por otro lado, uno de los mancebos se arrodilla para complacer a uno de los consejeros. El resto de las mujeres caminan alrededor de la sala para satisfacerles la vista. Los que logran seducirlas reciben sus regalos carnales.

Dos de ellos están compartiendo a una de ellas, quien está arrodillada con las manos en el piso. Uno le acaricia la nuca al mismo tiempo que ella le chupa la verga y el otro le agasaja el trasero con las manos mientras la penetra.

Te excita ver a otros en el acto tanto como hacerlo. Muchas veces te has preguntado cómo hace el vulgo para disfrutar de estas pasiones si no tienen los privilegios de la nobleza. Con tanta miseria apenas si pueden tener una mujer para toda su vida.

A altas horas de la madrugada, tu hermano Macuilmalinali está tan ebrio que deben ayudarlo a caminar a su casa. Tú los acompañas.

—Ahí tienen —libera una carcajada mientras se sostiene con ambos brazos de los cuellos de dos hombres—, al nuevo tlatoani.

—Te está escuchando la gente —le dices con risas.

—¡Y qué me importa! —Se detiene tambaleándose, se aleja de los hombres que lo ayudaban a caminar, luego extiende los brazos y dirige la mirada al cielo—. ¡No le tengo miedo a su tlatoani!

Todos están ebrios.

—¡Aquí tienen al nuevo pelele del cihuacóatl! —dice.

Llegan a la casa de Macuilmalinali. Sus tres mujeres se apresuran a atenderlo. Él se quita el penacho y se lo entrega a una de ellas, que al caminar rumbo a una habitación donde guardará el preciado atuendo, tropieza y cae de frente. Al levantarse todos ustedes se dan cuenta de que se ha arruinado el hermoso plumaje. Macuilmalinali decide castigarla. Tú, Motecuzoma, y los demás salen para que la mujer no se sienta avergonzada al recibir una golpiza en público.

## 9

La noche se acerca y Motecuzoma sigue sentado en uno de los escalones de la sala principal de su palacio. Hace varias horas que el tecutli Malinche y sus hombres se retiraron a descansar a las Casas Viejas. El tlatoani ordenó a los miembros de la nobleza que se retiraran. No puede dejar de pensar.

Vuelve a su mente aquel año Siete Pedernal (1512), en que el cihuacóatl Tzoacpopocatzin se acercó a él y le anunció que tres embajadores de tierras mayas habían llegado para anunciarle algo de suma importancia.

—Hazlos pasar.

Los hombres estaban en los huesos, tenían mucho tiempo caminando. Hicieron las reverencias ante el tlatoani y le pidieron permiso para hablar.

—¿Qué los ha traído de tierras tan lejanas?

—Mi señor, el *halach uinik*[19] de los cocomes, le manda decir que el año pasado llegaron a nuestras costas unos hombres blancos y con las caras llenas de barbas[20]. Mi señor pensaba sacrificarlos a los dioses, pero éstos huyeron y fueron capturados por los tutul shiu, quienes por ser nuestros enemigos decidieron quedárselos como trofeos. Luego se enteró de que habían sacrificado a la mayoría y que solamente habían dejado vivos a dos de ellos, quienes con el paso del tiempo se han vuelto como nosotros.

Ese par de hombres blancos le advirtieron a todos los que conocían que muy pronto llegarían por ellos más hombres iguales que ellos. Asimismo, hablaban con insistencia de la llegada de un dios llamado Cristo.

19  En la cultura maya el *halach uinik*, «verdadero hombre», es el equivalente al tlatoani de los aztecas.
20  En el año Seis Caña (1511) naufragó por las costas de Yucatán —hoy en día Quintana Roo— un grupo de españoles, de los cuales únicamente sobrevivieron Gerónimo de Aguilar y Gonzalo Guerrero.

Por aquellos años ocurrió algo jamás visto: apareció en el cielo una bola de fuego. El tlatoani les preguntó a los agoreros el significado de la señal del cielo, pero ninguno supo. Enfurecido les respondió:

—¿Ése es el cuidado que tienen sobre las cosas de la noche? —entonces los mandó encarcelar sin agua y alimento.

Días después fue a verlos a las cárceles para interrogarlos una vez más y como no pudieron dar una explicación, Motecuzoma ordenó a los soldados que los dejaran ahí hasta que murieran de hambre.

Tras salir de ahí se dirigió a su palacio, donde habló con el cihuacóatl y le ordenó que mandara traer a todos los astrólogos, hechiceros y adivinos que quisieran tomar el lugar de los anteriores. Tzoacpopocatzin obedeció sin cuestionarlo.

Una semana más tarde llegó el cihuacóatl con los nuevos astrólogos, hechiceros y adivinos. Muchos habían venido de tierras lejanas. Obedeciendo a los rituales, se arrodillaban ante el tlatoani, pedían permiso para hablar y se presentaban uno a uno. Motecuzoma los analizó cuidadosamente, sin interrumpirlos. Sabía que muchos eran farsantes.

—La bola de fuego que apareció en el cielo —dijo el primero de ellos— significa que muy pronto usted derrotará a todos sus enemigos y será dueño de todo.

Sin responderle, Motecuzoma bajó la mirada y reprimió una sonrisa. Sonaba bastante bien como para ser verdadero. Luego pasó al frente el segundo.

—La bola de fuego que apareció en el cielo —dijo con mucha seguridad— significa que pronto morirán todas las aves y peces.

El tlatoani cerró los ojos sin responder. Luego le dijo en voz baja a Tzoacpopocatzin que hiciera pasar al siguiente.

—La bola de fuego que apareció en el cielo significa que pronto habrá muchas guerras.

Tampoco lo convenció.

—La bola de fuego que apareció en el cielo significa que en todos los pueblos habrá hambre y muerte.

—Significa que pronto derrotará a los tlashcaltecas.

—Huitzilopochtli quiere más sacrificios humanos.

—El hijo de Nezahualpili le declarará la guerra.

El tlatoani comenzó a aburrirse de los supuestos agoreros: «¿Qué esperas que te digan, Motecuzoma?», se preguntó. «Hay pronósticos que llaman tu atención por lo inesperados que son y otros que por lo catastróficos simplemente te provocan risa. Pronosticar no cuesta nada, lo sabes. La gente suele vivir de estos rumores. Les encanta inventar mitos. En verdad no crees tanto en los presagios, Motecuzoma, sino en lo que la gente cree. Te preocupa lo que piensen, pues sabes cuán peligroso puede ser un agüero en la mente colectiva. Tu enojo no se debe a que los agoreros crean en el fin de tu gobierno, sino que se haga público. Tú debes ser el único y más grande tlatoani».

Entonces ordenó matar a todos esos farsantes. Los días siguientes los ocupó en informarse sobre qué era lo que se rumoraba por las calles y quién lo decía; y luego los mandó matar para acabar con los cuentos; sin embargo, ya se habían esparcido por todo el valle de forma inevitable y exagerada.

Con el paso de los días llegaron más y más rumores, muchos tan absurdos que el tlatoani no sabía si reír o molestarse.

—Unos testifican que en las noches se escuchan los lamentos de una mujer que grita: «¡Oh, hijos míos, ha llegado su destrucción!».

—Otros han asegurado haber visto a un ave con la cabeza de un hombre.

—Muchos afirman que usted, el mismo tlatoani, Motecuzoma Shocoyotzin, está espantado por tantos prodigios, y que por eso ya no sale.

«Cuántos rumores sin fundamentos, Motecuzoma. Hace mucho que no sales, pero no se debe al miedo, sino a tu gusto por la soledad y a tus múltiples ocupaciones. Mantener el orden absorbe todo tu tiempo, tanto que el cihuacóatl y los sacerdotes deben agendar los asuntos de gobierno. Y cuando menos te das cuenta aparece un nuevo conflicto. Una vez más estás ahí escuchando y pensando cómo solucionarlo».

A finales del año Doce Casa (1517) un grupo de comerciantes de miel y sal, que venían desde uno de los señoríos mayas, le contaron a la gente lo que sabían sobre la llegada de unas casas flotantes[21] a las costas de Kosom Lumil[22]. El rumor pronto se dispersó por todos los pueblos cercanos a Tenochtítlan y llegó a los oídos de Motecuzoma, antes que los comerciantes. Entonces el tlatoani los mandó llamar y les pidió que le contaran lo que habían visto en sus tierras.

Los mayas que los vieron llegar a esas costas llenas de arrecifes de coral y bancos de arena remaron en sus canoas hasta las casas flotantes, pero temerosos de aquello desconocido volvieron a tierra firme y encendieron las hogueras para anunciar con el humo a los demás pueblos que algo estaba ocurriendo en el mar. Al día siguiente, los señores principales de los mayas fueron a verlos hasta las casas flotantes, en cuyo interior tenían habitaciones muy pequeñas, oscuras y malolientes.

—Luego los señores principales los llevaron al pueblo —dijo el informante—, pero esos extranjeros querían conocer los teocalis. Y aunque no se les permitió, ellos insistieron.

—¿Qué quieren?

—*Teocuítlatl* (oro) —el mensajero dijo aquella palabra con un tono de risa.

—¿Quieren Teocuítlatl?

—Sí. Fue lo que pidieron.

—¿Sólo eso?

—Y agua.

—¿Y se los entregaron?

El mensajero alzó los hombros con indiferencia.

—No tenemos mucho, pero les dimos lo que teníamos y el agua que querían para llevar a sus casas flotantes. También los llevamos a conocer nuestros teocalis y comenzaron a llevarse todas las ofrendas de oro y plata que encontraron ahí.

—¿Y ustedes qué hicieron? —preguntó Motecuzoma asombrado por el relato.

—Les exigimos que se marcharan. Pero ellos sacaron unas armas como cerbatanas y comenzaron a lanzar fuego y humo. Muchos

---

21   Se refiere a la llegada de los navíos de Francisco Hernández de Córdoba.
22   Hoy en día, la ciudad de Cozumel, isla localizada en el estado de Quintana Roo.

cayeron muy mal heridos, otros muertos de forma jamás vista, pues aunque se encontraban muy lejos de las armas de humo y fuego sus cabezas, sus vientres, sus piernas, sus brazos explotaron al mismo tiempo que salpicaron mucha sangre.

Al no poder imaginar lo que escuchaba, Motecuzoma pidió a uno de los dibujantes que solía estar en la sala principal todo el tiempo, llamado *tlacuilo*, que dibujara lo que aquellos hombres le describían. Pero ninguno de los dibujos que el hombre hizo se acercó a la descripción.

—Después de la batalla se llevaron a varios prisioneros. Algunos lograron escapar de sus casas flotantes y volvieron nadando. De los otros no volvimos a saber más[23].

—¿A dónde se fueron los extranjeros?

—Por muchos días permanecieron muy cerca de las costas sin bajar de sus casas flotantes. Debido a que ya habíamos encendido las hogueras para anunciar con el humo a los demás pueblos que algo estaba ocurriendo en el mar, todos los pueblos cercanos a las costas vigilaron día y noche el movimiento de las casas flotantes, que pronto se dirigieron a las costas de Akimpech[24], donde también intentaron adueñarse del oro que había en los teocalis. Se dio entre ellos una nueva batalla. Aunque mataron a muchos con sus palos de humo y fuego, decidieron huir rumbo a la costa donde estaban sus casas flotantes. Pero una de éstas estaba atorada en el fondo, ya que había bajado la marea. Los extranjeros, con los pies dentro del agua, empujaron su casa flotante, pero en medio de la lluvia de flechas tuvieron que abordar las otras casas flotantes. Días después la recuperaron, pero incendiaron otra, no sabemos por qué, lo hicieron, quizá, para poder huir con mayor facilidad.

—Les pido que me mantengan informado de todo lo que ocurra en aquellas costas —dijo Motecuzoma y mandó a que les dieran muchos regalos, incluyendo doscientos cargadores para que los acompañaran en su camino de regreso a Ekab.

23  De estos cautivos se sabe que fueron bautizados como Melchorejo y Julián.
24  Campeche.

En el año Trece Conejo (1518) llegó ante el tlatoani otro grupo de embajadores que le avisaron que otras casas flotantes[25] habían llegado muy cerca de la isla de Kosom Lumil.

—Usan unas ropas de metal muy extrañas que les cubren todo el cuerpo —le dijo el mensajero—. Tanto que por ello sudan y apestan todo el tiempo. Además, tienen barbas en la cara, muchas barbas. Traen con ellos a unos hombres que hablan la lengua maya, al parecer los hicieron sus prisioneros en otro viaje que realizaron otros hombres como ellos.

—¿Entraron a sus pueblos?

—Ese día no. Mi señor los invitó, pero ellos huyeron y volvieron al día siguiente. Entonces mi señor los llevó a nuestro teocali donde hicimos ofrenda a los dioses. Luego los extranjeros realizaron una ceremonia en la cual pusieron dos palos de madera cruzados.

—¿Y para qué?

—Dicen que representa a su dios.

—¿Y qué decían?

—No les entendimos, pues los mayas que traían apenas si saben hablar un poco la lengua de los extranjeros.

—¿Y qué pasó después?

—Recorrieron la isla, se llevaron agua, miel, algunos animales para comer y luego se marcharon. Días después volvieron por más agua.

Motecuzoma no supo de los extranjeros por varias semanas, hasta que recibió información de los pueblos de Ch'aak Temal[26] y Chakan-Putún[27]. La gente de aquellos poblados se había dado a la tarea de vigilar desde tierra firme la ruta de las casas flotantes que no se alejaban de las costas, pues con frecuencia bajaban para abastecerse de agua. En una de esas ocasiones los extranjeros iniciaron un ritual para celebrar a sus dioses. Los nativos de aquella región se acercaron a ellos, que tenían un prisionero maya quien, fingiendo que traducía lo que los extranjeros decían, les contó que esos hombres iban en busca de oro y los exhortó a sacar a los extranjeros de allí lo más pronto

---

25　Se refiere a la llegada de los navíos de Juan de Grijalva.
26　Actualmente, la ciudad de Chetumal, en el estado de Quintana Roo.
27　Actualmente, la ciudad de Champotón, en el estado de Campeche.

posible, pues él había visto en la isla[28], donde lo habían llevado, que habían maltratado y asesinado a muchos nativos.

—¿Únicamente quieren oro? —preguntó Motecuzoma, lleno de asombro.

—También quieren agua y comida. Les dijimos que tomaran el agua que necesitaban y que se marcharan lo más pronto posible. Prometieron marcharse al día siguiente, pero no lo cumplieron; entonces encendimos una fogata en declaración de guerra. Les dijimos que si no se marchaban cuando el fuego se consumiera, los atacaríamos. Aun así no se fueron. Entonces, los embestimos y sacaron sus armas de fuego y mataron a muchos de los nuestros.

Para entonces Motecuzoma tenía tantos enemigos que sobraban los que pretendían desestabilizar su gobierno. Y una de las formas más comunes era la invención de agüeros. El tlatoani hizo todo lo que estuvo a su alcance para evitar que el rumor se propagara: mandó encerrar y matar a los que pronosticaban funestos sucesos y amenazó a los que pretendieran hacer público lo que habían visto o escuchado. Pero fue imposible. Pronto la noticia recorrió todos los pueblos y todas las costas.

Luego de hablar en privado por muchas horas llegaron a la conclusión de que lo único que les quedaba hacer era esperar. Mientras tanto ordenó que vigilaran las costas día y noche. Tenía un grupo de mensajeros bastante rápido, el cual contaba con cientos de hombres establecidos en distintos puntos desde las costas hasta Meshíco Tenochtítlan. En cuanto había necesidad de enviar un mensaje, el primero salía corriendo sin parar hasta un sitio donde entregaba el mensaje al siguiente hombre, el cual partía a toda velocidad hasta llegar al siguiente punto donde se hallaba otro mensajero, que recibía el recado y corría hasta toparse con otro mensajero, y así hasta que el mensaje llegaba al palacio de Motecuzoma.

De esa manera se enteró de que esas mismas casas flotantes pasaron muy cerca de Xicalanco, ciudad rodeada de pantanos y ciénagas[29], donde estaba un centro de comercio establecido por los

28  Cuba.
29  Entre los ríos Usumacinta y Candelaria, en el área de la Laguna de Términos, Campeche, la cual está ubicada en la costa del Golfo de México, al

chontales, al cual llegaba gente desde el Anáhuac hasta tierras mayas. Ahí mismo vivían comerciantes de diversos pueblos: meshícas, mishtecos, totonacas y mayas. Se comercializaban plumas, piedras preciosas, pieles de jaguar, animales vivos, esclavos, frijol, maíz, cera, sal, vainilla, pescado, textiles, conchas, frutas, verduras, copal y muchas otras cosas. Los pobladores comenzaron a talar árboles para fortificar sus ciudades. Luego se supo que los extranjeros habían entrado al río Tabscoob[30], donde pretendieron convencer a uno de los lugareños de que se convirtieran en vasallos de su tlatoani.

—Ya tenemos un gobernante —le respondió—. Es mucho atrevimiento suyo pretender imponernos un nuevo tlatoani. Váyanse de aquí antes de que los matemos. Ya sabemos quiénes son ustedes y qué quieren.

Los extranjeros intentaron convencerlos de que iban en son de paz. Insistieron en que querían hablar con el señor de aquella ciudad. Al día siguiente el señor de Tabscoob les envió una máscara de madera bañada en oro, un casco con plumas de papagayo y otros adornos cubiertos con plumas finas.

—Después ellos le enviaron otros regalos.

—¿Qué regalos? —preguntó Motecuzoma intrigado.

—Unos cuchillos de metal, piedras preciosas jamás vistas en estas tierras y objetos muy extraños[31]. Después mi señor les envió pescados y guajolotes asados, tortillas, agua y muchas frutas. Al día siguiente, mi señor fue a verlos a bordo de una canoa y seguido por cientos de éstas. Los extranjeros lo recibieron con unos teponashtles muy extraños, al mismo tiempo que nosotros tocábamos nuestros instrumentos. Poco a poco nos fuimos acercando hasta llegar ante esos hombres barbados. Mi señor abordó una de las casas flotantes y al estar frente al tecutli lo saludó, y el otro le respondió con un saludo

---

suroeste de la península de Yucatán. Los españoles que llegaron a este sitio lo llamaron así porque creyeron que la laguna separaba tierra firme de lo que entonces creían era la isla de Yucatán.

30   Actualmente, Río Grijalva. *Tabscoob* es el nombre original de Tabasco.

31   Juan de Grijalva les envió un espejo, dos cuchillos, dos tijeras, dos collares de cuentas de vidrio verdes, vidrios cuadrados y azules, un bonete de frisa colorada, unas alpargatas y otras cosas.

muy extraño: lo envolvió en sus brazos. Después mi señor le puso una guirnalda de flores en el cuello y le entregó un ramo de flores. Los extranjeros nos invitaron a conocer sus casas flotantes y las hicieron avanzar sin necesidad de remos, pues éstas tienen unas mantas muy grandes que con el viento hacen que sus casas flotantes se muevan. Al volver cerca de nuestra ciudad, mi señor ordenó que se les llevaran más alimentos. Entonces, el tecutli de los extranjeros ordenó que se pusieran unas mesas en un patio que tiene la parte de enfrente de sus casas flotantes. Ahí comimos, los señores principales en una mesa y los pipiltin en la otra. Nos dieron una bebida dulce y suave, pero que de pronto emborracha. Mi señor mandó traer entonces más regalos para los extranjeros: máscaras de madera bañadas en oro y cuadros de turquesa, en forma de mosaico, adornos de oro para el cuerpo, piedras preciosas, pendientes, collares, figuras de cerámica y cubiertas en oro. Ellos nos dieron dos prendas de vestir de las que ellos usan, dos objetos que utilizan para reflejarse, otro cuchillo de metal y dos cuchillos que están unidos en el centro pero que moviéndolos sirven para cortar mantas, hojas de árbol, plumas y muchas cosas, un pedazo de cuero que se ponen en la cintura y muchas piedras preciosas de las que en estas tierras no tenemos. En verdad, los estamos engañando, no es un intercambio justo porque los inventos novedosos que ellos nos entregan a cambio de oro son de mayor utilidad. El oro es un objeto inútil que sólo sirve para adornar, además llega a nosotros por los ríos, sin que lo busquemos.

—¿Y qué más les dijeron? —interrumpió Motecuzoma.

—Insistieron en que rindiéramos tributo a su dios.

—¿Y qué le respondió tu señor?

—Que sí.

—¿Por qué?

—Para eso son los dioses, para adorarlos. Si ellos traen un nuevo dios nosotros podemos rendirle tributo. Los dioses no son celosos.

—Tienes razón.

—¿Qué ocurrió después?

—Se marcharon.

Motecuzoma sintió un gran alivio.

## 10

No basta con ser valiente en el campo de batalla, ni es suficiente con cumplir los designios de los dioses para que el Consejo lo elija a uno tlatoani. Todos los descendientes de la nobleza sabemos que un día llegará el momento de elegir a un nuevo líder. Desde que tenemos uso del pensamiento, nuestros padres, madres, abuelos y tíos nos hablan del gobierno, de las guerras, del pasado, de las conquistas y los fracasos. Acamapichtli fue muy valeroso; Huitzilíhuitl entregado a Tezozómoc; Chimalpopoca un vil servidor de su abuelo Tezozómoc; Izcóatl cobarde al principio, pero valiente al final de su mandato; Motecuzoma Ilhuicamina, mi abuelo, sabio, conquistador, con gran poder de mando; Ashayácatl tan sabio y valeroso como su padre; Tízoc, intolerante a las guerras, deseoso de paz y por ello pagó muy caro las consecuencias. Ahuízotl fue todo lo contrario a su antecesor, tanto que sembró el terror en todo lugar.

No basta con el linaje, ni ser electo. El pueblo no perdona. No lo hizo en dos ocasiones. La competencia inicia desde la infancia. Aprendemos la importancia de las alianzas desde que estamos en el Calmécac. Entre menos enemigos tenemos en la adolescencia, mayor es el número de aliados en la madurez, en el campo de batalla, en los Consejos y en el gobierno.

Cuando fui electo huey tlatoani, tenía tantos aliados como adversarios. La rivalidad entre hermanos y primos por ser la más silenciosa era la más perversa: halagos de frente y difamaciones a nuestras espaldas. Entre los más inconformes con mi nombramiento estaban Macuilmalinali, Imatlacuatzin, Tepehuatzin, y sus respectivos aliados. Pero ese día callaron y sonrieron. Y ese mismo día, yo comprendí que no podría ser el mismo de antes. Un tlatoani debe inspirar amor, lealtad y temor. Y para lograrlo debía dejar atrás todo tipo de rencillas. Ni ellos ni yo estaríamos a la misma altura. Rebajarme a su nivel le quitaría peso a mi investidura.

A partir de ese día, todos buscaron simpatizar conmigo. Me llevaron entre festejos a la sala donde se encontraba reunido el Consejo.

Jamás he sentido tanta dicha como la que viví ese día. Esperé e imaginé muchos años cómo sería mi gobierno. Entre esos planes estaba remodelar el huey teocali: hacerlo más grande, pero aún no lo he hecho. Y por supuesto, emprender nuevas conquistas.

Ya dentro del salón, donde había un brasero con grandes llamas en el centro, escuché con gran atención las palabras de cada uno de los asistentes. El primero en hablar fue Nezahualpili, tecutli de Acolhuacan, y uno de los que más apoyó mi elección. Habló de los años en que yo era un crío que corría en compañía de otros de mi edad con palos en las manos y caparazones de tortuga jugando a ser soldados, luego sobre mis primeros años en el Calmécac. Halagó mis logros en las guerras y mis nombramientos como capitán y sacerdote. Finalmente, me dio todos los consejos que pudo sobre los privilegios y riesgos al gobernar. Consejos que uno cree entender, pero en el gobierno, como en la muerte, nadie puede saber realmente lo que se siente y se sufre al llegar. Muchas veces hablé de más cuando era capitán de las tropas o sumo sacerdote de Huitzilopochtli, creyendo que sabía tanto como el tlatoani. Después nada fue igual.

Hace tanto de eso, que no recuerdo con exactitud la forma en como respondí al discurso de Nezahualpili. Sé que le dije algo como:

Oh, señor nuestro, soy un pobre hombre de poca razón y bajo juicio, lleno de defectos. Sin merecerlo me han puesto en el trono real. Sería una gran locura que yo pensase que por mis merecimientos y por mi valor me han hecho esta merced. Soy tan ciego y sordo que ni a mí me conozco. ¿Qué haré si por negligencia o pereza echara a perder a mis súbditos? ¿Qué haré si por mi culpa se despeñaran aquellos que tengo que regir? En sus manos me pongo totalmente, porque yo no tengo posibilidad de regirme, porque soy tiniebla. Señor, deme un poquito de lumbre, aunque sea lo que echa una luciérnaga, para ir en este sueño, en esta vida que dura como un día, donde hay muchas cosas con qué tropezar.

Entonces los señores de Acolhuacan y Tlacopan caminaron hacia mí, me llevaron de los brazos hasta el asiento real donde me cortaron el cabello y me hicieron cuatro perforaciones: una en el labio inferior, para colocarme un bezote de oro; otra en la nariz, donde me pusieron una piedra hecha de fino jade; y en las orejas unos pendientes de oro. Luego me colocaron en los hombros una manta adornada con cientos de piedras preciosas y en los pies unas sandalias doradas. Una vez que el cihuacóatl se acercó para rociarme con el incienso sagrado, los señores de Tlacopan y Acolhuacan me proclamaron huey tlatoani.

Enseguida el cihuacóatl Tlilpotonqui me entregó el pebetero que traía para que yo hiciera el servicio a los dioses: caminé alrededor del brasero esparciendo el incienso. Luego el cihuacóatl me entregó tres punzones para que yo mismo me sangrara las orejas, los brazos, las piernas y las espinillas, a la par que mi sangre se derramaba sobre el fuego. Después los señores de Tlacopan y Acolhuacan y varios miembros de la nobleza me fueron entregando uno a uno una codorniz viva, a las que les fui rompiendo el pescuezo para derramar su sangre sobre el fuego como ofrenda a los dioses.

Al finalizar la ceremonia, me retiré al aposento en la cima del huey teocali, donde me quitaron las prendas que me habían puesto para dejarme tan sólo con un máshtlatl; permanecí en meditación hasta el día en que debía ser presentado ante el pueblo meshíca y ante nuestros aliados y vasallos como el nuevo huey tlatoani. Comía y bebía sólo una vez al día. No hablaba con nadie, ni siquiera con la persona que me llevaba los alimentos, pues me la dejaba afuera de manera muy silenciosa. La primera noche, entre tanta oscuridad y silencio, pensé en mi pasado, mi presente y mi futuro. También hice planes para mi gobierno. Aunque la soledad, la oscuridad, el sufrimiento, la sangre, la guerra o la muerte no me provocan miedo, hubo momentos dentro de ese cuarto en los que me preocupaba el fracaso. No sé si se deba a que yo vi el fracaso de mi tío Tízoc y lo mucho que lo repudiaron por su pasividad para gobernar y resistencia a hacer la guerra. Muchos han dicho que si el abuelo Tlacaélel hubiese estado vivo lo habría mandado matar. Tlacaélel murió en el año Uno Pedernal (1480), un año antes de que Tízoc fuese nombrado tlatoani. Hay quienes aseguran que Tízoc fue asesinado por los mismos tenoshcas en el año Siete Conejo (1486). De eso no puedo hablar. Hay secretos en el gobierno que se van a la tumba con sus gobernantes.

Al día siguiente, escuché mucho ruido afuera del teocali. La gente estaba preparándose para la gran celebración. Aunque no los podía ver, sabía que ya habían llegado los señores de todos los pueblos aliados y los vasallos con sus familias, toda su nobleza, sus ministros, soldados, sacerdotes y esclavos que traerían en ofrenda. Esa misma tarde escuché el sonido de la caracola que anunciaba el inicio de la celebración. Pronto tañeron los teponashtles, silbaron las flautas, repicaron los cascabeles y gritaron jubilosos los danzantes. Mientras afuera festejaban día y noche con grandes banquetes, bailes y juegos de pelota, yo debía continuar con mi meditación en la oscuridad de un cuarto a un lado de los dioses Tláloc y Huitzilopochtli, en el que también tomaba, a medianoche, baños rituales en una cisterna.

Al cuarto día, el cihuacóatl y toda la nobleza fueron por mí. Yo, que estaba casi desnudo, vestido con un simple máshtlatl, fui bañado por ellos, quienes luego me embadurnaron todo el cuerpo con el ungüento negro. Luego me senté en cuclillas ante el cihuacóatl que me salpicó de agua con un cepillo hecho con ramas de cedro y sauce. Después los señores de Tlacopan y Acolhuacan me vistieron con un huipili verde, que tenía hermosos dibujos de calaveras y de huesos humanos hechos a mano. Había entonces mucho silencio en la cúspide del Coatépetl, al igual que abajo, en el recinto sagrado. El cihuacóatl me colocó en el cuello unas largas correas rojas, en la cabeza dos mantas —una negra y otra azul— y una fina tela verde que me cubrió el rostro. Algunos miembros de la nobleza también participaron poniéndome unas sandalias, y sobre la espalda una pequeña calabaza llena de *picietl* (tabaco), para combatir las enfermedades y la hechicería.

Salimos del cuarto. Los miembros de la nobleza se quedaron atrás. El cihuacóatl me llevó del brazo hasta la orilla de los escalones y la multitud comenzó a vociferar de alegría. El cihuacóatl hizo una señal para que todos guardaran silencio, pues yo debía, una vez más, ahora frente al pueblo, hacerme otras heridas en las orejas, los brazos, las piernas y las espinillas, para ofrendar mi sangre a los dioses. Sacrifiqué algunas codornices y rocié su sangre en el fuego que ardía en el patio superior del Coatépetl. Otros miembros de la nobleza me entregaron un pequeño costal hecho con una tela muy fina, lleno de copal y un pebetero redondo, hermosamente decorado con dibujos, fabricado días antes para esta ocasión, con el cual incensé la imagen del dios portentoso y luego los cuatro puntos cardinales.

Se escuchó el grueso y lerdo graznido de la caracola; hubo una ovación y luego sonaron los teponashtles. Bajé los ciento veinte escalones acompañado de los señores de Tlacopan y Acolhuacan, de cihuacóatl, del resto de los sacerdotes y de toda la nobleza.

En la parte inferior del huey teocali recibí, por varias horas, los obsequios y escuché las palabras de todos nuestros invitados: señores de los pueblos aliados y gente de la nobleza que había permanecido abajo. Después, llegaron los guerreros, los macehualtin, ofreciendo su vasallaje.

Más tarde fui llevado con gran júbilo al palacio de Ashayácatl, donde una vez más recibí los obsequios, palabras y promesas de obediencia y respeto de los más altos funcionarios de la ciudad isla Meshíco Tenochtítlan, y de todos los pueblos aliados y vasallos.

Aún faltaba lo más importante: debía, tal cual lo exigen nuestras costumbres, salir con los más importantes guerreros pertenecientes a la nobleza meshíca, mis hermanos, primos y sobrinos a una campaña y volver —yo principalmente— con el mayor número de presos para sacrificarlos en la ceremonia final de mi coronación. Como siempre, todos corríamos el riesgo de perder la vida en campaña; y esa ocasión no sería la excepción. Morirían capitanes de mucho valor.

Pero eso sería después. Esa tarde el mitote[32] continuó hasta el día siguiente, hubo ofrendas, sacrificios, comidas y danzas.

32 Mitote, del náhuatl *mitotiqui*, significa «danzante»; generalmente, se refería a una danza ritual, celebración o tumulto alborotado. No tiene relación con la palabra *mito* del castellano. El uso de mitote en el español actual, refiriéndose a un «gran chisme o rumor», es una deformación.

## 11

Ya es medianoche. Los ojos de Motecuzoma tienen una rigidez que apenas si le permiten parpadear. Sigue absorto en la sala principal de su palacio. No quiere hablar con nadie. La entrada de los extranjeros a la ciudad lo tiene desconcertado. Todo esto, que parecía tan lejano, ha ocurrido tan estrepitosamente que apenas si parece cierto. Hasta hace un año la presencia de las casas flotantes era un rumor inverosímil, un mito devastador, un augurio malsano.

Conforme pasaba el tiempo, Motecuzoma recibía más informes de la presencia de las casas flotantes en las costas. Se enteró de que los extranjeros capturaron a cuatro habitantes adelante de una población llamada Tlacotalpan, en las orillas del río Papaloapan. Les preguntaron, por medio de los mayas que tenían presos, dónde había oro, pero no hablaban la misma lengua.

Motecuzoma mandó gente a los distintos pueblos de aquellas costas[33] y les ordenó que atendieran con respeto a los extranjeros y les preguntaran qué deseaban de ellos. Fue casi imposible mantener una conversación debido a la ausencia de intérpretes. No obstante, se les dio alimento y regalos, pero ellos insistían, mostrando las piezas de oro que llevaban consigo, que querían oro, oro y más oro. Los señores principales de aquellos poblados les entregaron cuanto tenían en grano, collares, máscaras, zarcillos, brazaletes, figuras de animales y todo tipo de adornos. Los extranjeros les entregaron a cambio peines, cuchillos, tijeras, cinturones, bonetes, trajes, vestidos, camisas de Castilla, sandalias, espejos y trastes.

De lo poco que lograron darse a entender, los extranjeros preguntaron de dónde sacaban el oro en grano. Los habitantes respondieron que éste llegaba a los ríos. Los extranjeros pidieron que les mostraran el río y los habitantes los llevaron. Uno de ellos se sumergió y salió un rato más tarde. Los extranjeros al verlo con las manos vacías creyeron que los habían engañado. De pronto el hombre que se

---

33  Actualmente, las costas de Veracruz.

había metido al río escupió sobre un petate un montón de granos que fue acumulando en su boca mientras buscaba. Los hombres barbados dieron alaridos de júbilo. Hablaban entre sí de una manera muy distinta. Los pobladores les dieron todo el oro que encontraron. Cuando los hombres blancos dijeron que tenían que partir, entonces el señor de aquel poblado les entregó una doncella y un mancebo para que los acompañaran[34].

Motecuzoma ordenó a los gobernadores de Cuetláshtlan, Mictláncuauhtla, Teocinyocan y a los principales meshícas, Tlilancalqui y Cuitlalpítoc, que fueran a ver a los extranjeros y que se hiciesen pasar por comerciantes. Al volver le contaron a Motecuzoma todo lo que habían visto.

—Les ofrecimos los obsequios que usted ordenó: el manto que tiene bordado un sol, el que lleva un nudo de turquesas, el que tiene tazas bordadas, el que está adornado con plumas de águila, el que lleva una máscara de serpiente, el que lleva la joya del viento, el que está pintado con sangre de guajolote, el que lleva un huso de agua, el que tiene un espejo humeante.

—Quiero ver cómo son las casas flotantes —dijo Motecuzoma desinteresado por lo que le acababan de informar.

Entonces le mostraron los lienzos de algodón en los que habían pintado lo que habían visto; los extendieron para que el tlatoani pudiera verlos mejor. Motecuzoma se puso de pie y caminó hasta ellos.

—¿Qué es eso?

—Son unas mantas que tienen las casas flotantes. Las extienden cuando quieren que éstas se muevan y las enrollan por las noches.

—¿Ésos son los venados? Me habían informado que eran más grandes.

—No, ésos son unos *sholoitzcuintles*. La diferencia es que éstos tienen pelo en todo el cuerpo y son más agresivos.

El tlatoani observó por largo rato las casas flotantes, los animales, los vestidos y utensilios que estaban dibujados. El futuro era cada

---

34   Juan de Grijalva no tenía permiso para poblar aquella zona, por lo tanto, debía volver a Cuba e informar a Diego Velázquez sobre su descubrimiento.

vez más incierto. Motecuzoma se hizo las mismas preguntas muchas veces con la mirada posada en el piso: «¿Qué hago? ¿Qué le digo al pueblo?».

—Les ordeno —levantó la mirada— que no hablen de esto con nadie. ¿Me entendieron?

Aquella noche no logró dormir. A la mañana siguiente mandó llamar a todo el Consejo.

—He decidido enviar a Teuctlamacazqui, Tlilancalqui y a Cuitlalpítoc a las costas una vez más.

Nadie intentó cuestionar al tlatoani. Lo observaban con respeto y temor. Todos estaban asustados. Los rumores ya habían rebasado las palabras del gobernante. Ahora era inevitable revelar los acontecimientos.

—Sé que muchos de ustedes creen que lo mejor es enviar una embajada, pero es preciso saber más de estos extranjeros. Asimismo, quiero que le digan a Pinotl, tecutli de Cuetláshtlan, que les den de comer en ollas nuevas.

Los miembros del Consejo, los sacerdotes y los capitanes del ejército permanecían en silencio.

Teuctlamacazqui, Tlilancalqui y Cuitlalpítoc marcharon frente a las costas de Chalchiuhcuecan[35] con un grupo de tamemes para que llevaran comida y regalos para los extranjeros. Al llegar, los tamemes se regresaron a Tenochtítlan para que los hombres blancos no dudaran de los supuestos comerciantes. Al encontrarse con ellos les dieron tortillas, tamales, frijoles y codornices asadas, venados en barbacoa, conejo, chile molido, huevos, pescado, quelites cocidos, plátanos, anonas, guayabas y chayotes. Ninguno de los dos grupos supo darse a entender más que con señas. Los extranjeros les indicaron que comieran ellos primero.

—No confían en nosotros —dijo Tlilancalqui, y Cuitlalpítoc comenzó a comer.

Los hombres barbados sonrieron y luego se acercaron a la comida; la contemplaron por un breve instante, la olfatearon y después de

---

35 Quiere decir «Lugar de Conchas preciosas». Actualmente, es el puerto de Veracruz.

decir algo que Tlilancalqui y Cuitlalpítoc no lograron entender, comenzaron a comer. Luego les dieron de la comida que ellos traían.

—Bizcochos —dijo uno de ellos al mismo tiempo que señalaba—. Bizcochos, tocino.

—Se lo llevaremos a nuestras familias —dijo Cuitlalpítoc, pero los extranjeros no les entendieron y tampoco les pusieron mucha atención cuando Tlilancalqui y Cuitlalpítoc lo guardaron en sus petacas.

Uno de los hombres barbados les hizo señas para que caminaran con ellos hasta el mar. Los meshícas dudaron por un instante en seguirlos. Pero sabiendo que debían llevar toda la información posible a Motecuzoma, caminaron junto a ellos. El que parecía ser el señor principal los invitó a subir a una canoa y señaló las casas flotantes. Fue mayor la curiosidad de los enviados de Motecuzoma que su temor.

Ya en el interior, les invitaron unas bebidas desconocidas. Los tres tenoshcas las olfatearon sin lograr reconocer los aromas. El primero en probar la bebida fue Tlilancalqui, que al sentir el dulce sabor sonrió y le dio otro trago largo. Los extranjeros soltaron unas carcajadas y Teuctlamacazqui y Cuitlalpítoc los miraron con desconfianza. Los barbudos para evitar la suspicacia, bebieron también y lanzaron gritos de alegría. Teuctlamacazqui y Cuitlalpítoc bebieron un poco y se regocijaron al saborearlo. Los hombres barbados intentaron decirles muchas cosas, pero los meshícas no les entendieron. Sacaron unas pepitas de oro y se las mostraron. Los meshícas decidieron no responder. Los extranjeros les sirvieron más bebidas. Los tenoshcas las bebieron con apuro, pues querían volver a Tenochtítlan antes de que oscureciera. Cada vez que se acababan las bebidas, los extranjeros les servían más.

Cuando despertaron ya había amanecido. Se encontraban en uno de los pequeños dormitorios de la casa flotante. Los tres estaban embarrados con su propio vómito, que les habían provocado los movimientos de la casa flotante y la bebida. Tenían unos dolores de cabeza insoportables.

—Tenemos que irnos ya —dijo Teuctlamacazqui a Tlilancalqui y Cuitlalpítoc, que se encontraban sentados en el piso con las manos en las sienes.

De pronto entró el que parecía ser el señor principal y los invitó a salir al patio que tenían en el frente de la casa flotante; les ofrecieron comida de la que ellos les habían llevado el día anterior. Los hombres barbados los observaron con sonrisas y les decían muchas cosas que los tenoshcas no entendían. Cuando Tlilancalqui señaló la orilla del mar, el señor principal de los barbados les entregó algunos regalos. Luego se despidieron y subieron a las canoas. Desde la orilla del mar, observaron cómo las casas flotantes se alejaban lentamente.

Al llegar a Meshíco Tenochtítlan, le contaron al tlatoani todo lo ocurrido y le entregaron los regalos que habían recibido.

—También nos dieron esto. —Le mostraron el bizcocho.

Motecuzoma lo recibió con ambas manos y lo analizó al mismo tiempo que lo giraba. Lo olfateó e hizo un gesto de asombro.

—¿Qué es esto? Parece una piedra de tepetate.

—Dicen que se come.

Motecuzoma se dirigió al cihuacóatl y le habló en voz baja, quien rápidamente salió de la sala para volver poco después con una piedra de tepetate, que puso frente al tlatoani.

—Son muy parecidas —dijo Motecuzoma al poner el bizcocho junto a la piedra.

Los miembros de la nobleza que se encontraban presentes contemplaron el bizcocho con el mismo asombro. Motecuzoma caminó de un lado a otro sin hablar. Se dirigió a uno de los sacerdotes y le pidió que lo probara. El hombre obedeció temeroso.

—Sabe dulce —dijo el sacerdote masticando lentamente—, y está suave.

—¿Qué tan suave?

—No muy suave. Es duro comparado con los tamales, pero suave comparado con la carne quemada.

Motecuzoma asintió y sonrió.

—Se lo entregaremos como ofrenda al dios Quetzalcóatl. Guárdenlo en una jícara sagrada, cúbranlo con una manta y llévenselo en procesión a Tólan[36]: entiérrenlo al son de los teponashtles y

---

36 Tollan —cuya pronunciación es *Tólan*— era una ciudad mítica vinculada con la leyenda de Quetzalcóatl y Tezcatlipoca. Asimismo, los aztecas

caracolas sagrados, y con humo perfumado en el teocali de Quet-zalcóatl.

Así se enteró Motecuzoma de la llegada de los extranjeros a Chalchiuhcuecan, donde vieron por primera vez los cadáveres de los sacrificados en los teocalis. Los habitantes de aquel poblado no pudieron explicarles a los hombres barbados el significado de los sacrificios. Después permanecieron en una isla de Chalchiuhcuecan[37], donde intercambiaron parte de sus pertenencias por oro.

Las casas flotantes siguieron por el mar hasta Tochpan[38] y por Huashtecapan, donde fueron recibidos por una lluvia de flechas, pues por ser independientes los huastecos no deseaban negociar con los extranjeros, de quienes ya tenían bastante información. Los hombres barbados respondieron con sus armas de fuego y humo, destruyendo tres canoas de las que se habían acercado a las casas flotantes y matando a los que iban a bordo. El resto de los huastecos se dio a la fuga.

Los extranjeros tomaron el rumbo por el que habían llegado y se detuvieron en Tonalá, donde a pesar de ser bien recibidos, robaron los tesoros de uno de los teocalis. Luego volvieron a Chakan-Putún, donde fueron recibidos por las caracolas y los teponashtles de guerra. Esperaron toda la noche en sus casas flotantes, hasta poco antes de que saliera el sol. A bordo de sus canoas ambos grupos se enfrentaron. Los habitantes de Chakan-Putún perdieron muchos guerreros y decidieron volver a sus casas. En cuanto consiguieron refuerzos, los pobladores volvieron a la playa para lanzar cuantas flechas y piedras pudieron. Los extranjeros huyeron de ahí.

---

llamaban Tollan a los principales centros de poder como Cacaxtla, en Tlaxcala; Xochicalco, en Morelos; Chichen Itzá, en Yucatán; Teotihuacan, en el Estado de México; Tollan Chollolan, en Cholula, Puebla; y Tollan Xicotitlan, en Tula, Hidalgo.

37    Actualmente, la isla de San Juan de Ulúa. Los españoles la llamaron así por haber llegado el día de san Juan Bautista. Además, cuando preguntaron a los lugareños por el señor principal de aquellas tierras, le respondieron Culúa, nombre por el cual se le conocía a México-Tenochtítlan por ser descendientes de los culúas de Culhuácan. Pero los españoles entendieron Ulúa.

38    Actualmente, Tuxpan, Veracruz.

## 12

El cihuacóatl Tlilpotonqui no puede creer lo que acabas de decir, Motecuzoma. Frunce el ceño y baja la mirada. Frota con las yemas de los pulgares las de los otros dedos, pues no se atreve a empuñar las manos, que están al nivel de sus muslos. Hay demasiado silencio en la sala. Tú te encuentras sentado en el trono mientras un par de macehualtin te abanica con un plumero del tamaño de tus brazos.

—¿A... todos...? —pregunta consternado.

No puede creer que quieras destituir a todos los miembros del Consejo de tu nuevo gobierno, e incluso a los sirvientes de la casa real.

—Así es —respondes sin titubear—. Quiero que en mi gobierno no haya comparaciones con el anterior.

—Eso es inevitable. —Agacha la cabeza para esconder una sonrisa cáustica, que apenas si aparece.

—Si dejo a los mismos consejeros, pondrán en duda mis decisiones, querrán convencerme de que haga otra cosa, me hablarán de lo bien que lo hicieron Ahuízotl y mi padre Ashayácatl. No olvides que yo también estuve de ese lado, escuché muchas conversaciones a espaldas del tlatoani. Fui testigo de la hipocresía con que lo reverenciaban cuando estaban frente a él y lo criticaban en su ausencia. Yo mismo estuve en contra de algunas de sus decisiones. Por eso el tlatoani debe tener a su lado gente de su entera confianza.

—Hay muchos en los que puede confiar. —El cihuacóatl intenta defenderlos—. No creo que sea necesario destituirlos a todos.

Respiras profundo con los ojos cerrados. Exhalas y lo ves por unos segundos. Arrugas los labios y dejas salir una sonrisa punzante.

—Eso es lo que no quiero en mi gobierno. Gente como tú.

Tlilpotonqui abre los ojos, asustado, y estira el cuello. No da crédito a tu actitud. Sabes que en este momento se arrepiente de haberte apoyado desde tus inicios como capitán de las tropas, y luego como sacerdote. ¿Por qué lo haces, Motecuzoma? ¿No confías en el cihuacóatl? No... No es asunto de confianza, sino de poder. Vas a cambiar el cuerpo del gobierno. A partir de ahora el cihuacóatl y sus consejeros no constituirán el poder detrás del tlatoani.

—Si frente a mí eres capaz de contradecirme, ¿qué puedo esperar de ti allá fuera, con la gente de tu confianza?

—Disculpe, mi señor.

—Por muchos años tu padre Tlacaélel y tú dieron las órdenes y el tlatoani en turno obedecía. Es preciso cambiar eso. A partir de hoy, tú y todos, absolutamente todos, deben dirigirse a mí de esta manera antes de decir cualquier cosa: tlatoani, notlatocatzin, huey tlatoani (señor, señor mío, gran señor).

—Como usted lo ordene… señor, señor mío, gran señor.

«Suena bien», piensas. Inhalas y exhalas, con la mirada hacia el techo del gran salón. Observas el estuco y los bellos dibujos pintados en la parte superior de los muros.

—No puedo hacer lo que sugieres. Si elijo entre unos y otros, habrá rencores, y seguramente traiciones. Por eso los tendremos que sacrificar a todos. Que no quede uno vivo.

Tlilpotonqui aprieta los labios. Mantiene la mirada baja. Está enfurecido y muy arrepentido de haberte apoyado, a ti que ahora quieres destituir y sacrificar a todos los consejeros, quienes en gran mayoría son sus familiares y amigos más cercanos. Lo observas detenidamente y sabes que con esto debilitas al hombre —hasta hoy— más poderoso del gobierno, Tlilpotonqui, hijo de Tlacaélel. Has tomado una muy buena decisión, Motecuzoma Shocoyotzin. Tú eres el tlatoani y nadie más puede estar sobre tu cabeza, nadie más puede tomar las decisiones del gobierno. Las formas no pueden ser iguales que antes, donde los tlatoanis obedecían al cihuacóatl. ¿Cuántas veces no te cuestionaste por qué era así? Tres tlatoanis estuvieron bajo el mando de Tlacaélel: Izcóatl, Motecuzoma Ilhuicamina y Ashayácatl. Tlilpotonqui tuvo todo el poder en los gobiernos de Tízoc y Ahuízotl. Contigo serían tres, igual que Tlacaélel.

—Señor, señor mío, gran señor, ¿a quién piensa elegir para el Consejo? —Tlilpotonqui cree que te tiene acorralado. Sabe que se necesita gente capacitada y leal.

—Yo voy a elegir de la nobleza de Tenochtítlan, Tlacopan y Teshcuco; gente joven y distinguida para instruirla personalmente.

A muchos ya los conozco bien, pues yo mismo los dirigí en las campañas y los adiestré en los actos religiosos. Y pienso seguir haciéndolo. Los voy a hacer venir a aquí, cuantas veces sea necesario, y los aleccionaré hasta infundir en ellos mis ideales. Quiero que piensen como yo, que sientan como yo, que sufran como yo las preocupaciones del gobierno, que se identifiquen conmigo para que no me juzguen sin razones. Que tengan lealtad absoluta hacia mí.

—Señor, señor mío, gran señor, disculpe usted mi insistencia, pero creo que hay mucha gente que no pertenece a la nobleza y que está muy capacitada para los cargos del gobierno.

—¡Macehualtin! ¡No! —Te pones de pie y lo miras como si estuvieran en medio de un combate—. Todos mis antecesores cometieron el enorme error de otorgarles cargos de acuerdo a sus logros, pero no se dieron cuenta de que con esto ofendían a los pipiltin y daban premios inmerecidos a los macehualtin. Claro que pueden esforzarse para alcanzar mejores rangos en el ejército, pero la verdad es que tarde o temprano demuestran su falta de linaje y la bajeza de su educación. Lo vulgar se hereda. Es imposible igualar el plumaje de una tórtola con el de un faisán. Enviar a un macehualli en calidad de embajador es vergonzoso, pues no tienen la sensibilidad para hablar ante la nobleza. Confunden y tergiversan los mensajes con su mal lenguaje y pésimos modales. En cambio los pipiltin, con su elegancia al expresarse, infunden respeto y temor. No me interesan siquiera para los empleos de la casa y la corte.

—Señor, señor mío, gran señor, ¿quiere gente de la nobleza para que sirvan en la casa y en la corte?

—Por supuesto. —Estiras el cuello y sonríes con arrogancia—. Los macehualtin no entienden las necesidades de un gobernante. A partir de hoy únicamente podrán servir a mi gobierno aquellos que tengan pureza en la sangre. ¿Entiendes lo que digo? No quiero bastardos de la nobleza. Ni siquiera mis hijos ilegítimos podrán aspirar a algún puesto en el gobierno. Ya sabes lo que pasó con Izcóatl, hijo bastardo de Huitzilíhuitl. ¡Su madre era una criada tepaneca!

—Señor, señor mío, gran señor, si no me equivoco usted no quiere tener macehualtin en el palacio ni en su gobierno.

—Cierto. —Sonríes—. Quiero ser servido por gente fina, gente que entienda las necesidades de un tlatoani. De esta manera, ellos aprenderán cómo se gobierna y, cuando llegue el momento, quien quiera que sea electo tlatoani ya tendrá suficiente experiencia.

—El pueblo sentirá esto como una ofensa... particularmente los pobres, los más humildes. No querrán verlo ni hablarle.

—¡Exacto! —Te pones de pie, Motecuzoma, y caminas hacia él. Tu sonrisa es ahora mayor. Sientes que el cihuacóatl por fin está comprendiéndote—. ¡Eso es lo que quiero! ¡Que nadie me vea! ¡Qué mejor que dentro de unos años nadie conozca mi rostro! Me volveré inalcanzable para ellos.

—Señor, señor mío, gran señor, se hará como usted ordene.

—Muy bien. Primero vamos a seleccionar a los nuevos servidores de mi gobierno, los instruiré personalmente, y cuando estén listos, destituiremos a los otros. Anda, ve a traerme a todos los hijos legítimos y jóvenes de la nobleza tenoshca, tepaneca y acolhua.

Te sientes bien, Motecuzoma. Como primera acción en tu gobierno lo has hecho bastante bien. El cihuacóatl está por salir de la sala, lo observas por unos segundos y, de pronto, recuerdas algo más:

—Espera —le dices al cihuacóatl, y te acercas a uno de los macehualtin que está abanicándote, le quitas el plumero, le arrancas las plumas, te quedas con el palo, lo colocas de forma vertical frente a ti, pones tu dedo índice a la altura de tu frente, sacas un cuchillo, le haces una marca y le dices al cihuacóatl—: Quiero que todos tengan esta estatura.

## 13

La madrugada se anuncia con el canto de los pajarillos. Pronto el sol iluminará el horizonte y la gigantesca sombra del Coatépetl cubrirá parte del lado oeste de la ciudad. Motecuzoma sigue solo en la sala principal de las Casas Nuevas. Se pregunta una y otra vez qué debe hacer. Analiza todo lo que ha ocurrido desde que llegaron a sus oídos los primeros informes de que habían arribado unos hombres blancos a las costas de los mayas. Aunque no era algo en lo que pudiese intervenir, estuvo al tanto todo el tiempo, manteniéndolo en secreto para evitar el escándalo en los pueblos del Anáhuac. Se reprocha a sí mismo, cuestiona cada una de sus decisiones. El temor a equivocarse es su mayor enemigo. Quería esperar. Sabía que era lo mejor. Y esperó. Cuando se enteró de que los extranjeros se habían marchado[39] sintió un gran alivio.

Sin embargo, al inicio de este año Uno Caña (1519), sus informantes le contaron que las casas flotantes habían vuelto[40] por las costas de Kosom Lumil, que habían apresado a la esposa del halach uinik y que ella había llorado ante ellos rogándoles que no la mataran, pero que luego el tecutli —que aunque no era el mismo que el de las casas flotantes anteriores, traía los mismos intérpretes que había apresado el tecutli anterior— le dio muchos regalos, le prometió que no le haría daño y le aseguró que sólo quería conocer a su esposo. Luego la liberó y al día siguiente volvió el halach uinik acompañado de toda la nobleza. Al escuchar que los extranjeros habían tratado muy bien a su esposa, se mostró amigable con ellos y les llevó comida y regalos.

39   Se refiere a la partida de Juan de Grijalva en 1518.
40   La flota de Hernán Cortés —en la cual iban Alonso Hernández Portocarrero, Alonso Dávila, Diego de Ordaz, Francisco de Montejo, Francisco de Saucedo, Juan Escalante, Juan Velázquez de León, Cristóbal de Olid, Gonzalo de Sandoval, Pedro de Alvarado, Antonio de Alaminos— incluía 11 naves, 518 infantes, 16 jinetes, 13 arcabuceros, 32 ballesteros, 110 marineros y alrededor de 200 indígenas de Cuba y esclavos negros, 32 caballos, 10 cañones de bronce y cuatro falconetes.

Los extranjeros les correspondieron con muchos regalos, con lo cual los habitantes quedaron muy alegres.

Todo eso era muy confuso para Motecuzoma, que se enteraba de forma muy ambigua, pues sabía que los mensajeros tenían una asombrosa capacidad para cambiar la información, todo siempre a su parecer. En lo que no cambiaban los mensajes era que los hombres barbados pedían oro, ofrecían la protección de su tlatoani y hablaban de sus dioses. El dios principal era un hombre flaco, colgado de una cruz. Tenían diosas y dioses menores, cuyos nombres siempre comenzaban con las mismas palabras, virgen y san.

El nuevo tecutli que dirigía las casas flotantes preguntó si antes habían llegado otros hombres iguales que ellos, y los habitantes respondieron que meses atrás habían llegado otros iguales y señalaron a varios de los hombres barbados tratando de darles a entender que ellos habían llegado en la ocasión anterior; pero el señor principal los interrumpió y corrigió: «Mucho antes». Los pobladores hablaron entre sí, y respondieron a los hombres barbados.

—Dos, sí, son dos hombres blancos —dijo uno de ellos con mucha seguridad—. Viven allá, con los cheles, en Ichpaatún. Están casados con princesas, hijas de Na Chan Can, y tienen hijos.

—¿Dónde está eso?

—Al norte de Ch'aak Temal.

—¿Los tienen como esclavos?

—No. Uno de ellos, al que llaman Gun Zaló[41], salvó del ataque de un caimán al Nacom Balam (jefe de guerreros), y éste en recompensa le devolvió su libertad y la del otro, pero él no quiso irse, pues decía ser ya uno de ellos, y ahora es Nacom de los cheles.

El halach uinik ofreció llevarlos, pero el tecutli de las casas flotantes no quiso ir personalmente. Mandó a varios de sus hombres con un mensaje escrito en su lengua[42]. Al llegar a las costas de Ch'aak Temal, los hombres barbados no quisieron bajar de sus casas flotantes y mandaron a los mayas a que entregaran el mensaje y volvieron a Kosom Lumil, alegando que pensaron que todo era una trampa para matarlos.

41   Gonzalo Guerrero.
42   Diego de Ordaz iba al mando de los bergantines.

—¿Y los nativos que los acompañaron? —preguntó el tecutli de las casas flotantes.

—Los dejamos allá.

—¿Por qué?

—No volvieron.

El tecutli de las casas flotantes, que en un principio parecía ser dócil, enfureció e increpó a sus mensajeros y los mandó azotar. Todo parecía indicar que era un hombre justo, pues en muchas ocasiones se le vio regañar a sus hombres que cometían felonías o agredían a los pobladores, pero todo cambió cuando halló a los nativos sacrificando codornices e incensando el teocali de la diosa Ix Chel (Arcoíris), la señora de la cura, la procreación y el amor. Primero habló con el halach uinik por medio de su intérprete[43] y lo exhortó a que dejara de adorar a esos ídolos del demonio. Días después, al ver que seguían adorando a sus dioses, los extranjeros destruyeron los altares y los quemaron; y construyeron ahí un altar para sus dioses[44]. Los habitantes al verse amenazados por los palos de fuego y humo no pudieron evitar tan atroz sacrilegio. Cuando los hombres barbados se fueron, los habitantes se dieron a la tarea de poner sus ídolos en el altar y guardar las imágenes que los extranjeros habían dejado ahí, en dado caso de que regresaran.

Volvieron días después, ya que una de sus casas flotantes se había averiado y debían repararla lo antes posible. Entonces, el halach uinik ordenó que acomodaran el altar tal cual lo habían dejado los hombres barbados. Mientras los habitantes de Kosom Lumil y los hombres barbados reparaban la avería, el tecutli de las casas flotantes fue a revisar que la imagen de su diosa siguiera en el altar. El halach uinik había ordenado que le pusieran muchas flores e incienso, lo cual dejó al hombre blanco muy contento. Cinco días más tarde se marcharon.

Una semana más tarde, uno de los dos hombres blancos que vivían en Ichpaatún abandonó a su esposa e hijos y fue tras las casas flotantes en una canoa. Con él iban dos nativos que fueron testigos de todo esto y se lo contaron al halach uinik:

43  Uno de los mayas que había sido capturado por la expedición de Francisco Hernández de Córdoba, bautizado como Melchorejo.
44  Una cruz y una imagen de la Virgen María.

—Nos acercamos con mucha dificultad a las casas flotantes, pues la marea estaba muy agitada. Jeimo estaba muy ansioso, gritaba en su lengua y movía los brazos. Luego bajaron en una canoa pequeña varios hombres barbados. Se acercaron a nosotros apuntando con sus palos de fuego y mirándonos con mucha desconfianza. Jeimo les habló en su lengua hasta que ellos bajaron sus armas. Nuestras dos canoas chocaron y Jeimo se pasó apurado, se arrodilló y les dijo muchas cosas mientras lloraba. Después se fueron a las casas flotantes, y ya no supimos más de él.

Motecuzoma se enteró de esto muy tarde, cuando las casas flotantes ya estaban por las costas de Tabscoob. Le informaron que Jeimo Cuauhtli —quien al explicar el significado de Aguilar, su segundo nombre, les dijo que provenía de «águila», *cuauhtli* en náhuatl—, por hablar la lengua maya se convirtió en el principal intérprete del tecutli de las casas flotantes. Jeimo Cuauhtli comenzó a hablarles de la llegada de un dios y del tlatoani al que rendían vasallaje los hombres barbados.

—Cuando los hombres barbados llegaron al río de Tabscoob dejaron sus casas flotantes en el mar y entraron en unas canoas más grandes que las de los nativos. Pronto salieron muchas canoas a recibirlos y los hombres barbados con su nueva lengua, Jeimo Cuauhtli, pudieron decir con más claridad lo que buscaban. Decían que no iban a hacernos daño y que sólo buscaban hablar con nosotros sobre su tlatoani que vive en tierras muy lejanas.

Motecuzoma observó al informante con mucha atención. Aunque la información era casi siempre la misma, la frecuencia con que ésta se repetía lo dejaba cada vez con menos respuestas.

—Y aunque les dijimos que no necesitábamos de un nuevo tecutli, ni queríamos su protección, ellos insistían. Nos dijeron que querían agua, comida y un lugar para dormir, pues ya era tarde para volver al mar donde habían dejado sus casas flotantes. Pero les dijimos que podían quedarse en una isla que estaba muy cerca y que a la mañana siguiente podrían volver al mar.

—¿Se fueron?

—Sí, a la isla. Pero no se fueron a dormir, los vimos explorando el río y varias orillas. Nosotros volvimos al pueblo para esconder a nuestras mujeres, ancianos e hijos para que no les fueran a hacer daño. Uno de los mayas que habían capturado los hombres blancos, y al que le habían cambiado el nombre por Melchorejo, escapó y habló con nosotros. Además de que estaba muy desnutrido, se veía muy atemorizado. Nos alertó de las intenciones que tenían los tecutlis de las casas flotantes de adueñarse de nuestras tierras. «Cuando llegan a un poblado —nos explicó—, aunque no haya nativos presentes, uno de los hombres barbados dice en voz alta que en nombre de su tlatoani toma posesión de las tierras». Al día siguiente los hombres barbados insistieron en entrar a la ciudad y como no se los permitimos, su lengua, Jeimo Cuauhtli, comenzó a decirnos en maya lo que el tecutli de las casas flotantes decía, que en nombre de su tlatoani venían a tomar posesión de nuestras tierras. Todos nosotros nos quedamos asombrados al oír eso que no tenía razón, eso que jamás había ocurrido en estas tierras. Todos nos preguntábamos por qué estos extranjeros se sentían con derecho de apropiarse de nuestras tierras. De pronto, sin ninguna ofensa, sin ninguna declaración de guerra, sin haber sostenido una batalla, ellos decían ya ser dueños de nuestras tierras. Entonces comenzamos a tocar los teponashtles de guerra.

Las casas de Tabscoob estaban construidas con adobe y techos de paja. La ciudad tenía un cerco fabricado con troncos de madera, que salían de la tierra, entre los cuales había un espacio para poder disparar flechas a los enemigos. Los nativos apenas si tuvieron tiempo de lanzar unas cuantas cuando se escuchó un trueno y se esparció el humo. Le siguieron decenas de truenos.

—Muchos hombres cayeron de sus canoas al agua, de donde sólo salieron flotando bocabajo. Otros corrieron espantados por aquello que jamás habían visto. Aunque estaban lejos podían reventarle la cabeza a nuestros guerreros con sus palos de fuego y humo. Mucha sangre se derramó en el río Tabscoob. Hartos muertos flotaban en el agua. En verdad, fue muy doloroso ver morir a tantos hombres de manera tan injusta. Pronto los barbados bajaron de sus canoas y comenzaron el combate con sus largos cuchillos de metal. Cuando pretendíamos huir por la parte trasera del pueblo aparecieron otros que nos estaban esperando ahí. Fue imposible mantener la batalla. El tecutli de las casas flotantes subió al teocali y por medio de su lengua, Jeimo Cuauhtli, volvió a tomar posesión de nuestras tierras.

Al escuchar todo eso, Motecuzoma pensó seriamente en preparar sus tropas. Pero a tu mente volvieron las mismas cavilaciones que no te dejaban descansar. «¿Qué quieren? ¿Oro? Se los daremos. ¿Plumas preciosas? También se las daremos. ¿Quieren apoderarse del imperio meshíca? ¡No! ¡Jamás! No se los permitiremos. ¿Podremos impedírselos? Las armas que tanto han descrito los informantes parecen ser extremadamente destructivas. ¿Cómo luchar contra el fuego y el humo? ¿Cómo derrotar a esos venados que dicen que patean tan fuerte que matan a los hombres? Pero también puede haber otra posibilidad: que no lleguen a Tenochtítlan, que se hagan de riquezas en esos pueblos y se marchen. O que nunca encuentren el camino a nuestra ciudad».

Esas vagas esperanzas se desvanecieron al llegar otro informe. Los hombres barbados habían atacado nuevamente a los nativos de Tabscoob. Los fueron a buscar tierra adentro y con sus cerbatanas de fuego y humo asesinaron a quince, mientras que los nativos apenas lograron matar a dos y herir a once. Lo peor de todo era que los hombres blancos habían apresado a varios miembros de la nobleza. El tecutli de las casas flotantes y su lengua, Jeimo Cuauhtli, los interrogaron y torturaron por separado, hasta que declararon que uno de los esclavos mayas —Melchorejo— los había alertado del peligro, y por lo mismo habían mandado llamar a todas las tropas de los pueblos cercanos con las que pretendían formar un ejército muy grande, y con el cual, a pesar de las armas de fuego y humo, lograrían acabar con ellos.

—Eso debemos hacer —dijo Motecuzoma al enterarse de aquello—. Reuniremos a todas nuestras tropas. Llamaremos a todos los pueblos aliados y vasallos para que juntos nos enfrentemos a los extranjeros.

Los miembros de la nobleza se mostraron entusiasmados al escuchar aquellas palabras. Había un nuevo brillo en los ojos del tlatoani.

—Pero debemos tener mucho cuidado —agregó Motecuzoma—. Tenemos demasiados enemigos, dentro y fuera de Tenochtítlan. Y los peores son los que fingen lealtades.

A ninguno de los presentes le gustaba escuchar eso. La duda incomodaba incluso a los que realmente le eran leales al tlatoani. Pocas veces se descubrían los verdaderos traidores.

—El tecutli de las casas flotantes liberó a dos hombres —agregó el informante—. Y le mandó decir a nuestro señor que únicamente se iría de ahí muerto o victorioso.

—Ese hombre sabe que si sale vencido —dijo Motecuzoma Shocoyotzin con mucha seriedad—, se divulgarán los rumores por todos los pueblos y saldrán a atacarlo con mayores bríos.

De pronto Motecuzoma volvió a guardar silencio. Cerró los ojos y bajó la cabeza. Todos los miembros de la nobleza —incluidos los sacerdotes y los capitanes de las tropas— sabían que una vez más el huey tlatoani, Motecuzoma Shocoyotzin, había cambiado de planes. Una vez más esperarían para decidir qué hacer antes del arribo de los extranjeros.

## 14

Sabía que no podía confiar en el cihuacóatl Tlilpotonqui, aunque había sido bien instruido por su padre Tlacaélel. Había muchos intereses de por medio. Mi primera guerra era precisamente contra el poder absoluto que había dominado a los últimos tlatoanis. No se trataba de un solo hombre, sino de una población completa que estaba acostumbrada a obedecer al cihuacóatl y a su séquito. Tenía que cambiar eso.

No fue fácil. Corría el riesgo de que organizaran una conspiración en contra mía. Por lo mismo, ocupé los primeros días de mi gobierno para dialogar con aquellos en quienes más confiaba. Ellos, por supuesto, compartían mi posición sobre la importancia de mantener separados a la nobleza y a la plebe. No se puede gobernar sin gente de confianza. Yo no confiaba en la gente del cihuacóatl, por eso lo mandé espiar a todas horas. Me aseguré de que llegara a oídos de Tlilpotonqui el rumor de que lo estaban vigilando, pues enterarme de alguna conjura después de realizada no me servía tanto como evitar que lo hiciera.

El proceso fue lento, pero seguro. Fui adiestrando a cada uno de los hombres de mi gobierno hasta hacerlos un río de mis pensamientos. Llegado el día los reuní a todos en la sala principal del palacio y anuncié que todos los dignatarios del gobierno anterior estaban destituidos, lo cual provocó mucha incomodidad. Uno de ellos se atrevió a levantar la voz. Lo llamé al frente y él, lleno de soberbia, salió del fondo del salón. Recuerdo perfectamente su rostro ancho, sus bigotes largos y ralos, sus ojos cansados y su piel tostada y arrugada. Lo recuerdo perfectamente porque maldijo en público la hora en que fui electo huey tlatoani. Lo dijo con tal altivez que por un instante pensé que alguien con tanto valor merecía estar al frente de mis tropas. Por supuesto que también pensé que si tenía el valor para confrontarme en público, sería capaz de traicionarme en cualquier momento; y peor aún, todos los presentes entenderían que al tlatoani lo podía humillar cualquiera.

Podía ordenar que lo arrestaran, que lo encarcelaran y que lo sacrificaran, pero ése era el momento preciso para mostrar una postura sólida y enérgica. Me puse de pie, caminé hacia él y lo reté a un duelo, ahí mismo. La soberbia en su rostro se diluyó como el polvo del cacao molido en el agua. Dirigí la mirada a uno de los capitanes, dándole a entender que me entregara dos macahuitles. El honor es lo más valioso que tiene un tenoshca. Así que aquel hombre no dudó en tomar su arma. Comenzamos un reñido, pero breve combate. El hombre terminó desangrado en el piso mientras los demás observaban boquiabiertos.

Entonces, ordené al capitán del ejército que se llevara a todos los servidores destituidos al huey teocali, donde esa misma tarde serían sacrificados.

Otro de los cambios que hice fue prohibirle a toda la población verme a la cara, bajo pena de muerte. A partir de ese día, si yo caminaba por alguna calle todos debían arrodillarse, y poner sus manos y rostros en el suelo. Si el pueblo puede ver a su gobernante por todas partes y hablarle, tocarlo y decirle lo que le venga en gana, incluso insultarlo, es simplemente uno más. Pero sí es inalcanzable y desconocido físicamente, se vuelve temido y reverenciado. Lo que se viera dentro del palacio se sabría en todo Tenochtítlan y, en consecuencia, en todos los pueblos aliados y subyugados. Para continuar con la expansión militar era necesario que todo esto se diera a conocer, de lo contrario ante los ojos de los demás pueblos yo sería visto como un tlatoani vacilante.

El pueblo meshíca había crecido como ningún, tanto que los pueblos aliados, Tlacopan y Teshcuco, eran ya algo simbólico, pues su poder no tenía comparación con el nuestro. Tlacopan nunca lo tuvo, pero su inclusión en la Triple Alianza fue para que fungiera como mediador entre Nezahualcóyotl e Izcóatl, que recién habían logrado vencer a los tepanecas bajo el mando de Tezozómoc, y años después, de su hijo, Mashtla, quienes mantuvieron a los meshícas subyugados por casi cien años. En realidad los pueblos aliados fueron muchos, con mayor o menor poder militar. Pero los que estaban al mando eran los tenoshcas y los acolhuas. Otros que también tenían mucho poder eran nuestros vecinos los tlatelolcas, con quienes hacer una alianza no era nada favorable. Nunca lo fue, ya que desde que nuestros abue-

los llegaron a la isla en el año Dos Casa (1325) y fundaron Meshíco Tenochtítlan, un grupo de disidentes decidió fundar su propia ciudad
en el lado norte, a la cual llamaron Meshíco-Tlatelolco. Y por lo mismo, mi padre Ashayácatl decidió emprender una guerra contra ellos.
Tras la conquista de Tlatelolco, mi padre los obligó a pagar un tributo, pero Tízoc y Ahuízotl los indultaron. Perdonar a unos y castigar
a otros de manera parcial es tan injusto como peligroso.

Por eso, otra de las decisiones más importantes en los primeros
días de mi gobierno fue mandar llamar a los tlatelolcas y exigirles el
pago inmediato de tributos. Éstos entregaron los suministros que habían obtenido en la última guerra: joyas, plumas finas, comida y
armas. Para gobernar también hay que saber premiar a los buenos
súbditos, por lo mismo, tiempo después decidí restablecerles su independencia y les otorgué el permiso para ir a las guerras con sus propias insignias y la reconstrucción del huey teocali de su ciudad, que
había sido destruido tras la guerra entre Tenochtítlan y Tlatelolco.
Con esto se volvieron más leales y obedientes.

Ya no había necesidad de que demostrara mi valor, por ello fui
electo tlatoani. Pero como requisito debía conseguir el mayor número de prisioneros de guerra para ser sacrificados durante los festejos
de mi coronación. Me había ejercitado en las armas desde que era un
joven, pero para cuando fui electo tlatoani lo hacía con mayor brío
que antes, pues a mis treinta y cinco años de edad —aunque tenía
mucha experiencia— ya no era tan ágil como solía serlo.

Como era de esperarse, y como siempre había ocurrido tras la
muerte de un tlatoani, algunos pueblos decidieron desafiar al nuevo
tlatoani, aprovechando mi inexperiencia. En este caso fueron las
provincias de los otomíes en Nopala e Icpactépec, quienes no sólo se
habían rehusado a pagar el tributo, sino que se habían atrevido a asesinar a los meshícas que estaban en sus tierras y a cerrarles el paso
con troncos y piedras a todos los tenoshcas que intentaban entrar a su
territorio. Esta declaración de guerra, más que una ofensa, fue una
merced para mí, que debía demostrar mi grandeza como líder del
pueblo tenoshca.

—Han fortificado sus poblaciones con muros de madera y roca
—me informó el embajador que había llegado ante mí.

No me mostré molesto ni ofendido, como se esperaba, como debía ser; por el contrario, sonreí un poco. Volteé a ver al cihuacóatl, que estaba parado a un lado mío; sabía que él no compartía mi alegría. Seguía resentido por mi decisión de sacrificar a todos los servidores del gobierno anterior. Se sentía sólo, vulnerable, traicionado.

Despedí al embajador con el ritual acostumbrado al hacerle grandes obsequios: mantas de algodón, plumas finas, comida y joyas. Me dirigí al cihuacóatl y le pedí que mandara llamar al Consejo y a los señores principales de los pueblos aliados para que juntos decidiéramos el día y la estrategia para castigar a los pueblos rebeldes.

—Así lo haré, señor, señor mío, gran señor —dijo el cihuacóatl.

En cuanto el cihuacóatl se retiró, los miembros de la nobleza —que desde que vivían en el palacio eran testigos de todos mis pasos y escuchaban cada una de mis palabras— me observaron con devoción y guardaron silencio. Sabía que en cuanto les diera autorización de hablar, recibiría una carga de elogios, algo que no deseaba en ese momento. Me puse de pie y sin decir una palabra me dirigí a mi habitación, el único lugar donde tenía privacidad.

Más tarde volví a la sala principal, donde todos se arrodillaron ante mí, excepto los señores de Tlacopan y Teshcuco. Saludé primero a Nezahualpili y luego a Totoquihuatzin.

—Los he mandado llamar porque ha llegado el momento para que vaya en busca de prisioneros para la celebración de mi coronación. Las provincias de los otomíes en Nopala e Icpactépec se oponen a pagar el tributo a los tenoshcas, y como declaración de guerra han matado a varios meshícas en sus tierras y han cerrado los caminos con troncos y piedras. Es por ello que hago un llamado para que en Meshíco Tenochtítlan y todos los pueblos aliados y vasallos, los hombres se preparen para ir a la guerra y las mujeres alisten alimentos. Asimismo, solicito la valentía de alguno de ustedes para que se dirija con la dignidad de embajador, en compañía de una tropa, y los cargadores necesarios para que lleven armas, mantas de algodón y alimentos, y lo entreguen a los señores principales de aquellos pueblos en el momento en que les declaren la guerra en nombre del tlatoani de Meshíco Tenochtítlan y todos sus pueblos aliados.

## 15

El sol alumbra ya la ciudad de Tenochtítlan. Hace varias horas que la gente está ocupada en sus labores. El lago se encuentra lleno de canoas y los mercados saturados de gente. Motecuzoma Shocoyotzin no ha dormido un minuto. Permaneció solo en la sala principal y los demás en la sala destinada a los pipiltin.

Todos sus ministros, sacerdotes y capitanes insisten en que les declare la guerra a los extranjeros antes de que ellos actúen de la misma forma en que lo hicieron con los totonacas, tlashcaltecas y cholultecas.

—Por eso mismo no les declaro la guerra —responde el tlatoani—, porque si a ellos los vencieron con tanta facilidad siendo tan pocos, ¿qué no harán con los tenoshcas ahora que tienen como aliados a nuestros enemigos? Esas trompetas de fuego y esos cañones, como ellos los llaman, son muy peligrosos. Además, suponiendo que lográramos vencerlos, no sabemos cuántos soldados vienen en camino.

Una vez más, todos callan. Motecuzoma Shocoyotzin les recuerda que cuando se enteraron de la llegada de las casas flotantes al río de Tabscoob, él fue el primero en tomar la decisión de ir a atacarlos, pero al escuchar que ellos no pretendían salir de ahí más que muertos o victoriosos, tuvo que pensar sus planes.

En aquella ocasión Motecuzoma se enteró de que los hombres barbados abrieron el cadáver de un nativo, le sacaron la grasa y se la untaron a sus heridos.

El tecutli de las casas flotantes envió a dos nativos que habían capturado para que dieran un mensaje a los señores principales. Les ofrecía la paz si iban a verlos en dos días. Los señores principales les enviaron quince esclavos con algunos regalos. Pero Jeimo Cuauhtli, que ya conocía las costumbres de los nativos, le explicó al tecutli de las casas flotantes que eso no era un mensaje de paz. Entonces, mandaron a los mensajeros de regreso. Al día siguiente fueron a verlos cuarenta señores principales con un número mayor y mejores regalos. Les pidieron que ya no lanzaran más sus bolas de fuego ni utilizaran sus largos cuchillos de metal. Ya no más. Ya había muchos muertos y era urgente enterrarlos antes de que llegaran las aves de rapiña.

Una vez más, Jeimo Cuauhtli intervino y le dijo al tecutli de las casas flotantes que entre ellos no se encontraba el halach uinik. Los que habían llevado el mensaje volvieron con su tecutli y dieron el mensaje. Un día después, por fin apareció el halach uinik para hablar con ellos. Jeimo Cuauhtli estuvo siempre traduciendo para el tecutli de las casas flotantes, que ya estaba muy enfurecido. Les dijo que los venados gigantes estaban muy enojados por tan malos tratos. Y justo en ese momento se escuchó un trueno ensordecedor y a lo lejos un árbol comenzó a incendiarse. De igual forma, a poca distancia, uno de los venados gigantes comenzó a hacer esos ruidos extraños, a patalear e incluso se paró harto enfurecido en dos patas, a veces con las delanteras y otras con las traseras. El tecutli de las casas flotantes sonrió y le dijo al halach uinik que volvería en un rato, que iría a hablar con el venado gigante y le diría que se calmara, que los pobladores estaban dispuestos a dar vasallaje a su tecutli. Minutos después de que volvió el tecutli de las casas flotantes, el venado dejó de hacer ruidos.

—¿No se pueden matar esos venados? —preguntó Motecuzoma.

—No —respondió el informante con mucha seguridad—. Lo hemos intentado, pero nuestras armas no los lastiman. Y si uno intenta atacarlos por detrás, éstos sueltan tremendas patadas. A muchos han matado con un solo golpe.

—¿Qué pasó después de que su halach uinik se rindió?

—Al día siguiente les llevó el oro que el tecutli de las casas flotantes les pidió.

—¿Más oro? —Motecuzoma no podía entender por qué los extranjeros le daban más valor al oro que a las plumas, las mantas de algodón, los utensilios de barro, figuras de cerámica, las flores, las semillas, el maíz, los animales, los alimentos.

—Eso es lo que siempre piden. Mi señor les entregó las pocas piezas de oro que tenía: cuatro diademas, una lagartija, dos perrillos, orejeras, cinco ánades, dos máscaras mayas, dos suelas y muchos adornos. También les regaló veinte mujeres para que les hicieran de comer.

—¿Qué hizo con las mujeres?

—Las recibió muy gustoso. Pero siguió pidiendo oro. Y cuando mi señor les dijo que ya no tenía más, él preguntó dónde había más. También preguntó dónde estaba el maya, al que llamaban Melchorejo, pero mi señor le dijo que al ver que iban perdiendo en el combate huyó de ahí. Después le habló de su tlatoani que vive en el otro lado del mar y de sus dioses. Finalmente, destruyeron los teocalis, todos, los derribaron a golpes y los quemaron. Mucha tristeza hubo ese día, mucho llanto, mucha ira, y a pesar de toda esa barbarie, mucho silencio.

—Un teocali se reconstruye, pero jamás un pueblo muerto —dijo Motecuzoma.

—Luego mandaron llamar a toda la población para que presenciara un ritual dedicado a sus dioses, en el cual uno de ellos hablaba todo el tiempo y los demás escuchaban o fingían escuchar, pues también los hombres barbados que estaban hasta atrás bostezaban a ratos o hablaban en voz baja entre ellos; yo los vi. Echaron agua en las cabezas de las veinte mujeres que el halach uinik les había regalado y les cambiaron el nombre, así, sin preguntarles si querían llamarse de formas tan extrañas. Al terminar su ritual, comenzó a llover y el tecutli de las casas flotantes nos quiso obligar a rendir vasallaje a su tlatoani y devoción a sus dioses. Nadie respondió. Nadie aceptó adorar a esos dioses desconocidos. Nadie quiso ofrecer su vasallaje a un tlatoani del que no sabíamos nada. El tecutli de las casas flotantes insistió con gritos y amenazas, al mismo tiempo que alzaba y apuntaba su largo cuchillo de metal hacia el rostro del halach uinik, quien le contestó que quizá lo haría hasta que conociera al tlatoani, pero eso de adorar a otros dioses, no. Entonces, el dios del trueno llegó en nuestro auxilio. Fuertes vientos comenzaron a soplar. Llegó apresurado unos de los hombres barbados y les avisó a sus compañeros que sus casas flotantes corrían mucho peligro. El tecutli principal cambió su actitud, sonrió y luego dijo algo que Jeimo Cuauhtli tradujo como: «Somos amigos. Confío en vuestra promesa de rendir vasallaje. Volveremos pronto». El halach uinik le respondió que seguirían siendo amigos y luego mandó a muchos hombres a que les ayudaran a subir todos los regalos que les habían dado a sus casas flotantes.

—Debemos interrogar a su concubina —dice uno de los sacerdotes—. La niña Malina debe saber cuáles son sus planes.

—Esa niña ve al tecutli Malinche cual si se hallara frente a un dios —responde Motecuzoma—. ¿No se han dado cuenta?

—¡Es una traidora! —exclama enfurecido uno de los capitanes.

—¿Por qué traidora? —pregunta el tlatoani.

—Es meshíca, tiene nuestra sangre.

—No —interviene otro—. Uno de nuestros informantes me dijo que ella nació en Shalisco. Es la hija de uno de los señores principales y en medio de una guerra fue arrebatada de los brazos de sus padres por unos mercaderes, cuando era aún muy pequeña; la vendieron en Shicalanco y fue entregada al señor de Tabscoob.

—Por eso —responde el capitán—. Sí fue vendida en Shicalanco, pero su madre, que es meshíca, la vendió porque su esposo murió y luego se casó con otro, que no quería una hija ilegítima y la obligó a venderla.

—Otro de nuestros informantes me dijo que es hija de uno de los señores principales de Painalá, cerca de Coatzacoalco —interrumpe uno de los miembros de la nobleza.

—A mí me dijeron que había nacido allá en la costa de Teticpac —dice otro.

—Estás equivocado —corrige otro—. Nació en Totiquipaque.

—Lo importante es que sus padres la vendieron hace muchos años —agrega otro ministro—. Y luego fue entregada a los extranjeros. Y como esclava está obligada a obedecerlos. Eso no la hace una traidora.

—Yo insisto en interrogarla.

—¿Cómo? ¿En qué momento? —demanda Motecuzoma—. Jamás se separa del tecutli Malinche.

Hace frío y al tlatoani se le eriza la piel. Sigue pensando en todo lo que ha ocurrido en los últimos meses. No se arrepiente de las decisiones que ha tomado, pero tampoco admite que sean las mejores.

La primera vez que supo de la niña Malina fue cuando envió una embajada acompañada de cuatro mil hombres para que hablaran con el tecutli de las casas flotantes, que entonces se encontraba en la isla de Chalchiuhcuecan[45]. Los informantes de Motecuzoma habían seguido a las casas flotantes desde las costas, durante todo su recorrido desde Tabscoob. Apenas vieron que los hombres barbados pretendían bajar en aquella isla, la embajada de Motecuzoma se dirigió a las casas flotantes sin temor. En cuanto tuvieron el primer contacto con los barbados, su lengua Jeimo Cuauhtli no supo lo que le decían, pues solamente sabía hablar maya. Una de las veinte mujeres que les habían regalado en Tabscoob se atrevió a responder sin permiso y señaló al tecutli principal de las casas flotantes; quien a su vez le ordenó a Jeimo Cuauhtli que le preguntara a esa niña si sabía hablar la lengua de los nativos de esa isla. Ella respondió, sin orgullo, que era su lengua materna. El tecutli de las casas flotantes sonrió tanto que la niña Malinalli se sonrojó. Se acercó a ella, le puso una mano en el hombro y la guio consigo. A partir de ese momento, el tecutli de las casas flotantes le hablaba a Jeimo Cuauhtli, y él a la niña Malinalli, quien, finalmente, les hablaba a los embajadores de Motecuzoma y a todos los nativos de aquella isla.

El tecutli invitó a los embajadores de Motecuzoma a las casas flotantes, donde una vez más se llevaron a cabo los saludos y los intercambios de regalos. Días después, el tecutli de Cuetláshtlan, Tentitl, fue a verlos como embajador de Motecuzoma. El tecutli de las casas flotantes se presentó, pero su nombre no pudo ser pronunciado por el embajador, que para evitarse tal dificultad comenzó a llamarle tecutli[46]. Tentitl les llevó más regalos de parte de Motecuzoma: piezas de oro, ropa de algodón, plumas, frutas, pescado asado y guajolotes. El tecutli de las casas flotantes le dio más regalos para que los llevara al tlatoani, entre éstos una silla, y le dijo que cuando ocurriera el encuentro entre ambos quería que se sentara ahí.

45 Llegaron a la isla de San Juan de Ulúa el 21 de abril de 1519.
46 Los españoles confundieron la palabra tecutli —que significa «señor» y en cuya fonética el sonido de cu casi no se escuchaba o no se entendía para los españoles, dando un sonido de u—, por la palabra teul. Al preguntar por el significado de teul, los mexicas que les dieron la traducción creyeron que se trataba de teotl, que designa a un dios. Los conquistadores creyeron que los nativos los habían confundido con dioses, escribiendo en sus crónicas que les llamaban teules, lo cual es falso, ya que Motecuzoma y los mexicas sabían que no eran dioses.

Días después los hombres barbados llevaron a cabo un ritual para sus dioses. Todos los habitantes de la zona y los embajadores de Motecuzoma observaron en silencio. El tecutli de las casas flotantes habló con Tentitl y le dijo que iba de parte de un tlatoani muy poderoso y que traía un mensaje secreto para Motecuzoma, y que con este mensaje todos estarían muy felices.

—No me interesa conocer ese mensaje —respondió Motecuzoma.

—También preguntó por qué los tlacuilos dibujaban todo lo que veían alrededor en los lienzos de algodón.

—¿Y qué le dijiste?

—Que era para que usted viera cómo eran sus casas flotantes y sus animales. Entonces, mandó traer a todos sus venados, se subieron en ellos y corrieron por la orilla del mar. Luego ordenó que hicieran estallar otras armas de fuego, que no son como los palos de fuego y humo, sino como troncos de madera huecos, pero de metal. Nos espantamos mucho, porque esos troncos de fuego destruyen todo lo que está enfrente. Muchos corrieron, otros se tiraron al piso. Al ver esto, el tecutli hizo que dejaran de lanzar las bolas de fuego. Luego me dio esto para usted. Me lo dio porque yo lo contemplaba con insistencia, pues no sabía porque se lo ponían en la cabeza si es tan horroroso. Pero él me explicó que era para protección en la guerra.

Motecuzoma recibió el objeto metálico que parecía ser de oro, aunque estaba muy desgastado. Imaginó a sus guerreros usando algo así en las batallas y sonrió. Le parecía un objeto ridículo.

—Nada mejor que un penacho elegante para imponerse.

—Volvió a pedirnos oro.

—¿Más?

—Dice que sufren de un mal del corazón que sólo se cura con el oro. Les dije que a usted no le interesaba hablar con ellos y que ya era tiempo de que volvieran a sus tierras.

—Bien dicho. —Motecuzoma asintió con gusto.

—Pero se molestó. Dijo que yo no era quién para negarle ver al tlatoani. Y que no se iría de allí hasta hablar con usted. Por eso volví, pero dejé a dos mil meshícas para que los vigilaran, por supuesto, como usted lo indicó, con la excusa de que los iban a atender.

—Si lo que quieren es oro, les enviaremos una buena cantidad para que se vayan.

Cuando Tentitl volvió con el nuevo mensaje de Motecuzoma, los tenoshcas que se habían quedado con los hombres barbados ya habían construido mil chozas de palos. Les llevó más oro: dos figuras con forma de soles, un tazón, un cántaro, una armadura de algodón con plumas de quetzal y unos escudos de concha. Sin embargo, insistían con conocer a Motecuzoma.

Tentitl mandó un mensajero a Meshíco Tenochtítlan, quien al llegar a cierto punto entregó el mensaje a otro, que corrió lo más posible hasta llegar con el otro mensajero, y así hasta cumplir con su tarea. Motecuzoma se enteró de esto al día siguiente.

—Debemos echarlos de nuestras tierras —dijo Cuauhtláhuac.

—No —intervino Cacama—. Debemos primero saber qué es lo que quiere su tlatoani. Es evidente que tiene mucho poder. Si usted no los recibe, pensarán que tiene miedo. Además, si ellos se sienten desairados podrían buscar alianzas con los totonacas que están muy cerca y que están muy a disgusto con el vasallaje que deben rendir a la Triple Alianza.

—Enviaremos una nueva embajada, con más regalos y más oro, para que se marchen. Eso es lo que quieren. En cada poblado al que llegan piden oro y se marchan. Hay que avisar a todos los pueblos aliados y vasallos para estén listos con sus tropas.

La embajada llegó entonces con los señores de las casas flotantes y les entregaron más riquezas. Y esa misma semana, Motecuzoma se enteró de que Ishtlilshóchitl, hermano de Cacama, el tecutli de Acolhuacan, les había enviado algunos regalos a los hombres barbados.

## 16

Cuando los abuelos meshícas arribaron a estas tierras, en el año Ocho Casa (1253)[47], apenas si había lugar para fundar una nueva ciudad. Aquellos hombres y mujeres nómadas, que eran pobres en extremo, se vieron obligados a aceptar lo que les ofrecieran. Los maltrataron y corrieron, o los obligaron a trabajar e ir a las guerras. Siempre al frente para que fueran los primeros en morir. Sin embargo, con el paso del tiempo, los abuelos demostraron su capacidad para derrotar a los enemigos.

En el año Dos Casa (1325), Tezozómoc, el tecutli de Azcapotzalco, les dio permiso a los abuelos de habitar un pequeño islote que le pertenecía y que tenía abandonado en medio del lago de Teshcuco. En ese lugar tan inhóspito lo único que había para comer eran serpientes, ranas e insectos.

Los abuelos fueron fieles vasallos de Tezozómoc y defendieron su señorío tepaneca, incluso en contra del gran chichimecatecutli, Ishtlilshóchitl, padre de Nezahualcóyotl y abuelo de Nezahualpili.

Los verdaderos conflictos entre Teshcuco y Azcapotzalco comenzaron cuando se anunció que Techotlala, el tecutli de Teshcuco y gran chichimecatecutli de toda la Tierra, había muerto. Mucho se dijo que Techotlala había sido un buen rey, pero un mal político al permitir que Tezozómoc hiciera lo que le viniera en gana. Tezozómoc se negó a reconocer al hijo heredero, Ishtlilshóchitl, como gran chichimecatecutli.

Era una guerra anunciada. Tezozómoc había esperado diez años para vengar el desdén que Ishtlilshóchitl le había hecho a su hija al devolverla después de haberla esposado, para luego casarse con la hermana de Huitzilíhuitl.

A pesar de las exigencias de Tezozómoc porque los tenoshcas no asistieran a la jura de Ishtlilshóchitl, Huitzilíhuitl fue a Teshcuco para ofrecerle lealtad. Sin embargo, la jura no se llevó a cabo debido a que Tezozómoc envió mensajeros a Ishtlilshóchitl alegando estar in-

---

47    La fecha es aproximada, ya que las versiones existentes varían.

dispuesto. El príncipe acolhua necesitaba la presencia del tecutli de Azcapotzalco, de lo contrario, su jura sería indigna; además, la ausencia de Tezozómoc sería vista por los demás señoríos como una rebelión.

Intentando huir de una humillación, Ishtlilshóchitl accedió a los caprichos de Tezozómoc y se humilló aún más cuando le envió fardos de algodón solicitándole que los acolhuas le hicieran mantas para sus soldados, como si se tratara de un pueblo subordinado. La excusa era tan pueril como inconcebible: Teshcuco es uno de los mejores fabricantes de mantas.

Tres años seguidos se repitió la misma humillación. Tres años sin que Ishtlilshóchitl fuese jurado como gran chichimecatecutli de todo lugar. Tres años sin gran chichimecatecutli. Tres años absurdos.

La guerra contra Ishtlilshóchitl ocurrió en dos etapas. La primera la perdió el viejo Tezozómoc. El tecutli acolhua era un joven inexperto, pero tenía de su lado a la mayoría de los señoríos, liderados por viejos especializados en las guerras, deseosos de destruir al tecutli de Azcapotzalco y ambicionando sus territorios.

Apenas Tezozómoc se supo arrinconado, se rindió y ofreció reconocer a Ishtlilshóchitl como gran chichimecatecutli de toda la Tierra. El príncipe acolhua no sólo le perdonó la vida al rey tepaneca, sino que le permitió conservar sus tierras.

Las tropas aliadas volvieron a sus ciudades. No hubo celebraciones ni recriminaciones; no era una guerra de los meshícas. En ese mismo año murió el segundo tlatoani de Meshíco Tenochtítlan: Huitzilíhuitl. Se eligió a Chimalpopoca, cuya jura se llevó a cabo sin muchas celebraciones, pues al día siguiente Tezozómoc mandó a unos embajadores para anunciar que volvería a tomar las armas en contra de Ishtlilshóchitl.

Cuando yo estaba en el Calmécac y supe esta parte de la historia, también aprendí la más importante lección de mi vida: nunca perdonar al enemigo, porque éste engrandece y los aliados se desvanecen.

Tezozómoc supo embaucar a cada uno de los aliados de Ishtlilshóchitl, quienes se sintieron traicionados. Buscaban cobrarle el desgaste de sus tropas, el engaño, la cobardía de culminar su ofensiva. Quienes entran a las guerras lo hacen para vengarse, despojar o defenderse. El tecutli de Azcapotzalco quería venganza. Ishtlilshóchitl se estaba defendiendo. Sus aliados ambicionaban despojar a Tezozómoc de sus tierras para luego repartirse el botín.

El señor de Azcapotzalco ofreció reconocer a Ishtlilshóchitl en un lugar alejado de Teshcuco. Sus ministros le aconsejaron que no asistiera, augurando una trampa. Y, efectivamente, así ocurrió. Ishtlilshóchitl envió a uno de sus hermanos en su nombre. Tezozómoc al verlo enfureció, lo arrestó y ordenó que lo desollaran. Colgaron su piel en un árbol.

Cuando Ishtlilshóchitl quiso cobrar venganza, sus aliados ya no estaban ahí. Apurado —por cumplir lo que debió hacer desde un principio—, se hizo reconocer como gran chichimecatecutli. Un acto inútil a esas alturas. ¿De qué le servía la jura si lo estaban reconociendo sólo algunos señoríos? Se preocupó tanto en obtener el reconocimiento de Azcapotzalco que perdió a la mitad de sus aliados. Poco le duró el gusto de haber sido jurado como gran chichimecatecutli de toda la Tierra. Inevitablemente perdió la guerra.

Las tropas tepanecas llegaron a Teshcuco y destruyeron gran parte de la ciudad. Ishtlilshóchitl huyó con un número reducido de soldados y aliados. Finalmente, quedó arrinconado en un pequeño palacio que tenía en el bosque. Consciente de que lo único que podía hacer era enfrentar su derrota, decidió dar su vida en batalla; no sin antes asegurarse de que todos los que lo acompañaban prometieran reconocer a su hijo, el joven Nezahualcóyotl, como gran chichimecatecutli cuando éste tuviese la edad y capacidad para gobernar.

Aquella madrugada Ishtlilshóchitl y sus soldados salieron al campo de batalla, conscientes de que los tenían rodeados. El ejército de Shalco llegó por el este; el de Otompan por el oeste; Azcapotzalco por el sur; y Tlatelolco y Meshíco Tenochtítlan por el norte.

Dicen que Nezahualcóyotl se escondió en la copa de un árbol. No sé si fue cierto o falso. Nosotros no lo vimos. Hay tantas cosas que se inventaron sobre Nezahualcóyotl a partir de esa batalla.

Lo cierto es que murió Ishtlilshóchitl y acabó la guerra. Tezozómoc se hizo reconocer como gran chichimecatecutli de toda la Tierra y repartió los pueblos vencidos. Los tenoshcas recibimos el gobierno de Teshcuco, lo que provocó muchas envidias en los demás señoríos.

Para asegurarse de que no hubiera traiciones por parte de los nuevos pueblos vasallos, Tezozómoc envió a sus tropas a preguntar a los niños quién era el gran chichimecatecutli de toda la Tierra. A los que respondían que era Ishtlilshóchitl o Nezahualcóyotl les pasaban el cuchillo por el cuello en ese momento; y a los que respondían que era Tezozómoc les daban regalos para sus familias. Se derramó mucha sangre. El terror se apoderó de los habitantes. Se corrió la voz de pueblo en pueblo. Las madres, los padres y los abuelos se ocuparon de instruir a sus hijos: «Si te preguntan quién es el gran chichimecatecutli de toda la Tierra debes decir que es Tezozómoc». A los niños que se rehusaban a responder aquello los castigaban hasta que obedecían.

Tezozómoc ordenó la persecución de Nezahualcóyotl por todo el valle. Poco se supo de él en los años siguientes. Se rumoraba que andaba por tierras del sur, que se disfrazaba para entrar y salir de Teshcuco, Tenochtítlan, Tlatelolco, Shalco, Coatépec, Coyohuácan, incluso de Azcapotzalco.

La madre de Nezahualcóyotl era hermana de Huitzilíhuitl, segundo tlatoani de Meshíco Tenochtítlan. Tras la muerte de Ishtlilshóchitl y la desaparición de Nezahualcóyotl, ella volvió a Meshíco Tenochtítlan, donde murió tiempo después. Las tías de Nezahualcóyotl, que eran nuestras abuelas, le ofrecieron casa y comida, pero él las rechazó una y otra vez, argumentando que Tezozómoc lo mataría. Entonces, ellas enviaron una embajada que abogara por el joven Nezahualcóyotl, y el señor de Azcapotzalco cedió. Les dijo que quería que ellas mismas le hicieran la petición. Lograron convencerlo. No sé cómo, pero lo hicieron. Se murmuraron tantas cosas sobre la dignidad de ellas. Cosas que ni yo me atrevo a mencionar. Además, Tezozómoc ya estaba demasiado viejo para disfrutar de placeres carnales. Tan acabado se encontraba que ya ni siquiera se podía poner de pie. Lo cargaban dos mancebos a todas partes. Dicen que cada vez que defecaba le sangraba el culo y se retorcía de lo intenso que eran los dolores. Para que pudiera soportar los ardores, lo sentaban todo el día en un cesto lleno de algodón con medicinas. Nadie le vio el culo, pero sí lo vieron muchas veces ahí tendido como una guajolota empollando.

Tezozómoc le perdonó la vida y le permitió habitar un palacio olvidado que Ishtlilshóchitl tenía en Cilan, y Nezahualcóyotl pudo transitar entre Teshcuco, Tenochtítlan y Tlatelolco. Visitaba a los meshícas con gran frecuencia a partir de entonces. No porque tuvieran intereses en común (le sobraban razones para odiar a los tenoshcas, pues habían participado en la guerra contra su padre y tenían el gobierno de Teshcuco), sino porque nuestras tías, hermanas de la madre del Coyote hambriento, lo mandaban llamar. Verlo indefenso les debilitaba el corazón. Se convirtió de pronto en una víctima a la que todas querían cobijar. Preparaban para sus visitas banquetes, danzas y ceremonias; y escuchaban atentas lo que les contaba. Sus andanzas se convirtieron prontamente en historias saturadas de mentiras y exageraciones.

La presencia de Nezahualcóyotl provocó un debate entre Motecuzoma Ilhuicamina, Izcóatl, Chimalpopoca y Tlacaélel. Debían asegurarse de que Nezahualcóyotl no intentara cobrar venganza hacia el pueblo meshíca.

—El Coyote en ayunas no es un peligro —aseguró Chimalpopoca.

—Sería incapaz de hacerle daño a la familia de su madre —agregó Motecuzoma Ilhuicamina.

—El joven chichimeca tiene intereses secretos —intervino Izcóatl—. Hasta el momento no sabemos bien qué es lo que busca.

—Lo mejor sería mantener una alianza con él, aunque no sea algo seguro —dijo Tlacaélel tras escucharlos a todos—. Los días de Tezozómoc están por terminar y es evidente que en cualquier momento se desatará otra guerra. Todo indica que Mashtla será el nuevo tecutli.

Contaban mis maestros que Chimalpopoca se mostró muy preocupado, pues Mashtla sentía un odio incontrolable hacia él.

—Sé que cuento con ustedes —finalizó Chimalpopoca.

Tras la muerte de Tezozómoc, su hijo, Mashtla, se reveló en contra del heredero, Tayatzin, y lo asesinó. Se hizo jurar gran chichimecatecutli de toda la Tierra y mandó matar a Nezahualcóyotl, quien para entonces ya se había dado a la fuga. Después mandó matar a Chimalpopoca, y ordenó que no eligieran a un nuevo gobernante, pues pensaba mandar a un representante de su administración.

Fue así que mis abuelos decidieron sacudirse el yugo al que habían estado atados por casi cien años. Hicieron alianza con muchos pueblos, que en los últimos diez años habían estado bajo el dominio de Azcapotzalco, incluyendo a Teshcuco y Tlacopan. Otros decidieron permanecer con Mashtla. Hubo muchos muertos por ambos bandos, muchas ciudades fueron destruidas. Pero la valentía, la inteligencia, la experiencia y la astucia de mis abuelos, Tlacaélel, Izcóatl y Motecuzoma Ilhuicamina, fueron más eficaces que el señor tepaneca en el año Uno Pedernal (1428).

El triunfo que mis abuelos tuvieron sobre los tepanecas les daba el legítimo derecho para gobernar todo territorio. Además, Teshcuco ya pertenecía a los tenoshcas, pues Tezozómoc se los había regalado. Pero Nezahualcóyotl argumentó que a él, por ser hijo y heredero del difunto Ishtlilshóchitl, le correspondían esas tierras y el título de gran chichimecatecutli. Le declaró la guerra a Izcóatl, quien de forma benigna le ofreció devolverle el poder de Teshcuco y le envió de regalo veinticinco doncellas, las hijas más hermosas de la nobleza meshíca. Pero el rey chichimeca las rechazó y retó a Izcóatl a levantarse en armas. Por supuesto que Nezahualcóyotl ambicionaba todo el poder para él. No lo logró. Tras un acuerdo de paz, llevó a cabo otro intento para alcanzar su objetivo. Se alió con Totoquihuatzin, el tecutli de Tlacopan, pueblo que carecía de poder bélico, político y religioso; y entre ambos propusieron la creación de una alianza entre los tres gobiernos.

A Izcóatl lo sucedieron Motecuzoma Ilhuicamina, mi padre Ashayácatl, Tízoc y Ahuízotl. A Nezahualcóyotl, su hijo Nezahualpili, y su nieto Cacama.

Muy pocas veces hubo hostilidades con los señores de Tlacopan; en cambio, con Nezahualcóyotl y su hijo Nezahualpili, sí, desde el principio. Tras la muerte de Izcóatl, Nezahualcóyotl se rehusó a reconocer a Motecuzoma Ilhuicamina como huey tlatoani. Al ver que sus intentos de rebelión sólo lo llevarían a la desgracia, cambió de parecer y dejó que las cosas siguieran como antes, hasta el día de su muerte en el año Seis Pedernal (1472).

Dejó como heredero del trono a su único hijo legítimo, Nezahualpili, que apenas era un niño; había nacido en el año Once Pedernal (1464). Tenía apenas ocho años. Nezahualcóyotl tuvo más de cien hijos, pero la mayoría bastardos, y sólo dos hijos legítimos que murieron. Todos quisieron tomar el lugar de Nezahualpili, pero mi padre Ashayácatl lo protegió hasta el día de su muerte. La fama de Nezahualcóyotl pesaba sobre la inexperiencia de Nezahualpili, quien fue acusado de cobarde, mediocre y pelele de Ashayácatl por muchos años.

Para demostrarles a todos que sí merecía la herencia de su padre, Nezahualpili se preparó para la guerra con mayor ahínco: comía muy poco para acostumbrar su cuerpo al hambre, tal cual lo hizo su padre en los años que estuvo prófugo; dormía en el piso y casi descubierto en tiempos de frío; y se ejercitaba en las armas la mayor parte del tiempo.

Cuando llegó el día de acudir a su primera guerra, sus hermanos, para matarlo, urdieron un plan con el tecutli de Hueshotzinco, pueblo contra el que combatirían. Nezahualpili se enteró del ardid y le dio sus armas y atuendo a uno de sus soldados. Los hueshotzincas al verlo, lo atacaron hasta matarlo. Los hermanos de Nezahualpili huyeron con sus tropas y luego volvieron para recoger el cadáver y llevarlo a Teshcuco, para así reclamar el trono, pero se llevaron una gran sorpresa al encontrarlo vivo y furioso, luchando contra el ejército enemigo. Al ver esto, fingieron no estar enterados de aquella artimaña y lucharon a favor de Nezahualpili.

El tecutli de Teshcuco volvió victorioso y sus hermanos jamás intentaron traicionarlos de nuevo. Los siguientes años se dedicó a la vida amorosa con cuantas concubinas pudo. Luego le pidió una esposa a mi tío Tízoc, quien le concedió una sobrina llamada Tzotzocatzin. El día en que fue a conocerla, conoció a Shocotzincatzin, la hermana menor, de la cual también se enamoró. Entonces, se casó con las dos. La mayor fue madre de Cacama, y la menor, la más amada, fue madre de Hueshotzincatzin, cuatro mujeres y Coanacotzin e Ishtlilshóchitl.

Nezahualpili no quería ser reconocido solamente por ser hijo de Nezahualcóyotl, sino también por sus virtudes. Y sin poder evitarlo actuaba como él. Al igual que su padre, Nezahualpili también fue un hombre bondadoso con su gente. Les daba ropa y alimentos a los pobres. Mandó construir un hospital para los heridos de las guerras. Pero también fue muy severo.

Nezahualcóyotl condenó a muerte a cuatro de sus hijos por incestuosos. Cuando Nezahualpili supo que una de sus concubinas había sido víctima de los intentos de seducción de su hijo Hueshotzincatzin, apenas un mancebo, lo mandó encerrar y esa misma tarde lo llevó a juicio y lo condenó a muerte. A pesar de que la nobleza meshíca y Shocotzincatzin, mujer a la que más amaba Nezahualpili, le rogamos que perdonase a su hijo, se negó. Shocotzincatzin lo odió por el resto de su vida. Dicen que se negó a hablar con él en privado y que en público lo hacía cuando era estrictamente necesario.

Luego de haber condenado a su hijo a muerte, Nezahualpili se encerró cuarenta días en su habitación sin hablar con nadie. Comió muy pocas veces, a pesar de que todos los días le llevaban alimentos.

También condenó a muerte a otros de sus hijos: a uno por haber construido un palacio sin su consentimiento; y a una por haber tenido una relación amorosa con el hijo de un noble. A dos príncipes los mandó matar al volver de una guerra, pues ellos aseguraban que habían hecho presos a unos soldados enemigos, lo cual era falso.

Sus concubinas no gozaron de impunidad. A una la condenó a muerte por haber bebido *octli*[48]. Con la misma dureza castigó al padre de una de mis concubinas, Tezozómoc, el joven, tecutli de Azcapotzalco, a quien acusaron de haber poseído a la esposa de un noble.

Creo que Nezahualpili seguía sintiendo resentimiento hacia el pueblo tepaneca y hacia la memoria del viejo Tezozómoc, que había mandado matar a su abuelo Ishtlilshóchitl y obligado a su padre Nezahualcóyotl a vivir prófugo por varios años, pues desde que se había destruido aquel reino no tuvieron gobierno. Cuando por fin el pueblo

---

48  La embriaguez en las mujeres y los jóvenes era delito capital: el hombre moría a golpes y la mujer apedreada. Sin embargo, las bebidas alcohólicas y su consumo no estaban prohibidos. Estaba permitido emborracharse en las fiestas o en casa. Los ancianos podían embriagarse cuando quisiesen. Los hombres maduros acusados de embriaguez (fuera de los contextos mencionados) no recibían la pena de muerte, pero sí eran castigados. Los pipiltin eran retirados de sus empleos y perdían su título de nobleza; los plebeyos eran trasquilados y sus casas derrumbadas.

tepaneca consiguió el permiso de la Triple Alianza de nombrar a un gobernante, coincidió que éste se llamaba Tezozómoc. Nezahualpili no estuvo de acuerdo con su nombramiento, pero tampoco se negó de forma pública, ya que sabía guardar las apariencias. Cuando decidió ejecutar a mi suegro, tuvimos severos conflictos.

Fue tal nuestro distanciamiento que apenas si nos veíamos. Estoy seguro de que lo que él quería era declararle la guerra a Meshíco Tenochtítlan, pero sabía que perdería, pues los acolhuas ya no tenían tanto poder como en tiempos de su padre. La mayoría de las conquistas las habían realizado los meshícas, así que teníamos mayor poder político, bélico y religioso. Entonces, para vengarse, acusó de adulterio a mi hermana Chalchiuhnenetzin, con quien estaba casado. Mi padre se la entregó por esposa cuando ella era aún muy joven. La mandó a uno de sus palacios para que fuese educada mientras llegaba a la edad de cumplir con sus obligaciones de esposa.

Cuando llegó el tiempo de llevarla consigo, decidió dejarla ahí, sola. Estoy seguro de que Nezahualpili no la quería ni le interesaba procrear hijos con ella. Pasaron los años y muy pocas veces la visitaba. Y cuando se hartó de tenerla, les dijo a todos que ella se entregaba a hombres casados, soldados y sirvientes; y que luego los mataba ella misma, los envolvía con telas de algodón, los vestía, decoraba y colocaba en una sala del palacio. Él aseguraba que muchas veces fue a visitarla y que al ver esas estatuas le preguntaba qué eran, y ella decía que eran sus dioses. Él inocentemente le creyó. Es completamente inadmisible, pues ¿cómo es que un tlatoani actúe con tal ingenuidad?

En el juicio, Nezahualpili argumentó que una noche fue a visitarla y que al llegar los sirvientes intentaron impedirle que entrara a los aposentos de mi hermana, porque estaba dormida. Un sirviente no puede impedirle algo así a un tlatoani. Aun así él insistía en que en varias ocasiones le habían dicho lo mismo y que siempre los obedecía y la dejaba dormir. Pero que en esa ocasión decidió entrar y se encontró con un bulto en su cama que fingía ser ella. Molesto por el engaño, mandó arrestar a todos los sirvientes y soldados de ese palacio y los obligó a que le dijeran dónde estaba mi hermana, quienes —aseguraba Nezahualpili— le dijeron que se encontraba en otra habitación del palacio. Al ir hasta allá, la encontró en pleno acto con tres hombres.

Nadie creyó eso. Aun así, condenó a muerte a mi hermana Chalchiuhnenetzin, a los supuestos amantes y a dos mil sirvientes. Les cortaron las cabezas y quemaron sus cuerpos frente a toda la población del reino acolhua.

Sabía mentir. Tanto que me acusó de haber mandado matar a algunos de mis hermanos para quitarlos de mi camino. La peor de sus mentiras fue cuando aseguró que yo había planeado con los tlashcaltecas una artimaña para matarlo en una de nuestras Guerras Floridas. ¿Por qué yo haría algo así si sabía perfectamente que el holgazán de Nezahualpili no asistiría al combate? Él ya no iba a las guerras ni a las celebraciones ni a los sacrificios humanos, con el argumento de que quería pasar tranquilamente el poco tiempo que le quedaba de vida. Todos lo sabían. Si hubiera querido matarlo le habría declarado la guerra. De igual forma, me acusó de haber intentado —mientras se llevaba a cabo esta Guerra Florida— convencer a los señores de Mishquic, Huitzilopochco, Colhuacan e Iztapalapan para que dejasen de pagar tributo a Acolhuacan.

Dos hijos de Nezahualpili fueron capturados en esa batalla y sacrificados días después en los teocalis de los tlashcaltecas. Así son las Guerras Floridas. Siempre se pierden guerreros y se ganan prisioneros.

Después de esto, solamente nos vimos una vez en la que Nezahualpili insistió en que ya pronto ocurriría lo inevitable. Le encargó el gobierno al Consejo acolhua y se retiró a uno de sus palacios en Teshcuco, donde murió en soledad. Ni sus esposas ni sus hijos se enteraron cuándo ni cómo murió. Un día una de sus esposas fue a visitarlo y los sirvientes le contaron que había muerto y que habían quemado su cadáver. Cuando les cuestionaron los motivos y la fecha, dieron datos diferentes en varias ocasiones. Se murmuró mucho sobre la muerte de Nezahualpili. Algunos aseguraban que yo lo había mandado matar; otros, que uno o varios de sus hijos lo habían asesinado. Lo único cierto es que fue entre los años Diez Caña y Once Pedernal (1515-1516).

Decidí no acudir a las ceremonias fúnebres de Nezahualpili —que duraron ochenta días—, para evitar confrontaciones con aquellos que me creían responsable de su muerte. En mi lugar envié al ci-huacóatl.

Por alguna razón desconocida, Nezahualpili no nombró a ninguno de sus hijos como sucesor del señorío acolhua. De los cuatro hijos legítimos que tenía, recomendé que eligieran a Cacama. El Consejo y el pueblo acolhua aceptaron y lo reconocieron como nuevo tlatoani, pero el hijo menor, Ishtlilshóchitl, se mostró sumamente molesto.

## 17

Jamás se habían visto tantos guerreros tlashcaltecas, totonacas y cholultecas en Meshíco Tenochtítlan. Tienen la ciudad a sus pies. Todas las mujeres meshícas están trabajando día y noche para alimentarlos. Los macehualtin también están trabajando de más para llevar a la ciudad toda la cosecha. Los soldados meshícas han dormido muy poco, deben mantenerse alertas.

En cuanto Motecuzoma y su séquito entran a las Casas Viejas, los recibe un mal olor. En su interior se encuentran los venados gigantes y sus perros que orinan y cagan por todas partes.

Malinche sale al patio y saluda a Motecuzoma con las mismas reverencias de los tenoshcas. Aprende rápido. Utiliza estas costumbres para ganarse la confianza del tlatoani.

—¿Ya les trajeron de comer?

—Sí, sí —responde con una sonrisa muy sutil.

Luego lo invita a sentarse. Motecuzoma imagina lo que va a decirle Malinche, que quiere más oro; y está dispuesto a dárselo con la condición de que se marchen. Tiene muchos asuntos que atender y con estos intrusos ha descuidado el gobierno en los últimos días. La niña Malina habla:

—Dice mi señor que quiere hablarle de su tlatoani.

Motecuzoma asiente con la cabeza. Malinche habla y espera a que Jeimo Cuauhtli le traduzca a la niña Malina.

—Dice que su tlatoani, Carlos Primero de…

—España —dice Malinche, ya que ella no puede pronunciar bien los nombres.

—Y Quinto de… —continúa la niña Malina, y una vez más tiene dificultad con la pronunciación.

—Alemania.

—Es el hijo de…

—Juana de Castilla y Felipe, el Hermoso.

—Sus abuelos paternos son…

—Maximiliano de Habsburgo y María de Borgoña.

—Sus abuelos maternos son…

—Los Reyes católicos, Fernando e Isabel.

Motecuzoma no entiende los nombres. La niña Malina sigue traduciendo lo que dice Malinche. Le cuenta que el tlatoani Carlos tiene más tierras que el mismo Motecuzoma.

—Dice que es tan grande el reino del tlatoani Carlos que ni siquiera habla la misma lengua de ellos, pues vive en otras tierras.

Eso a Motecuzoma no lo asombra, pues él también tiene pueblos vasallos que hablan otras lenguas. Malinche no deja de hablar de las grandezas de su tlatoani y de sus dioses. A Motecuzoma no le interesa escucharlo. Entonces, las voces de Malinche, Jeimo Cuauhtli y la niña Malina se hacen lejanas y sin eco. Motecuzoma está pensando en la manera de sacarlos pronto de ahí. Repasa mentalmente todo lo que hizo para evitar que llegaran a Tenochtítlan. Se pregunta en qué se equivocó.

Cuando Malinche estaba aún en la isla de Chalchiuhcuecan, Motecuzoma les envió muchísimos regalos, tantos que con eso creyó que se sentirían satisfechos, pero se equivocó. Una vez más le envió un mensaje en el que le decía que no podía ir a verlos hasta las costas, ya que se encontraba enfermo y que ellos no podrían ir a verlo porque era muy complicado y cansado viajar hasta Tenochtítlan. Además de que sufrirían mucha hambre y sed, pasarían por tierras enemigas donde corrían el riesgo de ser atacados.

Malinche respondió que no podría volver ante su tlatoani sin antes haber hablado personalmente con Motecuzoma, y que de hacerlo serían reprendidos por no cumplir con su misión.

—Si no se quieren ir, que se queden ahí —dijo el tlatoani—, pero nosotros ya nos les daremos más oro y alimento. Dígales a todos los señores principales de todos los pueblos vasallos de las costas que queda estrictamente prohibido darles alimentos o ayuda a los extranjeros. Los dejaremos solos en esa isla hasta que mueran de hambre o se marchen.

Pero unos habitantes de Cempoala desobedecieron las órdenes de Motecuzoma y fueron al campamento de los hombres barbados. La niña Malina intentó hablar con ellos, pero no se entendieron, pues hablaban totonaca. Les preguntó por alguien que hablara náhuatl y dos de ellos respondieron con dificultad. Aun así, lograron darle el mensaje que llevaban.

—Nuestro señor Chicomecóatl nos ha enviado a ver qué hacen y qué quieren.

También les dijeron que estaban enterados de las batallas que habían llevado a cabo contra la gente de Tabscoob. Finalmente, dijeron que su señor quería hacer amistad con ellos, pues estaban en contra del tributo que debían pagar a Tenochtítlan.

—El santo papa... —dice Malinche y la niña Malina no sabe traducirlo tal cual.

Motecuzoma vuelve en sí. Asiente para evitar que se note que ha ignorado por completo todo lo que le han contado.

—Dice que tienen un sacerdote supremo.

—Dile que me platique de él —responde Motecuzoma.

Malinche comienza a hablar y el tlatoani se distrae nuevamente. Aquellas largas traducciones lo aburren. Sabe que de cualquier forma todos los miembros de la nobleza, que están presentes, recordarán con mucha precisión todos los detalles y discutirán largas horas con él en cuanto vuelvan a las Casas Nuevas.

Vuelve a su mente el momento en que ordenó que la embajada de Tentitl y todos los macehualtin que los acompañaban se retiraran de ahí para que murieran de hambre o se marcharan. Se arrepintió de haber hecho eso. Era un buen momento para entretenerlos ahí mientras llegaban todas sus tropas para acabar con ellos. Sabía que se perderían muchas vidas, pero tarde o temprano apresarían a todos los extranjeros y los llevarían a la piedra de los sacrificios. Su error fue dejarlos ahí solos, a disposición de los totonacas. Muy tarde comprendió Motecuzoma que para Malinche no había más objetivo que llegar a Tenochtítlan. El tlatoani tenía otras dos batallas que librar, su propia incertidumbre y la confusión de su gente. En todas sus campañas siempre tuvo la certeza de que sus contendientes pelearían de la misma forma, que respetarían las reglas de la batalla. Con los hombres barbados no tenía idea ni de cómo se organizaban. El desconocimiento de sus hábitos era lo que más le provocaba esa incertidumbre a Motecuzoma.

La traición de Chicomecóatl, el tecutli de Cempoala, enfureció a Motecuzoma. El totonaca había enviado otra embajada muy cerca del río Huitzilapan, donde Malinche y sus hombres se encontraban explorando. Los totonacas les llevaron comida y regalos. El embajador le explicó a Malinche que su señor no podía ir a verlos debido a que era tan gordo que no le era posible caminar mucho, pero que los esperaba en su palacio; luego se retiró dejando a varios totonacas para que los guiaran. En su camino a Cempoala los hombres barbados fueron muy bien recibidos por todos los habitantes de los pequeños pueblos que ahí había. Al día siguiente los totonacas de Cempoala los alcanzaron en el pueblo donde habían pasado la noche. Una vez más les llevaron comida y regalos. Los guiaron a Cempoala, donde los recibieron con flores, música y más regalos. Chicomecóatl los esperaba en su palacio. Los guio a los aposentos que les había preparado y los dejó descansar. Al día siguiente, le contó a Malinche que no sólo Cempoala sino muchísimos pueblos estaban cansados de tener que pagar tributo a Motecuzoma. Le habló de la enemistad que tenía con los tlashcaltecas, los hueshotzincas y uno de los príncipes de Teshcuco, llamado Ishtlilshóchitl, el joven. Además, acusaron a los *calpishqueh* (recaudadores) de tomar a sus mujeres y poseerlas sin consentimiento de sus padres, y de robar niños para los sacrificios en Tenochtítlan. Malinche le respondió que su tlatoani Carlos lo había enviado a esas tierras a deshacer agravios y a castigar a los malos.

Entonces, cambiaron todas las posibilidades que Motecuzoma se había imaginado. Malinche tenía ya un aliado con cien mil soldados, un enemigo muy difícil de vencer. Al no recibir informes de la situación de los hombres barbados, decidió enviar a los calpishqueh, quienes descubrieron que el tecutli de Quiahuíztlan les había permitido quedarse a vivir ahí, entre ellos[49]. Obedeciendo las instrucciones de Motecuzoma de no hablar con los extranjeros, éstos entraron a la ciudad sin mirarlos. Aquel día, Chicomecóatl había ido cargado en andas desde Cempoala para ver a los hombres barbados. También recibió la reprimenda de los recaudadores. Motecuzoma había enviado ya mensajeros a todos los pueblos de las costas para decirles que no recibieran ni les dieran nada a los hombres barbados.

49   Fue ahí donde Hernán Cortés fundó la Villa Rica.

Malinche, que había visto la actitud de los recaudadores, les pidió a la niña Malina y a Jeimo Cuauhtli que le explicaran lo que decían. Apenas se enteró, mandó llamar a los señores de Cempoala y Quiahuíztlan. Primero les dijo que no debían preocuparse, que él hablaría con los recaudadores, sin embargo, éstos no lo escucharon; luego volvió con los señores de Cempoala y Quiahuíztlan y les dijo que apresaran a los enviados de Motecuzoma. Los totonacas no se atrevieron, pero Malinche les aseguró que él estaba ahí para defenderlos y que si acaso intentaban atacarlos, él ordenaría que trajeran los palos y los troncos de fuego, los perros salvajes y los venados gigantes.

Chicomecóatl dio la orden de que los apresaran. Se armó un gran alboroto, pues los cargadores que traían intentaron defenderlos. Los capturaron, los amarraron del cuello, manos y pies a un palo grueso y largo, para ponerlos sobre la leña. Hubo gran alegría en el pueblo totonaca. Muchos auguraron el inicio de su independencia; otros, asustados, creyeron que muy pronto llegarían las tropas meshícas para vengar la ofensa.

—Si los matamos a todos, Motecuzoma no se enterará —dijo el señor de Quiahuíztlan.

Chicomecóatl estuvo de acuerdo. Pero en cuanto Malinche se enteró de lo que pretendían hacer, se los impidió. Les dijo que los encerraran en una de las salas del palacio. Esa noche Malinche fue a ver a los prisioneros a escondidas. Les aseguró que él no estaba enterado de lo que les habían hecho, que de lo contrario lo habría impedido porque Motecuzoma era su amigo y, por tanto, todos sus vasallos también lo eran. Liberó a dos de ellos.

—Malinche nos ayudó a escapar —dijeron a Motecuzoma al volver a Tenochtítlan—. Nos subió a una de sus canoas grandes y nos llevó a otro lado de la costa para evitar que los soldados de Chicomecóatl nos volvieran a apresar. Asimismo, le manda decir que él no quería que nos apresaran los totonacas.

—Y ustedes le creyeron —respondió Motecuzoma, negando con la cabeza—. Si fuera cierto lo que dice habrían sacado sus palos de fuego, como lo han hecho en muchas ocasiones.

Los recaudadores no respondieron.

Días después regresaron los otros tres recaudadores. Le contaron a Motecuzoma la misma historia, que habían sido rescatados por Malinche y que para protegerlos los ocultó en una de las casas flotantes. Con mayor asombro contaron cómo eran por dentro y lo mal que olían.

—Dice que quiere ser su amigo.

Motecuzoma no quiso escucharlos más y les ordenó que salieran del palacio lo más pronto posible. Días después, llegaron otros tenoshcas que cuidaban una guarnición en un pueblo llamado Tizapantzinco.

—Vinieron los hombres barbados, montados en sus venados, a sacarnos de ahí.

—¿Ustedes los atacaron?

—No. Les dijimos que nosotros no queríamos pelear con ellos, que sólo estábamos ahí cuidando la guarnición.

Por un momento Motecuzoma pensó que tenía un buen motivo para declárarle la guerra al tecutli de Cempoala —y al mismo tiempo a los extranjeros—, tal cual lo había hecho toda su vida con otros pueblos que los ofendían, pero se abstuvo de dar la orden. Los pueblos totonacas podían reunir hasta cien mil hombres. Esa cantidad no era el problema, sino los extranjeros. ¿Cuántos palos de fuego tendrían? ¿Podrían enseñarle a los totonacas a usar esas armas? Decidió esperar unos días para ver qué hacían los hombres barbados. Se enteró de que Malinche se había enojado con Chicomecóatl por haberle mentido, al decirle que los meshícas que estaban en Tizapantzinco los habían atacado. Además de haber intentado robarles todo a los habitantes de ese pueblo. Chicomecóatl, para evitar el enojo de Malinche, le regaló ocho mujeres de la nobleza. Cada una llevaba puesto un collar de oro.

—Malinche les habló de sus dioses —dijo el informante a Motecuzoma—. Y les insistió que dejaran de sacrificar personas para comérselas, como a un animal al que llama vaca.

—¿Cómo son las vacas?

—No lo sé, mi señor. La niña Malinalli tampoco supo explicarnos, por eso dijo la palabra tal cual la escuchó de su tecutli Malinche.

—Pero... ¿es como serpiente, conejo o ave?

El informante no supo responder. Motecuzoma hizo una mueca, negó con la cabeza y exhaló lentamente sin quitar la mirada del hombre que seguía arrodillado y con la cara hacia el piso.

—Sígueme contando.

—Malinche le dijo a Chicomecóatl que destruiría sus teocalis.

Los miembros de la nobleza que estaban escuchando se quedaron pasmados al oír eso. Motecuzoma se enderezó y miró a todos los presentes.

—¿Lo hizo?

—Chicomecóatl llamó a todos sus soldados para que defendieran a los dioses. Pero Malinche les dijo que si no obedecían se irían de ahí y los dejarían solos ante la furia de usted, mi señor Motecuzoma. Chicomecóatl y todos los sacerdotes le rogaron que no lo hiciera, y le prometieron vasallaje y muchas riquezas, pero las condiciones del tecutli Malinche no cambiaron. Chicomecóatl, con mucha tristeza, le respondió que ellos no podían destruir a sus dioses. Entonces, Malinche y sus hombres subieron a los teocalis y echaron abajo las imágenes sagradas. Todos los habitantes lloraron y gritaron con mucho dolor. Hubo también algunos soldados que no estuvieron de acuerdo y sacaron sus macahuitles y flechas, pero los hombres barbados apresaron a los sacerdotes y dijeron que si ellos disparaban una sola flecha, todos los sacerdotes morirían y ellos también. Chicomecóatl los tranquilizó y ordenó que recogieran los restos de los dioses para guardarlos. Luego Malinche les habló, otra vez, sobre sus dioses, aunque nadie quería escucharlo. Finalmente, los obligó a lavar la sangre de los teocalis para construir ahí mismo un altar para su diosa, a la que llaman María, y dos palos de madera cruzados que simbolizan a su dios, Cristo. Otra de las atrocidades de los hombres barbados fue que a los sacerdotes les cortaron el cabello, los obligaron a vestirse con unas túnicas blancas y a poner muchas flores en los altares, y les enseñaron a hacer unas cosas con cera, que sirven para hacer una pequeña llama de fuego que tarda mucho en apagarse. Al día siguiente, hicieron un ritual para sus dioses en el cual nuestros sacerdotes tuvieron que incensar con copal mientras su sacerdote hablaba. Obligaron a Chicomecóatl a que tuviera el teocali así. Días más tarde, se volvieron al pueblo que decidieron fundar para ellos a la orilla del mar, que nombraron Villa Rica.

Los siguientes días el tlatoani no recibió noticias importantes. Malinche parecía estar ausente. Los informantes de Motecuzoma le dijeron que —mientras los demás construían casas— Malinche no salía de la choza donde se hospedaba. Estaba encerrado por su propia voluntad. El tlatoani imaginó que estaba haciendo penitencia, tal cual él lo hacía cuando necesitaba pensar. Días después, se enteró de que Malinche ahorcó a dos de sus hombres[50], a otro lo condenó a que le cortaran un pie[51], y a otros dos los mandó azotar doscientas veces[52]. Motecuzoma no se intimidó al escuchar eso de voz de sus informantes, pero sabía que estaba frente a un contrincante a su altura, alguien que no estaba dispuesto a perdonar. Aunque no sabía por qué Malinche había castigado a esas personas, tenía la certeza de que debía tratarse de alguna traición. Sabe que no hay líderes sin súbditos traidores y que para acabar con ello se debe utilizar la fuerza.

—Abrió el mar...

—¿Qué? —Motecuzoma voltea a ver a la niña Malina con incredulidad.

—Sí —responde ella—. Dice mi señor Cortés que un señor que vivió hace muchos años abrió el mar, con el poder de su dios, para liberar a su pueblo.

Hasta el momento Malinche no se ha dado cuenta de que Motecuzoma lo ha ignorado todo el tiempo. Eso se debe a que aún no lo conoce. Los miembros de la nobleza, después de mucho tiempo, aprendieron a diferenciar los gestos del tlatoani. Ahora —aunque no saben en qué piensa—, ya saben perfectamente cuando él está presente o ausente. Muchos han confundido ese ausentismo mental con temor. Ignoran que su silencio se debe a que su mente avanza mucho más rápido que la de todos ellos.

Motecuzoma no está dispuesto a rendirse tan fácilmente ante Malinche, pero tampoco quiere arriesgar a su pueblo. Si no lo hizo cuando estaban lejos, menos ahora que tiene a los barbados, totonacas, cholultecas y tlashcaltecas en Tenochtítlan.

---

50  Escudero y Cermeño.
51  Gonzalo de Umbría.
52  Los hermanos Peñate.

—Diez mandamientos —dice la niña Malina.

El tlatoani escucha los diez mandamientos y concluye que algunos de ellos son exactamente iguales a las leyes que rigen a su ciudad. «Amarás a Dios sobre todas las cosas». «No dirás el nombre de Dios en vano». No entiende a qué se refiere, pero tampoco le parece interesante. «Santificarás las fiestas». Por supuesto que las fiestas dedicadas a los dioses son de suma importancia. «Honrarás a tu padre y a tu madre». En Meshíco Tenochtítlan siempre se le ha dado un lugar privilegiado a los padres sin necesidad de que las leyes lo dicten. «No matarás o no asesinarás». ¿Cómo? ¿Es absurdo? Contradictorio. No puede haber un ritual o una guerra sin sacrificios. «No cometerás actos impuros». Aquí también se castigan actos impuros. «No robarás». Está prohibido por las leyes desde hace muchos años. «No dirás falsos testimonios». También está penado. «No consentirás pensamientos ni deseos impuros». «No codiciarás los bienes ajenos». Nada extraordinario en sus mandamientos.

—Debo retirarme —interrumpe Motecuzoma—. Tengo que atender muchos asuntos del gobierno.

Malinche se pone de pie y luego se arrodilla ante el tlatoani. En cuanto sale de las Casas Viejas, su séquito se apresura a ordenar el camino por donde pasará. En las calles siguen los soldados enemigos que nunca le hacen reverencia.

## 18

Al declarar la guerra —como ritual de honor—, siempre llevamos armas, mantas, alimentos y joyas para que el enemigo no arguya, luego de perder, que se le atacó de forma traicionera ni que estaban desarmados.

De esta manera el embajador meshíca se presentó ante los señores de Nopala e Icpactépec y, de acuerdo con nuestras costumbres, los vistió con ropas muy elegantes. Les presentó las cargas de alimentos, flechas, escudos, macahuitles y lanzas. Les declaró solemnemente la guerra y los citó un día determinado.

Cuando el embajador volvió a Meshíco Tenochtítlan, nosotros ya estábamos listos con nuestras tropas. Al llamado acudieron tantos guerreros que tuvimos que rechazar a una gran mayoría, pues no podíamos dejar la ciudad vacía y libre para ser saqueada por otros enemigos. Todos querían presenciar mis maniobras en campaña. Al frente del gobierno se quedó el cihuacóatl, en quien no confiaba, por lo que dejé a un gran número de espías para que verificaran que cumpliera con mis instrucciones.

Para entonces ya habían sido avisados los pueblos vasallos acerca de por donde marchábamos y donde recibíamos comida y casa cuando nos caía la noche. Hubo grandes manifestaciones de alegría en todos estos pueblos. Todos mostraron su felicidad por mi nombramiento como huey tlatoani. Mientras caminaba por las calles se acercaban a mí con obsequios hermosos: guirnaldas de flores, ropa, plumas finas, escudos, arcos, flechas, piedras preciosas, joyas de oro y plata, penachos, mantas de algodón y comida. Hubo lugares en donde los festejos, las danzas y las adulaciones en voz de los pipiltin fueron tantos que tuvimos que quedarnos un día más.

Yo tenía treinta y cinco años, y la mayoría de los soldados entre dieciséis y treinta. Nezahualpili y Totoquihuatzin también fueron a esa campaña, pero sólo para instruir a sus tropas; ya estaban muy viejos para pelear.

—Sabes que siempre te he admirado —dijo Cuauhtláhuac mientras caminábamos.

Por primera vez extrañé aquellos tiempos en que era un simple soldado. No podía hablar con mi hermano a solas. Estábamos rodeados de soldados. Centenares marchaban adelante y otros atrás.

—Siempre supe que tú serías el próximo tlatoani.

No le respondí ni lo miré. Cuauhtláhuac no volvió a hablar conmigo hasta que llegamos a Icpactépec. Había anochecido unas horas antes, así que avanzamos muy sigilosamente entre los arbustos. Algunos soldados se subieron a las puntas de los árboles para ver lo más lejos posible. Era una noche caliente, sin viento. A lo lejos se escuchaban algunas aves nocturnas y por todas partes grillos. Uno de nuestros espías se había adelantado y cuando volvió nos dio la noticia de que los vigilantes del muro estaban dormidos.

—¿Estás seguro de que están dormidos? —preguntó Nezahualpili.

El espía repitió lo dicho minutos antes:

—Están dormidos.

—Puede ser una trampa —dije mirando a Cuauhtláhuac y a Nezahualpili.

Me dirigí a un grupo de soldados próximos a mí y les ordené revisar el área; si determinaban que no era una trampa, debían asesinar a los guardias. Con gran astucia cumplieron mis órdenes y volvieron más tarde, manchados de sangre y cargados de utensilios domésticos: vasijas, plumas, joyas y un niño recién nacido, como prueba de que habían entrado con gran sigilo en algunas casas.

—Señor, señor mío, gran señor —dijo el valiente guerrero—. Obedecimos sus órdenes y aprovechando que los cuatro vigilantes estaban dormidos les cortamos las gargantas de forma tácita y veloz. Entramos al pueblo y al no ver gente despierta, seguimos adelante por varias calles. Luego entramos a una casa sin ser descubiertos y sacamos estas hermosas plumas. Salimos de ahí y caminamos un poco más hasta entrar a otra casa, de donde tomamos estas joyas. Nos sorprendió que nadie despertara. Seguimos nuestro camino y entramos a otra casa, de la cual extrajimos estas vasijas y este niño que estaba entre los brazos de su madre.

—¿La mujer no despertó? —preguntó Nezahualpili mirando al niño.

—No.

—Vayamos a castigar a esos traidores —sentencié.

Además de un macáhuitl, un escudo dorado y una sonaja, llevaba conmigo un tambor que comencé a tocar para dar la instrucción al resto de la tropa de que era momento de atacar. Así corrieron todos los soldados en dirección al muro y comenzaron a derribar parte de la entrada, que era muy angosta e impedía que entrara toda la tropa al mismo tiempo; mientras otros trepaban por unas escaleras de madera que habíamos fabricado para la ocasión.

Subí al muro y me detuve ahí para ver cómo entraban mis soldados y encendían sus antorchas para dar castigo a aquel pueblo rebelde. Nuestros alaridos de guerra, el sonido de los teponashtles y las caracolas despertaron a los habitantes que, llenos de pánico, buscaron sus armas y salieron a defender a sus familias. Se escucharon los gritos y el llanto de los niños y de las mujeres que espantados salieron corriendo en cuanto mis guerreros le prendieron fuego a las casas fabricadas con palos de madera y techos de paja y palma. La ciudad, que minutos atrás era oscura y pacífica, se convirtió en un hormiguero alumbrado por una gigantesca hoguera. Si alguien —hombre o mujer— estaba demasiado cerca, lo mataban con cuchillos o con el macáhuitl; si estaba lejos, con lanzas o flechas. Bajé del muro, con mi macáhuitl y escudo, y corrí al interior de la ciudad.

Le corté el vientre a una mujer que se cruzó en mi camino, el cuello a un hombre que corría atemorizado, y a otro lo alcancé y le clavé el macáhuitl en la espalda. En cualquier dirección que mirara había sangre, cuerpos mutilados y soldados asesinando. El ejército enemigo tardó en salir a combate. Y cuando lo hizo, nosotros alzamos nuestras armas con más valor y cortamos cabezas, brazos y piernas por varias horas hasta llegar al teocali principal.

Frente a mí apareció un hombre, el capitán del ejército enemigo, cuyo rostro pude ver claramente gracias a las llamas que incendiaban las casas. Venía con un macáhuitl en la mano. Yo continuaba corriendo, dispuesto a derribar a todo el que se interpusiera en mi camino. Nos batimos en un duelo cuerpo a cuerpo. Nuestros macahuitles chocaron una y otra vez. El sudor en nuestros cuerpos era cada vez mayor. El guerrero enemigo luchó con gran ímpetu. Sin darme por vencido, detuve cada uno de sus golpes con mi escudo y le respondí con otros, a veces certeros, a veces fallidos. Logré hacerlo caer en dos ocasiones, pero él con gran agilidad se reincorporó. Caí al piso en tres ocasiones. En la tercera, mi arma quedó lejos de mi alcance. Rápidamente me arrastré por el piso antes de que él llegara a mí; levanté mi macáhuitl y sin ponerme de pie le di un golpe en la pantorrilla, derribándolo. Me puse de pie y me apresté para rematarlo.

Le di un golpe certero en el cuello y seguí mi camino. Tomé la antorcha que traía uno de mis soldados y sin esperar más le prendí fuego al teocali. En ese momento los guerreros dejaron de pelear. Sólo se escuchaba el llanto de los niños y de las mujeres, los quejidos de los heridos y el crujir de la madera que se incendiaba. Un gran número de soldados salieron a quemar los campos y a talar los árboles frutales, mientras otros se ocuparon de saquear el pueblo entero. En la plaza principal reunieron todas las riquezas que encontraron. Se apresó tanto a hombres como a mujeres para el sacrificio.

—¡Le rogamos que nos perdone! —gritó una voz y luego otra—. ¡Perdónenos la vida, tecutli Motecuzoma!

Para un ejército victorioso no hay escenario más espléndido que el del pueblo enemigo atrapado entre el fuego, la sangre y el llanto.

—¡Prometemos cumplir con el tributo! —Los sobrevivientes se arrodillaron y lloraron en medio de cadáveres y charcos de sangre.

Al tenerlos rendidos ante mis pies, ordené a mis tropas que detuvieran la destrucción. Pronto amaneció y comenzamos a hacer el acopio de prisioneros y tributos. Después de bañarnos, rendir una ceremonia a Huitzilopochtli y desayunar, me dediqué a organizar al nuevo gobierno. A mediodía llegaron los señores principales de Nopala.

—Tecutli, hemos venido a ofrecerle vasallaje —dijo el principal.

—Ya lo sé —respondí sin mirarlo—. Lo que quiero saber es cuánto estás dispuesto a pagar por tu traición.

No respondió.

—Me llevaré a tus esposas e hijas como rehenes para evitar una nueva traición. Las trataré como se merecen.

—Como usted ordene.

Al día siguiente volvimos a Tenochtítlan cargados de riquezas. Llevábamos delante de nosotros más de cinco mil prisioneros atados del cuello, uno tras otro, de tal forma que para escapar tenían que correr todos al mismo tiempo, lo cual los hace vulnerables. El regreso fue aún más lento, pues los prisioneros daban pasos cortos y con frecuencia alguno tropezaba y todos se estancaban. También debíamos detenernos para darles de comer y beber, ya que no se deben entregar prisioneros hambrientos en las ofrendas a los dioses.

Los pueblos por donde transitamos de regreso organizaron majestuosas recepciones. Pude ver —desde las andas en que era llevado— en varios de los señoríos principales cómo miles de personas ovacionaban el triunfo de mis tropas. Recibimos más tributos: flores, plumas, mantas de algodón, oro, plata, animales, comida, armas; fue tanto que rebasó lo que traíamos de los pueblos vencidos.

Aunque la costumbre era que debía volver lo más pronto a la ciudad de Meshíco Tenochtítlan para ser coronado, decidí detenerme unos días en el peñón de Tepeapulco, un hermoso cerro desde el cual se puede ver gran parte del valle y donde hay un palacio que mi padre construyó para el descanso de la nobleza.

## 19

La comida yace en una mesa. Está fría a pesar de que la han recalentado cuatro veces. Motecuzoma lleva varias horas sentado frente a sus alimentos. Aunque se siente muy cansado, se rehúsa a dormir. Todos los miembros de la nobleza siguen ahí, de pie, en silencio, esperando a que el tlatoani hable o coma.

Piensa todo el tiempo, piensa sin alzar la mirada, piensa casi sin parpadear, piensa y respira muy lentamente, piensa en todas las decisiones que ha tomado desde que se enteró de la llegada de las casas flotantes; se arrepiente. Por primera vez Motecuzoma admite para sí mismo que se ha equivocado en exceso. Ninguna de sus estrategias ha funcionado hasta el momento.

Cuando creyó que los extranjeros se marchaban, los totonacas les ofrecieron su amistad y se declararon enemigos de Meshíco Tenochtítlan. Motecuzoma sabe que de haberlos atacado, quizá, aunque hubieran tenido muchas pérdidas, habrían ganado. Habrían apresado a todos los hombres barbados y los habrían sacrificado a los dioses.

Decidió esperar. Ahora entiende que esperó demasiado. En cuanto Malinche se enteró de que Motecuzoma tenía muchos enemigos, comenzó a buscarlos, empezando por los tlashcaltecas. Pero ahora ya no iban solos; los acompañaban alrededor de mil trescientos soldados totonacas.

El tlatoani tenía la esperanza de que los tlashcaltecas acabaran con los hombres barbados. Estaba seguro de que ellos no los recibirían gustosos, pues igual que Motecuzoma, los señores principales se habían dado a la tarea de espiar el recorrido de las casas flotantes, las habían seguido desde las costas de Tabscoob. Ellos sabían que Motecuzoma les había enviado mucho oro. No podía interpretarse otra cosa que Motecuzoma y Malinche ya eran amigos; y si así era, los tlashcaltecas no querrían ser amigos de los amigos de su mayor enemigo.

Los espías de Motecuzoma siguieron de lejos a Malinche y a su gente. Asimismo, le informaron al tlatoani que los extranjeros fueron bien recibidos en Shalapa; que pasaron por Coatépec, Shicochimalco y Ishuacan, donde también fueron atendidos y alimentados. A partir de ahí, comenzaron a sufrir las inclemencias del clima, que ya no era caliente como en las costas, sino muy frío, particularmente en las noches. Pasaron por Teneshtépec, Jalapazco, Tepeyehualco y Shocótlan. Pronto se esparció el rumor de la presencia de los hombres barbados en estas tierras, los mismos de los que tanto se había escuchado en años anteriores y que habían pasado por Kosom Lumil, Ch'aak Temal, Chakan-Putún y Tabscoob. Se hablaba mucho de la batalla contra las tropas de Tabscoob y de cómo habían liberado a Cempoala del yugo de Tenochtítlan. Sin embargo, el tecutli de Shocótlan se negó a darles el oro que Malinche le pidió; y para intimidarlo exageró sobre las riquezas y el poder del tlatoani de Meshíco Tenochtítlan, sin comprender que la ambición del extranjero se nutría más y más.

Los informantes le contaron a Motecuzoma que Malinche había mandado una embajada de cuatro principales totonacas a Tlashcálan para avisar que iban en camino y que deseaban ser sus amigos. Además, les envió un sombrero y un arco de metal de los que traían de las tierras lejanas. Al enterarse de esto, el tlatoani dedujo que Malinche pretendía darles una muestra de su poder e intimidarlos al enseñarles el armamento con el que podrían vencer a los tenoshcas.

Llegaron a Ishtacamashtitlan donde, igual que en los pueblos anteriores, fueron bien recibidos. Pasaron por aproximadamente veintiocho pueblos antes de llegar a Tlashcálan. Previo a franquear Tecoac, Malinche envió a unos totonacas para que les proporcionaran hospedaje y alimento. El señor de los otomíes —obedeciendo las instrucciones de los señores de Tlashcálan— mandó decirles que él no daba vasallaje a extranjeros. Entonces, envió a sus tropas, que fueron rechazadas por los hombres de Malinche. Al escuchar los truenos de fuego, muchos decidieron huir. Otros comenzaron a disparar flechas. En cuanto estuvieron frente a los extranjeros, los atacaron como pudieron. Incluso lograron matar a dos de sus venados gigantes. Los destazaron por completo y se llevaron todo —excepto las cabezas, que rescataron los hombres barbados—, y los ofrecieron a los dioses.

Cuando Motecuzoma se enteró de esto, se llenó de alegría. Por fin comprobaba que esos animales no eran indestructibles.

—Pero mataron al capitán de las tropas —dijo el informante.

El rostro de Motecuzoma se entristeció, a pesar de que se trataba de uno de sus enemigos. Cada victoria de los extranjeros era una derrota para Motecuzoma.

Los extranjeros apresaron a una veintena de soldados otomíes, de los cuales uno de ellos comenzó a agredir a los totonacas, gritándoles que eran unos traidores y cobardes. El totonaca enfurecido le pidió a Malinche que dejara suelto al otomí para que ambos se enfrentaran a duelo con sus macahuitles. Malinche aceptó y los dos guerreros entraron en un reñido combate. Finalmente, el totonaca logró matar al otomí.

A la mañana siguiente llegó un ejército de otomíes y tlashcaltecas para enfrentar a los barbudos.

—Por más que los tlashcaltecas intentaron acorralar a los extranjeros, éstos lograban avanzar —dijo el informante ante Motecuzoma, que no había dicho una sola palabra hasta el momento—. Apenas se acercaban las tropas tlashcaltecas y otomíes, los extranjeros hacían estallar sus palos de humo y fuego. Y los que lograban acercarse a ellos morían con las cabezas cortadas o los pechos y panzas perforadas por los largos cuchillos de metal. Sus venados gigantes mataron a muchos tlashcaltecas y otomíes con sus patas traseras y delanteras, entre ellos ocho hijos de los señores principales que comandaban las tropas. En la noche, cuando todos se retiraron a descansar, los extranjeros se dirigieron al pequeño pueblo ubicado en las faldas del cerro de Tzompantzinco. Ahí no pidieron ayuda ni ofrecieron su amistad, llegaron estallando sus troncos de fuego. Los pobladores huyeron asustados. Esa noche el tecutli Malinche les permitió a los totonacas hacer ceremonias para los dioses. Danzaron hasta la madrugada a pesar de que estaban muy cansados. Comieron toda la comida que tenían los habitantes y mataron los guajolotes que había ahí para alimentar a los soldados. Se turnaron para dormir.

Motecuzoma se puso de pie, luego de dar un suspiro. Caminó al mismo tiempo que se frotaba la nuca con ambas manos.

—El tecutli Malinche salió con sus tropas los días siguientes a atacar los pueblos vecinos. Quemaron y destrozaron los teocalis, se robaron los alimentos y los animales, e hicieron prisioneros a los que no pudieron escapar.

Uno de los capitanes de las tropas meshícas pidió permiso para hablar. En cuanto Motecuzoma se lo otorgó, éste propuso que enviara a todo el ejército meshíca para auxiliar a los tlashcaltecas.

—¡No! —dijo otro—. Los tlashcaltecas nos traicionarían, nos dejarían morir en manos de los extranjeros.

—O lo que es peor —dijo otro—, podrían fingir que luchan contra los hombres barbados y luego atacarnos entre ambos bandos.

El tlatoani se dirigió al informante y le pidió que prosiguiera.

—El tecutli Malinche envió a varios prisioneros tlashcaltecas para que hablaran con Shicoténcatl Ashayacatzin hijo, tecutli de Tizátlan, uno de los cuatro señoríos tlashcaltecas. Les ofreció la paz. Él le mandó decir que iría al día siguiente y comerían sus carnes hasta el hartazgo y ofrecerían sus corazones a los dioses.

Motecuzoma no pudo evitar reír brevemente. El informante dijo que era todo lo que sabía hasta el momento. Los días siguientes llegaron más informantes ante Motecuzoma. El primero le avisó que los tlashcaltecas no habían atacado a los extranjeros en los días posteriores, pues estaban preparando sus armas y diez mil soldados[53]. Los extranjeros seguían fortificando sus tropas y curando sus heridas.

—No hay forma de que sobrevivan —se jactó Motecuzoma en la reunión que tuvo esa mañana con los miembros de la nobleza—. Diez mil soldados —insistió—. Son muchísimos. Además, Shicoténcatl Ashayacatzin es muy necio. No descansará hasta que acabe con todos ellos.

Antes de la batalla, los tlashcaltecas enviaron a los españoles trescientos guajolotes y doscientas cestas de tortillas y tamales, con el mensaje de que era para que no murieran en batalla por estar hambrientos sino por las flechas tlashcaltecas. Shicoténcatl envió dos mil guerreros al primer combate, creyendo que con eso sería suficiente

---

53 Hay muchas versiones sobre el número de soldados tlashcaltecas en esta batalla. Algunos cronistas, como es sabido, exageraron en las cifras. Hay quienes aseguran que fueron hasta ciento cincuenta mil soldados, lo cual es inverosímil, pues simplemente por el número los habrían aplastado. Bernal Díaz del Castillo plantea que fueron diez mil.

para acabar con los extranjeros[54]. Shicoténcatl ordenó a sus tropas que evitaran herir a los extranjeros para luego sacrificarlos, pero si oponían resistencia tenían permiso de herirlos o matarlos. Por lo mismo, al llegar al encuentro los tlashcaltecas, al no comprender los métodos bélicos de los extranjeros, perdieron la batalla y tuvieron que huir; y peor aún, en la retirada, escapando de las armas de fuego, los tlashcaltecas provocaron estampidas en las que los que resbalaban y caían al suelo se llevaban consigo a decenas como avalanchas, sepultándolos bajo miles de pies.

Muy tarde comprendió Shicoténcatl Ashayacatzin que su estrategia no era la adecuada. Los extranjeros no respetaban los códigos de honor, no iban en busca de prisioneros, sino de muertos y más muertos. Sin perder tiempo, decidió actuar como ellos y envió al resto de su tropa, sin importar lo poco honroso que sería ganar la batalla por tener un mayor número de guerreros. Los extranjeros al ver tan grande ejército retrocedieron. Los tlashcaltecas los siguieron hasta el pueblo donde se habían quedado los últimos días. Lanzaron todas sus flechas, lanzas, piedras y lo que tenían a la mano. Los venados gigantes soltaron patadas y mataron a muchos tlashcaltecas y otomíes. Los extranjeros apenas si pudieron resistir el ataque, hasta que, luego de varias horas de combate, sacaron sus troncos de humo y fuego y los hicieron estallar. Salieron volando brazos, cabezas, piernas y tripas, salpicándolo todo de sangre. Entre tanto humo era muy complicado ver a los adversarios. Otros de los motivos por los cuales los tlashcaltecas no lograron vencer a los extranjeros fue que debido al exceso de soldados era imposible que los de atrás hicieran algo, pues los del frente eran los que entraban en combate. Y al tratar de huir de las armas de fuego, obligaban a los de atrás a retroceder. Al caer la tarde Shicoténcatl ordenó a sus tropas que volvieran a Tlashcálan.

54 Las costumbres bélicas tenían un código de honor, donde se indicaba que no se debía atacar al enemigo con un número de soldados mucho mayor que el del contrincante, aunque hubo ocasiones en que esto no se respetaba. Otra de las costumbres era que a los adversarios se les apresaba para luego sacrificarlos, aunque en las batallas siempre había bastantes muertos y heridos.

Cuando Motecuzoma se enteró sintió mucha tristeza. Le parecía inverosímil que las tropas de Shicoténcatl Ashayacatzin no hubiesen podido acabar con los extranjeros. Ignoraba, al igual que los tlashcaltecas, que los hombres barbados no luchaban con los mismos códigos de honor ni con las mismas estrategias.

—¿Cómo es posible que hayan sobrevivido al ataque de diez mil guerreros tlashcaltecas? —preguntó el tlatoani, luego se quedó pensativo por un instante, con la mirada fija en el techo y preguntó—: ¿Shicoténcatl ha estado enviándole comida a los extranjeros?

—Sí, mi señor —respondió el informante, mirando al piso.

—Como debe ser —interrumpió uno de los sacerdotes—. Shicoténcatl sabe perfectamente que, por estar acorralados, los barbudos no tienen forma de conseguir alimento, y que con matarlos de hambre ganaría la guerra de la forma más vil.

—¿Y... —Motecuzoma hizo una pausa— los extranjeros están respetando los códigos de honor?

—No. A la mañana siguiente de aquel combate, los extranjeros salieron, sin ser vistos por los tlashcaltecas, y atacaron diez pueblos cercanos, donde sólo había mujeres, ancianos y niños, pues los hombres estaban en las filas del ejército tlashcalteca. Después de matar a muchos de ellos y robarles la comida y sus animales, los barbudos volvieron al pueblo donde se habían pertrechado. Al mediodía, los tlashcaltecas los volvieron a atacar, pero no lograron capturar a ningún barbudo.

—En ese caso Shicoténcatl no tendría por qué enviarles alimentos ni armamentos. No sería deshonroso.

Todos los presentes se quedaron callados. Muy pocos estaban de acuerdo con lo dicho por Moctezuma. Para ellos los códigos de guerra eran sagrados.

Al día siguiente, Shicoténcatl envió cincuenta embajadores para que llevaran comida a los barbudos, pero con instrucciones de investigar cuántas armas tenían, dónde las tenían y cómo eran. Malinche y su gente comenzaron a desconfiar al ver a los tlashcaltecas, quienes no disimulaban. Los apresaron y los torturaron uno por uno hasta sacarles toda la información que querían.

El primero no quiso decir una palabra. Malinche sacó su largo cuchillo de metal y con un solo golpe le cortó las manos. Fueron tales los gritos de dolor que los tlashcaltecas no interrogados comenzaron a temblar de miedo, sin saber qué le estaban haciendo a su compañero. Luego amarraron las manos cortadas al cuello como si fueran collares y lo llevaron con los otros cuarenta y nueve. Sacaron a otro tlashcalteca que se rehusó a salir a pesar de que cuatro barbudos lo cargaron de brazos y piernas. Gritaba aterrorizado, pedía que no le hicieran lo mismo, les repetía que les diría lo que querían saber. Malinche lo dejó hablar y luego le cortó las manos y se las colgó al cuello. Con el tercero no esperó a que lo sacaran de la habitación donde los tenían presos: confesó a gritos que Shicoténcatl tenía planeado atacarlos en la noche, para que los soldados tlashcaltecas no se asustaran con los venados gigantes y los palos de fuego. También le cortaron las manos. El cuarto se desmayó del miedo. Cuando despertó ya no tenía manos. Al ver alrededor descubrió que los demás habían sufrido la misma crueldad, y que otros habían muerto desangrados.

—Vayan con su señor y díganle que aquí los espera mi señor Cortés —tradujo la niña Malina—. Ya sea de día o de noche. Todos recibirán el mismo castigo.

Esa misma noche Shicoténcatl Ashayacatzin decidió atacarlos con diez mil soldados otomíes, hueshotzincas y tlashcaltecas, pero como jamás habían luchado de noche se sintieron más asustados y no pudieron resistir el ataque de los barbudos, que hicieron estallar sus trompetas de fuego y salieron a perseguirlos con sus venados gigantes.

Shicoténcatl dejó de enviarles comida. Los extranjeros salieron los días siguientes a atacar otros pueblos pequeños, en donde mataron y robaron a quienes podían.

Cuando todos en Tenochtítlan creían que los tlashcaltecas no desistirían en sus ataques contra los barbudos, llegó una embajada tlashcalteca a ofrecerles la paz. En cuanto Motecuzoma se enteró, mandó llamar a todos los miembros de la nobleza.

—No nos conviene que haya una alianza entre los tlashcaltecas y los barbados. Debemos impedirlo como sea.

Cuauhtláhuac propuso enviar una embajada a los barbudos para preguntarles qué querían e insistir que el tlatoani no podía recibirlos porque estaba enfermo.

—No van a creerles —intervino Cacama—. Han tenido contacto con los totonacas y los tlashcaltecas, y seguramente ya les dijeron que nuestro huey tlatoani no está enfermo. Lo mejor es que les permitamos entrar a Tenochtítlan y les dejemos dar el mensaje que envía su tlatoani. ¿Cuántos son? ¿Cuatrocientos? ¿Quinientos? Aunque fuesen mil, ya dentro de la ciudad no tendrían escapatoria. ¿Quién se atrevería a atacarnos aquí, habiendo tanta gente y tan pocas rutas de salida?

Luego de discutirlo por un largo rato, Motecuzoma decidió enviar otra embajada —cinco miembros de la nobleza acompañados por doscientos hombres y regalos: oro en grano, ropa, plumas— para que advirtieran a los extranjeros de los peligros que corren si hacen una alianza con los tlashcaltecas pues, según Motecuzoma, los tlashcaltecas pretendían llevarlos a sus ciudades para matarlos y pedirles que se marchasen a sus tierras. Malinche les agradeció los regalos y los invitó a que descansaran esa noche con ellos.

Los señores tlashcaltecas se enteraron de la embajada meshíca y se reunieron para discutir, pero estaban completamente divididos: la mitad quería seguir atacando a los extranjeros; la otra aseguraba que si Motecuzoma enviaba embajadores era porque probablemente quería hacer alianzas con ellos para aprovechar que ya estaban en territorios tlashcaltecas, y de esa manera los barbudos podrían atacarlos por un lado y los tenoshcas por el otro.

—¿No se dan cuenta? Motecuzoma quiere una alianza con los barbudos —dijo Mashishcatzin, tecutli de Ocotelolco, uno de los cuatro señoríos tlashcaltecas—. ¡Tlashcálan podría quedar destruida!

—¿Qué hacemos?

—Evitar esa alianza.

—¿Cómo?

—Aliándonos con el tecutli Malinche.

—¡No!

—No tenemos otra opción.

—Sí. Podríamos hacer una tregua con Motecuzoma.

—¿Quién de ustedes está dispuesto a hacer una alianza con los meshícas para acabar con los barbudos?

Nadie respondió.

Decidieron ofrecer la paz a los extranjeros. Enviaron una embajada que avisara a Shicoténcatl Ashayacatzin que retirara sus tropas. Él no aceptó y atacó una vez más, aunque sin éxito. Finalmente, llegó la embajada tlashcalteca ante Malinche, quien en un principio los recibió con mucha desconfianza y les respondió que les creería si iban sus señores principales en persona. Los embajadores les dejaron ciento cincuenta mujeres para que les hicieran de comer todo el tiempo que estuvieran ahí. Días después, tras llevar y traer varios mensajes, Mashishcatzin, tecutli de Ocotelolco, Shicoténcatl Huehue (el viejo) de Tizátlan, Tlehuesholotzin de Tepetícpac y Citlalpopocatzin de Quiahuíztlan llegaron ante Malinche.

—Lo atacamos porque creíamos que eran amigos de Motecuzoma —se excusó Tlehuesholotzin—. Creíamos que venían a atacarnos.

—No —Malinche les respondió con mucha humildad—. Yo no sería capaz de ser amigo de alguien tan cruel.

—Nosotros creíamos que...

—Tampoco estoy de acuerdo con la forma de gobernar del tlatoani de Meshíco Tenochtítlan.

Con esas palabras los señores de Tlashcálan se sintieron tan alegres que pronto comenzaron a ofrecerle regalos a Malinche y sus hombres, incluyendo a cinco de las hijas de los señores principales, con trescientas jóvenes esclavas. Las princesas se convirtieron en concubinas de los hombres[55] que acompañan al tecutli Malinche.

Días después, los hombres barbados fueron recibidos con muchas fiestas en Tlashcálan.

55    Se refiere a Pedro de Alvarado, Juan Velázquez de León, Gonzalo de Sandoval, Cristóbal de Olid y Alonso de Ávila.

## 20

Un pato blanco emprende el vuelo e inmediatamente toda la parvada lo sigue. Las aguas del lago se agitan y el resto de las aves que descansaban sobre ellas también abren sus alas para alejarse de aquello que provoca la marea. Al fondo se ve una flota de cientos de canoas que se acercan a la ciudad isla. En una de ellas vienes tú, Motecuzoma Shocoyotzin, que llegas triunfante por el lago de Teshcuco. Te has ganado el derecho de ser huey tlatoani con esta guerra. Has demostrado tu valor. Llevas el cuerpo pintado de amarillo, engalanado majestuosamente con tus divisas y joyas reales. A tu izquierda puedes ver los majestuosos volcanes Popocatépetl e Iztaccíhuatl, a tu derecha el cerro de Tepeyácac, y al frente la ciudad isla, que de lejos parece un hormiguero. Conforme se acercan alcanzas a ver que toda la ciudad está adornada de flores. Miles de tenoshcas en las calles, en las azoteas de las casas, en las ramas de los árboles, en los puertos, en las canoas y en el agua alzan los brazos, gritan tu nombre mientras otros tocan sus teponashtles, flautas, sonajas y caracolas. Tus tropas han remado hasta la calzada de Iztapalapan, donde ya te esperan cientos de soldados veteranos en una larga fila que impide que los pobladores se suban a la calzada por donde entrarás tú, Motecuzoma, tú, gran señor, huey tlatoani de Meshíco Tenochtítlan.

Primero bajan de las canoas, de forma muy lenta y solemne, todos los prisioneros, con sus cabezas agachadas, entonando los tristes cánticos de su tierra; luego descienden los capitanes y una tropa de soldados. En cuanto los hombres —que cargan en sus hombros las ricas andas decoradas con piezas de oro en las que vas sentado— tocan el piso, todos se arrodillan ante ti. Te siguen los señores de Tlacopan y Teshcuco, y miles de soldados.

Ahora disfrutas en carne propia eso que tantas veces viste y escuchaste de lejos. Pero caminar al lado de ellos o escuchar lo que te contaban no se compara con lo que sientes al ver a todos arrodillados ante ti, ofreciéndote flores, prometiéndote lealtad, aclamando tus pasos, esperando algo de ti. Todos, todos, todos para ti, por ti y contigo, Motecuzoma.

La procesión sigue hasta el Coatépetl, donde los prisioneros se arrodillan ante el dios portentoso, tocan la tierra con la mano y luego se la llevan a la boca.

Antes de entrar al recinto sagrado bajas de tus andas ayudado por los señores de Teshcuco y Tlacopan, ya que sería un sacrilegio llegar ahí de esa manera. Caminas sobre unos tapetes de algodón hacia el teocali y te arrodillas para saludar a los dioses. Subes los escalones, te haces unas perforaciones para ofrendar tu sangre al dios Huitzilopochtli y, junto a los sacerdotes, llevas a cabo la ceremonia de presentación de prisioneros.

—Señor, he cumplido con tus designios, he ido a la guerra para traerte este presente, cinco mil prisioneros para saciar tu sed de sangre.

El humo del copal es tanto que de lejos los sacerdotes y tú no se alcanzan a ver. Se escuchan los teponashtles y las caracolas. Te pones de pie y te diriges a tu pueblo. Los músicos callan. La gente te observa y está atenta a lo que vas a decir. Eres grande, Motecuzoma, lo sabes. Sonríes y diriges tu mirada a la derecha, mueves tu cabeza lentamente hacia la izquierda para ver toda la plaza llena de gente, los teocalis, el Calmécac, las calzadas, las canoas que se bambolean en los canales, los techos de las casas y los árboles en la ciudad, el lago, las aves en el cielo, las ciudades del otro lado del agua y los cerros verdes.

—¡Los dioses están orgullosos de ustedes! —exclamas en voz alta y tu pueblo te ovaciona.

Alzas las manos para indicarles que guarden silencio.

—Llevaremos a los presos a la Casa del Águila, y ahí se les entregará un número de prisioneros para que en sus barrios los alimenten como si fueran sus hijos. Trátenlos con respeto, pues no son suyos, sino un regalo para el dios Huitzilopochtli. Ahora pasaremos al palacio, en donde ofreceré un rico banquete para los valerosos soldados que me acompañaron en esta campaña.

Al bajar por los escalones notas que Nezahualpili está muy serio.

—¿Te sientes bien? —le preguntas sin mirarlo.

—Un poco cansado.

—Si gustas puedes dormir en una de las habitaciones del palacio mientras Totoquihuatzin, Tlilpotonqui, Cuauhtláhuac, el resto de los sacerdotes y yo hacemos la entrega de reconocimientos a los soldados que se distinguieron en la campaña y repartimos el botín de guerra.

—Mi cansancio no es del cuerpo.

—¿Entonces? —Volteas a verlo.

—Estoy cansado de tantas guerras.

Diriges tu mirada a los escalones y al tumulto de gente que te espera abajo.

—Ruégale a los dioses que te perdonen por lo que acabas de decir —le susurras al oído en cuanto llegan al piso de la plaza, le das la espalda y continúas tu camino.

Las palabras de Nezahualpili te han dejado pensativo. «¿Cansado de tantas guerras?», te preguntas al mismo tiempo que te cubres los ojos con una mano. «Inconcebible. Falta tanto para conquistar: Michoacan, Tlashcálan, Hueshotzinco, Cholólan, Huesholótlan, Molanco, Pantépec, Hueyapan, Tecashic...». En tu mente siguen apareciendo nombres y según tus cuentas faltan más de sesenta pueblos por conquistar. «Achiótlan, Nochíztlan, Tecutépec...».

—Señor, señor mío, gran señor...

«Caltépec...».

—Señor, señor mío, gran señor...

Levantas la mirada para ver quién se ha atrevido a interrumpir tus pensamientos.

—Señor, señor mío, gran señor, hemos llegado al palacio.

Asientes con la cabeza. De pronto alguien toma tu brazo derecho, volteas y te encuentras con el rostro de Nezahualpili. Sin dirigirle la palabra sigues hasta el interior del palacio, donde ya han acomodado todo el botín de guerra y los tributos recibidos en el camino de regreso.

Al llegar a tu asiento real, alzas los brazos, dices unas palabras de agradecimiento y te sientas. Dos miembros de la nobleza te abanican con los plumeros mientras el cihuacóatl toma la palabra:

—Nuestro amado y respetado huey tlatoani los ha reunido a todos ustedes para reconocer su esfuerzo y valentía en la reciente campaña. El primer reconocimiento es para nuestro amado y respetado

Nezahualpili, tecutli de Teshcuco e hijo del difunto Nezahualcóyotl. Gracias a su...

Las palabras del cihuacóatl se pierden en un lejano eco. Escuchas el soplido del viento, como si te encontraras solo en la cima del Coatépetl. Los sermones te aburren. Esperas que esto acabe pronto.

## 21

En medio de esta noche fría Motecuzoma se encuentra solo, parado frente a una fogata, en el patio de las Casas Nuevas. Una vez más les ha pedido a los soldados de la guardia y a los miembros de la nobleza que se retiren. Observa las llamas que bailotean y la madera que cruje suavemente. Tiene en la mano una paleta de madera con la que sopla la fogata. Cuauhtláhuac, dos años menor, entra en silencio y se para junto al tlatoani, que lo ve de reojo sin decir nada. Motecuzoma alza la mirada y contempla las estrellas, y su hermano hace lo mismo. Luego de un largo rato, Cuauhtláhuac decide hablar.

—He estado platicando con los otros capitanes sobre la llegada de los hombres barbados.

Motecuzoma cierra los ojos y suspira.

—¿Y qué dicen? —pregunta el tlatoani mientras sopla sobre la fogata.

—Que ya no debemos esperar más.

—Son unos imbéciles. —Se enoja el tlatoani.

—No lo creo.

—Ya aprenderás.

—¿Crees que no tengo la capacidad para pensar? —Cuauhtláhuac se molesta por el comentario de su hermano.

—Por supuesto que la tienes. Pero por el momento escucha y obedece. Con eso será suficiente.

Motecuzoma se sienta en cuclillas frente al fuego y comienza la ardua tarea de tallar las puntas de unas piedras de obsidiana que luego utilizará para sus armas. En su mirada disimulada hay una amargura de largo aliento.

—No te quedes ahí sin hacer nada. Ayúdame.

Cuauhtláhuac se sienta a su lado y comienza a tallar una piedra que ya tiene forma de cuchillo.

—Creo que las tropas están listas para liberarnos de los extranjeros.

Motecuzoma deja de tallar y se ríe, sin responder.

—¿Dije algo malo? —pregunta Cuauhtláhuac.

—No entiendes lo que estás diciendo.

—¿Por qué?

—Ahora es casi imposible. No hay forma de que los tenoshcas podamos con los ejércitos tlashcaltecas, cholultecas, totonacas y las armas de los extranjeros. Sería una masacre.

—¿Tienes miedo?

Cuauhtláhuac apenas si se da cuenta del momento en que Motecuzoma gira y le asesta un puñetazo en la mejilla. Cuando abre los ojos ya se encuentra derribado en el piso.

—Te has vuelto muy insolente —dice al mismo tiempo que hace presión con su pie sobre la garganta de Cuauhtláhuac, quien lleva sus manos al tobillo de Motecuzoma para evitar que lo siga asfixiando. Puede ver sus ojos oscuros a pesar de que el fuego se halla a su espalda. Empuña las manos. No es la primera vez que tienen un desencuentro similar; sin embargo, Cuauhtláhuac es el hermano al que Motecuzoma más quiere y aconseja—. ¿Crees que tengo miedo? —Arruga el rostro al mismo tiempo que aprieta el cuello de Cuauhtláhuac.

—¡Sí! —Utiliza todas sus fuerzas para quitarse el pie de su hermano de encima.

Se arrastra por el piso para alejarse de él sin quitarle la mirada. Cuando alcanza una distancia adecuada, se pone de pie con los puños en guardia.

—¿Vas a golpearme? —Motecuzoma extiende los brazos hacia los lados, muestra las palmas y abre y cierra los dedos como si intentara sujetar algo.

Cuauhtláhuac respira profundo, piensa por un instante, baja las manos y la mirada. La carcajada de Motecuzoma le incomoda.

—Si no fueras mi hermano te mataría en este momento —dice el tlatoani.

—No te tengo miedo.

—Lo sé. Ven.

Ambos se sientan frente al fuego.

—¿Qué piensas hacer? —pregunta Cuauhtláhuac, todavía con la respiración agitada.

—Hablar con Malinche y darle algunos regalos para que se vayan.

—¿Y si no se marchan?

—Los obligaremos.

—¿Cuándo?

—No lo sé. Debemos esperar.

—Ya esperamos mucho.

—Pero valió la pena. Hasta el momento no nos hemos visto obligados a usar la fuerza de nuestras tropas. ¿O quieres que nos ocurra lo mismo que a los de Tlashcálan? ¿Quieres que nos rindamos y les ofrezcamos tierras para que construyan sus casas?

—No. —Cuauhtláhuac baja la cabeza con un sentimiento de impotencia.

Ninguno de los dos habla por un largo rato.

—Tengo que pensar muy bien en la situación actual y en las posibilidades que tenemos para ganar en caso de que estalle un conflicto entre los meshícas y los extranjeros. En cualquier momento puedo ordenar que quiten los puentes en las calzadas para evitar que salgan los extranjeros. Pero comprende que esa estrategia es bastante riesgosa, pues al tener a los enemigos dentro de la ciudad, el perdedor sólo saldría muerto. Por lo mismo los instalé en el palacio de Ashayácatl, donde los puedo acorralar. Lo único que tendríamos que hacer para salir vencedores sería lidiar con los tlashcaltecas, totonacas, hueshotzincas, cholultecas y, por supuesto, con los acolhuas que decidieron traicionarnos.

—Ishtlilshóchitl... —Cuauhtláhuac niega con la cabeza mientras se frota las manos frente al fuego.

—Ahora me arrepiento de no haberlo castigado en su momento.

Cuauhtláhuac hace una mueca y niega con la cabeza nuevamente.

—Vaya escándalo el que armó al enterarse de que no había sido electo como sucesor del trono acolhua.

—Vaya que estaba furioso. Hacía mucho que no percibía tanta ira en los ojos de algún enemigo.

Aun así, ese joven de diecisiete años de edad no intimidó a Motecuzoma. Estaba parado frente a él, con la nariz y los labios arrugados.
El tlatoani sintió su respiración. Ishtlilshóchitl, el hijo menor de Nezahualpili, se declaró su enemigo. Toda la nobleza meshíca y acolhua los
observaba. Nadie se atrevió a decirle una palabra al joven furioso.

—Tú no tienes derecho a decidir quién será el tecutli de Acolhuacan. —Apretó los puños.

Observó las pupilas y cejas fruncidas del príncipe acolhua. Por
un momento pensó que si Nezahualpili hubiera sido como él habrían
tenido más conflictos. Al ver la actitud del joven, Motecuzoma tuvo
la certeza de que ya no había duda: tenía que evitar que Ishtlilshóchitl llegara a ser tecutli de Acolhuacan.

—Tu padre no nombró a ningún heredero antes de morir.

—¡Mi padre no ha muerto! —le gritó, y Motecuzoma sintió su
saliva en el rostro.

—¡Pues entonces que venga! —le gritó también para escupirle
en la cara—. ¡Ve por él para que se haga cargo de su gobierno!

—Si mi padre hubiera muerto me habría elegido a mí como su
sucesor.

—Pero no lo hizo. —Dejó escapar una menuda y efímera sonrisa.

Ishtlilshóchitl, enardecido, se dio media vuelta y se dirigió al
Consejo.

—Señores —habló con más serenidad—. Mi padre no ha muerto, por tanto, no hay motivos para elegir a un nuevo tlatoani. Les
ruego que esperemos. Ustedes se han hecho cargo del gobierno acolhua en nombre de mi padre desde que se marchó. Pueden continuar
con esa labor hasta que lo encontremos.

—Tu padre está muerto —le respondió Motecuzoma.

Ishtlilshóchitl lo miró con antipatía.

—Cacama merece ser electo —dijo Cohuanacotzin, uno de los
hijos de Nezahualpili.

—¿Quién lo dice? —Ishtlilshóchitl se fue en contra su hermano.

—Las leyes. —Cohuanacotzin lo retó con su postura—. Y en
dado caso de que él no fuese elegido, me correspondería a mí, por ser
el segundo hijo de mayor edad.

—Señores. —Ishtlilshóchitl volvió su atención al Consejo con un tono de voz más amigable—. No se dejen engañar. Motecuzoma pretende adueñarse del reino acolhua. Cacama no es más que su petate.

Cacama, rabioso, se fue contra el joven Ishtlilshóchitl y le propinó dos golpes en el rostro. Los soldados y varios de los miembros del Consejo se apresuraron para detener la pelea. Ishtlilshóchitl logró vengarse con otros dos puñetazos. Motecuzoma los observó sin alterarse. Sabía que no era el momento adecuado para intervenir. Cuando por fin los dos hermanos estaban separados, Ishtlilshóchitl volvió a hablar.

—¡No voy a permitir que elijan a ese traidor! —Señaló a Cacama, luego se dirigió a los hombres que lo tenían apresado—. ¡Suéltenme! ¡Suéltenme!

Motecuzoma dio la orden, con una mirada, de que lo dejaran libre.

—Propongo que suspendamos el debate —dijo uno de los miembros del Consejo.

—Escúchame bien. —Ishtlilshóchitl se acercó a Motecuzoma una vez más y le apuntó con el dedo índice—. Yo no soy como mi padre ni como mis abuelos. Voy a impedir que te adueñes de las tierras que le pertenecen a los acolhuas. Voy a acabar contigo.

—No pretendo adueñarme de sus tierras. Por el contrario, estoy a favor de que ustedes sigan siendo libres. Me aseguraré de que se respeten las leyes. Y si es tu derecho llegar al trono, así será.

—A mí no me engañas. —Se dio la vuelta y salió de la sala.

Todos los miembros del Consejo debatieron entre sí. Algunos estaban en desacuerdo con la elección de Cacama; otros parecían esperar a Motecuzoma. Nadie quería una guerra entre Acolhuacan y Tenochtítlan, pero tampoco ser sus vasallos. Esperaban que se respetara la Triple Alianza con el nuevo gobierno. Cacama se acercó a Motecuzoma y le solicitó dialogar en privado.

—¿Qué necesitas? —le respondió en cuanto entraron a otra sala.

—Un mayor número de simpatizantes —dijo luego de unos segundos de silencio.

—Tienes mi apoyo —dijo Motecuzoma—. Hablaré con aquellos indecisos. Pero también espero tener tu colaboración constante. Tú sabes que en los últimos años tu padre y yo nos distanciamos, y no me gustaría que eso se repitiera. Las alianzas son muy valiosas para mí. Respeto a aquellos que cumplen con su palabra y sé premiar su lealtad. Tienes un hermano... inquieto... que —muestra un gesto de espanto y preocupación—, seguramente, te dará muchos problemas. Puedo ayudarte a remediarlos si tú quieres.

—Tendrá mi lealtad absoluta, mi señor. —Se arrodilló ante Motecuzoma.

—Muy bien. —Caminó a la otra sala donde se encontraban los miembros del Consejo.

Se despidió personalmente de cada uno. Habló con ellos por breves minutos; les preguntó por sus familiares, les ofreció su casa, les reiteró su amistad y lealtad. Se retiró sabiendo que aún quedaba mucho por hacer. A esas alturas ya no se trataba de convencer al Consejo acolhua de que votara por Cacama, sino de cerciorarse de que Ishtlilshóchitl no ganara la elección. Necesitaba mantener el orden. El tlatoani conocía muy bien a los hombres como Ishtlilshóchitl; sabía que suelen provocar muchos inconvenientes y que sobraban pueblos que estaban a la espera de que alguien se rebelara para seguirlo y liberarse del yugo meshíca.

Días después, el cihuacóatl Tzoacpopocatzin le informó a Motecuzoma que Ishtlilshóchitl se había reunido con los tetecuhtin de varios señoríos para que le ayudaran a impedir la elección de su hermano Cacama.

—Ishtlilshóchitl asegura que usted pretende adueñarse del señorío acolhua —expresó el cihuacóatl—. Los tlashcaltecas, huastecos, otomíes y totonacas le han ofrecido su apoyo.

—¿Y qué es lo que pretende? —preguntó el tlatoani—. ¿Atacar a su hermano?

—Parece que sí.

—Que lo haga —respondió con indiferencia.

—¿Eso qué significa?

—Que permitiremos que entre ellos arreglen sus diferencias.

—¿Enviará tropas para que auxilien a Cacama?

—No... Esperaremos.

Al día siguiente, Motecuzoma mandó llamar a Cacama y le dijo que había llegado el momento de llevar a cabo la elección.

—Pero... —Cacama se mostró poco convencido—. Tengo entendido que algunos de los miembros del Consejo aún están a favor de mi hermano.

—Eso qué importa. Si esperas a que todos estén de tu lado, jamás serás electo. Debes demostrarle a tu hermano que estás seguro de lo que quieres y de lo que vas a hacer.

—Me han informado que viene en camino con sus tropas —respondió nervioso.

—No le tengas miedo. —Lo miró fijamente a los ojos—. Demuéstrale con tu poder bélico que mereces ser electo.

—¿Usted me va a apoyar con sus tropas?

—No.

—¿Por qué? —Cacama se sintió más nervioso.

—Porque si lo hago le daremos crédito a las acusaciones de Ishtlilshóchitl. Tú no quieres que se te recuerde como un pusilánime que se esconde bajo la sombra del tlatoani de Meshíco Tenochtítlan, ¿o sí?

Cacama bajó la cabeza y negó ligeramente.

—Él quiere que yo intervenga para luego victimizarse en la elección de Acolhuacan. Ordenaré que en tu regreso a Teshcuco te acompañen Cuauhtláhuac y cuatro mil canoas. En cuanto entres al palacio, mis hombres volverán a casa.

Todo salió como lo planeó Motecuzoma: Cacama fue electo por una gran mayoría.

Pero a pocos días de que Cacama volviera a Teshcuco, llegó a Motecuzoma la noticia de que Ishtlilshóchitl había entrado con sus tropas a Teshcuco para impedir que se llevara a cabo la jura de su hermano. Motecuzoma permaneció en su palacio y con mucha tranquilidad se fue a dormir.

Al despertar se enteró de que Ishtlilshóchitl no había atacado la ciudad de Teshcuco, a pesar de que estaba fortificada. Uno de sus informantes le dijo que Ishtlilshóchitl tuvo una reunión en privado con sus hermanos y acordaron dividir el reino acolhua entre los tres.

Motecuzoma no lo podía creer. Movió la cabeza de izquierda a derecha y arrugó los labios. De pronto cerró los ojos, sonrió, respiró profundo y pensó en lo que acababa de escuchar. El poder acolhua dividido resultaba aún mejor para él. Comenzó a reír muy ligeramente.

## 22

En una batalla gana el que emplea con mayor esplendor el arte de la intimidación. Las armas no amedrentan más que el prestigio. Es la grandeza de un pueblo la que consigue intimidar. El poder no se toca, se ve, se escucha. Los rumores son un arma poderosa. Son las palabras las que llevan a todos los rincones las flechas más letales. Con la celebración de mi coronación podía enviar tres mensajes: si el mitote era austero, se entendería que era un tlatoani débil; si era igual que la celebración del tlatoani anterior, no habría diferencia alguna; y si no escatimaba en las ceremonias, enviaba un desafío a todos nuestros enemigos, un mensaje muy claro: «Soy el tlatoani más poderoso que ha existido».

Envié embajadores a todos los pueblos aliados, subyugados, independientes y enemigos, pero, a diferencia de los tlatoanis anteriores, yo mandé miembros de la nobleza, y no a cualquier plebeyo como mensajero.

—Señor, señor mío, gran señor —dijo el cihuacóatl Tlilpotonqui asombrado—. ¿Está seguro de que quiere invitar a los señores de los pueblos enemigos?

—Por supuesto. Es precisamente entre los señores de Michoacan, Tlashcálan, Hueshotzinco, Cholólan y Meztítlan que quiero propagar el temor. Ellos deben ver cuánto poder tengo.

—No creo que acepten venir.

—Aceptarán. Vendrán por curiosidad. Si no los invitamos, enviarán espías para ver justamente lo que quiero que vean.

—Por eso mandarán espías, para evitar poner sus vidas en riesgo.

—Vendrán si les aseguramos que no serán víctimas de ofensas o agresiones por parte de las tropas ni de pobladores de Meshíco Tenochtítlan o de los pueblos aliados por donde transiten. Díganles que tienen mi palabra de que se les otorgarán deliciosos banquetes y espléndidos alojamientos desde donde podrán ver los festejos.

Veinte días después, comenzaron a llegar todos los invitados. Jamás hubo tanto trabajo y movimiento en Meshíco Tenochtítlan.

Cada vez que llegaba un nuevo señor, acompañado de numerosas co-
mitivas, se iniciaban los rituales de recibimiento con el intercambio
de saludos y obsequios; luego se les invitaba de comer, se les ofrecían
ropas y joyas nuevas para que tuvieran qué vestir cada uno de los días
que iban a estar hospedados. Posteriormente, ellos hacían la entrega
de su tributo, lo cual implicaba, la mayoría de las veces, más de mil
cargadores por día.

Estuvimos tres días y sus noches recibiendo invitados, danzando,
comiendo, bebiendo, fumando, consumiendo hongos, cantando, platicando. Tres días y sus noches de tregua con todos nuestros enemigos.
Tres días y sus noches gozando de los placeres de las doncellas. Tres
días y sus noches en los que jamás oscureció, pues había tantas antorchas que no había un rincón que no estuviese iluminado. Asistió la
mayoría de los señores de los pueblos enemigos. Hubo, como dijo el
cihuacóatl, quienes prefirieron abstenerse y enviaron, no espías, pero
sí representantes. Sin importar aquello, todos, sin excepción, fueron
tratados con grandes honores.

Al cuarto día se llevó a cabo la ceremonia de mi coronación.
Los señores de Tlacopan y Teshcuco, el cihuacóatl, los principales
señores de la nobleza meshíca y yo subimos hasta la cima del Coatépetl.

Mi cuerpo fue cubierto con el ungüento divino y vestido con un
hermoso atuendo: unas sandalias adornadas en oro; unas fajas para
las pantorrillas también de oro; un calzoncillo de algodón con finas
plumas blancas y grises y una banda que pendía del frente; unas fajas
de oro para mis brazos, y entre el codo y los hombros, unos brazaletes de oro; y una fina capa de algodón hermosamente decorada con
bordados de oro y un escudo tapizado con finas plumas blancas.

Se acercó a mí Nezahualpili y puso sobre mi cabeza el *copilli* (corona real).

—No debe usted olvidar jamás que el trono en el que se encuentra en este momento no es ni será de su propiedad, pues es un présta-
mo que un día tendrá que devolver al verdadero dueño, el dios
Quetzalcóatl.

Me acerqué a la orilla del teocali, casi al borde del primer escalón, y me dirigí al pueblo tenoshca y a todos nuestros invitados.

—Juro ser fiel servidor de los dioses y abastecer sus teocalis con la sangre y los corazones que me sean exigidos; asimismo, prometo cumplir rigurosamente todas las leyes de este grandioso pueblo meshíca y defender con mi vida esta ciudad.

Todos gritaron de alegría. Se escucharon los teponashtles, las caracolas, las sonajas y las flautas. Luego alcé los brazos para anunciar que todos debían guardar silencio.

—Ha llegado el momento de hacer mi ofrenda a los dioses.

Tañeron los teponashtles y los invitados abrieron paso a los prisioneros que caminaban muy lentamente entonando los tristes cánticos, de sus pueblos rumbo a los escalones del Coatépetl.

La primera en llegar a la piedra de los sacrificios fue una hermosa doncella de cabello largo hasta las caderas. A pesar de que no debía hacerlo, ella levantó la cara y me miró directamente a los ojos. No sé si imploraba piedad o buscaba en mí un sentimiento de culpa. Cualquiera que fuere su intención no tuvo resultado. Ordené que la acostaran sobre la piedra de los sacrificios. Creo que comenzó a gritar, no lo recuerdo bien, porque yo estaba viendo escalones abajo, donde toda la gente esperaba el primer sacrificio del nuevo tlatoani. Al darme la vuelta ya la tenían desnuda, acostada bocarriba y sostenida de brazos y piernas. Tomé el cuchillo, lo levanté frente al dios Huitzilopochtli y lo dejé caer con todas mis fuerzas sobre el abdomen de la doncella, que pronto dejó de sacudirse. Le saqué el corazón y lo ofrendé a los dioses y al pueblo. El resto de los sacrificios los hizo el cihuacóatl. Bajé a descansar, beber y fumar. A disfrutar del mitote.

## 23

Motecuzoma sonríe al ver a más de veinte de sus hijos que gritan, brincan y corren de un lado a otro. Por primera vez no los regaña por hacer tanto ruido. Tiene otros hijos mayores que ya se encuentran en el Calmécac o en las tropas del ejército.

—¿Cómo están? —se acerca a una de sus concubinas, una joven de quince años que carga un niño de ocho meses.

—Todo sigue igual —ella responde con tranquilidad.

—No deben salir mientras Malinche y sus hombres estén en la ciudad. —Le acaricia una mejilla.

—Le diré a las demás concubinas lo que me acaba de decir, mi señor.

Aunque eso no es necesario, ya que el sitio donde permanecen las concubinas —que abarca una tercera parte del palacio— está siempre resguardado por las tropas.

Al entrar a la sala principal de su palacio, Motecuzoma se encuentra con todos los miembros de la nobleza que continúan discutiendo sobre la estancia de los extranjeros. Muchos exigen que se marchen; otros están dispuestos a hospedarlos el tiempo necesario para evitar una guerra. La tensión en las conversaciones aumenta día con día. Motecuzoma escucha sin emitir palabra.

—Fue un grave error permitirle a los extranjeros llegar a Cholólan —expresa uno de los capitanes del ejército.

—Hicimos lo que pudimos —responde otro.

—No fue suficiente —admite Motecuzoma con la mirada en alto—. De nada sirvió enviar una embajada que les advirtiera a los barbudos que los tlashcaltecas no eran de fiar; Malinche no hizo caso y aceptó hospedarse en Tlashcálan. Me equivoqué. Pensé que engañaría a los tlashcaltecas. Esperaba que creyeran que Malinche y nosotros éramos amigos y les negaran su amistad.

—Lo peor fue que obligó a nuestros embajadores a permanecer con ellos en Tlashcálan —agrega uno de los miembros del consejo, enfurecido por el recuerdo—. Los pudieron haber matado.

—Lo sé. —El tlatoani baja la mirada avergonzado.

Recuerdas que días después Malinche envió a dos de sus hombres[56] a Meshíco Tenochtítlan. Iban acompañados de los embajadores tenoshcas, pero los tlashcaltecas, para impedir el contacto entre Motecuzoma y Malinche, los atacaron fingiendo ser cholultecas, justo antes de llegar a Cholólan, ciudad que siempre había sido independiente debido al pacto que tenían con Meshíco Tenochtítlan respecto a las Guerras Floridas, donde siempre peleaban contra los meshícas, tlashcaltecas o hueshotzincas. Los cholultecas, que estaban enemistados con los tlashcaltecas, decidieron defender a los hombres barbados para evitar falsas acusaciones, como lo habían planeado los tlashcaltecas.

La corte meshíca decidió que los embajadores llevaran a los extranjeros a Meshíco Tenochtítlan por Cholólan para atacarlos ahí. Los tlashcaltecas advirtieron a Malinche que no entrara a esa ciudad, pues les tenían preparada una celada. Le sugirieron que viajara por Hueshotzinco. Sin embargo, los barbados decidieron ir por Cholólan. Malinche envió una embajada para solicitar permiso de entrar a Cholólan, que hasta entonces no había dado muestras de interés en recibirlos. Tres días después llegó una embajada para hablar con Malinche, que inmediatamente fue advertido por los tlashcaltecas de que se trataba de una farsa, debido a que esos hombres no pertenecían a la nobleza; el tecutli Malinche les mandó decir que si no se presentaban ante él los atacaría sin piedad. A los tres días llegaron tres principales de Cholólan a Tlashcálan. Al hablar con Malinche le expresaron que no habían ido a verlo ya que tenían una enemistad con los tlashcaltecas y que, por ello, no podían entrar a esas tierras, pero que los esperaban gustosos en las suyas.

Malinche fue a Cholólan acompañado de seis mil tlashcaltecas, sin embargo, al llegar los recibieron varios emisarios y les dijeron que sus señores no podían atenderlos a esas horas de la noche, pero que al día siguiente irían a verlos. Mencionaron que no les permitirían entrar con los tlashcaltecas, pues eran sus enemigos. A la mañana siguiente fueron recibidos por miles de cholultecas. Al quinto día, los extranjeros se dieron cuenta de que Motecuzoma había mandado

---

56   Se refiere a Pedro de Alvarado y Bernardino Vázquez de Tapia.

cavar hoyos en los caminos, los había llenado de estacas muy filosas y tapado con madera, tierra y hierbas, para que cuando pasaran por ahí cayeran y murieran atravesados por éstas.

Malinche, creyendo que había una conjura entre Cholólan y Meshíco Tenochtítlan, habló con los sacerdotes y les mencionó que pensaba seguir su camino rumbo a Meshíco Tenochtítlan, pero que antes de partir quería agradecerles a todos sus atenciones y que, además, necesitaba de cargadores que le ayudaran a llevar sus cosas hasta Tenochtítlan. Al día siguiente los principales de Cholólan los recibieron en el recinto sagrado, que estaba amurallado. En el patio aguardaban seis mil tamemes para ayudarlos a trasladar sus pertenencias. Malinche y sus hombres entraron a la sala principal y ahí mataron a los señores principales de Cholólan; al salir y mostrar los cuerpos muertos, los tamemes se sintieron desprotegidos y no supieron cómo defenderse de los extranjeros. En cuanto se escucharon las primeras explosiones de las armas de fuego, todos intentaron salir, lo que provocó una estampida, donde muchos murieron aplastados y asfixiados, además de los victimados por las armas de fuego.

Los tlashcaltecas y totonacas, que ya estaban avisados, entraron en cuanto escucharon las explosiones de las armas de fuego y arremetieron en contra de los cholultecas. Quemaron casi todos los teocalis en un lapso de cinco horas. Cientos de cholultecas subieron a las cimas de sus teocalis para defender a sus dioses, pero los extranjeros lanzaron flechas con fuego para incendiarlos; entonces muchos decidieron lanzarse al vacío antes de morir en manos de sus enemigos. Miles huyeron de la ciudad.

Dos días después comenzó el saqueo. Se llevaron todo el oro, la plata y las piedras preciosas. Los tlashcaltecas y totonacas tomaron las plumas, las mantas de algodón, la sal, los animales y los esclavos para los sacrificios. Sin embargo, Malinche les ordenó que los liberaran; luego habló con los señores principales que habían sobrevivido a la masacre y les preguntó a quién correspondía el trono ahora que su señor había muerto. Le respondieron que a uno de sus hermanos, a quine Malinche hizo nombrar tecutli.

Pronto Motecuzoma recibió a los embajadores que habían estado con Malinche desde Tlashcálan.

—Manda decirle el tecutli Malinche que ya no quiere más traiciones.

—Dile que yo no tuve nada qué ver con lo ocurrido en Cholólan, que ni siquiera estaba enterado de que le tenían preparada una emboscada.

—Malinche dice que usted tenía un ejército esperando afuera de Cholólan.

Motecuzoma se sorprendió al escuchar aquello. Por un momento pensó que hubiese sido una buena idea, pero luego concluyó que de haber intentado algo como eso seguramente sus tropas ya estarían muertas o derrotadas, y Malinche creería que los tenoshcas eran un enemigo fácil de vencer. Dedujo que los tlashcaltecas habían influido en los extranjeros con sus calumnias.

El huey tlatoani mandó llamar a los señores de Acolhuacan, Tlacopan e Iztapalapan y a todos los miembros de la nobleza. Pasaron largas horas discutiendo la siguiente estrategia.

—Está claro que vienen por nuestras riquezas.

—Ya les dimos suficientes.

—Para ellos no.

—¿Qué más quieren?

—Todo.

—No tienen compasión por los ancianos, las mujeres y los niños. No les importa matar a miles con tal de conseguir lo que buscan.

—Enviemos a todas nuestras tropas.

—Supongamos que acabamos con todos, ¿qué haríamos si su tlatoani manda por ellos?

—Los atacamos de igual forma.

—No sabemos qué tan grandes son sus tropas.

—Los dioses nos han abandonado.

—Permitámosles la entrada a Tenochtítlan.

—No, harán con nosotros lo mismo que hicieron en Ch'aak Temal, Chakan-Putún, Kosom Lumil, Tabscoob, Cempoala, Tlashcálan y Cholólan: atacarán a nuestras tropas, matarán a nuestras mujeres, niños y ancianos, quemarán nuestros teocalis, pondrán altares para sus dioses, nos prohibirán hacer sacrificios y nos impondrán su religión.

—Lo mejor será que los dejemos entrar a Tenochtítlan antes de que lo hagan por la fuerza. Lo más seguro es que lleguen por Iztapalapan. Tendríamos que enviar tropas ahí; aunque también podrían rodear por Teshcuco, o incluso arribar por Chapultépec, Azcapotzalco, Tlacopan, o por el lago.

—Dentro de la ciudad los podemos matar de hambre o quitar los puentes de las calzadas.

—Entonces dejemos que entren a Meshíco Tenochtítlan —concluyó Motecuzoma cerrando los ojos.

## 24

Respiras agitadamente, Motecuzoma, sin soltar el escudo que tienes en la mano izquierda y el macáhuitl en la derecha. Observas en el horizonte a las aves que vuelan entre los árboles que se agitan con el viento. Al fondo, entre cientos de soldados tlashcaltecas y otomíes que se alejan triunfantes, se distingue el gigante Tlahuicole, el hombre más alto que jamás se ha visto en estas tierras. La mayoría le llega a los codos y las mujeres a veces al abdomen.

Tienes el rostro y el cuerpo llenos de sudor, sangre y tierra. Aprietas el puño al mismo tiempo que levantas el brazo derecho para ver de cerca la herida tan severa que tienes en el antebrazo. Un hilo de sangre se estira hasta tocar el suelo. Al bajar la mirada te das cuenta de que tienes otras dos heridas en ambas piernas. La batalla fue muy reñida.

Alrededor de ti se encuentran cientos de soldados revisando a los compañeros caídos. A los muertos los arrastran de los pies —dejando una larga cicatriz de sangre en la hierba— hasta una pila de cadáveres. A los heridos con posibilidades de sobrevivir les hacen torniquetes —en brazos o piernas—, o les tapan las heridas con trozos de tela. A los moribundos les cortan el cuello con cuchillos de pedernal para acabar con su agonía.

—Señor, señor mío, gran señor —dice un hombre que se acerca a ti—, permítame curarle las heridas.

Sin decirle una palabra, te das la vuelta y caminas entre los cadáveres y los heridos. De pronto te detienes. El ruido es demasiado para poder distinguir una voz en particular. Miras ligeramente por arriba del hombro y distingues una mano en el piso que se acerca a un macáhuitl. Te giras rápidamente al mismo tiempo que alzas tu arma y la dejas caer sobre el pecho de un hombre que está tirado bocarriba, justo al lado tuyo. Se retuerce por unos instantes, te ve a los ojos y muere.

—¿No es su hermano Macuilmalinali? —dice el hombre que te seguía para curarte las heridas.

Los soldados alrededor detienen lo que están haciendo para verte. Levantas tu macáhuitl y le rebanas el abdomen al hombre que acaba de acusarte de asesinar a tu hermano.

—¿Qué esperan? —gritas enfurecido—. ¡Apúrense! ¡A todo aquel que esté con las tripas de fuera, tuerto o tunco, sacrifíquenlo!

Todos los soldados vuelven a lo que estaban haciendo sin decir una palabra. Sigues caminando. De pronto un hombre comienza a gritar. Un soldado está de pie a su lado.

—¡No me maten! ¡Todavía puedo ser útil para la guerra! —Se arrastra bocabajo. Sus piernas están sangrando.

El soldado intenta voltearlo bocarriba, pero el hombre no se deja.

—¡Demuéstrame que puedes mover las piernas!

—Mira. —El hombre se arrastra tratando de fingir que sus piernas se mueven—. Sólo necesito curarme.

El soldado sabe que los estás observando. Saca su cuchillo, se queda pensativo por un momento y le corta la garganta al hombre, a su compañero de batallas. Un ave de rapiña surca el cielo. Sigues tu camino hasta que te encuentras con el cuerpo bañado en sangre de Tlilpotonqui, el cihuacóatl. Lo observas en silencio. Sabías que estaba muy viejo para ir a la guerra. Por fin acabaste con el linaje de Tlacaélel. Ahora podrás nombrar a un nuevo cihuacóatl, uno en el que puedas confiar y no pretenda tomar el poder.

Diriges tu mirada a la herida de tu antebrazo. Por primera vez en el día te quejas, pero lo haces en silencio. Buscas en varias direcciones a alguien que tenga algún trozo de trapo para detener el sangrado.

—¡Soldado! —le gritas a uno que está a punto de arrodillarse al lado de un herido—. ¡Ven!

El hombre corre hacia ti y cuando llega se arrodilla.

—Ponte de pie. —Le muestras el antebrazo y él sin preguntar se apura a enredarle un trapo.

Minutos después llega uno de los capitanes para darte una terrible noticia:

—Señor, señor mío, gran señor, hemos encontrado a dos de sus hermanos muertos.

Cierras los ojos e inclinas la cabeza a la derecha. No escuchas lo que te dice el capitán. ¿Estás enfurecido por haber aceptado la alianza

con los señores de Hueshotzinco y Cholólan que decidieron combatir a los de Tlashcálan, que a su vez les habían dado casa y comida a
los otomíes a cambio de que vigilaran y defendieran sus territorios?
¿Viste en la alianza de otomíes y tlashcaltecas un gran peligro para tu
gobierno, ya que ambos son valerosos y bien ejercitados en las armas?
Lo sabías, Motecuzoma, lo sabías. En vano enviaste gente para que
sobornaran a los otomíes. De nada sirvieron tus ofertas. Demostraron
una lealtad hacia los tlashcaltecas que bien hubieras querido para ti.

Los cuatro señoríos de Tlashcálan —Ocotelolco, Tizátlan, Tepetícpac y Quiahuíztlan—, a pesar de ser independientes, también
demostraron ser leales a sí mismos. ¿Por qué perdieron esta batalla?
¿Por qué si en otras campañas habían llevado el triple de soldados y a
las tropas de los aliados, en ésta sólo fuiste con tropas meshícas? ¿Te
ganó la soberbia, Motecuzoma? ¿Creíste que con tu ejército y el de
los señores de Hueshotzinco y Cholólan serían suficientes? De nada
sirvió que consultaras con los señores de Acolhuacan y Tlacopan, si
no los llevaste a la guerra y pusiste a tu hermano Tlacahuepan al frente de los ejércitos de Hueshotzinco y Cholólan.

¿O es que acaso querías perder esta batalla, Motecuzoma? ¿Por
qué querría un tlatoani perder un combate? ¿Por qué no defendiste a
tu hermano Tlacahuepan cuando lo viste rodeado? Tú estabas ahí.
Eran muchos en contra de uno solo; jamás se dio por vencido, se defendió con honor y valentía, cortó muchos brazos y piernas hasta que
el cansancio lo derribó y los enemigos lo cortaron en pedazos. ¿Cuántas veces estuvieron en competencia tu hermano y tú? Desde la infancia, casi siempre él salió vencedor. Tlacahuepan pudo ser electo huey
tlatoani. Muchos aseguraban que él tenía más posibilidades que tú.
¿Qué ocurrió, Motecuzoma? ¿Quién decidió que Tlacahuepan no
merecía ser tlatoani? Era un gran guerrero. Si tan sólo no lo hubieras
abandonado... ¿Y tu hermano Macuilmalinali?

Te diriges a uno de los capitanes y le das la orden para que avi-
se a las tropas que se formen para volver a Tenochtítlan y que dé
instrucciones a un par de mensajeros de que salgan corriendo para
avisar a tu pueblo la terrible noticia y preparen las ceremonias fúnebres.

No hablas en todo el camino. ¿En qué piensas, Motecuzoma?

Al entrar a la ciudad los reciben con mucho silencio, los sacerdotes se han desanudado las trenzas que siempre lucen en el cabello, los
soldados veteranos visten como macehualtin, sin adornos ni penachos. Hay tristeza en los rostros. Llegan hasta el Coatépetl donde colocan a los heridos y a los muertos. Uno de los sacerdotes te pide
permiso para hablar y se lo concedes. No escuchas lo que dice, no te
importa, sabes que está mencionando a los muertos y sus logros. Más
alabanzas. Elogios para todos.

Toda la nobleza y cada uno de los tlatoanis han sido creadores
de cantos, siempre comprometidos con la expresión, la palabra y el
pensamiento. Una cabeza sin pensamientos es un árbol sin frutos ni
flores ni hojas. Cuando llega tu turno comienzas a recitar un canto
que inventaste en el camino para evocar a Tlacahuepan, tu hermano
muerto en una batalla.

¿Acaso algo es verdadero?
¿Nada es nuestro precio?
Sólo las flores son deseadas, anheladas.
Hay muerte florida,
hay muerte dichosa,
la de Tlacahuepatzin e Ishtlilcuecháhuac.


Resplandece el águila blanca.
El ave quetzal, el tlauhquéchol,
brillan en el interior del cielo,
Tlacahuepatzin, Ishtlilcuecháhuac.


¿A dónde vas, a dónde vas?
Donde se forjan los dueños de las plumas,
junto al lugar de la guerra, en el teocali,
allá pinta la gente
ella nuestra madre,
Itzpapalotl, en la llanura[57].

---

57   *Cantares mexicanos*, fol. 70r.

## 25

Han pasado tres días desde que llegaron los hombres barbados a Meshíco Tenochtítlan. Motecuzoma ha dormido y comido muy poco. No deja de pensar. Por más que intenta no logra armar una estrategia para sacar a los extranjeros de su ciudad.

Admite que Malinche es un hombre sagaz. Ninguna de las trampas que le puso surtió efecto. Ni siquiera antes de que salieran de Cholólan. Tampoco sirvieron las amenazas que les envió a todos los pueblos por los que transitarían los barbudos. Parece que el miedo que le tenían a Motecuzoma se está evaporando.

Muchos de los totonacas, temerosos de enfrentar a Motecuzoma, solicitaron permiso a Malinche de regresar a Cempoala, pero él les aseguró que los protegería. Hubo también una gran cantidad de Tlashcaltecas que temieron entrar a Meshíco Tenochtítlan. Finalmente, los acompañaron seis mil hombres totonacas, tlashcaltecas, cholultecas y hueshotzincas.

A pesar de que los tenoshcas habían llenado de enredaderas con espinas el camino por donde venían los extranjeros desde Cholólan, éstos, en lugar de rodear los volcanes Popocatépetl e Iztaccíhuatl, cruzaron por en medio. Aprovecharon para subir a ellos —aunque con mucha dificultad por la falta de oxígeno, la nieve y el frío—, pues jamás habían visto algo parecido.

Llegaron a un poblado pobre, entre el Popocatépetl y el Iztaccíhuatl, en donde fueron bien recibidos. Les dieron esclavas, ropa y una pequeña cantidad de oro. Al arribar a la meseta que une a los dos volcanes, comenzó a nevar y los extranjeros tuvieron que refugiarse en unas construcciones cerca de ahí; dejaron a los tamemes a la intemperie, que se cubrieron con las mantas que llevaban en sus cargamentos.

Motecuzoma envió a uno de sus hermanos para que se hiciera pasar por él ante Malinche. Supuso que si lo que los extranjeros querían era hablar con él, al tenerlo de frente le darían el supuesto mensaje enviado por el tlatoani de las tierras del otro lado del mar y se retirarían con los regalos que les llevaban. Oro y más oro. Los barbudos se llenaron de júbilo: sus ojos estaban tan asombrados que los embajadores no hallaron forma de describir tanta codicia al tlatoani. Jamás habían conocido gente que se entusiasmara tanto con el oro.

—Es por la enfermedad que tiene su tlatoani —dijo uno de los sacerdotes—. Ésa que sólo se cura con el oro.

Malinche, un hombre difícil de engañar, interrogó tanto y de manera tan astuta a los embajadores y al falso tlatoani que pronto descubrió el artificio y lo envió de regreso a Tenochtítlan con un mensaje: «Decidle a vuestro rey que no regresaré a mi tierra hasta hablar con él y darle el mensaje que le envía el rey Carlos».

Por las noches, mientras unos dormían otros vigilaban con sus armas listas para hacer estallar el humo y el fuego. Una noche dispararon dos veces al escuchar que algo se movía detrás de unos arbustos: mataron a dos totonacas que habían decidido aprovechar la noche para tener un encuentro sexual.

Al día siguiente siguieron su recorrido por las faldas de las montañas hasta encontrarse con los campos llenos de flores amarillas que jamás habían visto, *cempoalshóchitl* (cempaxúchitl). Desde ahí podían ver muchos cerros, la sierra del Ajusco; y al fondo, el lago de Teshcuco, las islas y los cientos de poblados que la rodeaban.

Entraron al Valle del Anáhuac[58] por el pueblo de Amecameca, el cual pertenecía a la provincia de Shalco, donde fueron recibidos con comida y regalos: mantas, ropas, piezas de oro y cuarenta mujeres. Llegaron señores de los pueblos vecinos, muchos por curiosidad, otros por temor a ser atacados. Tres días escucharon las quejas de los señores principales que, por pertenecer a Shalco, habían recibido muchos ataques de los meshícas.

—Dice el tecutli Malinche que viene a deshacer agravios —dijo el informante ante Motecuzoma—. Y que nadie puede matarlos más que su dios.

Una vez más se reunieron el tlatoani, la nobleza y los señores de la Triple Alianza. Cuauhtláhuac insistía en que no los dejaran entrar. Cacama advirtió que de no hacerlo ellos entrarían por la fuerza. Largas horas pasaron discutiendo hasta llegar a la conclusión de que Ca-

58   El 3 de noviembre de 1519.

cama iría a Amecameca para acompañarlos en el recorrido y asegurarse de que no intentaran entrar por la fuerza. Cuauhtláhuac, por su parte, los esperaría en Iztapalapan.

Cacama llegó ante Malinche con una numerosa comitiva. Decenas de macehualtin iban barriendo el camino por donde pasaría el tlatoani de Acolhuacan. Los extranjeros se sorprendieron al ver la riqueza del señor de Acolhuacan, pues en ningún otro pueblo por donde habían pasado habían encontrado algo similar.

—El huey tlatoani Motecuzoma Shocoyotzin me ha enviado para recibirlo y acompañarlos hasta Meshíco Tenochtítlan —dijo luego de arrodillarse, tomar tierra con las manos y llevársela a la boca—. Mi señor le manda decir que se encuentra indispuesto, pero que muy pronto se podrán ver personalmente.

Malinche sonrió triunfante sin quitar la mano del puño de su largo cuchillo de plata. Luego se presentaron los demás embajadores, lo cual tomó poco más de dos horas. Al continuar con su camino, uno de los embajadores que iba acompañando a Malinche desde Tlashcálan le reveló a Cacama que los extranjeros, totonacas, cholultecas, hueshotzincas y tlashcaltecas iban hablando con la gente de todos los pueblos para convencerlos de que se rebelaran contra Motecuzoma, pues Malinche iba precisamente a castigar sus abusos.

Al día siguiente los alcanzó en el camino Ishtlilshóchitl, que había aprovechado la ausencia de Cacama en Teshcuco para hablar con su hermano Cohuanacotzin, con quien no había tenido tratos desde que habían dividido el señorío acolhua. Ahí, ambos hicieron una tregua. Ishtlilshóchitl tenía intenciones de hacerse amigo de los extranjeros y atacar a Motecuzoma.

Llegaron, al igual que Cacama, con un contingente tan grande que Malinche pensó que se trataba de una emboscada. Pero Ishtlilshóchitl se apresuró a hablar con él para hacerle ver que era su amigo y recordarle que en ocasiones anteriores le había enviado regalos y mensajes. Invitó a Malinche a conocer Teshcuco, y él le prometió que iría a su ciudad después de encontrarse con el tlatoani de Meshíco Tenochtítlan, lo que dejó muy enfadado a Ishtlilshóchitl.

En cuanto Motecuzoma se enteró de esto, comprendió que había sido un gravísimo error no haber castigado a Ishtlilshóchitl cuando se reveló por la elección de Cacama. A esas alturas el tlatoani estaba completamente cercado por sus enemigos; se habían aliado, aunque no directamente, para acabar con el imperio de los tenoshcas.

Los barbudos pasaron por Ayotzinco, por las orillas del lago de Shalco, por Tezompa, Tetelco, Mishquic, Ishtayopa, Tulyahualco, hasta llegar a la ciudad de Cuitláhuac[59], donde les tenían preparado un espléndido banquete. Malinche decidió no detenerse, temía que los atacaran ahí mismo. La ciudad era un islote y, por tanto, no habría forma de escapar si quitaban los puentes de la calzada. Además, los embajadores meshícas le habían dicho que Iztapalapan estaba a unas tres leguas de ahí.

Al salir pasaron por Shochimilco, Tlaltenango y Shaltépec, hasta llegar a Iztapalapan, donde los recibieron Cuauhtláhuac y muchos miembros de la nobleza, así como veinte mil habitantes curiosos. Luego de los saludos acostumbrados, Cuauhtláhuac les entregó muchos regalos: mujeres, ropas y plumajes. Al llegar la noche los acomodaron en el palacio de Cuauhtláhuac.

Mientras tanto en Meshíco Tenochtítlan había mucho silencio. Las calles estaban desiertas, el lago parecía un espejo, las canoas estaban vacías, los teocalis desolados, y las casas en completa quietud.

---

59   A la ciudad de Cuitláhuac —actualmente Tláhuac— los españoles la llamaron Venezuela, Pequeña Venecia. Cuitláhuac era el nombre de la ciudad. Cuauhtláhuac el nombre del hermano de Motecuzoma.

## 26

Tuve dos grandes oportunidades para acabar con los tlashcaltecas y las desperdicié. Tuve de mi lado a los señores de Hueshotzinco y de Chololán y no los aproveché. Les ofrecí riquezas, tierras y mujeres a los otomíes para que se unieran a las tropas tenoshcas, pero no logré nada. En el año Uno Conejo (1506), Chololán y Hueshotzinco se enemistaron. Hice todo lo posible para mantenerlos aliados, sin embargo, fracasé. Finalmente, tuve que elegir a uno de ellos. Decidí dar mi apoyo a Chololán para evitar que los hueshotzincas destruyeran aquella ciudad sagrada.

Durante esos años llevé a cabo muchas otras guerras con otros pueblos y siempre logré grandes victorias. Quizá por eso descuidé las batallas con los tlashcaltecas, con los cuales tuve varias confrontaciones. En una de ellas, mi ejército salió tan mal herido que impedí se les diera recibimiento alguno a su llegada. Prohibí cualquier tipo de ceremonia fúnebre o lamento. Un ejército derrotado no merece ni siquiera el saludo. Por ello, castigué a capitanes y soldados, impidiéndoles ir a cualquier campaña, entrar a las casas reales, vestir ropa de algodón y sandalias. Los obligué a que les cortaran el cabello —una distinción muy importante para los capitanes—, y les arrebaté todas sus insignias y armas. Los envié a otras batallas, pero sin el prestigio de sus títulos. Poco a poco fueron ganándose mi perdón.

Hueshotzinco hizo una alianza con los cuatro señores de Tlashcálan —Mashishcatzin de Ocotelolco, Shicoténcatl Huehue de Tizátlan, Tlehuesholotzin de Tepetícpac y Citlalpopocatzin de Quiahuíztlan—, y como prueba de lealtad envió, durante la noche, a un grupo de hombres disfrazados para que le prendieran fuego a los teocalis de Tenochtítlan. Un par de soldados los descubrió y dio la señal de alerta. Pronto llegaron cientos de soldados y pobladores para apresar a aquellos hueshotzincas que habían realizado tan infame ultraje.

Pero al ver que se incendiaba el teocali de Toci, se olvidaron de los invasores y se ocuparon de apagar las llamas. Corrieron a sus casas para traer jícaras, pocillos o vasos. Hicieron una cadena humana de miles de personas para sacar agua del lago y pasar las jícaras y apagar el fuego. Por todas partes se veía gente agachada en los canales y en las orillas de la ciudad, llenando de agua todo tipo de recipientes. Frente al teocali otros cientos vaciaban el agua sin lograr apagar el fuego, pues aquella noche había mucho viento y la mayoría de los contenedores de agua llegaban casi vacíos tras pasar por tantas manos.

No fue sino hasta al amanecer que el incendió quedó sofocado. Todos quedaron empapados. El piso del recinto sagrado parecía una extensión del lago, tal como cuando llueve de forma descomunal y el nivel del agua sube hasta inundar la ciudad entera.

Ésa fue una mañana muy triste. La destrucción de cualquier teocali, sin importar su tamaño o deidad, es siempre motivo de luto, peor que la muerte de un amigo o un familiar.

Trabajamos toda la mañana en limpiar la ciudad y el teocali de Toci. Llevamos a cabo varios rituales en su honor; luego ordené que se preparara un banquete. Al finalizar, mandé llamar a los sacerdotes encargados del teocali de Toci y los cuestioné sobre lo que había ocurrido. Uno dijo que esa noche no le tocaba cuidar el teocali; el otro admitió haberse descuidado por un instante.

—En un instante una flecha puede clavarse en el corazón de alguien, en un instante un teocali puede ser incendiado, en un instante la vida comienza, en un instante la vida se acaba. No hay instante menos valioso que otro.

—Señor, señor mío, gran señor, disculpe.

—Ni yo ni el pueblo meshíca podemos perdonar tu descuido. Serán condenados a pasar descalzos el resto de sus días en una celda con el piso lleno de trozos cortantes de obsidiana; se les dará de comer solamente tres de cada cinco días.

—Señor, señor mío, gran señor, ¿por qué me castiga a mí? Anoche no era mi responsabilidad cuidar el teocali.

—Las responsabilidades no son penachos que te quitas y dejas por ahí cuando te cansas de ellos. Las responsabilidades son para siempre. También era tu responsabilidad asegurarte de que tu compañero hiciera bien su trabajo. Si te perdono los demás sacerdotes pensarán como tú. Tú no quieres que algo como lo que ocurrió anoche se repita, ¿o sí?

Ambos sacerdotes me imploraron que los perdonara. Algunos de sus compañeros pretendieron abogar por ellos, no obstante, me negué. Volví al palacio y hablé con los capitanes del ejército. Debido a que ese día aún no sabíamos quién había tenido la desfachatez de dañar uno de nuestros teocalis, exigí que enviaran espías a cada uno de los pueblos aliados, subyugados y enemigos para averiguarlo.

Los días siguientes los dedicamos a reconstruir el teocali de Toci. Cientos de personas trabajaron largas jornadas talando árboles en los bosques de Chapultépec para llevarlos a la isla. Al cabo de varias semanas quedó totalmente reconstruido el teocali; también supimos que los hueshotzincas habían sido los responsables. Mandé llamar a todos los capitanes, sacerdotes y señores principales de la nobleza.

—Ahora que hemos terminado la reconstrucción del teocali de Toci, es necesario que llevemos a cabo la ceremonia de desagravio. Como saben, se debe sacrificar a los responsables. Uno de mis espías me ha informado que los hueshotzincas se jactan por todo su pueblo y en las tierras de Tlashcálan. Debemos ir por ellos para castigar su provocación.

—Señor, señor mío, gran señor —dijo uno de los capitanes—. ¿Cuántos prisioneros debemos traer?

—Dejaré esa decisión a los sacerdotes.

—Que sean cinco mil —exclamó uno de los sacerdotes.

—Eso es excesivo —dijo otro de los sacerdotes.

—Si no los castigamos como debe ser, jamás lograremos imponer nuestra autoridad.

—Mil.

—No. Cinco mil.

—Cinco mil es mucho —intervino uno de los capitanes.

—Que sean dos mil —pronuncié, para que dejaran de discutir—. Mandaré un embajador que les declare la guerra.

Días después mis soldados los atacaron, pero las tropas enemigas fueron auxiliadas por los tlashcaltecas, lo que provocó que la batalla durara cinco días y medio. Ambos bandos perdimos muchos soldados. Terminada la guerra llevamos a cabo la ceremonia de desagravio, en la cual sacrificamos exactamente el número de cautivos que habíamos dispuesto. A la mañana siguiente nos enteramos que mientras nosotros les sacábamos los corazones a los guerreros enemigos, en Hueshotzinco nuestros guerreros meshícas eran sacrificados en honor a Camashtli, el dios de aquel pueblo.

Aunque tuve razones suficientes para declararles otra guerra, decidí esperar a que mis tropas se recuperaran. Con el paso del tiempo esa campaña quedó casi en el olvido. Los tlashcaltecas y hueshotzincas también se enemistaron, nuevamente. Las tropas de Tlashcálan se encargaron de hacer por nosotros lo que no logramos en tiempos pasados: destruyeron sus teocalis, sus cosechas y sus casas. Y así, derrotados y hambrientos, vinieron los hueshotzincas a solicitar mi ayuda. Les ofrecí casa y comida a cambio de que, en cuanto se recuperaran, pagaran tributo como todos los pueblos subyugados y fueran a las guerras bajo mi mando, especialmente en contra de Tlashcálan. Se le dio casa y alimento a todo el pueblo hueshotzinca en Tlacopan, Teshcuco y Meshíco Tenochtítlan.

Tenía en esa ocasión la segunda oportunidad para declararle la guerra a Tlashcálan y ganarles de una vez por todas. Y la desaproveché. Se me ocurrió una idea tan absurda como inútil. En su momento creí que era todo lo contrario a lo que en realidad fue. Mandé llamar a todos los capitanes de Tlacopan, Teshcuco y Tenochtítlan y les hablé del plan que tenía en mente.

—Quiero que en esta nueva campaña en contra de los tlashcaltecas se empeñen en capturar al gigante Tlahuicole.

Algunos me miraron con desconcierto; otros murmuraron entre sí. Hubo quienes sonrieron socarronamente.

—¿Qué les causa gracia? —pregunté seriamente.

Bajaron las miradas.

—Les hice una pregunta.

—Tlahuicole, además de ser un guerrero muy valeroso y experto en el uso de las armas, es enorme —dijo uno de los capitanes—. Su macáhuitl es tres veces más grande y más pesado que cualquier otro. Nadie ha podido herirlo en ninguna batalla.

—Eso se debe a que en todas las campañas le huyen. Se han dejado intimidar por su fama. Por eso quiero que en ésta le preparen una emboscada. Una mitad del ejército se ocupará de acorralarlo, y la otra de impedir que sus soldados lo socorran.

Si lográbamos hacerlo preso jamás podría volver a Tlashcálan, aunque lo liberáramos, ya que es costumbre de todos los pueblos que si el honor de un soldado queda vejado, no lo aceptarán de regreso.

## 27

Han pasado cuatro largos días desde que llegaron los extranjeros a la ciudad de Meshíco Tenochtítlan. Les rinden culto a sus dioses todas las mañanas en el patio de las Casas Viejas, donde ponen una mesa, una cruz y la imagen de su diosa, a la que llaman madre de Dios.

Motecuzoma ha ocupado la mayor parte de su tiempo en vigilar a los extranjeros. Le ha preguntado a Malinche cuándo piensa volver a su tierra, pero él lo evade cambiando el tema de la conversación. No tienen deseos de partir. Incluso Malinche le ha pedido permiso al tlatoani de construir un pequeño teocali para sus dioses. Para evitar que intentaran destruir los teocalis de Tenochtítlan, como lo hicieron en Cempoala, Tlashcálan, Cholólan y muchos otros pueblos, Motecuzoma decidió no sólo darles permiso, sino también proporcionarles trabajadores. La destreza con que los tenoshcas han terminado el teocali en dos días dejó impresionados a los extranjeros.

Eso no es lo único que los ha impresionado: uno de los hombres barbados ha notado que el color y textura del acabado del teocali es exactamente igual al de una de las paredes de una recámara del palacio de Ashayácatl. Observa detenidamente el muro hasta descubrir que ahí han sellado una entrada. En cuanto puede se lo comunica a Malinche, quien acude a la habitación para corroborar lo que le acaban de informar. Luego de un largo rato, ambos quedan completamente convencidos de que ahí había una entrada y seguramente debe haber algo detrás. Podría ser simplemente una remodelación, pues por lo que han visto los meshícas construyen y remodelan sus edificios con mucha frecuencia. También podría tratarse de una salida. El tecutli Malinche analiza el tamaño de la habitación, sale al pasillo, camina hasta el final del mismo y no encuentra otra entrada. La habitación, comparada con el pasillo, es apenas una décima parte. No le queda duda de que hay algo escondido; decide que en la noche derribará el pedazo de muro que recién ha sido tapiado.

No importa qué tanto ruido hagan, las paredes de las Casas Viejas son tan gruesas que es imposible que se oiga algo afuera. Desde adentro sí pueden escucharse los ruidos fuertes, como los teponash-tles o las caracolas, si se está cerca de alguna claraboya.

Apenas derriban el pedazo de pared, Malinche y sus hombres de confianza entran con antorchas en mano y se encuentran con el Teo-calco (la casa de Dios), donde permanecen guardadas todas las perte-nencias de los tlatoque anteriores, lo que los extranjeros llaman «La bóveda del tesoro de Motecuzoma». Han sido depositadas ahí por-que después de la muerte de cada tlatoque, nadie debe utilizarlas. Pertenecen a los dioses.

Las sonrisas de los barbados son tan grandes que parece que se les van a romper las comisuras de los labios. Respiran extasiados, sus pechos se inflan rápidamente, una y otra vez. Tanto oro, tantas pie-dras preciosas y tantas joyas juntas les parece imposible. También hay plumas finas, mantas de algodón, flechas, macahuitles, escudos y adornos que se usan para los trajes de guerra, pero eso no les interesa, para ellos eso es basura; lo importante está en esas vasijas de oro, en los adornos de plata, los jarrones y platos de oro: el oro. La sala es tan grande que podrían caber los más de cuatrocientos barbados que han llegado con Malinche, y aun así sobraría espacio. Caminan y a donde quiera que apuntan las antorchas se refleja el brillo del oro y la plata.

El tecutli Malinche habla con los pocos hombres de confianza con los que ha entrado al Teocalco y les pide que guarden el secreto. Tres de ellos asienten jubilosos, prometen no decir una palabra, están seguros que entre menos personas se enteren de la existencia de este tesoro, mayor será su porcentaje en la repartición. Los otros cuatro también están exaltados por el hallazgo, pero conocen a Malinche y dudan de sus promesas.

Al día siguiente se corre el rumor entre los barbudos. Todos se han enterado de que Malinche ha encontrado el tesoro de los tlato-que, excepto Motecuzoma y los miembros de la nobleza, pues desde que los extranjeros llegaron no han entrado a las Casas Viejas. Malin-che acude a las Casas Nuevas cuando quiere hablar con el tlatoani. De cualquier manera, para evitar ser descubiertos, Malinche ha ordena-do que tapen el hueco otra vez. Muchos han discutido entre ellos. Unos quieren sacar todas las joyas y marcharse por la madrugada; los otros piensan que puede haber más oro en alguna parte y que lo mejor es esperar. Si ya llegaron hasta aquí, ¿por qué desperdiciar el viaje?

Malinche se esfuerza por estar cerca del tlatoani todo el tiempo. Permanece en silencio, observa cada una de las acciones de Motecuzoma. La niña Malina siempre está con él, le explica lo que oye. Aprende rápido, pues muchas veces ella habla directamente con Malinche, sin la intervención de Jeimo Cuauhtli. Motecuzoma deja que Malinche observe, cree que si se entera de cuánto poder tiene, podría intimidarse. En efecto, el tlatoani es tan poderoso que apenas si tiene tiempo para descansar. En cuanto sale una persona de la sala principal, entra otra, y luego otra. Vienen a preguntarle, a pedirle permiso, a informarle. Hay que organizar tantas cosas: el comercio, las provincias rebeldes, los impuestos, las leyes de la ciudad, los jueces y los criminales que hay que castigar, las construcciones que están en proceso, las próximas celebraciones, los rituales para los dioses, la comida para seguir alimentando a los miles de huéspedes, las negociaciones con otros señores, las Guerras Floridas, las cosechas, la organización de los palacios y los teocalis, la limpieza de toda la ciudad y los asuntos relacionados con el lago de Teshcuco.

Esa mañana Malinche decide ir a ver a Motecuzoma al palacio antes de que comiencen a llegar todos los embajadores y miembros del gobierno. Lo invita a salir al campo. Motecuzoma se niega.

—Me gustaría enseñaros a montar a caballo. —Sonríe porque sabe que ha acaparado la atención del tlatoani.

Aunque parece una sana invitación, Motecuzoma duda de las intenciones de Malinche. Cierra los ojos por unos instantes y piensa. Se siente muy cansado. Las primeras dos noches no durmió, y las otras tres apenas pudo hacerlo por dos o tres horas. Los extranjeros tienen cinco días en la ciudad. Ya los llevaron a conocer los teocalis, los han paseado en las canoas, los han alimentado tanto que apenas si se dan abasto las cocineras. Motecuzoma cree que ha llegado el momento de pedirles que se marchen. Prevé que después de esta nueva experiencia podría sentarse a hablar con Malinche e insistirle que vuelva a las costas. No importa cuántas joyas tenga que darles.

—Vamos. —Se pone de pie.

El cihuacóatl lo observa sorprendido y temeroso. Motecuzoma le habla al oído y le pide que tengan listas las tropas para que los acompañen. Salen por la calzada de Tlacopan, donde son recibidos por cientos de habitantes curiosos. Siguen hasta los campos que se encuentran cerca de Chapultépec. En cuanto llegan al lugar indicado, los soldados tenoshcas comienzan a cercar el lugar. Motecuzoma desconfía de cada uno de los movimientos de Malinche, quien jamás abandona esa sonrisa amistosa. El tlatoani sabe que para gobernar se debe sonreír ante los enemigos.

Malinche y sus hombres bajan de sus venados y esperan a que Motecuzoma descienda de sus andas. Todos los miembros de la nobleza están ahí, observando con mucha desconfianza. Malinche manda llamar a uno de sus hombres y le pide que lleve el venado en el que venía.

—Dice mi tecutli Cortés que este callo es el más manso que tienen —explica la niña Malina.

—Ca-ba-llo —Malinche la corrige con la mano en el puño de su largo cuchillo de plata.

—Ca-be-llo —repite la niña y se ríe.

—Ca-ba-llo —insiste—. Ca-ba-llo.

La niña Malina y Motecuzoma repiten varias veces la palabra hasta que por fin logran pronunciarla correctamente. Malinche sonríe amistoso, como si estuviera enseñando a hablar a un niño. Luego da instrucciones de cómo montar, mientras acaricia al caballo. La niña Malina traduce. El tlatoani se interesa por el animal, por primera vez está tocándolo. Los miembros de la nobleza siguen desconfiando. Temen que todo se trate de una trampa, que el animal se pare en dos patas como les han contado que lo hicieron otros caballos en las guerras contra Tlashcálan y Cholólan, aunque jamás lo han visto. Dos miembros de la nobleza se acercan para ayudar a Motecuzoma a subir al caballo, pero Malinche les dice que no deben acercarse pues el animal no los conoce. Finalmente, Motecuzoma sube al caballo. Sonríe por primera vez en muchos días.

Conforme avanza el caballo a pasos lentos, el tlatoani piensa en lo productivo que sería tener esos animales en sus tierras. Se podrían recorrer largas distancias. Servirían para jalar piedras y troncos de madera. Siguiendo las instrucciones de Malinche, Motecuzoma comprueba que en realidad son animales muy obedientes.

Todos los miembros de la nobleza quedan asombrados al ver que —al mismo tiempo que Malinche y Jeimo Cuauhtli— la niña Malina se sube con destreza en otro de los caballos. La niña ya sabe dar órdenes al animal.

—Mi señor quiere que recorramos el campo —dice la niña Malina al acercarse montada en su caballo.

Motecuzoma asiente con la cabeza. Está impresionado con esta experiencia. Puede sentir la respiración del animal.

—Si vosotros queréis, les podríamos dejar estos caballos cuando regresemos a nuestras tierras —dice Malinche y la niña Malina comienza a traducir.

El ofrecimiento suena fascinante, pero Motecuzoma no se muestra entusiasmado.

—Contadme algo sobre vosotros —dice Malinche.

—¿Qué quiere que le cuente?

—De vuestra infancia.

—¿Por qué quiere que le cuente de mi infancia? Fue como la de todos.

—No lo creo. La vida de un monarca no puede ser como la de todos.

Motecuzoma se siente un poco incómodo con la conversación. Jamás le habían preguntado sobre su infancia; ni siquiera sobre su vida, la cual ha sido pública desde que nació. Entonces piensa que en realidad lo que se sabe es lo que todos cuentan, lo que unos saben por los relatos de otros, pero nadie conoce su versión, porque eso no se acostumbra.

—Así yo podría contarle al rey Carlos Quinto sobre vosotros.

Sólo se escuchan los pasos y los relinchos de los caballos. Motecuzoma mira hacia el frente. Malinche, Jeimo Cuauhtli y la niña Malina lo observan ligeramente para que el tlatoani no se sienta incómodo.

—Contaba mi padre Ashayácatl que cuando yo nací, en el calpuli de Aticpac, en el año Uno Caña...

Los caballos avanzan muy lentamente mientras el tlatoani narra todo lo que recuerda de su infancia. El horizonte se ve despejado y el sol no calienta tanto como otros días. El paisaje es propicio para platicar. Sin darse cuenta, Motecuzoma se está confesando, está confesando eso que jamás le ha contado a nadie, porque a nadie jamás le había interesado. Malinche lo escucha atento, porque en verdad le interesa conocer más del tlatoani, de Tenochtítlan, de su cultura, de su historia, de todo eso que lo tiene impactado. En el fondo, Malinche se ha enamorado de aquella ciudad.

—Ya nos hemos alejado demasiado —dice el tlatoani.

De pronto siente preocupación. Teme que en su ausencia los extranjeros hayan atacado a los miembros de la nobleza o la ciudad. Malinche hace que su caballo dé la vuelta. Jeimo Cuauhtli y la niña Malina hacen lo mismo.

—Como vosotros lo ordenéis.

—Debemos apurarnos —dice Motecuzoma y hace que el caballo camine hacia la izquierda.

Siguiendo las instrucciones que le dio Malinche, Motecuzoma le ordena al caballo avance más rápido.

—¡Esperad! —dice Malinche y lo sigue.

La niña Malina y Jeimo Cuauhtli cabalgan junto a él.

—Dice mi tecutli Malinche que no debe ir tan rápido —traduce la niña Malina con voz agitada.

Las advertencias son inútiles a estas alturas, Motecuzoma quiere volver. Se siente arrepentido por descuidar el gobierno. Odia el ocio y desprecia a la gente ociosa. Le da zancadas al caballo y éste comienza a correr. Malinche va a su lado, lo observa con esmero, admira la agilidad que tiene el tlatoani para aprender. Hace tres horas Motecuzoma estaba instruyéndose en montar y ahora cabalga con destreza. Le fascina la escena que tiene a su lado: un tlatoani montado en un caballo, las plumas del penacho ondeando con el aire y el galope, su postura tan extraña, muy distinta a la de los extranjeros. Motecuzoma es un hombre maduro, pero su cuerpo delgado y recio lo hace verse más joven.

En cuanto aparecen en el horizonte las plumas de los penachos, Motecuzoma se siente más tranquilo, jala la rienda del caballo y hace que se detenga suavemente. Sabe que su gente está a salvo. Muchos de los hombres barbados están sentados en troncos de madera, o en las piedras y la hierba. Los miembros de la nobleza están en cuclillas. Los soldados, aunque no están en guardia, siguen de pie. Al ver que Motecuzoma, Malinche, la niña Malina y Jeimo Cuauhtli vienen de regreso, se ponen de pie y avanzan hacia ellos apurados: los extranjeros a recibir a Malinche y los miembros de la nobleza al tlatoani.

—¿Está todo bien? —pregunta Motecuzoma al bajar del caballo.

—No hubo ningún contratiempo —responde uno de los miembros de la nobleza—. Intentaron hablar con nosotros —señala a los extranjeros—, pero no les entendimos. Los tlashcaltecas apenas si han aprendido algunas palabras, pero no quieren hablar con los meshícas, igual que los totonacas, con la diferencia de que éstos están temerosos de nosotros.

—Necesito bañarme —dice el tlatoani y se olfatea las axilas.

Observa a Malinche, que también está recibiendo los reportes de sus hombres y se le acerca. Lo encuentra muy contento, sonríe al hablar con sus hombres. Al llegar a ellos percibe el mismo hedor de siempre.

—Aquí cerca, en Chapultépec, tenemos unos baños. Vamos a bañarnos —dice y los observa a todos.

Los temazcali que tiene en Chapultépec no son para el uso de todos, pero a Motecuzoma eso ya no le importa. No soporta esa pestilencia, en particular la de los extranjeros.

—Dice mi tecutli Cortés que no desea bañarse en este momento.

—Dile que son aguas termales.

—Ellos no se bañan. —Es la primera vez que la niña Malina habla con confianza, como si estuviera contando un secreto—. Nunca. Porque para bañarse necesitan quitarse sus trajes de metal y eso los hace vulnerables a cualquier ataque.

—Dile que es parte de nuestras costumbres. —Motecuzoma no piensa discutir con la niña Malina—. Que nosotros nos bañamos dos o tres veces al día.

Los hombres barbados están intrigados por lo que le acaba de decir Motecuzoma a la niña Malina. En cuanto Jeimo Cuauhtli les traduce lo que escucha de labios de la niña, Malinche niega con la cabeza. El tlatoani no espera la traducción, e insiste.

—Mi tecutli Cortés dice que él está dispuesto a entrar a los baños, pero no sus soldados, pues cree que puede ser una trampa.

—Dile que yo no soy ningún tramposo.

—Dice que no es él quien desconfía, sino sus hombres —traduce la niña Malina.

—Vamos. —Motecuzoma se dirige a sus andas.

Luego de caminar poco más de media hora, llegan frente a un largo muro rodeado de cientos de árboles.

—Voy a pedirte que dejes tus caballos aquí —declara Motecuzoma—. Este lugar no es sagrado, pero es como si lo fuera.

Malinche y sus hombres se observan entre sí. Dudan de lo que está diciéndoles el tlatoani.

—Dice mi señor que quiere mandar a alguien para que revise el lugar antes de entrar.

—Que vaya. —Motecuzoma suspira con incomodidad.

Minutos más tarde vuelve el hombre lleno de asombro. Malinche le pregunta qué es lo que ha visto y el hombre habla al mismo tiempo que alza los brazos.

—Entremos —dice Malinche con una sonrisa de satisfacción y deseo.

—Dile a tus hombres que tengan mucho cuidado al caminar y que sean respetuosos.

El temazcali está en el centro de un jardín muy grande, lleno de diversos tipos de árboles con flores azules, moradas, lilas, rojas, anaranjadas, amarillas y blancas. También hay muchos arbustos cortados de forma artesanal. Hay cinco riachuelos que recorren el jardín. Su agua es tan transparente que pueden verse las hermosas piedras colocadas en el fondo como decoración. Alrededor yacen unas estatuas de piedra que representan —con gran semejanza— a cada uno de los tlatoque de Meshíco Tenochtítlan. Asimismo, por todas partes se ven aves de colores insólitos; algunas con las cabezas llenas de plumas azules y sus cuerpos amarillos; otras con plumaje amarillo en las cabezas y sus cuerpos rojos, azules o anaranjados. Unas tienen las plumas de la cola tan largas que rebasan el tamaño de su cuerpo, y cuando las alzan parecen abanicos pintados. Donde uno mire hay flores, flores pequeñas, grandes, con formas exóticas, comunes.—Dice mi tecutli Cortés que jamás había visto jardines tan hermosos.

—La belleza es el tesoro más preciado.

Caminan hasta el temazcali. Malinche no puede concebir que un baño tenga apariencia de cueva. Afuera hay una fogata encendida. Varios hombres de Motecuzoma se habían adelantado para avisarles a los encargados del temazcali que lo tuvieran listo. Cuatro miembros de la nobleza se ocuparán de desvestir al tlatoani mientras otros sacan las piedras al rojo vivo de la fogata y las introducen al temazcali.

—Dile a tu señor que se quite la ropa para que pueda entrar aquí —instruye Motecuzoma a la niña Malina.

Apenas traduce Jeimo Cuauhtli, Malinche se asoma dentro del temazcali y observa cuidadosamente. Le pregunta a la niña Malina si es cierto que ahí se bañan y ella le explica confiada que así es, que ahí se limpia el espíritu de los hombres y las mujeres. A Malinche le cuesta trabajo quitarse su traje de metal. Del temazcali ya salen vapor y ricos aromas. Motecuzoma entra y se sienta para relajarse. Malinche lo sigue desconfiado, mientras afuera se lleva a cabo un rito musical.

## 28

Tus tropas están cansadas, Motecuzoma. Llevan veinte días luchando contra los tlashcaltecas y su vigorosa defensa. El número de presos es reducido. El campamento está lleno de heridos. Has decidido no volver a Meshíco Tenochtítlan hasta que apresen al gigante Tlahuicole.

El primer día todo parecía ir tal cual lo habías planeado. Apenas amanecía cuando tú y tus tropas esperaban la llegada del enemigo en el campo de batalla. En cuanto viste que las aves salían asustadas de entre los árboles, supiste que estaban en camino. El cielo comenzaba a iluminarse en el horizonte. Entonces diste la orden de que tocaran la caracola. Pronto se escucharon los teponashtles de guerra de tus tropas: ¡pum-pum-pum-pum, pum-pum! De los arbustos salieron decenas de venados asustados. Una vez más sonó el graznido de la caracola. Tus soldados gritaron en son de guerra: «¡Ay, ay, ay, ay, ay! ¡Ay, ay, ay, ay, ay! ¡Ay, ay, ay, ay, ay!».

Tomaste tu arco y una flecha, caminaste varios pasos, asegurándote de que los enemigos viniesen de frente y no de los costados. Al fondo se veía mucho movimiento entre los arbustos. Venían talando todo para dar paso a las tropas que marchaban por detrás. Apenas viste al primero de los soldados tlashcaltecas, alzaste tu arco y flecha, apuntaste al cielo y disparaste.

—¡Ay, ay, ay, ay, ay!

Tu flecha se perdió entre los arbustos. Los soldados venían, se acercaban. Sacaste otra flecha y disparaste. En esa ocasión tu tiro fue certero. Un hombre cayó al suelo con la flecha en la garganta. Diste la orden para iniciar el ataque. Los teponashtles retumbaron: ¡pum-pum-pum-pum, pum-pum!

—¡Ay, ay, ay, ay, ay!

Cientos de soldados apuntaron hacia arriba y dispararon al mismo tiempo. Mientras las flechas surcaban el cielo tus tropas gritaban:

—¡Ay, ay, ay, ay, ay! ¡Ay, ay, ay, ay, ay!

El ejército enemigo alzó sus escudos y logró evadir una gran cantidad de flechas. Pronto ellos lanzaron sus flechas y también gritaron mientras las suyas se dirigían hacia ustedes:

— ¡Ay, ay, ay, ay, ay! ¡Ay, ay, ay, ay, ay!

Tus solados se arrodillaron y se cubrieron con los escudos. Las flechas que caían cerca eran recuperadas para usarlas de nuevo.

Las tropas se iban acercando poco a poco, lanzando sus flechas y lanzas hasta quedarse tan sólo con los macahuitles, escudos y cuchillos. Pronto todos corrieron en diferentes direcciones. Todos tus soldados hicieron exactamente lo que les ordenaste: la mitad del ejército hizo todo lo posible por acorralar al gigante Tlahuicole y la otra combatió contra el resto de los tlashcaltecas para impedir que le dieran refuerzos. Pero cercar al gigante Tlahuicole parecía ser una tarea imposible. El primero de los capitanes que intentó atacarlo recibió un golpe en la cabeza tan fuerte que cayó muerto en ese instante. El segundo aguantó cuatro golpes con su escudo hasta que el gigante lo derribó. Cuatro soldados intentaron atacarlo al mismo tiempo, pero también fueron ferozmente revolcados. Después diste la orden de que todos lo atacaran al mismo tiempo. Tlahuicole no se dio por vencido, a pesar de recibir varios golpes. De pronto aparecieron cientos de soldados enemigos. Tlahuicole se recuperó y volvió al ataque. Lanzó macanazos por todas partes, cortando cabezas, brazos y piernas.

Al llegar la tarde diste la orden de retirada. Ambas tropas se detuvieron, recogieron a sus heridos y marcharon en direcciones opuestas. Aquella primera noche la mayoría de los soldados y capitanes durmieron agotados, menos tú, Motecuzoma, que no pudiste. Pasaste la noche en vela con tus tropas. Caminaste de un lado a otro revisando que todos comieran, se bañaran y curaran. Otros cientos de hombres se ocuparon de alistar las armas y los atuendos para el día siguiente, mientras cientos de mujeres alimentaban y atendían a los heridos.

Te sentaste frente a una fogata y observaste el baileteo de las llamas. ¿En qué pensabas, Motecuzoma? Una mujer se acercó para ofrecerte *shokólatl* y lo rechazaste. El nuevo cihuacóatl, Tzoacpopocatzin, se sentó a tu lado sin decir palabra alguna. Sabe bien lo que esperas de él. Te hace compañía sin interrumpir, te escucha sin cuestionar, obedece sin dudar de tus decisiones. Su linaje como nieto de Tlacaélel e hijo de Tlilpotonqui lo ha condenado a ser la sombra del tlatoani; la misma que un día recaerá sobre su hijo.

Diecinueve días seguidos, Motecuzoma. Han salido a combate diecinueve días sin lograr apresar al gigante Tlahuicole. Cientos de muertos y heridos. El aire huele a sangre, la noche sabe a muerte. Hoy es el día número veinte. Aún no sale el sol y ya están todos tus soldados formados. Te escuchan hablar. Los capitanes cuentan los soldados. Siempre lo hacen antes de salir a la batalla, al volver y antes de dormir. Se escuchan miles de pajarillos. Apenas si pueden verse los rostros. Caminan rumbo al campo de batalla, en silencio. Al llegar, esperan por un momento a que alumbre mejor la fría mañana. Una vez más, como en los últimos días, ves al fondo los venados y las parvadas de distintos tipos de aves que se espantan con la marcha de las tropas enemigas. Das la orden de que toquen la caracola y los teponashtles. ¡Pum-pum-pum-pum, pum-pum! Lanzan las primeras flechas.

—¡Ay, ay, ay, ay, ay!

Todos corren hacia las tropas enemigas. Tú no te detienes ante nada. Sacas tu macáhuitl y comienzas a luchar cuerpo a cuerpo contra otro de los capitanes tlashcaltecas. Detienes los golpes de su macáhuitl con tu escudo. Lanzas un golpe, pero él lo detiene con su macáhuitl. Todos los soldados alrededor tuyo pelean ferozmente. Finalmente, le das un golpe certero al enemigo y le cortas un brazo que ahora cuelga como rama que rompe el viento. Se arrodilla ante ti y te ruega que lo sacrifiques. Alzas tu arma y le rebanas el cuello sin demora. Cada vez que intentas avanzar aparece un nuevo soldado dispuesto a luchar, aunque sepa que las probabilidades de derrotarte son mínimas. Por algo eres el tlatoani de la ciudad más poderosa de todo el Valle.

Tras haber mantenido terribles combates, corres al encuentro con el gigante Tlahuicole. Al llegar alguien te avisa que se ha dado a la fuga. Observas el horizonte y distingues un nutrido grupo de soldados corriendo en la misma dirección. Das la orden de que avisen a toda la tropa que vayan tras el gigante Tlahuicole y te apresuras a alcanzarlo.

Hace mucho calor, Motecuzoma, tienes mucha sed, te sientes muy cansado. No sabes cuánto tiempo ha transcurrido. Te preguntas si será mediodía. Sigues corriendo sin detenerte, hasta que ves cientos de soldados que se lanzan a un pantano. Hay mucho movimiento dentro del agua. Alrededor se ven algunos cadáveres flotando. No logras distinguir bien entre tus tropas y las de tus enemigos. Algunos se suben a las ramas de un árbol en la orilla del pantano y desde ahí se lanzan para caer sobre el gigante Tlahuicole, que se defiende con gran valentía. Los recibe con los brazos y los lanza como si fueran pequeños conejos. Suelta golpes en todas direcciones. Tiene a dos hombres colgados de su espalda como si fueran pulpos, y otros cuatro sobre sus brazos y piernas. Ahora son tantos los que lo atacan que no tiene escapatoria. Tlahuicole se da por vencido.

Los tlashcaltecas que lo defendían se rinden. Los que seguían en el campo de batalla se han percatado de lo ocurrido y se dan a la fuga. Caminas hacia el pantano y esperas a que tus soldados salgan con el nuevo cautivo que no hace ningún intento por huir. Un par de soldados tenoshcas le amarran unas sogas a los pies y manos.

—¡Arrodíllate ante el huey tlatoani! —le grita uno de los hombres, quien le acaba de atar una soga al cuello al mismo tiempo que le da una patada en la espinilla.

—¡Quítenle esas sogas! —le ordenas a todos.

Hace mucho tiempo que esperabas este momento, Motecuzoma. Te sientes extremadamente alegre por haber logrado quitarle a los tlashcaltecas a su mejor y más grande guerrero. Ni siquiera sientes el cansancio de tantos días en campaña. El hombre se arrodilla con todo el ritual establecido.

—Te prometo que en Meshíco Tenochtítlan serás aposentado espléndidamente y tendrás todo lo que necesites: comida, casa, ropa, armas, mujeres y joyas.

De pronto notas algo inesperado. El rostro de Tlahuicole está mojado. No sabes si son lágrimas, sudor o agua del pantano.

—Acércate. Quiero ver tu rostro.

El gigante Tlahuicole se pone de pie y da unos pasos hacia ti, se agacha para que lo veas, pero es tan alto que debe arrodillarse para quedar a tu nivel. Efectivamente su cara está mojada por el sudor y el agua. Baja la cabeza y aprieta los párpados. No lo puedes creer: Tlahuicole está llorando.

—No vamos a sacrificarte —le prometes.

—Pero... —Alza la mirada y se queda por un instante con la boca abierta.

Te das cuenta de que tiene la dentadura completa, algo nada común entre los guerreros.

—Yo... —balbucea, pero lo interrumpes.

—¡Vámonos!

El camino es largo. Todos están cansados. Tu hermano Cuauhtláhuac camina a tu lado.

—No deberías darle tantos privilegios a ese hombre —dice sin importarle que lo escuchen los hombres que cargan en hombros las andas en las que vas sentado.

—A veces pienso lo mismo sobre ti —le respondes.

—La única diferencia es que yo soy tu hermano y él es un guerrero enemigo. El más peligroso de todos.

—Hay guerreros que no merecen siquiera llegar a la piedra de los sacrificios y aun así reciben ese privilegio. En cambio, él merece eso y más.

—¿Qué quieres decir?

—Que lo voy a nombrar capitán de una de las tropas.

—Eso es absurdo.

—Absurdo sería desperdiciar a un hombre con tanta fuerza.

Al llegar a Tenochtítlan los recibe todo el pueblo con halagos, música, comida y flores. El desfile entra muy lentamente por la calzada de Iztapalapan. La gente no puede creer que sea verdad la existencia del gigante Tlahuicole. Los niños y las mujeres son los más asombrados. Muchos quieren tocarlo, pero los soldados se los impiden. Todos hablan de él.

—Es un enviado de los dioses.

—Es un mal presagio.

—Ha de ser capaz de comerse un venado completo.

Tlahuicole tiene el semblante triste. Los espera la ceremonia de recibimiento. Hay, como siempre que ganan una batalla, reconocimiento a los soldados más valerosos, danzas, comidas y juegos de pelota. Luego llega el momento de presentar ante todo el pueblo al trofeo de esta guerra.

—¡Los dioses nos han concedido el privilegio de ganar esta campaña contra nuestros enemigos tlashcaltecas! ¡Hemos logrado vencer al más fuerte y valeroso guerrero que aquellas tierras poseían, el gigante Tlahuicole!

La gente te ovaciona. Se escuchan las caracolas, los teponashtles y las sonajas. Alzas las manos para que la gente calle y te escuche.

—¡Queda prohibido ofender de cualquier manera a Tlahuicole! ¡Les ordeno tratarlo como si fuese un miembro más de la nobleza meshíca!

La gente promete obedecer tus órdenes. Comienzan las danzas y la diversión. Al día siguiente, llevarán a cabo las ceremonias fúnebres y después todo volverá a la normalidad; hasta que se dé inicio otra campaña.

## 29

A pesar de que hoy Motecuzoma se sintió muy cómodo en compañía de Malinche montando los caballos por el campo cerca de Chapultépec, decide que es momento de pedirles que se marchen. Alimentarlos y atenderlos es cada día más costoso, pues no sólo se trata de los cuatrocientos cincuenta hombres blancos, sino también de seis mil soldados de Tlashcálan, Hueshotzinco, Cempoala, Cholólan y de otros pueblos menores. Están demasiado tranquilos y eso provoca mucha desconfianza entre los miembros de la nobleza y en Motecuzoma. Todos los días insisten en hablar de su dios y de su tlatoani Carlos. El otro embuste de Malinche es que ha venido a solucionar los conflictos entre Meshíco Tenochtítlan y los pueblos enemigos. El tlatoani y sus consejeros deciden que lo mejor será prometerle a Malinche que solucionará las diferencias con sus enemigos.

En cuanto Motecuzoma habla con Malinche, éste accede gustoso, promete volver a su tierra a la mañana siguiente. El tlatoani desconfía de la respuesta del tecutli Malinche, pero calla y espera. Los miembros del Consejo tampoco creen que eso sea cierto.

—Debemos prepararnos para cualquier ataque —dice uno de los capitanes del ejército—. Hay que quitar los puentes de las calzadas para que no puedan huir.

—Los escoltaremos hasta las costas —promete Motecuzoma.

—Esto es una trampa —agrega uno de los miembros de la nobleza—. Seguramente tienen preparada una celada en el camino.

—No tenemos otra salida más que confiar en su palabra —sugiere uno de los sacerdotes—. ¿O quieren que se queden más tiempo?

Muchos niegan rápidamente. Otros dudan.

—¿Piensas darles más regalos? —pregunta Cuauhtláhuac.

—Sí, para que se vayan satisfechos —dice Motecuzoma—. Eso es lo que realmente querían. Me ha prometido que mañana se marcharán y, por ello, quieren despedirse y agradecernos antes de partir. Me pidió que lo acompañemos de las Casas Viejas a la calzada de Iztapalapan.

Al día siguiente Motecuzoma y los miembros más importantes de la nobleza van a las Casas Viejas a despedirse de Malinche y sus hombres. Doscientos tamemes les han traído más oro, plata, piedras preciosas, joyas, plumas, mantas de algodón, animales, agua para beber en el camino. Todos ellos los acompañarán hasta las costas, incluyendo ciento cincuenta mujeres para que les cocinen, una hija del tlatoani y otras hijas de los miembros de la nobleza.

Malinche los saluda con ese mismo buen semblante de siempre, esa sonrisa que jamás desaparece de su rostro y, como siempre, no deja de acariciar el puño de su largo cuchillo de plata.

—Traje para ti estos regalos, tecutli Malinche —dice Motecuzoma tratando de no pensar en el mal olor que hay en toda la sala.

La actitud de Malinche es verdaderamente amigable. Le agradece los regalos, le promete que hablará muy bien de él y que muy pronto vendrá a visitarlo su tlatoani Carlos. Y una vez más insiste en que cambien de religión, pues sus dioses son los dioses verdaderos. Motecuzoma finge que lo escucha. Está harto del tema, sin embargo, a estas alturas lo que menos quiere es discutir. Le promete que comenzarán a adorar a sus dioses en su ausencia, ya que han dejado un altar en el recinto sagrado. Malinche habla y habla. Incluso más que en los días anteriores. Motecuzoma suspira y hace el intento por no desesperarse. Hasta que llega a su límite y lo interrumpe:

—Es una buena hora para partir. Así podrán caminar todo el día y dormir tranquilos toda la noche.

Malinche no responde. Todos esperan. Motecuzoma se da media vuelta y se dirige a la salida. Los miembros de la nobleza hacen lo mismo. De súbito todos los soldados de Malinche les cierran el paso, apuntan con sus palos de fuego y sus arcos de metal. Motecuzoma frunce el ceño sin quitar la mirada de todos los barbudos que les apuntan. Imagina que los van a matar a todos ahí mismo, como lo hicieron en Cholólan. Se arrepiente de no haber tomado precauciones. Sabía que algo así podría suceder, pero le ganó la confianza que había entregado a Malinche el día anterior. En verdad comenzaba a creer que la amabilidad de aquel extranjero era genuina. La mayoría y los más importantes miembros de la nobleza —capitanes del ejército, sacerdotes y funcionarios de gobierno— están ahí, desarmados, presos en la sala principal del palacio. Las tropas están afuera, esperando. Siempre a la espera de lo que ordenen los capitanes. Sin ellos, ninguno mueve un dedo. Y el pueblo tampoco. Nadie hará nada porque el tlatoani y los miembros de la nobleza ahora son rehenes de sus huéspedes.

Los miembros de la nobleza les exigen a los barbudos que se quiten del camino. Se burlan y los amenazan con sus palos de fuego y arcos de metal. Motecuzoma se da media vuelta y mira a Malinche. Lo observa con rabia. Él no sabe fingir como su contendiente, él no puede esconder eso que está sintiendo en este momento; no quiere hablar, quiere matar a Malinche.

—Vos me habéis mentido —dice Malinche—. Dijisteis que estabais enfermo y que por eso no podíais recibirnos. Luego nos preparasteis varias emboscadas. Ahora no puedo creeros lo que acabáis de decirme. Ayer habéis sido muy sincero al contarme de vuestra vida, hoy mentisteis. Lo sé porque vosotros no sabéis mentir. Se nota en vuestra mirada.

Jeimo Cuauhtli y la niña Malina traducen.

—¿Qué quieres? —Motecuzoma no baja la mirada ni parpadea. Malinche no se intimida.

—¿Por qué mandasteis matar a los hombres que dejé en las costas?

—No sé de qué me hablas. —Motecuzoma se ve realmente sorprendido con lo que está escuchando.

—Mis hombres fueron atacados en Almería.

La niña Malina tratar de reconocer el nombre del pueblo que acaba de pronunciar Malinche. Jeimo Cuauhtli le explica que es el nombre que Malinche le puso a ese poblado y le indica dónde se encuentra, y ella se percata de que están hablando de Nauhtla.

—Dice que sus hombres fueron atacados en Nauhtla.

—Dile a Malinche que el tecutli de ese pueblo se llama Quauhpopoca, que vaya a preguntarle a él.

—No podemos ir a verle en este momento. Lo mejor sería que lo mandáramos traer aquí.

—Si eso quieres, lo mandaré traer —dice Motecuzoma deseoso de acabar con esa discusión—. Ahora déjanos salir.

Malinche exhala lentamente, baja la mirada, juega con sus dedos, se cruza de brazos, niega con la cabeza y camina alrededor del tlatoani.

—Lo siento mucho, pero no puedo dejaros salir de aquí hasta que esto se solucione. Yo no puedo volver con el rey Carlos Quinto y decirle que mataron a dos de sus hombres y que no sé quién es el responsable. Vosotros debéis entender que eso es un verdadero agravio. Tendré que traer a ese Quapoca para interrogarlo; y si él y su gente fueron los culpables los castigaremos aquí mismo. Ya luego podré decirle al rey Carlos Quinto que vos en verdad queréis ser su amigo y no pretendéis engañarlo. ¿Vosotros no queréis que él se moleste y mandé a todo su ejército? Son alrededor de quinientos mil soldados, todos con armas de fuego y caballos.

—Traigamos a Quauhpopoca a Meshíco Tenochtítlan. Lleven todas las tropas que necesiten.

Luego se dirige al cihuacóatl y le da instrucciones. Malinche ya no sonríe como niño, pero tampoco se ve enojado. Se dirige al tlatoani y lo ve de frente.

—Yo no quería que esto sucediera. —Baja la mirada—. Pero obedezco órdenes. —Suspira—. También quiero que sepáis que vos no estaréis preso. El gobierno de Temistitan[60] continuará bajo vuestro mando. Lo único que os estoy pidiendo es que comprendáis mi situación y que esperéis a que traigamos a ese Quaquapo. Decidme cuál de las habitaciones del palacio queréis y haremos que la limpien para que podáis dormir. Todos los nobles tendrán los mismos privilegios de siempre. Incluso mis hombres estarán aquí para serviros y obedeceros. Y al que no lo haga, yo mismo lo castigaré, incluso con la muerte.

—Sabes que soy un hombre de palabra. Si quieres puedo dejarte a algunos miembros de la nobleza como rehenes. Es parte de nuestras costumbres. En Tenochtítlan tenemos como rehenes a muchos

---

60  En las *Cartas de Relación*, Hernán Cortés escribía Temixtitan, refiriéndose a Tenochtitlan. Se asume que lo pronunciaba Temistitan, ya que la *x* era sólo un comodín en la escritura, mas no una letra que pronunciaran como tal. Por ejemplo, *x* en lugar de *j* en *traxo*, *abaxo*, *caxa*; y x por *s* en *máxcara*.

miembros de la nobleza de los pueblos que hemos castigado antes. Siempre han recibido un trato digno.

—Eso ya lo sabía. —Malinche libera una sonrisa burlona—. Es por eso que...

Al fondo de la sala un par de hombres discute con unos soldados de Malinche. Ninguno entiende lo que dice el otro, pero con los gestos y las miradas es suficiente. Otros se acercan para apoyarlos. Malinche y Motecuzoma, cada uno en su lengua, les gritan que bajen la voz y que dejen de discutir. Pero es demasiado tarde, ahora se están empujando. Los hombres de Malinche tienen la orden de no hacer estallar sus palos de fuego. Forcejean. Los miembros de la nobleza están decididos a quitar a los barbudos de su camino. Motecuzoma decide no intervenir.

—¡Ordenadles que se tranquilicen! —grita Malinche.

La traducción es lenta. Eso lo aprovecha el tlatoani para que sus hombres quiten a los barbudos de la entrada; ya se están dando de golpes.

—¿Me estás dando órdenes a mí?

Malinche no espera a la traducción de la niña Malina y le grita a uno de sus soldados. Se escucha un estallido. Uno de los miembros de la nobleza cae al suelo y los demás retroceden. Motecuzoma se va contra Malinche y le reclama por lo que acaban de hacer. Los miembros de la nobleza insultan a los barbudos y ellos les responden de la misma manera. Malinche interviene y les exige que se callen. El meshíca que cayó al suelo se levanta asustado, se revisa el cuerpo y descubre rápidamente que no tiene ninguna herida. Motecuzoma también se dirige a los miembros de la nobleza; les hacer ver que de esa manera no saldrán vivos de ahí, que lo mejor es esperar. Sabe que es lo único que puede hacer. Si se siguen revelando correrán la misma suerte que los cholultecas. Aunque tampoco está dispuesto a rendirse tan fácilmente. Decide aceptar las condiciones de Malinche porque sabe que de lo contrario muy pronto perderá la vida y su gente la libertad. Es la única opción que le queda: esperar.

## 30

Tlahuicole era libre de caminar por toda la ciudad. Ni siquiera di órdenes de que lo espiaran. Sabía perfectamente que no se daría a la fuga. No tenía a dónde ir. No era como los demás. Era presa fácil, pues todos los pueblos aliados, subyugados y enemigos estaban enterados de la victoria meshíca sobre los tlashcaltecas.

Los primeros días, Tlahuicole residió en la habitación que se le había proporcionado y comía muy poco. Luego supe que no gustaba de la comida, decía que estaba muy salada. Esto se debía a que estaba acostumbrado a comer sin sal, pues los tlashcaltecas no la consumían desde que Ashayácatl les prohibió a los demás pueblos de las costas que tuvieran cualquier tipo de comercio con éstos, por tanto, no tenían forma de adquirirla.

A diario se presentaba puntual a los entrenamientos del ejército y obedecía todo. Lo vi entrenar, derribar a veinte hombres, correr detrás de los venados y atraparlos con gran facilidad, lanzar sus flechas con precisión, tumbar árboles, nadar en el lago de Teshcuco.

Apenas terminaban los entrenamientos, él parecía apagarse como una fogata bajo la lluvia. Sabía lo que iba a ocurrirle: tarde o temprano tendría que ir a luchar contra los tlashcaltecas y ellos harían todo por acabar con él. No dije nada. Pasaron los días y él seguía con esa actitud. Una mañana, mientras hablaba con los señores principales de la nobleza sobre asuntos del gobierno, uno de ellos comentó que de los pueblos subyugados uno se había negado a pagar el tributo. Para no alargar más aquella rebelión, decidimos enviar una tropa para castigarlos.

—Enviemos a Tlahuicole con ellos —sentencié.

Era la primera campaña en la que lucharía junto a nuestras tropas.

—¿Está seguro, mi señor? —dijo uno de los presentes, con una sonrisa burlona.

—¿Por qué no habría de estarlo?

—Llora todos los días, en la mañana cuando le llevan de comer y en las tardes cuando terminan los entrenamientos del ejército. Una de las mujeres encargadas de proporcionarle sus alimentos le preguntó qué le ocurría y en lugar de responder le dio la espalda, se arrodilló en el rincón de la habitación y comenzó a llorar como una viuda.

—Mientras no se ponga a llorar frente a los enemigos no me importa; mándenlo a esa campaña.

No fue una batalla feroz ni mucho menos importante. Se trataba de ir a castigar a un pueblo tan pequeño que apenas si soportó un combate de tres horas. Volvieron con cincuenta cautivos y sin mucha gloria. Tlahuicole se mostró valiente, aunque no como en los tiempos en que defendía a los tlashcaltecas o a los otomíes, pues era descendiente de ambos pueblos.

Meses después lo envié a la guerra contra Michoacan, en donde mostró su destreza con las armas. Aunque no logramos subyugar a los enemigos, volvimos con un número considerable de cautivos y muchas riquezas. Todos los meshícas lo recibieron con gran alegría. Esa misma tarde lo mandé llamar al palacio en presencia de todos los miembros de la nobleza. Le ofrecí nombrarlo tlacatécatl (general del ejército), pero me rechazó.

—Quiero morir con honor, en el sacrificio gladiatorio.

—¡No! Invertí mucho trabajo. ¿Tienes idea de cuántos soldados murieron para traerte a mi ejército?

—Sí, mi señor.

—No vuelvas a repetir que quieres morir en sacrificio.

Asistió a todas las campañas que tuvimos después, pero simplemente luchó como soldado inexperto.

Por aquellas fechas los hueshotzincas terminaron de reconstruir su ciudad. En agradecimiento por su apoyo en las últimas campañas, les regalé oro, plata, piedras preciosas, plumas, mantas de algodón y diversas armas. El día que decidieron volver a su ciudad, les hicimos una gran fiesta de despedida y los acompañamos hasta Hueshotzinco, para evitar que los tlashcaltecas o los cholultecas los asaltaran. Algunos meses después, envié una embajada para invitarlos a una de nuestras celebraciones, pero no sólo rechazaron mi invitación, sino que me mandaron decir con el embajador que ya se habían aliado con Cholólan y que, a partir de entonces, no contara con su amistad.

Estuve a punto de declararles la guerra, pero al año siguiente tuvimos una terrible sequía que provocó hambruna en todo el territorio. Los dioses castigaron a los hueshotzincas, que pronto sufrieron el hambre más que nadie. En Tenochtítlan, Teshcuco y Tlacopan logramos sobrevivir sin tantas penurias gracias a que teníamos muchas reservas que repartimos entre los pobladores. Cuando nos quedamos sin alimentos, la gente comenzó a vender lo que tenía en todos los pueblos vecinos. Muchas veces ni siquiera recibía un pago justo. Algunas familias vendieron a sus hijos en pueblos más lejanos, y otras simplemente se marcharon. Algunas personas, al enterarse de esto, prefirieron dejar a niños y ancianos en Meshíco Tenochtítlan y emigrar solos. Surgió otro problema: ancianos y niños morían de hambre en sus casas. Logramos resolver el problema debido a que los totonacas habían tenido muy buenas cosechas.

Ese mismo año llevamos a cabo una guerra en contra de los mixtecas y zapotecas de Huashyácac (Oaxaca) que se prolongó tres años. Después volvimos a Meshíco Tenochtítlan, celebramos el triunfo con danzas, comida, juegos de pelota, sacrificios humanos y los reconocimientos a los guerreros que habían sobresalido en batalla. Entre ellos estaba mi hermano Cuauhtláhuac, a quien nombré general en jefe de las fuerzas aliadas.

Al día siguiente tomé una decisión: mandé llamar al gigante Tlahuicole al palacio en presencia de todos los miembros de la nobleza.

—Le ordené a mis tropas que te capturaran, no porque quisiera hacerte daño, sino porque admiraba tu valor y destreza en el uso de las armas. Quería que estuvieras con nosotros, que formaras parte del ejército más poderoso de toda tierra. Y ahora te has convertido en un guerrero cualquiera.

—Señor, señor mío, gran señor —dijo arrodillado ante mí—. Perdone que no pueda luchar como antes ni defender sus tierras, pero no tengo fuerzas.

—Pues tendrás que sacar fuerzas de alguna parte porque ya eres indigno para volver a tus tierras.

—Señor, señor mío, gran señor, lo sé. Pero no puedo dejar de pensar en mis mujeres y mis hijos; y en la vergüenza que seguramente están pasando en Tlashcálan.

—Te daré más mujeres con las que podrás tener más hijos.

—No es eso.

—No puedo enviar por ellos. Si lo hiciese, los tlashcaltecas los matarían antes de que mis tropas entren a sus territorios.

—Lo sé. —Comenzó a llorar.

Los miembros de la nobleza lo vieron con espanto, ya que se considera un mal agüero que un prisionero dé muestras de cobardía.

—¡Deja de llorar! —le grité.

—¡Perdóneme! —Seguía berreando como un niño—. ¡No puedo vivir así!

—¡Cállate!

—¡Ya no puedo más!

—¡Te ordeno que te calles o voy mandar a que te azoten!

—¡Le ruego que me otorgue el privilegio de morir en la piedra de los sacrificios!

—¡Llévenselo de aquí!

El hombre no opuso resistencia. Aquel acto de cobardía era imperdonable. Pronto los miembros de la nobleza comenzaron a discutir sobre el futuro de ese hombre, cuya captura no había sido más que un vergonzoso fracaso.

—Le concederé la libertad —dije, y todos se mostraron en descontento.

—Señor, señor mío, gran señor —dijo uno de los sacerdotes—, pido permiso para dar mi opinión.

—Habla.

—Si lo liberamos él podría intentar volver con los tlashcaltecas.

—No lo recibirán.

—No lo sabemos con certeza.

—No lo creo.

—¿Y si le conceden el perdón? Los tlashcaltecas son capaces de cualquier cosa con tal de ganarnos en las guerras.

No respondí en ese momento. Observé a todos los presentes y supe que la mayoría estaba a favor de lo que decía el sacerdote.

—Está bien. Entonces envíenlo a una celda y denle una cantidad mínima de alimento al día. Ya veremos si no cambia de opinión.

No cambió de opinión. Se empeñó en que lo sacrificáramos como estaba contemplado hacerlo con los otros prisioneros tlashcaltecas. Pero ya no me interesaba mantenerlo vivo y mucho menos en mis tropas.

Llegado el día señalado para el sacrificio, Tlahuicole fue el primero en caminar rumbo a la Casa de las Águilas, el edificio donde está el adoratorio dedicado al dios Tonátiuh (Sol) y en el cual llevamos a cabo los combates de los prisioneros contra uno o varios guerreros águila en honor al sol. Los miles de tenoshcas que lo recibieron con alegría, ahora querían verlo muerto en la piedra de los sacrificios. El rumor de sus lamentos se había dispersado por todas las tierras. Incluso hubo algunos espías tlashcaltecas que llegaron para presenciar aquella batalla, algo muy común entre nosotros.

Tlahuicole y los otros presos tlashcaltecas entraron con sus cuerpos pintados de blanco en una lenta procesión; al fondo sonaban las caracolas y los teponashtles. La gente gritaba seducida por el embrujo de los sacrificios gladiatorios que, a diferencia de las campañas o las Guerras Floridas, tenían lugar en casa. Y, generalmente, en este espectáculo los únicos que mueren son los prisioneros.

Luego de subir a la cima del teocali, a Tlahuicole se le ató un pie a la piedra de combate, llamada *temalácatl*, que tiene una superficie plana y redonda, con figuras labradas y con un agujero en medio. Se hizo una breve ceremonia en forma de saludo al dios Tonátiuh, luego el sacerdote dirigió unas palabras a Tlahuicole:

—Deberás luchar por tu vida y por tu honor. Si mueres, serás llevado inmediatamente a la piedra de los sacrificios, en donde se te sacará el corazón para entregárselo a los dioses. Si sobrevives al combate, tendrás el privilegio de recuperar tu libertad sin que nadie en ningún lugar pueda poner en juicio tu dignidad.

Eso era lo que quería Tlahuicole, sobrevivir al combate y salir libre, con la frente en alto para poder volver a Tlashcálan y recuperar a sus mujeres e hijos.

Se le proporcionó un macáhuitl y segundos después apareció un guerrero águila, uno de los más feroces de las tropas meshícas. Tlahuicole estaba sobre la piedra, cuya altura le llegaba al otro guerrero debajo de la cintura. En otras ocasiones esta diferencia de niveles no había representado conflicto alguno al momento de la batalla, pero en ésta todo fue muy distinto: el guerrero águila, a pesar de su destreza, fue incapaz de acertar un solo golpe más arriba de las rodillas del gigante. Con otros prisioneros lograban herirles las espaldas, el abdomen y, a veces, hasta los rostros. Pero Tlahuicole, por su estatura y por la piedra, se convirtió en un objetivo inalcanzable.

En ese momento yo ya no tenía duda de que en realidad Tlahuicole había planeado llegar a este punto para recuperar su honra y libertad, pues luchó como tantas veces lo había hecho con las tropas tlashcaltecas y como nunca lo hizo a favor de los tenoshcas. El guerrero águila corría alrededor de la piedra de combate tratando inútilmente de asestar un golpe en las pantorrillas del gigante Tlahuicole. Por su parte, el tlashcalteca se encargó de cuidarse bien de los ataques. Los teponashtles y las caracolas seguían sonando, la gente arriba y abajo del edificio gritaba enardecida. De pronto, Tlahuicole soltó un porrazo. Su macáhuitl dio un golpe certero en el rostro del guerrero águila. Todos sus dientes salieron volando en medio de un grueso chorro de sangre. El guerrero águila cayó al suelo. Su macáhuitl rebotó en el piso un par de veces. Se hizo un silencio inquietante.

Apareció un segundo guerrero dispuesto a acabar con el gigante Tlahuicole. Lanzó varios golpes que el tlashcalteca detuvo con su macáhuitl. La rabia que en los últimos años parecía haberse apagado en los ojos de Tlahuicole renació. Mostraba enfurecido su dentadura. Un combate jamás visto. El guerrero meshíca corrió de un lado a otro lanzando golpes con su macáhuitl, hasta que finalmente logró hacerle una herida a Tlahuicole en la pierna. Los macahuitles chocaron muchas veces entre sí, pero el gigante Tlahuicole le dio un golpe en la frente y lo mató al instante.

Seis solados perdieron la vida sin lograr derribarlo y doce salieron mal heridos. Al final, el golpe que derribó a Tlahuicole ni siquiera merece ser mencionado. Fue el cansancio del tlashcalteca el que lo mató. Ya no tenía fuerzas para seguir dando vueltas en un mismo círculo ni detener golpes. Cayó agotado al suelo. Aunque tenía muchas heridas, no eran suficientes para morir.

Tlahuicole fue el guerrero más poderoso que haya existido. No merecía morir de esa forma, pero así es la guerra, así son las leyes, ¿qué puedo hacer?

## 31

Motecuzoma sigue al frente del gobierno, pese a que no puede salir del palacio de Ashayácatl. Todos los días, después de que el tlatoani se baña y desayuna, recibe a una larga fila de integrantes del gobierno. Entran uno por uno, dan sus informes a dos miembros de la nobleza, que se encuentran de pie, a un lado del tlatoani, quien luego de escucharlos da instrucciones a los ancianos para resolver el problema en cuestión. Finalmente, los funcionarios del gobierno salen caminando hacia atrás, realizan las tres reverencias de costumbre y se marchan. Malinche, Jeimo Cuauhtli, la niña Malina y otros capitanes están presentes todo el tiempo. Las tropas de Malinche cuidan el palacio, por dentro y por fuera. Y los aliados tlashcaltecas, cholultecas, hueshotzincas y totonacas se aseguran de que los tenoshcas no intenten rebelarse.

Ahora todos —incluso en los pueblos vecinos— saben que Motecuzoma y un gran número de los miembros de la nobleza son rehenes de Malinche. Tenochtítlan ha caído en manos de los extranjeros: la gran ciudad que había controlado el valle por tantos años, ahora es presa de un puñado de extranjeros. En Tlashcálan, Hueshotzinco y Cholólan han festejado todos estos días.

Los meshícas que desde el inicio del gobierno de Motecuzoma han disimulado su ojeriza, ahora están más que dispuestos a elegir a un nuevo tlatoani. Pero se preguntan cómo hacerlo si Moctecuzoma sigue vivo. Jamás ha habido una sucesión de otra forma. Se preguntan si se puede elegir a otro tlatoani cuando el gobernante en turno sigue vivo. No hay nada en las leyes que lo permita o prohíba. ¿Y si lo liberan? Cuando salga, Motecuzoma castigaría a aquellos que lo traicionaron. ¿Y si no sale vivo de ahí?

Treinta hombres barbados —divididos en dos turnos— están encargados de custodiar los aposentos donde se encuentra el tlatoani. Siempre que el tlatoani termina sus labores de gobierno, Malinche se acerca a él para platicar, le cuenta sobre su vida en España, su

llegada a La Española[61] en 1504[62], las leyes de su país, la religión católica, el tlatoani Carlos Quinto, y sobre los otros territorios que existen más allá de Meshíco Tenochtítlan. Le cuenta que África es el
continente más pobre de todos y a su vez muy rico; que Asia tiene
gente con rostros algo parecidos a los de los tenoshcas pero con la piel
más blanca y los ojos más rasgados; que los chinos inventaron la seda,
una tela muy fina, que asegura, le gustaría mucho; y que también inventaron la pólvora.

Motecuzoma está impactado con todo lo que le cuenta Malinche. El mundo que creía suyo se ha encogido al escuchar las historias
de otros emperadores como Alejandro Magno, rey de Macedonia;
Tiberio Julio César y Calígula, emperadores romanos; Atila, líder
de los hunos; Constantino, emperador de los romanos y fundador de
Constantinopla; Carlomagno, rey de los francos y los lombardos; y
Gengis Kan, el conquistador mongol; la dinastía Ming de China y los
samuráis, unos guerreros tan valerosos como los guerreros águila y
jaguar.

—Hubo un caudillo llamado Muhammad de Gur[63], que saqueó
Delhi, la capital de la India, y cuando murió su general y antiguo esclavo, Qutub-ud-din Aibek, se quedó con todo el territorio. Luego
fundó el sultanato de Delhi. Un sultán —le explica— es igual que un
tlatoani, un halach uinik, un rey, un emperador y un tianzi en
China[64].

Las horas y los días pasan, y las pláticas entre Malinche y Motecuzoma se vuelven más interesantes. A veces el tlatoani habla todo el
tiempo sobre su vida, la historia de su pueblo, su religión y sus dioses.

61  Actualmente, la isla que comparten Haití y República Dominica. La
Española fue la primera isla en el Nuevo Mundo colonizada por los europeos tras la llegada de Cristóbal Colón en 1492. Según testimonios de los
europeos, los taínos llamaban a su isla Bohío, Baneque o Bareque.
62  Hernán Cortés tenía entre 19 y 20 años cuando llegó por primera vez a
La Española. Cuando arribó a México-Tenochtitlan rondaba 34 o 35 años de
edad, es decir, vivió casi 15 en las islas del Caribe.
63  Actualmente, Afganistán.
64  Los emperadores chinos eran llamados *tianzi*, «hijos del cielo», y
gobernaban el *tianxia*, «todo bajo el cielo», por *tianming*, «decreto celes-
tial».

Malinche y sus hombres lo escuchan con mucha atención. Luego él vuelve a hablar sobre los reyes europeos, la iglesia católica y sus conflictos con los musulmanes y los judíos. Promete que lo llevará a conocer aquel reino y que podrá hablar con el tlatoani Carlos Quinto.

—Después del imperio romano, surgió el imperio bizantino, que se estableció en Constantinopla durante mil años, pero con el paso de los años las campañas fueron reduciendo su territorio.

También le habla sobre las cruzadas que ha emprendido la Iglesia católica contra los musulmanes.

—El papa Urbano Segundo había dicho que todo aquel que muriera en la guerra religiosa ganaría la remisión de todos sus pecados.

—¿Sus sacerdotes pueden perdonar el mal que hacen otros?

—Ellos no, pero Dios sí.

—¿Y su dios les dice cuándo?

—Sí. El Papa es la única persona que está cerca de Dios y nos dice qué hacer. Es él quien nos mandó a estas tierras a hablarles de Jesucristo y la virgen María.

Siempre que Malinche retoma el asunto de sus dioses, Motecuzoma pierde el interés por la conversación. No quiere cambiar de religión ni mucho menos destruir sus Montes Sagrados. Entonces, Malinche sabe que debe cambiar el tema o callar. A veces le muestra cosas que han traído desde sus tierras, y si el tlatoani se interesa en ellas se las regala. Luego Motecuzoma manda traer algunas joyas para entregárselas como intercambio de regalos.

En una ocasión uno de los hombres barbados, al que ahora llama Tonátiuh por el color de sus cabellos como el sol, llega a ofrecerle algunas prendas suyas. El tlatoani se interesa por un sombrero y Tonátiuh le pide a cambio algunas joyas; entonces Motecuzoma ordena al cihuacóatl Tzoacpopocatzin que traigan lo que quiere Tonátiuh.

—Entréguenselas —dice cuando vuelve el cihuacóatl con las joyas—. Y también dale esto. —Le entrega el sombrero ignorando a Tonátiuh—. No lo quiero. Si pretenden comerciar conmigo no me interesa.

Los próximos días Tonátiuh evita acercarse al tlatoani. Malinche y Motecuzoma siguen hablando de sus vidas y sus reinos y sus guerras. El tlatoani sabe que la única salida que tiene es hacerse amigo de su enemigo. De igual manera, Malinche comprende que para evitar una rebelión debe mantener un vínculo amistoso con su prisionero.

Hasta que una noche, la tregua parece llegar a su fin. Malinche y sus hombres entran a los aposentos del tlatoani. Uno de ellos trae en las manos unas cadenas muy gruesas y pesadas, algo que Motecuzoma jamás ha visto. Se acercan a él —que pronto comienza a preguntar qué es lo que pretenden hacerle— y le ponen unos grilletes en los pies.

—¿Qué es esto? Creí que…

—Dice mi señor que se ha enterado que están tramando una rebelión allá afuera —traduce la niña Malina.

—Yo no tengo nada qué ver en eso.

—Además, por fin han traído a Quapepuca —explica el tecutli Malinche, acariciando el puño de su largo cuchillo de plata.

—Pues tráelo para que de una vez compruebes que yo no tuve nada que ver con su traición y acabemos con esto.

Quauhpopoca es llevado ante Motecuzoma, vestido como un macegual, con ropas viejas. Se arrodilla, hace las tres reverencias y escucha las acusaciones que le hace Malinche.

—¿Es cierto lo que dice el tecutli Malinche? ¿Es verdad que mataste a dos de sus hombres?

—Ellos nos atacaron primero. —Quauhpopoca se defiende señalando a los soldados de Malinche.

—¿Quién te mandó a hacer eso? —pregunta el tlatoani.

—Nadie. —Quauhpopoca se muestra arrogante.

—¿Es cierto eso?

—Estoy diciendo la verdad.

—¿Fui yo quien ordenó esa traición a los hombres de Malinche?

—No —Responde sorprendido Quauhpopoca.

—Entonces serás castigado por tu traición. Dejaré que el tecutli Malinche decida tu castigo.

—Mi señor, le ruego que nos perdone. —No puede creer lo que acaba de escuchar—. Nosotros sólo nos defendimos.

—No puedo perdonarte, porque si lo hago me volveré tu cómplice. —Motecuzoma se dirige a los soldados—: Sáquenlo de aquí.

Apenas se llevan a Quauhpopoca, Motecuzoma le exige a Malinche que le quite las cadenas que le han puesto en los pies y lo deje en libertad.

—No puedo —responde Malinche—. He recibido advertencias de mis informantes que tienen preparada una rebelión y si os dejo en libertad vos y vuestros pipiltin podríais organizar a vuestras tropas.

La discusión entre Malinche y Motecuzoma sube de tono. Por segunda vez Malinche le ha mentido al tlatoani. Nada de lo que diga es creíble. Motecuzoma está perdiendo las esperanzas. Malinche sale de la habitación y se dirige al lugar donde tienen preso a Quauhpopoca, lo interroga con tortura, pero él no confiesa más de lo que dijo delante del tlatoani.

Al caer la noche, Quauhpopoca, su hijo y diez miembros de su gobierno son llevados al recinto sagrado, donde Malinche mandó colocar unos troncos enterrados en el piso de manera vertical y cientos de flechas meshícas —que estaban almacenadas en el arsenal del Calmécac— para utilizarlas como leña. Malinche ordena que los amarren y pide llamar a todo el pueblo.

—¡Este señor mandó asesinar a dos de nuestros hombres! —grita, sosteniendo una antorcha—. ¡Ha confesado que lo hizo obedeciendo las órdenes del tlatoani Motecuzoma!

Quauhpopoca no responde, está atado al palo de madera, tiene la cabeza caída, los ojos negros e inflamados, y de la boca le escurre mucha sangre.

—¡Esto es la justicia divina que castiga a los traidores! —Pone la antorcha sobre las flechas que yacen a los pies de Quauhpopoca.

El fuego se enciende lentamente. De pronto Quauhpopoca despierta y da un grito ensordecedor. Quiere soltarse, quiere salir de ahí, quiere agua, quiere volver a su casa. Grita cada vez más, el ardor es insoportable. Minutos después su hijo y sus amigos también comienzan a gritar, aterrados. Sus cuerpos se están calcinando lentamente. La gente observa el ritual y les sorprende la forma de los extranjeros para hacer sacrificios.

La noche transcurre muy lentamente. Nadie en Tenochtítlan duerme; hablan de lo ocurrido y ruegan a los dioses que pronto los ayuden. Las tropas aliadas de Malinche recorren las calles de la ciudad, también andan por los canales y en las azoteas de algunas casas. Los soldados de Malinche duermen a ratos, se turnan para vigilar, pero jamás se quitan sus trajes de metal ni sueltan sus palos de fuego. Los que tienen caballos también recorren los palacios y las calles, dejando mierda por todas partes.

Los miembros de la nobleza, que acompañan a Motecuzoma, se encuentran desolados al ver a su tlatoani atado a esas cosas de metal. Uno de ellos le pone pedazos de manta de algodón entre los tobillos y los anillos para evitar que le lastimen. No saben que Quauhpopoca y sus hombres murieron quemados en el recinto sagrado. No saben nada porque en las noches no tienen forma de comunicarse con el exterior.

A la mañana siguiente aparece Malinche ante Motecuzoma, que no ha dormido nada. Se miran, no hablan. Hay una docena de pipiltin alrededor del tlatoani que tampoco han dormido. Los hombres que vienen con Malinche se acercan al tlatoani y los miembros de la nobleza se interponen en su camino.

—Os quitarán las cadenas —dice Malinche, y espera a que la niña Malina traduzca.

Aunque duda de lo que le acaban de decir, Motecuzoma les pide a los pipiltin que se aparten.

—Vos sois como mi hermano —agrega Malinche con su tono amigable.

—Si fuera cierto me dejarías en libertad. —El tlatoani no lo ve directamente.

—No puedo hacer eso. Si lo hago mis hombres se sentirán traicionados y me acusarán con el rey Carlos Quinto.

—Ayer escuchaste que Quauhpopoca confesó que él y sólo él había sido el responsable de la muerte de tus hombres en Nauhtla.

Malinche se rasca la nuca, aprieta los dientes y sonríe con dificultad.

—Pero ayer, después de que lo sacamos de aquí, confesó que vos se lo habíais ordenado.

—¡Eso es mentira! —el tlatoani levanta la voz, enfurecido.

—Lo sé, lo sé. —Se acerca al tlatoani y con gran confianza le pone una mano en el hombro—. Creo en vuestra inocencia, pero

Quacoca lo confesó ante el escribano y ahora esa información se irá a España. No puedo corromper las leyes de mi reino. Así es esto.

—Estás mintiendo, Malinche. Mientes, siempre mientes.

—Sé que es difícil que me creáis. Yo en vuestro lugar tampoco me creería. —Deja escapar una risa—. Pero cuando se hace justicia también se cometen injusticias.

Discuten por tres horas más, en las que repiten lo mismo una y otra vez. Motecuzoma promete que no hará nada en contra de ellos si lo liberan; y Malinche afirma que no le hará daño mientras lo tenga en el palacio de Ashayácatl. Asegura que lo hace por la seguridad de los suyos, que no pretende dañar su gobierno y que, por ello, el tlatoani podrá seguir gobernando desde ahí.

Días después, Motecuzoma se entera del miserable final de Quauhpopoca y su gente. Se siente culpable y extremadamente triste. No puede dormir y se rehúsa a comer. Cuando le reclama a Malinche, éste simplemente asegura que cumplió con las leyes de su reino.

Mientras tanto en las orillas de Meshíco Tenochtítlan se construye algo jamás visto en el lago de Teshcuco: dos casas flotantes. Las están fabricando muchos hombres tenoshcas, bajo las instrucciones de algunos de los hombres de Malinche[65]. Son tan grandes que cada una puede llevar hasta trescientas personas y todos los caballos que tienen los barbudos. Malinche se siente más seguro porque ahora puede salir de la ciudad sin depender de las calzadas, que era lo que más le preocupaba, ya que en caso de algún ataque, los meshícas podían quitar los puentes y ellos morirían atrapados aunque lograran matar a muchos tenoshcas.

Viene mucha gente —en canoas— de todas las ciudades vecinas sólo para ver lo que se está construyendo en los puertos de Tenochtítlan. Hay muchos que se quedan frente a las construcciones por largo rato. También hay otros que suben a las azoteas para observar. Y cuando los extranjeros les hablan, los macehualtin huyen como hormigas.

El día en que las casas flotantes están listas, todos los habitantes de Meshíco Tenochtítlan y los pueblos vecinos llegan para verlas

---

65   Se refiere a Martín López y Andrés Núñez.

entrar al agua y ser conducidas por sus marineros. Los extranjeros se muestran extremadamente felices, dan gritos de alegría, incluso hacen estallar sus palos de humo y fuego.

En las últimas semanas Malinche ha visitado menos a Motecuzoma, ya que se ha encargado de la construcción de las casas flotantes y de fortalecer sus alianzas con los enemigos de Meshíco Tenochtítlan. Fue a Teshcuco y se encontró con Ishtlilshóchitl, el hijo de Nezahualpili, con quién habló largas horas sobre sus planes. Le prometió que haría justicia. También le habló de sus dioses e Ishtlilshóchitl prometió adoptar su religión. Días después él y su gente fueron bautizados y cambiaron sus nombres por unos cristianos. Hubo muchos ancianos que se rehusaron a adoptar una nueva religión; entre ellos, la madre de Ishtlilshóchitl, sin embargo, él la obligó. Bajo las órdenes de Malinche quemó los teocalis.

Malinche volvió a Meshíco Tenochtítlan más seguro de sí mismo. Ahora sonríe como en los primeros días. Cuando visita a Motecuzoma, le sigue mostrando el mismo respeto al saludarlo, le pide perdón por lo que está haciendo y le promete que pronto lo dejará libre; que cuando vuelva a su tierra le hablará de él a su tlatoani Carlos Quinto. También le asegura que el tlatoani estará muy contento de tenerlo como vasallo.

Motecuzoma está cada vez más deprimido. Casi no come ni duerme. Entonces Malinche hace muchas cosas para entretenerlo, pues sabe que mientras el tlatoani esté vivo se mantendrá la paz en Tenochtítlan.

—No quiero que estéis triste —dice Malinche—. ¿Qué puedo hacer para que os sintáis mejor?

—Quiero ir a los teocalis.

—Eso no es posible.

—Sí es posible.

—Os llevaré si me prometéis que no intentaréis algo en mi contra.

—¿Qué podría hacer yo solo en contra de todos ustedes? Tienes a todos tus soldados en los palacios. Tenochtítlan está llena de tlashcaltecas, hueshotzincas, cholultecas y totonacas.

Luego de discutirlo por largo rato, Malinche accede, pero con la condición de que sólo unos cuantos sacerdotes lo acompañen y los demás miembros de la nobleza se queden como rehenes en las Casas Viejas. Motecuzoma sabe que fugarse es casi imposible, sin embargo, no pierde las esperanzas de que en cualquier momento pueda hablar con alguien, de que haya una seña, un mensaje, de que alguien afuera entienda que es momento de atacar, de defender Tenochtítlan. Al salir comprueba que no hay forma: Malinche ha prohibido que los macehualtin se acerquen. Tiene cerrado el recinto sagrado, está vacío. Jamás lo había visto de esa manera, tan olvidado. Lo asfixia una nostalgia irreprimible al ver que nadie ha barrido el teocali en muchos días; lo aplasta una impotencia al no poder arrebatarle el arma a uno de los soldados y cobrar venganza.

Sube al Coatépetl seguido por Tzoacpopocatzin, varios sacerdotes y decenas de soldados blancos. Abajo esperan miles de tlashcaltecas, cholultecas, hueshotzincas y totonacas, cuidando que nadie se acerque. Arriba el viento sopla con fuerza. El tlatoani se detiene a contemplar el paisaje. La ciudad parece desierta. Sabe que Malinche le ha mentido todo el tiempo. La gente está asustada, no sale a las calles como antes. Se ve gente trabajando en los canales y en las canoas, pero le falta esa vida que ahora parece estarse extinguiendo. Puede ver las casas flotantes que Malinche mandó construir. Le enfurece verlas, pues sabe que eso significa que los extranjeros no pretenden irse jamás, aunque Malinche le ha prometido infinidad de veces que pronto volverán a sus tierras y que le dejará las casas flotantes para su uso personal.

—Dice mi tecutli Cortés que si quiere cuando termine de hacer sus oraciones al dios Huitzilopochtli puede llevarlo a conocer las casas flotantes por dentro.

El viento sopla más fuerte y las casas flotantes se mueven como si fueran a irse de lado. Motecuzoma da media vuelta, sin responderle a la niña Malina. Los sacerdotes encienden sus pebeteros y comienzan a incensar el teocali de Huitzilopochtli. Otros ya están barriendo la tierra que se acumula en el piso. El tlatoani se dirige a uno de los sacerdotes, le pide la escoba y comienza a barrer. Malinche les ordena a varios de sus hombres que les ayuden a barrer, pero Motecuzoma se los impide.

—No necesitas hacer esto.

—Queremos ayudaros.

—Si fueras sincero me dejarías en libertad.

—Yo soy vuestro amigo, pero no puedo. Ellos no me dejarían.

Tras escuchar esto, el tlatoani decide continuar barriendo el teocali. Luego se prepara para hacer sus oraciones. Los extranjeros observan en silencio, pues Malinche les ha prohibido que los interrumpan. A Motecuzoma no le queda duda de que a ninguno de ellos le interesa su religión y que si guardan silencio es porque les conviene mantener la tranquilidad en la que han estado en los últimos meses. Al tlatoani también le conviene porque el tiempo es su única arma contra los invasores. Sabe que necesita ganar tiempo para conocer mejor a Malinche, para encontrar sus puntos débiles, para buscar alguna forma de liberarse, para rescatar a su pueblo. Por lo mismo accede a hablar con Malinche siempre que él le quiere contar algo, le hace una pregunta o le pide que le platique sobre su vida. Hasta el momento Malinche no ha matado a ninguno de los miembros de la nobleza, aunque sí los ha agredido.

—Vamos a ver tus casas flotantes —le dice Motecuzoma a Malinche al finalizar sus oraciones.

En su camino al puerto, se encuentra a muy poca gente. Algunos se asoman desde las azoteas, otros desde las entradas de sus casas. Motecuzoma se pregunta si los han agredido o es el temor que los extranjeros les provocaron el día que quemaron vivos en el recinto sagrado a Quauhpopoca y su gente.

—Os prometo que cuando regresemos a España, estos bergantines serán vuestros —dice Malinche en cuanto abordan.

Para el tlatoani es ineludible imaginarse comandando una de estas casas flotantes. Ahora que ha conocido el mundo a través los labios de Malinche, su perspectiva sobre el progreso es distinta. Aunque no tiene la certeza de cuánto tiempo vivirá e incluso si sobrevivirá a la estancia de los barbudos, ha llegado a la conclusión de que los tenoshcas deben actualizar sus armamentos y estrategias de guerra, les guste o no. Es un hecho que después de Malinche, seguirán llegando más hombres barbados. Tienen tantas cosas que aprender de ellos.

En muchas ocasiones Motecuzoma ha olvidado por largos ratos que está preso cuando escucha los relatos de Malinche, quien le ha explicado que las casas flotantes se mueven sin mucho esfuerzo gracias a las mantas gigantes que cuelgan desde los palos más altos; que las velas que ellos fabrican con cera son mejores para que el fuego dure más tiempo; que las espadas son más ligeras que los macahuitles; que las armaduras protegen mejor que las que ellos fabrican con algodón prensado; que el hierro es un metal extremadamente útil para la construcción de armas y herramientas; que los clavos son más eficaces para unir la madera que las sogas; que la brújula orienta a cualquiera aunque no se vea el sol o la luna. De igual forma, Malinche ha quedado asombrado al escuchar a Motecuzoma hablar sobre el uso de miles de plantas medicinales que en su tierra no existen; sobre las propiedades nutritivas que conocen de las frutas y vegetales; sobre la cuenta de los días de los meshícas que posee mayor exactitud que la de los europeos; sobre el análisis de los astros; sobre las leyes que han implementado él y sus ancestros, que incluyen el derecho a una vivienda, comida, empleo y educación.

—¿La escuela es gratuita y obligatoria?

—Para todos.

—¿Incluso para los más pobres?

—Sí.

También le ha hablado del asilo para que todos los ancianos tengan una vejez digna y feliz; de las propiedades comunales, del dique que construyeron en Tenochtítlan para evitar las inundaciones; de sus técnicas para tener mejores cultivos; de la invención de las chinampas; y de la construcción del acueducto, las calzadas y sus puentes.

—Eso no significa que haya igualdad —dice Malinche.

Motecuzoma lo observa con irritación.

—¿A qué te refieres?

—Que vos queréis engañarme con todo lo que me habéis contado. Me habéis dicho que hay justicia y que todos tienen los mismos derechos. Pero lo que veo no es como me lo contáis. Aquí también hay gente pobre, y los privilegios se dividen entre los pipiltin y los macehualtin.

—Porque son macehualtin.

—Tenéis razón. Ni aquí ni en mi tierra la nobleza se junta con la plebe.

—¿En tus tierras tienen educación gratuita?

—No. El que no tiene dinero jamás va a una escuela. Muchos de mis soldados ni siquiera saben leer.

Cuando terminan de conversar, Motecuzoma vuelve a sentir la misma impotencia que lo arrincona cada noche al ser incapaz de recuperar su poder. A veces también se siente muy extraño. No puede creer lo que le está sucediendo. Algo en su cabeza le dice que ya no debe platicar con Malinche, que está siendo demasiado amigable con el enemigo, que su pueblo jamás se lo perdonará. Al mismo tiempo, admira a Malinche, experimenta unos deseos incontenibles por conocer todos esos lugares, a esas personas, e ir a aquellas tierras que se encuentran del otro lado del mar. Entonces vuelve a su mente la misma frase que lo atormenta a todas horas: «Debes salvar a tu pueblo».

## 32

¿No es insuperable la alegría que sientes, Motecuzoma? ¿Qué más le puedes pedir a la vida? Acabas de ser nombrado Cemanáhuac Tlatoani (Señor de todo el Anáhuac). A pesar de todas las dificultades que ha tenido que enfrentar tu gobierno, has conseguido mantenerte más fuerte que nunca, incluso más que cualquier otro tlatoani. Has logrado conquistar hasta el momento más de veinte pueblos. En el año Dos Caña (1507) celebraste en Tenochtítlan el final del ciclo cósmico de cincuenta y dos años. También has llevado a cabo nuevas construcciones: un teocali dedicado a Quetzalcóatl frente al Coatépetl; el adoratorio o Coatecoalli (Casas de los diversos dioses); la monumental piedra dedicada a la diosa Coatlicue; el santuario dedicado a la Madre Tierra; y la remodelación de la calzada sobre la que está construido el acueducto de Chapultépec; y por supuesto, tu nuevo palacio —pues los primeros años de tu gobierno viviste en el de Ashayácatl—, a un lado de la plaza ceremonial, a la que has llamado las Casas Nuevas, para que la gente no se confunda con el palacio de Ashayácatl, al que ahora llamas las Casas Viejas. Entre tus planes está la reconstrucción del Coatépetl, para corregir una mínima desorientación, así como agregarle a los santuarios en la cima unos techos de oro y piedras preciosas.

Aunque cumples con tus funciones religiosas y políticas y gozas de las fiestas que haces con la nobleza, muchos piensan que no tienes tiempo para sufrir. No es cierto que seas completamente feliz, Motecuzoma. Lo sabes bien. Las profecías de Nezahualpili te han inquietado. Ha asegurado que muy pronto llegará el fin de tu gobierno. Si bien es cierto que ya no confías en él, también es verdad que sus palabras tienen el poder de convencer a todo el que lo escucha. Te has repetido con insistencia que no debes creer en él, que condenó a muerte a uno de tus suegros y a una de tus hermanas.

Los rumores se esparcen de boca en boca, de casa en casa y de pueblo en pueblo. Y justo ahora que se acaba de incendiar el Coatépetl, se incrementan los rumores sobre los agüeros. Gobernar no es fácil. Siempre llegan noticias buenas y malas. Todos los días tienes que resolver diversos asuntos. Mantener al pueblo en paz requiere mucho trabajo.

Y, por si fuera poco, la noticia que acabas de recibir te ha dejado un vacío. Caminas apurado por los largos pasillos del palacio hasta llegar a la sala, donde se encuentran tus concubinas.

—¿Dónde está? —preguntas en cuanto cruzas la entrada.

La sala es tan grande que apenas si lograron escuchar tu voz.

—En aquella habitación —dice una, al tiempo que señala con el dedo índice.

En ese momento te abren paso las decenas de mujeres que se encuentran ahí: las concubinas y las mujeres que están al servicio de todas ellas. Avanzas apurado sin poner atención en lo que dicen las voces balbucientes. Entras y un anciano intenta hablar contigo, pero lo ignoras y lo rodeas. Te arrodillas ante la jovencita que yace en el lecho. Tu mirada apunta a ese rostro tan hermoso. No quieres ver la mancha de sangre que cubre la sábana de la cintura para abajo. Es demasiado tarde. Ha muerto. Tocas sus mejillas con las yemas de tus dedos y le susurras al oído un inaudible: «¿Por qué?».

Nadie se atreve a decir una palabra. ¿Cuántas de tus concubinas han perdido la vida, Motecuzoma? ¿Cuatro? ¿Cinco? ¿Ocho?

—¿Qué fue lo que ocurrió? —le preguntas al curandero.

—Perdió al hijo que cargaba en el vientre.

—¿Por eso murió?

—No... Quiero decir... Sí...

Te pones de pie y caminas hacia el anciano que se muestra atemorizado.

—¿Las están envenenando?

—¡No! —Abre los ojos, como si se sintiera acusado.

—No entiendo por qué están muriendo mis concubinas y mis hijos.

El curandero traga saliva y baja la mirada.

—Tú sabes qué es lo que está ocurriendo —afirmas con una mezcla de enfado y sufrimiento.

El anciano comienza a temblar, niega ligeramente con la cabeza y da dos pasos hacia atrás.

—¿Me estás ocultando algo? —Te acercas al anciano que al mismo tiempo camina hacia atrás, sin decir una palabra—. ¡Te estoy haciendo una pregunta! ¡Responde! —gritas y en ese momento aparece en la entrada una docena de concubinas.

—No lo sé, mi señor.

—¡Mientes!

—Le aseguro que no estoy mintiendo.

Con las palmas de las manos le das un fuerte empujón en el pecho que lo tira de nalgas.

—¡Explícame por qué están muriendo mis concubinas o te mando encerrar por el resto de tu vida!

—¡No lo sé! —El anciano llora en el piso—. ¡En verdad, no tengo idea!

—¡Habla! —Le das una patada en las costillas.

—¡Están abortando! —grita una voz femenina.

Reconoces esa voz y buscas con la mirada entre todas las mujeres que han entrado a los aposentos. Todas te miran con miedo. Una de ellas sale de entre el tumulto y camina hacia ti.

—Mi señor. —Se arrodilla.

El anciano se arrastra sin dejar de verte. Tiembla y llora.

—¡Habla!

—Usted aseguró que ningún hijo ilegítimo tendría derecho a pertenecer a la nobleza. Es por miedo de que sus hijos, por ser bastardos, carezcan de un buen futuro, que sus concubinas están tomando veneno para abortar.

Cierras los ojos y bajas la cabeza.

—¿Es cierto eso? —le preguntas al curandero.

—Yo no sabía que estaban haciendo algo así.

—Por algo eres el curandero.

—Pero no tengo manera de saber si toman venenos.

Miras al curandero con furia. Deseas castigarlo por su negligencia. Luego diriges la mirada hacia tus concubinas. Dos de ellas están embarazadas. Te preguntas si piensan abortar. Te observan con temor. Perece que pueden leer tus pensamientos. Te conocen bien. Han sufrido tus castigos y, por lo mismo, han aprendido a comportarse. ¿Las quieres castigar a ellas? ¿Qué castigo les impondrías?

También están tus esposas, las hijas más hermosas del tecutli de Ehecatépec, del tecutli de Tlacopan y del Cihuacóatl; pero por ellas no te preocupas, pues sabes que por ser esposas y descendientes de la nobleza no les interesa abortar.

Te preguntas qué es lo que las ha llevado a abortar. «¿Acaso no tienen todo lo que necesitan? Tienen casa, comida, ropa, familia, un hombre. Ni siquiera tienen necesidad de salir a la calle». Es cierto, Motecuzoma, tus concubinas jamás salen a la calle. Algunas de ellas no han visto el lago ni los mercados en mucho tiempo. Tampoco tienen permiso de acudir a las fiestas. Tus mujeres son tuyas y nadie más puede verlas.

Piensas por un momento en concederles a esos hijos ilegítimos el derecho a pertenecer a la nobleza y recuerdas lo que tanto defendiste al principio de tu gobierno. Permitir que los hijos bastardos pertenezcan a la nobleza es consentir que un día lleguen a ser tlatoque. Ocurriría lo mismo que con el cuarto tlatoani de Meshíco Tenochtítlan, Izcóatl, que era hijo de una sirvienta tepaneca.

—Si eso es lo que quieren hacer, no se los impediré. Un hijo bastardo jamás recibirá trato de noble —sentencias y sales de la habitación.

Apenas el curandero se pone de pie, vuelves a los aposentos, caminas hacia él y le dices algo que nadie se esperaba:

—La próxima vez que una de ellas decida abortar a un hijo mío y muera, no me quites el tiempo, avísale al cihuacóatl y que él venga a hacerse cargo de todo.

Vuelves a tu habitación y ordenas que nadie te interrumpa. Te preguntas si lo que acabas de hacer es correcto. Siempre te preguntas qué es lo correcto. Eres conocido por tu sabiduría y conocimiento de la religión, la filosofía, la astrología y la poesía; y aun así, sientes que no eres más que un aprendiz. Quieres ser justo, pero las leyes siempre terminan siendo injustas para alguien. ¿Cuántas veces te han juzgado por tu severidad en la aplicación de las leyes? Muchas veces han dicho que tus castigos son excesivos. En cambio, muy pocos hablan bien de tus buenas obras, como el asilo que mandaste construir en Culhuácan para los veteranos de guerra y los servidores públicos. Hay quienes piensan que es un gasto innecesario.

Pero todas esas voces que tanto te juzgan jamás lo hacen frente a ti. Es por ello que en los últimos dos años has adoptado la costumbre de salir disfrazado, aprovechando que la gente ya casi no te conoce, pues sólo apareces en actos públicos y les prohíbes a todos mirarte a la cara. Te vistes igual que un macegual y caminas en el tianguis, en las carpinterías, en las alfareras, en los malecones y en las granjas. A los que llegan en sus canoas les compras pescado, frutas, verduras y animales traídos de otros pueblos. Platicas con ellos, les preguntas cosas que sabes que nadie te dirá en tu palacio, los escuchas y observas con atención. A veces te desalienta saber que la gente te tiene por un gobernante soberbio. «Qué difícil es gobernar», piensas. Si hicieras todo lo contrario, dirían que eres un gobernante pelele. Que la gente pensase que el tlatoani carece de autoridad sería aún más peligroso, ya que cualquier otro pueblo podría levantarse en armas. «Qué difícil es gobernar», repites en tu mente.

También sales a las calles para ver de qué forma se aplican las leyes. De esta manera has logrado descubrir la corrupción entre muchos de tus ministros y familiares; y les has aplicado severas condenas, incluyendo la pena de muerte. Detestas la corrupción tanto como la holgazanería.

Te quitas el penacho, tus brazaletes de oro, tus joyas hechas con piedras preciosas y te pones unas prendas tan humildes que nadie imagina que tú, Motecuzoma Shocoyotzin, el huey tlatoani, seas capaz de ponértelas; tú que ordenas que todos los días se te entreguen ropas nuevas, prendas que nunca más vuelves a utilizar. Pero esas prendas que te acabas de poner valen más que cualquier otra que te hayas puesto en toda tu vida. Con esas ropas comenzaste tu vida en el sacerdocio, tiempos en los que eras más humilde que cualquier otro sacerdote. La tela está desgastada y descolorida.

Sales por una de las puertas traseras de tu habitación, te diriges a unos pasillos por donde entran y salen tus concubinas y llegas a una sala donde hay muchos miembros de la nobleza. Están platicando entre sí. Eso es lo que hacen todo el día. Cumplen tus órdenes. Hacen lo que les pides. Te ayudan a administrar el gobierno. Pero eso es muy fácil, no salen del palacio; solamente delegan responsabilidades y se aseguran de que se cumplan. «¿En realidad necesitas tantas personas en el gobierno?», te preguntó una de tus esposas en alguna ocasión. «Con menos de la mitad podrías hacer exactamente lo mismo», dijo. «Sí —le respondiste—, incluso con una cuarta parte. La haraganería de los consejeros se paga con su peso político, sus influencias y sus lealtades. Los consejeros que son obligados a trabajar tarde o temprano traicionan al gobierno». «¡Deshazte de ellos!». «Deshacerme de cualquier otro es fácil porque su furia es inofensiva; pero la de un político no. Yo pensaba lo mismo que tú cuando inicié mi gobierno. Creí que podría erradicar todos esos vicios, pero es un círculo que jamás termina. Los sacas por corruptos, designas nuevos ministros, conocen los privilegios del gobierno, aprenden, se adueñan de muchos secretos y se vuelven peligrosos. Además, la rotación de ministros es muy costosa. Hay que enseñarles y asegurarse de sus lealtades antes de darles poder». Aun así has descubierto muchas traiciones, Motecuzoma. Mucha corrupción e impunidad a pesar de la rigidez de tus leyes.

Caminas por las calles y te encuentras con dos macehualtin que le revisan la cabeza a una señora.

—¿Qué hacen? —les preguntas aunque ya lo sabes. Lo que te interesa saber es qué opinan.

—¿Que no ves? Juntamos piojos —dice uno, sin levantar la mirada—. Todos lo saben. Que pregunta tan tonta.

Uno de ellos atrapa un piojo y lo mata con las uñas de los dedos pulgares.

—¿Por qué lo hacen? —insistes a pesar de que la pregunta es, como ellos dicen, tonta, pues efectivamente todos lo saben.

—El tlatoani nos obliga a pagarle tributo con piojos.

—¿Por qué los obliga?

Ambos macehualtin y la mujer te miran con extrañeza. Es evidente que nadie les ha preguntado algo así.

—Dice que no quiere ociosos en estas tierras.

—¿Ustedes no tienen trabajo?

—No.

—¿Ni casa?

—No.

—¿Por qué?

Se miran entre sí y sonríen con escarnio.

—Estamos mejor así. Entre más se tiene, mayor es el tributo. Eso es mucho.

—Son unos holgazanes.

Se ríen estúpidamente.

—Y Motecuzoma un déspota —responde uno de ellos con risas—. ¿Para qué quiere tantos piojos muertos?

—Para evitar que se reproduzcan —dice la mujer—. Hay muchos en la isla.

—¿Y eso qué importa? —dice uno de los macehualtin.

—Es por higiene —responde la mujer.

—¿A nosotros qué nos importa la higiene? —dice el otro macegual, encogiéndose de hombros.

—Debería preocuparles.

Vuelven a reír con tono soso. Niegas con la cabeza y sigues por una de las calzadas hasta llegar al otro lado del lago, donde hay comerciantes, compradores, pescadores y todo tipo de trabajadores. No quieres estar entre tanta gente. Decides seguir caminando en línea recta. Poco a poco vas saliendo de la ciudad y llegas a los sembradíos. Ya casi no ves gente. Caminas con tranquilidad. Te gusta esa soledad, Motecuzoma, te encanta ver las milpas. Gracias a los dioses este año el maíz se ha dado con gran abundancia. Entras al plantío y comienzas a revisar las mazorcas: les arrancas unas cuantas hojas y compruebas que será una cosecha extraordinaria. Miras en varias direcciones y al notar que no hay nadie, decides arrancar dos. Caminas hasta una choza que se encuentra cerca. Sabes que ahí debe estar el encargado de la parcela. Saludas y preguntas si hay alguien, pero nadie responde. Insistes dos veces y te das la vuelta. Echas las mazorcas en tu morral y caminas en dirección a Tenochtítlan.

—Eso que lleva en su morral no le pertenece —dice una voz.

Al voltear te encuentras con un anciano que se sostiene con las dos manos de un bastón.

—Disculpe, lo estaba buscando. Quería pedirle permiso para llevarme estas dos mazorcas.

—Se las acaba de robar.

Sonríes, Motecuzoma, porque sabes que lo que dice el anciano es cierto.

—El robo está penado. —Se acerca a ti con parsimonia.

—Sí, tiene toda la razón. —Sacas las mazorcas del morral.

—Con la muerte.

—¿Quién lo dice? —preguntas como si estuvieras retándolo.

—Usted.

Tu actitud altanera desaparece. Tu broma no funcionó.

—¿Sabe quién soy? —Lo miras a los ojos con sorpresa.

—Soy muy viejo, pero mi memoria sigue igual que cuando tenía su edad. —Con una de sus manos sostiene el bastón mientras que con la otra se frota ligeramente sus dedos arrugados.

—Ya lo veo. —Sonríes y lo miras con aprecio.

—¿Cómo es posible que el tlatoani quebrante sus propias leyes? —Ahora se lleva la mano izquierda a la cintura.

Te sientes como en aquellos días en que tu padre te regañaba por mentir. Hace mucho que no te sentías tan avergonzado, Motecuzoma.

—Tiene toda la razón. —Le ofreces las mazorcas.

El anciano sonríe y pone su mano sobre la tuya, para evitar que devuelvas las mazorcas.

—El maíz que está aquí, yo y toda mi familia estamos a su disposición, mi señor. Yo únicamente bromeaba. —Su sonrisa desaparece al ver tu rostro extremadamente serio—. Le ruego me perdone. —Se arrodilla ante ti.

Muestras una risa infantil, que se alarga por un instante y se torna grave y ruidosa hasta llegar al nivel de la carcajada. El anciano, dudoso, alza la mirada y sonríe sin saber si te burlas de él o te ríes con él. Le ofreces tu mano para que se ponga de pie, le das dos palmadas en el hombro derecho y te retiras sin decir más.

Al llegar a tu palacio das la orden de que vayan en busca de ese hombre y con sumo respeto lo lleven ante ti. Al día siguiente, escoltado por tu guardia, el hombre se arrodilla atemorizado en medio del palacio. Has mandado reunir a todos los miembros de la nobleza, que observan al anciano hincado ante ti e imaginan que se le ha descubierto robando o, peor aún, traicionando al imperio meshíca. Estás en el pasillo, a unos pasos de la entrada del palacio, escuchas las voces que aseguran que hay testigos que vieron al anciano vendiendo información a los tlashcaltecas. Uno de los capitanes de la tropa que te escolta avisa que vas a entrar a la sala, todos guardan silencio, se arrodillan y colocan sus manos y frentes en el piso. Caminas hacia tu asiento real, seguido por dos hombres que te abanican con plumeros y cuatro soldados.

—Anciano, ponte de pie —dices en cuanto pasas a su lado.

Todos levantan ligeramente sus cabezas, sin tu permiso, para ver al anciano y a ti, para corroborar lo que acaban de escuchar. ¿Le has permitido a un macegual ponerse de pie ante ti? ¿Dejarás que te vea a los ojos?

—Es mi deber, como huey tlatoani —dices sin darles permiso a los pipiltin de levantarse—, cerciorarme de que todos ustedes cumplan con sus obligaciones, que todo lo que hagan sea con rectitud. Por lo mismo, tengo espías; y aun así me he enterado de que a ellos los han sobornado. No es fácil confiar en tanta gente, habiendo tantas traiciones. Ustedes piensan que no me entero de muchas cosas porque creen estoy encerrado todo el tiempo, pero se equivocan, salgo siempre que tengo deseos de ver la ciudad y los pueblos vecinos con otros ojos y oídos. Los de un hombre común, el que fui mucho antes de ser tlatoani. Ayer andaba por los maizales y arranqué dos mazorcas. Pensé que nadie me había visto. No pensaba robarlos, por el contrario, quería asegurarme de que quien estuviera a cargo del sembradío se enterara de lo que había hecho. De pronto, apareció este hombre y me dijo que el robo estaba penado con la muerte. Pensé que no me había reconocido y me sorprendí enormemente al descubrir lo contrario. Y me preguntó: «¿Cómo es posible que el tlatoani quebrante sus propias leyes?». Este hombre se comportó con más valor y sinceridad que todos ustedes juntos, en quienes confié desde el inicio de mi gobierno y que no saben hacer otra cosa más que halagar. Los he reunido para que conozcan a este anciano y aprendan de él. Asimismo, quiero premiarlo con una casa en Shochimilco.

Luego te diriges al anciano y le agradeces su sinceridad. Está completamente asombrado, pues antes de entrar al palacio estaba seguro de que lo castigarías por su atrevimiento.

—Puede marcharse —le expresas al anciano.

## 33

El deseo de fuga jamás se desvanece en la mente de Motecuzoma y busca cualquier excusa para salir de aquella prisión, al menos para ver personalmente cómo está Meshíco Tenochtítlan. Le pide a Malinche que lo lleve de cacería, pero él se niega y asevera que está organizando algún ardid. El tlatoani le explica que eso era parte de sus actividades y que necesita mantenerse activo; Malinche se da unos minutos para pensar; también tiene deseos de ver a Motecuzoma en acción, al guerrero que aún no conoce.

Al día siguiente, abandonan el palacio acompañados de un numeroso contingente. Malinche deja a más de la mitad de sus tropas custodiando la ciudad. Sabe que en cualquier momento puede ocurrir una rebelión, y aunque llevan al tlatoani en sus andas, no permite que la gente se les acerque. También se lleva a los miembros de la nobleza como sus rehenes y acompañantes del tlatoani. Motecuzoma anhela que alguien en el pueblo decida tomar el control, que aproveche la ausencia de Malinche y el tlatoani, que se levante en contra de los enemigos.

Abordan las dos casas flotantes y la gente los observa desde las azoteas de las casas y las canoas, comienzan a murmurar. Asumen que Motecuzoma le ha entregado el gobierno a los extranjeros, que no le interesa expulsarlos, que se ha convertido en un cobarde, traidor y mentiroso. Las casas flotantes se dirigen a un peñón llamado Tepepolco, ubicado en la laguna, en donde Motecuzoma tiene una de sus reservas de caza. Las aguas del lago están perturbadas por tantas canoas que los siguen de lejos. Muchas son de los tlashcaltecas que los escoltan y otras tantas de los meshícas que quieren saber lo que ocurre. Hay quienes creen, incluso, que Motecuzoma le ha entregado todo el poder a Malinche; no obstante, sobran los que piensan todo lo contrario y se preocupan por el bienestar de su tlatoani. Temen que lo puedan asesinar en el peñón de Tepepolco. Surge una gran tensión. Malinche cree que les tienen preparada una celada.

—¿Habéis mandado llamar a vuestra gente para que nos ataque en medio del lago?

—No. —Motecuzoma niega con firmeza, aunque espera que alguien esté planeando algo para poner fin a esta situación.

—Entonces decidles a vuestros vasallos que vuelvan a Temistitan.

Motecuzoma se acerca a la parte trasera de la casa flotante acompañado de Malinche y sus soldados, grita y hace señas para que vuelvan a Meshíco Tenochtítlan. Después de un rato comienzan a retroceder las canoas.

Al llegar, las casas flotantes deben permanecer a una distancia considerable de la orilla para no encallar. Continúan el recorrido en canoas. Los soldados tlashcaltecas son los únicos que llevan macahuitles, arcos, flechas y cerbatanas. Los tamemes llevan agua y otros utensilios para cocinar y comer más tarde. Los miembros de la nobleza únicamente pueden observar y platicar entre ellos. Los soldados de Malinche únicamente cargan sus palos de fuego. Mientras caminan, Motecuzoma y Malinche platican sobre las costumbres e ideologías en sus tierras. Es justo en medio de esas pláticas que ambos olvidan, por instantes, que son contendientes y que, tarde o temprano, uno de los dos perderá la guerra.

—Ahí va un venado —dice Motecuzoma y pide que le den un arco y una flecha.

El tameme que va a su lado obedece rápidamente. El tlatoani no espera ni un segundo para acomodar su arco y lanzar la flecha, que da certera en el cuello del venado, que ahora corre asustado y herido. Motecuzoma lanza una segunda flecha y vuelve a darle al animal, que ya no opone resistencia y simplemente se coloca sobre sus rodillas delanteras para luego caer de lado sobre el césped. Malinche se queda asombrado al ver la agilidad con la que Motecuzoma lanza sus flechas. Algunos miembros de la nobleza se apuran a ver al animal moribundo, mientras el tlatoani sigue cazando otros animales. No hay venado o liebre que se le escape.

De pronto Malinche decide enseñarle al tlatoani a usar los palos de fuego.

—A esto se la llama gatillo —dice Malinche señalando con el dedo—. Éste es el cañón y ésta es la culata.

En cuanto Motecuzoma tiene el arcabuz en las manos, siente un repentino deseo por aprovechar el momento y dispararle a Malinche, pero sabe que intentarlo sería un acto suicida. Todos los miembros de la nobleza están desarmados. Hay alrededor de doscientos soldados barbados y quinientos tlashcaltecas con macahuitles y arcos. Entonces sigue las instrucciones de Malinche: apunta y jala el gatillo. El primer tiro lo descontrola. No imaginaba que esas armas tuviesen tanta fuerza.

Al terminar, las mujeres y los macehualtin que han llevado con ellos pelan los animales y los cocinan en barbacoa. Hace muchos días que el tlatoani no comía tanto como hoy. Una vez más le pide a Malinche que lo libere, pero se niega. Vuelve el sentimiento de culpa. Se siente mal por estar ahí, comiendo con los españoles mientras su pueblo está cautivo.

De regreso a Tenochtítlan, Motecuzoma guarda silencio. Malinche ha aprendido a callar también. Ya conoce bastante bien al tlatoani y, por tanto, sabe cuándo es un buen momento para platicar y cuándo debe ausentarse. Aunque dejarlo solo mucho tiempo tampoco le conviene, por eso le ha proporcionado sirvientes que están con él la mayor parte del tiempo: dos jovencitos serviciales y amigables, llamados Orteguilla y Peña, que han aprendido a hablar náhuatl con gran facilidad. El tlatoani sabe que están ahí para espiarlo, así que intenta revertir la estrategia de Malinche. Se ha ganado la confianza de ambos y les hace muchas preguntas sobre los planes de Malinche y sobre sus capitanes.

Otro de los hombres que también pasan mucho tiempo con el tlatoani es el fraile Bartolomé de Olmedo, quien —utilizando a Orteguilla como intérprete— no hace otra cosa más que hablar de sus dioses. Motecuzoma también habla con los demás guardias en ausencia de Malinche. Les hace regalos. Espera que con esos sobornos alguno esté dispuesto a ayudarlo a escapar. A un tal Bernal le ha regalado una concubina para que pueda holgarse, como todos los demás que las han recibido como regalo en otros pueblos y en Tenochtítlan. Todos ellos se satisfacen cada noche, pero ni así se quitan las armaduras; y ni así lo tratan bien.

Uno de ellos, al no encontrar a sus dos concubinas por todo el palacio, le exige al tlatoani que ordene que las busquen. Cuando

Motecuzoma se niega, el soldado saca su espada y se la pone en la garganta.

—Os estoy diciendo que las mandéis buscar.

—Ve a buscarlas tú mismo. —Con la mano mueve a un lado la punta de la espada.

El hombre se marcha enfurecido. Motecuzoma le cuenta lo ocurrido a Malinche, pero no sabe si habrá castigo para el soldado. En otra ocasión el tlatoani escucha —pues ya ha aprendido bastantes palabras en español— que otro soldado dice que «por estar cuidando a ese perro se ha enfermado».

Pero no todos se comportan así con el tlatoani. El joven Peña le ha demostrado ser más amistoso que los demás. Motecuzoma aprovecha su ingenuidad para jugar con él, espera poder convencerlo cualquiera de estos días de que lo ayude a escapar. Sin embargo, el joven parece más interesado en otras cosas.

Un día se entera de que Peña ha sido arrestado por haber robado, en compañía de otros, una buena cantidad de liquidámbar. En otras circunstancias, el tlatoani habría estado de acuerdo con el castigo, pero a estas alturas no le conviene que ninguno de los hombres de Malinche sea sancionado por robo. Necesita ganarse su confianza, que ellos vean en él a un hombre justo, para que se pongan de su parte. Malinche, después de discutir un largo rato con el tlatoani, los libera.

—Muchas gracias, mi señor —dice Peña arrodillado ante el tlatoani y le besa la mano—. Prometo no volver a robar.

—Mejor prométeme que siempre estarás a mi lado. —Le acaricia el cabello.

—Lo que usted me pida. —Peña alza el rostro y el tlatoani al ver su piel blanca, suave y sin barbas piensa que parece una mujercita.

—Cuéntame una cosa. —Le acaricia una mejilla—. ¿Quién más ha estado robando de mi palacio?

Peña baja la mirada, sabe que está en deuda con el tlatoani.

—Alvarado y otros hombres se metieron a robar a los depósitos de cacao.

—¿Cuándo fue eso?

—Hace dos semanas.

Motecuzoma se siente molesto, ya que de eso Malinche no le dijo una sola palabra. En cambio le preguntó con gran curiosidad sobre los costales llenos de piojos muertos que tenían en uno de los almacenes, a lo cual Motecuzoma respondió que era el tributo que pagaban los indigentes.

—¿Sólo él? —pregunta Motecuzoma a Peña, mientras suavemente sumerge los dedos en su cabello.

—También cientos de tlashcaltecas, cholultecas, totonacas y hueshotzincas —responde Peña.

—¿Cuánto se llevaron?

—Todo.

Motecuzoma se queda callado. Piensa en la última cifra que le dio el tesorero: eran más de cuarenta mil botes de mimbre con veinticuatro mil semillas de cacao[66].

—¿Qué quieres de mí, Peña? —pregunta el tlatoani con dulzura.

—Yo quisiera... —Baja la mirada y se pasa la lengua por el labio superior.

—Quiero algo a cambio.

—Lo que usted me diga. —Lo mira como a un dios.

—Consígueme un macáhuitl.

La sonrisa de Peña se desvanece por un instante.

—Eh... —tartamudea y baja la mirada.

El tlatoani lo toma de la barbilla y la eleva para verlo a los ojos. Ambos se miran en silencio. Peña suspira y tiembla.

—Eres un buen mozo.

Peña asiente con la cabeza cual niño obediente.

Al día siguiente Peña aparece en los aposentos del tlatoani con un bulto. Motecuzoma sonríe al verlo tan asustado.

—¿Nadie te vio?

—No, mi señor —dice arrodillado, al mismo tiempo abre el bulto y saca un macáhuitl.

—Aquí tiene, como usted me lo pidió. —Se lo entrega y se retira rápidamente.

66  El cacao era la moneda de cambio.

Motecuzoma comienza a planear su fuga. Está dispuesto a dar batalla contra los que sean necesarios. Aunque tenga que morir en el intento. Es mejor acabar sus días en batalla que viejo y prisionero.

Pero sus planes se ven truncados al día siguiente, cuando Malinche entra enfurecido y le dice que está enterado de sus planes.

—No sé de qué me hablas —responde Motecuzoma con tranquilidad.

—Alguien ha estado horadando por afuera la pared trasera del palacio, justamente aquí. —Señala el muro.

—No lo sabía. —Se siente contento porque ahora sabe que alguien está organizando a la gente.

Motecuzoma pensaba que aquellos golpes en el muro los provocaba uno de los soldados, llamado Trujillo, que se había hecho el hábito de molestarlo por las noches haciendo ruidos. Hasta que Motecuzoma se hartó y lo reportó con Malinche, quien lo mandó castigar. O por lo menos eso fue lo que supo el tlatoani. Ahora que sabe que la gente se está organizando se siente mucho mejor, a pesar de que los han descubierto.

Malinche manda traer a una docena de guardias y les ordena que revisen toda la habitación. Pronto encuentran el macáhuitl y Malinche arruga los labios y clava sus ojos en los de Motecuzoma.

—Creí que podía confiar en vos. ¿Por qué me hacéis esto? Somos amigos. Yo estoy de vuestro lado. Ayudadme a que esto sea más fácil. Muy pronto os dejaré en libertad. ¿Quién os lo trajo?

—Los dioses. —El tlatoani levanta la mirada hacia el techo.

Malinche cierra los ojos, exhala por la nariz y aprieta los labios.

—No os burléis de mí. —Da unos pasos hacia el tlatoani.

—¿Crees que únicamente tus dioses pueden hacer milagros? ¿Solamente ellos pueden multiplicar los peces y revivir a los muertos?

—Así es, sólo Dios, la virgen y los santos. —Sale sin despedirse del tlatoani.

Los días siguientes Malinche evita hablar con Motecuzoma, quien ha encontrado una nueva forma de comunicarse con el exterior. Mientras atiende los asuntos del gobierno —aunque Jeimo, la niña Malina, Orteguilla y Malinche siempre están presentes—, les pide a los consejeros del gobierno que lo miren a los ojos.

—Hagan lo que tengan que hacer —les dice un día, mirándolos fijamente.

La niña Malina le informa rápidamente a Malinche lo que el tlatoani acaba de decir.

—Sí, ya lo entendí —le responde frenético. aunque intenta fingir.

—De las azoteas saltan los chapulines —dice Motecuzoma de pronto.

El consejero asiente con la mirada.

—¿De qué está hablando? —pregunta Malinche.

—Es un poema que escribió uno de mis ancestros —miente—. De las azoteas saltan los chapulines, pero los tenoshcas los reciben con los brazos abiertos. Oh, meshícas, oh, reciban a sus chapulines con amor.

Malinche le da la espalda y se dirige a la niña Malina.

—¿Es cierto eso?

—Sí. Los poemas son muy utilizados en las reuniones y en las fiestas.

En cuanto Motecuzoma termina de hablar con todos los consejeros del gobierno, se dirige a Malinche.

—Hoy habrá luna llena.

—¿Cómo lo sabéis?

—Llevo la cuenta de los días y las noches. Por eso quiero pedirte un favor.

—¿Qué es lo que queréis?

—Quiero observarla. ¿Te acuerdas de que un día te platiqué que a mi madre le gustaba ver la luna?

—Sí, sí —asiente sin darle importancia—. Pero ya no confío en vos.

—Yo tampoco en ti, pero observar las estrellas y la luna es algo maravilloso y jamás te he invitado a verlas.

—No me interesa. He visto el cielo muchas veces. Lo he visto desde el mar, desde las montañas, desde las costas, desde España y aquí. Siempre se ven iguales.

—Porque nunca te has detenido a contemplarlas. Lo único que te interesa es el oro, la plata y las piedras preciosas. La verdadera belleza no te entusiasma: las plumas finas, los montes, el cielo, el lago, los animales, las plantas, las calles construidas con precisión.

—Disculpadme, mi señor —responde Malinche volviendo a su acostumbrada forma de tratar a Motecuzoma, como si fuese un imbécil—. ¿Cuándo queréis que veamos la luna?

—En cuanto oscurezca.

—Se hará como vos lo mandéis. —Baja la cabeza—. Ahora me retiro.

Poco antes del anochecer Malinche cumple con su palabra. Lo acompañan más de veinte soldados. Motecuzoma está tranquilo. A su lado se encuentran Orteguilla y Peña.

—Mi señor, he venido por vos para llevaros a ver la luna y las estrellas.

Motecuzoma ordena que le traigan un atuendo nuevo. Aunque Malinche ya se ha acostumbrado a que el tlatoani se cambie de ropa dos o tres veces al día, en esta ocasión se muestra más impaciente. El penacho que le traen es todo de plumas verdes, con pequeñas plumas azules que decoran la parte central y ricas piezas de oro que forman un arco sobre su cabeza.

Esperan en silencio a que el tlatoani termine de cambiarse. Luego llegan los miembros de la nobleza que permanecen encerrados en las otras habitaciones. Todos guardan silencio absoluto. Antes de salir, Motecuzoma observa la habitación por unos breves segundos, espera no volver, o por lo menos no de esa manera. Incluso ha pensado en demoler el palacio de Ashayácatl después de que saque a los extranjeros de sus tierras.

—Vamos, vamos, que ya debe estar saliendo la luna —dice entusiasmado.

El contingente se dirige al patio principal. Los miembros de la nobleza se miran entre sí. Esconden su preocupación.

—¡No! —habla el tlatoani en voz alta—. ¡Vamos a la azotea!

—¿Para qué? —pregunta Malinche desconfiado.

—Porque la luna no se ve desde el patio.

Malinche deja escapar una sonrisa irónica y niega con la cabeza.

—Por supuesto que sí se ve.

—¡No!

Malinche lo ignora y sigue su camino. Motecuzoma insiste, le explica que los muros impiden verla a esas horas. El tecutli Malinche no le cree. Al llegar al patio levanta la mirada y busca la luna.

—No se ve —dice Motecuzoma y señala al horizonte—. Ahí tendría que verse, pero el muro la tapa.

Luego de exhalar profundamente y bajar la mirada, Malinche acepta llevarlo a la azotea. Todos buscan la luna en el horizonte.

—Ahí —señala el tlatoani—, ahí debe salir en unos minutos.

Todos esperan en silencio. Motecuzoma da tres pasos hacia atrás y estira el cuello; luego da dos pasos más.

—¿A dónde vais? —pregunta Malinche al ver que el tlatoani se aleja.

—Voy a subirme a la barda para ver mejor. —Camina con pasos más rápidos.

Dos soldados lo siguen.

—No pasa nada, sólo voy a subir para ver mejor.

En cuanto el tlatoani toca la barda, se asoma rápidamente y sin voltear sube un pie.

—¡Apresadlo! —grita Malinche.

Motecuzoma sube el otro pie y salta, pero en ese momento cuatro brazos se le enredan entre las piernas. El cuerpo del tlatoani queda a la mitad de la barda. Abajo ve un pequeño tumulto de gente, pues la parte trasera del palacio no tiene patio, sino que da directamente a la calle. Alrededor de treinta miembros de la nobleza, que no fueron apresados por Malinche, lo esperaban para recibirlo cuando saltara. Todos ellos gritan asustados al ver la mitad del cuerpo del tlatoani colgando del muro. Los dos soldados de Malinche intentan jalarlo hacia adentro de la azotea, aunque él les responde con codazos.

—¡Suéltenme! —Les da golpes con los puños—. ¡Suéltenme!

Los miembros de la nobleza que se encuentran en la azotea hacen todo lo posible por distraer al resto de los soldados de Malinche. Hay forcejeos que luego pasan a los golpes. Se gritan entre sí. Motecuzoma se aferra al muro.

—¡Salven a Meshíco! —grita desesperadamente el tlatoani mirando hacia abajo—. ¡Salven a Tenochtítlan! ¡Rescaten a nuestro pueblo!

Malinche da la orden de que utilicen uno de los palos de fuego. Se escucha el primer disparo. Los miembros de la nobleza están tan enardecidos que ya no les importa que los maten en ese momento. Abajo la gente sigue gritando. Motecuzoma se aferra al muro y da de patadas. Finalmente, llegan cuatro soldados más para auxiliar a los que evitaron que el tlatoani saltara al vacío. El penacho de Motecuzoma cae al piso y Orteguilla corre a recogerlo, pero en ese momento otro de los soldados se lo quita y se lo lleva, para luego quitarle las piezas de oro. Los demás soldados han logrado contener a los pipiltin. Los tienen en el piso, bocabajo.

—¡Matemos a todos estos indios! —grita Tonátiuh.

Malinche está enfurecido. No quita la mirada de Motecuzoma, que sigue forcejeando con los soldados que lo tienen preso.

—¡Suéltenme!

—¡Os he tratado bien! —grita Malinche—. ¡Os he dado más que a nadie! ¿Así es como me pagáis?

—¡El pueblo meshíca reaccionará! ¡Ya lo verás! ¡No conoces la furia de mi pueblo!

Entonces cae una bola de fuego en el piso de la azotea y los soldados de Malinche se repliegan. Cae otra y otra. Uno de los soldados de Malinche se asoma y descubre que el pequeño grupo de personas que están abajo están lanzándolas.

—¡Quieren incendiar el palacio! —grita el soldado.

—¿Quieren jugar con fuego? ¡Respondedles con fuego!

El soldado hace estallar su trompeta de fuego y caen dos personas heridas.

—¡No! —grita Motecuzoma—. ¡No!

Los demás pipiltin que se encuentran abajo se quitan para evitar ser heridos. Lanzan otra bola de fuego y el soldado les responde con otro disparo; uno cae muerto.

—¡Basta! —grita Motecuzoma.

Malinche ordena que se lleven a todos al interior del palacio y que manden a las tropas a reprimir la rebelión.

ome, Motecuzoma. Anda, que se enfría y llevas muchos días sin probar alimento. Estás muy débil. Tu pueblo necesita un gobernante saludable. No debes permitir que tus intentos fallidos de fuga te derrumben.

Es cierto que nada de lo que has hecho hasta el momento ha servido para liberarte de esta prisión, Motecuzoma. Sigues frustrado por no haber logrado saltar de la azotea. Te repites una y otra vez que debiste caminar más rápido hacia el muro. Tu gente te estaba esperando abajo, para recibirte con los brazos. Estuviste tan cerca, Motecuzoma, a un paso.

¿Qué sientes, Motecuzoma? ¿Arrepentimiento o culpa? ¿Qué es eso que no te deja dormir? Te has repetido hasta el cansancio que no debiste pedirle a Malinche —después de intentar saltar por la azotea— que te permitiera ir al Coatépetl a cumplir con tus deberes religiosos. Aunque se negó, insististe, con la única intención de enviar un mensaje a tu pueblo: que se rebelaran contra los extranjeros. Sentías que era la última salida. Malinche accedió con la condición de que ya no realizaran sacrificios humanos, pues bien sabía que los hacían a escondidas. Alegaste que no podías pedirles eso y él respondió, ya sin esa sonrisa amistosa, que de lo contrario destruirían todos los teocalis y la ciudad. Lo que viste en su mirada no te dejó duda de que hablaba en serio. Respondiste que si se atrevían a algo así, sufrirían las consecuencias. La burla de Malinche no se hizo esperar. «Ellos protegerán a nuestros dioses con sus vidas», sentenciaste muy seguro. Te prometió que te llevaría a ver a Huitzilopochtli y te amenazó de muerte si intentabas traicionarlo.

Aceptaste sus condiciones. Te llevaron escoltado por ciento cincuenta soldados hasta los escalones del Monte Sagrado. Evitaron que la gente se acercara. Subiste lentamente, como siempre, e hiciste todos los rituales acostumbrados. Ahí estaban esperando cuatro mancebos, dispuestos a ser sacrificados por el bien de Tenochtítlan. Malinche se negó, pero al ver que toda la gente estaba afuera de la ciudad, observando desde las azoteas de las casas, decidió callar. Por primera vez viste temor en sus ojos. Pensaste que ése sería un buen momento para iniciar la rebelión. ¿Por qué no lo hiciste, Motecuzoma?

Decidiste que lo mejor sería continuar con los sacrificios humanos para que el dios Huitzilopochtli se encargara del resto. Frente a Malinche les sacaste los corazones a cuatro mancebos y se los entregaste al dios Huitzilopochtli.

Al terminar, los extranjeros quedaron sumamente alterados. En cuanto te llevaron de regreso a tu habitación, Malinche habló contigo en privado. Te exigió que ya no hicieras sacrificios y que pusieran una cruz y una virgen en el lugar de Huitzilopochtli y Tláloc. Qué exigencia tan absurda. No pudiste controlar tu ira y le respondiste que eso no lo permitirías ni tú ni los sacerdotes. «Los dioses se enojarán», le insististe. «Hablaré con los sacerdotes», respondió más tranquilo y salió de los aposentos.

Una vez más Malinche les habló de sus dioses y de los milagros que hacían. Los sacerdotes le respondieron que no podían adorar a un dios como el suyo porque no lo conocían y jamás les había dado muestras de su existencia. Incluso le mencionaron a Malinche que si en realidad su dios existía y era capaz de hacer tantos milagros que se hiciera presente, que les concediera uno. Malinche les respondió de igual forma: «Pídanle a sus dioses que les hagan un milagro». Hubo un largo intercambio de opiniones, unos mencionaban las proezas de sus dioses y los otros las minimizaban como burdas creencias. La discusión se prolongó tanto que Malinche enfureció y, con una barra de hierro, comenzó a golpear las imágenes de los dioses.

Malinche te ha contado que los sacerdotes estuvieron de acuerdo en quitar a sus dioses del teocali, y en su lugar colocar una cruz y la imagen de su virgen. Incluso dijo que lloraron de alegría. Pero lo que te han contado los consejeros de gobierno es que Malinche les aseguró que tú habías dado permiso para quitar a los dioses y que aquello provocó tal alboroto que los hombres de Malinche tuvieron que hacer estallar sus armas de fuego. Los sacerdotes se llevaron las imágenes de los dioses hechas pedazos. Los obligaron a lavar la sangre de las paredes y los pisos, pues pusieron un altar en cada teocali.

Desde entonces los sacerdotes han estado hablando con toda la gente para que preparen la venganza contra los extranjeros.

Cuando Malinche confesó que habían encontrado el Teocalco (la casa de Dios), donde guardas las pertenencias de tus ancestros y que él llama la bóveda de los tesoros, le respondiste que se llevaran todo el oro y la plata, que sólo dejaran las plumas y las estatuas hechas de barro. Pero sacaron las miles de mantas de algodón, las armaduras decoradas con plumas de quetzal, las armas, los escudos, los collares, las joyas de oro para la nariz y orejas, los brazaletes, las diademas, todo decorado con oro. Estuvieron varios días quitándole las piezas de oro y plata a los objetos que robaron. Después les ordenaron a los orfebres de Azcapotzalco que fundieran el oro y que hicieran unas barras a las que llamaron lingotes, algo jamás visto en estas tierras, Motecuzoma. También les dieron instrucciones a los orfebres para que hicieran medallas y unas joyas con forma de cruces e imágenes de sus dioses ellos les dieron unas imágenes para que las copiaran. Malinche pidió que a él le hicieran platos, tazas y cucharas de oro.

Ni con eso han quedado satisfechos. Sus aliados tlashcaltecas también han participado en la rapiña, llevándose todas las mantas y plumas finas. Ahora Malinche piensa que tienes más joyas y oro escondidos en alguna parte, y no ha dejado de interrogarte. Qué cansado se ha vuelto esto, Motecuzoma. Todos los días pregunta dónde guardas más oro y dónde están las minas. Y aunque le respondes que el oro llega sólo por los ríos, no te cree. Saquearon tu casa y los teocalis. Se han apropiado de todo; incluso de tus mujeres. Las han hecho sus concubinas a la fuerza. Malinche se ha estado acostando con dos de tus hijas y una de Cacama. ¿Hasta cuándo, Motecuzoma? ¿Hasta cuándo?

Los miembros de la nobleza —también presos— han logrado mantener comunicación con el exterior por medio de los sirvientes. Te han contado que mucha gente está harta de los abusos de los extranjeros y que están muy tristes porque los barbados comenzaron a destruir las imágenes de los dioses. Saquearon el palacio de Teshcuco en ausencia de Cacama —pues desde que fuiste apresado ha permanecido en Tenochtítlan—, llevándose los tesoros de Nezahualcóyotl y Nezahualpili. Harto de los abusos de los extranjeros, Cacama decidió

preparar sus tropas para atacar a los españoles. Su estrategia era blo-
quear la isla de Meshíco Tenochtítlan para evitar que pudieran escapar. Su ejército tenía más de cien mil guerreros. La mitad iría por
tierra a Tepetzinco, y la otra, en canoas. Pero Ishtlilshóchitl y Cohuanacotzin lo delataron con Malinche, quien mandó a sus hombres
para que lo apresaran y lo torturaron vaciándole brea derretida en el
abdomen para que les dijera dónde tenían más oro.

A ti, Malinche te dijo que Cacama pensaba usurpar el trono meshíca y que por eso lo habían apresado, pero ahora que están tan ocupados buscando oro tienes más facilidad para informarte, pues los
guardias ya están cansados de vigilarte todo el tiempo y escuchar
tus pláticas. Sabes que es mentira. Lo encerró en otra de las habitaciones de las Casas Viejas e impuso a Cuicuítzcatl como nuevo tlatoani en Teshcuco, pues éste ha sido obediente ante Malinche.

Días después apresó a los señores de Tlacopan, Coyohuácan e
Iztapalapan. Y, no conforme con eso, ha ordenado que todos los pueblos que pagan tributo a Meshíco Tenochtítlan juren vasallaje al tlatoani de España.

—Esto no significa que vosotros perderéis vuestro reino —te
ha dicho Malinche en repetidas ocasiones—. Vos seguiréis gobernando este imperio. Sólo estoy cumpliendo las órdenes de su majestad, el rey Carlos Quinto.

Desde que destruyó las imágenes de los dioses ya casi no le respondes. Únicamente le contestas si te hace preguntas concretas. Aunque estaba enfurecido, decidió no hablar contigo esa noche ni los días
siguientes. Sabía que de intentarlo, terminarían discutiendo. Todos
estos meses les han servido para conocerse mutuamente. Él sabe que
si discute pierde más que si se desaparece. Ha aprendido que contigo
el silencio dice más que un insulto; que la paciencia es más redituable
que el apuro; que una plática interesante te hace confesar más que la
tortura. Tú has aprendido que él venera a sus dioses sólo para ganarse
una reputación; que les sonríe a su dios y a su demonio; que perdona
a injustos y castiga a los justos; que aunque esté enfurecido, si le conviene, finge con maestría.

Engaña a todos con destreza. Según te contó Peña, después de
repartir todas tus joyas entre sus hombres, varios se mostraron in-

conformes al ver que él se estaba llevando la mejor parte; incluso supieron que había escondido otra. No obstante, los reunió y les habló con ese tono de voz que idiotiza. Les dijo que todo lo que él poseía era para ellos, que él estaba ahí para ellos, y que si querían les entregaría su parte. Pero que pensaran un poco, que lo que él estaba haciendo era reunir oro suficiente para comprar más armamento y caballos, para que con esto estuviesen más protegidos; que dejaran de pensar en el oro por el momento, ya que pronto serían señores de todos los pueblos del Anáhuac.

En una ocasión, dos de los hombres de Malinche, a quienes conoces, comenzaron a discutir por oro. Uno de ellos era el tesorero, Gonzalo Mejía; y el otro, un tal Velázquez de León, quien se negó a devolver el oro que Malinche le había regalado. Ambos sacaron sus espadas y comenzaron un combate, hasta que otros se interpusieron entre ellos y les quitaron las armas por órdenes de Malinche. Esa noche escuchaste unas cadenas que se arrastraban por el piso de la habitación contigua. Cuando le preguntaste a Orteguilla a quién tenían preso, te contó que era al tal Velázquez de León, y que Malinche ya le había pedido que no se enojara con él, que sólo lo hacía porque necesitaba mostrar su autoridad con los demás, pero que era su amigo.

Malinche está cada día más contento. Su descaro es tan grande, que no da explicaciones de lo que hace. A ti te trata con la misma hipocresía de siempre, pero a los demás les ha perdido el respeto. A todos les dice que la grandeza de los tenoshcas no era más que un espejismo. Que muy pronto llegarán miles de soldados de su tierra y que por fin se acabará la idolatría. Ya no pone el mismo cuidado sobre tu prisión. Tampoco los guardias que están en el palacio.

Por lo mismo, ahora puedes tener una larga charla con los miembros de la nobleza que están presos. Llegan a la conclusión de que deben hacer lo que sea con tal de sacar a los barbudos de su ciudad. Saben que los dioses están muy molestos por los agravios recibidos. Los capitanes de las tropas sugieren que de una vez por todas se mande llamar a los pueblos aliados. En este momento surge uno de los peores inconvenientes. Afuera se gesta una rebelión en contra tuya, Motecuzoma. Muchos miembros de la nobleza, que no fueron apresados, están haciendo lo posible por quedarse con el trono meshíca. Han hecho alianzas con otros pueblos vasallos. Incluso otro grupo se ha aliado a Malinche, ya que les ha prometido hacerlos señores de Tenochtítlan.

Entonces, llega la propuesta que jamás imaginaste escuchar: «Sería mejor elegir a otro tlatoani. Uno que esté libre y que pueda organizar al pueblo». Te tiembla el cuerpo, Motecuzoma. Abandonar el gobierno sería rendirte. Todos entenderían que no fuiste capaz de salvar a Tenochtítlan. Sientes un vacío dentro de ti. Todos te observan y esperan que respondas. Quieren saber qué estás pensando, Motecuzoma. ¿Estarías dispuesto a abdicar? Bajas la mirada y observas tus manos temblorosas, esas manos que muchas veces empuñaron el macáhuitl, que dispararon miles de flechas, que incensaron a los dioses, que barrieron los teocalis, que ayudaron a construir casas. Levantas la mirada y te encuentras con los ojos de aquellos que te han acompañado en esta prisión por tanto tiempo. Sabes que han sufrido más que tú. La tristeza en sus rostros te conmueve. Haces un intento por hablar, pero se te quiebra la voz. Saben que lo que te acaban de pedir es tu pase a la muerte, pues a las masas es casi imposible hacerles entender cosas de la política. Para ellos hay buenos y malos; leales y traidores; vencedores y perdedores; víctimas y verdugos; cobardes y valientes. Ya se rumora que eres un cobarde traidor. En cuanto se anuncie la designación de un nuevo tlatoani, serás todo lo malo que ellos quieran pensar. ¿Hay acaso otra salida, Motecuzoma? ¿Lo has intentado todo?

Te pones de pie y das media vuelta. Observas al cielo a través del tragaluz de la habitación. Afuera puedes ver a los cientos de soldados que te cuidan. Cuántas veces no has pensado salir para pelear con quien sea con tal de escapar. Sabes que es imposible. Oh, Motecuzoma. Te llevas las manos al rostro, inhalas lentamente, cierras los ojos y exhalas. Se acabó. ¿En verdad se acabó, Motecuzoma? ¿Estás seguro? ¿Quién los comandará? ¿Podrá el nuevo tlatoani vencer a los barbudos? ¿Qué ocurrirá contigo si logras salir vivo de aquí? ¿Volverás a ser tlatoani o serás un miembro más de la nobleza? Jamás se había vivido algo así en Meshíco Tenochtítlan. ¿Y si pierden? ¡No! ¡No! ¡No! ¡Ni pensarlo! No pienses en eso, Motecuzoma. Los meshícas son fuertes y valerosos. Eso no puede ocurrir. Aprietas los puños, respiras profundo, tragas saliva, sientes que las piernas se te doblan. ¿En verdad estás dispuesto a renunciar al trono, Motecuzoma? ¿Dejarás de ser el huey tlatoani de Meshíco Tenochtítlan? ¿Estás seguro? Te das media vuelta y sientes las miradas clavarse como flechas. Te están observando, Motecuzoma. Sientes un golpeteo muy fuerte en tu pecho. Das varios pasos hacia el frente, levantas la cara, inflas el pecho y respondes:

—Díganle a los capitanes que se encuentran allá afuera que junten cien mil guerreros. Aprovecharemos ahora que muchos de los soldados enemigos se encuentran haciendo expediciones por todo el valle. Hablaré con Malinche y le diré que si no se marchan, los atacarán sin importar cuántos tenoshcas mueran.

## 35

Mientras las tropas se preparan secretamente en Azcapotzalco, Tlacopan, Tlalnepantla, Coacalco, Cuauhtítlan, Chapultépec, Iztapalapan, Coyohuácan, Tepeyácac, Tlatelolco, Meshíco Tenochtítlan y otros pueblos más, Malinche y Motecuzoma sostienen una larga conversación.

—Tengo cien mil soldados listos para la guerra —le ha dicho el tlatoani sin titubear.

La mirada de Malinche es la misma de siempre, pero Motecuzoma ya sabe cuándo está fingiendo. Está seguro de que lo que le acaba de decir lo ha intimidado.

—No hay necesidad de eso —dice Malinche en un tono empalagoso.

—Váyanse. —Su voz es suave. Motecuzoma lo mira sin parpadear—. Y déjame en libertad.

Malinche niega con la cabeza al mismo tiempo que chasquea.

—Vos sabéis que no puedo. Y mucho menos en estas condiciones. —Mueve la cabeza como buscando algo hacia los lados—. Si os libero nos matarían a todos. Vos sois mi salvación, sois el único motivo por el que sigo vivo... Seguimos vivos.

—Te advertí que si tocaban las imágenes de nuestros dioses, los sacerdotes y el pueblo entero se molestarían mucho.

—Pero ellos estuvieron de acuerdo... —Malinche utiliza esa mirada de inocencia que bien sabe simular.

—Mientes. —Motecuzoma no ha dejado de verlo de frente.

—Está bien. —Malinche se endereza—. Nos iremos. Nos marcharemos lo antes posible.

—¿Cuándo?

—Sólo os recuerdo que tendré que dar un informe completo a su majestad, el rey Carlos Quinto.

—No me importa. ¿Cuándo se marcharán?

—Mis navíos se hundieron... y... —carraspea—. Necesito construir unos nuevos... —Frunce el ceño y dibuja una imperceptible sonrisa—. Si vos me proporcionáis gente y madera, os lo agradecería. Y os lo prometo, nos iremos en cuanto estén listos de lo contrario tendremos que permanecer aquí o en Tascaltécal o Churultécatl.

Mientras la niña Malina traduce, Malinche le dice a uno de sus hombres que estén preparados para cualquier ataque.

—Os ruego que habléis con vuestra gente. Detenedlos antes de que ocurra una tragedia. Ni vos ni yo queremos la guerra. Somos amigos.

—¿En cuánto tiempo estarían listas tus casas flotantes?

—No lo sé; podrían ser unos treinta o cuarenta días, depende de cuánta gente trabaje en ellas.

Motecuzoma inhala lentamente al mismo tiempo que dirige la mirada al techo.

—Espero que no sea otra de tus mentiras, Malinche.

—No, no —responde humildemente—. Sólo que... cuando nos vayamos, vos tendréis que acompañarnos.

—¿Yo? ¿Por qué?

—Para garantizar nuestra salida. El camino es muy largo y peligroso.

—No. Tengo que atender asuntos del gobierno.

—Ésa es mi condición. —Malinche infla el pecho, y coloca su mano sobre el puño de su espada.

Motecuzoma dirige la mirada a los miembros de la nobleza.

—Les daré todos los hombres que necesitan y la madera para que construyan sus casas flotantes, y los escoltaremos hasta las costas.

—Enviaré gente para que se encargue de eso. Yo permaneceré aquí, con vos, hasta que estén terminadas.

Motecuzoma niega con la cabeza.

—No. —Frunce el ceño—. Pueden irse a las costas para apresurar la construcción de las casas flotantes. Los miembros de la nobleza y yo los acompañaremos y los atenderemos allá.

—Y mientras tanto podríais organizar vuestras tropas para atacarnos lejos de aquí. —Sonríe ligeramente—. No. Esperaremos aquí. Y cuando llegué el momento, marcharemos a las costas, por supuesto, vos con nosotros. Y de ahí os llevaré a conocer a su majestad, el rey Carlos Quinto, y a su madre, la reina Juana.

La discusión se prolonga hasta que Motecuzoma accede. A pesar de todo, el tlatoani recupera el ánimo, pues entre tantos fracasos surge por fin una ligera posibilidad de que se marchen. Ordena que no ataquen a los extranjeros; aunque explica sus motivos, la mayoría no ha quedado satisfecha. Ya no les interesa negociar ni mucho menos esperar, pero mientras el tlatoani no dé la orden nadie disparará una sola flecha.

Malinche y sus hombres están verdaderamente preocupados, pues la niña Malina y los aliados tlashcaltecas les han informado que, en efecto, los meshícas están reuniendo sus tropas. Han reforzado la vigilancia e incluso duermen con sus trajes de metal, sus palos de fuego y sus arcos de metal.

Al día siguiente, marchan cientos de tenoshcas —carpinteros, tamemes y mujeres para que les preparen alimentos— junto a un pequeño grupo de hombres blancos y una tropa de tlashcaltecas; van rumbo a las costas para construir las casas flotantes. La mayoría ya tiene experiencia, pues fabricaron las dos casas flotantes en el lago de Teshcuco.

Mientras se lleva a cabo la construcción de tres casas flotantes en las costas totonacas, Motecuzoma recibe una noticia que lo deja sin palabras.

—Señor, señor mío, gran señor —le informa uno de los ministros que entran todos los días para hablar con el tlatoani sobre asuntos de gobierno—. Han llegado once casas flotantes por las costas de Tabscoob. Vienen aproximadamente ochocientos hombres y ochenta venados gigantes.

El tlatoani permanece en silencio por un rato.

—Eso quiere decir que Malinche y su gente ya se pueden marchar —dice sin mucho entusiasmo—. Aunque también —se cruza de brazos— podrían venir para auxiliar a Malinche en caso de una guerra. —Los miembros de la nobleza contemplan en silencio el soliloquio del tlatoani—. ¿Les mandó avisar? ¿Cuándo? ¿Cómo? ¿Tan pronto? Eso no es bueno. ¿Qué piensas hacer, Motecuzoma?

Mira a los miembros de la nobleza.

—Sugiero que los ataquemos de una vez —exhorta uno de ellos—. Que aprovechemos que están en la ciudad. Si dejamos que se encuentren con los que acaban de llegar, será casi imposible acabar con un ejército tan grande. Luego podríamos llevar a nuestras tropas a las costas para evitar que arriben hasta acá.

—Si los atacamos en las costas, algunos podrían huir en sus casas flotantes y dar aviso a su tlatoani, que podría enviar más tropas.

—De cualquier manera algún día se enterará.

—Lo mejor será que los dejemos entrar. Luego resolveremos qué hacer.

—No, eso es lo peor que podemos hacer.

—Debemos investigar quiénes son y qué quieren.

—¿Qué quieren? Lo mismo que Malinche. Oro.

—Envíen una embajada para informarnos mejor —concluye el tlatoani—. También llévenles regalos. Investiguen quiénes son y qué es lo que buscan.

Conforme pasan los días, Motecuzoma cambia su actitud con Malinche. Le habla de una manera más amistosa y lo invita a comer con él. Siempre que hay oportunidad le pregunta qué le ha dicho su tlatoani sobre su viaje, qué quiere, qué piensa hacer y cuándo piensa venir. Malinche le responde con lo primero que le viene a la mente; y Motecuzoma descubre que no está enterado de la llegada de las casas flotantes. Con el tiempo que lleva tratándolo ha descubierto que a Malinche le gusta intimidar de una manera muy sutil, por lo que avisarle al tlatoani que vienen refuerzos habría sido una herramienta eficaz.

Cuando vuelven los mensajeros de Motecuzoma, le informan que el hombre que viene al mando de las casas flotantes se llama Panilo Navaz[67], y que le ha mandado un mensaje y algunos regalos.

—Dice que Malinche es un delincuente prófugo —informa el embajador—, y que el tlatoani de sus tierras lo está buscando.

Es la primera vez que Motecuzoma sonríe tanto.

—También dijo que en cuanto su tlatoani se enteró de que Malinche había venido a estas tierras, lo mandó buscar para encarcelarlo, pues está muy molesto de que a usted lo tenga preso y le haya robado todos sus tesoros. El tecutli Panilo dice que tiene órdenes de liberarlo a usted, arrestar a Malinche y volver a sus tierras.

---

67   Pánfilo de Narváez.

Para los miembros de la nobleza es la mejor noticia que han recibido en mucho tiempo. Y están deseosos de gritar de alegría, pero saben que hacerlo evidente alertaría a los guardias de Malinche que siguen ahí, indiferentes y aburridos.

Sin embargo, el tlatoani duda de la bondad de ese tal Panilo. «¿Y si en lugar de liberarte, ese otro tecutli te deja preso?», se pregunta. «No, Motecuzoma, no pienses en eso en este momento. Ocúpate en armar una estrategia. Aprovecha la enemistad entre Malinche y Panilo Navaz. Lo importante es que no lleguen a una alianza. Es mejor que se destruyan entre sí, ya luego buscarás una manera de liberarte de esta prisión». —Díganle al tecutli Navaz que tiene mi amistad —dice al embajador—. Y llévenle más regalos de oro, plata y piedras preciosas.

Esa misma tarde, Malinche visita a Motecuzoma y lo primero que llama su atención es su buen ánimo. Se le acerca con esa sonrisa fija y le pregunta cómo se siente, aunque lo ha inferido. El tlatoani, muy amistoso, lo invita a comer con él y pregunta si ha recibido informes sobre la construcción de las casas flotantes. Malinche analiza con desconfianza todo lo que hay en la sala y a los miembros de la nobleza, que están de pie, esperando a que el tlatoani termine de comer. Los nota despreocupados. Luego de un rato se retira y habla con sus hombres más cercanos. Les dice que está seguro de que los meshícas están tramando algo. Pronto salen los soldados de Malinche a revisar las calles, las casas, los canales, las canoas y las calzadas. Al volver le reportan a Malinche que no hay nada extraño, hasta el momento. «Hasta el momento» no es una respuesta aceptable para Malinche, quien los llama ineptos y holgazanes.

—Busquen bien. Algo están tramando esos indios.

Sus sospechas no lo dejan en paz y decide volver a las Casas Viejas para hablar con Motecuzoma. Mientras habla camina de un lado a otro. Interroga de la manera más sutil posible. Examina cada palabra, cada gesto, cada movimiento del tlatoani. Busca alguna respuesta en su tono de voz y en sus ojos.

—Ya me enteré —miente.

—¿De qué? —responde Motecuzoma imperturbable.

—Creísteis que no lo iba a saber.

—No sé de qué me hablas.

—Está bien. —Se da media vuelta y se dirige a la salida. La niña Malina y Jeimo van detrás de él.

Espera que el tlatoani lo detenga en el camino. Se detiene al salir y dirige su mirada a los soldados. Les pregunta si han escuchado algo sospechoso. Ellos niegan con preocupación y temor a ser castigados por Malinche, que justo en ese momento vuelve a la sala y se percata de que el tlatoani trae puesto un atuendo nuevo. Se queda en silencio por unos minutos, sabe perfectamente que en los últimos días, debido a su estado depresivo, el tlatoani ya no mostraba interés en bañarse o cambiarse de ropa. Motecuzoma está seguro de que Malinche no sabe lo que está buscando, aunque también concluye que si le informa sobre la llegada de las casas flotantes podría ser mejor para el pueblo meshíca: detonar su ira, acelerar su reacción, mandarlo a las garras de su depredador.

—¿Cuándo piensan volver a su tierra?

—Ya os lo dije, cuando estén listos los navíos.

—Pero eso ya no será necesario. Con los que acaban de llegar será más que suficiente.

Malinche frunce el ceño y hace una mueca. Aprieta el puño de su espada.

—Ah, sí, lo olvidé. ¿Cómo os enterasteis?

—¿Cómo te enteraste tú?

—Me acabo de enterar en este momento. —Malinche se cansa de jugar con las palabras y decide admitir su desconocimiento sobre la llegada de navíos—. ¿De qué estáis hablando?

—De que llegaron once casas flotantes a las costas de Tabscoob y van rumbo a tierras totonacas. Vinieron por ustedes. Dime qué día sería el más apropiado y los escoltaremos para que no corran ningún peligro.

—En verdad me da mucho gusto. —Se talla un ojo con el dedo índice—. Vos no sabéis cuántos deseos tengo de llevaros con su majestad, el rey Carlos Quinto. —Levanta la mirada hacia el cielo y extiende los brazos—. Oh, Dios mío, gracias por este milagro. —Luego dirige la mirada a Motecuzoma y sonríe—. Voy a informar a mis hombres.

Malinche cumple con lo que acaba de decir. En cuanto sale de la sala, ordena que se reúnan los capitanes principales. Les informa que han llegado navíos a las costas de Tabscoob y que muy pronto estarán en Cempoala. Todos se muestran tan gustosos que gritan, hacen estallar sus palos de fuego y agradecen a su dios. Malinche sonríe con dificultad. Va y viene de los aposentos donde se hospeda. Trae regalos para sus hombres: joyas, lingotes de oro, piedras preciosas, oro en grano. Les dice que quiere compartir el oro con ellos antes de que lleguen los demás, pues ni él mismo sabe quiénes son. La probabilidad de que hayan llegado directamente desde España es remota. Está seguro de que vienen de Cuba. De ser cierto, no vienen en son de paz[68]. Decide enviar a cinco hombres[69] a las costas para que investiguen quiénes están al mando de los navíos y cuál es el objetivo de su viaje; les indica que vayan por diferentes caminos, previniendo que si alguno de ellos no llega, los otros podrán interceptar cualquier expedición que venga en camino a Tenochtítlan. Asimismo, dos de ellos deben ir a las costas totonacas a informar a los hombres que están ahí.

Después de quince días, Motecuzoma recibe a uno de sus informantes. Las casas flotantes han llegado a tierras totonacas y los hombres que han bajado de ellas han tenido un altercado con los que ya estaban ahí; les prohíben volver a Meshíco Tenochtítlan. El tlatoani siente que en estos momentos no debe ocultarle nada a Malinche. Toda esta información sirve para provocar su ira y despertar sus temores. Lo incita para que vaya a ver a los que acaban de llegar a las costas, pero Malinche decide esperar un poco y envía a otro de sus hombres de confianza[70], junto con otros soldados, para que entregue una carta a los recién llegados, en la que Malinche se presenta como conquistador de estas tierras; y que si ellos vienen de parte del rey Carlos Quinto serán bienvenidos, pero si son extranjeros y quieren entrometerse, en nombre del rey Carlos Quinto les pide que se retiren lo antes posible, so pena de ser atacados.

Cinco días después llegan a Meshíco Tenochtítlan veinte hombres barbados, de los que recién arribaron a las costas totonacas.

68  Era gente enviada por Diego Velázquez.
69  Diego García, Francisco Bernal, Francisco de Orozco, Sebastián Porras y Juan de Limpias.
70  Fray Bartolomé de Olmedo.

Motecuzoma se entera de que uno de ellos es sacerdote, pues Malinche lo trata con mucho respeto, cual si fuese un tlatoani. Días más tarde, Malinche envía una carta al capitán de las tropas recién llegadas a las costas totonacas, en la cual le cuenta que tiene preso al tlatoani y le ofrece una alianza para concretar la conquista de las tierras tenoshcas. De igual forma, le comenta que no puede abandonar la ciudad de Meshíco Tenochtítlan, pues debe evitar una rebelión. Sin embargo, no recibe respuesta.

Pronto llegan a él más informes sobre los abusos del tecutli Navaz y toma la decisión de ir personalmente a las costas totonacas. También está enterado de que el tlatoani le estuvo enviando regalos; así que le oculta a Motecuzoma y los pipiltin que piensa salir de la ciudad. Pero hacer algo en secreto a estas alturas es casi imposible, ya que todos ven y escuchan lo que hacen los barbados. Saben que algo están tramando y se lo notifican al tlatoani, quien no puede hacer más que esperar y pensar en su siguiente maniobra. Si Malinche se marcha, las probabilidades de conseguir su libertad crecen a pasos agigantados.

—¿Qué está ocurriendo? —pregunta Motecuzoma a Malinche cuando va a verlo—. ¿Por qué tus hombres están tan tranquilos?

Tonátiuh y otros capitanes se encuentran presentes.

—No entiendo de qué estáis hablando —contesta Malinche y mueve los hombros cual si tuviera comezón en la espalda.

La niña Malina observa con cuidado cada movimiento de Motecuzoma, que baja los ojos y cruza los dedos de su mano derecha con los de la izquierda a la altura de su abdomen.

—Tengo que ir a luchar en contra de los hombres que están en las costas. Pero dejaré a cargo a Pedro de Alvarado.

Tonátiuh infla el pecho y sonríe orgulloso con su arma de fuego en las manos.

—Tengo entendido que el número de soldados que llegaron es mucho mayor al tuyo.

—Lo sé, pero Jesucristo y la virgen María están de mi lado y sé que podré derrotarlos.

—Vas a necesitar más gente. Llévate a todos tus soldados.

Malinche dibuja una sonrisa mordaz al escuchar eso.

—No olvidéis que habéis prometido vasallaje a su majestad, el rey Carlos Quinto.

—Ve con confianza. —El tlatoani asiente con la cabeza.

—Espero que no me traicionéis. Os pido que ayudéis a mi hermano Pedro de Alvarado.

Motecuzoma arruga los labios y rápidamente finge una sonrisa.

—Espero que vuestros nobles y sacerdotes no hagan cosas de las que podáis arrepentiros después. Os aseguro que lo pagaríais con vuestras vidas. Asimismo, os pido que no quitéis la cruz ni la imagen de la virgen que hemos puesto en el templo y que no hagáis sacrificios humanos. Por último, os pido que me proporcionéis soldados para ir a la guerra contra Pánfilo de Narváez.

—Yo no puedo hacer eso —responde el tlatoani de forma tajante—. Los meshícas no quieren sostener más guerras con ustedes ni con nadie que venga de sus tierras. Y aunque los envíe, ellos escaparían de ustedes en el camino o en la batalla.

—Como vos decidáis. Sólo os recuerdo que si a mí o a alguno de mis hombres nos ocurriese algo en el camino a las costas, mi hermano Pedro de Alvarado tiene órdenes estrictas de mataros a vos y a todos los miembros de la nobleza. Y después llegarán los soldados de Pánfilo de Narváez y acabarán con vuestro pueblo.

Motecuzoma baja la mirada y traga saliva. Nunca antes había tomado una amenaza tan seriamente. Malinche abandona la sala sin despedirse. Se dirige al patio y organiza a sus soldados. Les habla por un largo rato sobre los riesgos que corren al quedarse solos. Les dice que en caso de una rebelión los maten a todos, pero que hagan lo posible por evitarla. Deben prohibirle a Motecuzoma que tenga contacto con el exterior, aunque les rueguen para hablar con él. Y, una vez más, les promete que cuando todo esto termine tendrán muchas riquezas.

Al día siguiente, organizan un ritual para su dios y se despiden con mucho afecto. Están temerosos. Malinche no se cansa de repetir lo que deben hacer en su ausencia. Les recuerda que muy pronto tendrán tantas riquezas que no será necesario trabajar por el resto de sus días. Finalmente, sale acompañado de ochenta hombres, trece caballos y doscientos tamemes.

## 36

Jamás imaginaste que sufrirías una humillación tan grande, Motecuzoma. Tú, el huey tlatoani de Meshíco Tenochtítlan debes darle explicaciones a un imbécil como Pedro de Alvarado, que camina de un lado a otro, mientras se acaricia la barba amarilla. Te preguntas a quién se le ocurrió llamarle Tonátiuh. Tan sólo por sus cabellos brillantes decidieron compararlo con nuestro venerado dios del sol. Desde que se enteró de dicha comparación, se sintió halagado. Ahora que has aprendido algo de su lengua puedes pronunciar su nombre y ya no le llamas Tonátiuh como el resto de los tenoshcas. No soportas el autoritarismo de este pelele de Malinche. Mucho menos ahora que está al mando de la tropa.

Entra a la sala principal del palacio sólo para preguntar dónde tienes más oro. Tu respuesta no ha cambiado desde entonces: «¿Vas a permitirle a mi pueblo que lleve a cabo las celebraciones del Tóshcatl?». Sin embargo, te responde con esa frase que tanto repite y que tanto desprecias: «Indio del demonio». Cuando le preguntaste a Orteguilla qué significaba eso de indio, él te explicó que así se les llama a los que viven en las tierras que llaman las Indias y que un señor al que llaman Cristóbal Colón fue quien llegó primero a una de las islas taínas creyendo que estaba en la India. Además, te aclaró que los indios tienen la piel igual de oscura que los meshícas.

—Yo no soy como Hernando Cortés. —Alvarado te enseña su sonrisa asquerosa—. A mí no me engañáis, indio del demonio. Estáis tramando algo. Tus enemigos tlasultecas me han prevenido.

Alvarado dice que no es como Malinche, pero se nota en todo lo que hace que ansía ser como él y, sin darse cuenta se ha convertido en su remedo. Los demás capitanes ríen con él, como si tuvieran miedo a ser castigados por no hacerlo. Los miembros de la nobleza bajan las miradas para contener el repudio que sienten hacia Tonátiuh. Están hartos de tantos insultos, pero justamente ahora que podrían cobrar venganza es cuando más deben callar. Las celebraciones del Tóshcatl serán en unos cuantos días. La niña Malina y Jeimo Cuauhtli traducen lo que dice el pelele de Malinche.

—Son mis enemigos, tú lo has dicho —respondes—. Por tanto, quieren provocar temor en ti.

—¿Me estáis diciendo cobarde? —levanta la voz y se lleva la mano a la espada.

No es la primera vez que pretende intimidarte con alguna de sus armas, así que te muestras indiferente. Jamás has temido a la muerte y a estas alturas menos.

—Por el contrario —respondes con tranquilidad y te acercas a él—. Sé que eres un hombre valiente y muy inteligente.

Pone el filo de su espada en tu pecho. Lo observas directo a los ojos. Sabes que no se atreverá a hacerte algo porque eres la joya más preciada de Tenochtítlan y si tú mueres, ellos quedarán desprotegidos ante la furia del pueblo meshíca.

—¿Para qué es esa celebración? —pregunta Alvarado.

—Para nuestros dioses.

—Eso ya lo sé. ¿Qué van a hacer?

Explicas que para el Tóshcatl hacen una estatua de Huitzilopochtli, a la cual empluman y le ponen aretes de serpiente con turquesas pegadas de donde cuelga una hilera de espinas de oro a manera de los dedos de los pies. Su nariz, hecha de oro, es como una flecha, de la cual pende una hilera de espinas. Sobre su cabeza se erige un atavío de colibrí. En la nuca le colocan una bola de plumas de loro amarillas de la cual cae una mecha de cabellos, de color turquesa. Le ponen un manto decorado de ortigas, teñido de negro y decorado con plumas de águila; abajo un manto ornamentado con cráneos, huesos humanos, orejas, corazones, tripas, hígados, senos, manos, pies; lleva un taparrabo, un estandarte sangriento hecho de caña sólida con cuatro flechas, un cuchillo de papel al frente, y, por último, un brazalete en su brazo izquierdo.

—Llevamos en procesión la estatua de Huitzilopochtli al Coatépetl. Al frente marchan, sobre pencas de maguey, unos jóvenes que llevan unas tiras de papel, algunos danzantes y dos sacerdotes que esparcen incienso. Van seguidos por los sacerdotes que, teñidos de negro, cargan en ricas andas la estatua de Huitzilopochtli. Atrás avanzan más sacerdotes entonando los himnos del dios. Los espectadores que siguen la procesión se azotan las espaldas con unas sogas de henequén, hasta sangrar. Al caer la tarde llevan la estatua del dios Huitzilopochtli hasta la cima del Coatépetl. La enrollan con gran cuidado para que no se rompa. La atan con unas cuerdas para que no se incline y le colocan las ofrendas.

»Al día siguiente, los habitantes le ofrendan incienso de copal y toda clase de guisados. Los sacerdotes les arrancan las cabezas a algunas aves con las manos y rocían la sangre sobre el dios, para luego comérselas asadas. Todas las jóvenes tenoshcas se embellecen: se visten con enaguas y huipiles nuevos, se ponen color en las mejillas, se pintan las bocas de negro, se ponen plumas coloradas en los brazos y en las piernas y sartas de maíz tostado[71], que semejan flores muy blancas, en el cabello y cuello. Caminan en fila hacia el teocali, cargando un cestillo de tortillas en una mano, y en la otra un recipiente con alimentos. Delante de ellas va un anciano. Al llegar frente a la divinidad, las jóvenes colocan sus recipientes y el anciano las conduce nuevamente a sus aposentos de retiro. Algunos jóvenes toman los platos y los llevan a las recámaras donde están los sacerdotes del teocali, que han permanecido ahí, en ayuno, por cinco días; y comen con gusto los alimentos sagrados, que nadie más puede ingerir.

»Diez días antes de las celebraciones, llegan los miembros de la nobleza al Coatépetl y les dan a los sacerdotes, en ofrenda, nuevas vestiduras, insignias y atavíos para el dios Tezcatlipoca. Le quitan las antiguas y las guardan en unas petacas, y lo visten con las nuevas. Luego remueven los velos que cubren la entrada para que el pueblo entero lo pueda contemplar. El sacerdote encargado de esta ceremonia, usando ropas iguales a las del dios, con bellísimas flores en una mano y una flauta en la otra, entona hermosas canciones desde la cima del Coatépetl. Mientras tanto toda la gente se arrodilla para tomar tierra con las manos e implorar al viento, las nubes y el agua.

»Al mismo tiempo, los guerreros piden a los dioses fuerza y virtud para vencer en las guerras. Los que han cometido algún crimen también están ahí, haciendo penitencia, echando incienso a los dioses y pidiendo perdón por sus delitos.

---

71  Lo que hoy en día conocemos como palomitas de maíz o rosetas de maíz.

Pedro de Alvarado escucha sin atención lo que la niña Malina traduce, Motecuzoma, porque sabe que un año antes se elige a un joven de cabello largo hasta la cintura y que tú, como huey tlatoani, estás a cargo de vestirlo con ropas semejantes a las del dios: plumas blancas en la cabeza y una guirnalda de flores, aretes de oro, un collar de piedras preciosas, un morral a la espalda, ajorcas de oro arriba de los codos, muchas pulseras de piedras preciosas, una manta rica con flecos para cubrir su espalda y pecho, un *máshtlatl* (taparrabo), cuyos bordados le llegan a las rodillas, cintas con cascabeles de oro en las piernas y unas sandalias hermosamente decoradas.

No te cree cuando le explicas que ese joven representa al dios durante un año y, por tanto, recibe trato de dios.

—Vive en una habitación del Coatépetl. Todos, absolutamente todos, lo reverenciamos —le explicas de la misma forma en que se lo contaste a Malinche.

—¿Vos también lo tratáis como un dios? —pregunta con tono burlón.

—Incluso el tlatoani debe cumplir con ese ritual, pues ese joven no es como los demás. Él ha nacido para eso, así que se le educa en el Calmécac para que sea versado en la poesía, el canto, el uso de la palabra, la religión, la música, las artes y la astrología. Durante todo el año se le puede ver por las calles en compañía de Tlacahuepan, otro joven elegido, y ocho pajes que llevan flores en las manos y tocan sus flautas para anunciar su presencia. Las mujeres salen a hacerle reverencia y él las recibe con cariño, les habla o recita poemas.

»Cuando faltan veinte días para el sacrificio, se lleva a cabo una ceremonia en la que se le corta el cabello, dejándolo lo suficientemente largo para atarlo sobre la coronilla; se le cambian las prendas y se le entregan cuatro doncellas, cuyos nombres siempre son los mismos: Shochiquetzal, Shilonen, Atlatónan y Huishtozíhuatl, para que disfrute de ellas hasta el día de su muerte. Durante los cinco días que faltan para el sacrificio, el joven acude, en compañía de los miembros de la nobleza, a todos los banquetes que se hacen en los barrios.

»Llegado el día del sacrificio, es llevado en compañía de sus pajes y doncellas. Las mujeres lo despiden con llantos. Los miembros de la nobleza lo esperan para conducirlo al teocali para ser sacrificado.

Al subir al edificio de los sacrificios, azota en los escalones las flautas que utilizó durante el año. Los sacerdotes lo colocan sobre la piedra de los sacrificios y le sacan el corazón para ofrecérselo al sol. Finalmente, dejan su cuerpo en el piso, le cortan la cabeza y la colocan en el tzompantli. Y una vez más se inicia el ciclo: se elige a otro joven para que tome su lugar.

»Para las celebraciones de Tezcatlipoca y Huitzilopochtli, confeccionan collares con maíz y se los ponen a los principales. Las plebeyas llevan papeles pintados; mientras que las pipiltin visten unas mantas delgadas pintadas con rayas negras que les cubren casi todo el cuerpo. En las manos llevan unas cañas con papel pintado, participan en las procesiones y danzan alrededor de un fogón, guiadas por dos hombres con el rostro teñido y que bailan como mujeres, en la espalda cargan unas jaulas decoradas con banderitas de papel y atadas por el pecho.

»Los sacerdotes también danzan, llevan las caras teñidas de negro, los labios y parte de la cara enmielados, de tal modo que brillan con la luz. Sus frentes van adornadas con unas rodajas de papel plegado en forma de flores y sus cabezas con plumas blancas de guajolotes. En las manos portan unos cetros de palma pintados con rayas negras, que en la punta superior ostentan una flor hecha de plumas negras, y en el otro extremo una borla de pluma negra; al danzar tocan el suelo con estos cetros, como si se apoyasen en ellos.

»Los pipiltin y los guerreros bailan en otras partes del patio, trabados de las manos y culebreando, y entre ellos danzan las doncellas. Si alguien les habla o las mira obscenamente se le castiga de inmediato.

—¿Las danzas duran todo el día? —Pedro de Alvarado se muestra impaciente, Motecuzoma.

—Así es. Acabadas las celebraciones adornan al joven llamado Tlacahuepan con papeles que tienen pintadas unas ruedas negras. Sobre la cabeza le colocan una mitra de plumas de águila, en medio lleva un cuchillo de pedernal erecto, con plumas coloradas, la mitad teñida con sangre. En la espalda trae un ornamento cuadrado, hecho de tela rala, atado con cuerdas de algodón al pecho, y encima una taleguilla. En uno de los brazos un adorno a manera de manipulo, confeccionado con la piel de algún animal fiero. En las piernas le atan cascabeles de oro. Mientras duran las danzas participan en ellas. En los bailes de los macehualtin van al frente.

»Llegado el día señalado, se entrega voluntariamente a sus sacrificadores, quienes le sacan el corazón y le cortan la cabeza para encajarla en el tzompantli, junto a la de su joven compañero anteriormente sacrificado por ser la encarnación del dios. Durante ese día los sacerdotes hacen unos cortes con sus cuchillos de obsidiana: en el pecho, estómago, muñecas y brazos de los niños y las niñas meshícas[72].

—Ya os lo he dicho muchas veces. ¡No debéis hacer sacrificios humanos! —te grita.

—Ustedes los han hecho —le respondes sin intimidarte—. Ustedes sacrificaron a su dios y lo colgaron de una cruz.

Alvarado suelta una carcajada. Los demás capitanes lo imitan.

—Indio del demonio. —Estira los brazos imitando a su dios en la cruz—. Él dio su vida por nosotros.

—Los mancebos que son sacrificados también dan su vida por nosotros.

De pronto te percatas de que la niña Malina no ha traducido lo que dijiste con exactitud.

—Está celebración no puede posponerse, jamás, por ningún motivo —ella le explica directamente a Alvarado—. Si la prohibís corréis el riesgo de que se revelen contra vosotros.

Te das cuenta de que la sonrisa de Alvarado ahora es forzada. Por supuesto que entre los tenoshcas hay muchos deseos de atacar a los barbudos, pero no en esos días. Pedro de Alvarado le dice a la niña Malina que los tlashcaltecas le han advertido que la celebración es sólo un pretexto para atacarlos, ya que Malinche está ausente.

—Los tlasultecas me han dicho que tienen planeado quitar la imagen de la virgen que está en su teocali del dios Huichilobos.

—Si lo hacen es para poner la imagen de Huitzilopochtli —explica la niña Malina—. Es indispensable para el mitote.

Alvarado cambia su versión y asegura que sus soldados ya vieron las armas escondidas en las casas y los teocalis.

72   Descripción basada en el *Códice Florentino*.

—Vayan por ellas y sáquenlas —le respondes—. Busquen, y si encuentran armas yo mismo mandaré castigar a los que las pusieron ahí.

El hombre de las barbas amarillas se da media vuelta y habla con sus capitanes. Muchos niegan con la cabeza. No hay risas. En verdad cree que eres un imbécil. Tú, Motecuzoma, no llevarías a cabo una conspiración así, y mucho menos ignorando el resultado de la visita de Malinche a las costas totonacas. Es cierto que ha pasado por tu mente, pero las celebraciones del Tóshcatl merecen el máximo respeto.

Desde que Malinche se marchó, la niña Malina ha cambiado su actitud, casi no te mira, como si su soberbia se hubiese ido con su tecutli.

—¿Cuánto oro pensáis entregarnos a cambio de que os dejemos hacer vuestra fiesta? —pregunta Alvarado luego de haber discutido largo rato con sus capitanes.

Sin pensarlo mucho, le prometes dos cargas con la condición de que cumpla su palabra. Una vez más te amenaza con su espada.

—Queda prohibido que hagáis sacrificios humanos —te advierte apuntándote con su espada—. No os atreváis a traicionarnos.

—Necesito estar presente —le dices.

Niega con la cabeza y voltea a ver a sus capitanes esperando alguna señal. Ellos también se muestran temerosos.

—No. —Guarda su espada—. Ni lo penséis. No os permitiré salir de este palacio.

Los miembros de la nobleza se entristecen. Uno de ellos decide intervenir sin tu permiso; Pedro de Alvarado escucha la traducción de la niña Malina.

—Dice que podrían traer al patio de este palacio a los danzantes para que Motecuzoma los pueda ver. Después continuarán en el Monte Sagrado.

Pedro de Alvarado vuelve con sus capitanes. Sí, así es, Motecuzoma, este pelele es un enemigo fácil de vencer, pero también bastante peligroso. Sabes que en cualquier momento podría cometer alguna estupidez. Cuando regresa te pide otra carga de oro.

—Como tú ordenes —respondes, pues no tienes deseos de seguir discutiendo.

Te diriges a uno de los miembros de la nobleza y le pides que mande traer tres cargas de oro para el pelele de Malinche. Mientras llegan, dedicas tiempo a organizar la gran fiesta. Los sacerdotes se muestran contentos. La sala principal del palacio está dividida en tres grupos: Alvarado y sus capitanes, los soldados tlashcaltecas y los miembros de la nobleza y tú. El ruido que hacen los barbudos te parece insoportable. Jamás había habido escándalos similares en los palacios.

En cuanto llegan los tamemes con las cargas de oro, Alvarado y sus hombres se apresuran a abrir los bultos. Gritan de alegría y sumergen sus manos entre las joyas y las piedras preciosas. Las cadenas y brazaletes se escurren entre sus dedos al tiempo que sus ojos parecen estar a punto de salirse.

## 37

Desde las azoteas de las Casas Viejas alcanzan a verse, al fondo, las secciones superiores de los teocalis principales —alumbrados por las teas de fuego—, y las azoteas de otros edificios menores, igualmente iluminadas. El muro que rodea al palacio impide ver con claridad lo que ocurre en las calles y la plaza del recinto sagrado. Casi no pueden verse los cuerpos de las personas, pues son tantos y tan largos los penachos que parece una gigantesca alfombra de plumas que serpentean a cada paso.

Los soldados de Malinche han estado rondando la ciudad desde la semana pasada. Vigilan a las mujeres que están a cargo de moldear la pasta de grano de amaranto para el cuerpo de Huitzilopochtli. Sin pedir permiso entran en las casas, revisan que no haya armas escondidas. Hasta el momento han encontrado quince macahuitles, tres arcos y treinta flechas, en un total de dieciocho casas, en una ciudad de doscientos mil habitantes.

La noche antes de que den inicio las celebraciones, se escuchan las caracolas y los teponashtles, que no cesarán hasta el final de las ceremonias. Los soldados que se hallan las azoteas han sido testigos de los preparativos del mitote; miles de personas se dedican a barrer toda la ciudad, a adornar sus casas, las calles y los teocalis con flores y a instalar antorchas por todas partes.

Tonátiuh no quita el ojo del numeroso contingente que ha llegado para la celebración. Aunque comprendía la trascendencia del evento, no imaginó que fuese de tales magnitudes. Dio una vez más la orden de que los soldados vigilaran que los meshícas no introdujeran armas. Pese a que le han dicho que no hay armas, los manda a recorrer la ciudad. La mayoría muestra renuencia, alegando que es peligroso salir del palacio habiendo tantos indios sueltos.

—¿Y para qué os sirven las armas? —les responde furioso—. Ante las explosiones de los arcabuces esos perros no saben hacer otra cosa que salir corriendo como ratas. Si os sentís más seguros, llevad con vosotros los cañones. Si escucháis algún disparo, en cualquier lugar, comenzad a matar a todos esos indios sin cerebro.

Tonátiuh se asoma nuevamente por la azotea, justo cuando va entrando por la calzada de Tlacopan la procesión que lleva la imagen de Huitzilopochtli. Los sigue el mancebo que representa al dios Tezcatlipoca, el otro joven que lo acompañó por un año y las cuatro doncellas. Entran decenas de danzantes ricamente ataviados. El ruido de los teponashtles, las caracolas, los cascabeles, las flautas y los gritos de la gente son ensordecedores.

Mientras los soldados penetran los tumultos con dificultad, el hombre de las barbas amarillas baja de la azotea y se dirige a la sala principal donde Motecuzoma se encuentra ricamente ataviado y acompañado por los miembros de la nobleza.

—Indio del demonio, ya descubrí tu conjura.

Motecuzoma y los nobles rechazan la acusación. Aunque presentían que algo así podría ocurrir, tenían una vaga esperanza de que los dejaran en paz, por lo menos en esos días tan significativos.

—No existe tal conjura —le responde Motecuzoma.

—Los tlashcaltecas me han informado que habéis metido armas a vuestros teocalis y a vuestras casas.

—¡Eso es mentira! —Motecuzoma levanta la voz exacerbado.

Tonátiuh saca su espada y la apunta hacia el rostro del tlatoani.

—¡Cuidad vuestras palabras, perro maldito!

—¿Quieres más oro? —El tlatoani infla el pecho y alza la barbilla. La punta de la espada le roza la garganta.

—Lo sabía. —Se ríe con soberbia—. Vos tenéis más tesoros escondidos.

—Te entregaré otras cuatro cargas en cuanto termine el Tóshcatl.

La niña Malina y Jeimo Cuauhtli traducen lo más rápido posible. En ocasiones Motecuzoma no espera y responde con lo poco que ha aprendido de la lengua de los barbados. A fin de cuentas las conversaciones con el hombre de las barbas amarillas tratan únicamente de oro. En ese momento entra uno de los soldados de Malinche y anuncia que los tenoshcas están afuera del palacio.

—¿Qué quieren? —pregunta Tonátiuh asustado.

—Dicen que vienen a danzar para el tlatoani.

—¿Quién les ha dicho que podían venir a ver a su reyezuelo?

Motecuzoma se exaspera al escuchar que Tonátiuh se rehúsa a permitirles la entrada a los danzantes y al mancebo que representa al dios Tezcatlipoca.

—¡Vosotros! —les grita a unos soldados sin bajar su espada—. ¡Ponedle grilletes a este perro!

—Prometiste que...

—¡Callad, indio del infierno!

Los miembros de la nobleza ruegan que se les permita celebrar el Tóshcatl y le quiten las cadenas al tlatoani.

—¡Llevadlo a la azotea! —les ordena a gritos a los que acaban de ponerle los grilletes a Motecuzoma. Guarda su espada y se dirige al soldado que entró para anunciarle la llegada de los danzantes. Se queda en silencio por un largo rato. Observa a los nobles; voltea a ver al soldado y sonríe con perversidad—. Dejadlos entrar al patio. Pero aseguraos de que no traigan flechas o macanas.

El soldado agacha la cabeza y se retira. Tonátiuh se dirige a los miembros de la nobleza mientras se acaricia las barbas amarillas.

—Queríais tener vuestro mitote con sacrificios. —Extiende los brazos hacia abajo—. Lo tendréis... —se dirige a los soldados tlashcaltecas—. Llevadlos a la azotea.

Uno de los miembros de la nobleza se niega a obedecer y dos soldados tlashcaltecas lo empujan para que avance. Tonátiuh, enfurecido, se acerca con su espada en mano y sin decir una palabra le corta una pierna al hombre, que cae sobre un charco de sangre que crece con prontitud.

—¡No queréis ir, quedaos allí!

Una de las mujeres meshícas, que también ha permanecido presa con Motecuzoma, comienza a gritar encolerizada; se acerca a Tonátiuh y le reclama, pero él la recibe con un golpe certero en la cara y la envía directo al suelo. Los demás miembros de la nobleza procuran defenderla, pero los tlashcaltecas se los impiden con empujones y gritos. La mujer desafía a Tonátiuh una vez más, pero él saca su espada y le corta un brazo.

—¡Ahorcad a esta perra! —ordena a uno de sus soldados.

Se dirige a los miembros de la nobleza, que ya no oponen resistencia. Se lamentan. Tonátiuh se da media vuelta para dirigirse a la salida.

Al llegar a la azotea se acrecienta el sonido de los teponash- tles, los cascabeles y los gritos de la gente que danza alegremente por toda la ciudad. Motecuzoma y los soldados que lo custodian se ubi- can a un lado de la escalera.

—¡Preparad vuestras armas! —grita y se dirige al pretil. Se asoma cuidadosamente y observa a los más de ochocientos tenoshcas que esperan ansiosos la aparición de su tlatoani—. Le daré una lec- ción a Hernando Cortés de cómo deben hacerse las cosas.

Los meshícas, que acaban de entrar al patio del palacio, comien- zan a tocar sus teponashtles, caracolas, flautas y cascabeles; a la par que otros inician sus danzas sagradas para anunciarle al tlatoani que han llegado. Con cada brinco sus penachos ondean como culebras. Gritan llenos de alegría: ¡Ay, ay, ay, ay, ay! Tonátiuh se dirige al tla- toani y lo toma fuertemente del brazo; mientras que con el otro sos- tiene un palo de fuego. Lo siguen varios de sus soldados con arma en mano.

—¿Queríais ver a vuestro reyezuelo? —Le alza las manos a Mo- tecuzoma.

Nadie le entiende porque la niña Malina ha desaparecido. La gente en el patio se percata de que Motecuzoma está encadenado y gritan asustados. Tonátiuh se dirige a los soldados tlashcaltecas y les ordena que lleven a los miembros de la nobleza. Al tener a uno de ellos cerca, lo jala del cabello y se dirige a los tenoshcas que han deja- do de bailar y de tocar sus instrumentos.

Afuera del palacio el mitote continúa.

—¿Queríais hacer sacrificios humanos? —Camina detrás del hombre, lo empuja hasta dejarlo pegado al pretil, le pone el arma en la nuca y dispara.

El cadáver se desploma de pecho, sobre el muro; resbala hacia abajo, da dos giros en el aire, rociando su sangre, y cae sobre los mes- hícas que observan y gritan aterrados. Motecuzoma grita iracundo e intenta golpear a Tonátiuh con las manos encadenadas, pero dos sol- dados lo detienen. Los miembros de la nobleza no dejan de proferirle insultos a los barbudos y a los tlashcaltecas. Tonátiuh trae a otro de los miembros de la nobleza y le da un tiro en la frente. Cae al patio de la misma forma. Los danzantes y sacerdotes que se hallan en el patio corren estremecidos hacia la salida, pero en el intento provocan que mujeres, niños y ancianos sean aplastados por la estampida. Tonátiuh y otros capitanes repiten la misma acción con otros miembros de la nobleza. Otros disparan desde la azotea hacia el tumulto que hace todo lo posible por salir del patio.

Los soldados, que habían salido a la ciudad y se subieron a las azoteas y a las cimas de los teocalis, han escuchado las ráfagas y desde ahí han comenzado a disparar a todo el que intente acercarse a ellos. La música se detiene. Sólo se escuchan los gritos y los disparos. Corren aterrados sin saber qué hacer. Nadie tiene una sola flecha ni macáhuitl para defenderse. No hay cerbatanas ni lanzas ni cuchillos ni piedras para lanzar.

Los disparos llegan de todas partes. Unos corren, otros se arrastran heridos, unos más lloran y gritan. Una mujer huye con sus dos hijos en brazos y, de pronto, un disparo en la espalda la derriba. Los niños, sin poder protegerse de la caída, se rompen la nariz y los dientes. Sangrando, lloran al ver que su madre no reacciona. Un hombre que pasa corriendo a un lado tropieza con ellos, pero al incorporase sigue su huida. A un lado acaba de caer otro hombre con la cabeza destrozada. El niño mayor, de apenas cuatro años, cubre al pequeño de año y medio que no para de llorar. Más adelante ocho personas salen volando en pedazos por uno de los cañonazos. Una de las cabezas cae justo frente a los niños, luego un brazo mutilado. Una anciana que intenta detener sus tripas con las dos manos mira con gran desconsuelo a los niños. Otros dos niños se arrastran con las espaldas demolidas. Un hombre contempla su brazo cortado y lo presiona hacia su abdomen para detener la sangre. Una mujer sin ojos camina con los brazos extendidos hacia el frente, hasta que otro disparo la derrumba. Los muertos se multiplican a cada segundo. La gente sigue corriendo para todas partes. Nadie se detiene a rescatar a nadie.

Poco a poco el piso se convierte en un enorme charco de sangre, con plumas de quetzal y faisán esparcidas. Un joven se arrastra por el piso. Ya no tiene piernas. Al fondo ve las patas de uno de los venados gigantes que se acerca hacia él. Voltea a su derecha y ve dos niños abrazados que no dejan de gritar. El ruido de las armas de fuego no cesa.

La gente sigue gritando. El joven se arrastra para quitar a los niños del camino del venado, que corre hacia ellos. Una de las patas del animal le aplasta la cabeza.

Otra señora corre a un lado de los niños cuando de súbito un hombre montado en uno de los venados gigantes se acerca con su largo cuchillo de plata en la mano y se lo entierra en la espalda. Con una patada la empuja para sacarle su filosa arma llena de sangre. Otra niña de ocho años yace en el piso al lado de su padre, que tiene las tripas de fuera. De pronto, ve a los niños abrazados, aunque decide no ir a socorrerlos. En ese momento cae sobre ella, y de nueve personas más, una de esas bolas de fuego que lanzan los barbudos.

Los niños gritan desesperados. Sus rostros y sus cuerpos están llenos tierra y sangre. Un hombre pasa corriendo y tropieza con ellos. Atrás viene uno de esos venados gigantes. Entonces decide tirarse al suelo, fingir que está muerto. Jala a los niños, les grita que se tiren al suelo. Ellos obedecen, pero en ese santiamén pasa el venado gigante sobre ellos: les tritura la cabeza al niño menor y la espalda al mayor. En cuanto el animal se retira, el hombre se arrastra para esconderse en otro lugar. Pero de nada servirá, pues vienen más soldados.

Vienen a pie, con sus escudos y sus espadas de metal. Rodean a los que estaban bailando, van a donde están los teponashtles, les cortan las manos, los cuellos y sus cabezas caen lejos. Atacan a la gente con las lanzas de metal. Algunos son cortados por detrás y enseguida sus tripas se dispersan. A algunos les reducen a polvo sus cabezas. Y a otros los golpean en los hombros. A otros los golpean repetidas veces en las corvas, en los muslos; les rajan el vientre y, enseguida, sus tripas se esparcen. Es en vano correr. No queda más que caminar a gatas, arrastrando las entrañas, que se les enredan en los pies. No se puede ir a ningún lado.

Algunos logran escapar escalando los muros o refugiándose en los aposentos del recinto, otros se meten entre los cadáveres, si los españoles ven que alguno se mueve lo rematan. La sangre corre como agua. Un olor fétido abunda por todas partes. Lanzan grandes gritos: ¡Oh, valientes guerreros! ¡Oh, meshícas! ¡Acudan! ¡Que se dispongan las armas, los escudos, las flechas! ¡Vengan! ¡Acudan! ¡Están muriendo los valientes guerreros! ¡Oh, meshícas! ¡Oh, valientes guerreros! Entonces la multitud ruge, llora, se golpea los labios[73].

Después de tres horas han muerto más de seiscientos miembros de la nobleza y más de cinco mil tenoshcas. Hay cuerpos mutilados por todas partes. El piso está bañado en sangre. No hay un solo meshíca vivo en el recinto sagrado. La mayoría logró escapar a otros pueblos al subir a las canoas. Otros han decidido refugiarse en sus casas. Por su parte, los barbudos han subido a la cima de los teocalis a derribar las imágenes de los dioses.

73   Descripción basada en el *Códice Florentino*.

## 38

Oh, Motecuzoma. Qué desgracia tan grande. Nunca antes te habías sentido tan impotente, tan abandonado por tus dioses, tan avergonzado por tus actos. ¿Cuántas noches llevas sin dormir? ¿Hace cuántos días que no comes? No has podido dejar de pensar en lo ocurrido. Oh, Motecuzoma. Fue un error pedirle permiso a Alvarado para llevar a cabo las festividades de Tóshcatl.

Oh, Motecuzoma. Qué desgracia tan grande. ¿Por qué tenía que ocurrir eso? Lo que tú alcanzaste a ver fue poco comparado con la masacre en el recinto sagrado. En cuanto el imbécil de Pedro de Alvarado mató a la mayoría de los que estaban en el patio del palacio, ordenó que te trajeran a tu habitación y cuidaran que no escaparas. Sólo regresó al llegar la noche para reclamarte a gritos por un golpe que recibió en la cabeza. «¡Mira lo que me han hecho tus vasallos!». Enfureció aún más con tu respuesta: «Si tú no lo hubieras comenzado, ellos no habrían respondido». Salió rabioso y ordenó que no dejaran entrar a nadie a tu habitación. Desde entonces no has podido enterarte de nada.

Alvarado ha permitido que algunos miembros de la nobleza entren a hablar contigo. Te han rogado que comas algo o, por lo menos, que bebas un poco de agua, pero estás destrozado. Les exiges que te digan lo que ocurrió allá afuera. Apenas comienzan a informarte, tus ojos se llenan de lágrimas.

—Al llegar la noche, los barbudos volvieron aquí y se encerraron —te cuenta el joven Cuauhtémoc, quien ha estado libre todo este tiempo y ha sido testigo de aquella masacre—. Entonces nosotros salimos a recoger a los heridos y muertos. A muchos no los pudimos reconocer, sus rostros estaban descuartizados, sus manos y piernas mutiladas, algunos sin cabeza y otros con las tripas de fuera. Comenzamos a meterlos en bultos y a cargarlos lejos antes de que salieran los barbudos. Por todas partes había penachos desbaratados y pedazos de sus ropas llenos de sangre y lodo. Nuestros dioses también fueron demolidos e incendiados. Había por todas partes mujeres, niños, ancianos y hombres con los rostros empapados en llanto.

»Terrible, mi señor. Lo peor que he visto en mi vida. Para estos barbudos la muerte no es más que vano entretenimiento. Los días siguientes los dedicamos a las exequias de nuestros muertos. Los incineramos a todos en el Cuauhshicalco (la casa del águila), y en el Telpochcali (las casas de los jóvenes). Hubo gran concurrencia de los pueblos vecinos, ya que ni siquiera había amanecido y ya se habían enterado de la masacre.

»Nos reunimos y decidimos juntar nuestras armas, las cuales teníamos escondidas en los montes. Queríamos acabar con esos barbados. Le prendimos fuego a sus casas flotantes y comenzamos a lanzar flechas y piedras a todos los soldados que vigilaban desde las azoteas del palacio. Ya nada les importa, mi señor, ya nadie quiere esperar a que lo liberen, ya nadie espera verlo vivo, lo dieron por muerto desde aquella noche. No hay un solo meshíca que esté dispuesto a esperar un día más para liberarlo, para elaborar otro plan, para pedirle a esos malditos extranjeros que se larguen de nuestras tierras. Ya no, señor Motecuzoma, ya no. Se acabó. No hay más opción que dar la vida con tal de recuperar lo que es nuestro. Murieron miles aquella noche y otros cientos en los últimos días, pues los barbudos no han dejado de atacarnos con sus armas de fuego. Algún día se les tienen que acabar, y algún día morirán de hambre. El otro día logramos prenderle fuego a un extremo de las azoteas. También hicimos un gran agujero en la tierra para entrar, pero ellos lo descubrieron y nos atacaron. Lo llenaron de tierra durante toda la noche. Logramos derribar parte del muro, pero los barbados nos alejaron con sus troncos de fuego. No hemos permitido que salgan ni que nadie les lleve alimentos. Y a los tlashcaltecas, que se disfrazan de meshícas, y a los mismos tenoshcas, aliados de los barbudos, que han intentado traerles comida los hemos matado a golpes. Incluso en tres ocasiones descubrimos a los mensajeros que Tonátiuh envió a Malinche; los capturamos y matamos. Muy pronto van a morir de hambre, ésa será la única forma con la que podremos liberarnos.

»Es por ello que Tonátiuh me permitió venir a verlo. Quiere que usted le ordene al pueblo meshíca que cese en sus ataques. Nos lo ha rogado muchas veces. El miedo en sus ojos se ve desde lejos cuando grita, pero nadie lo escucha y siguen lanzando piedras cada vez que se asoma por la azotea. Por eso quiere que usted los tranquilice y les ordene que les traigan comida.

Desde que Cuauhtémoc comenzó a hablar, no has levantado la mirada. Ahora que ha callado, tampoco quieres verlo. Oh, Motecuzoma, cuánta agonía. Vuelve a tu mente la idea de abdicar. Estás dispuesto a renunciar con tal de que tu pueblo se salve. Aunque el costo sea muy elevado. ¿Estás seguro, Motecuzoma? Tragas saliva antes de levantar la mirada. Te sientes avergonzado. No puedes soportar más el fracaso. Sabes que ha llegado el momento de elegir a un nuevo tlatoani, a uno que esté libre y que pueda organizar a las tropas. Como aquel día en que te lo propusieron por primera vez, pero hoy te tiembla todo el cuerpo, Motecuzoma.

¿Cuántas veces lo pensaste? ¿No te dijiste que abandonar el gobierno sería lo mismo que la rendición? ¿Te estás rindiendo, Motecuzoma? No. Estás haciendo lo que es mejor para Meshíco Tenochtítlan. Qué importa que todos crean que fuiste incapaz de salvar a tu pueblo.

Levantas la mirada y te encuentras con los miembros de la nobleza. Cuauhtláhuac, Cuauhtémoc e Itzcuauhtzin están frente a ti. Faltan muchos. Están muertos. Tú fuiste testigo de cómo Alvarado les disparó en la cabeza y los empujó desde la azotea.

Sigues sintiendo el mismo vacío que has sentido desde que Malinche te encerró aquí. Te enderezas. Te observan en silencio. Como siempre, quieren saber en qué estás pensando, Motecuzoma. El desconsuelo se ha apoderado de ti. Se te quiebra la voz. Carraspeas.

Te pones de pie y das media vuelta. Te llevas las manos al rostro, inhalas lentamente, cierras los ojos y exhalas.

—Se acabó. —Aprietas los puños, tragas saliva, las piernas se te doblan. Sientes un golpeteo muy fuerte en el pecho—. Ha llegado el momento de elegir a un nuevo tlatoani.

¿En verdad se acabó, Motecuzoma? ¿Estás seguro? Todos se quedan boquiabiertos. ¿En verdad estás dispuesto a renunciar al trono, Motecuzoma?

—Elijan a un nuevo tlatoani. —Levantas la cara e inflas el pecho—. No importa que yo muera aquí. Junten a las tropas.

Cuauhtémoc baja la mirada y se guarda silencio por un instante.

—Hay otra cosa que debo decirle, mi señor.

—Habla.

—Nuestros informantes dicen que Malinche logró vencer a su enemigo y que viene en camino con un ejército más grande y trae muchísimos soldados tlashcaltecas y totonacas.

—No queda más que seguir embistiendo a los enemigos —interviene Cuauhtláhuac—. Tenemos que acabar con los barbudos antes de que llegue Malinche con refuerzos.

—Otro de los problemas que tenemos allá afuera es que hay muchos traidores —informa Cuauhtémoc—. Ya no están dispuestos a colaborar con nosotros. Se han vuelto informantes de Malinche.

—¿Saben quiénes son?

—Algunos sí. Otros son escurridizos.

—Acaben con todo el que descubran traicionando al imperio meshíca.

Los pocos miembros de la nobleza que siguen contigo están enclenques y sudorosos. Te preguntas si los han torturado.

—¿Los han alimentado?

Todos niegan con la cabeza.

—Sólo nos han dado agua.

Fijas la mirada en la comida que te llevaron los soldados barbudos en la mañana. Necesitan alimentarte, Motecuzoma. Eres el único motivo por el que siguen vivos. Ahora vales más que todo el oro que han conseguido en estos meses. ¿En qué estás pensando, Motecuzoma? No, eso es muy...

—Coman. —Señalas los alimentos que yacen sobre una pequeña mesa de madera.

—Pero...

—Obedezcan.

Es muy poco para los catorce sobrevivientes. Apenas si les alcanza una tortilla por persona. En cuanto terminan de comer, te acercas a ellos, te sientas —igual que ellos— en cuclillas, pones tus antebrazos sobre tus rodillas y los miras de frente. Nunca antes habías estado más seguro de tus palabras como en ese momento, Motecuzoma.

—Tonátiuh vendrá en cualquier momento a exigir que salga a hablar con los meshícas. —Te limpias el sudor de la frente—. Voy a pedirle a cambio que los libere.

Los miembros de la nobleza bajan las miradas.

—¿Y tú? —pregunta Cuauhtláhuac, alzando ligeramente los ojos.

—A mí jamás me dejarán en libertad. Por lo mismo no se ha atrevido a salir a combatirlos en las calles. Teme que me escape. Quiero que después me traigan alimentos envenenados.

Levantan las miradas llenos de asombro. Hablan al mismo tiempo. Unos preguntan por qué y otros se niegan rotundamente. ¿En verdad quieres hacer eso, Motecuzoma?

—Si no lo hacen, me dejaré morir de hambre —les respondes con la frente en alto—. De esa manera tardaré más, pero lo haré. En cuanto el pueblo meshíca sepa de mi muerte, nada lo detendrá. Podrán liberarse del yugo de los barbudos sin culpa alguna.

—Creerán que usted no fue capaz de combatir a los extranjeros.

—Es verdad... —haces una larga pausa. Bajas la mirada, te limpias el sudor de la cara y continúas—: fracasé. Asegúrense de que el próximo tlatoani sea valeroso, honesto y humilde. Mi soberbia nos llevó a la ruina. Hagan alianzas con todos los pueblos. Ha llegado el momento de unirnos contra los extranjeros. Muy pronto Malinche llegará con un número mucho mayor de soldados. Vienen tiempos muy difíciles, pero sé que ustedes lograrán derrotarlos. Por lo pronto, asegúrense de que Tonátiuh y sus hombres no reciban nada de alimento y de que se comunique con el exterior. Deben evitar que Malinche y su gente entren a la ciudad.

En cuanto dejas de hablar, Cuauhtláhuac toma la palabra.

—No creo que Tonátiuh nos permita salir a todos.

Cuánta razón tiene tu hermano, Motecuzoma. Si tú pudieras lo elegirías a él como tlatoani.

—Entonces pediré que te liberen a ti.

Los demás miembros de la nobleza se muestran recelosos con tu elección. La molestia en el señor de Tlatelolco es la más evidente. Jamás lograste tenerlos a todos contentos. Siempre hubo envidia. Los ideales de juventud se evaporan cuando el poder se les escurre entre los dedos a los gobernantes.

El joven Cuauhtémoc se arrodilla ante ti y te pide permiso para despedirse. En cuanto se lo concedes, él se pone de pie y se dispone a salir, pero tú lo mandas llamar, te acercas a él y lo abrazas sin decirle más. Cuauhtémoc asiente con la mirada y se retira sin darte la espalda.

Poco después entra Pedro de Alvarado como si lo estuviesen persiguiendo. No saluda ni pregunta a qué acuerdo llegaste con Cuauhtémoc.

—¡Anda, perro pulguiento! —te ordena que te pongas de pie y te jala del brazo—. ¡Id a calmar a los de tu raza!

Los miembros de la nobleza intentan defenderte, pero los soldados se interponen. La niña Malina está ahí, asustada y despeinada. Tiene un ojo negro y el labio superior hinchado.

—El señor Tonátiuh quiere que vaya a hablar con los tenoshcas que no han dejado de lanzar piedras a las Casas Viejas.

De pronto, el odio que habías acumulado hacia esa niña parece desaparecer.

—¡Vamos! —Tonátiuh te empuja con la punta de su arma de fuego para que avances.

Cuando ves a la niña Malina caminar hacia la salida, te percatas de que se mueve con mucha dificultad. Su huipil tiene manchas de tierra en toda la parte trasera y una gran huella de sangre a la altura de las nalgas.

—¡Anda, piojoso! —Tonátiuh te da una patada en el trasero.

—No hablaré con el pueblo hasta que liberes a uno de ellos. —Señalas a los miembros de la nobleza.

—¿Me estáis dando órdenes a mí? —te grita enfurecido—. Yo soy el que manda aquí.

—Entonces mátame. —Te das media vuelta.

—¡India! ¿Qué está diciendo este perro?

—Que lo mate.

Tonátiuh pone su índice en el gatillo. Le tiembla el dedo. Le suda el rostro. Muestra sus dientes tan amarillos como sus barbas.

—¡Llevad a este perro a la azotea! —Dirige la mirada a los miembros de la nobleza—. También a ésos. —Señala a dos de tus hijos.

En cuanto llegas al patio sientes el intenso calor en tu frente. Escuchas con mayor claridad los gritos de la gente. Los rayos del sol te impiden ver con claridad. Oh, Motecuzoma, cuántos días sin ver las nubes y el sol. De pronto una piedra cae muy cerca de ustedes.

—¡Decid a tus perros que dejen de atacarnos! —te grita al subir a la azotea. La niña Malina va detrás de ustedes.

No puedes ver mucho, pues el muro es demasiado alto. La gente que está sobre las puntas de los árboles, las azoteas de los otros edificios y los teocalis es la que informa a quienes se encuentran en las calles. Alvarado te empuja hasta el pretil. Luego te sostiene del cabello para evitar que te tires al vacío. La niña Malina camina detrás de ustedes.

—¡Calladlos! —grita, y una piedra cae cerca de ustedes.

La gente que está en los árboles, las azoteas y los teocalis se da cuenta de tu presencia, Motecuzoma. Muchos gritan: «¡Ahí está Motecuzoma!». «¡Seguiremos atacando si no liberan al tlatoani!». Alvarado desenvaina el cuchillo que trae en el cinto y te lo pone en el pecho. Cree que el filo del cuchillo te lastima. ¿Cuántas veces no te hiciste heridas más severas, Motecuzoma? Tu cuerpo está hecho para el sacrificio. No importa cuántos cuchillos entierre en tu pecho, tu abdomen, tus orejas, tus labios. Tu cuerpo conoce perfectamente el dolor.

—¡Lo mataré! —grita Alvarado, con desesperación—. ¡Lo mataré! ¡Lo mataré a puñaladas!

—¡Tiene a Motecuzoma! —gritan los que están sobre los árboles, las azoteas y los teocalis.

—¡Libera a mi hermano Cuauhtláhuac! —le gritas, y la niña Malina traduce rápidamente.

—¡No!

—¡Ellos no pueden escucharme! ¡No cesarán sus ataques hasta que él vaya y los tranquilice!

—¡No! —Te entierra el cuchillo—. ¡Ya os dije que quien da las órdenes soy yo! —se percata de que tu pecho está sangrando.

Una piedra golpea la cara de Tonátiuh; apurado te jala del cabello para refugiarse en un lugar más seguro. Uno de los soldados lanza un disparo y se escuchan los gritos de la gente, que asustada corre en todas direcciones.

—¡Mataremos a todos! —Alvarado está empapado en sudor.

—¡Cuauhtláhuac es el único que podrá tranquilizarlos! ¡No puedo hacer nada desde aquí! ¡Tú los provocaste!

—¡Maldito perro del demonio! —Comienza a golpearte con los puños.

Los soldados se apresuran a detenerlo. Las piedras no dejan de caer en el piso de la azotea.

—¡Libera a mi hermano Cuauhtláhuac! —le gritas.

La niña Malina grita y llora:

—¡Liberad a Cuauhtláhuac! ¡Él los tranquilizará!

Los hombres de Malinche deciden intervenir. Unos obligan a Alvarado a que se tranquilice y otros te cargan de brazos y piernas para llevarte al interior del palacio. Al llegar a la sala principal, Alvarado grita enardecido a sus soldados, les ordena que salgan a la azotea a combatir, pero otro de los capitanes lo contradice sin temor a ser castigado. Le recrimina a todos sus errores. Los culpa por la desgracia por la que están pasando. Alvarado camina en círculos por la sala. Cada vez que sus ojos se cruzan con los tuyos, la ira en su rostro se acrecienta. Los demás capitanes no dejan de pedirle que libere a Cuauhtláhuac. Repiten hasta el cansancio que cuando Malinche vuelva será castigado con severidad. Alvarado les ordena que se callen y grita que ninguno de los miembros de la nobleza saldrá de ahí.

—¡Y si no os calmáis, mataré a este perro! —Te señala con el dedo índice.

## 39

## 23 DE JUNIO DE 1520

Aunque los ataques cesaron, los meshícas no dejaron que Pedro de Alvarado y sus hombres salieran del palacio de Ashayácatl. Sin embargo, éste logró enviar mensajeros para que informaran a Malinche sobre lo acontecido, argumentando que los tenoshcas se habían levantado en armas apenas él se había marchado.

Malinche le contó en varias cartas que ya había logrado vencer a Pánfilo de Narváez; que iba rumbo a Meshíco Tenochtítlan con un ejército de mil trescientos españoles, entre ellos noventa y seis jinetes, ochenta ballesteros y otros tantos escopeteros; y que no dejara libre a Motecuzoma, ya que le haría pagar su traición. Había logrado convencer a los soldados de Pánfilo de Narváez de que se unieran a él, con la promesa de que gozarían de los mismos beneficios que sus hombres y que, por supuesto, tendrían muchas riquezas.

Mientras uno de sus hombres reunía víveres en Tlashcálan, otro se dirigió al camino por donde venía Malinche, acompañado de mil quinientos tamemes cargados de comida, agua y animales vivos, para los soldados que estaban hambrientos, muchos de ellos a punto de morir de sed. Los encontró dispersos por el camino, algunos derrumbados sobre la yerba, incapaces de caminar, escondiéndose del sol, seguros de que no sobrevivirían.

En cuanto vieron a los tamemes con agua y comida, caminaron lo más rápido que pudieron para beber y comer. Hubo algunos a los que tuvieron que despertar echándoles agua en la cara, pues estaban desmayados. Esa misma noche llegó otro de los hombres de Malinche con dos mil quinientos tamemes que les llevaban más agua y comida. Y al día siguiente, arribó otro hombre que también había reunido, en un pueblo cerca de Tepeaca, otros mil tamemes con alimento y agua. De igual forma, siguieron el camino para auxiliar a los que se habían quedado, hasta llegar a las costas totonacas.

Malinche se adelantó, acompañado de cinco jinetes, a Tlashcá-lan, donde fue bien recibido por los señores principales.

—¿Qué ocurrió en Temistitan? —les preguntó Malinche una y otra vez.

—Motecuzoma lo preparó todo —dijo uno de ellos con gran certeza, como si hubiese estado presente en el momento de la con-jura.

—Usted prometió que los castigaría por todos sus abusos. Ya es tiempo. No deje a ninguno con vida.

—Os prometo que cumpliré con mi palabra, pero necesitaré de vuestra ayuda y confianza.

—Nosotros le seremos fieles hasta la muerte —dijo otro de los señores principales—. Cuidaremos de sus soldados y de sus mujeres. En este momento organizaremos a dos mil guerreros para que mar-chen con usted.

Malinche sonrió, se quitó el casco y se limpió el sudor de la fren-te con la manga de su jubón.

—Voy a necesitaros, pero no en este momento. Si entramos todos al mismo tiempo, será caótico, pues nos matarían.

Ese mismo día Malinche y sus hombres se dirigieron a Teshcu-co, que estaba casi despoblado, pues los acolhuas —desobedeciendo las órdenes del tlatoani que había impuesto Malinche— estaban au-xiliando a los meshícas en el sitio del palacio de Ashayácatl. Nadie salió a recibirlos a las afueras de la ciudad. Decidieron pasar esa noche en un paraje cercano a Teshcuco, siempre con vigías rondando la zona. Ishtlilshóchitl llegó a la mañana siguiente y le ofreció a Ma-linche más de cincuenta mil hombres para que entraran a Meshíco Tenochtítlan por Iztapalapan.

—Puedo reunir otros doscientos mil en dos días —prometió Ishtlilshóchitl.

—¿Habéis ido a Meshíco Tenochtítlan? —preguntó Malinche.

—Yo no, pero mis espías sí. Sus hombres siguen vivos. Aunque tienen varios días sin comer.

Al día siguiente llegó en una canoa uno de los hombres de Alva-rado que había logrado fugarse en la madrugada. Se veía demacrado y extremadamente sucio.

—Los mexicanos no han dejado de atacarnos día y noche —dijo sin saludar a Malinche.

—¿Cuántas bajas habéis tenido?

—Menos de diez, pero estamos al borde de la muerte. No hemos comido ni bebido nada en días.

A pesar de que sus hombres de confianza hicieron todo lo posible por convencerlo de que entrar a Meshíco Tenochtítlan era una trampa mortal y de que lo mejor era establecer una tregua con los tenoshcas, Malinche decidió salir con sus tropas hacia Meshíco a la mañana siguiente. Con él iban soldados y miembros de la nobleza de Tlashcálan, Hueshotzinco y Cholólan.

—Logré un gran triunfo sobre Narváez —se jactó—. A estos perros los acabo en unos cuantos días.

—La soberbia os ha cegado —le dijo uno de sus hombres de confianza.

—En cuanto estos indios vean el poder de mis tropas, se rendirán ante nosotros.

A su llegada a Meshíco Tenochtítlan por la calzada de Tepeyácac, muchos gritan desde las canoas, las copas de los árboles y de las azoteas:

—¡Ahí viene Malinche! ¡Ahí viene Malinche!

Unos tañen los teponashtles; otros les impiden el paso, pero Malinche no está dispuesto a negociar. Los soldados los amenazan con sus armas. Los caballos y la infantería marchan despacio, empujando a quienes se interponen en su camino. Muchos meshícas caen al lago, pues es imposible para ellos detener a los caballos. Se escuchan varios disparos. Malinche se percata de que han quitado algunos puentes.

Mientras tanto las tropas de Ishtlilshóchitl entran por las otras calzadas. Atacan las fortalezas y los tenoshcas sufren muchas bajas.

El pueblo entero arde. Los gritos y las pedradas no han cesado.

—¡Ahí viene Malinche! —sigue gritando la gente por toda la ciudad—. ¡Ahí viene Malinche!

—¡Hay que matarlo!

—¡No! ¡No! —grita uno de los soldados—. Hay que avisarle a Cuauhtémoc.

Todos le cierran el paso a Malinche. Las miradas de odio lo tienen sin cuidado. Pronto se empieza a abrir un estrecho entre la gente. Cuauhtémoc viene caminando. Infla el pecho, levanta la quijada, aprieta los dientes y arruga los labios.

—Soy el único que puede ayudaros —dice Malinche.

Quienes están más cerca repiten lo mismo a gritos para que los demás los escuchen. La tensión se incrementa. No quieren dejarlo entrar.

—Si no me dejáis entrar, mis hombres asesinarán a Motecuzoma y a todos los miembros de la nobleza.

—¡Libera a Motecuzoma! —grita Cuauhtémoc, que lleva su macáhuitl en la mano.

—Así lo haré —responde Malinche—. Os lo prometo.

Cuauhtémoc le exige a Malinche que lo deje entrar con él para rescatar a Motecuzoma, pero no entiende la respuesta de los extranjeros que siguen avanzando muy lentamente, a pesar de los insultos y las pedradas. Cuauhtémoc sabe que no podrá detenerlos con el diálogo. Asimismo, comprende que si intenta atacarlos, perderían el combate. Para evitar otra tragedia como la ocurrida en la fiesta del Tóshcatl, ordena a su gente que los dejen pasar.

Al entrar, Malinche mira a Tonátiuh y jala hacia arriba la comisura izquierda de los labios e hincha el pómulo. En cuanto entran al palacio, Malinche cambia de actitud y le grita en público, lo humilla, le reclama haber hecho tales atrocidades. Tonátiuh baja la cabeza. Los gritos se siguen escuchando. Malinche camina hacia los aposentos de Motecuzoma. La guardia que está en la entrada lo saluda en voz alta.

El tlatoani se encuentra desolado y enclenque. Ha perdido tanto peso que apenas si se le puede reconocer. Sus ojeras son tan negras que parece que se ha echado en la cara esas pinturas que se ponen para los rituales. Tiene las uñas muy largas. Su cabello le llega casi a la cintura. Huele muy mal, no quiere bañarse. Está enterado de todo lo que ha ocurrido allá afuera. En cuanto Malinche entra, Motecuzoma le da la espalda y mira la pared. No puede controlar sus manos. Desde hace un tiempo le tiemblan todo el día.

—¿Qué habéis hecho, perro del demonio? —grita Malinche.

Motecuzoma voltea la cabeza y mira a Malinche por arriba del hombro, con tanta rabia que el otro no hace más que bajar la mirada por unos segundos.

—Escuchad... —dice Malinche y se acerca a Motecuzoma, quien lo recibe con un golpe certero.

La boca de Malinche comienza a sangrar. Dos soldados acuden con gran agilidad en defensa de su capitán. Toman a Motecuzoma de los brazos y lo jalan hacia atrás.

—¡Lárguense! —Jamás se había visto tanta rabia en los ojos de Motecuzoma—. ¡Lárguense! —El dolor de la derrota ha liberado a Motecuzoma de sus dudas, precauciones, estrategias e incertidumbre.

En ese momento llega uno de los capitanes para informar que los meshícas han comenzado su ataque: están arrojando piedras de todos los tamaños, flechas y bolas de fuego.

—Han herido a cuarenta y seis de nuestros soldados.

Malinche y sus hombres salen a contraatacar. Los tenoshcas pretenden incendiar las azoteas del palacio; han derribado parte del muro para entrar, pero los soldados de Malinche los mantienen afuera con disparos; otros hacen todo lo que está a su alcance para apagar las llamas.

Malinche regresa al palacio y se dirige al tlatoani.

—Quiero que habléis con vuestro pueblo —dice Malinche.

Motecuzoma se niega a salir.

—¿Tenéis miedo? —pregunta Malinche.

—No. —El tlatoani responde con tanta seguridad que Malinche se intimida.

—¿Entonces?

—Tú quieres que los tranquilice. Yo no.

—¡Vamos! ¡Andad! —Malinche lo toma del brazo. Dos soldados lo ayudan a levantar al tlatoani.

—¡No hablaré con ellos!

—¿Por qué no?

—Porque no me escucharán.

—Claro que os escucharán. Sois el tlatoani de estas tierras.

—Eso ya no importa. Están tan enfurecidos que no me escucharán. Te lo advertí, pero no me hiciste caso. Destruyeron las imágenes de nuestros dioses y Pedro de Alvarado mató a miles en la fiesta de Tóshcatl.

Malinche, furioso, aprieta los dientes.

—Os tendrán que escuchar. —Se dirige a los soldados y con la mirada les indica que se lleven al tlatoani.

Al llegar a la azotea, se escuchan los gritos de la gente enardecida que ha logrado entrar al patio. En el cielo se refleja la luz de la ciudad. Cada casa, esquina, canoa, hombre y mujer tienen una antorcha. Jamás había brillado tanto la ciudad, ni siquiera en las celebraciones más importantes. Malinche ordena que algunos de sus soldados se asomen para que les avisen que Motecuzoma saldrá para hablar con ellos. En cuanto los meshícas los ven, les lanzan piedras; las esquivan y regresan apurados, tapándose con los brazos.

Malinche mueve la cabeza de un lado a otro; busca a Tonátiuh. Al encontrarlo le reclama lo que hizo.

—¡Mirad lo que habéis provocado, maldito imbécil!

El hombre de barbas amarillas agacha la cabeza. Malinche se dirige al tlatoani.

—¡Andad! —dice Malinche a gritos, y apenas si se escucha su voz—. ¡Hablad con ellos!

—¡Sólo quieren que ustedes vuelvan a sus tierras! —responde Motecuzoma.

Malinche ordena que traigan los escudos y las armas. La lluvia de piedras no cesa. Los soldados de Malinche las toman y las devuelven con la misma rabia. En cuanto llegan los escudos y las armas, ordena que hagan una barrera para avanzar todos a la par. Se agachan para cubrirse lo más posible y escuchan los fuertes golpes de las piedras sobre los escudos. En cuanto llegan a la azotea, Malinche ordena que disparen tres veces al aire. Hay un silencio repentino. Malinche aprovecha para gritar:

—¡Alto! ¡Mutezuma está aquí! —Lo señala.

Tres piedras caen en la azotea. Se escuchan varios gritos lejanos. Malinche ordena que lancen otro disparo. Vuelve un breve silencio.

—¡Mutezuma! —insiste Malinche—. ¡Aquí! —Lo jala del brazo y lo obliga a ponerse de pie.

Los que se encuentran más cerca de las Casas Viejas se percatan, aunque no lo escucharon, de que se trata de Motecuzoma.

—¡Motecuzoma! ¡Motecuzoma está en la azotea!

Otros comienzan a gritar:

—¡Motecuzoma está en la azotea!

—¡Ahí está Motecuzoma!

—¡Ahí está el traidor de Motecuzoma!

—¡Ahí está la mujer de los tecutlis barbados!

Uno de ellos lanza una piedra; luego otro y, finalmente, la lluvia de piedras.

—¡No! ¡No! ¡No! —Cuauhtémoc intenta detenerlos, pero nadie lo escucha. Los empuja, a los que puede les detiene las manos antes de que lancen otra piedra, pero parar a es imposible—. ¡No! ¡Alto! ¡No lo ataquen, es Motecuzoma! ¡Él no es ningún traidor! ¡Alto!

Malinche y sus hombres se protegen con los escudos y se asoman, pero pronto se ven obligados a esconderse y gritan entre sí para darse instrucciones.

—¡Defiendan su tierra! —grita Motecuzoma al ponerse de pie.

—¡Callad que os van a matar! —grita Malinche, y lo jala del brazo para que se cubra de las piedras—. ¡Os van a matar!

—¡Alto! —grita Cuauhtémoc, pero la multitud está cegada por la rabia.

—¡Acaben con ellos! ¡Recuperen Tenochtítlan! —grita Motecuzoma, pero nadie lo escucha—. ¡Acaben con ellos! ¡Rescaten a Meshíco Tenochtítlan de estos invasores! ¡Se los ordeno!

—¡Muere, traidor!

—¡Que muera el cobarde Motecuzoma!

—¡Callad que os van a matar! —vuelve a gritar Malinche; Motecuzoma no lo escucha.

Por primera vez Malinche se percata de la fuerza que tiene Motecuzoma, pues por más que ha intentado jalarlo de los brazos y piernas no puede derribarlo. Las piedras siguen cayendo. Los gritos de la gente son ensordecedores. Cuauhtémoc intenta detenerlos, pero no ha logrado nada. A Motecuzoma no le importa morir ahí, él quiere que su gente lo escuche.

—¡No soy ningún traidor! —grita lo más fuerte que puede, a pesar de que sabe que nadie lo escucha—. ¡Yo no soy ningún traidor! ¡Perdónenme! —grita con agonía—. ¡Perdónenme! ¡Perdónenme!

—¡Muere, traidor!

—¡Maten a Motecuzoma!

—¡Os van a matar! —vocifera Malinche una y otra vez, agachado detrás de un escudo.

Jala del brazo a Motecuzoma, pero él ha logrado liberarse en varias ocasiones con mucha facilidad. Malinche no entiende de dónde saca tanta fuerza el tlatoani.

—¡Traidor! —se escucha al unísono.

—¡Perdónenme!

Uno de los soldados de Malinche le cubre la cara al tlatoani para que una piedra no lo golpee.

—¡Cobarde! ¡Cobarde! ¡Cobarde!

—¡No soy ningún traidor! ¡No soy ningún cobarde!

El soldado de Malinche insiste en cubrirle la cara, pero él se asoma para que lo vean, quita el escudo con las manos. Quiere que vean que él, Motecuzoma Shocoyotzin, está ahí, para dar la cara, para decirles que no es ningún traidor, que no es ningún cobarde, que quiere proteger a Tenochtítlan.

—¡Perdónenme! —grita Motecuzoma—. ¡Perdónenme!

Una piedra golpea a Motecuzoma en la cabeza; en ese momento deja de gritar.

«¡Perdónenme!», no sabe si realmente lo gritó o creyó haberlo hecho. Se tambalea, pero se mantiene en pie.

«Perdónenme».

Motecuzoma siente que se le nubla la mirada.

«Perdón».

Puede ver la ciudad alumbrada, sin embargo, ya casi no escucha los gritos.

«Per...».

—¡Traidor!

Sabe que ya no hay salida. Se siente arrepentido de todas sus decisiones.

—Yo no quería esto para ustedes —habla en voz baja—. Perdónenme. Perdón. Per...

—¡Maldito traidor! —escucha un grito muy lejano.

—Perdónenme —abre los ojos y ve el rostro barbado de Malinche, que lo tiene en sus brazos.

Las piedras no dejan de caer. Escucha las voces que le gritan: «¡Muere, traidor! ¡Mujercita de los barbados! ¡Cobarde! ¡Traidor!».

Malinche le grita que no se muera.

—Perdónenme, perdónenme por haberles fallado. —Unas lágrimas se deslizan por sus sienes.

## 40

## 29 DE JUNIO DE 1520

Ha llegado el fin, Motecuzoma. Tu cuerpo no aguanta más. No eres más que un cúmulo de huesos. Apenas si puedes moverte. Tienes seis días acostado, escuálido y sin ganas de vivir. Malinche y su gente creen que se debe al golpe que recibiste en la cabeza, pero tus deseos de morir son el único motivo por el cual te rehúsas a comer.

Malinche dejó de ser el hombre que fingía ser tu amigo. Ya no le importa seguir con su farsa. Sabe perfectamente que no conseguirá ningún beneficio. Más aún cuando se enteró de que en el palacio ya no había comida y que nadie se las estaba subministrando. Cuando mandó a sus soldados a conseguir alimentos al tianguis de Tlatelolco, descubrieron que no había nada. Entonces llegó a reclamarte por haber ordenado que lo clausuraras. Aunque le respondiste que tú no tenías nada que ver en ello, no te creyó.

Por primera vez, el tecutli Malinche se comportó igual que Alvarado. «Vaya perro, que no quiere instalar el tianguis ni mandar darnos de comer. ¿Qué cumplimiento he de tener con un perro que se hacía con Narváez secretamente, y que ve que aún no nos dan de comer?».

Vino a hablar contigo hace cinco días, pues comprendió que si no hacía algo al respecto morirían de hambre.

—Levantaos.

Estabas acostado de lado y él puso su pie en tu espalda para moverte, como si empujara cualquier costal tirado en el piso. Cuántas humillaciones, Motecuzoma. ¿A cuántos no mandaste castigar cuando se atrevían a mirarte a los ojos o a responderte irrespetuosamente? Ahora estos hombres barbados se han dado ese privilegio tantas veces.

—¿Qué quieres? —dijiste, sin girarte para verlo.

—Os exijo que ordenéis a vuestros vasallos que paren de atacarnos.

—Ya no puedo hacer nada. Ellos ya no me escuchan.

—¡Andad! ¡Os lo ordeno! —Te empujó nuevamente con el pie—. ¡Decidle a vuestros vasallos que nos traigan de comer e instalad el tianguis de Tlatelolco!

Oh, Motecuzoma. Estabas tan indignado con sus abusos. Estabas dispuesto a morir ahí, ese mismo día, asesinado por ellos a golpes, ahorcado, quemado o por sus armas de fuego, con tal de que murieran de hambre en este palacio. Pero sabías que faltaba algo. Tenías que liberar a Cuauhtláhuac para que organizara las tropas. Era tu última oportunidad, tu última estrategia. Debías fingir igual que Malinche lo había hecho por tanto tiempo. Sólo así podrías alcanzar tu objetivo: liberar a los tenoshcas del yugo de los barbudos.

—Tecutli Malinche. —Te giraste con mucha dificultad para verlo a los ojos—. Ya no puedo hacer mucho. —No necesitabas fingir demasiado pues la herida en tu cabeza, tus ojeras y tu cuerpo esquelético hablaban por ti—. Sabes que mis vasallos ya no me escuchan. Hubo muchas traiciones en mi gobierno y se encargaron de ponerlos en mi contra. Pero el único al que sí escucharían en este momento es a mi hermano Cuauhtláhuac. Sólo él puede ir a convencerlos de que te traigan comida y que instalen nuevamente el tianguis para que ustedes puedan comprar todos los alimentos y animales que deseen.

—No.

—Es tu única opción.

Malinche caminó de un lado a otro sin despegar la mano de su largo cuchillo de plata. Miró con ansiedad a sus hombres, habló con ellos en voz baja. Volvió hacia ti y te miró con tirria.

—No os atreváis a engañarme, perro asqueroso. —Se dio la vuelta y habló con uno de sus capitanes para que liberaran a Cuauhtláhuac.

Sentiste un gran alivio, Motecuzoma. Una tranquilidad insuperable. Malinche cayó en tu trampa. Él, que se había jactado de ser tan astuto, ignoraba que la sucesión en el gobierno meshíca no era hereditaria ni de padres a hijos, sino que se podía elegir de entre los hermanos y sobrinos del tlatoani. Por lo mismo se había asegurado de que ninguno de tus hijos fuese liberado. Tú sabías que Cuauhtláhuac era el más apto para sucederte en el gobierno. Malinche jamás puso interés en él, en su capacidad de liderazgo y en su aversión hacia los barbudos.

Aunque Malinche no te permitió hablar con Cuauhtláhuac en ese momento, sabías que ya no era necesario que se despidieran ni que le dieras instrucciones, pues ya lo habían hablado muchas veces. Tu hermano entendía perfectamente su misión: organizar las tropas y atacar sin importar las consecuencias. También estaba claro que no les traerían comida ni reinstalarían el tianguis. Mientras tanto, tú, Motecuzoma, te dejarías morir de hambre o por envenenamiento, lo que llegara primero.

Con la liberación de Cuauhtláhuac se cumple tu última y más importante acción como huey tlatoani de Meshíco Tenochtítlan. Desde ese día no has podido enterarte de nada de lo que ocurre allá afuera, Motecuzoma. Malinche está más enojado que nunca, pues Cuauhtláhuac no cumplió con la promesa de tranquilizar a los meshícas, de mandarles comida y de restablecer el tianguis. De las pocas veces que ha venido a verte sólo te ha recriminado tu supuesta traición, como si en algún momento él y tú hubiesen sido aliados. Sus insultos no han sido menores. En sus ojos puedes ver sus deseos de matarte. Si pudiera, ya lo habría hecho, pero sabe que te necesita para sobrevivir al cerco. Los ataques no han cesado. Quiere que comas, que te recuperes del golpe que recibiste días atrás. Entiende perfectamente que si tú mueres, ya no habrá nada que detenga al pueblo meshíca.

Cuando los meshícas traen algo para que comas, Malinche los deja llegar hasta la entrada de tus aposentos y los obliga a colocar los alimentos en esa mesita, sin decir una sola palabra. Te pide que comas, y al no recibir respuesta, insiste. Está muy asustado. Presiente lo peor. Ya entendió que no quieres vivir más, pues te has negado a comer. Todo el tiempo te preguntas cuántos tenoshcas habrán asesinado. Oh, Motecuzoma, qué desgracia la de tu pueblo.

Los alimentos que te trajeron hoy son distintos. Cuauhtláhuac y tú lo platicaron muchas veces. La comida envenenada tenía que ser distinta a las demás. Acordaron que ésa sería la señal de que las tropas estaban listas y que el tiempo de tu muerte había llegado. Oh, Motecuzoma.

¿Algún día imaginaste que tu hermano decidiría el día de tu muerte? Los tamales rellenos de carne de guajolote en salsa de chile verde están ahí, en esa pequeña mesa, a un lado tuyo. ¿Cuánto tiempo llevas contemplando esos tamales que tanto te gustan? La muerte está cerca, Motecuzoma. ¿Le tienes miedo? No. Jamás le has temido a la muerte. Sin embargo, te duele el futuro incierto de tu pueblo.

Oh, Motecuzoma, cuánta tristeza hay en ti. Cuánto odio, cuánto resentimiento hacia esos extranjeros que decían venir de parte de un dios misericordioso, bondadoso, amoroso, un dios que había dado su vida por sus hijos.

¿Los meshícas valorarán de igual manera tu sacrificio, Motecuzoma? Malinche y el sacerdote que vino con él no se cansaban de decirte que ese dios era el único y verdadero, y que él perdonaba todos los pecados. ¿Les perdonará la miseria en la que han dejado al pueblo meshíca? ¿Sabrá perdonar la maldad de estos hombres que hablan de amor, pero ahorcan, fusilan y queman a los que no creen en él? Cuánta crueldad hay en estos extranjeros, Motecuzoma. Qué bien hiciste en jamás aceptar esa religión sangrienta. Y ellos que tantas veces te exigieron que dejaran de hacer sacrificios, argumentando que no era más que una religión cruenta.

Te acercas a los alimentos que te esperan sobre la mesa y los olfateas. Tienes muchísima hambre, Motecuzoma. Hace tantos días que no te llevas una tortilla a la boca. Tragas saliva y miras en varias direcciones. Nadie te observa. Tienes muchos días en soledad, tantos que ya perdiste la cuenta. El último día de tu vida estás completamente solo, Motecuzoma Shocoyotzin. Los días de gloria han quedado atrás. Están tan lejanos que ni parece que hubiesen sido reales. Oh, Motecuzoma, cuánto dolor.

Come, come de una vez. ¿Qué esperas? Acaba con esto. Salva a tu pueblo. Motecuzoma Shocoyotzin, hijo de Ashayácatl y nieto de Motecuzoma Ilhuicamina, tu labor como huey tlatoani de Meshíco Tenochtítlan ha terminado. Hiciste todo lo posible por ganarle la batalla a Malinche. Le diste cuantos regalos fueron posibles para que saciara su ambición.

Sí, así, come. Acaba con esto. Creíste en sus promesas de que muy pronto volverían a su reino, allá muy lejos, del otro lado del mar, donde se encuentra el tlatoani Carlos Quinto del que tanto te habló y ese dios cruel y ambicioso. Malinche quedó fascinado con la cultura y construcciones de estas tierras, pero tú, Motecuzoma, quedaste hechizado ante la belleza europea, pensaste que podrías adoptar sus estrategias de guerra, que podrían intercambiar conocimientos religiosos. Creíste en las promesas del tecutli Malinche, ese hombre que bien supo hechizarte con su trato espléndido y sus relatos fabulosos. Fallaste, le fallaste a tu pueblo. Sólo te queda salvar tu dignidad.

Otro bocado. Así, otro más. No debes salir vivo de aquí. El sacrificio es tu única salida. Si no lo haces, tarde o temprano Malinche te quitará la vida. No le des ese privilegio. Quítale esta pesada carga a tu pueblo que tanto ha esperado para arrancarse el yugo de los enemigos. Entrégales su libertad con tu muerte. Permíteles alcanzar el triunfo en esta batalla. Los tienen cercados. No hay escapatoria. En cuanto mueras, la nobleza que está prisionera contigo se encargará de anunciarlo a los tenoshcas y a los pueblos aliados y vasallos. Entonces, tu gente quitará los puentes de las calzadas, cercarán a los blancos, lanzarán miles de piedras y flechas, incendiarán el palacio, y a los que pretendan escapar les cortarán las cabezas con sus macahuitles.

Anda, come, acaba con esto, que ya pronto lograrán vencerlos. Tú bien sabes que el pueblo meshíca es fuerte y valeroso. Ha ganado muchas batallas. No sabían cómo combatir a estos enemigos, pero ya aprendieron. Lograrán vencerlos, Motecuzoma. Su nuevo tlatoani, tu hermano Cuauhtláhuac, los llevará a la victoria. De igual manera, castigará a los tlashcaltecas, hueshotzincas, totonacas, cholultecas, acolhuas y demás pueblos ingratos. Y cuando los tengan a todos, se los entregarán en sacrificio al dios portentoso, al dios del sol, al dios de la guerra, a nuestro amado y venerado Huitzilopochtli. Todos los meshícas prepararán ricos tacos, tlacoyos, tamales, atole y shokólatl. Vestirán sus mejores atuendos y más hermosos penachos. Celebrarán con magníficas danzas y...

# CUITLÁHUAC

ENTRE LA VIRUELA y LA PÓLVORA

## Año Dos Pedernal
### 30 de junio de 1520

Se oye un lamento...

Es la agonía de mi pueblo. La voz desahuciada de un canto que se apaga. Cae la noche y los sonidos ya no son los mismos. Se escuchan detonaciones, trotes, relinchos, y ese ruido inconfundible de los trajes de metal y los largos cuchillos de plata. Se respira el hedor de la tortura: tripas podridas, mierda, pólvora, humo, leña ardiente, carne quemada, sangre chamuscada.

Los templos han perdido su esplendor. Las casas ya no tienen calor. Las flores que adornaban la ciudad están marchitas. Del canto de las aves ya poco se escucha. Han buscado otros lugares para anidar. Las sonrisas de los niños se han desvanecido.

¡Basta!

¿En qué nos equivocamos?

En todo...

...y en nada.

Era inevitable. No se puede detener o desviar el curso de la vida. Este encuentro entre los hombres blancos y nosotros tenía que ocurrir algún día. Maldita la hora en que encontraron el camino. Malditos aquellos que nos traicionaron. Malditos todos. Maldita palabra que vine a aprender de esa lengua.

Se oye un lamento...

Hemos permanecido toda la noche, en absoluto silencio, frente a la entrada principal de las Casas Viejas. Somos alrededor de cinco mil soldados con macahuitles, lanzas, arcos y flechas en mano. Cientos de mujeres caminan entre nosotros y nos entregan alimentos y bebidas, que muy pocos reciben. Llevamos más de doce horas sin atacar a los extranjeros. Ha lloviznado desde ayer por la tarde, lo que hace casi imposible mantener encendidas las antorchas y fogatas.

En la penumbra surge una silueta. La sombra de la muerte se extiende sobre el piso. Sale de las Casas Viejas un hombre con la cabeza ladeada. No carga penacho, ni joyas ni macáhuitl, sólo lleva un calzoncillo. De lejos se nota su tristeza. El motivo de su desconsuelo es el mismo por el que hemos estado llorando todos los pobladores de Meshíco Tenochtítlan desde el atardecer: mi hermano Motecuzoma Shocoyotzin ha muerto.

Sabíamos que hoy —después de permanecer preso doscientos veintiséis días— moriría, porque así lo decidió. Así me lo ordenó antes de que Malinche me liberara. Motecuzoma sabía que jamás saldría con vida de esa prisión, irónicamente la casa donde vivimos nuestra infancia, el palacio de mi padre, el huey tlatoani Ashayácatl.

Mi hermano llegó al final de su vida como un esqueleto. Desde que vinieron los barbudos disminuyó su alimentación a porciones mínimas; hubo días que únicamente bebía agua. Su preocupación era tanta que casi no dormía. Siempre fue un hombre delgado, fuerte y ágil, pero nunca el debilucho que acabó siendo. Jamás encontré tanta amargura en su rostro, ni vi su aspecto tan deplorable como en los últimos meses. Motecuzoma iba a morir tarde o temprano. Él lo sabía, el tecutli Malinche lo sabía, yo lo sabía...

## Año Diez Conejo
### (1502)

—Qué calor hace aquí adentro —dijo Aztamécatl mientras se limpiaba el sudor de la frente con el dorso del brazo derecho.

—Vamos a tomar un poco de aire. —Cuauhtláhuac se dio media vuelta y caminó entre el gentío que estaba en la habitación real, donde se velaba al huey tlatoani Ahuízotl, quien en sus dieciséis años de gobierno había emprendido más guerras que cualquier otro tlatoani, y con lo cual convirtió a Meshíco Tenochtítlan en la ciudad más poderosa de todo lugar.

Llevaban diez días y diez noches entregando solemnes y extensos elogios al difunto.

—Esto debería hacerse en la sala principal del palacio y no en la habitación real —repuso Aztamécatl con escozor y caminó a un lado de Cuauhtláhuac por un pasillo largo y oscuro por tramos—. Los sudores de doscientas personas, el hedor del cadáver y el humo del copal hacen que esto sea insoportable.

—Usted podría cambiar eso —Cuauhtláhuac siguió caminando sin mirar al hombre que lo acompañaba.

—¿Yo? —Sonrió cándido; la flama que bailoteaba en una antorcha de los muros le iluminó el rostro y el penacho de plumas rojas—. No se burle de mí. Bien sabe que yo no puedo ser tlatoani.

Aztamécatl era uno de los miembros del Tlalocan —consejo formado por doce altos dignatarios civiles, militares y religiosos encargados de elegir al nuevo tlatoani—, y Cuauhtláhuac sabía perfectamente que estaba bromeando.

—Se acercan tiempos difíciles. —Cuauhtláhuac alzó la mirada y cerró ligeramente los párpados.

—¿Por qué lo dice? —Aztamécatl sabía de qué estaba hablando Cuauhtláhuac, sin embargo, decidió indagar un poco más.

—Por todo. Usted sabe que siempre que muere un tlatoani, alguno de los pueblos vasallos se rebela contra nosotros. Incluso podría
ser uno de los aliados: Tlacopan o Acolhuacan.

—¡Qué cosas dice! —Exclamó sonriente Aztamécatl—. Tlacopan
no tiene el poder político ni bélico para levantarse en armas. Y Acolhuacan... —Se encogió de hombros y liberó una risotada burlona.

—¿A qué se refiere? —Cuauhtláhuac se detuvo y miró con seriedad a su interlocutor.

—Nezahualpili no tiene ambiciones —expresó despreocupado—; y el rencor que podría sentir hacia el pueblo meshíca ha quedado
en el olvido. Jamás le ha interesado vengar la muerte de su abuelo y el
sufrimiento de su padre.

—Yo no estaría tan seguro —Cuauhtláhuac negó ligeramente con
la cabeza—. El rencor y el dolor suelen ser mudos como los volcanes.

—Nezahualcóyotl obtuvo su venganza y supo... perdonar a los
meshícas —respondió Aztamécatl con la misma tranquilidad de
siempre; y a veces insoportable para quienes lo escuchaban hablar.

—¿Querrá decir negociar?

—A usted lo que le preocupa es la sucesión. —Aztamécatl señaló con el dedo índice y sonrió con un gesto burlón—. Tal vez debería
poner atención en los hijos de Ahuízotl —sugirió.

Aquellas palabras le ahorraron un largo preámbulo a Cuauhtláhuac que justo en ese momento infló el pecho con suavidad y exhaló
de golpe.

—Tampoco debería descartar a sus hermanos. —Aztamécatl
alzó las cejas al mismo tiempo que caminaba.

Incluyendo a Cuauhtláhuac y Motecuzoma, eran en total nueve
los hijos legítimos de Ashayácatl y más de cuarenta bastardos.

Llegaron a una de las salas de descanso del palacio, donde los
sirvientes estaban ofreciendo shokólatl y pulque a los invitados, entre
los que se hallaban los señores principales de Azcapotzalco, Colhuacan, Shochimilco, Shalco, Cuauhnáhuac y otras ciudades más lejanas.

—Ahuízotl fue un gran tlatoani —se escuchó en una de las conversaciones cercanas.

—Supo traer justicia a Tenochtítlan —dijo otro.

—El nuevo huey tlatoani tendrá una tarea muy difícil.

—Estoy seguro de que elegirán a Tlacahuepan.

—¿Usted qué opina? —preguntó Aztamécatl con ironía a Cuauhtláhuac, que no respondió. Había dejado de poner atención—. ¿Qué opina de lo que están diciendo ellos? —insistió.

—Disculpe...

—Dicen que Tlacahuepan será el próximo tlatoani. —Dirigió la mirada hacia el grupo que se encontraba a su izquierda—. ¿Qué opina?

—Elegirán al hombre más sabio y justo para nuestra tierra —respondió disimulando la incomodidad que le provocaba aquella plática. Carraspeó, observó discretamente al grupo que se encontraba a su lado y preguntó en voz baja a Aztamécatl—: ¿Cuántos votos tienen garantizados Motecúzoma, Macuilmalinali y Tlacahuepan?

—¿Garantizados? —Aztamécatl miró en varias direcciones, evitando la obviedad y luego bajó el tono de voz—. Usted sabe que en eso no hay garantías.

Cuauhtláhuac arrugó los labios, se acercó a su interlocutor y le habló muy cerca del oído.

—Usted sabe que sí...

Aztamécatl liberó una sonrisa tan disimulada como fugaz.

—No se altere. —Abrió los ojos, fingiendo descaradamente un temor que ambos sabían inexistente. Luego se enderezó y miró en varias direcciones cuidándose de que no los estuviesen escuchando—. Tlilpotonqui está buscando a alguien que esté dispuesto a continuar con... nuestras tradiciones.

—Dígale que puede depositar toda su confianza en mí.

—Por supuesto que él también quiere... garantías. A estas alturas todos prometen hasta lo imposible.

—Dígame una cosa, Aztamécatl, ¿quién es el preferido de Tlilpotonqui?

—El cihuacóatl Tlilpotonqui no tiene preferidos. Pero quizá le interese saber que hasta el momento seis de los miembros del Consejo están dispuestos a otorgarle su voto a Tlacahuepan.

Ambos caminaron hacia la salida de la sala.

—¿Eso lo incluye a usted?

—Usted sabe que tiene mi voto... —Se acercó, cerrando los ojos un poco para enfocar mejor—. Porque tengo su promesa, ¿verdad?

—Mi honor ante todo. Le he prometido que me casaré con su hija y...

—Eso ya lo sé. Lo que quiero saber es...

—Lo otro... Por supuesto. Y podría triplicar la oferta si usted me ayuda a conseguir más votos.

—La oferta... —Aztamécatl negó con la cabeza y sonrió ligeramente, demostrando que la palabra le provocaba gracia—. En estos tiempos las ofertas son abundantes.

El semblante de Cuauhtláhuac se tornó desafiante.

—Confiaré en que para usted mi palabra tenga más valor que las ofertas. —Se alejó sin despedirse.

Al caminar por uno de los pasillos se cruzó con su hermano Macuilmalinali, un hombre alto, fornido, de piel oscura y cabellera muy larga. Era el hijo mayor de Ashayácatl y estaba casado con la hija de Nezahualpili. Ambos se saludaron con las miradas, sin detenerse. De pronto, Cuauhtláhuac advirtió que su hermano se dirigía a la misma sala donde se encontraba Aztamécatl. Dejó a Macuilmalinali seguir su rumbo y fingió caminar en dirección contraria. En cuanto se perdieron de vista, Cuauhtláhuac salió por uno de los pasillos y rodeó por afuera del palacio, hasta llegar a la misma sala, donde descubrió a Macuilmalinali y Aztamécatl hablando en el otro extremo.

—Mi señor —dijo una voz a su espalda.

Cuauhtláhuac miró por arriba de su hombro y se encontró con uno de los sirvientes, un hombre un par de años mayor que él.

—¿Qué quieres?

—Sólo vine a preguntar si se le ofrecía algo de beber —dijo el sirviente, con humildad.

—No. —Volteó apurado para no perder de vista a Macuilmalinali y Aztamécatl. De súbito volvió la mirada hacia el sirviente, que ya se alejaba—. Espera —dijo casi en forma de susurro. El sirviente se dio media vuelta y caminó hacia él.

—Ordene.

—¿Cómo te llamas?

—Ehecatzin.

—¿Ves esos dos hombres? —Señaló discretamente con el dedo índice.

—Sí.

—Quiero que camines muy cerca de ellos y escuches su conversación. Y luego vengas aquí y me lo cuentes todo.

—Pero… ¿Y si me descubren?

—Solamente finge que estás trabajando. Atiende a la gente que los rodea. No te alejes de ellos. Te pagaré muy bien.

Ehecatzin asintió y entró a la sala sin preguntar más. Mientras tanto Cuauhtláhuac caminó por el jardín para evitar sospechas. En ese momento vio que su hermano Motecuzoma estaba en el fondo platicando con alguien. Intentó reconocer al otro individuo, pero fue imposible. Entonces el sonido de la caracola anunció que en cualquier momento sacarían el cuerpo del difunto tlatoani para llevarlo ante el pueblo en el recinto sagrado. Cuauhtláhuac dirigió su mirada hacia el sirviente que seguía parado a un lado de Macuilmalinali y Aztamécatl. Buscó con la mirada a Motecuzoma, pero ya se había retirado. La ansiedad comenzaba a invadirlo. El sonido de la caracola era cada vez más insistente. Cuauhtláhuac, por ser uno de los sobrinos del difunto, estaba obligado a participar en la marcha fúnebre.

—¿Estás esperando a alguien? —dijo una voz masculina a espaldas de Cuauhtláhuac, que se giró un tanto nervioso.

—¡Tlacahuepan! —No pudo encubrir su asombro.

Era un hombre muy delgado y con una barbilla tan prominente que era imposible no reconocerlo a la distancia.

—Una vez más estás espiando a alguien —dijo con altanería.

—¿De qué hablas? —Fingió—. Estoy descansando un poco. Las próximas horas serán muy extenuantes.

—Por supuesto —respondió su hermano, restándole importancia a lo que acababa de escuchar—. Vamos, nos están llamando.

Muy a su pesar, Cuauhtláhuac caminó al lado de Tlacahuepan, quien además de ser dos años mayor que él, era uno de los pipiltin con más poder en el gobierno, después del tlatoani, el cihuacóatl y los miembros de Consejo.

—Quiero hablar contigo cuando termine el funeral —dijo Tlacahuepan con la afinación de un mandamás.

—¿De qué? —Cuauhtláhuac comenzó a irritarse.

—Tengo muchos planes para ti.

—¿Para mí? —Se detuvo de súbito y frunció el entrecejo. Tuvo la certeza de que su hermano ya había asegurado los votos de todos los miembros del Consejo.

—Quiero que seas tlacochcálcatl (gran general) cuando yo sea elegido tlatoani.

—¿Por qué estás tan seguro de eso?

Tlacahuepan infló el pecho y siguió su rumbo.

—Lo sé. Y eso es lo que importa.

Apenas llegaron a la habitación real, se acercó a ellos el encargado de la ceremonia fúnebre, un hombre flaco con un bigote ralo y largo. Llevaba puesta una túnica blanca y un penacho de plumas cortas de color negro.

—¡Vengan por este lado! —se dirigió en voz alta a Cuauhtláhuac y Tlacahuepan, y les señaló el sitio donde debían formarse—. ¡Ahora sí, pongan atención!

Motecuzoma y Macuilmalinali se acercaron en ese momento.

—Ya llegaron todos los señores principales, en compañía de toda su nobleza y centenares de tamemes con las ofrendas correspondientes —explicó el encargado de la ceremonia fúnebre—. Las cuales han sido colocadas en la habitación real.

Todos ellos sabían que en el funeral se crearía una inmensa hoguera en la que se incineraría el cuerpo del tlatoani con el oro, las piedras preciosas, las mantas, las plumas y decenas de esclavos que los señores principales le habían llevado como regalo.

Las llamas ardieron voraces toda la noche ante un viento vigoroso y una luna que no desapareció hasta el amanecer. Al día siguiente —sin que nadie se hubiese retirado—, los sacerdotes recogieron las cenizas y las guardaron en una olla de barro que luego enterraron en el *cuauhxicalli* (jícara de águilas).

Al final todos quedaron tan agotados que apenas si se hablaron entre sí antes de retirarse. Los señores principales de los pueblos invitados fueron hospedados en las casas de los pipiltin mientras cientos de macehualtin limpiaron la ciudad. No importaba cuán intensa era una celebración, Meshíco Tenochtítlan siempre debía mantener una

limpieza absoluta; y para ello barrían la ciudad cada día y a cada hora. Fue hasta entonces que un grupo de macehualtin encontró un cuerpo flotando en uno de los canales, entre unas canoas. En cuanto lo sacaron, lo colocaron bocarriba y descubrieron que su garganta había sido degollada.

—Debemos informar de esto al huey tlatoani —dijo uno de ellos, llenó de temor.

—¡El tlatoani está muerto, idiota! —respondió otro con enojo.

—Entonces... —Miró a su compañero en cuanto comprendió lo que acababa de decir—. Al cihuacóatl, o ¡al comandante de las tropas!

El grupo de hombres y mujeres que habían estado limpiando alrededor se acercaron a ver. Pronto el cadáver quedó rodeado por más de veinte personas. Todos murmuraban. Se escucharon las voces de aquellos que pronosticaban malos augurios. Dos de ellos cargaron el cuerpo y lo llevaron hasta el palacio real, donde fueron recibidos por la guardia. Hubo un instante en el que nadie habló, sólo se miraron entre sí.

—Lo encontramos en uno de los canales —dijo finalmente uno de los macehualtin.

Nadie logró reconocer al cadáver hasta el momento.

—Llamen al capitán —ordenó el soldado que en ese momento estaba al mando de la guardia.

—¿Quién lo encontró?

Todos voltearon a ver los hombres que lo habían hallado.

—Fuimos nosotros —dijo uno con temor.

—Pero ya estaba muerto —respondió el otro con la voz estremecida.

—Nosotros no le hicimos nada...

—¡Ya cállense! —el soldado les respondió con desprecio.

Minutos después llegó el capitán de la tropa con el semblante lleno de cansancio y fastidio.

—Más les vale que sea importante —dijo mientras caminaba a la salida del palacio—, porque de lo contrario se van a... —Se quedó boquiabierto al reconocer el cuerpo putrefacto de Aztamécatl.

## 3

Siéntate ahí, viejo chimuelo, y escucha.

Muchas veces le dije a mi hermano que no recibiera a los extranjeros en Meshíco Tenochtítlan; le advertí de los riesgos que corríamos. Discutimos incansablemente sobre el peligro de tenerlos en nuestra ciudad.

Lo demás ya lo sabes. Caímos en la trampa de Malinche. Lo tenía todo preparado. Sus hombres y sus aliados tlashcaltecas cerraron las salidas de las Casas Viejas. Muy tarde comprendimos todo. Los hombres de Malinche nos estaban apuntando con sus arcos de metal y sus palos de humo y fuego.

El primer día que nos encerraron, permanecimos todos los pipiltin en una misma habitación. Mi hermano estaba en otra, por lo que no pudimos saber si estaba vivo o muerto. Comenzó una larguísima jornada de acusaciones, reclamos e insultos. Muchos aún no entendían la dimensión del problema. Todos estábamos seguros de poseer la razón y queríamos imponer nuestra estrategia. Lo cierto era que ninguno tenía idea de cómo salir.

No había forma de contactarnos con el exterior, y mucho menos de organizar al ejército para combatir a los barbudos. Ni las tropas ni el pueblo se atreverían a atacar mientras la vida del huey tlatoani estuviese en peligro. Los invasores se habían fortificado en las Casas Viejas.

Conforme fueron pasando las horas, nuestras discusiones bajaron de tono hasta convertirse en diálogos aburridos y redundantes. Al llegar la tarde, todos permanecíamos en silencio. En la salida estuvieron todo el tiempo ocho extranjeros con sus palos de fuego, listos para hacerlos estallar en cualquier momento. No habíamos comido. Tampoco nos permitieron ir a hacer nuestras necesidades corporales, por lo que antes de mediodía, uno de los ancianos tuvo que orinar en una de las esquinas de la habitación. Más tarde uno de los sacerdotes ocupó ese mismo rincón para defecar. Horas después, hedía a mierda y orines.

—¿Qué pensarán hacer con nosotros? —preguntó Shiuhcóatl.

—Nos van a colgar en un palo de madera, como a su dios —dijo Cuauhtlatoa, uno de los hijos de Motecuzoma.

Entre nosotros se hallaban cinco hijos legítimos del tlatoani: Tecocoltzin, Matlalacatzin, Cuauhtlatoa, Chimalpopoca y Ashopacátzin.

—¿Cómo sabes eso?

—Uno de nuestros informantes me dijo que su dios murió de esa manera. Y así sacrifican a sus enemigos, en venganza por lo que otros enemigos le hicieron a su dios —respondió Cuauhtlatoa.

—A esos hombres lo que les gusta es torturar a la gente. Ustedes saben que a los cincuenta embajadores tlashcaltecas les cortaron las manos —agregó Ashopacátzin.

—Treinta de ellos murieron desangrados —continuó Cuauhtlatoa, y luego exclamó como un gran lamento—. Si tan sólo hubiésemos atacado antes de que llegaran.

—¡Ya basta! —gritó irritado Océlhuitl, uno de los capitanes del ejército y amigo mío—. ¡De nada sirve repetir lo mismo!

—Estoy en mi derecho de decir lo que me venga en gana —respondió Cuauhtlatoa al mismo tiempo que se acercó a su oponente.

—¿Y con eso te van a liberar? —Océlhuitl se dirigió a donde se encontraban los ocho extranjeros con sus palos de fuego—. ¡Este hombre quiere ejercer su derecho a expresarse!

Los barbudos observaban divertidos. Aunque no entendíamos su lengua, comprendí que estaban burlándose de nosotros. Antes de que nos hicieran sus rehenes, siempre fueron muy discretos, supieron disimular muy bien su desprecio.

—¡Si quieres morir aquí, quédate callado! —gritó Cuauhtlatoa.

—¡Quédate callado si quieres vivir, idiota! —respondió Océlhuitl.

De pronto uno de los soldados de Malinche gritó y todos los pipiltin guardaron silencio, excepto Cuauhtlatoa.

—¡A mí ningún soldado me va a callar!

Nos apuntaron con sus palos de humo y fuego. Todos nos echamos para atrás, hasta quedar en el rincón, no sabíamos qué tan destructivas eran esas armas. Pero los rumores eran tantos y tan diversos que no podíamos dudar en esos momentos, sin importar su exageración.

—Ya cállate, Cuauhtlatoa —susurró Ashopacátzin.

No te rías, viejo chimuelo. Así sucedió. Eran unos imbéciles. Uno de los extranjeros sonrió, miró a los que estaban a su lado derecho y les dijo algo. De pronto, comenzaron a reír a carcajadas. Luego bajaron sus armas. Nosotros nos quedamos en silencio, mirando a los barbudos, llenos de mugre y sudor. Ninguno se había bañado en los días que llevaban en Meshíco Tenochtítlan. Desde antes de que llegaran, ya corrían los rumores de que nunca se bañaban.

Anocheció. La luz que entraba a la habitación era la que ellos tenían en el pasillo. La oscuridad hizo aún más difícil aquel momento lleno de melancolía e incertidumbre. No nos habían llevado de comer ni nos habían avisado qué harían con nosotros. Trataba de imaginar lo que estaría ocurriendo afuera. Ingenuamente quise creer que el pueblo se estaba preparando para atacar, que los aplastarían y que seríamos liberados a más tardar a media noche, pero conforme pasaron las horas, mis esperanzas se fueron desvaneciendo.

Los soldados de Malinche hicieron cambios de turno uno por uno —casi imperceptibles— para evitar cualquier intento de fuga. El único ruido que oíamos era el que ellos hacían. No podíamos escuchar lo que sucedía en la ciudad debido al grosor de los muros de las Casas Viejas.

Para mí ése fue el día más difícil. No le temía a la muerte ni a la tortura. Me dolía el fracaso, el futuro de Meshíco Tenochtítlan. Quizá fue la incertidumbre. Tal vez fue el sentimiento de la derrota o la furia que sentía hacia los barbudos. Aunque no lo dije ante los pipiltin también creía que Motecuzoma había cometido muchos errores. Con el paso de los días cambié de opinión. No era su culpa. Era de todos y de todo el sistema. Nuestra ambición por el dominio nos generó cientos de enemigos —dentro y fuera del gobierno—, y ahora había que asumir las consecuencias.

Pensé mucho en mis concubinas, en mis hijos y en mi ciudad. Me pregunté constantemente qué harían los extranjeros en los siguientes días, semanas o meses. Me costaba imaginar a Malinche como tlatoani y a los meshícas obedeciéndole. No podía creer que alguien como él quisiese permanecer en nuestra isla por el resto de su vida. No descartaba la posibilidad de que se marcharan en cuanto obtuvieran el oro y la plata que querían. No quería creer en nada. Sabía perfectamente que todo podría suceder. Y aunque estaba al borde del llanto, oculté mi dolor y me mantuve sereno.

A partir de entonces mis noches jamás volvieron a ser iguales. Nunca más volví a dormir como solía hacerlo. Sin importar lo que sucediera, podía acostarme y descansar. Ni siquiera tenía pesadillas. No me dolía nada. No le temía a nada, porque el gobierno meshíca nos daba protección, a pesar de que siempre hubo guerras, a veces inundaciones, o hambruna. Éramos la ciudad más poderosa.

En medio de la madrugada se escuchó un sollozo. Todos seguíamos despiertos. Pero nadie hablaba. No teníamos motivos. Tampoco fuerzas. Nos encontrábamos sentados en el piso, recargados contra los muros. Algunos estaban en el centro de la habitación.

—Ya deja de llorar —dijo alguien.

No me preocupé por investigar quién había hablado ni quién estaba llorando. Quizá porque en cualquier momento uno también podría llorar de igual manera o peor. A Motecuzoma le encantaba permanecer por días y a veces semanas encerrado, algo que muy pocos entendían. La libertad, igualmente, consiste en poder encerrarse dónde y cuándo uno quiera.

En el Calmécac nos enseñaron a ser pacientes. Aprendimos a permanecer en silencio toda una noche mientras hacíamos penitencia en el Coatépetl, o cuando íbamos de cacería. En los funerales o los sacrificios que llevábamos a cabo durante la celebración de alguno de nuestros dioses, solíamos permanecer largas horas en silencio. Cuando Motecuzoma fue coronado huey tlatoani, hubo más de doscientos discursos por parte de los invitados y todos tuvimos que escuchar atentos y en silencio a lo largo de un día y parte de la noche. Nada de eso representó un problema para mí, pero esa madrugada me harté de ver los muros, el piso y los rostros de mis compañeros de prisión. No tenía sueño, sin embargo, sentí deseos de cerrar los ojos para no ver aquello.

Al amanecer, llegaron dos mujeres con canastas llenas de tamales. Los barbudos las revisaron de pies a cabeza para garantizar que no cargaran cuchillos o algo que pudiese servirnos como arma. Ellas colocaron sus canastas sobre el piso y se arrodillaron para entregarnos un tamal por persona. Me coloqué al inicio de la fila y me agaché ante una de ellas.

—¿Cómo está todo afuera? —pregunté en voz baja.

—Todos estamos muy preocupados. Nadie sabe lo que...

En ese momento la interrumpió un grito. Uno de los soldados de Malinche dio la orden de que nos calláramos. Luego apareció un tlashcalteca.

—Meshíca, no tienes permiso de hablar —me dijo con arbitrariedad.

Alcé la mirada con resentimiento y encontré en su rostro mucha soberbia. Tuve que contener mi enfado. Me puse de pie y volví al fondo de la habitación. Las mujeres entregaron el resto de los tamales y se marcharon en silencio. Minutos más tarde volvieron con una olla de atole y únicamente dos pocillos para cincuenta personas.

—¿Hasta cuándo pensarán tenernos así? —preguntó uno de los capitanes del ejército, mientras esperábamos formados para beber atole.

—Estoy seguro de que será cuestión de días. En cuanto Motecuzoma les entregue el oro que quieren, se largarán de nuestra tierra —dijo Shiuhcóatl.

Al terminar, volvimos a permanecer en silencio. Hubo quienes se fueron al rincón para defecar, otros simplemente nos quedamos de pie, esperando a que algo más ocurriera.

—Necesitamos buscar la manera de enviar un mensaje al exterior —dije en voz baja.

—¿Cómo? —preguntó Cipactli.

Todos caminaron hacia mí y me rodearon. Los soldados de Malinche vigilaban el interior de la habitación día y noche, aunque platicaban entre ellos la mayor parte del tiempo.

—No sean tan obvios —les dije.

Entonces se alejaron con mucha obviedad.

—¿Cómo? —insistió Cipactli.

—Con las mujeres que traen la comida. —Llevé la mirada en dirección contraria para evitar sospechas—. Seguramente volverán más tarde.

—Ya viste que no nos permiten hablar con ellas —agregó Iztacóyotl.

—Debemos encontrar la manera.

La idea parecía sencilla, sin embargo, no lo era. Aunque lográramos hablar con una de esas mujeres, no teníamos la garantía de que al salir no las interrogaran o, peor aún, que no supieran dar el mensaje. Y si llegaran a lograrlo, tampoco existía la certeza de que quien lo recibiera sabría llevar a cabo su misión. Nos quedamos en un largo silencio, una vez más.

Horas más tarde, Cuauhtlatoa empezó a caminar alrededor de la habitación. Golpeaba el muro con su puño derecho.

—Ya no soporto más —dijo.

—Cálmate —le sugirió Shiuhcóatl.

—¿Cómo quieres que me tranquilice? ¡Estoy harto! ¡Necesito salir de aquí!

—¡Cállate! —le grité.

—¡No me importa lo que me digan! ¡Ya no soporto más!

Océlhuitl se acercó a él y le dio un fuerte golpe en el rostro que lo tiró al piso.

—¡Te voy a matar! —gritó enfurecido Cuauhtlatoa.

En ese momento entraron cuatro soldados de Malinche con sus arcos de metal y sus palos de humo y fuego. No logramos entender lo que decían, pero sabíamos que nos estaban ordenando que nos calláramos.

—¡Déjenme salir! —insistió Cuauhtlatoa tirado en el piso.

Uno de los barbudos se acercó a él y le puso el arco de metal frente al rostro al mismo tiempo que le propinó una patada en las costillas. Sólo así cerró la boca. En cuanto salieron los barbudos, volvió el silencio y la incertidumbre.

Al atardecer llegó uno de los tlashcaltecas y me llamó por mi nombre, lo cual me sorprendió y preocupó.

—Te manda llamar el tecutli Malinche.

Caminé a la salida y en ese momento escuché muchos murmullos. Avancé lo más lento que pude para ver con claridad todo a mi alrededor. Quería saber qué estaba ocurriendo. Llegamos a otra habitación en la cual había mucho desorden. Malinche me estaba esperando de pie, con su traje de metal y como siempre con la mano en el puño de su largo cuchillo de plata. Junto a él estaban Jeimo Cuauhtli, la niña Malina y una docena de soldados.

—Mi tecútli Malinche quiere hacerle algunas preguntas —dijo ella.

No respondí. Observé sus rostros con mucha atención.

—Quiere saber si usted está dispuesto a colaborar con él.

—¿En qué forma? —pregunté.

—Como su aliado. —La niña Malina no esperó a que Malinche respondiera.

—¿Igual que tú?

—Mi señor, yo únicamente soy una esclava. No tengo elección.

Comprendí que había dicho una estupidez. Ella tenía razón: era sólo una esclava. Bajé la mirada un poco avergonzado. Malinche habló, luego tradujo Jeimo Cuauhtli y, finalmente, la niña Malina.

—Dice que le ofrece un trato preferencial. No tendría que permanecer con los otros prisioneros.

—No me interesa su propuesta. No pienso traicionar a mi hermano.

Malinche asintió con la mirada y dio instrucciones a uno de sus soldados. Me condujeron de regreso a la habitación. Luego se llevaron a otro miembro de la nobleza y después a otro y a otro, hasta que anocheció. Cuando volvían, todos los observábamos con desconfianza. Sé que algunos de ellos se confesaron enemigos de Motecuzoma —ya sabes quiénes, tlacuilo, los mismos cínicos de siempre—, y que Malinche los estaba enviando de regreso a la habitación para que sirvieran como espías y sembrar la desconfianza entre nosotros.

Ciertamente nos colocó en una situación muy difícil. Nos conocíamos perfectamente: había hombres humildes y leales, y otros oportunistas y abusivos. El gobierno de Motecuzoma estuvo plagado de traidores desde el principio. La mayoría fueron hábiles para disimular su desprecio hacia mi hermano y lograron cargos que jamás habrían alcanzado por sus escasos méritos.

El más grande error de Motecuzoma como tlatoani fue deshacerse de todos los que habían sido partícipes en el gobierno de Ahuízotl y sustituirlos por un grupo de gente que él llamó verdadera nobleza. Por un lado, quería acabar con la traición, la corrupción y la negligencia —estaba seguro de que todos estaban contaminados, y que cuando entraba alguien nuevo no le quedaba más que adaptarse al sistema—; y por el otro, deseaba imponer a la nobleza en todos los cargos de gobierno, sin importar la ausencia o escasez de virtudes.

Ashayácatl y Ahuízotl, en cambio, dieron cargos importantes a cientos de hombres por sus logros, aunque no pertenecieran a la nobleza. ¿Cuál de ellos tuvo la razón? Ninguno. Sin importar su nivel social, los nuevos integrantes del gobierno tarde o temprano se corrompieron. Conocieron el poder y se olvidaron de la sed de justicia. Lo más difícil en el gobierno es distinguir la hipocresía entre tantas expresiones de honradez y lealtad.

Si antes la desconfianza era un factor común entre nosotros, a partir de aquel día se convirtió en nuestra forma de vida, lo cual implicaba más hipocresía y mayor discreción entre nosotros. Y aunque el temor de ser traicionados por quien fuera en cualquier momento estaba latente, teníamos que tomar riesgos.

Al día siguiente ocurrió algo verdaderamente inesperado: llegó un grupo de soldados tlashcaltecas acompañado de parte de la tropa de Malinche:

—Pueden salir para acompañar a su huey tlatoani —dijo el tlashcalteca.

La noticia nos animó al principio. Pero al llegar a la sala principal, sólo sentimos confusión. Motecuzoma estaba acompañado de Malinche y sus hombres. Se le veía afligido y arruinado, como nunca antes. Su mirada vacía, su rostro demacrado, sus labios arrugados, sus puños blandos, cansados de hacer presión toda la noche.

—Dice el tecutli Malinche... —manifestó el capitán de los tlashcaltecas— que a partir de ahora, él estará presente en todas las gestiones del tlatoani. Los tlashcaltecas también estaremos ahí para escuchar todas sus conversaciones y evitar cualquier traición. Todas las mañanas tendrán derecho a bañarse, desayunar y cumplir con sus labores, dentro de las Casas Viejas y siempre acompañados de dos o tres tlashcaltecas. No pueden hablar en secreto.

Al encontrarme con la mirada de mi hermano sentí el dolor más profundo. Nunca imaginé verlo así de triste. Jamás había visto algo tan deprimente. La grandeza del hombre más poderoso se había desvanecido por completo. Estoy seguro de que igual que muchos de nosotros no pudo dormir esas dos noches.

—Malinche ha prometido que en cuanto traigan a Quauhpopoca y aclare quién atentó contra las vidas de sus hombres en Nauhtla, se marcharán de nuestra ciudad —dijo Motecuzoma—. Pero no le creo.

En ese momento uno de los tlashcaltecas le dijo a la niña Malina que le informara a Malinche que Motecuzoma había dicho que no le creía. Malinche bajó la cabeza para ocultar su rostro y la movió de izquierda a derecha; después le dijo algo a Jeimo Cuauhtli.

—Dice mi tecutli Malinche —habló la niña Malina— que todos ustedes podrán salir de las Casas Viejas para cumplir con sus labores de gobierno, siempre que sea necesario. Pero que los acompañarán varios soldados tlashcaltecas para evitar que intenten elaborar algún ardid. Está prohibido hablar de otras cosas afuera.

Se cumplieron las órdenes de Malinche con gran rigor. No había manera de enviar un mensaje al exterior. Los únicos motivos por los que se nos permitía salir eran para informar algo harto importante a ciertos sectores de la sociedad: pescadores, obreros, cazadores, taladores de árboles, cobradores de impuestos y administradores de los barrios. Siempre estábamos rodeados de soldados tlashcaltecas, hueshotzincas y totonacas. Todo se tornó absurdo y complicado. El gobierno colapsó. Decenas de pueblos se declararon libres del gobierno tenoshca y mandaron embajadores para avisar que nunca más pagarían tributos.

## 4

Acostado bocabajo, el rostro de lado e inmerso en una voluptuosa cabellera femenina, Cuauhtláhuac dormía fatigado en una de las habitaciones del palacio de Ashayácatl. Su mano derecha —en cuyos dedos se enredaba un mechón cual culebra— descansaba sobre la espalda desnuda de una joven de piel morena y suave, mientras su pierna derecha yacía sobre la nalga izquierda de ella. Un hilo de luz entraba por el borde de una gruesa cortina de algodón. De pronto, una voz masculina llamó a la entrada de su habitación y ambos despertaron con pereza.

—¿Qué ocurre? —preguntó con hastío, sin levantarse.

—¡Aztamécatl está muerto! —explicó el sirviente—. ¡Lo mataron!

Cuauhtláhuac abrió los ojos, suspiró en forma de lamento y se llevó la mano derecha a la frente, pensativo. Se puso un máshtlatl y un tilmatli, y le dio instrucciones a su concubina de que se marchara. Ella se levantó, caminó desnuda en busca de su huipili y, al encontrarlo, se vistió y salió.

—¿Quién lo mató? —Cuauhtláhuac movió con la mano derecha una fina cortina de algodón que colgaba en la entrada y se asomó—. ¿Cómo? —Volvió a la habitación para terminar de vestirse.

—Apareció muerto en uno de los canales.

En cuanto Cuauhtláhuac se puso un penacho de plumas rojas y unos brazaletes de oro, salió de la habitación dando zancadas. El otro hombre lo seguía apresurado.

—¿Dónde lo tienen?

—En el Cuauhshicalco.

—¿Quién está a cargo?

El hombre se quedó con la boca abierta.

—¡Tú qué sabes! —vociferó negando con la cabeza, y continuó su camino—. ¡Ustedes nunca saben nada! Sólo sirven para cumplir una orden a la vez.

La preocupación de Cuauhtláhuac se intensificó con cada paso. Se preguntó quién y por qué habría matado a Aztamécatl. Sabía que tenía que ver con la elección, pero ¿por qué asesinarlo a esas alturas? ¿Habría algo más? Seguramente el Consejo lo investigaría, aunque, por lo mismo, todo podría quedar en el olvido. Sabía perfectamente que en cuanto había un cambio de gobierno, no sólo en Meshíco Tenochtítlan sino en cualquier ciudad, muchos asuntos quedaban sepultados, la mayoría por conveniencia del nuevo tlatoani o por solicitud de alguien importante.

—¡Vergüenza! —Alcanzó a escuchar en cuanto llegó a la sala principal.

El cihuacóatl, un hombre de sesenta años y esquelético, se encontraba rodeado por los miembros de la nobleza.

—¡Ahí estás! —exclamó con ironía en cuanto vio a Cuauhtláhuac, quien miró a los ojos sólo a algunos de los presentes—. ¡Debería darles vergüenza! —continuó con su rapapolvo—. ¿Creen que no me di cuenta? Todos ustedes estaban más interesados en ganar votos que en llorar la muerte del huey tlatoani. El pueblo entero se dio cuenta. —Hubo un breve silencio—. ¡Se trataba del funeral de Ahuízotl! No era una fiesta. Su deber, no sólo como pipiltin sino también como familiares cercanos, era permanecer en la habitación real todo el tiempo.

Ninguno de los presentes se atrevió a defenderse de las acusaciones del cihuacóatl, quien en ese momento caminaba, con las manos en la cintura, de un lado a otro cual animal enjaulado. Miraba a cada uno de los presentes a los ojos, buscaba alguna señal, algo que lo ayudara a descubrir al responsable de la muerte de Aztamécatl.

—Debemos mantener esto en absoluto secreto.

—Eso es imposible —dijo uno de los pipiltin—. Lo encontraron los macehualtin y no hay forma de evitar que se sepa en los pueblos vecinos. Además, hay muchos extranjeros hospedados en la ciudad.

Tlilpotonqui asintió frunciendo el ceño y agachó la cabeza en forma de lamento.

—Existen personas interesadas en quebrantar el gobierno meshíca, dentro y fuera de la ciudad. —Se enderezó y dio media vuelta—. Podría ser el señor principal de alguno de los pueblos vasallos o alguien de la Triple Alianza, o los mismos miembros de la nobleza tenoshca.

Muchos se sintieron injuriados.

—Existen cientos de posibilidades —se defendió uno de los pipiltin—. Incluso podría tratarse de un simple ajuste de cuentas. Los miembros de la nobleza también tenemos problemas personales con familiares y amigos; y en muchas ocasiones con nuestras concubinas.

Tlilpotonqui había acumulado a lo largo de su vida una gran cantidad de conflictos relacionados con mujeres.

—¿Quiénes de ustedes hablaron anoche con Aztamécatl? —El cihuacóatl hizo todo lo posible por mostrarse indiferente ante aquella insinuación.

Uno de los hijos de Ahuízotl respondió primero:

—Lo saludé poco antes de la formación de acompañamiento.

—¿Iba solo?

—Sí. Pero no se dirigía a la habitación real ni al recinto sagrado.

—Estoy seguro de que lo vi hablando con Macuilmalinali —dijo uno de los hijos de Tízoc.

—Sí, habló conmigo —respondió Macuilmalinali con molestia—. Pero eso no tiene nada que ver con su muerte.

—Sólo mencioné que lo vi hablando contigo —le respondió el otro.

—¡Pero lo dijiste como acusación!

—¡Ya basta! —dijo en voz alta Tlilpotonqui—. Esto no es un juicio. Estamos aquí para averiguar.

—También habló conmigo —intervino Cuauhtláhuac.

—¿Cuándo? —preguntó el cihuacóatl.

—Poco antes de que hablara con Macuilmalinali.

—¿Y tú cómo sabes eso? —preguntó Macuilmalinali con exaltación.

—Los estaba espiando —intervino Tlacahuepan, de forma jactanciosa.

—¿De qué estás hablando? —se defendió Cuauhtláhuac—. Yo estaba en los jardines.

—Sólo comento lo que vi.

—Entonces también estaba espiando a Motecuzoma, al señor de Shalco y al de Tlatelolco —lo confrontó de frente—. ¡Oh, no, espera! ¡Te estaba espiando a ti! ¡Y ellos también te estaban espiando!—Señaló a todos los presentes.

—¡Ya cállense! —gritó el cihuacóatl—. ¿Y ustedes son los que aspiran a ser sucesores de Ahuízotl?

Los que habían estado discutiendo se agacharon avergonzados. Hubo un largo silencio.

—Así no vamos a solucionar esto. Tenemos que tranquilizarnos. No se trata de culparnos los unos a los otros. Ahora debemos nombrar al miembro del Consejo que reemplazará a Aztamécatl y llevar a cabo la elección del nuevo tlatoani.

—¿Vamos a elegir a un nuevo tlatoani sin saber quién es el responsable de la muerte de Aztamécatl? —preguntó indignado uno de los pipiltin.

—No nos queda otra.

—Sí, existe la forma de hacer bien las cosas. Primero hay que hacer justicia y después nombrar al nuevo miembro del Consejo y elegir al tlatoani.

—¿Y mientras tanto qué se supone que vamos a decirle a todos los pueblos vasallos? ¡Señores, no tenemos tlatoani, es momento de rebelarse contra nosotros, vengan!

—Si antes elegimos un tlatoani, jamás tendremos la certidumbre de que se le haga justicia a Aztamécatl.

—¿Por qué no?

—¿Y si el tlatoani electo fue quien mandó matarlo?

—Usted tiene toda la razón en eso. Pero ¿qué haríamos entonces si jamás descubrimos la verdad? ¿Nos quedaremos sin tlatoani?

Hubo un breve silencio y un reconcomio colectivo. El cruce de miradas era apenas llevadero. Había poco tiempo para discutir y demasiados asuntos impostergables. El futuro de Meshíco Tenochtítlan dependía de la elección del tlatoani.

—Recuerdo a un sirviente muy sospechoso, cerca de Aztamécatl. Me dio la impresión de que lo estaba vigilando —dijo uno de los hijos de Tízoc—. Fue justamente cuando nos llamaron para dar inicio a la ceremonia.

En ese momento Cuauhtláhuac recordó al sirviente al que había pedido que escuchara la conversación entre Aztamécatl y Macuilmalinali. Tenía grabado el rostro de aquel hombre, pero no pudo recordar su nombre.

—Traigan a todos los sirvientes que estuvieron anoche en el palacio —ordenó el cihuacóatl Tlilpotonqui.

Hubo un receso. Se formaron pequeños grupos en los que se discutía de todo: algunos aseguraban que se trataba de una conspiración y otros únicamente mostraban su interés por la elección. Cuando por fin juntaron a todos los sirvientes, los formaron frente a los pipiltin para que identificaran al que había estado cerca de Aztamécatl la noche anterior, pero ninguno era el que buscaban.

—¿Ustedes son todos los sirvientes? —preguntó el cihuacóatl.

Todos ellos se miraron entre sí y negaron con la cabeza.

—¿Quién falta?

—Faltan treinta y cuatro —dijo uno de ellos.

—¿Por qué tantos?

—Se fueron a sus casas. Sólo estaban aquí por el funeral.

—Quiero una lista de los nombres —finalizó Tlilpotonqui y después les ordenó que se retiraran.

Los miembros de la nobleza comenzaron a murmurar. El cihuacóatl se sintió incómodo ante su actitud y se dirigió a ellos con la misma serenidad de siempre.

—Lamentablemente no podemos continuar con esto por el momento —explicó el cihuacóatl—. Les prometo que haremos todo lo posible por solucionarlo después de elegir al nuevo tlatoani.

Una vez más comenzaron los murmullos y reclamos.

—Lo siento mucho —insistió Tlilpotonqui—. Debemos proseguir con...

En ese momento Cuauhtláhuac se encontraba pensativo. Había recordado el nombre del sirviente: Ehecatzin. Se preguntaba dónde estaría, por qué no había acudido al llamado y si estaría involucrado con la muerte de Aztamécatl.

—Que sea Acolmiztli —escuchó Cuauhtláhuac cuando prestó atención a la conversación.

—¿Qué? —preguntó Cuauhtláhuac a la persona que se encontraba a su lado—. ¿De qué están hablando?

—Del nuevo miembro del Tlalocan.

—Pero él es...

—¿Qué?

Cuauhtláhuac no respondió, pero estaba al tanto de que Acolmiztli era uno de los hombres más cercanos a su hermano Tlacahuepan.

—Si no hay objeción por el nombramiento de Acolmiztli, entonces hoy mismo comenzaremos la sesión para elegir al nuevo huey tlatoani. Tomaremos un receso e iniciaremos pasado el mediodía.

Una tercera parte del grupo permaneció angustiada y se quedó en la sala, el resto salió con tanta tranquilidad que parecía que habían olvidado la muerte de Aztamécatl. Cuauhtláhuac no sabía si salir o quedarse. Los que lo habían hecho intentaron convencer al cihuacóatl de que cambiara su decisión respecto a la elección de Acolmiztli, lo cual en cualquier momento involucraría a Cuauhtláhuac; si no lo hacía resultaría peor. La mayoría de los que salieron iba platicando trivialidades. Tampoco sintió deseos de seguirlos. De pronto pensó en ir en busca de Ehecatzin, pero sabía que el tiempo era insuficiente. Además, sentía muchísimo cansancio y hambre. Optó por ir a comer a su casa y dormir una siesta, aunque fuese breve, pues la sesión en la que elegirían al nuevo tlatoani podría durar todo el día y toda la noche.

Apenas llegó a su casa, dio un grito para exigirle a su concubina que le sirviera de comer. Acaualshóchitl acudió a su llamado con la misma sumisión de siempre. Sin levantar la mirada puso un plato de comida sobre una gruesa estera tejida de palma y tendida sobre el piso[74] —cuya altura apenas si les llegaba a las rodillas—, y escuchó atenta las quejas de Cuauhtláhuac.

—Acolmiztli es el nuevo miembro del Tlalocan. —Comió apresurado—. Tlilpotonqui no quiere investigar la muerte de Aztamécatl. —Siguió masticando—. Por lo visto elegirán a Tlacahuepan...

—¿Qué te hace estar tan seguro de que lo elegirán a él?

—Espero que no sea así. —Dejó de comer.

—¿A quién te gustaría que eligieran?

—A mí. —Se enderezó—. Por supuesto.

—¿Y si no fueras tú?

---

74 Los aztecas no utilizaban mesas, excepto el tlatoani, a quien para comer le servían en una de baja altura.

Había muchos candidatos. Cuauhtláhuac sabía que más de la mitad estaba descartada, sin embargo, existían posibilidades para que algunos resurgieran de la nada. Los candidatos más fuertes eran los hijos de Ahuízotl y los de Ashayácatl. A pesar de las envidias y el distanciamiento, a Cuauhtláhuac le convenía que el poder recayera en alguno de sus hermanos.

—Motecuzoma —respondió.

—¿Crees que gane?

—No lo sé. A veces lo dudo.

—¿Por qué?

—Es un guerrero valiente, un sacerdote que conoce a la perfección la historia de nuestros dioses y un poeta muy respetado por los más grandes pensadores de estas tierras, pero es muy callado. Demasiado. —Cuauhtláhuac hizo una pausa y miró detenidamente los ojos de Acaualshóchitl—. Para ser gobernante se necesita el poder de la palabra. —Luego bajó la mirada como si se sintiera avergonzado.

—Tú mismo me has dicho que cuando habla los deja a todos sin palabras.

—Sí, lo sé —afirmó con la cabeza y luego negó—. Pero eso no basta. Se necesita más carácter. Llevar el gobierno no es fácil.

Acaualshóchitl dejó escapar una sonrisa mordaz.

—Hablas como si supieras gobernar.

—No necesito ser tlatoani para entender lo difícil que es representar a un pueblo. —Cuauhtláhuac se alejó con disgusto.

—Como tú digas.

—Quería dormir un rato, pero me espantaste el sueño. —Se paró y se marchó sin despedirse.

—¡Espera! —Ella dio unos cuantos pasos detrás de él—. ¡Termina de comer!

Frente a la casa de Cuauhtláhuac había un canal donde siempre había decenas de canoas circulando. Caminó sin reparar en la gente que aún limpiaba las calles. Por un instante se convirtió en el centro de atención, pues todos sabían que esa tarde él o alguno de sus hermanos podría ser electo tlatoani.

Al llegar al palacio real, se encontró con casi todos los que asistirían a la elección. Había mucha tensión entre ellos. El sigilo en las conversaciones era tan abundante como cínico. Su hermano Motecuzoma se acercó, se paró a su lado derecho y sin mirarlo le habló:

—Alguien te vio platicando con un sirviente anoche.

Cuauhtláhuac se mostró indiferente.

—Era el mismo que estuvo espiando a Aztamécatl —agregó
Motecuzoma en voz baja.

—¿Debo tomar eso como una amenaza?

—No. Como una muestra de solidaridad. Cuídate, hermano.

Ambos se miraron a los ojos.

—¿Cómo estás? —preguntó Cuauhtláhuac mirando a todos los
que se encontraban en la sala principal del palacio.

—Cansado...

—¿Dormiste?

Motecuzoma negó con la cabeza.

—¿Sabes algo sobre la muerte de Aztamécatl? —preguntó Motecuzoma.

—Nada. ¿Y tú?

—Tampoco.

—¿Quién era el sirviente con el que estabas hablando ayer?

—No sé, sólo le pedí que escuchara una conversación entre
Aztamécatl y Macuilmalinali.

—¿Y qué te dijo?

—Nada, porque en ese momento llegó Tlacahuepan a molestarme. Y luego nos llamaron para iniciar la ceremonia fúnebre.

—Y lo peor es que muchos dicen que él tiene muchas posibilidades de ser electo.

—Nos vamos a joder.

En ese instante entró el cihuacóatl y observó a todos como si
los estuviera contando. Había más de doscientos pipiltin, incluidos los
candidatos y los señores principales de los pueblos aliados. Aunque
tenían derecho a presenciar la ceremonia, les estaba prohibido intervenir en la elección. Sólo los doce altos dignatarios del Tlalocan votaban.

—Comencemos —dijo y se dirigió al centro de la sala—. Miembros del Consejo —se apresuraron a tomar sus sitios asignados—, ha
llegado el momento de elegir al nuevo huey tlatoani, al hombre que
nos guiará y protegerá de los peligros que acechan a nuestro pueblo.

—En ese momento entraron Tlacahuepan y dos hijos de Ahuízotl—. Todos ustedes saben que para dicha elección tienen preferencia los hermanos legítimos del difunto huey tlatoani, pero debido a que ya todos han muerto, debemos optar por uno de sus hijos legítimos o sobrinos. Recuerden que no podemos poner los ojos en aquellos que sean niños, adolescentes, ni de edad avanzada. Mencionaré primero a los siete hijos del difunto tlatoani Tízoc...

El cihuacóatl y los doce altos dignatarios civiles, militares y religiosos del Consejo dialogaron por varias horas. Finalmente, tres votaron por Motecuzoma; cuatro por Tlacahuepan; dos por Cuauhtláhuac; y tres por dos de los hijos de Ahuízotl. En ese momento los hijos de Tízoc también abandonaron la sala.

—Tenemos dos candidatos con mayoría de votos: Tlacahuepan y Motecuzoma —dijo el cihuacóatl—. Ahora debemos elegir.

Cuauhtláhuac se sintió triste y frustrado a la vez. Su sueño de llegar a ser tlatoani algún día se desvanecía. Las probabilidades eran escasas.

—Tenemos seis votos para Tlacahuepan y seis para Motecuzoma. Están empatados —dijo el cihuacóatl, tranquilamente.

Todos sabían que faltaba un voto y se miraron entre sí. Hubo murmuraciones e incluso algunos chistes en voz baja.

—Desde hace años he estado observándolo y sé que sabrá cumplir con la ardua tarea de gobernar —continuó Tlilpotonqui, mirando a la audiencia—. Tengo la certeza de que su único interés es el bienestar de los meshícas.

Tlacahuepan infló el pecho y dejó escapar una sonrisa orgullosa.

—No ambiciona el poder —continuó el cihuacóatl—. La prueba está en que a estas alturas él no se encuentra aquí.

La sonrisa de Tlacahuepan se transformó en un gesto de ira, mientras que Cuauhtláhuac sonrió con tanto gusto que la mayoría de los asistentes lo notó.

—Motecuzoma, señores —dijo el cihuacóatl—. Yo voto por Motecuzoma Shocoyotzin.

Cuauhtláhuac observó con cínica satisfacción la cara enrojecida de Tlacahuepan, sus labios que temblaban de ira y sus cejas que parecían dos lanzas en plena confrontación.

—Vamos a buscar a Motecuzoma —dijo el cihuacóatl con satisfacción—. Pregunten a dónde se fue.

Los doce dignatarios del Tlalocan tenían la responsabilidad de salir a buscar al tlatoani electo y pedirle que aceptara gobernarlos; por su parte, los miembros de la nobleza que habían fungido como testigos podían esperar o seguirlos. Poco más de la mitad los acompañó. Los que se quedaron, optaron por manifestar su solidaridad hacia sus candidatos. Cuauhtláhuac decidió permanecer en el palacio para presenciar la reacción de los perdedores.

En ese momento Tlacahuepan señaló con el dedo índice a Cuecuetzin y reclamó furibundo:

—¡Prometiste que tu tío iba a votar por mí!

—¡Eso fue lo que él me dijo! —Dio unos pasos atrás al ver a Tlacahuepan caminando hacia él con los puños listos para golpearlo.

—¡Eres un hipócrita! —Tlacahuepan le dio tres golpes en el rostro.

Los que estaban alrededor se apresuraron a detenerlo.

—En verdad yo no sabía que… —Se defendió Cuecuetzin, pero los que llegaron en su auxilio lo obligaron a callarse y salir del recinto.

—¡No es el momento ni el lugar adecuado! —le dijo Imatlacuatzin. Le puso las manos en el pecho y lo empujó.

—Entonces, ¿cuándo? —respondió Tlacahuepan casi gritando al mismo tiempo que con sus antebrazos empujaba las manos que le presionaban el pecho.

—¡Sí! Ya lo sé, es un traidor, pero no te conviene meterte en problemas. —Imatlacuatzin volvió a poner sus manos en el pecho de Tlacahuepan para evitar que avanzara.

—¿Qué importa? —Tlacahuepan avanzó a pesar de la presión que su amigo ejercía sobre él.

—¡Se acabó! —Imatlacuatzin lo miró directo a los ojos y Tlacahuepan se detuvo súbitamente.

—¡No!

—¡Sí! Sabías que algo así podría ocurrir. Lo habíamos platicado. Dijiste que aceptarías la decisión del Consejo.

Tlacahuepan bajó la mirada.

—Sí, dije que aceptaría los resultados, pero Cuecuetzin recibirá su castigo por traidor.

—Tú no sabes si él es uno de los aliados de Motecuzoma. —Imatlacuatzin le apuntó a los ojos con el dedo índice—. Tu hermano ahora es el hombre más poderoso. ¿Lo entiendes?

—Ya lo veremos —respondió Tlacahuepan—. Vámonos —finalizó con amargura.


Aquella noche, luego de la celebración, Cuauhtláhuac vio entre las sombras a un hombre que caminaba sigiloso. Apresuró sus pasos para alcanzarlo. El hombre se percató de que lo estaba siguiendo. Cuauhtláhuac notó que éste también aceleró el paso. Lo reconoció, era Ehecatzin, quien en ese momento intentó darse a la fuga. Cuauhtláhuac lo persiguió. Ambos corrieron bastante rápido por varias cuadras, hasta que Cuauhtláhuac lo alcanzó y se dejó caer sobre él. Lo derribó y los dos quedaron muy cerca del canal que corría paralelo a la calle. El hombre permaneció callado y asustado.

—¿Tú mataste a Aztamécatl? —le preguntó al mismo tiempo que le apretaba el cuello con el antebrazo.

—¡No! —El hombre abrió los ojos con desesperación.

—¿Por qué estabas huyendo? —Cuauhtláhuac se mostró más agresivo.

El hombre no quiso responder.

—¡Habla!

El hombre se estaba asfixiando.

—¡Habla!

—Porque sabía que usted me iba a interrogar —respondió con dificultad.

—¿Asesinaste a Aztamécatl?

—¡No!

—¿Entonces? —Cuauhtláhuac liberó a Ehecatzin.

—No quiero que me maten. —Se arrastró por el piso sobre su trasero.

—¿Qué te hace pensar que yo te quiero matar? —Cuauhtláhuac se puso de pie.

—Usted no... —Ehecatzin se llevó las manos al cuello para frotarse con suavidad.

—¿Quién? —Cuauhtláhuac empuñó las manos.

El hombre no respondió.

—Ponte de pie.

Ehecatzin obedeció.

—¿Qué ocurrió ayer?

—Obedecí...

—Eso ya lo sé... ¿Qué fue lo que escuchaste?

—El hombre que me ordenó que espiara hablaba mal de usted.

—¿Aztamécatl? —Cuauhtláhuac frunció el entrecejo y arrugó los labios.

—Sí.

—¿Qué más?

—Dijo que no pensaba darle su voto.

—¿Lo mataste por mí?

—¡No!

—¿Qué más escuchaste?

—Dijo que todo estaba dispuesto...

—¿Qué? —Cuauhtláhuac se impacientó—. Dime cada palabra que escuchaste.

En ese momento dos hombres aparecieron caminando en la calle. Cuauhtláhuac le dio la mano a Ehecatzin para que se pusiera de pie.

—Vámonos —ordenó en voz baja.

Los dos caminaron en dirección contraria. Al llegar a la esquina se toparon con un puente que cruzaba un canal, dieron vuelta a la izquierda y caminaron más aprisa. A su lado estaba el canal y decenas de canoas ancladas a la orilla. Cuauhtláhuac se detuvo por un instante y volteó para ver si el par de hombres los estaba siguiendo. No vio a nadie. Dirigió la mirada en varias direcciones. Alrededor únicamente había casas. La mayoría en total oscuridad. Ambos continuaron caminando.

—Dime todo lo que escuchaste —expresó Cuauhtláhuac mirando hacia el frente.

—He olvidado algunas cosas, disculpe, estaba nervioso. Además, no recuerdo muchos nombres.

—No importa, dime lo que te venga a la mente.

—El hombre con el que estaba hablando le dijo que ya estaba enterado.

—¿Macuilmalinali?

—Sí.

—¿Y qué dijo Aztamécatl?

—Que no tenía idea de lo que estaba diciendo. Luego se mostró preocupado. Miraba con insistencia a otros dos hombres. Los mismos que lo asesinaron.

—¿Viste quiénes lo mataron?

—Sí. Pero no sé sus nombres ni quiénes son.

—¿Los puedes identificar?

—Creo que sí.

Cuauhtláhuac permaneció pensativo por un instante.

—Sígueme contando.

—El tecutli Macuilmalinali le reclamó su traición y el tecutli Aztamécatl respondió que ya todo estaba dispuesto y que no había forma de cambiar nada. Agregó que eran órdenes del cihuacóatl Tlilpotonqui. Macuilmalinali le preguntó si estaba a favor de Motecuzoma y Aztamécatl respondió que, si por él fuera, no le daría su voto. En ese momento hicieron el llamado para la ceremonia fúnebre del huey tlatoani Ahuízotl, y todos caminaron al recinto sagrado, excepto los hombres que estaban vigilando a Aztamécatl.

—¿Qué hizo Aztamécatl?

—Salió en otra dirección, pero esos hombres lo siguieron. Yo estuve a punto de quedarme donde estaba, pero también sentí curiosidad por saber qué estaba ocurriendo, así que caminé detrás de ellos a una distancia bastante prudente. Siguieron a Aztamécatl hasta uno de los canales. Él intentó abordar una de las canoas, pero lo alcanzaron. Aunque no pude escuchar lo que le decían, vi claramente que lo amenazaban. Luego uno de ellos le enterró un cuchillo en el abdomen y le cortó la garganta. Ambos lo lanzaron al canal. Entonces uno de ellos volteó y me vio. Corrí para que no me reconocieran, me persiguieron, pero logré huir.

—¿Y qué pensabas hacer a partir de ahora? —preguntó Cuauhtláhuac mucho más tranquilo.

—No sé aún. Por un momento pensé en huir de Tenochtítlan.
—Ehecatzin bajó la cabeza—. Pero también sé que si lo hago iba a ser
demasiado obvio.

—Así es. Serías sospechoso.

—¿Y si voy ante el cihuacóatl y le cuento todo?

—No. Ésa no es una buena idea. Te podrían obligar a inculparte
o quizá te matarían antes de que se haga público lo que sabes. Te irás
a mi casa. Te quedarás con los sirvientes. Seguramente te buscarán en
el palacio real. Yo hablaré con el mayordomo antes de que tu ausencia
llame la atención. Le diré que estás trabajando para mí.

El día que comenzaron las celebraciones del Tóshcatl[75], Tonátiuh nos llevó a la azotea para observar la celebración.

—¡Preparad vuestras armas! —ordenó Tonátiuh a sus soldados al mismo tiempo que se dirigió a la orilla de la azotea; se asomó y observó a los más de ochocientos tenoshcas que esperaban la aparición del huey tlatoani.

Todos comenzaron a tocar sus *huéhuetl*, teponaztli, caracolas, flautas y cascabeles, mientras otros danzaban. Se escuchaban gritos de alegría. Tonátiuh caminó hacia Motecuzoma, lo tomó del brazo a la par que le apuntaba a la cara con su palo de humo y fuego.

Gritó algo que nadie entendió porque la niña Malina no estaba para traducir. Alzó el brazo a Motecuzoma para llamar la atención. Los meshícas que se encontraban dentro del patio dejaron de bailar y de tocar sus instrumentos. Los de afuera jamás se enteraron de lo que estaba ocurriendo en las Casas Viejas. Después Tonátiuh se acercó a uno de los miembros de la nobleza, lo jaló del cabello, se dirigió a los tenoshcas, dijo algo que no entendimos, caminó detrás del hombre, lo empujó hasta el pretil, le puso el arma en la nuca y disparó. El cuerpo cayó sobre la gente que se encontraba abajo.

Los hombres de Tonátiuh comenzaron a disparar desde las azoteas y los edificios del recinto sagrado. Poco a poco los gritos de alegría se transformaron en llanto y lamentos. Por un momento pensé que nos matarían a todos. Imaginé el fin de nuestra gente. También pensé que Malinche lo había planeado todo.

—¡Métanse! ¡Métanse! —nos gritó uno de los capitanes tlashcaltecas—. ¡Métanse!

Mientras bajábamos al primer nivel, se seguían escuchando los disparos, gritos y lamentos. Todo era estruendo.

—¡Apúrense! —gritó el soldado tlashcalteca y le golpeó la espalda a uno de nosotros con su macáhuitl, lo que le provocó una herida muy severa.

75  El 20 de mayo de 1520.

Nos llevaron a la habitación de Motecuzoma y hasta ese momento nos percatamos de la ausencia de muchos. Miré alrededor y encontré heridas en la mayoría de los que seguíamos vivos. Los disparos no cesaban. En ese momento entró Tonátiuh enfurecido; se acercó a Motecuzoma y le gritó algo que no entendimos, únicamente mi hermano que ya había aprendido un poco la lengua de los extranjeros.

—¿Qué te dijo? —le pregunté a Motecuzoma cuando Tonátiuh salió de la habitación.

—Dijo que me iba a matar él mismo en cuanto volviera. Luego, cuando me dio la espalda, preguntó: «¿Dónde está esa india?».

Las siguientes horas se convirtieron en las peores de nuestras vidas.

¿Por qué me miras así, viejo chimuelo? Sé que la condición en la que estamos es aún peor, pero en aquel momento ésa lo era. Tienes razón, no hay nada peor que esta situación.

Era demasiada incertidumbre la que teníamos que soportar. Los disparos se seguían escuchando, aunque cada vez menos. Los gritos y el llanto no cesaban.

—¿Quiénes faltan? —preguntó Motecuzoma con desconsuelo.

Nos miramos los unos a los otros con espanto y angustia. En ese momento era verdaderamente difícil llevar una lista de nombres en la mente. Me confundí en varias ocasiones. Tenía la certeza de que ya había contado a dos o tres, que los había visto segundos atrás, de pie, junto a los demás. Y al buscarlos una vez más, ya no estaban.

De pronto nos encontramos sumergidos en una gran confusión. Todos mencionábamos nombres en voz alta, como si estuviésemos en el *tianquiztli* (mercado), llamando a alguien que camina adelante de nosotros, un poco lejos, pero que no nos escucha.

—¡Ueman! —grité sin percatarme—. ¡Shiuhcóatl!

Dos de mis mejores amigos murieron ese día. Volvió a mi mente el instante en que Tonátiuh le había disparado a Ueman en el pecho. Su sangre salpicó todo alrededor al mismo tiempo que su cuerpo caía de espaldas. Aunque quise asistirlo, los soldados tlashcaltecas no me permitieron moverme. Lo vi retorcerse en el piso por unos segundos y luego morir. A Shiuhcóatl le dispararon en la nuca y lanzaron su cuerpo al patio. Me sentí mutilado. Me quedé en silencio por un largo rato, sin escuchar lo que decían los demás.

Ueman, Shiuhcóatl, Océlhuitl, Tepiltzín y yo fuimos grandes amigos desde la infancia. Teníamos las mismas edades, habíamos asistido al Calmécac y habíamos participado juntos en muchas guerras. Nos protegimos todo el tiempo. Ya no recuerdo cuántas veces nos rescatamos del peligro los unos a los otros; fueron muchas. En una ocasión, mientras peleábamos contra los tlashcaltecas, yo intentaba capturar al gigante Tlahuicole. Éramos cinco los que combatíamos contra él, quien con gran facilidad nos derribó. Caí sobre una piedra, me golpeé la cabeza y perdí el conocimiento. Cuando desperté me encontraba en mi casa. Ueman, Shiuhcóatl, Océlhuitl y Tepiltzín estuvieron a mi lado. Los cuatro arriesgaron sus vidas para rescatarme del gigante Tlahuicole que estuvo a punto de enterrarme el macáhuitl en el pecho.

La ausencia de Ueman y Shiuhcóatl fue uno de los golpes más dolorosos en mi vida. Océlhuitl y Tepiltzín se acercaron al verme de pie, en medio de la habitación, y sin decir una palabra me abrazaron. Ese día, perdimos un amigo, un hermano, un vecino. Quedamos huérfanos. Todos lloramos.

Había entre nosotros varios heridos. Uno de ellos murió esa noche y otro al día siguiente. Nadie sacó los cadáveres de la habitación.

Bien sabes, tlacuilo, que para nosotros fueron días de mucha incertidumbre, hambre y desvelo. No teníamos contacto con nadie, más que con las mujeres que pocas veces nos llevaban comida y agua. Para entonces ya no nos permitían cruzar una sola palabra con ellas. Sabíamos que afuera se estaban efectuando implacables combates. Los escuchábamos con mucha atención. El sonido de los huéhuetl, los teponaztli y las caracolas, que organizaban a las tropas, era de las pocas cosas que levantaban el ánimo a Motecuzoma.

—No se desalienten —decía en voz baja, sin mirar a nadie.

Lo observaba más que nunca, así como me has observado tú, tlacuilo, en las últimas semanas. Mi hermano ahora se movía como un anciano encorvado y débil. Le temblaban las manos la mayor parte del día, de forma incontrolable.

—Cuando salgas de aquí —me dijo en una de esas largas noches en las que permanecíamos despiertos, tratando de descifrar cada sonido—, asegúrate de hacer alianzas con todos los pueblos. Convéncelos de que tú jamás has sido como yo y que serás un tlatoani piadoso. Es imprescindible que me culpes a mí de todo para que te crean. Si intentas salvar mi reputación, sólo lograrás hundir la tuya. Recuerda que un pueblo herido no escucha. Y tienen razón. Fui demasiado soberbio. Cometí muchos errores.

—Así son las guerras, hermano. Así tenía que ser. Tú únicamente cumpliste con tu misión.

—Pude ser más compasivo con los pueblos subyugados y no lo hice. No perdoné cuando me pidieron perdón. Todos esos pueblos que sufrieron nuestros abusos, ahora serían nuestros aliados y estarían defendiendo Tenochtítlan. Estamos pagando las consecuencias de mi arrogancia. Por eso mismo te pido que aprendas de mis errores. Reúnete con los señores principales de los pueblos vecinos y gánate su confianza. Saca a los tenoshcas de la ciudad, quita los puentes de las calzadas, evita que les suministren alimento a los barbudos y, si es necesario, incendia la isla con Malinche y su gente adentro. Destruyeron nuestros teocalis y deidades. Si no acabas con esa plaga, muy pronto se reproducirán como las langostas que infestaron los campos hace algunos años. Castiga sin piedad a los traidores, no importa si son mis hijos o tuyos.

—Así lo haré.

—Como huey tlatoani te ordeno que cuando estés afuera te hagas responsable de la comida que me traen todos los días. Pueden enviarme lo que quieran: tlacoyos, gallina asada, pipián, codornices asadas, mole, huauzontles, quelites, gusanos de maguey con salsa de chiltepín, guacamole, atole de aguamiel, nopales con charales, pescado enchilado, pozole, excepto tamales.

—¿Por qué?

—El día que tengas organizadas las tropas, lo cual no debe tomarte más de una semana, quiero que me envíes tamales con carne de guajolote, chile verde y veneno de serpiente. Bien sabes que las tropas no atacaron desde el principio debido a que nosotros estamos como rehenes, principalmente yo, pero en cuanto se anuncie mi muerte, no habrá sentimiento de culpa[76].

76 Antonio de Solís escribió: «Motecuzoma volvió en sí dentro de breve rato; pero tan impaciente y despechado, que fue necesario detenerle para

No pude responder. Desvié la mirada y permanecí en silencio por un largo rato. Motecuzoma tenía razón: Malinche no lo dejaría salir vivo. Creía que la sucesión en el gobierno era hereditaria de padres a hijos, y que mientras mantuviera a mi hermano y a sus hijos como rehenes, nadie se iba a atrever a atacarlos. Pero no imaginó que su amigo más cercano cometería el sacrilegio de interrumpir la celebración más importante de los meshícas y llevaría a cabo una matanza en su ausencia, provocando la rabia del pueblo.

—Cumpliré tus órdenes —dije con los ojos cerrados y la cabeza agachada.

Dos días después llegó Malinche.

—¿Qué habéis hecho, perro del demonio? —gritó Malinche enfurecido, al mismo tiempo que caminó hacia Motecuzoma, pero él lo recibió con un puñetazo en la boca.

Minutos después llegó uno de los capitanes y le avisó a Malinche que afuera estaban arrojando piedras de todos los tamaños, flechas y bolas de fuego; además de que habían derribado parte del muro. Todos ellos salieron de la habitación y nos dejaron con un guardia.

Malinche exigió que Motecuzoma saliera a hablar con la gente, pero él se negó.

—¡No hablaré con ellos! —insistió el tlatoani a pesar de que los soldados de Malinche lo estaban forzando a salir—. ¡No me escucharán!

—Claro que os escucharán. Sois el huey tlatoani de estas tierras. —Malinche lo ignoró y ordenó a sus soldados que se llevaran al tlatoani a la azotea.

Más tarde, dos soldados tlashcaltecas entraron cargando a Motecuzoma, quien se hallaba inconsciente y herido. Traía un golpe y mucha sangre en la cabeza. Malinche y sus hombres no se aparecieron.

—¿Qué ocurrió? —pregunté a uno de los tlashcaltecas.

---

que no se quitase la vida». Bernal Díaz del Castillo mencionó que fray Bartolomé de Olmedo no pudo convertir a Motecuzoma al cristianismo y que «el fraile se disculpó objetando que no creía que el soberano muriese de sus heridas, salvo que él debió mandar que le pusiesen alguna cosa con que se pasmó».

Colocaron a mi hermano en su petate, se dieron media vuelta y se marcharon sin decir una palabra. Afuera se seguía escuchando gran alboroto.

Permanecimos toda la noche junto a Motecuzoma, que despertó aturdido a la mañana siguiente. Intentó levantarse, pero se lo impedimos.

—El pueblo... —dijo con dificultad—, está... enardecido.

—Descansa —respondí.

—Padre, no debe hablar en este momento —agregó Matlalacatzin.

—La gente... —se quejó ligeramente del dolor— lanzó piedras y flechas... Yo les insistía que siguieran luchando, que ya no importaba mi vida, que rescataran Tenochtítlan.

Comprobamos que el golpe no había sido tan grave, pero el ánimo de Motecuzoma no daba para más, no quería vivir.

—Coma, padre mío —le dijo Cuauhtlatoa.

Ese día comió muy poco. Sus hijos Tecocoltzin, Matlalacatzin, Cuauhtlatoa, Chimalpopoca y Ashopacátzin estuvieron a su lado la mayor parte del tiempo. Estaban conscientes de que no podrían heredar el gobierno directamente de su padre y sabían que él le pediría a Malinche que me liberara, para aprovechar el poco tiempo que les quedaba. Antes de enterarse de aquella decisión, se habían comportado indiferentes hacia el dolor de su padre; incluso Cuauhtlatoa se había manifestado en su contra.

A medianoche, los cuatro hijos de Motecuzoma y el resto de los pipiltin se quedaron dormidos. Ya se habían habituado a esa prisión, de cierta manera. Mi hermano se encontraba acostado en su petate y yo me hallaba sentado a su lado, con la espalda recargada en la pared.

—¿Qué habría hecho Tlacahuepan en mi lugar? —preguntó Motecuzoma de pronto.

La pregunta me dejó sin palabras, tlacuilo. No me atreví a mirar a mi hermano. Tenía la vista en la luz que siempre entraba del pasillo y las sombras de los guardias que se dibujaban sobre el piso.

—Tal vez habría enviado a sus tropas desde un principio —me aventuré a decir.

—¿Y crees que habría acabado con los barbudos?

—No, seguramente los enemigos habrían avanzado mucho más rápido. La noticia de la derrota de Meshíco Tenochtítlan se habría esparcido rápidamente entre todos los pueblos subyugados y enemigos.

—Tlacahuepan habría enviado a todas las tropas a luchar hasta el fin.

—Sí, hasta que no quedara un soldado vivo. Y eso, quizá, habría sido lo peor.

—De cualquier manera ocurrirá…

—Sí, lo sé.

—¿Y Macuilmalinali?

—Él no habría logrado mantener el gobierno hasta estos días. Tal vez lo habrían matado antes.

Motecuzoma intentó levantarse.

—Hice lo que tenía que hacer… —dijo mi hermano con lamento.

—Entiendo… —Bajé la mirada.

—Pero sigues pensando que estuvo mal lo que hice.

—No. En tu lugar yo te habría matado mucho antes de que intentaras traicionarme.

—Sus mujeres y sus hijos nunca me perdonaron.

—Aunque te perdonaran, no ibas a ganar nada. Lo único valioso que tiene por perder un gobernante son el poder, el prestigio y la vida.

—Yo ya perdí el prestigio y el poder.

Miré a Motecuzoma y noté, a pesar de la escasa luz, mucha desolación en su rostro.

—Te prometo que castigaré a los traidores que se encargaron de poner a la mitad del pueblo en tu contra —agregué.

—Ya imagino lo que les prometió Malinche.

—Idiotas.

—Malinche es un gran seductor.

Me quedé pensativo por un instante.

—Tienes razón —dije poco después—. Necesito recuperar la confianza de nuestros aliados. Debo seducirlos.

—Ésa es la mejor estrategia… —respondió Motecuzoma ya con los ojos cerrados—, y la más difícil.

Ambos permanecimos en silencio por un largo rato. De pronto, escuché el ronquido de Motecuzoma. Entonces, me acosté y me dormí.

Como todos los días anteriores, entró Malinche para exigirle a Motecuzoma que diera la orden de que les llevaran de comer, pero aun así, mi hermano jamás se rindió.

—Libera a Cuauhtláhuac —dijo, acostado sobre su petate, en dirección a la pared, dándole la espalda a Malinche.

—Ya no tenemos comida.

—Libera a Cuauhtláhuac.

Malinche se negó. No sé si lo hacía porque sabía que corría muchos riesgos al liberarme o porque no quería concederle ese privilegio a Motecuzoma. Lo que sí es cierto es que ignoraba que yo podía ser electo tlatoani. Creía que el gobierno era hereditario de padres a hijos, como ocurría en la mayoría de los pueblos. Por eso tenía presos a los cinco hijos de Motecuzoma. Y, por lo mismo, me liberó, porque creyó que no habría riesgo. Parecía ocelote enjaulado, caminando de un lado a otro. Miraba a sus hombres, me miraba a mí, y luego se dirigía al tlatoani.

Salió de la habitación, regresó, habló con sus aliados y, finalmente, le advirtió a Motecuzoma que no se atreviera a engañarlo.

Se dirigió a mí y me habló.

—Dice el tecutli Malinche —tradujo la niña Malina— que vaya a hablar ya con los comerciantes de Tlatelolco.

—Dile que eso tomará tiempo.

En cuanto Jeimo Cuauhtli tradujo, Malinche enfureció y gritó.

—Dice que no le importa —tradujo la niña Malina muy asustada—, que te apures y que no te atrevas a traicionarlo, porque te buscará personalmente y te matará.

—Cumpliré con sus órdenes. —Bajé la mirada.

Malinche caminó hacia mí, me miró a los ojos y me dijo algo que no entendí, pero estoy seguro que eran las mismas amenazas. Les dio la orden a sus soldados de que me sacaran de ahí.

Esperé tanto tiempo para que se acabara nuestro confinamiento y en el último momento sentí un deseo indomable por negarme a salir y permanecer junto a mi hermano y los demás sobrevivientes. Me parecía justo.

En el Calmécac nos enseñaban que la solidaridad era la única forma de salvarnos unos a otros. Y también estaban los demás, los miles de abuelos, madres e hijos esperando para ser liberados de esta desgracia.

Intenté acercarme a Motecuzoma antes de salir, pero los soldados de Malinche me impidieron el paso. Otros me tomaron de los brazos y me guiaron a la salida. Ni siquiera tuve tiempo de decirle algunas palabras. Ésa fue la última vez que vi a mi hermano con vida[77].

---

77 Cuauhtláhuac fue liberado el 25 de junio de 1520.

## 6

En la sala principal del palacio de Ashayácatl se hallaban reunidos más de doscientos pipiltin, muchos de entre veinte y treinta años, sin funciones en el gobierno. Llevaban puestos *tilmatli* de finas telas de algodón, amarrados por encima del hombro izquierdo, hermosos penachos, cadenas, pulseras, bezotes y arracadas de oro, plata, chalchihuites y piedras preciosas.

—¿Alguno de ustedes sabe por qué nos ha mandado llamar Motecuzoma? —preguntó Opochtli.

—El huey tlatoani —corrigió Tepiltzín.

—¡Sí! —respondió Opochtli, con indiferencia.

—Entonces aprende a decir huey tlatoani. Ya no lo puedes llamar por su nombre.

Opochtli soltó una carcajada.

—Motecuzoma y yo jugábamos a ser soldados con palos de madera cuando éramos niños. Subíamos a los árboles, nos peleábamos a golpes, lo defendí en varias ocasiones de otros niños. Aunque es mi primo, somos como hermanos. Le seguiré diciendo Motecuzoma.

—Eso no importa —intervino Cuauhtláhuac—. De ahora en adelante todos debemos dirigirnos a él con respeto.

—Escuché un rumor —dijo Tlilancalqui con orgullo—. Está relacionado con esto que ustedes dos están discutiendo.

—¿Por eso nos mandó llamar? —preguntó Shiuhcóatl—. Tengo muchas cosas más importantes que hacer.

—Escuché que Motecu... —Tlilancalqui se veía muy contento—, perdón, que el huey tlatoani piensa destituir a todos los miembros del gobierno y nos va a dar esos cargos a nosotros.

—Eso es absurdo —comentó Océlhuitl—. Sería imposible. ¿Y qué piensa hacer con todos los funcionarios anteriores?

—No sé. Sólo les comento lo que escuché. Pero piénsenlo, la mayoría son viejos. Vienen del antiguo gobierno. Motecuzoma no quiere detractores.

—Pues yo sé que nos mandó llamar porque ya sabe quién asesinó a Aztamécatl —mintió Ueman.

—¿Piensa admitir que lo mandó matar? —espetó Cuitlalpítoc.

—¡Cuida tus palabras! —gritó Tepiltzín con enojo.

—Ya apareció el primer adulador del tlatoani —sentenció Cuitlalpítoc con burla.

—El servilismo ante todo —complementó Opochtli, con ironía.

Macuilmalinali se mantuvo callado en un rincón, recargado contra la pared. Tlacahuepan y sus amigos, Cuecuetzin, Imatlacuatzin y Tepehuatzin, se encontraban en el otro extremo de la sala observando y escuchando en silencio.

Poco después entró el cihuacóatl y se dirigió a todos.

—Señores, su huey tlatoani está por entrar a la sala. Arrodíllense ante él, colocando sus frentes sobre el piso.

Todos los presentes se miraron con estupefacción. Aquella reverencia únicamente la hacían los soldados y los macehualtin. Muchos se rehusaron, entre ellos Opochtli, Tlilancalqui, Cuitlalpítoc, Macuilmalinali, Tlacahuepan, Cuecuetzin, Imatlacuatzin y Tepehuatzin.

—Obedezcan —dijo Tlilpotonqui con voz autoritaria.

—¿Y si no obedezco? —dijo Macuilmalinali, con la frente muy en alto.

—Atrévete —amenazó Tlilpotonqui.

En ese momento entraron ocho hombres y colocaron una alfombra de algodón en el centro de la sala. Aquellos que ya se habían agachado, se levantaron para ver lo que sucedía. Luego entró una docena de hombres con plumeros abanicando al nuevo tlatoani que avanzaba muy lentamente, trataba de mantener en perfecto estado las largas plumas de su penacho. Además, llevaba puesto un traje y una capa adornados con oro y piedras preciosas. El cihuacóatl se arrodilló, mientras que los que se habían negado a hacerlo se mantuvieron de pie y boquiabiertos. En cuanto el huey tlatoani llegó al otro extremo de la sala, cuatro de sus sirvientes le ayudaron a sentarse a las par que otros seguían abanicándolo con los plumeros.

—Señores, los he mandado llamar para informarles que he decidido destituir a todos los miembros del Consejo, incluyendo a los sirvientes de la casa real.

—Motecuzoma... —intervino Opochtli con mucha confianza, pero el tlatoani lo interrumpió.

—A partir de hoy, todos, sin excepción, deben dirigirse a mí de esta manera antes de decir cualquier cosa: tlatoani, notlatocatzin, huey tlatoani (señor, señor mío, gran señor). ¿Entendieron?

Opochtli frunció el ceño. Hubo un silencio.

—¿Me entendieron?

—Sí —respondieron algunos.

—Ésta será la última vez que cualquiera de ustedes podrá verme y hablarme directamente. Dentro de pocos días, elegiré a alguien de mi confianza para que hablen con él y él me dé su mensaje. De igual manera, queda estrictamente prohibido verme a la cara. Por donde yo vaya, ustedes y todos los meshícas deberán arrodillarse, poner sus frentes en el piso y esperar a que pase. Es la última advertencia. Asimismo, queda prohibido que en mi presencia usen joyas, oro, penachos y prendas finas. Deberán vestir con humildad, con una prenda blanca de henequén y estar descalzos. En los siguientes días, los mandaré llamar uno por uno para asignarles sus nuevas funciones en el gobierno.

Motecuzoma ignoró al hombre que había pedido la palabra, se dirigió en voz baja al cihuacóatl y luego bajó la cabeza.

—El huey tlatoani saldrá de la sala en este momento —expresó el cihuacóatl.

Todos se arrodillaron, excepto Cuitlalpítoc, Macuilmalinali y Tlacahuepan. Aunque Motecuzoma se percató de ello, salió como si no los hubiese visto. Hubo silencio total.

Minutos más tarde, salió el cihuacóatl para informar a Cuauhtláhuac que Motecuzoma lo había mandado llamar en privado:

—Cuauhtláhuac, te he mandado llamar porque tengo dos asuntos pendientes contigo. El primero es que quiero saber de qué lado estás.

—No sé de qué me habla, mi señor.

—El día de la elección los doce dignatarios del Tlalocan salieron a buscarme y pedirme que aceptara gobernarlos. Sé que los pipiltin podían seguirlos y poco más de la mitad los acompañó. Otros decidieron abstenerse. Tú y yo sabemos por qué. Esperaba verte en el instante en que me notificaran que había sido electo, pero no estabas. Luego me enteré de que habías permanecido con Tlacahuepan y sus amigos.

—Yo... —tartamudeó—. Únicamente me quedé a ver qué hacía Tlacahuepan... porque se puso furioso.

—Buena excusa. Pero hará falta más que eso para que te crea, Cuauhtláhuac. En este momento no confío en nadie. Estoy en una situación muy complicada.

—Lo entiendo...

—No lo comprendes ni te lo imaginas. Esto que estoy viviendo sólo se entiende cuando se es tlatoani... El otro asunto es que me informaron que un sirviente de la casa desapareció el día de mi elección. Desde entonces nadie supo de él. Fueron a buscarlo a su casa, pero sus familiares no sabían dónde estaba. Sé que lo tienes en la tuya.

—Ehecatzin... —Cuauhtláhuac no supo terminar su mentira.

—No me interrumpas.

Motecuzoma se quedó pensativo.

—Y sobre lo otro, no quiero que me respondas. Sólo quería que estuvieras informado de que mi confianza en ti se ha mermado. Puedes retirarte.

—Quiero solicitar su permiso para que Ehecatzin permanezca como sirviente en mi casa.

—Quédate con ese sirviente, ya no me sirve.

Al salir, Cuauhtláhuac se dirigió a su casa. En el camino se encontró con varios pipiltin que habían asistido a la junta con Motecuzoma, pero no les habló.

—¡Cuauhtláhuac! —le gritó uno de ellos y lo alcanzó—. ¿Tienes tiempo? Queremos hablar contigo.

—¿De qué?

—Cuitlalpítoc, Opochtli y Tlilancalqui dicen que Motecuzoma fue...

—Quien mandó matar a Aztamécatl —lo interrumpió Cuauhtláhuac al mismo tiempo que frunció el ceño y miró en varias direcciones.

Había mucha gente en la calle.

—Sí...

—¿Tienen pruebas?

—Ellos dicen que sí.

—¿Y qué quieren hacer?

—Creen que se podría anular su elección.

—Eso no se puede.

—Sí se puede —dijo Cuitlalpítoc a espaldas de Cuauhtláhuac—. ¿Cómo crees que murió Tízoc?

—No me interesa. —Cuauhtláhuac dio varios pasos.

—¿Tienes miedo?

Cuauhtláhuac se detuvo y dio media vuelta.

—No se trata de tener miedo, sino de hacer las cosas bien.

—Tu hermano no hizo las cosas bien desde un principio. Compró a varios miembros del Tlalocan y al que pensaba votar por Tlacahuepan lo mandó matar.

—¿Pensaba votar por Tlacahuepan?

—Sí.

—¿Cómo sabes eso?

—Sé más de lo que te imaginas. —Infló el pecho y alzó la frente.

—Hagan lo que quieran, pero no me involucren. —Cuauhtláhuac se dio media vuelta y siguió su camino.

—Sólo recuerda que si logramos destituir a Motecuzoma, quizá a los miembros del Tlalocan no les agrade tu solidaridad hacia tu hermano y decidan votar por alguien más.

—Tomaré el riesgo.

Cuauhtláhuac continuó su camino. Al llegar preguntó por Ehecatzin y uno de los sirvientes le informó que había salido corriendo en la mañana.

—¿A dónde?

—Se fue rumbo a la calzada de Iztapalapan —dijo el otro sirviente.

Lo único que sabía era que vivía en Zoquiapan, uno de los barrios de Tenochtítlan. Entonces comprendió por qué se había ido rumbo a la calzada de Iztapalapan. Fue en aquella dirección y al llegar preguntó si alguien conocía a Ehecatzin. No le supieron decir. Luego de recorrer muchas calles por más de medio día, encontró a alguien que sí lo conocía.

—Está en su casa.

—Ya lo sé. ¿Dónde está su casa?

—Derecho, tres calles a la izquierda.

Al llegar encontró un tumulto rodeando la casa. Se infiltró entre la gente que lloraba con desconsuelo. Al entrar halló a Ehecatzin abatido en el piso, junto a dos niños muertos. Uno de cinco y otro de siete años.

—¿Qué sucedió? —le preguntó en voz baja al arrodillarse frente a él.

Ehecatzin no respondió.

—¡Háblame, Ehecatzin! —siguió hablando en voz baja.

—¡Váyase de mi casa! —respondió sin mirarlo—. ¡Lárguese!

Los familiares miraron de forma amenazante a Cuauhtláhuac.

—Váyase —dijo una mujer con los ojos rojos.

—Ehecatzin —Cuauhtláhuac se acercó a él y le habló en voz baja—. No grites. No te conviene que grites. Es por tu seguridad y la de tu familia. Vamos allá afuera y me cuentas lo que sucedió.

—Vamos. —Ehecatzin se puso de pie y les indicó con la mirada a sus familiares que permanecieran tranquilos.

Caminaron varias calles en silencio, hasta que ninguno de los asistentes al funeral pudo verlos o escucharlos.

—¿Qué sucedió?

—Me mataron a mis hijos. —Ehecatzin no miraba a Cuauhtláhuac.

—¿Quiénes? —Cuauhtláhuac lo miró a los ojos.

—Los que mataron a Aztamécatl. —Tragó saliva y luego se tapó la cara con una mano.

—¿Cómo sabes?

—Me lo mandaron decir. —Apretó los puños.

—¿Con quién?, ¿cómo?

—Con otros niños. —Frunció el ceño, arrugó los labios y estuvo al borde de las lágrimas—. Llegaron y le dijeron a mi esposa que mis hijos habían sido ahogados en el lago por dos hombres y que ellos les ordenaron que vinieran a mi casa y dijeran que «yo sé quiénes son y que me calle».

—¿Eso fue todo?

—Sí.

—Encontraremos a los responsables —aseguró Cuauhtláhuac—. Haremos justicia.

—No.

—¿Qué?

—Usted no hará nada.

—No te preocupes. Yo puedo protegerte a ti y a tu familia.

—Ya no quiero saber nada de usted ni de su gobierno.

—Necesito que me ayudes a identificar a esos tres hombres.

—¡No! —gritó desesperado Ehecatzin—. ¡Lárguese! ¡Por su culpa mataron a mis hijos! ¡Yo tenía una vida sin conflictos!

—Perdóname, Ehecatzin.

—¡Lárguese! ¡No voy a hablar con nadie! ¡No voy a decirle quiénes son!

—Entiendo por lo que estás pasando. Yo también perdí un hijo.

—¡No me importa lo que me diga! ¡Lárguese!


El comercio en Meshíco Tenochtítlan era controlado por un grupo nómada liderado por cinco hombres, al cual era casi imposible ingresar. En su mayoría, estos pochteca-tlatoque habían heredado el dominio de sus padres y abuelos. Sólo uno había ingresado por sus propios logros. Lo mismo sucedía en los demás pueblos del Anáhuac.

Los grandes comerciantes habían formado, sin necesidad de títulos o matrimonios, una elite que gozaba de gran prestigio en todos los territorios. No había general de algún ejército, pipiltin, sacerdote o tecutli que se atreviese a menospreciar a un mercader; por el contrario, eran respetados, incluso temidos. Controlaban alimentos, sal, miel, semillas, plantas, hierbas curativas, animales, materia prima, armamento, herramienta, trastes de barro, oro, plata, piedras preciosas, pieles, plumas finas, mantas de algodón, ropa. Tenían el poder —si querían— de provocar hambrunas o dejar ejércitos desabastecidos en medio de un conflicto bélico. Y no sólo eso, también fungían como negociadores entre pueblos en guerra, o como espías, por lo que también eran llamados *nahual-oztomeca* (mercaderes disfrazados).

Entre sus virtudes estaban el dominio de varias lenguas, conocimientos de historia y política de cada ciudad que visitaban, y un
sinfín de atuendos para cada zona y ocasión. Sus caravanas estaban
conformadas por cientos de cargadores con esposas e hijos, que pre-
ferían trabajar para ellos en vez de permanecer en sus lugares de origen. A donde quiera que fueran, decenas de personas les pedían
trabajo o ayuda.

También eran productores. Compraban materia prima en pueblos donde generalmente nadie iba y con ésta producían enseres, armamento, ropa, artesanías. Mientras iban de un pueblo a otro, si
alguien intentaba asaltarlos, lo mataban sin consideraciones. Y si
defenderse de bandidos no los colocaba en aprietos, asaltar pueblos desamparados menos. La cantidad y la calidad de sus mercancías les
daban inmunidad ante cualquier juez. Pero si uno de sus hombres era
ultimado en algún pueblo, enviaban rápidamente a varios mensajeros
a Meshíco Tenochtítlan. El tlatoani tomaba aquel agravio como propio, es decir, una declaración de guerra; por lo que enviaba sus tropas
a castigar al pueblo agresor, pues aunque se tratara de uno, dos o diez
agresores, la población entera pagaba las consecuencias: templos incendiados, pueblos saqueados, mujeres violadas, hombres asesinados, siembras destruidas y los miembros de la nobleza llevados como
rehenes ante el tlatoani, mientras su ciudad era ocupada por las tropas tenoshcas.

Cuando los pochtecas llegaban a la ciudad, el pueblo entero los
recibía con diversas ceremonias, ya que la llegada de mercancías
era digna de celebración. Asimismo, los pochtecas agradecían su llegada a Yacatecutli, el dios de los mercaderes. El tlatoani en turno recibía a los pochteca-tlatoque en su casa y les ofrecía espléndidos
banquetes. Con su arribo se hacía un intercambio masivo de mercancías: llegaban las que carecían en la isla y salían las que más se producían ahí. Los comerciantes menores se ocupaban de vender en el
tianquiztli de Tlatelolco, al cual acudían diariamente —de los pueblos alrededor del lago de Teshcuco— alrededor de veinticinco mil
personas y cincuenta mil cada cinco días cuando se ponía el mercado
grande. Por ello, el lugar estaba severamente vigilado por inspectores. Además, había un tribunal compuesto por doce jueces, encargado

de cobrar los impuestos y solucionar disputas entre vendedores y compradores.

Siempre que llegaban a Meshíco Tenochtítlan, uno de los pochteca-tlatoque, llamado Pitzotzin, se reunía con su amigo Cuauhtláhuac, con quien había hecho una sólida amistad. Regularmente luego de realizadas todas las ceremonias, la venta de mercancías y la compra para exportación.

En esa ocasión Cuauhtláhuac lo invitó a su casa. Primero hablaron sobre la muerte de Ahuízotl. Pitzotzin se excusó por su ausencia, argumentando que se encontraba muy lejos. Luego platicaron sobre la elección de Motecuzoma.

—Pensé que tú ibas a ser el elegido —dijo Pitzotzin sinceramente.

Se encontraban afuera de la casa. Dos de los hijos de Cuauhtláhuac corrían uno detrás del otro.

—¿Estás hablando en serio?

—Sí. Te conozco bien y sé que tú podrías ser un buen representante de tu pueblo.

Cuauhtláhuac se quedó pensativo por un instante, mientras sus hijos jugaban al fondo. Frente a su casa había uno de los casi cuarenta canales de agua que demarcaban la ciudad de norte a sur y de oriente a poniente.

—¡No se acerquen mucho al canal! —les gritó a sus hijos.

—¡Sí! —respondió uno de ellos. El otro lo ignoró por completo.

—Nunca te pido favores —dijo Cuauhtláhuac con formalidad, mirando a su amigo—, pero en esta ocasión no tengo a quién más recurrir.

Pitzotzin sonrió casi de forma pueril, pues le parecía muy extraño que Cuauhtláhuac le pidiera un favor.

—¿Recuerdas a Aztamécatl?

—Cómo olvidarlo.

—El día que se llevó a cabo la ceremonia fúnebre de Ahuízotl, alguien lo mató, supongo que ya te enteraste.

—Sí. Mucho antes de llegar a Tenochtítlan.

—¿Sabes algo sobre su muerte?

—¿Por qué habría de saber algo? Sé lo mismo o menos que tú.

—Pero podrías saber más…

—No. —Se encogió de hombros y liberó una sonrisa—. No me interesa saber quién mató a ese miserable.

—¿Qué te hizo?

—No quieres saber. —Desvió la mirada.

—Sí. —Cuauhtláhuac lo siguió con las pupilas.

Pitzotzin respiró profundo, miró a los niños que brincaban de una canoa a otra; luego volvió la mirada al frente.

—Se cogió a mi mujer.

Cuauhtláhuac cerró los ojos. Por un instante también dudó de Pitzotzin, pero sabía que sería impertinente preguntar si él lo había mandado matar o por qué no lo había denunciado con algún tribunal.

—¡Bájense de ahí! —gritó Cuauhtláhuac de pronto.

—Me dio mucho gusto saber que lo habían matado —continuó Pitzotzin—. Yo mismo lo amenacé de muerte en aquella ocasión, pero no se lo cumplí, por si te lo estabas preguntando. Decidí cobrar venganza de otras formas.

—¿Cuáles?

—Le hice la vida imposible siempre que pude. Nada grave, ya sabes, hacerle daño a un pipiltin no es cosa sencilla, y menos a uno de los doce dignatarios del Tlalocan. Así que me conformé con simples humillaciones en público.

—¿Simples humillaciones en público? Eso no es cualquier cosa.

—Olvidemos ese tema…

Cuauhtláhuac asintió con la cabeza al comprender los sentimientos de Pitzotzin.

—El motivo por el cual estoy interesado en saber quién lo mató no es por hacerle justicia a él —aclaró.

—¿Entonces?

—Un hombre muy cercano a mí —mintió—, vio cuando lo mataban, pero no los reconoció por la distancia y la oscuridad. El problema es que ellos sí lo reconocieron, y ahora lo están intimidando… Hace una semana mataron a dos de sus hijos.

Pitzotzin se llevó la mano derecha a la barbilla.

—¿Y qué piensas hacer?

Cuauhtláhuac dudó en responder.

—Cobrar venganza.

—Existen muchas formas de vengarse. Yo, por ejemplo... —Pitzotzin se quedó callado por un largo rato.

Los hijos de Cuauhtláhuac corrieron frente a ellos al mismo tiempo que gritaban estruendosamente.

—¿Qué fue lo que hiciste?

—¿En verdad quieres saber?

—Si confías en mí...

—¿Tú confías en mí?

—Por supuesto.

—Dime quién es ese hombre al que quieres ayudar.

—Es un sirviente.

—¿Un sirviente? ¿Por un macehuali quieres arriesgarte?

—También lo haría por ti.

Pitzotzin rio con sutileza. Los niños volvieron a las canoas. Cuauhtláhuac caminó hacia ellos y los regañó de forma que su amigo no escuchara. Los niños entraron a la casa con las cabezas agachadas.

—Violé a la mujer e hijas de Aztamécatl —confesó Pitzotzin en cuanto su amigo regresó.

Cuauhtláhuac se quedó pasmado por un rato, observando los ojos de Pitzotzin, que parecía no preocuparse por su revelación.

—Pero eso no tiene comparación con...

—Te dije que se la había cogido, pero no te dije cómo. Él también violó a mi esposa. Ahora dime una cosa, si yo fuese el responsable de la muerte de Aztamécatl, cobrarías venganza en contra mía.

—¿Lo hiciste?

—¡Respóndeme! —Parecía enojado.

Cuauhtláhuac mantuvo su mirada fija en los ojos de Pitzotzin.

—No, si prometieras dejar en paz a Ehecatzin.

—Se llama Ehecatzin. —La actitud de Pitzotzin cambió por completo. Ahora se veía tranquilo, como si comprendiera a su amigo.

—Sí.

—Bien. —Suspiró—. Investigaré quién está detrás de todo esto. —Miró en varias direcciones—. No te garantizo nada. Sé de algunos soplones que nos podrán proporcionar información.

—Motecuzoma no sabe de esto —aclaró Cuauhtláhuac.

—Lo imaginé. —Se acercó a su amigo y bajó el nivel de su voz—: ¿Qué? ¿Dudas de él?

—En este momento dudo de todos. —No se intimidó al decir esto.

—Sí —asintió, moviendo ligeramente la cabeza—. La situación está verdaderamente compleja. No tienes idea de las cosas que he escuchado.

—¿Qué?

—En otros pueblos... se rumora sobre las capacidades de este nuevo tlatoani. Incluso sé de algunos que se piensan rebelar.

—¿Quiénes?

Pitzotzin liberó la misma sonrisa pueril.

—¡No! —Negó con los dedos índices—. Tampoco soy un soplón. No puedo poner en riesgo a mis clientes.

Poco más tarde se despidieron y Pitzotzin volvió con su caravana.

Esa tarde Tlacahuepan fue a la casa de Cuauhtláhuac. Al entrar al patio, halló a su hermano sentado en cuclillas frente a dos de sus hijos, con las manos y pies atados, acostados de lado en el piso. Les estaba enterrando espinas en todo el cuerpo. Los niños aguantaban las lágrimas. Tlacahuepan se apresuró a regañar a Cuauhtláhuac.

—No hagas eso. —Levantó a uno de los niños y lo obligó a ponerse de pie—. Si lo acuestas le permites descansar.

—Ya tiene toda la tarde así.

—No importa, hay que aplicar bien los castigos.

—Tal y como los hacía papá —dijo Cuauhtláhuac.

—Así es, tal y como los hacía papá —replicó Tlacahuepan en tono de regaño y levantó al otro niño. Luego se sentó en cuclillas frente a su hermano.

Hubo un breve silencio. Los niños observaban callados a su padre y su tío. Aquel castigo no era tan severo como otros, por ello, se sentían menos abrumados.

Todas las familias, sin excepción, educaban a sus hijos con severos castigos para alejarlos del ocio, el vicio, el chisme, la pasión por el juego, la embriaguez y el robo.

—¿Qué hicieron? —preguntó Tlacahuepan.

—Un amigo vino y ellos estuvieron gritando y corriendo de manera irrespetuosa.

—¿Te acuerdas cuando tú, Macuilmalinali y Motecuzoma hicieron eso? Papá les dio tantos arañazos con púas que no les quedó una parte del cuerpo sin sangre.

—¿Y aquella ocasión en que nos bañó con agua fría en medio de la madrugada más helada de ese año?

—La gripa nos duró varias semanas. —Sonreía—. Pero la que más me dolió a mí fue cuando me echó humaredas de chile en la cara durante medio día. Sentí que me estaba muriendo.

—Los encierros en cuartos oscuros eran horribles. —Cuauhtláhuac demostró dolor con aquel recuerdo.

—A mí esos castigos nunca me dieron miedo.

—¿Ni cuando tenías tres o cuatro años?

—No.

—A mí siempre me sorprendió Motecuzoma.

—¿Qué?

—Nunca lloró —dijo Cuauhtláhuac aún sorprendido.

—Él no tiene sentimientos —expresó Tlacahuepan con ira.

—Ya...

—Ya, ¿qué? —Lo miró con enfado.

—Motecuzoma es el tlatoani y no puedes cambiarlo.

—Por lo visto a ti no te importó lo que dijo el otro día. —Tlacahuepan se puso de pie y apretó los puños—. Va a sacrificar a todos los miembros del Consejo.

—¿Crees que no me duele? —Cuauhtláhuac también se puso de pie—. ¡Sí! ¡Me duele mucho! ¡Pero no puedo hacer nada para evitarlo!

—Sí podemos.

—Tú, Macuilmalinali, Cuecuetzin, Imatlacuatzin, Tepehuatzin, Tlilancalqui, Cuitlalpítoc, Opochtli, ¿y cuántos más? ¿Y qué le piensan hacer? Negarse a obedecerlo.

—Tlilpotonqui está dispuesto a apoyarnos.

—Porque sabe que se quedará solo.

—No pienso dejarlo solo.

—No caigas en su trampa.

—¿Cuál trampa? Motecuzoma quiere deshacerse del cihuacóatl.

—¡Exacto! Ése es el plan de Motecuzoma, deshacerse de sus enemigos. ¿Quieres ser su enemigo? Atente a las consecuencias.

—Ya entendí... —Tlacahuepan le dio la espalda y se dispuso a retirarse.

—No. —Cuauhtláhuac lo alcanzó y se postró frente a él—. No has entendido nada. Crees que sabes lo que estás haciendo, pero únicamente pones en riesgo tu vida.

—¿Y tú no estás dispuesto a arriesgar tu vida por el bien de Tenochtítlan?

Los hijos de Cuauhtláhuac observaban desde el fondo del patio.

—¡No esperes que te crea eso!

—¿No me crees?

—¡No! ¡No lo haces por el bien de Meshíco!

—No me importa.

—¡Quieres vengarte! Estás enojado porque lo eligieron a él. Pero sabes quién hizo que lo eligieran. Tlil-po-ton-qui.

—Estás mintiendo.

—Pregúntale.

Tlacahuepan se quedó en silencio.

—O investiga.

Cuauhtláhuac recordó que sus hijos estaban atados al final del patio y se dirigió a ellos.

—Ya no desobedezcan —les dijo y los desató.

Los niños asintieron.

—Quítense las espinas allá adentro —dijo y volvió con su hermano.

—¿De dónde sacaste eso? —preguntó Tlacahuepan.

—Eso no importa en este momento.

—Sí. Sí importa.

—¿Para qué? Para que vayas a contarle.

—No.

—Lo verdaderamente relevante es que Tlilpotonqui estaba seguro de que Motecuzoma obedecería sus órdenes. Jamás imaginó que su muchacho, el joven al que entrenó en secreto por tantos años y nombró sacerdote y tlacochcálcatl, lo traicionaría de esa manera. Ahora quiere venganza y utilizará a quien sea para alcanzar su fin.

Tlacahuepan caminó a la salida sin decir más. Cuauhtláhuac lo siguió.

—Nada más recuerda esto: ese hombre por el que estás dispuesto a sacrificar tu vida, el cihuacóatl, Tlilpotonqui, el hijo de Tlacaélel, fue el que evitó que te eligieran a ti, o a Macuilmalinali o a mí. Ordenó a seis de los dignatarios del Tlalocan que votaran por Motecuzoma. Dio el último voto. ¿Te has preguntado por qué no votó por ti?

Tlacahuepan no respondió.

## 7

## Lunes 25 de junio de 1520

Además de chimuelo, eres necio, tlacuilo. Te ordené que no entraras a esta habitación y mírate ahora, estás igual que yo.

Sí, ya sé. No seas impaciente. En un momento comenzamos. Déjame descansar un poco. Anoche no pude dormir. Ya no soporto la comezón.

Los soldados de Malinche me escoltaron hasta la salida de las Casas Viejas. En los pasillos fui descubriendo el abandono en el que los invasores tenían el lugar: basura, excremento y orines por todas partes. Habían agujerado varias paredes, seguramente en busca de más oro, pues así fue como encontraron el Teocalco, donde guardábamos todas las pertenencias de los tlatoque difuntos; Motecuzoma lo había mandado sellar para evitar que los barbudos lo encontrasen.

Conforme nos fuimos acercando a la salida principal, los gritos en el patio y las protestas en las calles se escuchaban más fuertes. Había sangre derramada de la matanza del Coatépetl por todas partes, escombros, piedras y muchísima tierra, algo que jamás había ocurrido en ninguno de nuestros palacios, pues todos los días barríamos desde el amanecer. Había cientos de mantas de algodón (los soldados tenían que dormir ahí mismo mientras hacían guardia), pocillos en los que comían y cenizas de fogatas.

Decenas de soldados de Malinche coordinaban a cientos de tlashcaltecas, cholultecas, totonacas y hueshotzincas, que respondían a las agresiones que llegaban del exterior. Nadie se percató de que estábamos parados en la entrada. Entonces uno de los guardias, que me había escoltado, le gritó a uno de los soldados. En ese momento se acercaron a nosotros tres tlashcaltecas y les proporcionaron tres escudos a los barbudos para que pudiéramos cruzar el patio sin ser heridos por las piedras que caían. No me sorprendí al escuchar que ya se entendían entre ellos. Tenían doscientos veinte días dentro de las Casas Viejas.

—Dice que ya te puedes marchar —tradujo el soldado tlashcalteca cuando llegamos a la salida.

Apenas puse un pie en la calle, me encontré con un hombre muerto. Miré alrededor y sentí un dolor incontrolable. Ésa no era mi ciudad, en la que había nacido y vivido cincuenta y un años. Casi todo estaba en ruinas.

«¿Qué sucedió?», me pregunté.

—¡Ahí está Cuauhtláhuac! —gritó alguien—. ¡Ahí está Cuauhtláhuac!

—¡Cuauhtláhuac! —gritaron otros más.

Pronto las protestas en contra de los extranjeros enmudecieron. Una multitud se acercó para verme, aunque una mayoría no tenía idea de quién era yo, otros tenían simple curiosidad. Intenté avanzar, pero me fue imposible dar un paso más. Los que se encontraban cerca preguntaban por Motecuzoma.

—¿Sigue vivo nuestro tlatoani?

—¿Van a liberarlo?

—¿Qué le han hecho al tlatoani?

—¡Déjenlo pasar! —gritó uno de ellos, pero nadie respondió.

Se acercaron varios miembros de la nobleza que se habían mantenido libres todo ese tiempo.

—¡Cuauhtláhuac, vamos por esta dirección! —vociferó uno de ellos, pues el ruido era ensordecedor.

—¡No abandonen sus posiciones! —ordenó uno de los oficiales del ejército—. ¡Mantengan la guardia! ¡No permitan que salga ningún extranjero!

Nos dirigimos al recinto de los guerreros águila —al lado norte del Coatépetl—, donde habían establecido el cuartel. En el patio se hallaban cientos de jóvenes durmiendo en el piso.

—Tenían dos noches sin dormir —explicó uno de los que me llevaron hasta ahí. Hay más soldados descansando en el recinto de los guerreros ocelote.

—Los hemos desgastado mucho —agregó otro.

—No nos queda otra opción —respondió.

—Cuauhtémoc no está cumpliendo con el protocolo.

—No hay forma de cumplir con el protocolo.

Recordé que Motecuzoma me había dicho que los meshícas no iban a respetar la autoridad de Cuauhtémoc, ni la de nadie más, hasta que hubiese un nuevo tlatoani.

—Necesito bañarme —los interrumpí—. Hace mucho que no lo hago. No puedo entrar así de sucio al recinto. Los barbudos únicamente nos permitieron lavarnos con un poco de agua que nos llevaron en unas jícaras.

Estuve a punto de pedir que me prepararán el temazcali, pero sabía que calentar la leña tomaría tiempo, así que solicité que me llevaran agua fría al baño que tenía el recinto.

—Yo me encargaré de eso —dijo uno de ellos y se dirigió a uno grupo de hombres que estaban hablando cerca de nosotros.

Poco después llegó un soldado para avisarme que el baño estaba listo. El agua estaba helada. Me tallé el cuerpo con fuerza para quitar toda la mugre acumulada. Me proporcionaron vestiduras limpias y nos dirigimos a la sala.

Al llegar, oí una discusión, entonces nos detuvimos en la entrada para escuchar:

—Debemos enviar embajadas a los pueblos subyugados y exigirles que vengan a auxiliarnos —dijo uno de los oficiales.

—No podemos hacer eso. No tenemos la autoridad para demandar algo así —respondió otro.

—¡Claro que podemos! —Ambos se miraban con actitud retadora.

—¿Sabes que podrían venir en auxilio de nuestros enemigos? Muchos pueblos subyugados se han revelado.

Apenas entramos, todos guardaron silencio, me miraron primero con desconfianza y luego con curiosidad. Murmuraron entre sí.

—¡Tecutli Cuauhtláhuac! —exclamó el joven Cuauhtémoc y se apresuró a arrodillarse ante mí y los otros lo imitaron.

—Disculpe, mi señor, no lo reconocimos —expresó apenado uno de los oficiales del ejército—. Está usted muy...

—Desnutrido —dije al notar que no se atrevía a terminar su frase—. Ciertamente no la pasamos bien ahí adentro.

—Lo siento mucho —respondió.

—No tienes por qué disculparte. —Luego me dirigí a los demás—: Pónganse de pie. No gozamos de tiempo para protocolos.

Todos me miraron con mucha atención. No sabía si era debido a mi precario estado de salud o porque esperaban a que les hablara sobre el tlatoani.

—¿Qué ocurrió? —preguntó uno de ellos.

—¿Se escapó? —agregó otro.

—¿Cómo escapó?

—Malinche me liberó.

—¿Motecuzoma sigue vivo? —preguntó uno.

—Sí —respondí con seriedad.

Aquello era completamente inesperado. Si de algo estaban seguros a esas alturas era que Malinche no cedería jamás. Se miraron entre sí, dudosos. Algunos guardaron silencio y otros murmuraron.

—¿Por qué? —preguntaron varios al mismo tiempo.

—Malinche y sus hombres ya no tienen comida y quieren que hable con la gente de Tlatelolco para que pongan el tianquiztli.

Me miraron en silencio.

—Le dije que cumpliría con sus órdenes para que me dejara en libertad, pero de ninguna manera pienso hacer eso.

La actitud de aquellos hombres cambió en ese momento. Pude ver en sus ojos una tranquilidad que se había escapado minutos atrás.

—Si siguen así, dentro de pocos días comenzarán a morir de hambre ahí adentro —comentó uno de ellos.

—Todos los días intentan salir —dijo otro.

—Ayer salieron y quemaron varias casas. Trataron de llegar al Coatépetl, pero ahí los esperamos cientos de meshícas con piedras, troncos y flechas —dijo otro—. Hemos hecho guardia en los teocalis desde la matanza. Apenas subían cuatro escalones, les lanzábamos los troncos que, en lugar de rodar, bajaban en línea recta y a veces rebotaban. Los barbudos corrían como conejos.

—Malinche venía con ellos.

Justo en ese momento entraron tres mujeres, una de ellas colocó frente a mí una mesita y las otras dos, caldo de guajolote, tlacoyos y pipián. Por un instante me pregunté quién y cuándo les había avisado, pero pronto concluí que a nuestras mujeres no había necesidad de ordenarles que hicieran algo así. Estaban educadas para eso. No hay casa en la región en la que un hombre entre y no sea recibido con comida.

—Mi señor, coma —dijo una de ellas luego de ponerse de rodillas.

Los que estaban frente a mí asintieron con la mirada. Era evidente que no había comido bien en muchos días. Por un momento sentí culpa. Pensé en los que seguían presos y en la desgracia del pueblo, pero también razoné que con victimizarme no ganaría nada. Siempre odié a la gente así. Me senté en el piso y comencé a comer. Todos me observaron, lo cual me incomodó; así que me dirigí al joven Cuauhtémoc y le pedí que me informara sobre lo acontecido durante mi encarcelamiento. Dio unos pasos al frente.

—Esos perros —intervino uno de los oficiales con mucha furia antes de que el joven Cuauhtémoc dijera una palabra— mataron a miles el día de la fiesta del Tóshcatl. Y al día siguiente, los tlashcaltecas sacaron a las calles los cuerpos de los pipiltin que Tonátiuh había asesinado dentro de las Casas Viejas.

—Deja que Cuauhtémoc me informe —respondí sin mirarlo—. Si todos hablan al mismo tiempo jamás terminaremos.

—Todo ocurrió tan rápido —respondió el joven Cuauhtémoc con gran tristeza—. Ninguno de nosotros estaba armado. Al principio nadie se percató de que los barbudos estaban disparando sus palos de humo y fuego, pues el ruido se perdía entre el escándalo. Desde entonces hemos impedido que entren o salgan de las Casas Viejas. Hace dos noches, dos de nuestros vigilantes descubrieron a cuatro tlashcaltecas que pretendían introducir alimentos. Entonces avisaron a las tropas y éstas persiguieron a los cuatro hombres que corrieron y dejaron las canastas llenas de comida. La reacción fue tan efectiva que pronto los capturaron y mataron a pedradas. También han ocurrido muchas diferencias entre nosotros... —Cuauhtémoc bajó la cabeza y se quedó en silencio por un rato. Ninguno de los presentes se atrevió a hablar—. Hay un grupo considerable de seguidores de Malinche que están matando a todo aquel que lleve puesto un bezote de cristal fino o ayates de manta delgada.

—¿Están matando a los servidores de Motecuzoma?

Recordé entonces las palabras de mi hermano: «Si intentas salvar mi reputación, sólo lograrás hundir la tuya. Recuerda que un pueblo herido no escucha».

—Un pueblo herido no escucha —dije y bajé la mirada.

—¿Qué es lo que dice el tlatoani? —preguntó uno de los oficiales de las tropas.

Me quedé pensativo. Estaba en una situación harto difícil. Las cosas ya no eran como antes, que, aunque estuviesen en desacuerdo con el tlatoani, nadie se atrevía a contradecir sus órdenes. La autoridad del tlatoani se había diluido. Motecuzoma tenía razón: defender su reputación sería una pérdida de tiempo. O peor aún, un peligro para mí. Aún no tenía idea de con quiénes estaba hablando. Me tomaría varios días identificar a la gente leal y a los traidores, ésos que nunca dijeron una palabra en contra del tlatoani, pero que en el fondo estaban dispuestos a matarlo en cuanto surgiera la oportunidad. Estaba seguro de que Cuecuetzin, Imatlacuatzin, Tepehuatzin, Tlilancalqui, Opochtli y Cuitlalpítoc no eran los únicos.

—Es el momento de que elijamos a un nuevo tlatoani —expresé mirándolos a todos—. Necesitamos un hombre que comande nuestras tropas, que logre sacar de nuestras tierras a esos barbados.

—¿Y Motecuzoma? —preguntó uno de ellos.

—Él ordenó que eligiéramos a su sucesor.

—¿Tendremos dos tlatoque? —cuestionó otro.

—No —reaccioné rápidamente—. ¡Sí! —Fue muy difícil responder aquello en ese momento—. No exactamente.

—¿Renunció? —insistió otro.

—Sí.

En ese momento todos comenzaron a hablar mal de mi hermano.

—Lo sabía. Es un cobarde…

—Desde un principio estaba claro…

—Debimos atacar a los extranjeros desde el primer día.

—Si Motecuzoma les había entregado el gobierno, qué importaba que lo mataran.

—Traidor…

Definitivamente no habría manera de convencerlos de lo contrario.

—Elijamos a un nuevo tlatoani —sugerí.

Todos se miraron entre sí. Murmuraron.

—¿En este momento? —preguntó uno de ellos.

Estuve a punto de responder que era preciso, pero guardé silencio. Apurarlos podía malinterpretarse. Siempre había alguien que dudaba o que hacía que los demás titubearan. En la política no hay buenos ni malos, sólo existen intereses. E invariablemente abundan los opositores. Yo sabía que en ese momento lo mejor era dejar que ellos decidieran, a pesar de que corría el riesgo de que pospusieran la elección de manera indefinida, lo cual era peligroso para todos; o bien, cabía la posibilidad de que decidieran elegir a alguien más.

—Por supuesto —respondió otro—. Esto es urgente.

—Pero...

—Ya no tenemos tiempo.

Los observé en silencio. Hasta ese momento me percaté de que ninguno usaba botas cubiertas con láminas de oro, brazaletes con manillas de piedras preciosas, la esmeralda en el labio inferior, los pendientes con piedras preciosas en las orejas, la cadena de oro y piedras preciosas al cuello ni el penacho de bellas plumas que colgaban desde su cabeza hasta su espalda. No había capitanes: *achcauhtin* (príncipes), *cuauhtin* (águilas) y *ocelo* (jaguares). Todos eran soldados y oficiales.

—¿Y el pueblo? —preguntó uno de ellos.

—El pueblo jamás ha elegido a su tlatoani.

—No, pero debemos avisarles.

—¿Para que algún traidor le informe a Malinche que tenemos un nuevo tlatoani?

—¡No! Eso no nos conviene.

—No nos queda más que elegir a nuestro nuevo tlatoani ahora mismo.

Se miraron con solemnidad. Se mostraron pasivos. Sabían que la elección tenía que ser entre los familiares del huey tlatoani y que de ellos únicamente estábamos libres mi hermano Tezozómoc y yo. De los hijos de Ahuízotl estaban Cuauhtémoc y otros dos, pero se encontraban con Motecuzoma. De pronto, me miraron. Uno de ellos dijo:

—Que sea Cuauhtláhuac.

—Tezozómoc.

—No.

—Cuauhtémoc.

—Es muy joven —dijo uno de ellos.

Los demás permanecieron en silencio por un instante.

—Sí, Cuauhtláhuac.

—Cuauhtláhuac.

La elección de Motecuzoma fue muy larga y tediosa. Se debatió muchísimo. Las circunstancias ahora nos obligaban a hacer esto de una manera jamás pensada. Además, los que estaban presentes no sabían mucho del gobierno.

—Tecutli Cuauhtláhuac, ¿acepta ser nuestro huey tlatoani?

## 8

Mientras en el recinto sagrado se llevaba a cabo el sacrificio de los miembros del Consejo que Motecuzoma ha destituido, Cuauhtláhuac deambulaba por la ciudad en estado etílico. Esa mañana había tenido una discusión con el tlatoani por su decisión.

—Acepté escucharte porque eres mi hermano, Cuauhtláhuac, pero no estoy dispuesto a complacerte.

—Muchos de ellos son muy valiosos por sus conocimientos, capacidades y lealtades.

—Lo sé —Motecuzoma se mantuvo sereno—, pero entiende que no puedo elegir. Todos ellos son...

—¿Traidores? —interrumpió Cuauhtláhuac.

—No. Son del gobierno anterior, fueron educados por el cihuacóatl.

—¿Cuál es el problema?

—Tlilpotonqui, al igual que su padre Tlacaélel, gobernaba Tenochtítlan. Él y sus aliados eran los que decidían. ¿Sabías eso?

—Sí.

—Yo no estoy dispuesto a aceptar eso. Si fui electo tlatoani, yo seré quien tome las decisiones. Todo el Consejo obedece las órdenes del cihuacóatl. Y la única forma que tengo para quitarle tanto poder es destituyendo a su gente.

—¿Y cómo sabes que no convencerá a los nuevos miembros del Consejo?

—Porque los estoy entrenando. Haré que piensen...

—Como tú —interrumpió Cuauhtláhuac.

—Sí. —Motecuzoma cerró los ojos y suspiró con molestia—. Como yo.

—Eso no será posible. Tarde o temprano te traicionarán.

—Ya lo veremos.

—Te vas a arrepentir de...

—Retírate.

Cuauhtláhuac se rehusó a participar incluso como espectador. Estuvo bebiendo octli toda la tarde. Aunque la embriaguez estaba prohibida, incluso para los miembros de la nobleza, todos encontraban la forma de emborracharse sin ser castigados: los pipiltin, sobornando a las autoridades o por medio de favores; los macehualtin se reunían para beber y tener sexo con las *ahuianime* (prostitutas), y los *cuiloni* (travestis), que se paseaban obscenamente maquilladas y vestidas, cerca del lago, en las calles y en los mercados.

—Ven conmigo —dijo un cuiloni muy delgado y bastante femenino.

—¡Yo lo vi primero! —dijo una ahuianime de nalgas y tetas enormes—. ¡Lárgate de aquí!

—No se preocupen —respondió Cuauhtláhuac sonriente mientras se tambaleaba—. Puedo llevarme a las dos.

El cuiloni le enseñó los dientes a la ahuianime cual felina en celo.

—¿Quiere una habitación? —dijo una mujer madura que había presenciado todo en medio de la calle—. Yo le puedo rentar una.

—Vamos, vamos —dijo Cuauhtláhuac y abrazó a las dos mujeres que acababa de contratar.

La mujer los guio a una casa muy cerca de ahí.

—Págueme primero —dijo antes de dejarlos entrar.

Cuauhtláhuac llevaba consigo un morral en el que cargaba unas piezas de cobre en forma de T, la moneda de cambio en todo el Valle[78].

—Tenga —dijo sin contar las piezas de cobre—. Tráiganos una jícara de octli.

La mujer recibió las monedas con satisfacción y se fue mientras sus clientes entraron a la habitación, escasamente alumbrada por una tenue luz que entraba por la ventana. La ahuianime y el cuiloni comenzaron desvestirse sin preámbulo. La noche apenas iniciaba y la

---

78  Los aztecas tenían cinco tipos de moneda. La primera era una especie de cacao, distinto del que empleaban en sus bebidas. Contaban el cacao por *xiquipiles* (cada xiquipilli eran 8000 almendras). La segunda eran pequeñas mantas de algodón, destinadas a adquirir mercadería que habían menester. La tercera era el oro en grano o en polvo. La cuarta, que más se acercaba a la moneda acuñada, eran de ciertas piezas de cobre en forma de T, que se empleaban en cosas de poco valor. Y la quinta eran ciertas piezas útiles de estaño (Clavijero, pp. 332-333).

clientela abundaba, particularmente porque las autoridades estaban ocupadas en el recinto sagrado.

De pronto entró por la ventana un hombre que le dio una violenta patada a la mujer en la cara, por lo que ella cayó inconsciente en el piso. El cuiloni apenas si tuvo tiempo de reaccionar cuando el hombre se fue contra él y le enterró un cuchillo de pedernal en el pecho siete veces. La pared quedó salpicada de sangre y en el piso se formó un charco que, por la oscuridad, se veía casi negro. El homicida no se había percatado que se había equivocado de víctima y salió por donde había entrado.

Cuauhtláhuac, que se había puesto de pie entre las sombras, esperó a que el hombre saliera para poder ir detrás de él sin ser descubierto. En las calles había mucha gente, por lo que tuvo que ser muy discreto. Luego de caminar varias calles, se acercó al hombre de forma sigilosa y en cuanto estuvo detrás de él, apresuró el paso, sacó su cuchillo y lo amenazó poniéndoselo en el cuello.

El hombre se dio media vuelta y le dio un fuerte golpe a Cuauhtláhuac, quien por su estado de ebriedad perdió el conocimiento. El hombre tomó el cuchillo y se agachó para degollar a Cuauhtláhuac, cuando una piedra le golpeó fuertemente la sien. Quedó aturdido por un instante. Al recuperarse se encontró con Ehecatzin corriendo hacia él. Se puso de pie, pero no pudo escapar: Ehecatzin lo pateó y lo derribó. Al tenerlo en el piso lo golpeó, pero el agresor estiró el brazo consciente de que muy cerca de él se encontraba la piedra con que había sido golpeado. La recuperó y aporreó fuertemente a Ehecatzin en el rostro varias veces. En ese momento llegaron varias personas. El agresor se dio a la fuga y dejó a Ehecatzin en el piso con la boca llena de sangre.

Cuando despertó no reconoció el lugar donde estaba. Sintió muchísimo dolor en la cara. Apenas si podía ver. Quiso hablar, pero no pudo, en la boca tenía pequeñas bolas de tela de algodón. Reconoció un sabor extraño. Además dos conos hechos con hojas de árbol de plátano para permitir que respirara y evitar que se tragara la tela. De pronto apareció frente a él el rostro de Cuauhtláhuac.

—Por fin despiertas.

Ehecatzin intentó hablar, pero no pudo.

—Vas a tener que esperar a que venga el chamán y te quite eso de la boca. Seguramente te estás preguntando qué es. Son ungüentos para que sanen las heridas de tus encías. Recibiste un golpe tan fuerte que perdiste todos los dientes de enfrente.

Cuauhtláhuac se quedó en silencio por un instante. Ambos se miraron fijamente.

—Te debo la vida, Ehecatzin, y también te debo una disculpa. Estás en esta situación por...

Ehecatzin alzó la mano para indicarle a Cuauhtláhuac que se callara. Hubo otro silencio. Ehecatzin cerró los ojos y respiró profundo. Cuauhtláhuac miraba las paredes para evitar la incomodidad del momento.

—¿Quieres saber cuántos días tienes inconsciente?

Ehecatzin asintió con la cabeza.

—Nueve. Desde entonces te traje a mi casa. Tu esposa e hijos también están aquí. Y por si te preguntas qué pasó con nuestro agresor, no te puedo decir, yo estaba inconsciente. Cuando desperté había alrededor de cuarenta personas mirándonos. Sólo me supieron decir que el hombre salió huyendo en cuanto se supo descubierto. No le he comentado esto a nadie, ¿sabes? Estoy esperando a que alguien en el gobierno se delate con alguna pregunta o comentario. Tú y yo sabemos que quien quiera que nos haya atacado, fue enviado por el o los asesinos de Aztamécatl.

El chamán y la esposa de Ehecatzin entraron en ese momento. Cuauhtláhuac se hizo a un lado y dejó que la mujer se acercase a su esposo.

—Por fin despertaste. —Lo abrazó—. Estuve muy preocupada. —Comenzó a llorar—. Qué bueno que estás bien.

—Buenos días —dijo el chamán con tranquilidad al mismo tiempo que se arrodilló a un lado del paciente—. Vamos a quitarte eso de la boca para que puedas hablar.

El procedimiento fue lento. El hombre sacó una a una las pequeñas bolas de tela de algodón.

—Hubieras visto a tu mujer hace un rato. Estaba llena de alegría porque ya habías despertado.

Cuando sacó los conos de hoja de plátano, jaló con los dedos los labios del paciente para revisarlo.

—Tus encías siguen sangrando un poco, pero ya podrás comer caldos y cosas suaves. Evita frotarte las encías con la lengua. Habla.

—¡Idiota! —dijo Ehecatzin.

Todos los que estaban en la habitación se quedaron asombrados.

—¿Yo? —preguntó el chamán.

—¡No! —respondió Ehecatzin—. Él. —Señaló a Cuauhtláhuac.

—La buena noticia es que puedes hablar —respondió Cuauhtláhuac y se acercó a Ehecatzin.

—Si ya se había librado de que lo mataran, ¿para qué persiguió al asesino? —dijo Ehecatzin con dificultad y con la pronunciación de un anciano.

—¿Y tú qué estabas haciendo en esos lugares?

—Lo vi borracho en la calle y decidí cuidarlo.

—No estaba borracho.

—Seguramente se estaba tambaleando por el ritmo de los teponaztli que sonaban en el recinto sagrado.

—Me retiro —dijo el chamán—. Tengo más pacientes que atender.

—Muchas gracias —dijo Cuauhtláhuac.

—Gracias —expresó Ehecatzin.

—No hables mucho porque pueden sangrar tus encías. —El chamán se dio media vuelta y salió de la habitación.

La esposa de Ehecatzin acompañó al chamán a la salida.

—Perdón —dijo Cuauhtláhuac en cuanto se quedaron solos.

Ehecatzin no respondió.

—Descansa —dijo Cuauhtláhuac con la cabeza agachada—. Vendré a verte mañana o cuando te sientas mejor para platicar.

Esa noche Cuauhtláhuac se enteró de que Motecuzoma había ordenado a las tropas que se organizaran para salir a combatir a los pueblos de Nopala e Icpactépec, los cuales se habían rehusado a pagar el tributo y habían asesinado a los meshícas que estaban en sus tierras. Aquello fue tomado como una declaración de guerra.

Cuauhtláhuac tuvo que marchar con las tropas meshícas a Nopala e Icpactépec. Volvieron semanas después, triunfantes, cargados de riquezas y con más de cinco mil prisioneros.

Al día siguiente de haber llegado, Cuauhtláhuac visitó a Ehecatzin en la habitación donde había permanecido, resguardado por un par de soldados.

—Veo que ya estás mucho mejor —dijo al entrar.

Ehecatzin movió la cabeza dando a entender que no estaba tan bien como parecía.

—¿Cómo están tus encías?

—Ya no sangran.

Cuauhtláhuac caminó alrededor de la habitación con preocupación.

—No sé cómo reparar el daño. Sé que lo que te voy a decir no tiene comparación con la tragedia de perder a tus hijos, pero créeme que mi situación tampoco ha sido fácil. La noche en que nos atacaron, mi hermano Motecuzoma decidió matar a todos los miembros del Consejo. ¿Sabes lo que eso significa? Entre ellos estaban muchos parientes y amigos. Provocó un caos en la nobleza meshíca. Mi hermano cambió por completo. Ahora nadie puede ver al tlatoani, ni siquiera nosotros. Por donde quiera que pase, la gente tiene que arrodillarse, comer tierra y colocar la frente en el piso. Ha exigido un trato de dios... No sé por qué te estoy contando todo esto. No debería. Tú eres tan sólo un... —Cuauhtláhuac suspiró y bajó la mirada.

—Macehuali... —continuó Ehecatzin.

—Sí. Las leyes me impiden hablar con un macehuali de asuntos relacionados con el gobierno.

—Eso no es cierto.

—En el gobierno de Ahuízotl eso no estaba prohibido, pero ahora sí. Motecuzoma acaba de cambiar esa ley. Y, peor aún, los macehualtin ya no pueden aspirar a ningún cargo en el gobierno ni en el ejército.

—¿Y qué es lo que lo tiene preocupado? Usted pertenece a la nobleza y tiene todo garantizado.

—No.

—¿A qué se refiere?

—A que en cualquier momento me pueden matar. Y lo peor es que no sé quién. Podría ser Tlacahuepan, Macuilmalinali, Opochtli, Cuecuetzin, Imatlacuatzin, Tepehuatzin, Tlilancalqui o Cuitlalpítoc, no sé. Son tantos. Quien quiera que sea ya nos vio hablando y sabe que me informaste sobre los asesinos de Aztamécatl. Volverán. Te lo aseguro. Ya viste que no se tocaron el corazón para matar a dos de tus hijos.

—¿Por qué no le cuenta a su hermano?

—Porque ni siquiera tengo la certeza de que me... —hizo una pausa—, nos vaya a proteger.

—Él no tendría por qué protegerme.

—Pero yo sí... —Bajó la mirada y suspiró—. Estoy en deuda contigo.

—¿Y qué es lo que piensa hacer? ¿Mantenernos escondidos en esta casa por siempre?

—No. Ya hablé con Motecuzoma y le pedí permiso para tenerte como empleado de la casa.

—Gran diferencia.

—¿Eso qué significa?

—Nada, olvídelo.

—Habla, termina de decir lo que estás pensando.

—Usted no se puede pasar la vida cuidándole las espaldas a un sirviente. Mi familia y yo no podremos estar encerrados aquí por siempre. Tenemos que salir algún día.

—Lo entiendo, lo entiendo...

Hubo un silencio.

—¿Qué es lo que sugieres? —preguntó Cuauhtláhuac.

—Que me deje volver a mi casa. Ahí esperaré la muerte.

—¡Eres un mediocre!

—¡Soy un mediocre porque no tengo otra forma de vida! Yo no nací con las oportunidades que tienen los pipiltin. Jamás podré ir al Calmécac ni podré aspirar a algún puesto en el gobierno. ¿Qué más puedo esperar si alguien de la nobleza me quiere matar porque vi cómo asesinaban a uno de los suyos?

—Tienes razón, Ehecatzin. Aquí no puedes aspirar a nada. Pero en Iztapalapan sí.

—¿Ahora quiere que me vaya a Iztapalapan?

—Sí. Estuve pensándolo estos días.

—¿A qué?

—Allá aprenderás la historia de los tenoshcas, arquitectura, poesía y a interpretar los libros pintados.

—¿Quién me va a enseñar todo eso?

—Yo, y si no me da tiempo, le diré a los sacerdotes y maestros de Iztapalapan que te enseñen.

—¿Usted se piensa ir a Iztapalapan?

—Motecuzoma me acaba de nombrar tecutli de Iztapalapan.

—Perdón —dijo Ehecatzin avergonzado—. Yo le he estado hablando de forma tan irrespetuosa y ahora usted es un tecutli.

—Ehecatzin, si no hubiese sido por ti, en estos momentos yo estaría muerto. Estoy en deuda contigo y lo menos que puedo hacer es protegerte. Y tienes razón en todo lo que me dijiste. Si matan a un sirviente no pasa nada, pero si matan al tlacuilo del tecutli de Iztapalapan es diferente.

—Al tlacuilo... Pero yo no soy...

—Aprenderás. Y serás mi consciencia. Sabrás todos mis secretos. Estarás en mi gobierno día y noche. Dibujarás en los libros pintados todo lo que suceda en el palacio de Iztapalapan. Si lo que quieren es callarte, haremos lo contrario. Tú serás quien los denuncie. Y lo podrás hacer de forma legal. ¿Sabías que a un tlacuilo no se le puede juzgar por lo que deje plasmado en los libros pintados? Así será, Ehecatzin. Tendrás voz propia en la historia de Iztapalapan y de Meshíco Tenochtítlan, pues a fin de cuentas también se cuenta lo que sucede en otras ciudades.

## 9

## Lunes 25 de junio de 1520

¿Qué?

¿Para qué quieres dormir aquí?

No, tlacuilo, eso ya es demasiado.

Te lo advertí. No hiciste caso.

Sí, ya sé que estás muy viejo, Ehecatzin, y que te queda poco tiempo de vida, pero...

Está bien...

¿En qué nos quedamos ayer?

Ya, ya recordé...

Justo cuando los miembros de la nobleza me pidieron que fuera su huey tlatoani, se escucharon las caracolas y los huéhuetl y teponaztli. Debido a que yo aún no era jurado huey tlatoani —ni siquiera se había hecho pública mi liberación, más que por rumores—, no estuve al mando de esa batalla, sino el joven Cuauhtémoc.

Todos los que estábamos en el recinto de los guerreros águila salimos en cuanto escuchamos el llamado. Cientos de personas se dirigían a la calzada de Tlacopan. Había demasiada desorganización. Nadie sabía qué estaba ocurriendo. Muchos de ellos, más que ayudar, hacían el tránsito demasiado lento. Al llegar descubrimos que se trataba de un hombre que traía varias mujeres meshícas, incluyendo a una de las hijas de Motecuzoma. Habían permanecido por varios meses en las Casas Viejas y cuando Malinche fue a las tierras totonacas se las encargó a este hombre, que se fue a esconder a Tlacopan y ahora volvía para entregar a las mujeres que Malinche había hecho suyas.

Los que lo habían interceptado ya le habían arrebatado a las mujeres y lo tenían de rodillas, bañado en sangre.

—¡Mátenlo! —gritaba la multitud—. ¡Mátenlo! ¡Mátenlo!

Por un momento pensé en contenerlos, pero me detuve a analizar la situación en la que me encontraba. Aún no había sido jurado huey tlatoani y mi prestigio estaba en terreno frágil. Los pipiltin que se encontraban en el recinto de los guerreros águila me habían demostrado que la reputación de Motecuzoma ya no me favorecía. Debía, por lo menos en esa ocasión, permitirle al pueblo que liberara su furia. Permanecí en silencio mientras el comandante a cargo organizaba a la tropa.

—¡Llevaremos a este hombre ante los miembros de la nobleza! —gritó, pues había tanto ruido que apenas si se le escuchaba—. ¡Ellos decidirán su castigo!

La gente se opuso rotundamente y comenzaron a lanzar piedras. Los soldados que estaban alrededor del extranjero también fueron lapidados; entonces se replegaron y el barbudo quedó en el centro, de rodillas y con los brazos cubriéndole la cabeza inclinada hasta el suelo. Su espalda teñida de sangre, recibió tantos golpes hasta que cayó al piso desmayado. Los gritos eran ensordecedores. Había en cada uno de los presentes una furia jamás vista. No había forma de no contagiarse. Si bien en un momento dado creí justo llevar a ese hombre a juicio, a esas alturas lo había olvidado. Sentía el mismo odio, el mismo deseo de venganza. Dejé que lo mataran a pedradas.

Al finalizar, volví al recinto de los guerreros águila.

—¿Cuántas veces ha sucedido esto?—le pregunté al joven Cuauhtémoc mientras caminábamos.

La multitud había quedado atrás. Les interesaba enterarse de todo lo ocurrido hasta el último instante.

—Quizá diez o quince veces. No siempre he estado presente.

—¿Todas contra extranjeros?

—No. También hemos lapidado a tlashcaltecas, totonacas, hueshotzincas, cholultecas y meshícas.

—¿Por qué a meshícas?

—Por traición.

En ese momento escuchamos algunos gritos. Volteamos hacia la derecha y en uno de los callejones vimos a dos hombres discutiendo.

—¿Qué está sucediendo? —preguntó Cuauhtémoc.

Uno de ellos tenía un cuchillo doble en las manos. Yo había visto un par en las Casas Viejas. Uno de los soldados de Malinche lo traía en un estuche que colgaba de su cintura. En cuanto lo extrajo, metió dos dedos en unas argollas que iban unidas a las cuchillas y maniobró con facilidad para cortar un pedazo de tela.

—¡Él me engañó! —acusó el que tenía el cuchillo doble.

—¿Por qué? —pregunté.

—Le vendí este objeto a cambio de cincuenta plumas, un bulto de frijol y dos de sus hijas.

—¿Dónde conseguiste esto? —pregunté.

—Lo encontré luego del regreso de Malinche.

—¿Dónde?

—En la Calzada.

—¿Sabes para qué sirve? ¿Sabes utilizarlo?

—No —titubeó.

—¿Y tú? —le pregunté al otro.

—Él me dijo que a través de los aros se pueden ver los presagios de los dioses.

—¡Dame eso! —exclamé al mismo tiempo que extendí la mano.

El otro hombre me entregó el cuchillo doble.

—¡Acércate! —le ordené al vendedor.

Al tenerlo cerca comencé a cortarle el calzoncillo. El hombre se quedó desnudo.

—Para eso sirve. Nada más.

—¡Oh! ¡Esto es una maravilla! —exclamó el vendedor con entusiasmo—. ¡Mañana mismo te devuelvo a tus hijas, tus plumas y tus frijoles!

—¿Qué? ¡Ese objeto es mío! —Intentó arrebatárselo—. ¡Devuélvemelo!

—¡No!

—¡Ya! —grité—. Entrégale los cuchillos.

—¿Y tú quién eres para darme órdenes? —Su actitud se volvió desdeñosa.

—Soy Cuauhtláhuac, señor de Iztapalapan y miembro de la nobleza meshíca. Y si no me obedeces ordenaré que te arresten.

El hombre se arrodilló y pidió perdón. El otro lo imitó. Les di la espalda y caminé rumbo al recinto de los guerreros águila.

Apenas íbamos a entrar, se escuchó de nuevo el silbido de la caracola. Cuando estaba encerrado en las Casas Viejas, en los últimos días, lo escuchábamos con la misma frecuencia. Sabíamos que se estaban llevando a cabo combates, aunque no con exactitud. Nosotros nunca habíamos peleado en contra de los extranjeros. Y en ese primer día, comprendí tantas cosas. Los barbudos luchaban con métodos muy distintos y los meshícas estaban tratando de adaptarse a ese nuevo estilo de guerra. En esta segunda ocasión el llamado fue frente a las Casas Viejas. Cuando Malinche ordenó mi liberación, había una ofensiva que terminó poco después. Ésta era la segunda del día y se debía a que dos barbudos habían salido a las calles y pretendían dirigirse al tianquiztli de Tlatelolco. Malinche los había enviado para corroborar que yo hubiese hecho lo que me ordenó. La gente los recibió a pedradas, entonces ellos regresaron apurados al interior del palacio. Poco después salió otro hombre que también fue apedreado y tuvo que volver de la misma forma.

Permanecimos un largo rato afuera de las Casas Viejas. Todos gritábamos con furia, de acuerdo con nuestra costumbre, para intimidar a nuestros enemigos. Los que traían instrumentos los tocaban con insistencia.

¡Pum, pum, pum, pum, pum, pum!

¡Ay, ay, ay, ay, ay!

De pronto apareció el joven Cuauhtémoc a un lado mío.

—¡Mandan decir los vigilantes del Coatépetl que dentro de las Casas Viejas se están preparando los barbudos para salir a combatir! —gritó, ya que el ruido era ensordecedor.

¡Ay, ay, ay, ay, ay!

—¿Cuántos son? —también grité.

¡Pum, pum, pum, pum, pum, pum!

—¡Calculan como doscientos!

¡Pum, pum, pum, pum, pum, pum!

¡Ay, ay, ay, ay, ay!

—¿Qué? ¡No te escucho!

—¡Que son como doscientos!

—¡Ordena que se preparen las tropas para atacar y que llamen a todo el pueblo!

Cuauhtémoc dio la orden y todos subieron rápidamente a las azoteas. No comprendí por qué estaban haciendo eso, pero tampoco se los impedí. Hasta ese momento me percaté de que los guerreros meshícas no llevaban sus escudos adornados con plumas ni cargaban penachos ni joyas. Nada. Lo comprendí rápidamente. No tenía caso llevar a cabo tan hermoso ritual. La batalla era contra unos bárbaros que no respetaban nuestros códigos de guerra.

—¡Ahí vienen! —gritó alguien.

¡Pum, pum, pum, pum, pum, pum!

¡Ay, ay, ay, ay, ay!

Los extranjeros y sus aliados tlashcaltecas, totonacas y cholultecas salieron disparando, unos con sus palos de humo y fuego, y los otros con piedras y flechas. Uno de los meshícas que se encontraba a mi lado se lanzó sobre mí, provocando que ambos cayéramos al suelo. Al mismo tiempo, los demás se habían tirado al piso, aunque luego se incorporaron para lanzar más piedras. Yo los imité. Comprendí que desde las azoteas nos hallábamos más seguros. Por primera vez me encontraba en una situación bélica en la que no sabía qué hacer. Todo eso era nuevo. Y tenía que aprender de mi gente lo más rápido posible. Aunque ellos llevaban pocos días de combate, ya habían aprendido a no confiarse de sus escudos, pues a diferencia de las flechas, los disparos de los palos de fuego sí los perforaban. Sabían que huir con el primer disparo únicamente generaba más caos y que los extranjeros también sentían miedo.

A pesar de la intensa lluvia de piedras que caía sobre los enemigos, ellos avanzaban casi sin detenerse. Intentaron llegar a la calzada de Tlacopan, pero nosotros bajamos de las azoteas, corrimos en aquella dirección y les bloqueamos el paso. Los gritos, el silbido de las caracolas, el estruendo de los huéhuetl y los relinchos se escuchaban de forma escandalosa, sin embargo, ninguno de nosotros nos movimos. Nos mirábamos de forma retadora. Uno de los barbudos gritó algo y sus hombres atacaron con sus palos de humo y fuego.

Nadie corrió para salvar su vida como nos contaron que ocurrió en otros pueblos. Los meshícas habían aprendido que si se hacía eso, se perdía la batalla. Era preferible arriesgar algunas vidas con tal de no bajar la guardia. Tras esos disparos murieron cinco tenoshcas. En ese momento los aliados de los extranjeros salieron al frente para luchar contra nosotros. Se dio un breve enfrentamiento con los macahuitles. Los meshícas superábamos por mucho a los tlashcaltecas, totonacas y cholultecas, así que pronto retrocedieron.

Los barbudos echaron fuego a las casas de alrededor, para que los soldados que se hallaban en las azoteas se vieran obligados a bajar y no pudiesen lanzar piedras, lanzas y flechas. Los meshícas habían construido muros en los canales y calles; y detrás de éstos disparaban y herían a los venados gigantes. Algunos enemigos intentaron cruzar los canales nadando, pero fueron recibidos por una lluvia de piedras, flechas, lanzas y dardos. Noté que algunos guerreros arrojaban sus lanzas al nivel más bajo, casi rozando el suelo para lesionar a los barbudos en las piernas, donde no llevaban trajes de metal.

Los barbudos les gritaban que no se rindieran, pero sus aliados sabían que perderían de cualquier forma. Algunos huyeron rumbo a sus tierras. Nosotros no cesamos el ataque. La lluvia de piedras fue inclemente y los barbudos tuvieron que regresar a las Casas Viejas. De pronto uno de ellos cayó al suelo. Los meshícas que se encontraban cerca arremetieron contra él a patadas, puñetazos y pedradas, mientras el resto corrió detrás de los otros. Siempre lanzando piedras. Cayó otro y después otro, y otro. Matamos a cinco. Los demás volvieron muy heridos.

Cuando llegué a las Casas Viejas, un grupo de meshícas ya le había prendido fuego a los muros, mientras que una veintena de hombres cargaba sobre sus hombros un grueso tronco con el que golpeaban la pared. En ese momento uno de los extranjeros apareció sobre el muro con un arco de metal, disparando su primera flecha. Dio justo en el pecho de uno de los nuestros, que cayó al instante. Pero el hombre no pudo disparar una segunda vez, pues pronto le arrojaron decenas de piedras que lo tiraron de espaldas. Mientras unos seguían golpeando el muro con el tronco, otros intentaron escalarlo. El primero que llegó a la cima cayó rápidamente con la cabeza destrozada por un disparo. El segundo recibió una flecha de metal. Los gritos seguían escuchándose estruendosamente:

¡Ay, ay, ay, ay, ay!

¡Pum, pum, pum, pum, pum, pum!

¡Ay, ay, ay, ay, ay!

Finalmente un grupo de meshícas logró derribar parte del muro, pero apenas pudimos ver hacia el interior, salieron muchísimas flechas de metal y disparos de humo y fuego. Murieron todos los que habían hecho el socavón. Los que estábamos alrededor nos replegamos rápidamente. Mientras los tlashcaltecas, totonacas, hueshotzincas y cholultecas lanzaban grandes cantidades de tierra sobre las llamas, los extranjeros hacían estallar sus palos de humo y fuego. Hubo más muertos y heridos.

El ataque duró un largo rato. Los aliados de los barbudos tapaban con piedras el hueco en el muro. Poco a poco fuimos cesando el embate.

—¿Qué hacen después de esto? —le pregunté a uno de los oficiales que se encontraba a un lado mío.

—Esperamos.

—¿A qué?

—A que ellos se rindan, que dejen de atacar o que oscurezca. Lo que suceda primero.

—Tienen un registro del número de soldados que han muerto en estas batallas.

—No.

—¿Por qué?

—No tenemos tiempo ni forma de contarlos. Muchos ni siquiera son soldados. Son campesinos, constructores, pescadores...

Más tarde el hueco en el muro quedó sellado.

—Hoy en la noche reconstruirán esa parte del muro —comentó el oficial.

—¿Los extranjeros tampoco atacan de noche?

—No.

—Por lo menos en algo sí estamos de acuerdo —dije.

—Han intentado salir en las noches.

—¿Y lo han logrado?

—Supongo que sí.

—¿No estás seguro?

—No. Es muy difícil mantener la vigilancia.

El sol se encontraba en el horizonte. Todos concluyeron el combate y dejaron de gritar. Dentro de las Casas Viejas ocurrió lo mismo.

—¿Qué más hacen para evitar que escapen?

—Hechicería.

—¿Y ha funcionado?

—Una noche uno de los hombres blancos salió. Todos los que lo vigilaban desde las azoteas se escondieron en cuanto él pasó frente a ellos. Dejaron que avanzara. Después lo observaron en silencio. El hombre pretendía llegar a la calzada de Tepeyácac. Caminó varias calles. Y entre el silencio y la oscuridad se le aparecieron los muertos que los hechiceros le enviaron. El hombre corrió al mismo tiempo que gritó aterrorizado. Se le apareció Youaltepuztli[79].

—¿El nahual Hacha Nocturna?

—Así es. El extranjero cayó de rodillas en cuanto vio a aquel hombre sin cabeza, el pescuezo cortado como un tronco y el pecho abierto. Gritó con desesperación. Youaltepuztli caminó hacia él lentamente. En ese instante se escuchó un disparo. El hombre blanco se desmayó. Detrás de él se encontraban dos compañeros suyos que habían salido en su auxilio. Youaltepuztli desapareció en ese momento.

---

79   Bernal Díaz del Castillo da testimonio sobre el nahual Youaltepuztli o Hacha Nocturna: «Hacha Nocturna trastornaba a los castellanos, sobre todo a los soldados de Narváez, quienes maldecían y renegaban: ¡Cuan felices eran en Cuba antes de seguir tan tontamente primero a Narváez y luego a Cortés!», p. 459.

## 10

Tras la campaña contra Nopala e Icpactépec, se llevó a cabo la gran celebración de la jura de Motecuzoma, que fue la más grande que hubo en toda la historia de los tlatoque.

Esa misma noche Cuauhtláhuac se encontraba reunido con cuatro de sus mejores amigos: Ueman, Shiuhcóatl, Océlhuitl y Tepiltzín. Hombres con los que había compartido su infancia, su paso por el Calmécac y su entrenamiento en el ejército. No obstante, sus relaciones en la adolescencia habían sido bastante complicadas. Océlhuitl y Ueman se habían distanciado ocho años por severas diferencias entre ellos, pues bastaba con que uno dijera algo para que el otro lo contradijera al instante. Tepiltzín se había peleado a golpes con cada uno de ellos, incluyendo a Cuauhtláhuac y Motecuzoma, Tlacahuepan y Macuilmalinali. Luego volvía arrepentido ante ellos y les pedía perdón, lo cual siempre conseguía de una u otra manera. Shiuhcóatl era el más sereno y, por lo mismo, indiferente a los ataques de los demás.

Su amistad se reforzó en los momentos más cruciales en el campo de batalla. Al borde de la muerte era cuando demostraban su lealtad. Fueron testigos de la forma en que decenas de compañeros de guerra abandonaron a lo largo de los años a aquellos que decían que eran sus amigos. La amistad entre Océlhuitl y Ueman se restableció cuando, en una ofensiva contra Hueshotzinco, una flecha le perforó una mejilla a Ueman. Océlhuitl dejó caer su escudo y su macáhuitl para levantarlo y llevarlo a un área segura. Cuauhtláhuac defendió con su macáhuitl y escudo a Shiuhcóatl y Tepiltzín en tres ocasiones distintas.

Por todas estas circunstancias, Cuauhtláhuac creyó prudente presentarles a Ehecatzin; sin embargo, no todos se mostraron complacidos con la amistad del recién nombrado tecutli de Iztapalapan y un macehuali. Shiuhcóatl fue el único que no despreció a Ehecatzin.

—Me salvó la vida hace varias semanas —dijo Cuauhtláhuac con orgullo.

Océlhuitl, Ueman y Tepiltzín fingieron sus sonrisas. Shiuhcóatl, por su parte, agradeció a Ehecatzin aquel acto tan valeroso.

—Por eso perdió la dentadura. Sucedió poco antes de que fuéramos a la campaña contra Nopala e Icpactépec.

—Claro, esa batalla donde Océlhuitl le rompió la espalda a un soldado con su macáhuitl para evitar que te mataran —dijo Ueman.

—No fui yo —aclaró Océlhuitl—. Fue Tepiltzín.

—Eso qué importa —respondió Ueman algo molesto por la interrupción—. A lo que voy es que entre nosotros nos hemos salvado la vida en varias ocasiones.

—Y eso es lo que nos ha mantenido unidos —interrumpió Cuauhtláhuac.

—Sí, así es —respondió Ueman. Se acercó a su amigo y le habló al oído—: ¿Puedo hablar contigo en privado?

—Sí.

Ambos se alejaron del grupo.

—¿Qué es esto?

—¿A qué te refieres?

—No puedes traer a un macehuali a nuestro grupo de amigos. ¿Tienes idea de lo que van a decir los demás miembros de la nobleza? O lo que seguramente ya están diciendo. Mira a ese hombre. Su forma de vestir.

—¿Eso te preocupa?

—Por supuesto.

—Tienes razón. Debí regalarle un penacho de elegantes plumas, algunas joyas y un *tilmatli* fino.

—¡No! Ve su manera de moverse. No tiene clase.

—Eso se aprende.

—Ya lo dijo Motecuzoma. No podemos ofender a la nobleza trayendo plebeyos entre nosotros. Eso quedó atrás, en tiempos de Ahuízotl.

—Fue mi padre…

—Sí, el que haya sido.

—No. Entiende lo que te estoy diciendo. Ashayácatl, mi padre, fue quien consideró justo que los macehualtin también pudieran aspirar a puestos importantes en el gobierno. Él decía que la nobleza se gana por mérito, no por herencia. De él lo aprendí.

—No estoy de acuerdo contigo. Por algo el tlatoani Motecuzoma decidió cambiar esa ley.

—¿Podemos volver con el grupo?

—Sí. —Ueman alzó las cejas y los hombros.

—Ehecatzin nos está contando que él siempre quiso asistir al Calmécac —dijo Shiuhcóatl cuando Cuauhtláhuac volvió.

Ueman, Océlhuitl y Tepiltzín se miraron entre sí, conteniendo sus deseos de reír.

—He decidido enseñarle yo mismo.

Todos cambiaron su expresión.

—Estoy dispuesto a demostrarle a Motecuzoma que no es necesario ser pipiltin para tener sabiduría, inteligencia, capacidad y lealtad.

—Pensé que esto lo hacías por gratitud hacia... —dijo Océlhuitl a Cuauhtláhuac, y luego se dirigió a Ehecatzin—: ¿Cómo dijiste que te llamabas?

—Lo hago por gratitud, lealtad, deseo de enseñarle y probarle a Motecuzoma, a ustedes y a todos los que piensen igual, que dividir a nuestra sociedad únicamente provocará más daño.

—Lo que pasó con los miembros del Consejo ya es...

—¡No! ¡No lo pienso olvidar ni ignorar!

—Yo opino que dejemos de hablar de esto —intervino Tepiltzín—. Estamos con un macehuali. Todos saben que está prohibido hablar de política frente a ellos.

—No me importa —continuó Cuauhtláhuac enfurecido—. Más vale que se hagan a la idea de que de ahora en adelante me van a ver con Ehecatzin todo el tiempo. Me lo pienso llevar a Iztapalapan ahora que sea nombrado tecutli y le enseñaré todo lo que pueda. Les ordenaré a los sacerdotes y maestros que lo instruyan para que sea uno de los tlacuilos de Iztapalapan. —Cuauhtláhuac se dirigió a Ehecatzin—: Vámonos.

—Espera —lo siguió Shiuhcóatl—. No tienes por qué reaccionar de esa manera.

—¿Qué quieres que haga?

—Entiéndelos. No es fácil para ellos. Dentro de unos días cambiarán de opinión. Ya sabes que son necios.

Cuauhtláhuac siguió su camino.

—Mi señor —dijo Ehecatzin cuando ya se habían alejado del grupo—, lo mejor será que me vaya a mi casa.

—Ya te dije que no me llames mi señor. Soy Cuauhtláhuac. Y tú no te vas a ir a tu casa. Estás viviendo en mi casa con tu familia y cuando sea jurado tecutli de Iztapalapan, se irán conmigo.

Ehecatzin hizo una mueca.

—¿Qué fue eso? —preguntó Cuauhtláhuac.

—Pues que...

—También piensas como ellos... —lo interrumpió.

—Sí —admitió con franqueza—. Creo que lo está haciendo para contradecir a su hermano... Además, no tengo deseos de estar con sus amigos.

Cuauhtláhuac sonrió.

—Tenía razón... —dijo Ehecatzin al mismo tiempo que se rascaba la ceja derecha y hacía una mueca.

—Me da gusto que seas sincero.

—Son demasiado soberbios.

—Es uno de los peores defectos de la nobleza.

—Me voy con mi esposa.

Cuauhtláhuac asintió preocupado; a pesar de que aquella noche había un gran número de tropas vigilando la isla. Más tarde se reunió con sus amigos, quienes evitaron hablar de Ehecatzin. Luego, de acuerdo al protocolo, fueron a dar sus discursos de felicitación al huey tlatoani, que se encontraba sentado rodeado de los dignatarios de todos los pueblos vasallos, aliados y enemigos. A sus espaldas se ubicaba el Coatépetl.

Lo que más les sorprendió fue escuchar las palabras de Cuitlalpítoc, Opochtli y Tlilancalqui, que en los últimos días habían expresado abiertamente su inconformidad ante la elección de Motecuzoma.

—Mi señor —dijo Opochtli, arrodillado con la cabeza en el piso—. Siempre supe que usted era el mejor candidato para dirigir a nuestro pueblo. Sé que sabrá llevarnos por el camino de la victoria en todas las guerras a las que iremos. Dormiremos tranquilos sabiendo que tenemos quien cuide a nuestros abuelos, nuestras madres, esposas e hijas. Usted sabrá educar a nuestros jóvenes y dar el mejor consejo en caso de que faltemos...

—Vaya capacidad para fingir —bisbisó Océlhuitl muy cerca de Ueman.

—Qué buen discurso —bromeó Ueman en voz baja—. Ya no podré decir lo mismo.

—Todos decimos lo mismo —susurró Tepiltzín con cinismo.

—¿Ustedes también están en contra de Motecuzoma? —preguntó Cuauhtláhuac.

—No. —Ueman se encogió de hombros—. A mí no me molesta ni me entusiasma.

Shiuhcóatl, Océlhuitl y Tepiltzín rechazaron aquella acusación.

—Estamos bromeando —se excusó Océlhuitl en voz baja.

—Éste no es el lugar ni el momento para bromear. No quiero volver a escuchar algún comentario como ése. ¿Entendido?

Los cuatro asintieron y las personas que estaban alrededor se percataron.

—¿Qué será de Tenochtítlan si le faltara su tlatoani? —continuó Opochtli frente al nuevo tlatoani.

Poco después de la media noche terminaron los discursos y comenzaron las danzas y los banquetes por toda la ciudad.

Esa noche Macuilmalinali volvió a emborracharse. La diferencia fue que el cihuacóatl se encargó de sacarlo del recinto sagrado antes de que perdiera el juicio. Cuauhtláhuac fue testigo de aquella maniobra perfectamente simulada. Cuatro miembros de la nobleza estuvieron con él la mayor parte del tiempo y lo guiaron hasta la salida, de manera que nadie se percató.

—Cuauhtláhuac —dijo de pronto Tlilpotonqui—, ¿podrías acompañarme un momento?

Aquella invitación hizo que Cuauhtláhuac dudara por un instante. Sin embargo, evitó contradecirlo y lo siguió hasta las casas de las águilas.

—Tengo entendido que fuiste víctima de un ataque —dijo el cihuacóatl.

Aunque Cuauhtláhuac había mantenido el incidente en secreto, era inevitable que tarde o temprano él o el tlatoani se enterarían.

—Sí... —trató de inventar una coartada—. Estaba...

—Bebiendo... —Tlilpotonqui lo interrumpió.

Cuauhtláhuac tragó saliva y eludió la mirada de su interlocutor.

—¿Tienes idea de por qué fuiste agredido?

—No. Estaba demasiado ebrio.

—Sabes que eso es motivo para que te encarcelen. Eres el hermano del tlatoani y tienes que dar un buen ejemplo. Especialmente si dentro de poco serás jurado señor de Iztapalapan.

—Lo entiendo y le pido perdón por mi mal comportamiento.

—¿Sabes quién te defendió?

Cuauhtláhuac guardó silencio por un instante. Creía saber a dónde iba aquella conversación.

—Fue uno de mis sirvientes.

—¿Tu sirviente?

—Sí. Le pedí permiso al huey tlatoani de llevármelo a mi casa, ya que destituyó a toda la servidumbre.

—Te lo llevaste antes de que Motecuzoma tomara esa decisión.

—Sí, lo sé. Ya lo conocía y desde entonces creí que era un sirviente muy eficiente.

—¿Por qué? ¿Qué te hizo creer eso?

—Lo vi. Es obediente y hace lo que se le pide con prontitud.

—Todos los sirvientes son obedientes.

—Pero no son tan eficientes.

—¿Tanto como para espiar a otros?

—No sé de qué me está hablando.

—¡Sí! Sí sabes de qué te estoy hablando, Cuauhtláhuac. Ese hombre estaba escuchando una conversación de Aztamécatl la noche en que estábamos velando al tlatoani Ahuízotl. No pretendas engañarme. Tengo muchos años en el gobierno. Lo sé todo. ¿Entiendes? Yo —se señaló así mismo con el dedo índice—, yo sé más que el mismísimo tlatoani. Yo le enseñé a Tízoc, a Ahuízotl y ahora le voy a enseñar a gobernar a Motecuzoma. No pretendas burlarte de mí.

—Lo siento. —Cuauhtláhuac agachó la cabeza.

—Ahora dime, ¿qué fue lo que ese hombre escuchó?

—No lo recuerdo.

—Me estás colmando la paciencia.

—Que... Macuilmalinali le dijo que ya estaba enterado. Y Aztamécatl le respondió que no tenía idea de lo que estaba diciendo. Que se mostró preocupado y que miraba con insistencia a otros dos hombres.

—Los que lo asesinaron.

—Supongo que sí.

—¿Ese hombre vio a los que mataron a Aztamécatl?

—Me dijo que sí, pero no los conocía.

—¿Qué más te dijo?

—Que Macuilmalinali le reclamó su traición y que Aztamécatl se justificó con que todo ya estaba dispuesto y que no había forma de cambiar nada. Agregó que eran órdenes del cihuacóatl.

—¡Eso es mentira! —Tlilpotonqui se mostró enojado.

—Sólo estoy repitiendo lo que Ehecatzin me informó. —Cuauhtláhuac dio un paso atrás.

—Aztamécatl pensaba votar por Tlacahuepan. —Tlilpotonqui dio un paso hacia Cuauhtláhuac.

—¿Tlacahuepan? —Cuauhtláhuac dio otro paso atrás.

—Aztamécatl te prometió que votaría por ti, y lo mismo le dijo a Macuilmalinali y a Motecuzoma. Pero siempre estuvo dispuesto a votar por Tlacahuepan.

—No sabía eso.

—Nadie lo sabía, sólo yo.

—¿Y usted cómo lo sabe?

—Soy el cihuacóatl. —Infló el pecho—. Yo lo sé todo.

—¿Está insinuando que Tlacahuepan es...?

—No.

—¿Entonces?

—¿Qué es lo que buscas al proteger a ese macehuali? —El cihuacóatl dio otro paso hacia su interlocutor.

—Eso. —Cuauhtláhuac estuvo al borde de dar otro paso hacia atrás, pero se abstuvo de seguir con aquel ritual y se mantuvo firme—. Protegerlo. Su vida corre peligro.

—¿Ya le informaste de esto a Motecuzoma?

—No.

—¿Por qué?

—Porque no sabía cómo hacerlo.

—¿No sabías cómo o sí decírselo? —Se acercó más.

—Necesitaba... Necesito más información para poder hablar con el tlatoani sobre este tema.

—Tu obligación era informarme a mí desde el primer día. Porque no había tlatoani.

—Perdón.

—¿Tienes idea de quién mandó matar a Aztamécatl?

—No.

—Fue Motecuzoma.

## 11

## MARTES 26 DE JUNIO DE 1520

Además de chimuelo, quejumbroso.

Soy el huey tlatoani y tengo derecho a roncar todo lo que me dé la gana.

¿De qué te ríes, viejo chimuelo?

Deja de perder el tiempo, vamos a continuar con lo que dejamos pendiente.

¿Escuchaste lo que dije hace un instante? Soy el huey tlatoani. Vaya ironía. Cuando era joven soñaba con eso. Muchas veces imaginé el instante en que sería electo. Todos votarían por mí y el día de la jura los vería desde la cima del Coatépetl, alzaría los brazos y el pueblo meshíca me aclamaría, después llegaría la gran celebración. De lejos el poder se vislumbra paradisiaco. Entre más se acerca uno, más engañoso se vuelve ese espejismo.

Poco antes de la muerte de Ahuízotl, todos esos sueños de adolescente se habían desvanecido. Creía que estaba consciente de la realidad. Además de que la competencia estaba muy reñida, aún no comprendía bien cómo funcionaba la política. Nunca más volví a pensar en ser tlatoani. Estaba seguro de que si mi hermano moría antes que yo, seguramente elegirían a alguien más joven.

Ahora... ahora no puedo creer lo que estamos viviendo. Hay muchísimas cosas que no logro asimilar. Desde que Malinche nos encerró en las Casas Viejas, me he estado preguntando día y noche qué va a ocurrir con nuestra ciudad, con nuestra gente, nuestros abuelos, nuestros hijos, nuestros nietos. Nada volverá a ser igual. Decir que vamos a rescatar Tenochtítlan me parece demasiado optimista. El gobierno y la lucha por el poder no funcionan de esa manera. Estamos ante un enemigo astuto y seductor. Más de lo que imaginamos. Malinche ya demostró que puede conseguir refuerzos y alianzas.

Antes de la llegada de los extranjeros a Meshíco, estaba seguro de que podría tomar mejores decisiones que mi hermano. Ahora que estoy en su lugar, entiendo cuán equivocado estaba. Motecuzoma logró mantenerse al margen, fue cauteloso, evitó el derramamiento de sangre. Sabía que no debía poner en peligro a las tropas tenoshcas frente a un ejército cuyas armas y estrategias bélicas desconocía. Siento que no puedo con esta carga. Me faltan muchos capitanes, soldados, amigos, hermanos, aliados. Por más que pienso en una táctica para acabar con los extranjeros, no logro encontrarla. Sus armas son mucho más poderosas que las nuestras, sus estrategias de guerra son aún desconocidas para los tenoshcas. Nadie sabe dónde va a caer el disparo.

Desde que Malinche me liberó, no he hecho otra cosa que pensar en la manera de combatirlos. Cada vez duermo y como menos. ¿Quién mejor que tú para comprender esto, tlacuilo? En estas condiciones el hambre se ahuyenta. Pienso en Motecuzoma y todos los que murieron ahí dentro. Me duele. Aunque fui tecutli de Iztapalapan, jamás imaginé que ser huey tlatoani de Meshíco Tenochtítlan fuese tan agotador. Todavía el día en que me nombraron huey tlatoani pensé que haría un cambio. A pesar del dolor, incertidumbre e impotencia que sentía, creía que no todo estaba perdido. Había mucha melancolía entre la gente del pueblo. Muchos ni siquiera estaban enterados de que Malinche me había liberado. La vigilancia en la isla los tenía agotados. Además, no podíamos hacer alarde de mi elección, como había ocurrido anteriormente.

La ceremonia fue en privado, en el recinto de los guerreros ocelote. Uno de los pipiltin roció el incienso sagrado sobre mí al mismo tiempo que dijo:

—Tecutli Cuauhtláhuac, hijo de Ashayácatl, te proclamo huey tlatoani de Meshíco Tenochtítlan, para que lo escuches y hables por él, lo cuides de cualquier peligro y defiendas su honor de día y de noche.

No hubo tiempo para rituales. Debíamos mantener la guardia, organizar las tropas y conseguir alianzas con otros pueblos. Llamaron a los tenoshcas que no estaban vigilando las Casas Viejas para hacerles el anuncio. Pronto el recinto sagrado se llenó como en tiempos pasados. Pero en esa ocasión no hubo fiesta. La gente se veía cansada, triste, frustrada y enojada. Todo era tan extraño. Ni siquiera yo podía creer lo que estaba sucediendo. Ya era el huey tlatoani y seguía sintiendo que era tan sólo un miembro más de la nobleza tenoshca. Me sentía como un usurpador, un traidor a mi hermano...

—¡Meshícas! —dijo Tzilmiztli—. ¡Los hemos llamado para informarles que Motecuzoma ha abdicado!

Por un instante hubo mucho silencio. De pronto, las voces comenzaron a escucharse. No entendíamos nada, eran miles, aunque estoy casi seguro de que estaban juzgando a mi hermano, lo cual me generó un abatimiento incontenible. Sentía una obligación con él, por su memoria. Se estaba convirtiendo ante mis ojos en el tlatoani más odiado de nuestra historia. También sabía que si intentaba defenderlo en ese momento corría el riesgo de que el pueblo no me aceptara. Yo no estaba ahí para imponer mis creencias, sino para defender a Tenochtítlan.

Tzilmiztli alzó los brazos para que el pueblo se callara.

—¡Por ello hemos elegido a Cuauhtláhuac como nuevo tlatoani! —continuó.

Todos permanecieron en silencio. Me miraron con atención y dudas.

—¡Él nos guiará en esta guerra contra los barbudos! ¡Él logrará sacarlos de nuestras tierras!

Era una carga enorme la que Tzilmiztli me estaba colocando sobre la espalda. Una carga que ahora no estoy muy seguro de poder soportar. Mi cuerpo no responde a los fomentos que el chamán mandó para que me los aplicara en la piel. Por más que me dan a beber esos caldos que preparan con harto esmero, no logro sentirme mejor.

—¡Cuauhtláhuac ha demostrado ser un hombre valeroso! —Tzilmiztli dio un discurso sobre mis virtudes, lo que creí innecesario en esa ocasión.

En el pasado los discursos duraban todo el día y la gente se mantenía en silencio, con respeto. En esa ocasión, sentí que era un desperdicio de tiempo. No estábamos en una celebración. Yo no podía concentrarme. Mi mente estaba en las Casas Viejas. Aún conservaba la esperanza de poder rescatar a Motecuzoma, a los señores de Tlatelolco, Tlacopan, Acolhuacan y a los miembros de la nobleza. Entonces lo interrumpí, algo que jamás había ocurrido y que, por supuesto, nadie esperaba.

—¡Le ofrezco disculpas a Tzilmiztli, hombre sabio y honesto, pero ahora no tenemos tiempo para halagos! ¡Lo que nos debe preocupar es la estrategia que debemos seguir para combatir a los invasores!

La gente me ovacionó. No lo esperaba. Por un momento me dejé llevar por ese instante de gloria, pero pronto comprendí que estaba cometiendo un grave error. Alcé los brazos para que la gente se callara.

—¡No debemos festejar antes de tiempo! ¡Nuestros hermanos siguen ahí adentro, rehenes de Malinche!

La gente guardó silencio. No sé si se debió a lo que dije o a que obedecieron cuando les dije que no era tiempo de festejar.

—¡Ellos siguen ahí! ¡Los invasores se han adueñado de nuestra ciudad! ¡No tenemos tiempo! ¡Es hora de acabar con ellos! ¡Mañana mandaré embajadas a algunos pueblos vecinos y trataré de hacer alianzas para traer refuerzos! Mientras tanto es indispensable que vayan a sus casas y fabriquen el mayor número de armas. Consigan piedras, leña, lo que sea que pueda servir para defenderse. Si saben de algún traidor o intruso, no tengan misericordia: ¡mátenlo! ¡Aquí no hay lugar para los traidores! ¿Me escucharon? Quienquiera que esté ahí, si piensa ir a informarle a Malinche, sepa que no logrará vivir por mucho tiempo, lo vamos a encontrar.

Hubo otra ovación. Alcé los brazos para callarlos.

—¡No bajen la guardia! ¡Mataremos de hambre o en combate a esos intrusos! ¡Ya no intenten capturarlos para llevarlos a la piedra de los sacrificios! A ellos no les importa matar a quien se encuentre frente a ellos, y a nosotros tampoco. ¿Lo entendieron? ¡Sin clemencia! ¡Acaben con ellos! Debemos estar listos, pues en cualquier momento intentarán salir de día o de noche.

Al terminar me dirigí a las Casas Nuevas con los pipiltin. Mucha gente seguía ahí, lo que dificultó nuestro paso. Ancianos y mujeres se acercaron a mí:

—Mi señor, le ruego que me ayude, no puedo encontrar a mi hijo.

—No tenemos nada para comer.

—Mi esposo está muy herido.

—Tengo una hija enferma.

—Nos han robado todo.

—Yo ya no puedo caminar.

—Mi hijo recién nacido perdió las piernas en la noche del Tóshcatl, mírelo.

Aquello fue devastador. El llanto en sus rostros me destrozó. Jamás había visto tanta tragedia en nuestra tierra. Les prometí que los ayudaría, sabiendo que no podría cumplir con sus demandas. Quería tranquilizarlos, darles un poco de paz.

Cuando llegué a las Casas Nuevas me encontré con mis concubinas. Casi todas llegaron al Coatépetl cuando se hizo el llamado, pero no pude atenderlas ni saludarlas. Había muchísima gente; además, no era ni el momento ni el lugar adecuado.

Al llegar a otra de las habitaciones, hablé con ellas y les advertí de los peligros que corrían y les expliqué lo que debían hacer a partir de ese momento.

—Me han informado que los extranjeros están abusando de las mujeres. Por ello, no deben salir de aquí. Mandaré una tropa para que vigile la casa. En cuanto Malinche se enteré de que soy el nuevo tlatoani, intentará aprehender a alguna de ustedes para repetir su estrategia. Y probablemente intente torturarlas para que me delaten. Obedezcan mis órdenes: no salgan de aquí. No importa si uno de mis hijos está muriendo.

Todas me miraron con tristeza. Tres de ellas comenzaron a llorar.

—¿Qué está sucediendo con ustedes? ¡No es momento para llorar!

—Yólotl... —dijo Shochíyetl con las mejillas empapadas—. A ella la... —No pudo terminar de hablar, pero para mí fue suficiente para comprender lo que ella pretendía anunciarme.

—¿Quién fue?

—Hace unos días... —continúo Tonalna con más serenidad que las demás—. Ella fue a las Casas Viejas y pidió que la dejaran hablar con usted o con Motecuzoma. Los soldados de la puerta le permitieron entrar únicamente para abusar de ella. Fueron tantos que ella no pudo resistir y se desmayó. Al terminar los soldados la lanzaron a la calle.

No pude contener mi rabia y grité repetidas veces.

—¡Los voy a matar! ¡A todos! ¡Acabaré con ustedes, perros desgraciados! ¡Los voy a matar! ¿Dónde está ella?

—En aquella habitación.

Entré a la habitación y la abracé, se desbordó en llanto.

—¡Mi señor, perdóneme! Yo...

—No digas más. —La callé empujando su rostro hacia mi pecho.

Mientras acariciaba su cabello, también comencé a llorar. Lloré por ella, por Motecuzoma, por todos los que habían muerto días atrás, por las mujeres que también estaban sufriendo, por los niños huérfanos, por los abuelos indefensos, por la hambruna de nuestro pueblo, por la impotencia y por la incertidumbre.

Cuando Yólotl se tranquilizó, la llevé a su petate y la acosté. Permanecí de rodillas ante ella por otro largo rato y cuando estuve a punto de retirarme, me susurró:

—No me abandone... Por lo menos esta noche no, se lo ruego, mi señor.

Me recosté junto a ella y la abracé. Pensé que me sería imposible dormir, sin embargo, no me di cuenta del momento en el que me quedé dormido. Yólotl me dijo que apenas la envolví en mis brazos, me perdí en un sueño profundo. No había dormido una noche completa desde que Malinche nos encerró.

—Debo irme —le dije a Yólotl aún acostado junto a ella. Todavía estaba oscuro.

—Ya no lo voy a volver a ver —dijo sin mirarme.

—No digas eso.

—Lo sé.

Me puse de pie y caminé a la salida. En la otra estancia dos concubinas seguían despiertas. Platiqué con ellas. Me informaron sobre el estado de mis hijos y nietos: los mayores estaban en el ejército y los menores en el Calmécac. Las mujercitas estaban haciendo labores de cocina para alimentar a las tropas. Todos dispuestos a defender a nuestro pueblo con sus vidas.

—Ya me voy —dije minutos después.

—¿Quiere que lo acompañemos? —preguntó una de ellas.

—No —respondí—. Vayan a dormir.

—Pero...

—Es una orden. Sigan mis instrucciones. No salgan de aquí por ningún motivo. Cualquier cosa que necesiten, los soldados se las traerán. Cuiden mucho a Yólotl. —Las abracé y salí.

Afuera se encontraba una tropa custodiando la casa. Dos de ellos me acompañaron al recinto de los guerreros águila, donde había mucha gente despierta. Seguían organizando a las tropas y alimentando a los soldados que habían permanecido de guardia. Al entrar a la sala principal, encontré a ocho pipiltin alrededor de un hombre de rodillas, a quien no reconocí, pues su rostro estaba cubierto de sangre. Justo en ese momento uno de ellos le propinó un golpe tan fuerte en el abdomen que lo derribó.

—¿Qué está sucediendo?

—¡Descubrimos que Cozcaapa es uno de los espías de Malinche!

—¿Cómo lo saben?

—Uno de nuestros soldados lo vio hablando en secreto con un tlashcalteca.

—¿Es cierto eso? —Caminé hacia el acusado.

Lo reconocí. Cozcaapa y yo nos conocíamos desde la infancia. Sabía perfectamente que él jamás había estado de acuerdo con la forma de gobernar de Motecuzoma. Y aunque exhorté a mi hermano a que lo sacara del gobierno, él insistió en que por ser miembro de la nobleza merecía estar ahí, lo cual siempre provocó largas discusiones entre nosotros. Le di muchas razones por las que los cargos en el gobierno debían ser asignados por méritos y no por linaje.

—Te hice una pregunta, Cozcaapa. —Me agaché para verlo directamente a los ojos.

—Es falso —dijo y su boca salpicó un poco de sangre sobre mi antebrazo.

—¿Quién es el soldado que lo descubrió? —me dirigí a los pipiltin.

—Fui yo, mi señor —dijo al mismo tiempo que se arrodilló ante mí.

—Dime con exactitud lo que viste.

—Estaba vigilando la orilla del lago, como se me asignó, cuando de pronto vi una sombra a lo lejos. Se movía con agilidad. Caminé en esa dirección, evitando ser descubierto. En ese instante llegó una canoa, de la cual bajó un hombre. Logré escuchar que le decía que avisaría a su señor en Tlashcálan. Entonces él —señaló a Cozcaapa— caminó de regreso a Tenochtítlan y el otro se subió a su canoa.

—¿Qué hiciste?

—Lo seguí hasta su casa.

—¿Y el otro hombre?

—Lo dejé partir.

—¿Por qué?

—Por un momento pensé en dispararle una flecha, pero corría el riesgo de fallar. El meshíca se daría cuenta y volvería para atacarme. Además, sabía que de cualquier manera esperaban al tlashcalteca en su ciudad, y si no llegaba sería una clara evidencia de que los habíamos sorprendido. Concluí que sería más útil seguir al traidor.

—¿A dónde se dirigió?

—Aquí. Así que en cuanto vi que se acercó al recinto, le grité a los soldados que hacían guardia que él era un traidor.

—¡Todo eso es mentira! —gritó Cozcaapa—. ¡Tú eres el traidor! Te descubrí hablando con el tlashcalteca a la orilla del lago. Venía a denunciarte y me perseguiste por un largo rato, y cuando viste que estaba cerca gritaste: ¡traidor, ahí está un traidor!

—¡Tú sabes que digo la verdad! —vociferó el soldado.

—¡Te voy a matar! —le respondió.

—¡Ya cállense! —grité—. ¡Arresten al soldado!

—¿Por qué? —preguntó el soldado—. ¡No! ¡Yo no soy un traidor! Cumplí con lo que se me ordenó.

No teníamos forma de comprobar cuál de los dos decía la verdad. Si arrestaba al soldado, los demás ya no buscarían a los traidores y mi credibilidad se derrumbaría.

—He ordenado que te arresten por faltarle al respeto a tu tlatoani. —Luego me dirigí al resto de los pipiltin—. Hagan público el motivo por el cual lo mandé arrestar y llévenselo a la prisión.

Caminé hacia Cozcaapa y lo miré directo a los ojos.

—Dame una prueba de que lo que dices es verdad.

—No la tengo. —Levantó la mirada con soberbia—. Él tampoco. Y si usted me mata sin pruebas, todos sabrán su injusticia.

—Tienes razón. No te voy a matar, te voy a encerrar por faltarme al respeto.

—Acepto mi castigo por levantar la voz frente al tlatoani. Asimismo, exijo mi liberación en cuanto se cumpla el plazo estipulado por las leyes tenoshcas.

—No te aproveches de la situación.

—No lo hago. Reclamo justicia. Sólo eso.

—Te conozco desde que éramos niños, Cozcaapa. Eres un hombre muy inteligente. Sé que siempre estuviste en contra de la elección de Motecuzoma. Escuché muchas conversaciones tuyas en las que criticabas duramente las decisiones de mi hermano.

—No lo niego. Jamás he sido un lambiscón. Digo lo que pienso con honestidad. ¿O es que acaso está prohibido expresar lo que uno piensa? Si es así, obedeceré y nunca más diré algo en contra del gobierno.

—El castigo por haberle faltado al respeto al tlatoani se cumplirá de acuerdo con las leyes. Mientras tanto se llevará a cabo una investigación y si se consiguen evidencias, yo mismo te cortaré la garganta. Y lo haré muy lentamente, con tus mujeres e hijos presentes.

Ordené que se lo llevaran a la prisión y me dirigí al resto de los pipiltin.

—Necesitamos enviar embajadores a los pueblos vecinos para que soliciten ayuda.

Hubo un silencio. Y se miraron entre sí.

—Dudo que acepten —respondió temeroso uno de ellos.

Me quedé pensativo. No era necesario preguntar el motivo.

—Iré yo mismo.

—¿Cuándo?

—No lo sé. ¿Tenemos soldados suficientes para contener una embestida de los barbudos?

—Sí.

A partir de entonces todas las decisiones que tomé se tornaron cada vez más difíciles. Siempre había un obstáculo, otra alternativa, una duda, un rechazo. Sabía que debía solicitar auxilio de los pueblos vecinos, pero no podía abandonar la ciudad en medio de la crisis. Cualquier cosa podría suceder en una mañana o en una tarde.

—Pospondré mi visita a los pueblos vecinos. ¿Quiénes están preparando los alimentos que le llevan a Motecuzoma?

Muchos se quedaron sorprendidos.

—Les hice una pregunta.

—Sí, sí—respondió uno de ellos—. Sólo que estábamos hablando de la visita a los pueblos vecinos y esto de la comida de Motecuzoma no tiene relación.

—Motecuzoma me ordenó que cuando estuviesen las tropas listas para atacar a los invasores, le enviara sus alimentos envenenados.

—¿Él dijo eso? —preguntó uno.

—Yo creo que esto fue un ardid de Cuauhtláhuac para arrebatarle el gobierno a su hermano —dijo otro en voz baja.

—Tienes razón en dudar. —Caminé hacia él—. Pero créeme que fue muy difícil escuchar eso de mi hermano y aún más obedecer.

—No estoy de acuerdo —alegó otro—. No pienso asesinar al huey tlatoani Motecuzoma.

—¡No tenemos otra opción! —sugirió otro—. ¡De cualquier manera Malinche lo matará!

—Yo sí le creo a Cuauhtláhuac.

—Lo siento mucho —intervine antes de que la discusión subiera de tono—, pero ésta no es una decisión que se pueda poner a votación. Es una orden de mi hermano y debemos obedecerla. Vayan por las mujeres encargadas de la comida de Motecuzoma y tráiganmelas.

## 12

Iztapalapan —situada en la orilla del lago de Teshcuco, construida parcialmente en el agua, igual que Meshíco Tenochtítlan, con quince mil habitantes, y Shalco y Shochimilco como vecinos— auguraba un gobierno bastante tranquilo para su nuevo tecutli.

Comparada con la jura del tlatoani de Meshíco, la del tecutli de Iztapalapan fue una celebración casi imperceptible en el Valle del Anáhuac. Aunque se enviaron invitaciones a todos los pueblos, fueron muy pocos los que asistieron, en su mayoría tetecuhtin de pueblos pequeños.

Al finalizar la celebración, Motecuzoma se despidió de Cuauhtláhuac en privado. Le aconsejó sobre la forma de gobernar y le pidió lealtad.

—La tienes, hermano, lo sabes bien —dijo Cuauhtláhuac.

—Háblame sobre Ehecatzin.

Cuauhtláhuac no supo qué responder en ese momento.

—Esperaba que me contaras todo, pero también comprendí que tenías motivos para callar.

—Le quiero enseñar a elaborar los libros pintados.

—Háblame con la verdad.

—Es mi protegido.

—¿Por qué?

—Él vio cuando mataron a Aztamécatl y, por ello, poco después mataron a dos de sus hijos... —Cuauhtláhuac permaneció en silencio por un instante, con la cabeza agachada—. Fue mi culpa. —Cerró los ojos para evitar que su hermano notara que estaba a punto de llorar—. Eran unos niños indefensos de cinco y siete años. Si yo no le hubiese pedido que fuese a espiar a Aztamécatl nada de eso habría sucedido.

—¿Ya sabes quién mató a Aztamécatl?

—No —respondió Cuauhtláhuac y luego se quedó pensativo—. ¿Confías en mí?

—¿Crees que te habría nombrado tecutli de Iztapalapan si no te tuviera confianza?

—Podría ser para callarme.

—Si quisiera callarte, te mataría. O mandaría que te mataran.

—¿Cómo a Aztamécatl?

—Si yo hubiese ordenado su muerte, tú y Ehecatzin también estarían muertos desde hace mucho. O podría inculparte de la muerte de Aztamécatl, ya que muchos te vieron hablando con Ehecatzin en el funeral de Ahuízotl. Igualmente, te vieron borracho en uno de los barrios y casualmente él te defendió, poniendo su vida en peligro. Tú mismo me confesaste que lo estabas utilizando como espía. En cambio, he fingido no estar enterado de lo que haces. Y vaya que los chismes llegan pronto. Por si tenías alguna duda, estoy enterado de tu plática con el cihuacóatl

Cuauhtláhuac se echó ligeramente para atrás al mismo tiempo que abrió los ojos con asombro.

—Yo...

—Si no quieres decirme nada, lo entenderé. Pero que quede bien claro, no hay necesidad de que mientas.

—Él habló conmigo porque... —Inhaló profundo—. Dice que tú mataste a Aztamécatl.

—Lo sé. No eres la primera persona a la que le dice eso. Lo tengo vigilado día y noche. Hay ciertas circunstancias que me están obligando a tomar algunas decisiones... —Motecuzoma miró fijamente a los ojos de su hermano—. Y no sé si debería mantenerte al tanto. Quizá no te interese convertirte en cómplice.

—Prefiero... —Tragó saliva—. En esta ocasión, prefiero no saber.

—Buena decisión —dijo y caminó a la salida.

Cuauhtláhuac se limitó a ver a su hermano de espaldas.

Semanas más tarde llegó una embajada de Meshíco Tenochtítlan.

—Mi señor —dijo el embajador tras cumplir con el protocolo—, el huey tlatoani le manda avisar que muy pronto irán a luchar contra los tlashcaltecas y los otomíes. Sin embargo, le solicita que no envíe a sus tropas, pues según los cálculos del tlatoani con el número de soldados meshícas y los aliados hueshotzincas y cholultecas será suficiente.

Motecuzoma sentía que había un gran peligro para los meshícas en la alianza entre otomíes y tlashcaltecas; así que había enviado varias embajadas para que sobornaran a los otomíes para que traicionaran a sus nuevos aliados, pero no lo consiguió; entonces hizo una alianza con Hueshotzinco y Cholólan, que se rompería años después.

Semanas más tarde llegó una embajada a Iztapalapan para informar que los meshícas habían perdido la batalla contra los cuatro señoríos de Tlashcálan: Ocotelolco, Tizátlan, Tepetícpac y Quiahuíztlan.

—¿Por qué perdieron? —preguntó Cuauhtláhuac, realmente sorprendido.

—Tengo entendido que el número de soldados enemigos los rebasaba.

—¿Por qué? —A Cuauhtláhuac le pareció una respuesta absurda. Sabía que su hermano jamás tomaba riesgos y que en otras campañas habían llevado el triple de soldados.

—¿Los acompañaron las tropas de Acolhuacan y Tlacopan?

—No.

Únicamente fueron las tropas meshícas, hueshotzincas y cholultecas? —prosiguió el enviado de Motecuzoma.

—¿Los traicionaron los hueshotzincas y cholultecas?

—No.

—¿Quién iba al frente de los ejércitos de Hueshotzinco y Cholólan?

—Su hermano Tlacahuepan.

—¿Qué dice él?

—Murió en la batalla, al igual que su hermano Macuilmalinali.

Cuauhtláhuac guardó silencio.

—También murió el cihuacóatl Tlilpotonqui —continuó el embajador.

—¿Por qué fue el cihuacóatl? Está... estaba demasiado viejo para ir a la guerra.

—No lo sé, mi señor. Únicamente he venido a informarle que el huey tlatoani solicita su presencia en la ciudad isla Meshíco Tenochtítlan para los funerales.

—Dile que ahí estaré —respondió Cuauhtláhuac con tristeza.

Al llegar a Tenochtítlan, las tropas ya habían sido recibidas con tristeza por todo el pueblo. Los sacerdotes se habían desanudado las trenzas, los soldados veteranos se vistieron como macehualtin. Los heridos y muertos habían sido colocados en el recinto sagrado. Cuauhtláhuac se encontró con sus amigos Océlhuitl, Tepiltzín, Shiuhcóatl y Ueman, los cuales también habían ido a la batalla.

—¿Qué fue lo que sucedió? —les preguntó.

—Estaba el gigante Tlahuicole —explicó Tepiltzín—. En verdad es el hombre más alto de todo territorio. Apenas si le llegábamos a la cintura.

—¿Quién estaba con Tlacahuepan?

—Estaba solo —respondió Ueman.

—¿Por qué no lo defendieron?

—Eran demasiados. De pronto, lo rodearon como cuarenta soldados. Fue imposible intervenir. Aun así, Tlacahuepan jamás se rindió, pues luchó con gran valentía. Fue la mejor batalla de su vida. Le cortó los brazos y piernas a muchos, hasta que no pudo más y los enemigos lo destazaron por completo.

—¿Y Motecuzoma?

Océlhuitl, Tepiltzín, Shiuhcóatl y Ueman se miraron entre sí.

—Ahí estaba... —comentó Océlhuitl—. Mirando de lejos.

—¿Luego?

—Ya sabes, el protocolo de siempre: revisar a los heridos y curarlos si se puede, o matarlos si únicamente les espera sufrimiento.

—Hay rumores de que... —agregó Shiuhcóatl un poco inquieto—. Macuilmalinali ya herido pidió ayuda cuando terminó la batalla... y Motecuzoma lo mató con su macáhuitl...

—Yo no vi nada —aclaró Océlhuitl—. Sólo te puedo decir que uno de los soldados a mi mando me informó que el tlatoani estaba caminando entre los heridos y los muertos cuando vio a Macuilmalinali en el piso.

—Al parecer —continuó Tepiltzín—, Macuilmalinali alzó la mano, solicitando auxilio y Motecuzoma respondió rápidamente con el macáhuitl. Incluso uno de los soldados le preguntó si era su hermano y Motecuzoma lo mató también.

Cuauhtláhuac permaneció en silencio.

—Motecuzoma dio la orden de volver a Tenochtítlan.

—¿Tú sabías algo de esto? —preguntó Ueman dudoso.

—No. —Cuauhtláhuac se sintió culpable. Sabía que Motecuzoma estaba tramando algo, y aunque tuvo la oportunidad de informarse, no lo hizo para evitar que hubiera complicidad. Sin embargo, en ese momento se sentía igual de cómplice.

Entonces empezó el tiempo de los discursos: cada uno de los pipiltin habló para todo el pueblo. Motecuzoma permaneció en silencio absoluto.

Jamás se volvió a hablar de las muertes de Tlacahuepan, Macuilmalinali y Tlilpotonqui. Cuauhtláhuac tampoco se atrevió a preguntarle a su hermano. Los principales detractores de Motecuzoma —Cuecuetzin, Imatlacuatzin, Tepehuatzin, Tlilancalqui, Cuitlalpítoc y Opochtli— cambiaron sus estrategias por completo. Nunca más contradijeron al tlatoani.

## 13

## Miércoles 27 de junio de 1520

B ien sabes, tlacuilo, que la educación en Meshíco Tenochtítlan es muy severa, sin embargo, la que impuso mi padre a sus hijos fue aún más. Los castigos eran desaprobados incluso por la gente más estricta. Si mentíamos nos perforaba los labios con espinas muy largas. Cuando robábamos nos daba de golpes con una vara en las palmas de las manos. Faltarle al respeto a un adulto era motivo para que nos azotara la espalda con una fusta y luego nos enviara a trabajar para el agraviado hasta que nos perdonara la ofensa, lo cual podía durar entre un día o veinte. Incumplir una promesa hizo que, en una ocasión, mi padre me dejara desnudo en el centro de la plaza durante una noche, en medio de una tormenta. Tenía siete años. Lloré en silencio esa noche, aunque la lluvia ocultó mi llanto.

Motecuzoma siempre fue el más valeroso de todos los hijos de Ashayácatl. De niño jamás se le vio llorar, ni siquiera cuando era castigado. Conforme pasaron los años, su valentía se hizo más notoria. Nuestro padre había muerto y el nuevo tlatoani era Tízoc. En el Calmécac se ganó el respeto de los demás desde el principio, lo cual no fue tarea sencilla, pues todos los compañeros le tenían envidia. Aunque cada uno de los hijos del tlatoani provocaba celos entre los demás jóvenes de la nobleza, Motecuzoma fue el que más tirria les provocaba. Quizá porque desde entonces ya se percibía su capacidad de liderazgo. Hablaba poco y cuando lo hacía era para dejar callados a muchos. Yo, en cambio, decía lo que pensaba y, por lo mismo, me gané la enemistad de muchos, incluidos tres o cuatro puñetazos en la boca. Mi hermano siempre me regañaba por completar las frases de los demás. «Deja hablar a la gente», me decía.

Desde jóvenes se nos enseña a no temerle a la muerte, pero eso no siempre se consigue. Al entrar al ejército Motecuzoma demostró su habilidad con las armas. Mientras todos los jovencitos se atemorizaban en el primer combate, él iba hacia adelante. El temor es incontrolable en algunas ocasiones. Muchos capitanes me han confesado en su lecho de muerte su miedo a morir. Algunos lo manifestaron abiertamente a lo largo de sus vidas. Otros intentaron ocultarlo, no obstante, sus acciones los delataron.

Mi hermano jamás mostró el más mínimo temor. El día en que me ordenó que envenenara sus alimentos, busqué miedo en su mirada, algo para, por lo menos, justificar mi desobediencia. Pero no lo encontré. Él estaba dispuesto a dar su vida con tal de acabar con esta invasión. Aunque le pedí que recapacitara, no lo logré. Sabía que no lo haría. Cuando tomaba decisiones como ésas, no había forma de convencerlo de que cambiara de opinión, lo cual no significa que tuviese la razón.

Era riguroso con las leyes y la religión. Lo demostró hasta el final de sus días. Admitió que le había fallado al pueblo meshíca y aseguró que no merecía ser el huey tlatoani. En muchas ocasiones pensé en postergar aquella petición de quitarle la vida, pero sabía que hacerlo postergaría la agonía de Motecuzoma y la liberación de Tenochtítlan. Fue aún más difícil continuar cuando varios pipiltin me solicitaron que desistiera. Escuché decenas de razonamientos, todos válidos, aunque algunos imposibles o absurdos.

—Mi señor, si usted quiere podemos...

—No —les respondí—. Ha llegado el momento.

Nos encontrábamos en las Casas Nuevas. Dos ancianas muy delgadas y con canas tan blancas como las nubes esperaban frente a mí, de rodillas, con las cabezas inclinadas como solían hacerlo ante Motecuzoma.

—Levántense —dije y me arrodillé para ayudarlas.

—Muchas gracias —dijo una de ellas muy avergonzada, pues ningún tlatoani habría hecho algo así.

—¿Cómo se llaman? —pregunté.

—Yohualtícitl —respondió la mujer de unas ojeras profundas, pómulos exorbitantes y cachetes inexistentes.

—Tzintli —dijo la de la cabellera que le llegaba a los pies.

La alimentación, salud y vida de Motecuzoma estuvieron en manos de ellas desde que fue jurado huey tlatoani. Aunque tenían veinte ayudantes, eran las responsables de garantizar que ningún ali-

mento estuviese envenenado, lo que no era tarea fácil, pues a Motecuzoma se le preparaba, todos los días, un banquete de hasta treinta
platillos distintos, de los cuales él elegía tres y el resto lo entregaba a
los miembros de la nobleza. Justamente para que ninguno de ellos intentara envenenarlo.

—¿Y qué es lo que más le gusta comer?

—Tamales —respondieron ambas al unísono.

—¿Cuándo fue la última vez que le enviaron tamales?

—Desde que el tecutli Malinche lo encerró. Mi señor Motecuzoma nos mandó decir que no quería que le hiciéramos tamales, porque no quería tener un mal recuerdo de ellos.

—¿Están enteradas de que casi no ha comido en los últimos días?

—Sí, lo sabemos bien. Nos lo ha contado la que le lleva la comida.

—El tecutli Malinche jamás dejará libre a mi hermano.

Las dos ancianas se entristecieron y sus ojos se llenaron de lágrimas. Veían a Motecuzoma como a un hijo.

—Motecuzoma ha decidido morir para rescatar a Meshíco Tenochtítlan.

Tzintli, cuyas manos arrugadas temblaban sin parar, se agachó y
su cabellera le cubrió el rostro y el cuerpo por completo. Yohualtícitl
se tapó la boca con ambas manos, mientras sus ojos enrojecidos liberaban dos riachuelos de lágrimas.

—Ay, mi muchacho —dijo Yohualtícitl con mucha dificultad.
La voz se le cortaba—. Ay, mi muchacho.

—Pidió que le prepararan unos... —No pude completar la
frase—. El día de su muerte...

Las dos ancianas se abrazaron. Los pipiltin y yo permanecimos
en silencio. De pronto, ambas mujeres se arrodillaron.

—Así lo haremos —dijo Tzintli—. ¿Nos podemos retirar?

—Aún no he terminado de explicarles.

—No hay necesidad —respondió Yohualtícitl sin dejar de sollo-
zar—. Nosotras sabíamos que este día llegaría. Cumpliremos con el
destino de nuestro amado huey tlatoani Motecuzoma. Le prometemos que no sufrirá.

—¿De qué están hablando? —pregunté confundido.

—La serpiente *nahui-yakatl* (cuatro narices) es la más venenosa de todas —dijo Tzintli al mismo tiempo que se limpió la nariz con su huipil.

Me quedé en silencio por un instante. Las mujeres me observaron, hicieron algunos gestos de lamento y se agacharon.

—¿Cuáles son los síntomas? —pregunté con dificultad.

—Con una dosis triple sentirá entumecimiento, dolor de cabeza, sangrado de nariz y náusea. Será rápido, debido a su estado de salud.

—¿Sufrirá mucho? —Me sentí como un estúpido al preguntar esto.

—Su agonía no será mayor que la de vivir preso.

Mis ojos se llenaron de lágrimas. Las dos ancianas se dieron media vuelta y caminaron hacia la salida, sin despedirse. Me sentí avergonzado, como si estuviese planeando un crimen y no el último mandato del tlatoani. Las vi retirarse y no tuve el valor de darles más indicaciones. Sentí que ellas estaban al mando. Tampoco me atreví a preguntar cómo sabían lo que tenían que hacer ni cuándo sería el momento indicado. Me sentí devastado en ese momento. Hubo miradas desconcertantes. Ninguno de los presentes se atrevió a romper el silencio. Como si de pronto nos hubiesen quitado la facultad de hablar.

De repente, entró a la sala un informante.

Desde el amanecer me había llamado mucho la atención que los extranjeros no hubiesen salido, así que ordené que desde los edificios más altos observaran el interior de las Casas Viejas. Se me informó que habían permanecido casi toda la noche reparando los muros y construyendo unas paredes altas de madera. El informante no supo explicar qué era.

—Es momento de atacar —dijo uno de los pipiltin.

—¿Para qué los atacamos si no nos están atacando? —respondió Cuitlalpítoc.

—¿Tenemos que esperar a que nos ataquen para responder?

—¡No! Pero...

—Lo mejor es hacerlo ahora que están cansados y heridos.

—Tiene razón —intervine—. Ordenen a las tropas que comiencen el combate. No hay que dejar que el enemigo descanse.

Como en los días anteriores, los soldados combatieron con el mismo arrojo.

—¡Los mataremos a todos! —gritaban unos.

—¡Los sacrificaremos! ¡Les sacaremos los corazones y nos comeremos sus brazos y piernas en chile!

Lanzamos piedras y flechas sin parar, sin embargo, los barbudos no se atrevieron a salir.

—¡Sus restos se los echaremos a las fieras del zoológico!

—¡Los mataremos!

En ocasiones se asomaban por las almenas de los muros o las azoteas.

—¡A ustedes, tlashcaltecas, los vamos a engordar, para sacrificarlos poco a poco!

Nadie salió. Al llegar la tarde ordené que cesara la ofensiva.

—Vayan a tomar un descanso —dije luego de un largo rato—. Muchos de ustedes no han dormido bien en muchos días.

Aquella fue una noche muy larga. Aunque intenté dormir, no pude dejar de pensar en mi hermano y en lo que tenía que hacer.

y

## 14

Un anciano descalzo y sin penacho entró lentamente en el salón de la escuela para nobles de Iztapalapan. Vestía un humilde tilmatli hecho de manta y su cabellera iba sujeta en una trenza hasta la cintura. Ehecatzin lo estaba esperando de pie mientras contemplaba las imágenes pintadas en los muros.

—Así que tú eres el elegido —dijo con voz ronca.

Su sombra reflejó en el suelo desde la entrada hasta el muro en el otro extremo del aula.

—Me llamo Ehecatzin. —Caminó y el sonido rasposo de sus huaraches hizo eco.

—Oh —sonrió alegremente—, por fin encontré a alguien con menos dientes que yo. —Rio ahogadamente y un ligero silbido salió de su garganta.

Ehecatzin se mantuvo serio.

—Si no te ríes de ti mismo, otros lo harán y con otros humores. —Mantuvo su sonrisa.

—La gente ha comenzado a llamarme viejo o chimuelo.

—Disfrútalo, ¿qué más da que te pongan apodos? Es más, cuando pregunten por tu nombre diles: «Viejo chimuelo». Lo recordarán mejor. ¿Sabías que Nezahualcóyotl no se llamaba así? Cuando nació lo nombraron Acolmiztli. Pero al vivir prófugo, la gente lo llamó «Coyote hambriento». Algunos dicen que era porque no comía y andaba entre los montes; otros aseguran que se refiere al hambre de venganza.

—¿Y usted cómo se llama?

—Perro enojado.

Ehecatzin sonrió apenado.

—Disculpe.

—A mí me gusta que me llamen así. La gente lo dice con cariño. Si demostrara enfado por esto, la gente lo diría con desprecio u odio.

Ambos se mantuvieron en silencio por un instante. El anciano miró alrededor del salón y suspiró.

—Pues bien. Comencemos —dijo el anciano—. ¿Alguna vez has escuchado la frase «Suya es la tinta negra y la tinta roja»?

—Sí, se utiliza cuando se habla de un sabio o de alguien que sabe elaborar o interpretar los tlacuiloli.

—También les llamamos *amoshtli*. Cada pueblo, gobierno y tlatoani tiene su propio tlacuilo que observa y deja plasmado en los tlacuiloli o amoshtli su testimonio. Asimismo, es labor del tlacuilo memorizar la historia. Pues no todo lo que sucedió está pintado.

El anciano caminó hacia una repisa y tomó un libro hecho con piel de venado y doblado en forma de biombo. Se dirigió al centro del aula y lo puso sobre una alfombra de algodón.

—Debemos tener extremo cuidado de no maltratarlos —dijo al tiempo que extendía las tiras que alcanzaron más de diez metros de longitud—, pues el tecutli Cuauhtláhuac los pidió prestados al Calmécac de Tenochtítlan.

—¿Cómo se llama este amoshtli? —preguntó Ehecatzin de rodillas frente al documento.

—Éste es el Tonalámatl (libro de los días). Los dioses se presentan en la tierra e influyen en todo lo que nos sucede: fuerzas divinas y malignas. Por ello, se hizo este libro, para llevar un registro y pronosticar algunas cosas. El *tonalpouhque* (lector del destino) es el único que puede interpretar y predecir qué días son convenientes para los viajes de los mercaderes, para la guerra, para contraer matrimonio, para empezar o terminar los trabajos del campo y para predecir el destino de los recién nacidos.

En ese momento entró Cuauhtláhuac sin ser percibido por el anciano y Ehecatzin y observó en silencio absoluto. Iba llegando de Meshíco Tenochtítlan.

—Este amoshtli —continuó el anciano— trata sobre la peregrinación de las siete tribus nahuatlacas desde Áztlan. Como te darás cuenta, a diferencia del Tonalámatl, éste únicamente tiene dos tintas: la negra para los glifos y la roja para las líneas. Éstos fueron los colores básicos. Debes recordar que al cambiar el color, modificas el significado de la palabra. Todo lo que se halla en los amoshtli tiene la intensión de decir algo, aun el color. ¿Cuántas dimensiones tiene un pliego?

—Dos.

—Tres. Llenándolo con los signos se ha añadido la dimensión del tiempo: no hay escritura que podamos leer con una única mirada, ya que toda la secuencia de signos despliega su significado en el tiempo.

»Aquí encontrarás dos tipos de glifos: las imágenes estilizadas de los paisajes, personas, animales y los dibujos compuestos, cuyos elementos representan sílabas y juntos forman una palabra. Además, hay líneas que unen a los signos entre sí. Observa esta imagen. ¿Qué es lo que distingues?

—Un árbol sobre un rectángulo con puntos en su interior.

—En realidad es una flor y representa la palabra «shóchitl». El rectángulo simboliza el vocablo *mili* (tierra cultivada). Como ya sabes, nuestra lengua está hecha principalmente de palabras compuestas: *shochi-mil-co*, donde *co* significa lugar.

»Los personajes pintados miran a la derecha y a la izquierda, incluso pueden voltear la cabeza, mas nunca miran de frente, pues es una convención pintarlos de perfil. Para poder entender a quién se representa en cada imagen, debes poner atención en diversos aspectos. El peinado y el vestido revelan su género y jerarquía. Observa la primera lámina: el primer personaje que aparece, de izquierda a derecha, es una mujer; el segundo, como nos muestra su corte de pelo, es un hombre, su traje y pies descalzos indican que pertenece a la nobleza. La mujer tiene en las manos un bastón de madera, lo que señala que se trata de una gobernante. El tercero es un sacerdote, lo reconocemos porque tiene el pelo largo, atado con una cinta blanca, y su cuerpo está pintado de negro[80].

En ese momento Cuauhtláhuac salió del aula para no interrumpir la clase, aunque ése era su objetivo desde el principio. Había llegado muy entusiasmado de Meshíco Tenochtítlan y quería compartirlo con Ehecatzin.

Esa mañana se había encontrado con su amigo Pitzotzin, uno de los pochteca-tlatoque, que meses atrás le había prometido investigar quién había mandado matar a Aztamécatl.

---

80  Basado en la *Tira de la peregrinación*.

Ambos abordaron una canoa y remaron hasta el centro del lago, donde nadie podría escucharlos.

—No fue sencillo averiguar esto —le advirtió—. Primero, porque cada vez que iba a interrogar a algún conocido, recordaba lo que ese desgraciado le hizo a mi mujer y pensaba que le ibas a hacer justicia.

—Ya te dije que no es por él, sino por los hijos de Ehecatzin.

—Sí, ya me lo dijiste varias veces. ¿Qué quieres que haga? Cada quién tiene sus propios rencores.

—¿Entonces?

—Tuve que sobornar a muchas personas, incluyendo a varios miembros de la nobleza.

—¿Cómo justificaste tu interés?

—Les dije que era por el placer de saber quién había matado al cabrón que me había robado.

—¿Eso les dijiste?

—¡Claro! Era la mejor manera de justificarme.

—¿Y te dijeron quién lo mandó matar?

—Sí. Fueron Cuitlalpítoc, Opochtli y Tlilancalqui; querían incriminar a Motecuzoma. Aztamécatl no quería votar por Motecuzoma, sino por Tlacahuepan.

—Pero ellos estaban a favor de Tlacahuepan.

—Así es. Pretendían convencer al cihuacóatl de que Motecuzoma lo había mandado matar, para que él cambiara su decisión el día de la elección. Sabían que Tlilpotonqui pensaba imponer a tu hermano como tlatoani.

—Jamás imaginaron que Motecuzoma destituiría al cihuacóatl.

—Fue cuando estuvieron más convencidos de que inculpar a Motecuzoma era una buena estrategia. Entonces, se reunieron con el cihuacóatl, Macuilmalinali y Tlacahuepan, y le propusieron matarlo. Alguien me dijo que pretendían envenenarlo.

—Por eso Motecuzoma los llevó a la batalla contra Tlashcálan con tan pocos guerreros.

—¿Motecuzoma sabe que Cuitlalpítoc, Opochtli y Tlilancalqui lo querían asesinar?

—Lo más seguro es que esté enterado —respondió Cuauhtláhuac.

—¿Y por qué los perdonó?

—No tengo idea.

—¿Quieres que averigüe?

—No. Eso lo haré yo.

—Únicamente te recuerdo que yo no voy a testificar nada. —Pitzotzin estaba muy nervioso—. Ni siquiera menciones mi nombre.

—No lo haré. No te preocupes.

—Ahora bien, tengo algunas mercancías, en exceso, que no he podido vender. ¿Crees que en Iztapalapan se podrían…?

—Llévalas y dile a los pipiltin que yo di la orden de que te las paguen.

—¿Todas?

—Todas.

En ese momento Cuauhtláhuac tomó el remo y dirigió la canoa de vuelta a la ciudad isla. Al llegar, se despidió de su amigo y caminó rumbo a las recién construidas Casas Nuevas. Pidió hablar con el tlatoani, pero le informaron que se encontraba en su casa de descanso en el peñón de Tepeapulco.

Consciente de que interrumpir a su hermano no era una buena decisión, Cuauhtláhuac se dirigió al tlacochcálcatl y le ordenó que enviara a los soldados a arrestar a Cuitlalpítoc, Opochtli y Tlilancalqui.

—No puedo hacer eso sin la aprobación del huey tlatoani —respondió tajante.

—Cuando vuelva te premiará. Si no lo haces, espera el peor de los castigos por desobedecer mis órdenes.

—¿Qué hicieron?

—Mandaron matar a un miembro de la nobleza y planearon asesinar al tlatoani.

El tlacochcálcatl se preocupó. Y aunque dudó bastante, obedeció las órdenes de Cuauhtláhuac. Las tropas salieron cual torrente. Toda la población se percató de aquel suceso. Muchos imaginaron —debido al número de soldados— que algún ejército enemigo se apresuraba a atacarlos. El rumor se propagó hasta Tlatelolco y los comerciantes guardaron sus mercancías y se retiraron.

Los soldados buscaron a Cuitlalpítoc, Opochtli y Tlilancalqui en las casas de los nobles. Entraron con violencia y golpearon a quienes se negaban a responder, tal cual lo hacían en los pueblos a los que iban a cobrar impuestos. Finalmente, los llevaron heridos y maniatados a las Casas Nuevas, ante Cuauhtláhuac.

—Por fin —dijo muy orgulloso al tenerlos de frente—. Creyeron que iban a librarse de la justicia.

—¿De qué estás hablando? —respondió Cuitlalpítoc con la cara llena de moretones y sangre.

—Descubrimos que ustedes mandaron matar a Aztamécatl.

—¿Descubrimos? —preguntó Tlilancalqui—. ¿Quiénes?

—Eso no importa en este momento —respondió Cuauhtláhuac con mucha soberbia.

—¡Sí! ¡Sí importa! —habló Opochtli muy molesto, con la boca llena de sangre—. ¡Ésta no es la manera de mandarnos arrestar!

—¿Cuál es la manera?

—Tiene que dar la orden el tlatoani, quien está descansando en el peñón de Tepeapulco. Luego nos tienen que enviar un citatorio y si somos declarados culpables por los jueces, vamos a la cárcel o a la piedra de los sacrificios.

—Eso... —Cuauhtláhuac no supo responder. Por un momento pensó que aquello era falso—. No me importa. Cuando llegue mi hermano se las verán con él.

—¿Tienes pruebas?

—Sí.

—¿Cuáles?

—No tengo por qué discutir con ustedes. —Les dio la espalda y se dirigió a los soldados—. Llévenselos a una celda.

—¡No! —gritó Tlilancalqui muy molesto—. ¡Esperen!

Los soldados obedecieron y Cuauhtláhuac volvió hacia ellos con seriedad.

—¿Ahora qué?

—Te voy a decir esto de una vez, Cuauhtláhuac. Un día te vas a arrepentir.

Cuauhtláhuac sonrió.

—No lo creo. En cuanto el huey tlatoani regrese los condenará a muerte.

—No tienes idea de lo que estás diciendo.

—Ya lo veremos.

## 15

## Jueves 28 de junio de 1520

Al día siguiente nos reunimos los pipiltin y yo en las Casas Nuevas. Se veían mejor que el día anterior. Ése fue el día en que te apareciste, tlacuilo. ¿Dónde estuviste desde que Malinche nos encerró?

Olvídalo, no me respondas. No quiero saber. Mejor sigamos con nuestro relato.

—¿Desayunaron? —pregunté.

¿Lo recuerdas?

Todos respondieron de manera afirmativa.

—¿Hubo algún intento de fuga de los extranjeros? —le pregunté a uno de los oficiales del ejército.

—Sí, mi señor, dos hombres intentaron dirigirse a la calzada de Tlacopan.

—¿Los atraparon?

—Sí, los tenemos presos.

—Bien. Más tarde los interrogaremos.

—¿Algo más?

—Nada.

—Reúnan a todos los oficiales del ejército, aquí mismo. Asegúrese de que los soldados no bajen la guardia.

—Así lo haré, mi señor. —El oficial se dio media vuelta y se marchó.

Los pipiltin permanecieron de pie, mirándome, esperando a que yo hablara.

—Debo hablar en privado con el joven Cuauhtémoc —les dije y noté que algunos se disgustaron—. Volveremos en un momento.

Caminamos por los pasillos hasta llegar a los jardines frente a las Casas Nuevas, donde tuve la certeza de que nadie nos escucharía.

—Necesito que me ayudes a seleccionar a los nuevos capitanes de las tropas —declaré.

Todos habían sido asesinados por los hombres de Malinche bajo las órdenes de Tonátiuh, por lo que únicamente teníamos oficiales.

—Pero… —Se mostró inseguro.

—¿Qué ocurre?

—¿No es demasiado precipitado?

—Todo será precipitado a partir de hoy. En cualquier momento atacaremos a los barbudos. Ya no tienen agua ni comida. Sin rehenes no les quedará otra opción que salir. Nos embestirán con todas sus armas y sus venados gigantes. Tendremos una sola oportunidad para terminar con ellos y si no la aprovechamos, acabarán con nosotros.

Cuauhtémoc asintió con mucha seguridad.

—Disculpe por poner en duda sus decisiones —me dijo con humildad.

—Está bien. En la situación en la que nos encontramos no debemos equivocarnos. Esto te lo digo únicamente a ti porque en este momento, además del tlacuilo Ehecatzin, eres la única persona en quien confío. Si algo me llega a ocurrir, quiero que te hagas cargo de mis esposas e hijos. Lucha hasta el fin de tu vida por Tenochtítlan. No te confíes. Hay traidores por todas partes.

En ese momento apareció uno de los pipiltin para informarnos que ya habían llegado todos los oficiales del ejército.

—Avísales que estaré con ellos en un instante.

El joven Cuauhtémoc y yo hablamos sobre las estrategias a seguir y de algunos miembros de la nobleza que me causaban desconfianza. Poco después volvimos a la sala, la cual estaba llena de oficiales del ejército y de pipiltin.

—Los he mandado llamar para informarles que dentro de muy poco, pueden ser unas horas, una noche, dos días, no lo sé, comenzará la batalla más importante en contra de nuestros enemigos. Ustedes ya saben que no deben confiar en ellos. No siguen nuestros códigos de honor. Así que no intenten capturarlos. Los tlashcaltecas, entre otros pueblos que lucharon contra ellos, no los mataron porque, siguiendo los códigos de honor, querían capturarlos para llevarlos a la piedra de los sacrificios y comérselos. Nuestras armas no son nada en comparación con las de ellos. Ya lo vieron. En estos días he aprendido más de ustedes que ustedes de mí. De igual forma, he notado que falta muchísima organización.

En ese momento hubo murmuraciones. Era de esperarse que hubiese inconformes.

—Estoy consciente de que esto se debe a la falta de capitanes, los cuales fueron asesinados en la fiesta del Tóshcatl. Por ello, urge nombrar nuevos capitanes del ejército. Seguramente, se preguntarán por qué los mandé llamar si muchos de ustedes no pertenecen a la nobleza. La mayoría son muy jóvenes y, quizá, no saben que en los gobiernos de Ashayácatl y Ahuízotl los oficiales que no pertenecían a la nobleza también podían aspirar a ser capitanes de las tropas. Motecuzoma cambió esa ley. En su momento hubo muchos conflictos en el gobierno. Muchos rechazaron aquella decisión, entre los que me incluyo, pero debíamos acatar el mandato del tlatoani. Ahora eso cambiará. Es indispensable designar a los capitanes por sus méritos y no por su linaje.

Como siempre hubo respuestas a favor y en contra. Vi muchas sonrisas y también algunas caras molestas.

—A partir de hoy, Cuauhtémoc será el tlacochcálcatl de Meshíco Tenochtítlan y como tal deberán obedecerlo en todo momento, con mayor razón si muero o soy herido de gravedad. Él será quien designe a los nuevos capitanes de las tropas.

El joven Cuauhtémoc bien supo disimular su sorpresa al escuchar aquel nombramiento. Ciertamente no se lo esperaba. En otras circunstancias habría sido motivo para festejar con gritos y brincos.

—Ahora cedo la palabra a Cuauhtémoc.

—Muchas gracias, mi señor —dijo luego de hacer reverencia—. He decidido nombrar tlacatécatl (comandante de hombres) a Tepeyólotl.

Mientras Cuauhtémoc designaba a los nuevos dirigentes de las tropas, volvió a mi mente el día que Motecuzoma fue nombrado *cuachictin* (cabeza rapada), su primera designación importante. Yo apenas había sido nombrado *yauhtachcauh* (capitán), un rango debajo de él.

—Los cuatro cuachictin son... —continuó Cuauhtémoc.

Éramos tan jóvenes. Soñábamos con apoderarnos de todo territorio. Fuimos educados para la guerra, para hacernos de enemigos, someter y exigir tributo. Ninguno imaginó que un día llegarían estos seres tan extraños que someterían nuestra ciudad, la que creíamos impenetrable. Desperdiciamos tanta vida.

Al finalizar, todos, incluidos Cuauhtémoc, los pipiltin y yo, volvimos con las tropas para hacer público los nombramientos.

Sin embargo, nos quedamos pasmados al llegar. De las Casas Viejas salían tres cajones de madera del tamaño de una casa[81]. Avanzaban muy lentamente.

—¿Qué es eso? —preguntó Cuauhtémoc.

—No lo sé, pero lo vamos a averiguar. Ordena a las tropas que no ataquen hasta que dé la orden.

—¿Va a permitirles que avancen?

—Sí. Entre más alejados estén de las Casas Viejas, más fácil será para nosotros.

El joven Cuauhtémoc se dirigió a los soldados. Yo trataba de analizar el objetivo de esos armatostes, sin embargo, no les encontré otra utilidad más que de escudos gigantes. Las flechas no les harían daño y mucho menos unas piedras del tamaño de un puño. Minutos después regresó Cuauhtémoc.

—Van hacia Tlacopan —dije sin quitar la mirada de los artificios de madera—. Ordena a los soldados que consigan piedras del tamaño de una cabeza.

No era tarea difícil, ya que desde los primeros ataques, los meshícas habían conseguido piedras de diferentes los tamaños. Lanzarlas desde las azoteas era menos pesado que desde las calles. Y eran mucho más destructivas. Uno de los oficiales me contó que mató a uno de los extranjeros golpeándolo en la cabeza con una piedra tan grande que apenas si la podía sostener.

Después salieron varios hombres sobre sus venados gigantes, apuntando con sus trompetas de humo y fuego y sus arcos de metal.

---

81    Eran unos artilugios hechos de madera para defenderse de las pedradas y flechas, con aberturas para disparar; cabían alrededor de veinticinco hombres. Eran similares al Caballo de Troya, sólo que en forma de cajón. Bernal Díaz del Castillo los llamó «torres»; Cervantes de Salazar dice que se llamaban «burras» o «mantas»; Juan Ginés de Sepúlveda los designó «manteletes»; y Pedro Mártir de Anglería los nombra «tortugas», ya que iban sobre ruedas.

Les siguieron alrededor de quinientos barbudos a pie y tres mil tlashcaltecas.

—¿Ya se van? —preguntó Cuauhtémoc confundido.

—No creo.

—¿Entonces?

—Creo que van por comida. —Sonreí—. Ahora sí, que toquen los caracoles y tambores.

Se escucharon gritos por todas partes, tan ensordecedores como agresivos. Una lluvia de piedras cayó sobre los armatostes, sin lograr hacerles daño. Los barbudos respondieron con sus palos de fuego y arcos de metal. Cuando se acercaron a las casas, la distancia se hizo menor y fue más fácil atacar. Poco a poco rompimos su cajón de madera. Miré alrededor y noté que varios de nuestros hombres sangraban. Era inevitable. Los barbudos no necesitaban apuntar. Con disparar era suficiente. Herían a uno, tres o cinco tenoshcas a la vez. Éramos muchos y muy cercanos uno del otro. No obstante, logramos matarles a más de cuarenta y herir a más de cincuenta. Los vi arrastrarse por el piso con las flechas enterradas en los tobillos.

Entre los heridos vi a Malinche. Se estaba sacando una flecha de la mano izquierda; escurrió mucha sangre. Volvieron a las Casas Viejas. Di la orden de que no los dejaran entrar. No fue fácil, ya que, por un lado, nos atacaban sus aliados con macahuitles y, por el otro, ellos con sus palos de fuego y sus flechas de metal. De pronto, noté que algunos enemigos pretendían llegar al recinto sagrado.

—¡Vayan al Coatépetl! —grité.

Tenía que evitar que subieran. Para nosotros, cuando el enemigo llega a la cima del teocali más importante, la guerra está perdida. Me dirigí al Monte Sagrado, para defenderlo con mi vida. Llegamos a la cúspide con gran facilidad; aunque estaba protegida día y noche, no era suficiente para combatir al contingente que se acercaba en esos momentos. Éramos más de trescientos guerreros, los más preparados. Abajo seguían los combates. Batallas cuerpo a cuerpo contra los tlashcaltecas, hueshotzincas, totonacos, cholultecas. Los barbudos intentaron subir. Nosotros los atacamos con piedras y troncos. Muchos de ellos caían y otros simplemente se agachaban y se aferraban a los escalones. Nos atacaban con sus palos de fuego y flechas de metal.

Malinche era muy bravo. No se daba por vencido. Aún con su mano herida, organizó a sus hombres para que formaran una barrera alrededor de la base del Coatépetl. Sus aliados seguían combatiendo contra los meshícas entre los otros teocalis. Malinche dio la orden y todos los que se hallaban cerca comenzaron a subir con dificultad. Se detenían a disparar y luego avanzaban un escalón. Malinche, por su parte, traía su escudo amarrado a su mano herida y en la otra su largo cuchillo de plata. Logramos derribar a muchos lanzándoles piedras. Unos caían suavemente e incluso permanecían acostados en los escalones. Otros rebotaban hasta yacer en el fondo y no se volvían a mover en cuanto tocaban el piso.

Asimismo, otros se defendieron con sus escudos de las piedras y flechas. Malinche, aun con su mano herida, llegó a la cima del Coatépetl, donde lo recibimos el tlacochcálcatl y yo, con nuestros macahuitles. Se defendió ferozmente con su escudo y su largo cuchillo de plata. Lo arrinconamos hasta la orilla, pero justo cuando estuvo a punto de caer llegaron en su auxilio dos de sus hombres. Tiramos a uno por los escalones, sin embargo, se sujetó con ambas manos hasta que el otro lo rescató. Entonces nos socorrieron más soldados meshícas en la cima del Coatépetl, y los extranjeros huyeron, llevándose consigo a dos sacerdotes nuestros. Malinche y sus hombres más cercanos montaron sus venados gigantes y salieron rápidamente del recinto sagrado.

Los perseguimos lanzando las piedras que hallábamos a nuestro paso. Poco antes de llegar a las Casas Viejas, Malinche se desvió, pues le habían dado aviso de que a Tonátiuh y sus soldados los tenían cercados en la calzada de Tlacopan. Acudió en su auxilio e hizo retroceder a las tropas meshícas con sus venados gigantes y sus disparos. Luego rescató a uno de sus hombres, que estaba a punto de ser capturado por los meshícas. Lo cargó con una mano y lo subió a su venado gigante.

Cuando volvieron a las Casas Viejas, se encontraron con otro contingente que estaba derribando uno de los muros. Luchamos con mayor fuerza, a pesar del cansancio, el hambre y las heridas. Pero las tropas meshícas no pudieron evitar que los barbudos entraran de nuevo a las Casas Viejas.

Nuestros ataques continuaron toda la tarde. Lanzamos piedras y flechas sin descanso. Y cuando pensamos que ya se habían rendido, salió un grupo de soldados extranjeros con algunos tlashcaltecas y atacaron de frente. De pronto, nos percatamos de que nos querían distraer, pues por otro lado distintos soldados se dirigían a las Casas Nuevas. Su objetivo era ganar el mayor terreno posible. Eran más de trescientos. Mas se encontraron con un ejército que hacía guardia ahí día y noche, y que al verlos acercarse quitó el puente sobre la honda y amplia acequia que corre frente a las Casas Nuevas. Algunos intentaron cruzar nadando, pero fueron recibidos por los proyectiles que los soldados meshícas les lanzaron. Otros se ahogaron, pues no sabían nadar y creían que no estaba hondo. Había una viga de madera en posición horizontal que cruzaba el canal, la cual servía para dar soporte al puente y jamás se removía. Para evitar que los barbudos cruzaran, los soldados meshícas la incendiaron. Uno de los extranjeros se aventuró a cruzar en medio del fuego. Los soldados meshícas saltaron sobre él. Los extranjeros acudieron en su auxilio. Se dio un sangriento combate en el canal, que muy pronto se tiñó de rojo. Finalmente, quedaron flotando decenas de cadáveres. Los barbudos volvieron heridos a las Casas Viejas.

Más tarde nos ocupamos de auxiliar a los heridos y de recoger a los muertos para incinerarlos, lo cual era muy doloroso, pues debíamos informar a las madres, esposas, hijas, hijos y abuelos. Mientras llevábamos a cabo este ritual, llegó uno de los capitanes para informarme que Malinche se hallaba en una de las azoteas de las Casas Viejas, gritando que deseaba dialogar con el líder. Comprendí que todavía no estaba enterado de que había sido jurado huey tlatoani.

Acudí al llamado, pero no entré a las Casas Viejas; estaba seguro de que podría ser una trampa, así que hablamos de lejos. Al principio fue difícil lograr que toda la gente se callara. Finalmente, Malinche desde la azotea y yo entre la gente, del otro lado del muro, comenzamos a hablar. La niña Malina estaba traduciendo.

—Dice mi tecutli Malinche que vean cuánto están sufriendo sus madres, hijas, abuelos, su pueblo. Muchos guerreros están muriendo todos los días. ¡Su ciudad está siendo incendiada!

—Dile a tu tecutli que lucharemos hasta la muerte. Nuestras leyes nos mandan a ser hospitalarios con los visitantes, pero Malinche traicionó nuestra confianza, a nuestras familias, nuestra hospitalidad.

Le dimos casa, alimento, oro y plata, y él secuestro a nuestro huey tlatoani. ¡Y mató a toda la nobleza! ¡Han destruido todo lo bueno que
les dimos!

—Es momento de hacer las paces. Si no aceptan, ellos acabarán
con ustedes.

—Dile a tu tecutli Malinche que nosotros los rebasamos en número. Si ustedes matan a cien meshícas, llegarán otros cien. Ustedes
morirán primero de hambre o de sed, o de cansancio, o por una flecha o un macáhuitl. Harían mejor rindiéndose y muriendo en servicio de los dioses.

## 16

—¡Cihuapipil! —gritó un joven al salir del palacio de Iztapalapan, y caminó por la calle.

Todos los que caminaban por ahí se detuvieron y voltearon a verlo. Las mujeres sonrieron al escuchar el nombre de una mujer.

—¡Cihuapipil! —gritó otro, y caminó en dirección contraria.

—¡Cihuapipil! —gritó un tercero, que también salió del palacio.

Los tres, como era costumbre, estaban pregonando el nombre de una de las hijas del tecutli Cuauhtláhuac que acababa de nacer: Cihuapipil, que significa «mujer honrada».

Si el día del nacimiento no era considerado de mal agüero, la comadrona le ponía el nombre al niño al mismo tiempo que hacía oraciones y lo bañaba en un recipiente colocado sobre un petate en el patio.

—Cihuapipil —dijo la comadrona y los tres muchachos salieron rápidamente a las calles a pregonarlo.

La comadrona entregó a la recién nacida a su madre, caminó al patio con el cordón umbilical y unas miniaturas de utensilios domésticos y los enterró en un hoyo que había sido previamente cavado. De haber sido varón, lo hubiera enterrado junto miniaturas de armas e instrumentos musicales, pero en un campo de batalla.

El nombre era asignado por la fecha en el calendario, alguna singularidad del recién nacido (generalmente a juicio de la comadrona), o de algún suceso en particular a la fecha del nacimiento. Se asignaban, por lo general, nombres de animales a los hombres; y de flores a las mujeres, principalmente para la obtención de favores de una deidad en particular.

—Cihuapipil —dijo la comadrona ante Cuauhtláhuac y su concubina—. Mujer honrada por haber nacido tres días después del gran acto de justicia de su padre.

Había en la habitación alrededor de quince mujeres; ocho de ellas eran concubinas de Cuauhtláhuac y las demás pertenecían a la servidumbre. Afuera esperaban algunos miembros de la nobleza de Iztapalapan para felicitar al tecutli de aquella ciudad.

—Siempre se me ha hecho más fácil tener hijos varones —dijo Cuauhtláhuac sonriente.

—Eso se debe a que usted los educa y pasa más tiempo con ellos. Las niñas están todo el tiempo con la madre y casi no conocen a los padres, especialmente cuando son miembros de la nobleza, siempre con tantas ocupaciones.

En ese momento se escucharon muchas voces afuera de la habitación. Cuauhtláhuac apenas si tuvo tiempo de voltear cuando Motecuzoma entró sin saludar, caminó enfurecido y apretó los puños.

—Bienvenido —dijo Cuauhtláhuac preocupado al ver la actitud de su hermano, quien no le respondió al saludo.

Lo golpeó en la cara. Cuauhtláhuac se agachó y se llevó las manos a la mejilla. Al incorporarse se mantuvo sereno, tratando de no responder con otro golpe. Ambos se habían peleado a golpes varias veces en la infancia y en la adolescencia. Jamás se tuvieron miedo el uno al otro. Pero en esa ocasión, Motecuzoma era el tlatoani y agredirlo se castigaba con pena de muerte.

Las mujeres que estaban alrededor salieron de la habitación rápidamente cargando a la recién nacida y a la madre. Motecuzoma le dio otro golpe a Cuauhtláhuac, quien no se atrevió a responder la agresión.

—¿Qué ocurre? —preguntó Cuauhtláhuac antes de recibir el siguiente golpe en el abdomen.

Los hombres que se encontraban en la entrada tampoco se atrevieron a intervenir.

—Dame una explicación —insistió Cuauhtláhuac; recibió dos golpes más en la boca.

—¡Ahora yo tengo que darte explicaciones! —gritó Motecuzoma con los puños listos para el siguiente ataque.

La boca de Cuauhtláhuac estaba colmada de sangre.

—¿Es por lo de...? —No pudo terminar.

Motecuzoma lo volvió a golpear en la cara cuatro veces, al mismo tiempo que su hermano caminaba hacia atrás.

—¿Qué crees que estás haciendo? —preguntó el tlatoani cuando tuvo arrinconado a Cuauhtláhuac.

—Hice justicia. —Escupió sangre al hablar.

—¿Justicia? —Lo golpeó de nuevo en el abdomen.

Cuauhtláhuac cayó al suelo. Únicamente se tapó la cara con una mano, como si con ella pudiera detener los golpes.

—¿Tienes idea de lo que provocaste?

—¡Encarcelé a tres criminales! ¡Tres asesinos! Mataron a Aztamécatl y a los hijos de Ehecatzin. Y pretendían matarte a ti.

—Te pregunto una vez más, ¿tienes idea de lo que provocaste?

—No. —Cuauhtláhuac se incorporó previniendo cualquier agresión.

—Provocaste el cierre del tianquiztli de Tlatelolco, por lo cual se perdieron muchas ganancias. Y no estoy hablando de ganancias mías ni de mi gobierno, sino de muchos comerciantes y pueblos vecinos que vienen a comprar y a vender. Detuviste el comercio por un día. ¡Eso no se puede permitir! ¡Jamás! Y lo peor es que enviaste a las tropas como si fuesen a combatir a un ejército. ¡Eran sólo tres hombres! ¿Por qué lo hiciste?

—Ya te lo dije. Mataron a Aztamécatl y a los hijos de Ehecatzin.

—¡Eso ya lo sé! ¿Crees que soy idiota?

—Si ya lo sabías, ¿por qué no los mandaste arrestar?

—¡Porque no me da la gana! —Extendió los brazos hacia los lados—. ¡Porque yo soy el tlatoani! —Se señaló a sí mismo con los dedos pulgares—. Yo soy el que decide cuándo y a quién se encarcela y se manda matar. Además, ¿quieres encarcelarlos por eso? Ya pasó mucho tiempo. ¿Cuántos hombres has matado en campaña? Fuiste demasiado lejos. Ehecatzin es un sirviente, un macehuali, ¿qué importa si le matan a uno o a todos sus hijos? Los pipiltin me sirven más.

—Te van a traicionar un día —dijo Cuauhtláhuac apretando los puños.

—No. —Motecuzoma dejó escapar una ligera sonrisa—. Los tengo bien controlados. Me tienen miedo. —Caminó hacia él y lo señaló con el dedo índice—. Ya sabes el motivo... Con eso fue suficiente.

—¿Así es como gobiernas? —El enojo era evidente en el rostro de Cuauhtláhuac.

—¿Me vas a enseñar a gobernar?

—Parece que necesitas unas lecciones.

—¿Crees que porque estás a cargo de Iztapalapan ya sabes lo que es gobernar la ciudad más poderosa y a más de trescientos pueblos vasallos? Eres un imbécil. —El tlatoani le dio la espalda.

—Por lo menos he sido más justo que tú.

—Para gobernar no se necesita ser justo, se requiere ser astuto.

—¿Eso crees?

—No. Así es. Si yo fuese justo, Meshíco Tenochtítlan no sería tan poderoso. Seríamos tan indefensos e insignificantes como Iztapalapan. Seguiríamos siendo esclavos de los tepanecas o de los tlashcaltecas. ¿Me quieres dar lecciones de justicia? Lo que hiciste con ese macehuali se llama limosna, remordimiento, culpa, menos justicia. Habría sido justo que revivieras a sus hijos o que tú mataras a dos de los tuyos, si es que en verdad te sentías culpable. La justicia es equidad. Todos ganan, todos pierden. En la justicia no hay premios de consolación. Hablando con franqueza, ese hombre salió ganando con ese nombramiento que le diste: aprendiz de tlacuilo. Con eso era más que suficiente. Pero te sentías culpable por la muerte de esos niños. Y en el fondo te sigues sintiendo culpable por la muerte de tu hijo.

—Cállate. —Cuauhtláhuac se mostró herido.

—No fue tu culpa. —Lo miró con seriedad.

—Cállate. —Sus ojos enrojecieron.

—Nació retardado mental. Era un niño inútil.

—¡Cállate!

—¡Se tenía que sacrificar! ¡Todos los niños con defectos se sacrifican!

—¡Cállate! —Cuauhtláhuac cayó de rodillas y comenzó a llorar.

Motecuzoma negó con la cabeza y salió de la habitación.

—¿Qué? —preguntó enojado Motecuzoma a los que habían presenciado aquel suceso—. ¿No tienen nada que hacer? ¡Lárguense de aquí! ¡A trabajar!

Minutos más tarde, entró Ehecatzin. Cuauhtláhuac seguía en el piso, en absoluto silencio. Ehecatzin lo observó por un instante sin decir una palabra y luego se dio media vuelta para retirarse.

—No te vayas —le dijo Cuauhtláhuac.

Ehecatzin regresó.

—Ordene.

—Siéntate ahí. —Señaló el piso.

—¿Viste lo que acaba de ocurrir?

—No —respondió preocupado—. Escuché algunas conversaciones allá afuera.

—Entonces sabes lo que dijo mi hermano.

—Sí.

—Te voy a confesar algo que jamás le he dicho a nadie. Después de esto serás libre de irte a donde quieras. Sé que me odiarás. Tuve un hijo varón cuando era muy joven, pero nació con defectos. Cumplió los cinco años y jamás pudo comportarse de acuerdo a su edad, sino como un recién nacido. Como sabes, esos niños deben ser sacrificados. Yo no estaba de acuerdo. Cuando el día llegó, lo llevé con una mujer que vivía en un poblado muy pequeño y se lo entregué para que lo cuidara. Ahí vivió mi hijo varios años. Lo visitaba con frecuencia, a escondidas de todos, por supuesto. Pero un día el niño se subió a un árbol y se mató.

—Pero... —Ehecatzin se mostró dudoso—. ¿Qué hizo el día del sacrificio?

—Me robé a un niño y lo llevé al recinto sagrado para que lo sacrificaran.

## 17

## Viernes 29 de junio de 1520

Aún no se asomaba el sol, cuando me avisaron que Malinche, sus soldados y aliados habían salido de las Casas Nuevas. Apenas si tuve tiempo de vestirme. Corrí a donde ya me estaban esperando las tropas.

—¿Dónde está Cuauhtémoc? —pregunté mientras corría.

—Ya se le avisó, va en camino.

—¿Hacia dónde se dirige el enemigo?

—A la calzada de Tlacopan.

Era la única que aún tenía puentes. En total eran ocho.

—¿Ya están ahí las tropas?

—¡Sí, mi señor! ¡Están en las azoteas!

Cuando llegamos ya había iniciado el combate. Igual que en días anteriores, los barbudos disparaban en todas direcciones mientras los tlashcaltecas intentaban subir a las azoteas para atacar a los meshícas que desde ahí les lanzaban piedras, flechas, dardos y lanzas. Aquella distracción ayudó a que los extranjeros avanzaran. Asimismo, le prendieron fuego a todas las casas alrededor, lo que obligaba a nuestros soldados a bajar. En el piso eran atacados por los troncos de humo y fuego, capaces de destruir muros y puentes. Aquello obligó a las tropas meshícas a retroceder.

Los extranjeros comenzaron a arrastrar todo tipo de materiales que caían de las casas en fuego: vigas, piedras para tapar los canales y cruzar caminando o sobre sus venados gigantes. Aunque nuestro ataque no cesó, ellos tampoco se dieron por vencidos.

Fue una lucha larga y cansada. Después de mediodía, los barbudos lograron cruzar la calzada. Pensé que sería un buen momento para recuperar las Casas Viejas, así que me dirigí en aquella dirección. Mi sorpresa fue que seguía igual de protegida por los enemigos. Malinche no había sacado todas sus tropas. Hubo un receso.

Ese mismo día también fuimos atacados por el lado oriente de la ciudad por algunos soldados acolhuas que iban en canoas y estaban liderados por Ishtlilshóchitl.

Dejé a las tropas vigilando las Casas Viejas y me dirigí a las Casas Nuevas donde me encontré con Yohualtícitl y Tzintli. Las vi de lejos, pues nos encontrábamos en lados opuestos de la sala. Se mantuvieron en silencio. Caminé hacia ellas con pasos muy lentos. No quería escuchar lo que me iban a decir. No quería que se cumpliera el mandato de Motecuzoma.

—Estamos listas, mi señor —dijo Yohualtícitl.

Había en sus rostros algo de tristeza y seriedad. Tzintli llevaba en las manos una canasta cubierta con un pequeño y delgado trapo de algodón.

—Si ustedes no quieren, podemos... —Estuve dispuesto a acatar lo que ellas mandaran.

A lo largo de mi vida maté a cientos de hombres; a algunos en combate, a otros en la piedra de los sacrificios y a otros más por asuntos personales, y ninguno me causó pena o vergüenza. Pero cargar con la muerte de mi hermano era más de lo que podía imaginar. Aunque supe y entendí perfectamente sus motivos, jamás me atreví a preguntarle a Motecuzoma cómo se había sentido por matar a Tlacahuepan y Macuilmalinali. Él lo había hecho por el bien de su gobierno, para poner alto a una larga serie de intrigas.

—No sienta culpa, mi señor. —Yohualtícitl se acercó a mí y puso sus manos sobre mi cabeza, y yo me agaché—. Usted está cumpliendo con la tarea que le han asignado los dioses.

Tomé sus manos y las besé.

—Ustedes saben cuánto me está doliendo esto. —La miré directamente a los ojos.

—A nosotras también nos duele.

—Apurémonos. Motecuzoma está sufriendo.

—Vamos... —Suspiré profundamente antes de darme la vuelta y dirigirme a la salida.

Caminé con ellas hasta las Casas Viejas. Mucha gente me reconocía y se detenía a saludarme, luego seguía su camino. El día estaba nublado.

—Abuelas, les pido que cuando salgan me esperen ahí, junto a esa casa —les dije antes de llegar.

En la entrada nos recibieron dos soldados tlashcaltecas.

—Traemos los alimentos del huey tlatoani Motecuzoma —dijo Tzintli.

—¿Qué le pasó a la mujer que los trae todos los días? —preguntó uno de ellos.

—Es una mujer con marido y a usted no debe importarle dónde está ella.

—Déjeme ver —ordenó el otro.

Ella alzó el trapo de algodón y él observó con cautela.

—Tamales... —Sonrió con cinismo—. Si me deja dos le ayudo a cargar la canasta.

—¿Qué? Yo no soy su criada. Que le haga de comer su esposa.

—No tengo. —Se rio.

—Esta comida es para mi señor.

—Su tlatoani ya ni come. —Se encogió de hombros.

—Si no se calla le diremos al tecutli Malinche que intentó quitarnos la comida.

—¡Ya, ya, ya pásele! —Se hizo a un lado para que las mujeres entraran, luego se postró frente a mí, aunque yo no había movido un pie—. Él no. —No me veía a mí sino a ellas, que ya habían entrado—. Saben que está prohibido el paso a los hombres.

—¿Y quién dijo que iba a pasar? Nos acompañó para cuidarnos de abusivos como tú —sentenció y caminó al interior del palacio.

—¿Sí? —El hombre volteó a verme a la cara por primera vez—. ¿Qué me vas a hacer? —Frunció el ceño, arrugó los labios y permaneció pensativo por un instante—. Te he visto antes.

—Soy Cuauhtláhuac, hermano de Motecuzoma. —Me mantuve firme ante él.

El hombre se mostró asombrado. Dudó por un instante lo que debía hacer. Las dos ancianas ya iban a la mitad del patio. Cuando vi que entraron, di media vuelta y me dirigí al lugar donde se encontraban cientos de soldados haciendo guardia.

La batalla en la calzada de Tlacopan había terminado.

—¿Dónde está el tlacochcálcatl? —le pregunté a uno de ellos.

—En aquella dirección, mi señor.

—¿Ya comieron?

—¡No, señor!

—Ordenaré que les traigan alimento.

Caminé entre los soldados por un rato. Observé detenidamente el lugar. Las Casas Viejas estaban bastante resguardadas, como siempre. Adentro había por lo menos cuatro mil soldados. Analicé todas las salidas. En cuanto me encontré con el joven Cuauhtémoc, le pedí un informe sobre la batalla en la calzada de Tlacopan. Me dijo que no había logrado quitar a los barbudos, que se habían apoderado del puente y que, por el momento, estaban disparando con sus troncos de humo y fuego a quienes se acercaran. Me dolió escuchar aquella noticia.

—Los soldados ya estaban heridos y cansados —respondió Cuauhtémoc—, así que los mandé a curar sus heridas y a comer.

—Muy bien. —Entendí perfectamente lo que me dijo. También me sentía muy débil—. Hay que alimentar a los soldados que están frente a las Casas Viejas.

Poco más tarde comenzó a lloviznar. Luego volví al lugar en donde debía ver a las dos ancianas. No las encontré. Esperé un rato. Entonces pregunté a la gente que estaba alrededor si las habían visto.

—¿Dos ancianas muy delgadas? —preguntó un anciano.

—Sí. Una de ellas tenía el pelo largo hasta los pies.

—Se fueron hace mucho en aquella dirección.

El anciano apuntó hacia las Casas Nuevas. Ellas vivían ahí. Necesitaba saber si habían visto a Motecuzoma y si le habían entregado los alimentos, así que caminé en dicha dirección. Al llegar me dirigí a la cocina. Únicamente encontré a dos mujeres que las ayudaban.

—Estoy buscando a Yohualtícitl y Tzintli.

—Llegaron hace un rato y se fueron a sus dormitorios.

—¿Dónde están sus dormitorios?

—Al fondo.

Me encontré con un grupo de diez o quince mujeres en la entrada. Todas estaban llorando desconsoladas.

—¿Qué ocurre? —pregunté desconcertado.

—Están muertas —respondió una de ellas con la voz entrecortada.

—Déjenme pasar...

Era una habitación pequeña. En el interior había siete mujeres llorando. Todas ayudantes de la cocina. Yohualtícitl y Tzintli yacían sobre sus petates. En medio de ellas se encontraba un plato con tamales.

Sin que yo hiciera alguna pregunta, una de las que se encontraban arrodilladas alrededor, la cual tenía los ojos rojos y las mejillas empapadas, me dijo:

—Llegaron hace rato. Dijeron que su labor había terminado y se vinieron para acá. —Se pasó el antebrazo por la nariz—. Primero creímos que se referían a la primera comida del día, pero luego nos hicimos preguntas entre nosotras. Pensamos que se sentían enfermas o tristes. Desde que el huey tlatoani Motecuzoma está encerrado, ellas ya no comían y ya casi no querían hablar con nadie. Poco más tarde entré para ver cómo estaban y las encontré así, acostaditas bocarriba en sus petates, con las manos sobre sus pechos, como si se fueran a dormir. Yo sabía que ellas nunca dormían de día ni mucho menos en las condiciones en las que las encontramos. Les hablé y no me respondieron. Me acerqué e intenté despertarlas, pero me di cuenta de que estaban muertas. Se quitaron la vida con esos tamales. Desde anoche comenzaron a cocinarlos y no dejaron que ninguna de nosotras les ayudáramos. Incluso nos corrieron de la cocina.

—Que nadie coma de esos tamales. Entiérrenlos. Después, encárguense de organizar sus exequias. En un momento daré la orden para que les proporcionen lo necesario.

Al terminar de decir esto, me retiré. En uno de los pasillos me topé con uno de los pipiltin y le pedí que se hiciera cargo de las ceremonias fúnebres de las mujeres. Luego me dirigí a las Casas Viejas. Mientras caminaba concluí que ésta era la señal de que Motecuzoma también había muerto.

Me sentí desolado. Estuve a punto de caer de rodillas y llorar en medio de la llovizna. Caminé muy lentamente y sin deseos. En cuanto Cuauhtémoc y los miembros de la nobleza me vieron, me preguntaron qué me había sucedido. No les pude decir una sola palabra. Aún no podía asegurar nada.

Permanecimos toda la noche en absoluto silencio frente a la entrada principal de las Casas Viejas. Éramos alrededor de cinco mil soldados, todos con macahuitles, lanzas, arcos y flechas en mano. Cientos de mujeres caminaban entre nosotros y nos entregaban alimentos y bebidas, que muy pocos recibían. Llevábamos más de doce horas sin atacar a los extranjeros. Siguió llovizando toda la noche, lo que hizo casi imposible mantener encendidas las antorchas y fogatas.

De pronto, en la penumbra, surgió una silueta. La sombra de la muerte se extendió sobre el piso. Salió de las Casas Viejas un hombre con la cabeza soslayada. No cargaba penacho, ni joyas ni macáhuitl, tan sólo un máshtlatl. Desde lejos se notaba su tristeza.

—El huey tlatoani Motecuzoma ha muerto —dijo el hombre.

Lo había enviado a las Casas Viejas con un mensaje para Malinche. Debía decirle que estábamos dispuestos a abrir el tianquiztli de Tlatelolco con la condición de que nos entregaran a Motecuzoma, pero era falso. No pensaba darles de comer, más bien necesitaba información y el único modo era enviando un espía. Además, estaba seguro de que Malinche no liberaría a mi hermano.

—¿Qué te dijo?

—No me quiso atender.

—¿Cómo sabes que Motecuzoma está muerto?

—Me lo dijo uno de los soldados totonacos, en tono de amenaza burlona.

—¿Qué te dijo?

—Que nos preparemos porque los barbudos piensan salir en cualquier momento. Y que Malinche prometió matarnos a todos.

—¿Qué más viste?

—Todos están caminando apurados de un lugar a otro, quemando cosas y guardando oro, plata y joyas en unos baúles. Es todo lo que vi.

Esperamos el resto de la madrugada en vela, debajo de la llovizna y el viento, que amenazaba a veces con derrumbar algunos árboles. A lo lejos se escuchaba el ulular de un tecolote y por todas partes la estridulación de los grillos. Cuando un rayo alumbraba el cielo, en los charcos se reflejaba la cima del Coatépetl. El dios Tláloc nos enviaba un mensaje.

—Debemos intimidar a los enemigos —me dijo uno de los sacerdotes.

—Háganlo —respondí sin quitar la mirada de la entrada de las Casas Viejas.

El sacerdote se dirigió a las tropas y dio la orden de que comenzaran el ritual de intimidación. Primero se escuchó el largo y grueso graznido del caracol. Luego el silencio, implacable. Un sholoitzcuintle aulló de pronto. Después, continuó el caracol. Siempre largo y lento. Diez veces se escuchó el silencio y, posteriormente, el caracol. Ahora el *ehecatlshictli* (silbato de la muerte) con su sonido caótico. El teponaztli: tum... tum... tum... Más tarde el *huéhuetl* retumbó muy lentamente: pum... pum... pum. Y, finalmente, los gritos de los soldados eran aterradores, tal como si los estuviesen torturando.

Poco antes del amanecer, salieron cuatro soldados tlashcaltecas con un bulto muy grande y lo dejaron en la calle. Nosotros permanecimos en silencio, mirando de lejos. Se detuvieron un instante bajo la llovizna para mirarnos, como si nos quisieran decir algo, y luego volvieron al interior. En aquel momento corrimos, entre los charcos y el lodo, hacia el bulto y lo abrimos: era el cuerpo de Motecuzoma envuelto en mantas de algodón.

Inmensas nubes opacaban el cielo. Tú estuviste ahí, tlacuilo, a un lado mío. La llovizna caía fina y constante. Apenas iba a amanecer, había poca luz. El viento ya no soplaba como la noche anterior.

Aún no cargábamos el cuerpo de Motecuzoma, cuando salió el mismo grupo de tlashcaltecas con otro bulto. No dijeron nada, únicamente lo dejaron en el piso y se fueron. Al abrirlo encontramos el cuerpo de Itzcuauhtzin, señor de Tlatelolco. Era evidente que él acababa de morir.

—Llevémoslos a las Casas Nuevas —dije con mucha tristeza. Luego me dirigí a Cuauhtémoc—. Pídeles a las tropas que no bajen la guardia.

Las mujeres lloraban desconsoladas. Cientos de personas caminaron detrás de nosotros. La noticia se esparció rápidamente. Se escucharon gritos a lo lejos:

—¡Mataron a Motecuzoma!

—¡Motecuzoma está muerto!

—¡Los barbudos asesinaron a Itzcuauhtzin!

Al llegar a las Casas Viejas colocamos los cuerpos en el centro de la sala principal.

—Entiendo que lo más apropiado sería llevar a cabo el duelo de ochenta días, pero las circunstancias no lo permiten —expliqué—. Únicamente incineraremos sus cuerpos.

—¡Motecuzoma no merece ninguna ceremonia! —dijo Tlilancalqui con enfado.

—¡Esa mujercita de los barbudos! —agregó Cuitlalpítoc con remedo, como si fingiera ser mujer.

Rápidamente se escucharon los reclamos de la oposición.

—¡Debemos hacer todas las ceremonias correspondientes por la muerte de un tlatoani!

—A un tlatoani valeroso y capaz de luchar en contra los enemigos, pero no a Motecuzoma —respondió Opochtli.

—¿Eres tú el que habla de luchar contra los enemigos? Nadie te ha visto allá afuera. Tenemos rumores de que tú y él... —señaló a Tlilancalqui— están enviando mensajes a Malinche.

—Compruébalo.

—No tenemos pruebas —intervine—, pero hay mucha desconfianza. Desde que fui nombrado tlatoani me has refutado todo; y lo has hecho en público repetidas veces. Bien sabes que mi hermano no te habría perdonado un solo desplante. Fui tolerante porque creí que ésa debía ser la manera de gobernar, pero ahora entiendo perfectamente por qué Motecuzoma cambió en cuanto fue nombrado huey tlatoani. Él sabía a lo que se estaba enfrentando. Así que si tú y tus aliados quieren continuar entre nosotros más les vale que comiencen a cuidar sus palabras y a respetar mis órdenes. ¿Queda claro?

Los tres asintieron de mala gana.

—No les estoy pidiendo permiso —continué—. No llevaremos a cabo ninguna ceremonia ni luto hasta que saquemos a los extranjeros de nuestra ciudad. Mientras tanto sus cuerpos serán lavados e incinerados.

—Solamente quiero hacer una última solicitud —dijo Tlilancalqui.

—Habla. —No lo miré.

—Pido que le exijamos a los extranjeros la liberación del *tlamacazqui* (uno de los sacerdotes más importantes).

—¿Por qué a él? No tengo nada en contra de él, pero hay muchos familiares, amigos, sacerdotes y capitanes que siguen presos. ¿Cuál es tu interés?

—Quiero que nos diga lo que pensaba Motecuzoma sobre tu elección.

Sonreí, cerré los ojos y negué con la cabeza para no golpearlo. Todo aquello era cada vez más frustrante.

—Debemos pedirle a Malinche que lo libere.

—¿Y si no lo libera?

—Buscaremos otra solución.

—Ordenaré que vaya un embajador a pedir la liberación del tlamacazqui.

—Iré yo.

—No tengo tiempo para discutir. Si quieres ir tú, hazlo, pero de cualquier manera tendrá que ir uno de mis embajadores.

Mientras tanto, nos ocupamos de lavar los cuerpos de Motecuzoma e Itzcuauhtzin, luego les pusimos sus prendas más elegantes y sus joyas más preciadas; para entonces ya habían llegado los familiares de Itzcuauhtzin desde Tlatelolco con las pertenencias de su tecutli.

Más tarde volvieron Tlilancalqui, Cuitlalpítoc y Opochtli con el tlamacazqui y otros cinco pipiltin. Los recibí en otra de las salas. Se veían más flacos y más sucios de lo que estaban el día que fui liberado. En cuanto estuve frente a ellos no supe qué decir. Preguntar cómo estaban hubiese sido ingenuo. Me interesaba saber qué exigía Malinche por haberlos liberado, pero no supe si sería correcto cuestionar eso en ese momento, especialmente frente a Tlilancalqui, Cuitlalpítoc y Opochtli.

—Manda decir Malinche que si desean hacer las paces, ellos se retirarán en ocho días y nos devolverán el oro y las joyas —dijo el tlamacazqui.

—¿Y tú le creíste?

—No. Sabemos que no cumplirá. Lo que quiere es comida, tiempo y espacio. También dijo que recomendaba que nombráramos tlatoani a Chimalpopoca, hijo de Motecuzoma, a quien está dispuesto a liberar, pues a Cuauhtláhuac no le viene por derecho.

—¿Qué sabe Malinche sobre nuestros derechos? ¡Lo que él quiere es poner un tlatoani pelele!

En ese momento se me informó que uno de los capitanes quería hablar conmigo. Ordené que lo hicieran pasar.

—¡Mi señor! —Su voz estaba agitada—. ¡Hemos recuperado la calzada de Tlacopan!

Hubo mucha alegría en ese momento.

—¿Qué fue lo que ocurrió?

—Comenzamos el ataque muy temprano. Matamos a varios de los extranjeros y a decenas de tlashcaltecas. Luego salió Malinche en su venado gigante y otros más. Hicieron estallar sus trompetas de humo y fuego. Mataron a muchos de los nuestros, pero no pudieron sostener el combate ante tantos escuadrones que los tenían cercados, incluso desde las canoas. Finalmente, se dieron a la fuga. Con sus largos cuchillos de plata, sus arcos de metal, sus lanzas con forma de murciélago y sus venados lograron abrirse paso. Al llegar a uno de los puentes saltaron sobre el agua. Muchos cayeron al lago con sus venados gigantes y fueron rápidamente apedreados. También hubo combates cuerpo a cuerpo. Matamos a dos de los barbudos y capturamos a uno. Malinche fue herido en la rodilla en dos ocasiones, aun así logró pelear con gran valentía y brincar sobre su venado gigante. Poco a poco se fueron alejando hasta llegar a las Casas Viejas.

—No deberías elogiar al enemigo —dijo un pipiltin—. Dices «logró pelear con gran valentía» con cierta admiración.

—Eso fue lo que sucedió. ¿Qué quiere que le diga?

—Que lo lastimaron y ya.

—¡Silencio! —grité—. No es momento para discutir por tonterías.

—Pero...

—Al que vuelva a decir una palabra lo mandaré encerrar.

Hubiese querido hacerlo, pero las circunstancias no eran propicias. No teníamos ni el tiempo ni la gente para estar cuidando prisioneros. Además, hacer algo así, únicamente serviría para generar desconfianza entre mis vasallos, algo que de ninguna manera me convenía.

—Cuauhtémoc, ordena a las tropas que se preparen para esta noche. Que coman, curen sus heridas y arreglen sus armas.

—Así lo haré —dijo y se marchó.

Lloviznó toda la tarde, y por la noche cayó un aguacero tan fuerte, que hubo enormes bolas de granizo. No había manera de permanecer afuera. Varios árboles fueron derrumbados por el viento. Se calmó poco después de que oscureciera. Entonces tomamos nuestras posiciones de vigilancia, escondidos en las azoteas, canoas y detrás de las casas. A la medianoche comenzaron a salir de las Casas Viejas. Primero aparecieron los capitanes de Malinche sobre sus venados gigantes, luego salieron más de doscientos hombres a pie.

—¿Y ahora qué traen ahí? —preguntó uno de los soldados meshícas.

Cargaban una enorme pieza plana hecha de madera. Detrás de ellos caminaban miles de soldados tlashcaltecas, cholultecas, hueshotzincas y totonacos. En total serían entre siete u ocho mil hombres, de los cuales mil trescientos eran extranjeros. El oro iba en siete venados gigantes. Esperamos a que llegaran a la calzada de Tlacopan. Todavía dentro de la ciudad cruzaron fácilmente los canales más pequeños: el de Tecpantzinco, Tzpótlan y Atenchicalco. Cuando los vimos llegar a Mishcoa y Mishcoatechatitlan, donde estaba el cuarto canal, llamado Tlaltecayoacan, comprendimos que aquella pieza gigantesca de madera era un puente para pasar las cortaduras. Era tan grande y tan pesada que se requirieron más de quinientas personas para colocarlo. Ordené a las tropas que atacaran.

Pronto se escucharon los silbidos de los caracoles, los huéhuetl, los teponaztli y los gritos de guerra. La lluvia de piedras, flechas y lanzas fue atroz. Los barbudos y sus aliados corrieron por el puente que habían colocado, donde pronto se aglomeraron. Eran demasiados. No lograron cruzar todos, pues en ese momento llegaron miles de soldados meshícas por el lado de la ciudad. Los que no pudieron atravesar (más de cien) lucharon con todas sus fuerzas, pero al ver que no podrían contra tantos huyeron hacia las Casas Viejas. Al llegar ahí se encontraron con otro ejército. Entonces corrieron hacia el Coatépetl, donde se llevó a cabo un combate brutal. Finalmente, lograron subir hasta la cima y desde ahí estuvieron disparando, hasta que ya no pudieron usar sus palos de humo y fuego. Las tropas meshícas subieron por ellos. Algunos murieron en el combate y otros se dieron por vencidos.

Mientras tanto en la calzada de Tlacopan se llevaba a cabo otra batalla sanguinaria. Miles de meshícas habían llegado por los dos lados en canoas. Eran tantas que chocaban entre sí y contra la calzada. Lanzaron flechas y piedras. Arribamos a la calzada. Los venados gigantes relinchaban y elevaban sus patas delanteras y traseras ante los ataques. Algunos soldados meshícas habían atado a sus lanzas los largos cuchillos de plata que habían robado a los extranjeros en combates anteriores, con lo cual lograron intimidar al enemigo. Cientos de guerreros enemigos cayeron al agua. Hubo centenares de batallas cuerpo a cuerpo. Los barbudos enterraban con gran facilidad sus largos cuchillos de plata en las gargantas, pechos y estómagos de nuestros guerreros, que a pesar de eso, luchaban hasta el último aliento. Los macahuitles no les hacían daño a los extranjeros, pues sus trajes de metal los protegían. Los aliados de los enemigos intentaron quitar el puente que habían construido, pero no pudieron, las vigas se habían enterrado en la tierra que se había reblandecido.

Al llegar a la otra cortadura, sin puente, colocaron una viga no muy ancha, y comenzaron a cruzar con dificultad, pues caían al agua debido a que estaba resbalosa por el lodo. Los demás se vieron obligados a brincar. Uno de los venados gigantes no logró llegar y cayó con su hocico en la orilla. El hombre que lo montaba nadó hasta la calzada. El animal quedó flotando. De igual manera, los venados que llevaban el oro, la plata y las joyas murieron ahogados. Eran tantos y tal la presión de los de atrás que muchos fueron empujados al lago. Primero uno, después otro y otro. Luego cinco, siete, diez.

Aunque hacían gran esfuerzo por salir, eran golpeados por una piedra, un macáhuitl o alguien que caía sobre ellos. Pronto la cortadura de la calzada quedó llena de cadáveres, entonces los barbudos comenzaron a cruzar sobre ellos. El agua les llegaba a la cintura. El lago ya se encontraba teñido de rojo. La gritería era atroz. Por primera vez vimos a los barbudos aterrorizados. Hubo algunos que, en lugar de luchar, se lanzaron al agua. Otros se desmayaron del miedo. Los meshícas que estaban en el agua se encargaron de matar a los que caían por descuido, abatimiento o por la batalla. A otros los ataron y los subieron a sus canoas para sacrificarlos más tarde. Jamás en Meshíco Tenochtítlan se había visto tanta sangre, tantos muertos, tanto odio.

Los extranjeros traían consigo varias mujeres de servicio. Pero había una que estaba en el ejército y que esa noche luchó con gran valor, incluso mejor que algunos que se acobardaron al final. A pesar del gran número de soldados meshícas, la mayoría de los hombres de Malinche llegaron al otro lado del lago, dejando atrás a sus aliados, quienes dieron su vida por un grupo de extranjeros que les ofreció una victoria que jamás sería de ellos. Sólo el placer de la venganza. Una venganza inútil.

Aunque Malinche ya había salvado su vida, al llegar al otro extremo de la calzada, volvió en su venado gigante para defender a varios de sus hombres que estaban en peligro. Y mientras los que ya estaban desarmados o heridos huían hacia el otro extremo de la calzada, Malinche y tres de sus hombres y alrededor de veinte aliados les protegieron la retaguardia enterrando sus largos cuchillos de plata y sus lanzas con forma de murciélago a quienes se acercaban. Tonátiuh había quedado atrás, del otro lado de la cortadura de la calzada. Intentó cruzar con su venado, pero al percatarse de que era mucha la distancia, bajó del animal, se lanzó al agua y abrazando un madero que flotaba por ahí, nadó hasta el otro lado, donde Malinche le extendió la mano para que saliera.

—¡Ordena que cesen el combate! —le dije a Cuauhtémoc—. Manda a cincuenta mensajeros, en distintas direcciones, hacia Azcapotzalco, Tenayuca y los pueblos cercanos, y diles que avisen que los extranjeros se dirigen hacia allá. Que los maten a todos.

Pronto se escuchó el silbido del caracol que anunciaba el final de la batalla. Los extranjeros se marcharon dejando atrás a sus demás compañeros. Después llegaron a Petlacalco, donde había otro canal, el cual cruzaron con la ayuda de un tablado; ahí por fin tuvieron un instante para recuperar fuerzas. Nosotros decidimos volver a la ciudad para buscar a los demás pipiltin que habían permanecido presos. Sabíamos que Malinche se había llevado consigo a muchas mujeres e hijos de Motecuzoma, los cuales no pudimos rescatar. Muchos murieron en el camino y otros lograron huir.

—¿Por qué no los perseguimos? —preguntó Cuauhtémoc luego de cumplir con las instrucciones que le había dado.

Observé hacia el final de la calzada y respiré profundo, sin decir una palabra. Luego de un instante, respondí:

—Es demasiado riesgoso. En la calzada los teníamos acorralados. Entre los maizales es distinto. Si salimos en este momento, ellos
podrían aprovechar para entrar. Es mejor que nuestros vecinos hagan el trabajo.

—¿Y si no lo logran?

—Lo haremos nosotros. Fuera de la ciudad, con nuestras tropas
mejor organizadas.

—Uno de los capitanes me acaba de informar que Ishtlilshóchitl
y su gente intentaron entrar a la ciudad por el lado oriente de la isla.

—¿Los detuvieron?

—Sí.

—¿Cuántos eran?

—Alrededor de tres mil.

—Vamos, tenemos mucho trabajo. Llama a los capitanes y ordé-
nales que organicen las tropas para que saquen a los muertos y heridos del lago. Pide a otros que se encarguen de los que se encuentran
en tierra. Luego que los separen. A los extranjeros en un grupo, a sus
aliados en otro y a los meshícas en otro. A este último grupo sepáralo
por sexo y edad. En cuanto termines de organizarlos, déjalos y avísa-
me para que me acompañes a las Casas Viejas.

Al alba retiraron de los canales los cuerpos de los extranjeros y
sus aliados por medio de canoas, después en los juncos blancos, justo
entre los tules, los meshícas fueron a tirarlos. A las mujeres las echaron a tierra, estaban desnudas, embarradas de amarillo. Los desparramaron completamente desnudos. Sacaron los venados que llevan
a las gentes, a los que se llaman caballos. Todos sus bienes que cargaban sobre la espalda fueron robados, como si se tratara de recompen-
sas. Aquel que encontraba algo se lo apropiaba rápidamente, se lo
llevaba a su casa: grandes trompetas de fuego, pólvora, espadas de
metal, lanzas de metal con forma de murciélago, arcos de metal, flechas de metal, cascos de metal, chalecos de metal, escudos, oro en
lingotes, discos de oro, oro molido y collares de oro con dijes[82].

Mientras tanto Cuauhtémoc, los pipiltin y yo entramos a las
Casas Viejas, la antigua casa de mi padre, un lugar que había repre-

82   *Códice Florentino.*

sentado la grandeza de su gobierno. Se encontraba en peores condiciones de cómo la había visto el día en que fui liberado. Había mierda, marcas de orines, escombros, restos de fogatas, mantas de algodón sucias, comida descompuesta y basura por todo el patio. Al entrar nos cruzamos con un cadáver. Se trataba de uno de los miembros de la nobleza, tenía la espalda perforada por un disparo. Era evidente que había intentado huir en el último momento. Su sangre había hecho un charco alrededor de su rostro. Hacia afuera habían quedado marcadas decenas de huellas de botas ensangrentadas que habían pasado por ahí. Más adelante nos topamos con otro cuerpo lleno de sangre. Al revisarlo lo reconocí enseguida: era Océlhuitl, uno de mis mejores amigos, le habían perforado la espalda con uno de esos largos cuchillos de plata. Me detuve por un instante para lamentar aquella pérdida. Cuauhtémoc volteó y me miró brevemente.

—¿Estás bien? —preguntó.

—Sí —respondí, aunque mi expresión era deprimente—. Continuemos.

Al entrar a la sala principal nos encontramos con una laguna de sangre. Todos los pipiltin que habían permanecido presos, o mejor dicho, los que habían sobrevivido a la masacre de Tonátiuh, habían sido brutalmente asesinados. A unos los habían degollado, a otros les habían perforado el pecho con sus largos cuchillos de plata, y a otros les habían dado un disparo en el rostro. Entre ellos encontré a mi amigo Tepiltzín. Asimismo, estaban algunas concubinas de Motecuzoma y mujeres de servicio. Todas desnudas. Las habían violado, torturado y asesinado. A tres de ellas les cortaron los senos. Con cada paso que dábamos se escuchaba el sonido viscoso de la sangre en nuestros pies. De pronto, tropecé con la cabeza cercenada de un bebé. Hasta entonces notamos en un rincón los cuerpos decapitados de los hijos menores del tlatoani. Permanecimos un largo rato en silencio, observando aquella desgracia.

—Recojan todos los cuerpos con cuidado —ordené y di media vuelta.

—¡Mi señor! —dijo uno de los soldados—. ¡Aquí hay uno vivo!

## 18

## Domingo 1 de julio de 1520

Al amanecer paró la lluvia, sin embargo, el cielo seguía igual de nublado que el día anterior. En el lago seguían flotando cientos de cuerpos, a algunos se los había llevado la corriente hasta Tepeyácac, y a otros hasta Chapultépec y Mishcoac. La ciudad hedía a muerte. Por todas partes había rastros de sangre. Incluso el fango se veía rojo. Las mujeres, ancianos y niños ayudaban a limpiar. Algunos iban al lago, llenaban pocillos y ollas y los transportaban a la ciudad para lavar pisos y paredes. Yo estaba caminando entre la gente, organizando y buscando soluciones a cada problema que se presentaba. De pronto, una niña, de aproximadamente siete años, caminó frente a mí, cargaba el brazo mutilado de algún meshíca. Me observó en silencio y alzó las manos para entregarme aquella extremidad llena de sangre y lodo.

—Llévalo allá. —Señalé una pila de cadáveres que yacía frente a una casa.

No recuerdo el instante en que la niña se alejó. Comencé a escuchar todo como si estuviese muy lejos, mientras que mi respiración la oía muy cercana. Creo que quise decir algo. O no sé si lo dije. Súbitamente se me nubló la vista. Sentí náuseas y mareos, perdí el conocimiento.

Cuando desperté, me encontraba en la habitación principal de las Casas Nuevas, rodeado por mis concubinas, algunos de mis hijos, varios pipiltin, Cuauhtémoc y tú, mi buen amigo Ehecatzin. Un chamán de aproximadamente setenta años estaba arrodillado a mi derecha. Comencé a toser.

—¿Qué es eso olor? —pregunté y me llevé la mano a la nariz.

El chamán había puesto a hervir unas hierbas. Colocó unas hojas sobre mi nariz para que me despertara. Luego entregó el pocillo de agua hirviendo a uno de sus ayudantes para que se lo llevara. No entendía por qué estaba ahí.

—¿Qué sucede? —pregunté—. ¿Qué hacen aquí?

Quise levantarme, pero el chamán me lo impidió poniendo su mano sobre mi frente.

—No se mueva —ordenó—. Todavía no acabo.

—Te desmayaste —respondió Cuauhtémoc.

—Meshíco... —Sentí un gran temor de que la batalla de la noche anterior hubiese sido un sueño—. ¿Sacamos a los extranjeros?

—Sí, los sacamos a todos —Cuauhtémoc sonrió con orgullo.

Cerré los ojos y exhalé suavemente. Sentí mucha tranquilidad en ese momento. El chamán puso su oído sobre mi pecho.

—Respire otra vez...

Se acercó a mi rostro y jaló mis párpados para ver mis pupilas.

—¿Cuándo fue la última vez que comió?

—No lo recuerdo.

Me abrió la boca presionando mis cachetes con sus dedos índice y pulgar.

—Saque la lengua.

El chamán se puso de pie y caminó para tomar un pocillo que tenía sobre unas brasas.

—Recuerdo que una niña me quiso entregar un brazo mutilado —expliqué.

—Es usted un irresponsable —dijo el chamán en cuanto volvió a arrodillarse junto a mí.

—Yo sólo le dije a la niña que llevara el brazo a una pila de cadáveres.

—No. Digo que es usted un irresponsable por no cuidar su *tonali*, su *teyolía* y su *ihíyotl*.

—¿Eso qué significa?

—Son las tres fuerzas anímicas principales: tonali en la coronilla; el teyolía en el corazón; y el ihíyotl en el hígado. El tonali permite el crecimiento y vitalidad de los hombres, y su ausencia causa enfermedad y hasta la muerte. Es la clave para conservar el balance y el equilibrio. El buen desempeño de un cargo, sobre todo el de una autoridad o el de un noble, por ejemplo, fortalece su tonali. La salud es equilibrio y la enfermedad es desequilibrio. Para tener un cuerpo equilibrado es esencial la moderación de la dieta, el ejercicio y un comportamiento adecuado. El trabajo y el cansancio crean un desequilibrio de varias maneras, sobre todo un sobrecalentamiento del tonali de la persona[83].

—Me desmayé por...

—Por no comer ni beber agua. —El chamán me tomó de la nuca, levantó ligeramente mi cabeza y puso frente a mí un pocillo con caldo—. Beba un poco de esto. Usted le hizo una promesa al pueblo meshíca. ¡Mire sus brazos y piernas! Está usted muy flaco. No se debe dirigir un ejército sin comer ni dormir bien. Tuvo mucha suerte de que no lo mataran en el combate.

—Tiene razón.

—¡Claro que tengo razón! En este momento va a tomarse el caldo y luego se va a dormir. Y cuando despierte va a comer. Así que dígale a toda esta gente que se vaya a cumplir con sus labores.

—Ya lo escucharon.

—Solamente podrán estar aquí algunas de sus concubinas.

Obedecí las instrucciones del chamán no tanto por su autoritarismo, sino porque en verdad me sentía muy cansado y hambriento. En los últimos días había olvidado comer y había dormido muy poco. En cuanto todos se fueron, comí el caldo y unas tortillas con frijoles y chile. Dormí todo el día y en la noche me dieron de comer nuevamente. Platiqué un rato con mis concubinas de asuntos que no tuvieron relación con la situación política; luego volví a dormir. La noche entera. Estoy seguro de que pude dormir debido a que me sentía tranquilo, pese a que sabía que aún tenía muchos asuntos pendientes. Malinche y su gente estaban por algún lugar, aunque no tenía idea de dónde. Tampoco intenté informarme. Sin embargo, tenía la certeza en que las tropas y los espías los estarían persiguiendo. Por otra parte, debía llevar a cabo las exequias de Motecuzoma y los pipiltin que fueron asesinados, pero me tranquilizó saber que eso podía esperar, por lo menos uno o dos días.

Desperté a la mañana siguiente, poco después de la salida del sol, con más fuerzas y mejor ánimo. Desayuné bastante bien, me bañé con mucha tranquilidad en el temazcali y salí a ver cómo iba la limpieza de la ciudad.

—Así que fue un desmayo —dijo una voz a mis espaldas.

83  Basado en *Arqueología Mexicana*, núm. 74.

Al girarme encontré a Opochtli, mirando al cielo, como si buscara algo.

—Sí.

—De dos días... —Alzó las cejas.

Estuve a punto de explicar que había despertado en cuanto me llevaron a las Casas Nuevas y que el chamán me había ordenado dormir y comer, pero me contuve. No tenía por qué darle explicaciones a Opochtli.

—Yo también habría fingido un desmayo con tal de no limpiar tanta mierda, tripas y sangre —continuó.

—¿Estuviste limpiando? —pregunté con sarcasmo—. Eso sí sería asombroso.

—Estuve haciendo lo que tú deberías haber hecho: organizar a la gente.

—Justo es lo que necesitamos, personas como tú. —Me alejé de ahí.

Faltaba mucho por hacer. Había casas hechas cenizas y escombros. Además de cuerpos apilados por todas partes. La melancolía en los rostros de la gente era distinta a la que había visto en días anteriores: aunque tristes por tantas muertes, de cierto modo se sentían compensados por la salida de los extranjeros.

Poco después se acercaron a mí varios pipiltin. Preguntaron cómo me encontraba. Algunos fueron excesivos con sus atenciones, otros con mi primera respuesta tuvieron más que suficiente.

—Tengo que hablar con todos ustedes —les dije y luego me dirigí a uno de los soldados que caminaba por ahí—. Busca al tlacochcálcatl Cuauhtémoc y avísale que lo estaremos esperando en las Casas Nuevas.

Era urgente nombrar a nuevos funcionarios, lo cual había postergado debido a la prioridad que tenían los combates, pero ya superados, era indispensable designar embajadores, cobradores de impuestos, comisionados de asuntos urgentes, ministros de comercio, agricultura, pesca y reconstrucción. No sólo Meshíco Tenochtítlan había permanecido estancada, también todo el señorío de pueblos aliados, vasallos y enemigos. El problema más prioritario en ese momento era la falta de alimento.

Tras nombrar a los nuevos funcionarios y asignarles sus obligaciones, hablé con los capitanes del ejército, quienes me dieron un informe de lo acontecido el día anterior. Me comunicaron que la noche en que huyeron los extranjeros —o mejor dicho, la madrugada— fueron perseguidos por varios de nuestros soldados, quienes únicamente los espiarían.

—Caminaron entre los maizales hacia Tlacopan —explicó el informante—. El tecutli Malinche iba cuidando que nadie se quedara atrás. Todos iban descalzos, mojados, sucios de lodo, heridos, sangrados, cojeando y lamentándose. Nosotros llevábamos varios soldados meshícas para auxiliarnos en caso de ser atacados. Tres de ellos, desobedeciendo las órdenes del tlacochcálcatl de no atacar, se filtraron entre los maizales, y sin ser percibidos, capturaron a cuatro extranjeros por la espalda, tapándoles la boca y poniéndoles un cuchillo de pedernal en el cuello. Se los trajeron para sacrificarlos a los dioses, dejándonos ahí. Poco antes de llegar a Tlacopan, los barbudos fueron atacados con flechas y lanzas por las tropas de aquel pueblo, que obedeció al llamado de Meshíco Tenochtítlan; sin embargo, luego de un rato, lograron espantarlos con sus trompetas de fuego.

—¿Cómo? ¿Por qué?

—No tenían suficientes soldados para combatir cuerpo a cuerpo.

—¿Cuántos soldados tiene Malinche?

—No lo sé, mi señor, no los pude contar. Estaban entre los maizales.

—¿No pudiste calcular si eran quinientos o cuatro mil?

—Supongo que no eran quinientos, pero tampoco creo que hayan sido cuatro mil.

—¿Les tuvieron miedo?

—Parece que sí. Pero les mataron un venado.

—No me interesa que maten a sus venados —respondí muy enojado—, quiero que acaben con ellos.

—Disculpe.

Me arrepentí de no haber perseguido a los enemigos hasta acabar con ellos. Luego pensé en Ishtlilshóchitl quien, con facilidad, se hubiese apoderado de nuestra ciudad si la hubiésemos dejado sin protección.

—Perdón. No es tu culpa. —Comprendí que no debía enojarme. Ya no había forma de cambiar eso—. Continúa con lo que me estabas diciendo.

—Salió la luz del sol y fue más difícil seguirlos. Ya no nos podíamos mover igual entre los maizales. Antes del mediodía apareció un ejército meshíca, pero no los vieron.

—¿Quién a quién?

—Los meshícas a los extranjeros.

—¿Y los extranjeros vieron a los meshícas?

—Sí. Y se escondieron.

—¿Y ustedes qué hicieron?

—Nos quedamos en silencio.

—¿Cuántos espías eran?

—Cinco.

—¿Por qué no dieron aviso a los meshícas?

—Estábamos muy lejos de ellos y muy cerca de los enemigos, y lo único que lograríamos hubiera sido que nos mataran con sus trompetas de fuego.

—¿Qué ocurrió después?

—Siguieron caminando hasta que uno de sus venados cayó al suelo. Estaba muy malherido y apenas si podía caminar. Uno de los hombres de Malinche se acercó al animal y le puso la punta de su arma en la cabeza. Otro de ellos se lo impidió. Discutieron un rato. Entonces Malinche se acercó y les dijo algo. Se veían muy cansados. Tras matar al animal, varios hombres comenzaron a destazarlo y a repartir trozos de carne. Uno de ellos intentó encender una fogata para cocinar la carne y Malinche lo regañó.

—El humo hubiese alertado a las tropas meshícas que los estaban buscando.

—La carne del venado gigante no fue suficiente para tantos soldados. Algunos pidieron permiso a Malinche de matar a otro de sus animales, pero se los negó. Otro de ellos señaló al animal que iba hasta atrás, con la pata delantera muy lastimada. Era imposible que sobreviviera un día más. Malinche les dio permiso de sacrificarlo. Luego de comer, siguieron su camino. Más tarde aparecieron dos hombres de la zona que les traían alimentos y agua. No pude distinguir si eran de Tlashcálan o Hueshotzinco.

—¿Pudiste escuchar la conversación?

—No. Estaban muy lejos. Pero por lo que vi, comprendí que le estaban ofreciendo ayuda. Los acompañaron hasta Tlacopan, donde un pequeño ejército de tepanecas los atacó, mató a tres extranjeros e hizo que se marcharan de ahí. Malinche y sus hombres siguieron hacia el norte, donde fueron embestidos por la gente que vivía en los pueblos cercanos. En realidad no les hacían daño, únicamente les lanzaban piedras y flechas. La gente de Malinche no tenía energías para seguir combatiendo, así que en cuanto podían se daban a la fuga. Pasaron por Tiliuhcan, Shocotlihiouican y Shococotla, donde murieron Chimalpopoca, hijo de Motecuzoma, y Tlaltecatzin, el señor tepaneca.

—Esos traidores.

—¿Traidores?

—Sí, Chimalpopoca ya se había aliado con Malinche. Incluso estaba dispuesto a ser nombrado tlatoani para entregarle el poder. Y el otro igual, se había doblegado ante el enemigo. Cuando estuve preso, le escuché decir en repetidas ocasiones que lo mejor sería rendirnos y dejar que Malinche hiciera justicia. ¿Justicia para quién? ¿Para los tepanecas? Quería vengar la muerte de su abuelo Mashtla.

—Pues sí. Porque yo vi que los trataban bien. Incluso, Tlaltecatzin les iba indicando el camino a los españoles.

—¿Y qué hicieron los extranjeros con los cuerpos de Chimalpopoca y Tlaltecatzin?

—Los dejaron ahí.

—Ahí tienen su justicia —dije con una sonrisa vengativa.

El informante bajó la cabeza.

—¿Qué ocurrió después?

—Cruzaron caminando el angosto río de Tepzólatl, cuya corriente, a pesar de estar ajetreada, les llegaba al pecho; anduvieron hasta un pequeño poblado, llamado Acueco, el cual encontraron vacío, ya que sus escasos habitantes huyeron en cuanto los vieron. Malinche y su gente tomaron el pueblo y el templo de Otoncalpulco. Al atardecer llegó un ejército meshíca y los atacó; entonces, los extranjeros se subieron al templo e impidieron que los tenoshcas subieran.

—¿Y qué hicieron los meshícas?

—Se regresaron heridos a Tenochtítlan... Pero no vaya usted a pensar que fue por cobardía, ya que lucharon hasta quedarse sin flechas y lanzas. Fue porque ya iba a oscurecer y no habían comido en todo el día.

—Lo sé.

—Al llegar la noche, los extranjeros quemaron todas las flechas, curaron sus heridas y comieron algunos conejos y jabalíes que cazaron en el camino, lo cual no fue suficiente para alimentar a tanta gente. Se turnaron para dormir y vigilar. Pero para su sorpresa, a medianoche llegaron alrededor de treinta locales. Les hicieron reverencias a los extranjeros y les ofrecieron tamales, guajolotes asados y hervidos, huevos de guajolote, guajolotes vivos, para que comieran en los siguientes días.

—¿Sabes de dónde son?

—Por la oscuridad no pude reconocerlos, aunque debido a que había mucho silencio, alcancé a escuchar que el señor que los iba guiando se llama Otoncóatl.

—Otoncóatl... —Suspiré y cerré los ojos—. Es el señor de un pequeño pueblo otomí llamado Teocalhueyacan. No está muy lejos de ahí. Ese poblado tiene muy pocos habitantes, no obstante, es peligroso que convenzan a sus vecinos de que ayuden a Malinche.

El informante bajó la cabeza y permaneció en silencio por un instante.

—¿Qué sucede? —pregunté consternado.

—A esas horas los que iban conmigo y yo decidimos volver a Tenochtítlan, pues no habíamos comido ni bebido agua en todo el día; entonces uno de los barbudos nos descubrió, sujetó a uno de los nuestros por el cabello y le puso un cuchillo de plata en la garganta. Nos ordenó, en náhuatl, que soltáramos nuestros macahuitles y nos arrodilláramos. Obedecimos, pero uno de nuestros espías intentó recuperar su macáhuitl y atacar al barbudo, quien rápidamente degolló al que tenía cautivo; sacó su largo cuchillo de plata, se puso en guardia y dio aviso a los otros. Mi acompañante luchó cuerpo a cuerpo con el barbudo. Los otros tres recuperaron sus armas y también comenzaron a combatir con los que se acercaron rápidamente. Entonces escuchamos los disparos. Sabía que si me quedaba me iban a matar. Eran demasiados, corrí. Perdóneme, mi señor, fui un cobarde, pero... —Comenzó a llorar.

—Entiendo que lo hiciste para salvar tu vida. No había otra opción.

—Yo no quería...

—Es suficiente. Retírate.

En ese momento salí de las Casas Nuevas y me dirigí a donde estaban apilando los cadáveres. Observé detenidamente. El olor era insoportable. La mayoría de los que estaban cerca utilizaban trozos de tela en la boca y nariz para soportar la pestilencia.

—¿Alguien está contando los cuerpos? —le pregunté a un hombre que se había acercado con el cadáver de algún extranjero sobre el hombro derecho.

—No, mi señor, aún no.

—¡Ustedes, vengan acá! —le llamé a varios soldados.

Se acercaron a mí con lentitud. Se notaba el cansancio en sus rostros.

—Necesito que cuenten todos los cadáveres por separado. Extranjeros, tlashcaltecas, hueshotzincas, totonacos, cholultecas, meshícas. Hombres y mujeres. ¿Quedó claro?

Todos respondieron al unísono:

—¡Sí, mi señor!

—Tú, comienza a contar los cuerpos de aquel montón —le dije a uno de ellos—; tú cuenta los de allá; tú, aquellos; y tú, ésos. ¿Dónde hay más cadáveres?

—En la otra calle y en la otra y en la otra...

Recorrí toda la parte central de la ciudad y le ordené a la gente que encontraba en mi camino que contara los cadáveres, y les pedí que me fueran a ver al Coatépetl. Poco antes de anochecer, tuvimos un número aproximado, debido a que todavía habían cuerpos dentro del lago y en el otro extremo de la calzada de Tlacopan. Eran poco más de seiscientos extranjeros, cuatro mil aliados, cuarenta y seis venados gigantes, y más de ocho mil meshícas, entre ellos, tres hijos de Motecuzoma, llamados Tecocoltzin, Matlalacatzin y Cuauhtlatoa, así como tres hijas y dos hijos de Nezahualpiltzintli.

Entiendo tu sufrimiento, tlacuilo. Sé que esa noche murieron todos tus hijos y gran parte de tus nietos.

## 19

Tres días después de la huida de los extranjeros, arribaron los pochtecas a la ciudad isla, lo que causó mucha alegría entre los meshícas, pues las reservas habían llegado a su límite más bajo. La mala noticia era que traían pocas mercancías, apenas para alimentar al pueblo en los siguientes cinco días.

—Hay grande congoja en todos los territorios —explicó el viejo Pitzotzin con tristeza al huey tlatoani Cuauhtláhuac mientras caminaban entre los muertos apilados—. No ha habido pueblo al que lleguemos y encontremos mujeres llorando y ancianos suplicando por alimento.

De pronto el viejo Pitzotzin se detuvo, se tapó la cara con las palmas de las manos.

—¡Oh, no! —Lloró mientras miraba el cuerpo mutilado de un hombre—. ¡Amigo! ¡Qué dolor encontrarte así! —Se arrodilló y le acarició la mejilla embarrada de lodo.

Los ojos del cadáver parecían enfocarse en el fondo de la calle que daba al recinto sagrado. Pitzotzin abrazó a su amigo, que yacía sin un brazo y con las tripas de fuera.

—¿Por qué? ¡Oh, no!

Entonces dirigió la mirada a la izquierda y se encontró con una mujer que también conocía.

—¡Atzín! —Caminó hacia ella y la abrazó—. ¡Tú también! ¡No!

Cuauhtláhuac no pudo contener el llanto; lloró de pie, contemplando la melancolía de su amigo, que había estado ausente tantos meses y que al volver encontró muerta a la mayoría de la gente con la que había tratado toda su vida.

—¡Coauyohuali! ¡No! ¡Ya no! —Sus manos temblaban sin cesar—. ¡Son demasiados!

Pitzotzin lloró un largo rato, tocando los rostros de sus amigos, familiares, socios, comerciantes y clientes.

Cuando se puso de pie miró al tlatoani y lo abrazó.

—Todo esto me duele mucho.

—Lo sé —respondió Cuauhtláhuac—. Sé que todas estas personas fueron muy importantes para ti. Y también para mí.

—Necesito decirte algo —expresó Pitzotzin muy serio.

—Dime.

—Aquí no. Tiene que ser en un lugar donde nadie nos escuche. Se dirigieron a las Casas Nuevas.

—Tú sabes que jamás me ha gustado ser un soplón, pero en esta ocasión no puedo quedarme callado. Hace varios meses fuimos a las costas totonacas y varios señores de allá me informaron que el año pasado anduvieron por ahí Opochtli, Tlilancalqui y Cuitlalpítoc en compañía de los extranjeros. No iban como embajadores, por el contrario, pidieron a todos que no le dijeran nada a Motecuzoma.

—¡Se lo dije! —exclamó Cuauhtláhuac enfurecido—. ¡Le advertí a Motecuzoma que no confiara en esos cabrones! Por eso no fueron apresados por los extranjeros.

—Le ofrecieron su apoyo incondicional a Malinche y le llevaron algunos amoshtli (libros pintados).

## 20

—¿Vencimos? —preguntó enfurecido uno de los miembros de la nobleza.

—No —respondió el otro.

—Siendo francos ni siquiera podemos adjudicarnos la salida de los extranjeros. Nosotros no los echamos de la ciudad, ellos ya iban de salida. Estaban huyendo porque sin alimentos y sin su rehén más importante, Motecuzoma, no tenían otra opción.

—¿Estás diciendo que no tenemos ningún mérito? ¿De nada sirvió que les negáramos el alimento y que los atacáramos todos los días hasta acorralarlos?

—Eso fue lo único que hicimos, negarles el alimento y pelear con todo lo que pudimos para evitar que volvieran a las Casas Viejas. Habría sido una gran victoria si hubiésemos entrado a su fortaleza y los hubiésemos matado a todos. No hay razones para celebrar.

Ambos tenían razón hasta cierto punto. Faltaba mucho por hacer. Con Malinche y su gente afuera, corríamos muchos riesgos. Tenían aliados por todas partes, dispuestos a entregarles sus ejércitos completos, por lo que podían regresar en cualquier instante. De día o de noche. Esta guerra no era como las que habíamos vivido en toda nuestra historia. Sin embargo, un grupo de tenoshcas comenzó a celebrar con algunas danzas, comida y bebidas. Frente a mí se encontraban algunos pipiltin indignados por el suceso. Exigían que los fuera a callar.

—Estamos de luto —dijo uno de ellos.

Tenían razón. Aunque también los otros, ya que después de tantos meses sin fiestas lo que menos les importaba era el motivo. Los meshícas somos un pueblo que vive en las fiestas. Tenemos celebraciones todo el año. ¿Quién nos impuso esta costumbre o forma de ser? No lo sé. Hay quienes dicen que fue Tlacaélel, que para llevar a los meshícas a tantas guerras inventó las celebraciones religiosas como un bálsamo o un premio. Motecuzoma también siguió esa doctrina al pie de la letra. Si ganaba una guerra hacía fiestas que duraban días y noches, sin descanso; pero si se perdía, el castigo consistía en quitar todos sus privilegios a los soldados.

En alguna ocasión mi hermano me dijo: «El pueblo está para servir a su gobierno, pero hay formas de exigir sumisión, es decir, por las buenas y por las malas. Por las buenas se obtienen mejores resultados. Si no les das mitote a tus vasallos, ellos no te darán lo que les pidas». Aunque Motecuzoma fue un tlatoani despiadado, a la hora de convencer al pueblo era como un brujo. Las celebraciones que hacía y todos los banquetes que ofrecía hipnotizaban hasta a sus enemigos. El arte de la tiranía consiste en no parecer tirano.

Lo que es innegable es que ahora los tenoshcas no podemos vivir sin el mitote. Si yo intentaba detener aquella pequeña celebración, únicamente hubiera logrado ponerlos en mi contra.

—Por supuesto que estamos de luto —respondí—. Pero ¿cuántos de ustedes no se sienten felices de que por fin hayamos echado a los enemigos de nuestras tierras? Esas personas necesitan un respiro. Un momento de alegría. Ya mañana volverán a trabajar.

—Ya habrá tiempo para celebrar —dijo uno de ellos.

—Y también habrá tiempo para trabajar y limpiar. ¿Cuántos son? ¿Quinientos? ¿Mil?

—Son alrededor de doscientos.

—Eso no es nada.

—Pero...

—¿Cómo piensan detener aquella celebración? ¿Quieren enviar al ejército para que los castiguen, que los encierren? Sería peor. No desperdicien su tiempo en cosas sin importancia.

Me quedé pensativo por un instante. Me miraron con atención.

—Lo mejor será pedirles que esperen —agregó otro de los pipiltin.

—No —respondí tajante—. Lo mejor será avisar a todo el pueblo que se prepare para la celebración.

—¿Qué? —respondieron todos con asombro. Muchos comenzaron a murmurar. A lo lejos vi algunos rostros molestos.

—¡Sí! —continué con entusiasmo—. ¿Cuántos extranjeros tenemos presos?

—Cuarenta y ocho.

—Los sacrificaremos a todos en el Coatépetl y le mandaremos este mensaje a Malinche. Que sepa lo que le espera. ¿No es esto lo que todos ustedes deseaban desde hace mucho? ¿No querían sacrificar a nuestros enemigos? Ahora es el momento preciso.

Los rostros cambiaron. Muchos se mostraron entusiasmados. Otros intentaron disimular su placer, pero no pudieron.

—Vayan y avisen a todos los meshícas que vamos a celebrar. Y que ofrendaremos los corazones de nuestros enemigos a nuestros dioses. Díganles que es indispensable que se apuren a limpiar la ciudad. De esta manera, los que ya están celebrando se verán obligados a trabajar y festejar con todos.

En cuanto terminé de decir eso, todos salieron de la sala principal, excepto uno.

—Mi señor —dijo con voz pausada—. Mi hermano... ya despertó...

—¿Quién es tu hermano? —Lo miré confuso.

—Yaotécatl...

—Sí, tu hermano Yaotécatl —recordé en ese instante y me sentí muy apenado—, disculpa. Tengo tantas cosas en mente que por un momento no te reconocí. ¿Cómo está él?

—Débil, pero consciente. Quiere hablar con usted.

—Vamos.

Salimos de las Casas Nuevas y nos dirigimos a su casa en medio de todo el alboroto que había en las calles debido al anuncio de la celebración. Al llegar encontramos a Yaotécatl acostado en su petate.

—Hola, Yaotécatl. Me alegra que estés con vida.

Nos conocíamos desde la infancia.

—Si esto es vida. —Sonrió con sarcasmo y luego se quejó del dolor—. Las heridas aún duelen mucho.

—Entiendo.

—Mi hermano me informó que te eligieron tlatoani.

—Así es.

—También sé que, por fin, sacaron a los barbudos de nuestra ciudad.

Tarde en responder.

—Escaparon —dije con lamento.

—Pero ya no están aquí y eso es lo que más importa.

—Tenemos varias tropas recorriendo todo el valle.

—Espero que los capturen a todos y que los lleven a la piedra de los sacrificios.

—Hoy precisamente los sacrificaremos.

—Eso me da gusto. —Luego se quejó al mismo tiempo que se llevó las manos al abdomen.

Hubo un breve silencio. Nos miramos atentamente. Él quería hablar, pero no se atrevía. Había mucho dolor en sus gestos.

—¿Qué fue lo que sucedió en las Casas Viejas?

—Poco después del mediodía entró Malinche a la habitación donde nos tenían encerrados y ordenó que nos llevaran a la sala. Comenzó a gritar enfurecido. Se fue directo contra Itzcuauhtzin y lo jaló de la cabellera. La niña Malina dijo que su tecutli Malinche le exigía que saliera con él hasta Tlatelolco y que ordenara a su pueblo que dejara las armas. Itzcuauhtzin se rehusó. Entonces, Malinche puso sus manos sobre el cuello del señor de Tlatelolco y lo asfixió hasta matarlo.

Yaotécatl comenzó a llorar. Yo no pude hacer más que esperar a que se tranquilizara.

—Luego ordenó a sus hombres que nos asesinaran a todos. Los barbudos caminaron rápidamente hacia nosotros y con sus largos cuchillos de plata les perforaron el pecho a los que tenían en frente...

Se detuvo una vez más.

—A Cacama, que se puso muy violento, uno de los hombres de Malinche le enterró un cuchillo varias veces, no sé cuántas, pero más de las que se pueden contar. Fue muy rápido. El hombre no desistió hasta que sus compañeros lo tomaron de los brazos y lo cargaron, pues no se quería quitar de encima del cadáver de Cacama. A otros les pasaron el cuchillo por la garganta... A mí me atravesó el estómago uno de ellos con su cuchillo de plata y me dejó en el piso. Ya no supe más, pues salieron de la habitación apurados. Sólo escuché que estaban arrastrando cosas.

Despúes de su narración, Yaotécatl permaneció en silencio por un largo rato.

—Descansa —dije con mucha tristeza—. Luego platicamos. En este momento voy a sacarles el corazón a los barbudos que tenemos presos.

Con lo me acababa de contar Yaotécatl, el aborrecimiento que sentía hacia los extranjeros se incrementó de manera descomunal. Jamás había sentido tanto odio hacia alguien. En ese momento iba a saciar mi ira.

Salí de ahí con deseos de enterrarle el cuchillo de obsidiana al primer extranjero que se pusiera en mi camino. A mi paso fui encontrando a varios pipiltin. Querían informarme algo, pero no los escuché.

—¿Dónde está Cuauhtémoc? —pregunté sin verlos. Tenía los ojos puestos en las labores de limpieza.

—No lo sé, mi señor —respondió uno de ellos agobiado, caminaba con rapidez para alcanzarme—. ¿Quiere que lo busque?

—Ya deberías estar buscándolo —dije mirando hacia el frente.

Algunos se marcharon en busca de Cuauhtémoc y otros se quedaron conmigo. Dos de ellos me estaban hablando de algo, pero no los escuché. Más adelante, me encontré a siete jóvenes sentados, con la espalda recargada en un muro. Por sus gestos pude notar que estaban bromeando. Me detuve y caminé hacia ellos.

—¿Qué están haciendo aquí? —pregunté molesto.

—Eso a ti no te importa, viejo —dijo uno de ellos con altivez.

Los pipiltin que iban conmigo dieron algunos pasos hacia adelante.

—Estamos descansando —dijo otro y se puso de pie rápidamente, luego se dirigió a su compañero con mucho temor—. Es el nuevo tlatoani.

Todos se incorporaron asustados.

—Lleven a ese insolente a una prisión. Lo vamos a sacrificar junto a los extranjeros esta noche —le dije a los miembros de la nobleza.

Los compañeros de aquel muchacho se quedaron mudos. Uno de ellos comenzó a llorar. Entonces me dirigí a ellos:

—Vayan a trabajar.

—Mi señor, perdóneme. —Se arrodilló—. Jamás conocí al tlatoani Motecuzoma, nadie lo conoció, ¿cómo iba a saber que usted era el tlatoani?

—Esto servirá para que nadie cometa el mismo error que tú y principalmente para que aprendan a respetar a cualquiera que les hable en la calle. —Me di media vuelta y seguí mi camino.

El joven siguió implorando perdón a gritos, pero lo ignoré. Quizá tres días atrás lo habría perdonado, pero ya me había hartado de tantas impertinencias. Apenas llevaba unos días en el cargo, y no sólo los pipiltin se atrevían a cuestionar mi autoridad, sino también cualquier imbécil en la calle se atrevía a ningunearme. La benevolencia mal acostumbra a los pueblos.

—Mi señor —dijo uno de los pipiltin que caminaba a mi lado.

—Dime.

—Desde hace rato quiero comunicarle que llegaron a la isla catorce mujeres que los extranjeros llevaban presas la noche de la huida.

Aquello llamó mi atención. Caminé a paso lento sin quitar la mirada de la ciudad y de la gente que seguía limpiando.

—¿Escaparon o las liberaron?

—Ellas dicen que escaparon mientras los extranjeros eran atacados en un pueblo.

—¿Ya las identificaron?

—Sí. Cuatro de ellas eran concubinas de Motecuzoma, nueve eran de la nobleza y una niña, hija de su hermano.

—¿Quién es?

—Tecuichpo.

—¿Dónde están?

—En las Casas Nuevas. Las están alimentando.

—Vamos a verlas —le dije. Luego me dirigí a los otros—: Ustedes organicen todo para los sacrificios de esta noche. En cuanto sepan algo de los espías que están siguiendo a Malinche y a su gente, avísenme.

Al llegar a las Casas Nuevas, encontré a las mujeres sentadas, formando un círculo, sobre una gruesa estera tejida de palma y tendida sobre el piso. Comían con apuro, apenas si masticaban cuando ya estaban tragando el bocado y dándole otra mordida a sus tortillas y a los trozos de carne de guajolote. Estaban sucias, pálidas y desnutridas. Conforme me fui acercando, noté en sus rostros, brazos y piernas varios moretones y cicatrices. Las saludé en voz baja. Dejaron de comer y se apresuraron a arrodillarse.

—No, no hagan eso —dije rápidamente—. Sigan comiendo.

Me miraron con temor y vergüenza. Como si jamás hubiesen vivido entre nosotros. Como pequeños animalitos indefensos.

—No tengan pena. —Me senté algo retirado de ellas para que no se sintieran incómodas.

Comenzaron a comer con más tranquilidad. Una tenía el ojo a punto de reventar.

—¿Qué te pasó? —le pregunté.

La mujer agachó la cabeza y dejó de masticar.

—La golpearon los barbudos —dijo otra con ira.

Era una mujer muy hermosa. Su ropa estaba rota y sucia. Estaba hecha un desastre. Todas. Estuve a punto de preguntar por qué la habían golpeado, pero no me atreví.

—Abusaron de nosotras —continuó la que había hablado al principio. Le temblaban las manos y los labios.

Todas dejaron de comer. Sus ojos enrojecieron. Yo sentí una corriente de aire frío en el pecho.

—Era todos los días —intervino otra de ellas—. A todas. Un día entraban unos y otro día otros.

Algunas comenzaron a llorar en silencio. Entonces dirigí mi atención a Tecuichpo, que estaba agachada, tapándose la cara. Permanecí en silencio.

—A veces llegaban en las mañanas —continuó otra—, a veces en las noches o incluso a mediodía. Los primeros días nos golpeaban y luego abusaban de nosotras. Dejamos de oponer resistencia para que ya no nos pegaran, pero eso no les satisfacía; y de cualquier manera nos golpeaban.

—Todas estamos preñadas —agregó otra—. Traemos aquí adentro a sus engendros. Algunas tuvieron abortos ahí adentro.

—¿Cómo? —pregunté temeroso.

—Por las golpizas y el poco alimento.

—Y lo más cruel fue el día de la huida —agregó otra con la voz quebrantada y las mejillas empapadas—. Nos llevaron a la sala principal con nuestros hijos y ahí, frente a nosotras y frente a los pipiltin que aún seguían vivos y a quienes no habíamos visto desde que Malinche se apoderó de las Casas Viejas, degollaron a un bebé de apenas un año. Su cabecita cayó al piso y rodó por unos segundos, dejando una horrible mancha de sangre en el piso. Después cargaron a otro niño de tres años e hicieron lo mismo. Escondimos a los demás niños detrás de nosotras, caminamos hacia atrás, hasta dar con la pared; ahí los barbudos nos golpearon para que nos quitáramos de su camino. Nos aferramos a nuestros hijos, de rodillas, otras acostadas en el suelo, con todas nuestras fuerzas, mientras ellos asustados lloraban y gritaban. A muchas mujeres las mataron por no soltar a sus hijos de cuatro, cinco, seis, siete, ocho años.

—Su objetivo no era matar a las mujeres —explicó otra—. Ya nos habían avisado que nosotras iríamos con ellos para que les hiciéramos de comer en el camino.

—Y también para violarnos... —dijo otra enfurecida.

Me sentí destrozado. Imbécil. Impotente. Yo creía que había visto todo mientras estaba preso en las Casas Viejas. Jamás imaginé el tormento por el cual habían tenido que pasar todas las concubinas de Motecuzoma y las *cíhuatl-pipiltin*, incluidas tres de mis concubinas.

—¿Cuántos días tenían sin comer?

—Una semana. Y antes de eso nos daban de comer cada tres o cuatro días.

—¿Cómo lograron huir?

—Llegamos a un pueblo al que jamás habíamos ido. Estaba despoblado. Los barbudos se adueñaron de las casas, de la comida y de los animales que encontraron, pese a que todo era muy escaso. Nos obligaron a hacerles de comer. Entonces llegó una tropa meshíca y los atacó. Nosotras aprovechamos el alboroto para huir.

—Me duele todo esto —dije con lágrimas—. Todas ustedes son mis hermanas, primas, sobrinas.

Hubo un largo silencio. Tanta injusticia, tantos abusos, tanta muerte, era demasiado para ellas y para mí. Inimaginable en nuestras vidas meses atrás.

—Esta noche cobraremos venganza —dije muy enojado—. Sacrificaremos a todos los barbudos que tenemos presos.

Las mujeres no mostraron satisfacción. El dolor que sentían no se curaba con la venganza. Las muertes de sus hijos no se pagaban con las vidas de aquellos asesinos y violadores.

—Debo irme. Coman, báñense y duerman todo lo que necesiten.

Al salir me encontré con Cuauhtémoc y algunos pipiltin. Estuvimos el resto de la tarde organizando los sacrificios de aquella noche. Concluimos que lo mejor sería quemar todos los cuerpos esa misma noche. Los sacerdotes, danzantes y músicos ya se estaban preparando. Asimismo, se estaba cocinando un banquete, aunque muy modesto y nada comparado con los que Motecuzoma solía ofrecer al pueblo en sus mejores días.

Poco antes de que oscureciera, me dirigí a la prisión donde se encontraban los extranjeros y sus aliados. Estaban atados de pies y manos. No habían comido ni bebido agua desde la noche de la huida. Caminé alrededor de ellos con una rabia que jamás había sentido. Ni siquiera en nuestras peores guerras. La crueldad había llegado a su máximo nivel. Los rostros de los extranjeros se veían sucios y flacos. También habían sufrido el hambre, lo cual me dio satisfacción. Sus barbas eran muy largas, en algunos casos les llegaban hasta el abdomen. Por primera vez los veía sin sus atuendos de metal. Estaban desnudos. Tenían sus pechos llenos de vellos. De pronto uno de ellos dijo algo que no comprendí, pero por su risa supe que se estaba burlando. Me dirigí hacia él y lo miré a los ojos con odio, sonrió con cinismo, dijo algo en su lengua y me escupió en la cara. Sin pensarlo, le di un puntapié en los testículos. Se retorció del dolor.

—¿Sabes lo que vamos a hacer con ustedes? —le pregunté.

Respondió con insultos. En el tiempo que estuve preso aprendí principalmente sus insultos, los cuales repetían todos los días: «indio de mierda, perro maldito, hijo de puta, coño».

—Hoy te vamos a sacar el corazón —dije y le di una patada en la cara—. Y tú serás el primero. Te voy a abrir el abdomen con un cuchillo de pedernal, luego te voy a sacar las tripas, meteré mi mano con el mismo cuchillo hasta llegar a tu corazón, cortaré cuantas venas pueda y lo arrancaré con todas mis fuerzas. Sentirás que se estira, pues algunas venas son muy duras. Voy a jalar duro para que tu corazón salga latiendo, y en cuanto lo tenga afuera, te lo voy a mostrar, para que lo conozcas. Entonces cortaré las arterias más gruesas y apretaré la porquería que tienes ahí adentro para exprimirle toda la sangre.

—¡Perro maldito! Mi capitán Hernando Cortés volverá y os matará a todos vosotros. Vuestra raza se extinguirá.

—Pensándolo bien, tú serás el último. Te llevaré hasta la cima del Coatépetl y te obligaré a observar mientras les saco los corazones a tus compañeros.

—Chupadme la polla, hijo de puta.

Exigí a uno de los guardias que me entregaran un cuchillo de pedernal, regresé ante aquel bravucón, le di cuatro fuertes golpes a puño cerrado en el hocico —sus dientes tronaron—, metí la mano en su boca, le saqué la lengua y la corté. Gritó tan fuerte que me quedó un zumbido en el oído.

—Para que aprendas a callar. —Le mostré su lengua y luego se la metí en la boca.

Al incorporarme noté que todos los guardias me observaban aterrorizados.

—Y al que vuelva a insultarlos le hacen lo mismo —ordené.

Todos asintieron sin decir una palabra.

—Ordenaré que les traigan refuerzos. Si se fuga uno de estos cabrones, los sacrificaré a todos ustedes. ¿Me entendieron?

—Sí, mi señor.

Al caer la noche, el recinto sagrado ya se encontraba limpio; sin embargo, las construcciones incendiadas y demolidas le daban un aspecto lóbrego. Se encendieron las hogueras y se adornaron las calles con algunas flores que se trajeron del otro lado del lago. Los danzantes esperaban a un lado de la Casa de las Águilas —el edificio donde está el adoratorio dedicado al dios Tonátiuh—, pues la procesión entraría justo en ese punto al inicio de la celebración. Poco a poco el recinto se llenó. No obstante, un gran número de soldados permaneció vigilando la isla.

En cuanto ordené que hicieran el primer llamado, se escuchó el sonido del caracol grave y largo. Quería que Malinche y sus hombres escucharan que Meshíco Tenochtítlan estaba más vivo que nunca. Por ello, había decidido quemar los cadáveres de sus soldados y sus aliados esa noche, para que el fuego iluminara toda la ciudad y se viera desde cualquier parte del valle.

La gente que aún seguía en sus casas comenzó a salir. Pronto el recinto sagrado quedó completamente lleno, como en los viejos tiempos. Se escuchó el huéhuetl y el teponaztli. Yo me encontraba con los prisioneros, cuyas manos estaban atadas a sus espaldas y sus pescuezos amarrados a un palo de madera en posición horizontal. Si uno intentaba huir, todos tenían que correr con él. Si uno tropezaba, todos tropezaban.

El bravucón ahora estaba con la cabeza agachada. Detrás de él había un hombre joven que lloraba desconsolado. El que estaba detrás de él le ordenó en repetidas ocasiones que se callara; incluso le dio una patada en el trasero. Caminé hacia el joven y contemplé su llanto. Él alzó la mirada por un instante y al notar mi rostro pintado de negro y rojo y mi enorme penacho, comenzó a temblar exasperadamente. Acerqué mi cara a la suya e hice un gesto y un sonido imitando a un jaguar a la defensiva. El joven se orinó. El que estaba detrás de él vio el charco que se formó y negó con la cabeza.

—¡No me mate! —rogó.

El sonido del huéhuetl se escuchó a lo lejos: Pum... Pum... Pum... Era el aviso de que diéramos inicio a la procesión. Entramos de manera lenta. Primero los sacerdotes con sus pebeteros, luego los miembros de la nobleza con sus finos atuendos, sus largos penachos, argollas y rostros pintados; después yo con un ejército. Detrás venían los prisioneros y al final los danzantes, que permanecieron bailando frente al Coatépetl mientras los pipiltin subimos los ciento veinte escalones lentamente. Cuando por fin llegamos, el tlamacazqui dio la orden a los músicos de que se callaran; los danzantes también se detuvieron.

El tlamacazqui hizo los rituales correspondientes a nuestros dioses y luego, siguiendo el protocolo, ofrecí un discurso en el que explicaba al pueblo los motivos por los cuales nos encontrábamos ahí. Ordené que subieran a los primeros prisioneros. Entre ellos estaba el bravucón al que le había cortado la lengua. Mientras subían, el huéhuetl sonaba el pum, pum, pum, tal como si marcara cada uno de sus pasos. Al llegar los dejaron atados del pescuezo mientras otros soldados sostenían fuertemente el palo que los unía, para evitar que intentasen lanzarse al vacío con algunos de los sacerdotes o de los pipiltin.

—Traigan al primero —dijo el tlamacazqui.

Los soldados se acercaron al bravucón y lo desataron.

—No —intervine—, éste será el último. Le toca presenciar la muerte de cada uno de sus compañeros. Tráiganlo para acá —mi dirigí a dos soldados que estaban ahí cerca—. Ustedes, vengan aquí y cuiden que este tipo no se escape.

El bravucón hizo algunos sonidos con la boca llena de sangre.

—¿Qué está diciendo? —preguntó el tlamacazqui.

—No lo sé —respondí casi con burla—. Le corté la lengua hoy en la tarde.

Algunos de los pipiltin y otros soldados comenzaron a reír.

—Prosigamos —dijo el tlamacazqui y se dirigió a la piedra de los sacrificios.

Cuatro soldados llevaron al joven que había implorado que no lo matáramos. Hasta el último momento rogó por piedad. Me miraba con dolor. Los soldados lo acostaron sobre la piedra de los sacrificios con mucha dificultad.

—¡No! —gritaba al mismo tiempo que forcejeaba—. ¡No! ¡No! ¡No!

El bravucón estaba a un lado mío, detenido por dos soldados. De pronto, bajó la cabeza y cerró los ojos. Me dirigí a él y lo obligué a levantar el rostro.

—No dejen que cierre los ojos —ordené a los soldados—. Para violar a nuestras mujeres y matar niños no cerró los ojos ni se puso a llorar, ¿o sí?

El tlamacazqui enterró el cuchillo de pedernal en el abdomen del joven. Sus tripas se desbordaron hacia los lados. Introdujo su mano y cortó las arterias. Los gritos eran ensordecedores. El bravucón hizo todo lo posible por evitar ver aquella escena. El joven no resistió mucho. Antes de que el sacerdote le sacara el corazón, ya había muerto.

El huéhuetl retumbó: pum, pum, pum.

El sacerdote alzó los brazos con el corazón escurriendo sangre, lo mostró a los cuatro puntos cardinales y lo echó al fuego que estaba a un lado suyo. Los otros sacerdotes lanzaron al primer cadáver por los escalones. Se escuchó una gran ovación. Todo el pueblo estaba feliz, porque por fin podían cobrar venganza. Estábamos vengando con unas cuantas vidas las de otras miles.

El bravucón estaba llorando.

—¡Piedad! —suplicó.

Me acerqué a él, puse la mano sobre su cabellera y jalé hacia atrás para que su rostro quedara en dirección al mío:

—No se le puede pedir clemencia a un pueblo que no recibió clemencia —dije y le escupí en la cara.

El siguiente sacrificio me correspondía a mí. Los siguientes al sacerdote. El bravucón vio cómo cada uno de sus compañeros fue sacrificado. Cuando llegó su turno, tomé el cuchillo de pedernal y lo recibí en la piedra de los sacrificios.

—Tu muerte será muy, pero muy lenta —le dije al oído.

El hombre estaba sudando. Intentó liberarse, pero le fue imposible. Me agaché, lo miré al rostro y le sonreí con cinismo. Enterré el cuchillo de pedernal en su abdomen y lo dejé ahí por un instante. Levanté la mirada y observé la ciudad destruida, las calles llenas de cadáveres, el lago teñido de rojo. El hombre gritaba tan fuerte que la gente que estaba abajo se quedó en silencio total.

—¿Ocurre algo? —preguntó el tlamacazqui intrigado por mi actitud.

—No. Estoy pensando en todo el daño que estos hombres le han hecho a nuestra ciudad.

Corté el abdomen del hombre y sus tripas comenzaron a salirse. Me dirigí al tlamacazqui y le hice una pregunta:

—¿Usted cree que Malinche y sus hombres ya se habrán dado cuenta de que estamos sacrificando a sus compañeros?

El bravucón seguía gritando y retorciéndose de dolor. El sacerdote dirigió su mirada hacia el sacrificado y apuntó con el dedo.

—Es cierto, lo había olvidado. —Volví a lo que estaba haciendo.

Saqué las tripas del hombre y metí la mano. Al llegar al corazón lo envolví en mis manos y apreté fuertemente, al mismo tiempo que lo miraba directamente a los ojos.

—Tienes el corazón muy duro.

El hombre tuvo mucha dificultad para respirar y murió en ese momento. Cumplí con el protocolo: le saqué el corazón, lo ofrendé a los dioses, lo eché en el fuego, lancé el cadáver al vacío y ordené que quemaran a todos los muertos. La hoguera que se hizo fue tan grande que se alumbró toda la ciudad y gran parte del lago. No me quedó duda de que Malinche y su gente, en donde quiera que se hallaran, eran conscientes de que estábamos sacrificando a sus compañeros.

## 21

## LUNES 2 DE JULIO DE 1520

Aprovechando que los espías meshícas se habían retirado, al llegar la madrugada, el tecutli Malinche decidió emprender la
huida, dejando las hogueras encendidas —en la cima y alrededor del
templo—, para que quien se acercara creyese que aún seguían ahí.
Asimismo, facilitaba el traslado de los heridos, evitándoles el calor. Su
objetivo era llegar a un pueblo otomí llamado Teocalhueyacan; fueron
guiados por sus aliados tlashcaltecas que habían sobrevivido la noche
de la huida.

Poco antes del alba, fueron descubiertos por una tropa meshíca
que los estaba acechando desde el día anterior. El sonido de las caracolas, los tambores y los gritos alertaron a los habitantes de las pequeñas aldeas colindantes. Se dio una feroz persecución en medio de
una arboleda, que a veces se convertía en llano y a veces en maizales.
Malinche y sus hombres intentaron responder los ataques utilizando
sus trompetas de humo y fuego, pero éstas no funcionaron.

—¡Se ha mojado toda la pólvora! —gritó uno de ellos.

A pesar de la inutilidad de los palos de fuego y la gran cantidad
de hombres heridos e incapaces de luchar, los extranjeros libraron la
mayoría de los ataques. Mucho se debió a la inexperiencia de los nativos en ese tipo de batallas.

Conforme avanzó el día, el número de tropas enemigas se incrementó. En medio de una de tantas persecuciones, los extranjeros entraron a un pequeño pueblo llamado Calacoayan, ubicado en la cima de
un cerro. La gente se había escondido en sus casas. Malinche y sus
hombres bajaron de sus venados gigantes y llamaron a los habitantes.
Al no obtener respuesta, comenzaron a buscar dentro de las casas, donde
descubrieron decenas de hombres, mujeres, ancianos y niños aglo-
merados, invadidos por el pánico. Los soldados de Malinche los observaron en silencio por un instante. Algunos sonrieron con malicia.

—Acá hay más indios —gritó alguien desde otra casa.

Malinche salió, se llevó las manos a la cintura, dirigió la mirada al sol, se secó el sudor de la frente y ordenó que los mataran a todos. Se escucharon los primeros gritos y varias mujeres lograron salir con sus bebés en brazos, pero los hombres de Malinche les dispararon con sus arcos de metal. No se salvó una sola.

Tras robar todo el alimento, bajaron del cerro y llegaron a Tizapan, donde no encontraron a nadie. Los pobladores se habían dado a la fuga, pues les habían informado de la matanza en el pueblo vecino. Malinche y su gente siguieron caminando hasta arribar a Teocalhueyacan, donde fueron bien recibidos por los otomíes.

—Ustedes podrán descansar en el barrio de Otoncalpulco —dijo con mucha hospitalidad el señor de aquel pueblo—. En un momento les daremos de comer a todos ustedes y a sus venados.

Esa misma tarde llegó un grupo de otomíes del pueblo Tliliuhquitépec.

—Tecutli Malinche, hemos venido a ofrecerle nuestro vasallaje. Pueden contar con todas nuestras tropas, casas y alimentos. Usted ordene lo que quiera, pero le rogamos que regrese a Meshíco Tenochtítlan y acabe con ellos. Todos los pueblos vecinos estamos cansados de su tiranía. Cada año es lo mismo. Nosotros vivimos en la pobreza y debemos pagarles tributos, aunque no tengamos para comer.

Malinche escuchó la traducción de la niña Malina, a pesar de que ya había entendido la mayoría del discurso, pues ya había aprendido la lengua en los últimos meses.

—Dice mi tecutli Malinche que les promete hacer justicia. Y para ello les pide que busquen alianzas con todos los pueblos vecinos, para que cuando llegue el momento de acabar con los meshícas no haya ejército que los detenga.

Aquella noche pudieron descansar un poco y curar sus heridas. A la mañana siguiente[84], poco antes de que saliera el sol, se prepararon para seguir su camino hacia Tlashcálan, donde estarían más seguros, ya que mientras estuviesen en territorio meshíca serían perseguidos.

Así fueron sobreviviendo a todo tipo de ataques y trampas, pues aunque la zona estaba muy poblada, la gran mayoría de la gente

---

84   El 3 de julio de 1520.

les temía. Y los que tenían el coraje para ir a pelear eran pocos e incapaces de dañar a los enemigos.

Poco después de mediodía llegaron a Cuauhtítlan, pueblo que encontraron vacío y sin alimentos para robar. Decidieron seguir hasta Tepotzótlan, también abandonado, en donde había un lago colmado de patos, gansos y otras aves. Como aquello garantizaba un banquete, entonces cazaron todo lo que pudieron y lo asaron. Ahí les cayó la noche. Poco después, llegó un hombre, el cual fue arrestado por los soldados. Pidió hablar con su tecutli.

Malinche lo reconoció en cuanto lo tuvo enfrente. Lo miró con desconfianza por un instante. Luego ordenó que lo liberaran.

—Me habéis traicionado —le dijo Malinche.

—No pude informarle porque me estuvieron vigilando todo el tiempo —respondió Opochtli.

—Lo que tengáis que decirme ya me es inservible —dijo Malinche con desdeño.

El hombre suspiró, alzó las cejas y apretó los labios. Malinche comprendió lo que aquello significaba, pero esperó a que el hombre hablara.

—Ya tienen un nuevo tlatoani —expresó con inquietud.

Malinche miró a la niña Malina con reprobación. Las llamas de la fogata bailoteaban al fondo.

—¿Mutezuma tenía más hijos legítimos?

—No, mi señor, no que yo sepa —dijo ella con temor.

—El nuevo tlatoani es el hermano de Motecuzoma —interrumpió Opochtli—. Se llama Cuauhtláhuac.

—¿Cuetravacin? —Malinche miró a sus hombres de confianza—. ¿No es al que liberamos y prometió que abriría el mercado de Tlatelolco?

—Sí —respondieron todos—. El mismo que nos ha atacado en la cima de su templo mayor.

—Pero ¿no se supone que deben elegir a uno de los hijos del tlatoani? —preguntó Malinche con enfado.

—No —respondió Opochtli.

—¿Por qué no me habéis explicado eso? —le preguntó Malinche a la niña Malina, casi gritando.

—Usted nunca me lo preguntó. —Se encogió de hombros.

—¡No tengo por qué preguntaros algo que ignoro! ¡Es vuestra obligación decirme todo lo que sabéis!

La niña Malina se agachó atemorizada.

—¡Maldito! —gritó Malinche—. ¡Debí haberlo matado como a Cacama!

—Por eso Mutezuma insistió tanto en que liberara a ese perro —dijo Tonátiuh.

—¿Y qué me pueden decir de ese Cuetravacin? —preguntó Malinche.

—Cuauhtláhuac fue señor de Iztapalapan...

—Eso ya lo sé. ¿Cómo es?

—Es un poco más alto que yo...

—¡No! ¡Habladme de su forma de ser!

El hombre suspiró, se mantuvo pensativo por un instante y respondió.

—Es un hombre astuto, arrebatado e impaciente. En las conversaciones le quita la palabra a la gente. Termina las frases sin escuchar el argumento de otros. Se anticipa a todo, por lo que en ocasiones se equivoca. Le preocupa muchísimo lo que los demás piensen de él; además, le molesta saber que a otros les vaya mejor, que tengan algo que él no, o que hagan algo y no lo tomen en cuenta, que no sea parte de los grupos o que lo dejen fuera en las pláticas. Supongo que ahora que es huey tlatoani no tendrá esos problemas. Le gusta que las cosas se hagan de inmediato. Le molesta que se tomen decisiones sin su consentimiento. Hace valer su autoridad y deja callados a muchos en diversas ocasiones. No obstante, le preocupa su familia y su gente. Quiere rescatar a los meshícas. Le gusta mucho la arquitectura, la poesía y la jardinería.

—¿Y qué ha hecho desde que lo nombraron huey tlatoani?

—Ordenó que mataran a todos los que estuviésemos a favor de ustedes, entre ellos a Cipocatli y a Teucuecuenotzin, hijos de Motecuzuma y de Ashayácatl. A otros nos mandó espiar. También organizó el ataque contra ustedes la noche de su huida.

—¿Cuál huida? —Malinche estaba muy molesto—. Nosotros no huimos. —Le dio la espalda, suspiró, bajó la cabeza, se mantuvo en silencio un rato—. Decidme lo que vuestros... —cerró los ojos e hizo un mueca—, esos perros hicieron aquella noche triste.

—Cuauhtláhuac le ordenó al pueblo que recuperara a todos los muertos en el lago y los acomodaran en pilas. Los organizaron y separaron. Asimismo, se llevó a cabo la limpieza de la ciudad, la reinstalación de los dioses y la reparación de los templos importantes. Después llevó a cabo una ceremonia en la que sacrificaron a sus soldados.

—¿Eso era?

—¿Qué?

—Anoche vimos una gran lumbrera.

—Los quemaron a todos. De igual forma, ha enviado embajadores a todos los pueblos vecinos para solicitarles su apoyo. A muchos de los pueblos vasallos les han prometido perdonarles los impuestos por dos años.

—¿A qué habéis venido?

—A confirmarle mi lealtad.

—¿De qué me sirve?

—Si no le interesa me retiro.

—¿Creéis que os voy a dejar ir así... sin más?

—Usted es el que me ha dicho que no le sirvo.

—Dadme una razón para creer en vos. ¿Cómo sé que no sois un espía?

—Los espías están allá afuera, escondidos entre los árboles. Yo vine a hablar con usted. Habíamos hecho un pacto.

—Eso fue cuando Mutezuma estaba vivo.

—Podemos hacer otro.

—¿Qué queréis ahora?

—Ser huey tlatoani —respondió Opochtli con la frente en alto. Malinche sonrió y luego soltó una carcajada.

—¿Cómo pensáis lograr eso?

—Muy sencillo. Regresen a la ciudad isla.

—¿Así nada más?

—Yo me he encargado de que más de la mitad de los pipiltin se opongan a las decisiones de Cuauhtláhuac. Créame, no le ha sido fácil gobernar. Si yo quiero, puedo conseguir más.

—Bien —respondió Malinche—. Nosotros os ayudaremos a derrocar a ese Cuetravacin, seréis jurado tlatoani, nos darás el oro que nos pertenece y nos marcharemos de aquí, para siempre. ¿Estáis de acuerdo?

Luego de aquel pacto, Opochtli se retiró y los extranjeros decidieron dormir un poco, dejando algunos centinelas. Partirían en la madrugada. Los siguientes días transcurrieron de la misma forma: pasaron por las lagunas de Tzompanco, Citlaltépec y Shóloc, otras poblaciones abandonadas, donde pernoctaron y siguieron su camino poco antes del amanecer. De igual manera, fueron atacados por algunos habitantes y ellos, en respuesta, quemaron casas y templos.

Iban sedientos, hambrientos, asoleados, cansados y heridos. De pronto, uno de los hombres de Malinche notó, muy a lo lejos, algunas siluetas, apenas visibles, sobre la cima de un cerro ubicado frente a ellos. Algunos aseguraron que se trataba de aliados; otros expresaron su temor a que fuesen enemigos. Malinche decidió averiguar y ordenó a cinco hombres que lo acompañaran en sus venados gigantes mientras los demás esperaban. Hicieron que sus animales galoparan lo más rápido posible. Conforme se fueron acercando, percibieron con más claridad que se trataba de cinco hombres con flechas y lanzas. Uno de ellos le sugirió a Malinche que volvieran, pero él quiso ver qué había detrás del cerro. Siguió cabalgando y encontró un pueblo mucho mayor a los que habían visto; también descubrió que los estaban esperando miles de soldados enfurecidos. En cuanto se encontraron sus miradas, los extranjeros dieron media vuelta y huyeron a todo galope, aquellos los siguieron con piedras, flechas, lanzas y macahuitles.

No los pudieron alcanzar debido a que sus venados gigantes eran mucho más rápidos. Al llegar a donde habían dejado a los otros, les gritaron que huyeran. Se habían confiado y descuidado la retaguardia. Apenas si tuvieron tiempo de incorporarse y correr. Los habitantes del pueblo llegaron en ese momento. La lluvia de piedras, lanzas y flechas los alcanzó y muchos fueron heridos, incluyendo a Malinche. Cinco de ellos quedaron en estado grave y tres murieron. Tres de los venados gigantes cayeron al suelo, aunque luego se levantaron. Otro murió a manos de una docena de hombres enfurecidos que lo destazaron con sus macahuitles.

Aquella huida los dejó en muy mal estado. Muchos estuvieron a punto de renunciar. Otros tantos le exigían a Malinche que los llevara de vuelta a las costas totonacas; unos más insistían en continuar con su guerra. Ese día no consiguieron agua ni alimento. De pronto, uno sacó su cuchillo y se lo enterró a un cadáver que iba sobre un venado gigante, le abrió el abdomen, le sacó el hígado y se lo comió crudo. Sus compañeros no se atrevieron a intervenir.

Apenas se enteró Malinche —que iba a la delantera del ejército—, se regresó montado en su venado gigante. Al llegar y corroborar lo que uno de sus hombres le había informado, enfureció, bajó del animal y se fue a golpes contra el hombre que tenía la boca y las manos llenas de sangre. El hombre no respondió. Ambos cayeron al piso. Malinche se montó sobre el abdomen del hombre y lo golpeó en la cara. En ese instante, llegaron tres de los hombres más cercanos a Malinche y lo detuvieron. Discutieron por un largo rato. Malinche exigió que lo ahorcaran por haberse comido el hígado de uno de sus soldados. Argumentó que jamás permitiría que sus hombres se comieran entre sí, que su dios no aprobaba esas barbaries, que habían llegado a esas tierras para erradicar el canibalismo y el salvajismo. Al hombre lo llevaron al árbol más cercano, le pusieron una soga en el cuello y le preguntaron si se había arrepentido, a lo cual respondió que no, que no le importaba morir de esa manera y que prefería eso a morir de hambre o en la piedra de los sacrificios. Entonces, Malinche le perdonó la vida.

Más tarde uno de los venados gigantes murió tras las heridas recibidas. Malinche dijo a todos sus hombres que debían agradecer a su dios por el milagro, pues de una u otra forma siempre les enviaba alimento. Esa tarde lo asaron y se lo comieron, incluida la piel, pues al ser tantos las porciones resultaron pequeñas e insuficientes, a tal punto que hubo varios altercados. Malinche tuvo que intervenir en dos ocasiones, pues ya habían llegado a los golpes y amenazas.

Poco antes de que anocheciera, fueron atacados por una tropa meshíca, sin embargo, lograron repelerlos. Llegaron a Aztaquemecan y luego a Zacamulco, ambos abandonados por sus habitantes. Pasaron la noche en un pequeño templo que se hallaba cerca de ahí.

Al día siguiente[85], el trayecto se tornó más complicado, era cuesta arriba, desde Otompan hasta Tlashcálan. Malinche había ordenado a un par de hombres que se adelantaran para que les dieran aviso en caso de alguna emboscada. Poco después del mediodía, volvieron apurados. Del otro lado del cerro se hallaban cientos de soldados vestidos de blanco, formados en varios grupos. Los capitanes eran los únicos que llevaban penachos muy grandes, hermosos atuendos y joyas. Venían de Otompan, Calpolalpan y Teotihuacan y otros pueblos vecinos, en respuesta a la solicitud de auxilio enviada por el huey tlatoani Cuauhtláhuac.

El tecutli Malinche se dirigió a sus hombres, montado en su venado gigante. Debido a que tenía muy poco tiempo, habló rápido y con exaltación. Les dijo que dejaran esa batalla a su dios, vírgenes y santos. Luego les dio instrucciones de cómo arremeter al enemigo. Los que iban sobre venados gigantes correrían al centro de las tropas para separar a los guerreros. De igual manera, les exigió que se mantuviesen en grupos, con sus lanzas a la altura de los rostros de los enemigos. Los que llevaban largos cuchillos de plata debían atacar directo al vientre.

Las tropas enemigas se acercaron lentamente hasta llegar a una distancia en la que ninguno de los dos ejércitos podría hacerse daño. Del centro salió unos de los capitanes con su hermoso penacho, rico atuendo y joyas en orejas, labios, brazos y piernas.

—¡Tecutli Malinche, en nombre de Cuauhtláhuac, tlatoani de Meshíco Tenochtítlan, te declaro la guerra!

Aquel capitán y sus soldados aún no sabían que los extranjeros no combatían bajo el código de honor de los pueblos locales[86] y, por lo mismo, se llevaron una gran sorpresa al ver que el ejército de Malinche no esperó para atacarlos, por delante iban los soldados tlashcaltecas, hueshotzincas y totonacos. Los de Otompan, Calpolalpan y Teotihuacan respondieron lanzando piedras, dardos, lanzas y flechas. Conforme se fueron acercando, se encontraron con un ejército

---

85   Sábado 7 de julio de 1520.
86   Declarar la guerra, ofrecer armamento, comida y mujeres para que les cocinaran y, llegado el momento de la batalla, capturar el mayor número de soldados enemigos.

implacable y casi indestructible, pues por más que les lanzaban proyectiles, parecían no ser heridos. Por primera vez comprendían eso que tanto habían escuchado sobre los trajes de metal que los protegían. Cuando el combate fue cuerpo a cuerpo, vieron cómo los extranjeros cortaban con sus largos cuchillos de plata brazos y cuellos con gran facilidad. También sufrieron dolorosas patadas de los venados gigantes. En vano intentaron derribar a esos animales, abrazándose de sus patas y sus cuellos. Al único que lograron derribar fue el del tecutli Malinche, quien apurado corrió hacia otro venado gigante, lo montó y atacó a los soldados enemigos con su largo cuchillo de plata.

La batalla se prolongó por alrededor de cinco horas. Cuando ya casi todos los tlashcaltecas, hueshotzincas y totonacas habían muerto, el tecutli Malinche y tres de sus hombres, montados en sus venados gigantes, corrieron a todo galope —derribando a todos los soldados que se les interponían en su camino— hacia el comandante de las tropas, que llevaba un gran penacho, un escudo de oro y plata, una bandera y una insignia en la espalda, como una red de oro que sobresalía de su cabeza. Uno de los hombres de Malinche llegó hasta el capitán y le cortó la cabeza con lo cual, obedeciendo a las costumbres locales, la batalla se daba por terminada. El ejército perdedor tenía dos opciones: entregarse o abandonar el campo. En este caso, escaparon dejando a los heridos. Sobrevivieron muy pocos soldados aliados y alrededor de cuatrocientos cuarenta extranjeros y veinte venados gigantes.

El peor error de los soldados locales fue intentar capturarlos vivos para luego sacrificarlos en sus templos. La inexperiencia en este tipo de batallas, una vez más, hizo que el ejército de Malinche lograra derrotarlos, a pesar de que los superaban en número.

## 22

Recibí la noticia de la derrota en Otompan con enojo, principalmente porque había mandado un ejército de refuerzo, y éste se regresó a Meshíco Tenochtítlan antes de apoyar en la batalla.

—Mataron al capitán —me dijeron preocupados y atemorizados.

—¡Eso no los justifica! —respondí enfurecido.

Se quedaron en silencio un rato.

—Seguimos el protocolo, mi señor.

—¡No! ¡No! —grité—. ¡No sigan el protocolo! ¡Si matan al capitán, ustedes siguen luchando, si matan a mil soldados, ustedes siguen luchando! Las guerras con estos hombres no son iguales. Ellos no vienen a capturar esclavos, ellos no se rendirán si matan a su capitán, ellos no quieren sacrificarlos, ellos vienen a matarlos, vienen a robarnos todo.

—Creí que venían por oro y plata.

—¡Mentira! Motecuzoma les dio todo el oro que pidieron y no les fue suficiente. Robaron todas las joyas de nuestros tlatoque y ni con eso saciaron su codicia.

—Le ruego que nos perdone. —Se arrodillaron y pusieron sus frentes en el piso.

—¡No hagan eso!

Desde que fui nombrado huey tlatoani ordené que no mostraran aquella sumisión que Motecuzoma había impuesto en su gobierno. Aun así, muchos seguían haciéndolo. La humillación continuaba impregnada en el pueblo meshíca. Entendía perfectamente las razones de mi hermano al decir en alguna ocasión que «si el pueblo puede ver a su gobernante por todas partes, hablarle, tocarlo y decirle lo que le venga en gana, incluso insultarlo, es simplemente uno más. Pero si es inalcanzable y desconocido físicamente, se vuelve temido y reverenciado», pero en mis circunstancias no era nada conveniente. Teníamos al enemigo encima y darme esos lujos era un peligro para mí. Necesitaba que la gente me reconociera y no me faltara al respeto en las calles como había ocurrido días atrás.

—¿Qué más me pueden decir sobre Malinche y su gente? ¿Qué hicieron?

—Celebraron —respondió uno de los espías—. Luego siguieron su camino rumbo a Tlashcálan. Fueron atacados por habitantes de los pueblos cercanos, pero sin daños mayores, ya que eran pocos y únicamente les lanzaban piedras sin acercarse lo suficiente. Pasaron las siguientes noches en los pueblos cercanos, comiendo lo que cazaban y, finalmente, llegaron a Shaltelolco, donde fueron recibidos por Citlalquiautzin, quien les dio un gran banquete a nombre de los señores de Tlashcálan. Al día siguiente, continuaron su trayecto hasta Hueyotlipan, donde ya no pudimos entrar por ser territorio tlashcalteca.

—¿Intentaron entrar de alguna manera?

—Sí, enviamos a dos soldados disfrazados, pero fueron reconocidos y arrestados. En este momento Tlashcálan está harto vigilada.

—Busquen la forma de entrar.

Se quedaron en silencio, esperando.

—Ya se pueden retirar.

Enseguida uno de los pipiltin me avisó que los embajadores estaban de regreso. Les había encargado que fueran a todos los pueblos subyugados y les prometieran exenciones de tributo a cambio de que auxiliaran con sus tropas a Meshíco Tenochtítlan. A los pueblos independientes debían entregarles obsequios y ofrecerles alianzas.

—Mi señor —dijo el primero—, venimos a avisarle que hemos cumplido con su mandato... —hizo una pausa y se agachó avergonzado—. No pudimos convencer a los señores de algunos pueblos.

—¿Pueblos vasallos o independientes?

—Ambos. —No se atrevió a levantar la cara.

—¿Qué les dijeron?

—Lo que usted nos instruyó. Les informamos de la destrucción que hicieron los extranjeros en nuestra ciudad y dentro de las Casas Viejas, los templos y casas que quemaron, los dioses que derrumbaron, las mujeres que violaron, los niños que degollaron, de la matanza en las fiestas del Tóshcatl y la noche de la huida. Asimismo, les advertimos que si no nos ayudaban, muy pronto serían víctimas de Malinche y su gente.

—¿Y qué les respondieron?

—Los pueblos vasallos dijeron que estaban bien informados de que Malinche traía un mensaje de su tlatoani Carlos Quinto y que venían a acabar con la tiranía de los tenoshcas. Los pueblos independientes manifestaron que no nos necesitaban y que podrían pelear contra los extranjeros. Solamente unos cuantos le mandan decir que están dispuestos a enviar lo que usted solicite.

Enfurecí, les grité que eran unos incompetentes y les ordené a todos que salieran de la sala. Permanecí en soledad por casi medio día. Hasta ese momento comprendí a Motecuzoma, que en los últimos años de su gobierno solía pasar días en soledad; e incluso se recluyó más cuando llegaron las primeras noticias del arribo de los extranjeros a las costas totonacas. Pensar requiere de mucha soledad. La soledad se vuelve inútil si no se ocupa para pensar.

Pensé mucho. Pensé en nuestro presente y en nuestro pasado como sociedad, como gobierno, como religión, como guerreros. El pueblo meshíca fue excesivamente injusto, intolerante, abusivo y represivo. La ofensa a un meshíca en tierras foráneas era el agravio de todo Tenochtítlan. Bastaba cualquier excusa —la muerte de un meshíca, el insulto a algún recaudador de impuestos, la negación del pago de tributos, la prohibición de entrada a algún pueblo— para que el tlatoani en turno enviara un ejército a castigarlos. Si las tropas tenoshcas entraban a un pueblo y abusaban de sus mujeres o robaban animales, plumas, joyas o mujeres, nadie los castigaba. Ahora todos esos pueblos, que por años habían mostrado sumisión, adoptaban la desobediencia y el orgullo. ¿O acaso es dignidad? Nos estábamos quedando solos.

Transcurridos más de sesenta días desde la salida de los extranjeros, las calles se encontraban limpias y sin cadáveres. Había obreros reconstruyendo los templos y edificios más importantes. Asimismo, habíamos reinstaurado el tianquiztli de Tlatelolco, la pesca, las cosechas, las labores públicas y religiosas y el comercio interno. El ánimo en la población era distinto, a pesar del duelo. Los rostros eran diferentes. Los niños volvieron a las calles y las mujeres adornaron sus casas con flores. Los ancianos se sentaban afuera de sus casas y platicaban con los vecinos. Muchos se confiaron e interpretaron eso como un florecimiento, creyeron que con la salida de los extranjeros todo había terminado. Las guerras transforman a los pueblos: a algunos para bien y a otros para mal, todo depende de la forma en que interpreten su derrota o su victoria. Los meshícas se confiaron. Tantas victorias los cegaron. Creyeron que ésta era igual a las anteriores. No obstante, yo estaba consciente de que negarles el placer de la victoria también era negarles la posibilidad de un mejor porvenir. Si les mostraba mis temores, se hundirían en el fracaso. Las debilidades de un líder se vuelven las flaquezas de su pueblo.

Estaba a punto de llegar a las Casas Viejas, cuando una de mis concubinas me interceptó. Había una gran pena en su rostro, así como gran apuro.

—Mi señor. —Me tomó de la mano derecha y se arrodilló—. Le ruego que me ayude. —Un río de lágrimas se desbordó.

—¿Qué sucede?

—Mi hijo se está muriendo... —Lloró desconsolada.

—Tranquilízate. —La ayudé a que se levantara—. ¿Qué tiene?

—Está muy enfermo.

—Vamos —dije y caminé con ella a las Casas Nuevas.

Al llegar nos dirigimos a una de las habitaciones donde se encontraba el menor de mis hijos, un joven de diecisiete años. Los demás ya eran adultos y tenían hijos.

—Mi señor, mire, mire, mire a Huitzilíhuitl, le salieron estos granos en todo el cuerpo.

Me acerqué y observé su piel saturada de esas erupciones con un hundimiento en el centro, muy similar al de un ombligo.

—¿Qué es esto? —pregunté.

—No sé, le salieron de repente. —Lloraba desconsolada—. Nada se las cura.

—¿Desde cuándo?

—Hace cuatro días.

—¿Ya lo atendió algún chamán?

—Sí.

—Daré la orden para que venga otro. —Me di media vuelta y salí de la habitación.

—¿Eso es todo? —Me alcanzó en el pasillo.

Me detuve en ese momento y esperé a que ella hablara de nuevo.

—Su hijo se está muriendo y usted se va, así nada más. ¿Tan poco le importa la vida de Huitzilíhuitl? Tiene tantos hijos que perder a uno no importa.

Me di media vuelta y la miré a los ojos.

—En otras circunstancias habría permanecido toda la noche junto a él, pero tengo demasiados asuntos pendientes. Él no es el único que está muriendo. Muchos más perdieron la vida la noche del Tóshcatl y en las batallas contra los barbudos. El lago se pintó de rojo, los cadáveres flotaron podridos en el agua por días. Las mujeres lloraron día y noche en busca de sus hijos. Se nos vino una hambruna devastadora. Y tú aseguras que la vida de mi hijo no me interesa. Cuando mis antecesores fueron electos, tuvieron el tiempo suficiente para celebrar e incluso preparar una guerra florida para demostrar su valentía y destreza en el campo de batalla. Yo tengo una verdadera guerra frente a mí.

—Perdóneme. —Se arrodilló ante mí y me tomó la mano.

Fue entonces que me percaté de que ella tenía en el rostro y los brazos las mismas erupciones en la piel.

Llegó a mi memoria la ocasión en que le expresé a Motecuzoma mi desacuerdo con el precepto de que nadie debía mirar al huey tlatoani directo a los ojos y, peor aún, intentar tocarlo. Él respondió en un tono bromista: «Eso qué importa, por lo menos evitaré que me contagien alguna enfermedad[87]».

Solté la mano de la mujer con mucha discreción.

—¿Tú también tienes los mismos síntomas?

—¡Sí! —balbuceó.

—Ve a esa habitación, enciérrate con tu hijo, no hables y no toques a nadie —le dije rápidamente.

—Pero...

—¡Es una orden! —le grité—. ¡Obedece!

—Sí. —Agachó la cabeza y se fue llorando atormentada.

---

87  Antes de la llegada de los españoles, en Mesoamérica hubo epidemias de disentería, influenza, neumonía, reumatismo, artritis y tuberculosis (*Arqueología Mexicana*, núm. 74).

Me dirigí a la casa del chamán. Estaba lavando con orina una herida en la cabeza de un hombre. Una mujer lo estaba ayudando. Luego le puso matlashíhuitl, para detener la hemorragia, y baba de maguey, para la cicatrización.

—Veo que ya se siente mejor —dijo el chamán al mirarme de reojo por unos segundos. Luego dirigió su atención a su paciente.

—¿Qué es esto? —pregunté al asomarme a un pequeño pocillo en el que hervía un líquido.

—Se llama *huitztli* y sirve para aliviar el dolor y el salpullido que produce la picadura de una araña venenosa.

—¿Y esto otro?

—Eso es una raíz molida, llamada *cucucpatli*. Se aplica después de reacomodar los huesos dislocados.

—¿Y para las ronchas?

—Ya terminamos —le dijo al paciente y luego se dirigió a la mujer que lo había ayudado—. Mañana nada más le lava con agua y le pone la baba de maguey para la cicatrización.

El chamán se puso de pie y caminó hacia mí, muy seriamente.

—Acompáñeme —dijo y me guio a paso lento, sin hablar, al fondo de su casa. Llegamos a una salida que daba a la parte trasera. Caminamos hasta el final del patio lleno de plantas. Se detuvo frente a mí y luego desvió su mirada hacia unas hortalizas—. ¿Qué tipo de ronchas?

—Una mujer llegó a mí hace un instante rogándome que le ayudase. Toda ella estaba llena de ronchas. Eran abultamientos, con un hundimiento en el centro que les hace parecer ombligos.

El chamán se mostró preocupado. Miraba hacia abajo, al mismo tiempo que ayudaba a un insecto a subir a la hoja de una planta.

—Sé de lo que me está hablando.

—¿Podría ir a ver a esa mujer?

—No —respondió tajante—. No sé qué enfermedad es ni cómo curarla. Hay más de sesenta casos en la ciudad, entre ellos un chamán que se contagió.

—Imaginé que sería contagioso. ¿Cómo los está tratando?

—Le pedí a los enfermos y familiares que se aíslen. Les he estado enviando algunas medicinas, esperando que alguna surta efecto.

Un mensajero se las deja cerca de sus casas, luego ellos salen en las noches, cuando no hay nadie, y las toman junto con sus alimentos.

—¿Qué otros síntomas tienen?

—Entre los primeros doce y diecisiete días no se presentan síntomas, incluso los infectados se sienten bien. Durante este lapso, las personas no son contagiosas. Pero después sienten fiebre, malestar, vómitos, dolor de cabeza y cuerpo, durante dos o tres días. Los días siguientes aparecen manchas rojas en la lengua y boca, que posteriormente se convierten en llagas que se abren y esparcen un líquido en boca y garganta. Cuando eso sucede, comienzan a salir las erupciones en cara, brazos, piernas, pies y manos, en un tiempo de veinticuatro horas. Baja la fiebre y el paciente empieza a sentirse mejor. Sin embargo, tres días más tarde las erupciones se transforman en abultamientos, que al cuarto día se llenan de un líquido espeso y opaco. Entonces, aparece ese hundimiento en el centro. Sube la fiebre y se convierten en pústulas, y finalmente en costras.

—¿Cuántas personas han muerto de eso?

—Hasta el momento cuatro. —El chamán guardó silencio.

—Y los otros pacientes, ¿cómo están?

—Algunos en muy mal estado.

En ese momento bajé la mirada y me crucé de brazos. El chamán me observó con atención y preguntó:

—¿Sucede algo?

—Uno de mis hijos está enfermo.

—¿Por qué no me dijo antes? —preguntó con rabia y dio varios pasos hacia atrás—. Yo trato con enfermos todos los días. Usted trata con soldados todos los días. ¿Entiende eso? ¿Sabe que vamos a contagiar a miles de meshícas?

—Lo sé, lo sé y me siento muy preocupado y avergonzado por no haber tomado las precauciones necesarias, pero ella llegó así, abruptamente y me tomó del brazo y me rogó que la ayudara. Lo que menos imaginé fue que estuviese enferma y mi hijo también. Ya luego me explicó lo que estaba sucediendo y me llevó a verlo. El problema es que están en las Casas Nuevas, con todas las concubinas y…

—No —me interrumpió el chamán—. El problema es que no sabemos cuánta gente ya está infectada. Como le dije hace un momento, las primeras dos semanas no hay síntomas.

Aquella noche tuve mucha dificultad para conciliar el sueño. Cuando por fin me quedé dormido, soñé que todo el pueblo estaba contagiado. La gente se rascaba brazos, caras y piernas con desesperación. Los únicos que no estábamos infectados éramos Malinche y yo. De pronto, nos encontrábamos en medio de la calzada de Tlacopan. Alrededor de nosotros se arrastraban centenares de hombres y mujeres desnudos, con los cuerpos llenos de ronchas, de las cuales se chorreaba pus y sangre. «Ayúdenos, por piedad», suplicaban. Sus rostros estaban desfigurados por las pústulas. En el lago, teñido de rojo, flotaban miles de cadáveres podridos. Malinche los contemplaba con placer. Detrás de él, podía ver la ciudad incendiándose. Había una gigantesca nube de humo sobre la cima del Coatépetl. Era de día, pero el cielo estaba colmado de nubes tan grises que parecían una extensión del humo que exhalaba la ciudad. Entonces, Malinche se quitaba el casco de metal y me miraba de frente: «Se terminó, Cuauhtláhuac». Miré en varias direcciones y no encontré más que cadáveres flotando en el agua roja, y moribundos arrastrándose hacia mí. Algunos caían al agua y se hundían como rocas. El desamparo jamás dolió tanto. «Se acabó, Cuauhtláhuac», repetía Malinche, al tiempo que se quitaba su chaleco de metal y lo arrojaba al lago. «No», respondí y noté que en mi mano derecha tenía un macáhuitl. «No queda nadie más que tú y yo», dijo, y sacó su largo cuchillo de metal y con la pierna derecha empujó a unos niños que se arrastraban hacia él. «Ayúdenos, ayúdenos», insistían. Malinche degolló a una mujer que se puso de rodillas frente a él. La cabeza cayó sobre la calzada y la mujer se apresuró a buscarla. Todos los cadáveres que flotaban sobre el lago se movieron, y como si la profundidad fuese mínima, se pusieron de pie y comenzaron a caminar sin destino. El agua les llegaba a las pantorrillas. Alcé el macáhuitl y caminé hacia Malinche, quien sin mucho esfuerzo lo detuvo con su largo cuchillo de plata. Intenté darle un golpe a la altura del abdomen, pero también logró detenerlo. Le lancé otro golpe hacia la cara, luego a su pecho, hombros, vientre y piernas; todos los detuvo o esquivó con destreza. Sonrió. Malinche no se veía preocupado. Yo sudaba. Me faltaba la respiración. Caminó hacia mí, levantó su pie lentamente y lo puso sobre mi pecho. No sé por qué no me moví ni por qué no lo impedí. Era un buen momento para cortarle la pierna, pero no hice nada. En cambio, él me empujó sin hacer el más mínimo esfuerzo. Caí de espaldas sobre varios hombres y mujeres que se arrastraban. «Ya se terminó, Cuauhtláhuac, ¿ves eso? —señaló la ciudad en llamas—, ya no hay más Temistitan». Noté que ya no tenía el macáhuitl en la mano. No recuerdo que se me haya caído. Simplemente desapareció de la misma forma en que apareció. Me incorporé y noté que todos los cadáveres que caminaban sobre el lago se iban alejando, al igual que las personas que se habían arrastrado alrededor de nosotros. Malinche y yo nos habíamos quedado solos en la calzada de Tlacopan. En ese momento sentí mucha comezón en la espalda. Observé mis brazos y piernas y los descubrí llenos de ronchas. «Se acabó, Cuauhtláhuac», Malinche dejó caer su largo cuchillo de plata y caminó hacia mí. Pensé que me iba a patear, pero se siguió rumbo a Tlacopan. «Se acabó, Cuauhtláhuac, se acabó», continuó diciendo hasta que su voz se volvió inaudible.

## 23

Malinche y su gente llegaron a Hueyotlipán, donde Mashishcatzin, Shicoténcatl Huehue (el viejo), Tlehuesholotzin, Citlalpopocatzin y gran cantidad de principales de Tlashcálan y Hueshotzinco les llevaron alimentos y otros regalos valiosos.

—Mi señor —dijo Mashishcatzin—, estamos enterados de todas las tragedias por las que han tenido que pasar, pero nosotros le ofrecimos a Juan Páez[88] cien mil guerreros para que los auxiliaran, pero él dijo que ustedes eran demasiados y que no los necesitaban.

Malinche ocultó su enojo.

—También enviamos tropas a Otompan —continuó Mashishcatzin—, pero nuestros soldados llegaron demasiado tarde, pues la batalla había terminado, así que decidieron volver a Tlashcálan.

—Gracias. —Malinche evitó los reclamos—. Sé que vosotros siempre han estado dispuestos a dar vuestras vidas por nosotros.

—Confíe en que estaremos con ustedes hasta el fin de nuestras vidas. Acabaremos con la tiranía de los meshícas.

—¡Sí! —respondió jubiloso—. ¡Acabaremos con aquellos tiranos! ¡Traeremos justicia a esta tierra!

—¡No más abusos! —respondieron muchos al unísono.

Todos celebraron con gritos alegres.

—Sabemos que vienen cansados —dijo Shicoténcatl Huehue—, por eso deben reposar. Cuando estén listos podremos irnos a Tlashcálan.

Días después partieron a su destino final, a cuatro leguas de distancia (22 kilómetros). Iban escoltados por un ejército tlashcalteca y cientos de cargadores que llevaban a los heridos en hamacas. Aún no entraban a la Tlashcálan, cuando miles de personas salieron a recibirlos. Los ánimos cambiaron cuando descubrieron que la mayoría de

88 Juan Páez había permanecido en Tlaxcala al mando de ochenta hombres desde antes de que Cortés y sus hombres llegaran por primera vez a México-Tenochtitlan.

los soldados de aquella tierra habían muerto. Cientos de mujeres caminaban entre los soldados que iban llegando y les preguntaban por sus hijos, sus esposos, sus sobrinos, sus nietos. Hubo llanto y lamentos por todas partes. El ambiente era de tristeza total. Nadie culpó a Malinche de aquella tragedia.

—¡Mataremos a todos los meshícas! —gritó un tlashcalteca.

—¡Sí! ¡Debemos acabar con todos!

La gente enardeció, alzaron sus puños y gritaron al unísono.

—¡Muerte a los meshícas!

Malinche y su gente apoyaron aquella gritería. Siguieron caminando hacia el interior de la ciudad, donde miles de personas se sumaron a la bulla: «¡Que mueran los meshícas!». La gente se acercaba a ellos para tocarlos y pedirles que acabaran con sus enemigos. El recorrido fue muy lento. Al llegar al palacio de Mashishcatzin, fueron recibidos por todos los pipiltin y se les ofreció un banquete. Más tarde se llevó a cabo una celebración con música y danzas, en la que participaron todos los habitantes.

Mientras platicaban, danzaban y bebían, Shicoténcatl Ashayacatzin (hijo) se acercó a Malinche, sin mirarlo de frente. Ambos observaban detenidamente la celebración.

—Me dio mucha alegría saber que los meshícas los derrotaron.

La niña Malina tradujo en ese momento. Malinche volteó hacia Shicoténcatl Ashayacatzin sin decir una palabra.

—No piense que estoy a favor de los meshícas. Por el contrario. Pero conozco a mis enemigos. Y, por ello, confío más en ellos que en ustedes.

Malinche le dio la espalda a Shicoténcatl Ashayacatzin y se alejó con la niña Malina a un lado.

—No es necesario que vaya a informarle a mi padre —advirtió Shicoténcatl Ashayacatzin—. Él sabe cuánto desconfío de ustedes.

Al caer la noche, llevaron a Malinche a descansar al palacio de Mashishcatzin mientras que al resto de sus hombres se les alojó en las casas principales y en las de otras familias importantes.

A la mañana siguiente, la celebración de los tlashcaltecas continuó. Malinche aprovechó aquella distracción para reunir a todos sus hombres. Ahí, frente a todos, le reclamó a Juan Páez.

—¡Vos sois un imbécil! —gritó—. ¡Cobarde! ¡Traidor! —Lo golpeó—. ¡Dejasteis morir a cientos de nuestros hermanos! ¡No merecéis pertenecer a mis tropas! ¡Largaos de esta ciudad! ¡Si os vuelvo a ver, ordenaré que os ahorquen!

—¿Qué?

—¡Habéis escuchado bien!

—¿A dónde queréis que vaya?

—¡No me importa!

El hombre salió de Tlashcálan y nunca más se volvió a saber de él.

Esa misma tarde, mientras comían, Malinche, sentado y rodeado de sus hombres de confianza, se puso de pie, argumentando que iría a orinar, y tras dar apenas cuatro pasos, se desmayó. Pronto acudió más de una docena de hombres para ayudarlo. Se armó un alboroto, pues los extranjeros creyeron que los tlashcaltecas lo habían envenenado. Uno de los barbudos, que era médico, se acercó y lo revisó. Más tarde aseguró que estaba vivo y que no había sido envenenado.

Traía una herida muy grave en la cabeza que no se había atendido desde la batalla de Otompan. Se canceló la celebración y fue revisado por los chamanes, quienes le extirparon fragmentos de hueso proveniente del arma que lo había herido. De igual forma, intentaron sacarle trozos de pedernal de una flecha que se le habían quedado incrustados en la mano, pero les fue imposible. Nunca más pudo utilizar dos dedos de la mano izquierda. Aunque los chamanes no dieron muchas esperanzas, Malinche se recuperó.

Días después llegaron a Tlashcálan seis embajadores de Meshíco Tenochtítlan. Traían regalos (mantas finas, plumas, sal, oro y plata) para la nobleza. Fueron bien recibidos —como dictaba el protocolo— por los cuatro señores principales de Tlashcálan: Mashishcatzin, tecutli de Ocotelolco; Shicoténcatl Huehue de Tizátlan; Tlehuesholotzin de Tepetícpac; y Citlalpopocatzin de Quiahuíztlan.

—Traemos un mensaje en nombre de nuestro huey tlatoani Cuauhtláhuac.

—Habla —respondió Shicoténcatl Huehue.

—Sabemos que Meshíco Tenochtítlan y Tlashcálan han estado en enemistad por muchísimos años y creemos que ha llegado el momento de hacer las paces.

—¿Por qué tendríamos que hacer las paces?

—Tenemos muchas cosas en común, como la religión, las leyes, las costumbres y la lengua.

—Eso a ustedes jamás les interesó. Siempre atacaron a todos los pueblos que se negaban a vivir bajo el yugo tenoshca.

—Venimos a advertirles del gran peligro que corren al mantener a los extranjeros en sus tierras. Ellos no vienen a ayudarlos. Vienen a robarles. Si ustedes se confían, los matarán a todos como hicieron en Meshíco Tenochtítlan. Destruirán sus templos, quemarán a sus dioses, violarán a sus mujeres, los obligarán a que adoren a sus dioses, les cambiarán sus leyes y costumbres. No quedará nada de su linaje.

—Agradecemos su interés —finalizó Mashishcatzin—. Les hemos preparado un banquete y unas habitaciones en el palacio para que descansen. Mientras tanto los pipiltin tlashcaltecas tendremos una reunión y mañana les daremos una respuesta.

—Hagamos una alianza con los tenoshcas —propuso Shicoténcatl Ashayacatzin en cuanto comenzó la reunión—. Es momento de hacer las paces con nuestros peores enemigos. Podemos hacer grandes cosas juntos. Los extranjeros nos traicionarán como lo hicieron en Tenochtítlan. Ustedes saben que secuestraron al huey tlatoani Motecuzoma y lo asesinaron.

—Malinche dice que él murió de una pedrada —respondió Citlalpopocatzin.

—¿Ustedes le creen? —dijo Shicoténcatl Ashayacatzin.

—Se rumora que Motecuzoma murió envenenado por los tenoshcas —agregó Mashishcatzin.

—Tampoco les creemos a los meshícas —respondió Tlehuesholotzin.

—Yo no confío en los meshícas —agregó Shicoténcatl Huehue—. Después de tantos años, por fin, quieren hacer las paces. Justo ahora que todos sus vasallos se han rebelado.

—No cumpliría su palabra.

—¿Qué daño nos pueden hacer los barbudos? —expresó Tlehuesholotzin sin preocupación—. Son menos de quinientos.

—Está de por medio nuestro honor —dijo Citlalpopocatzin—. Les hemos ofrecido nuestra lealtad. No podemos ofrecerla y quitarla sin una justa razón.

—Sería una cobardía matar a unos cuantos hombres heridos y cansados. Ya vieron ustedes cómo estuvo Malinche al borde de la muerte las últimas noches. Apenas si podía abrir los ojos —expresó Shicoténcatl Huehue—. Me niego a aceptar cualquier alianza con los tenoshcas.

—¡Nos van a traicionar! —gritó Shicoténcatl Ashayacatzin—. ¿No se dan cuenta? ¡Nos van a matar a todos!

—¡Cállate! —gritó Mashishcatzin enfurecido y le dio un golpe en la cara. Shicoténcatl Ashayacatzin cayó de espaldas al piso.

Se dio por terminada la reunión y Shicoténcatl Ashayacatzin salió enfurecido del palacio. Afuera se encontraban Malinche y sus hombres, esperando la resolución de los miembros de la nobleza. Todos se percataron del enojo del príncipe tlashcalteca. Malinche miró de reojo a dos de sus hombres, éstos asintieron y caminaron discretamente detrás del joven. Poco después, salieron los cuatro señores principales de Tlashcálan y se sorprendieron al ver a Malinche de pie.

—Tecutli Malinche —dijo Tlehuesholotzin—. Qué rápido se recuperó.

La niña Malina tradujo.

—Todo gracias a sus excelentes médicos.

Por un instante se miraron sin saber que decir.

—¿Qué les dijeron a los embajadores meshícas? —preguntó Malinche.

—¿Cuáles embajadores?

—Los que salieron de aquí hace una hora.

Los señores tlashcaltecas se mostraron desconcertados.

—Vinieron a ofrecernos una alianza —respondió Mashishcatzin—, pero la rechazamos.

—¿Cómo sé que no me están mintiendo?

—La prueba está en que Shicoténcatl Ashayacatzin acaba de salir enojado porque rechazamos la propuesta de los meshícas.

—No les creo.

—Tendrá que confiar en nuestra palabra. Somos hombres de honor y cumplimos lo que decimos.

Malinche dirigió la mirada a sus hombres, en espera de alguna opinión.

—Ustedes seguirán siendo nuestros huéspedes y recibirán el mejor trato. Asimismo, tendrán a su disposición a nuestro ejército.

No había otra opción para Malinche y sus hombres, más que aceptar y fingir que creían en lo que los señores tlashcaltecas les ofrecían.

—Disculpen mi desconfianza —dijo Malinche agachando la cabeza—. No debí... —Hizo una pausa a propósito.

—Les ayudaremos a combatir a los meshícas, pero tenemos algunas condiciones —intervino seriamente Shicoténcatl Huehue—. Exigimos que, en cuanto Meshíco Tenochtítlan quede vencido, nos entreguen la ciudad de Cholólan, la mitad de todas las riquezas que se obtengan, y que Tlashcálan quede exento de impuestos por siempre, sin importar quién sea el nuevo tlatoani de Tenochtítlan.

—Así será —respondió Malinche con humildad—. Os lo prometo.

Los señores tlashcaltecas se mostraron satisfechos y se dispusieron a retirarse, pero Malinche preguntó algo justo cuando se habían dado media vuelta:

—¿Qué hay del príncipe Shicoténcatl?

Los cuatro se miraron entre sí y permanecieron en silencio.

—No se preocupe por él —dijo su padre—. Me encargaré de castigarlo.

—Si usted me permite, yo podría solucionarlo.

—No... —respondió Shicoténcatl Huehue.

—¡Hágalo! —interrumpió Mashishcatzin.

Los otros señores tlashcaltecas lo miraron con confusión. Malinche se mantuvo serio, a pesar de que tuvo deseos de sonreír.

Los días siguientes le llegaron informes a Malinche de que una cantidad considerable de sus hombres perdidos en la noche de la huida, anduvieron vagando por muchos pueblos donde fueron atacados y apresados. También en esos días Shicoténcatl Ashayacatzin se acercó a Malinche, convencido por sus familiares, y se disculpó por su actitud y ofreció ayudarlos en la guerra contra los meshícas.

Veinte días más tarde, cuando todos los soldados se habían recuperado de sus heridas, Malinche y los señores tlashcaltecas se reunieron para decidir el rumbo a tomar en sus ataques.

—Propongo que rodeemos a los mejicas en canoas y los ataquemos de noche —dijo Malinche.

—Eso es muy arriesgado —respondió Shicoténcatl Huehue—. Una canoa no es un buen lugar para pelear. En cuanto nos acerquemos, nos recibirán con piedras, lanzas y flechas. O lo que podría ser peor, que nos esperen sumergidos en el agua y nos ataquen súbitamente.

—¿Qué es lo que usted sugiere?

—Que ataquen las provincias de alrededor.

—¿Todas? No vamos a acabar nunca.

—No. Únicamente las más grandes, como Tepeyácac[89].

—¡Esos traidores! —Malinche apretó los puños—. ¡Prometieron vasallaje al emperador Carlos Quinto!

—Así iremos debilitando al enemigo —continuó Shicoténcatl Huehue—. No olvide que tienen muchos pueblos vasallos y que en este momento están buscando alianzas con todos, incluidos los michhuaque.

—¿Quiénes son?

—Viven en Michhuacan.

—¿Dónde está eso?

—Se encuentra al occidente, bastante retirado, pero tienen un ejército muy poderoso, tanto que los meshícas jamás los han logrado vencer.

—Vayamos contra Tepeaca.

Terminada la conversación, Malinche se dirigió a sus hombres para anunciarles que pronto atacarían Tepeyácac. Una gran mayoría le respondió que no estaban dispuestos a continuar con esa guerra,

---

89   Existieron dos lugares llamados Tepeyácac. El más famoso hoy en día se encuentra el cerro del Tepeyac, antes de la conquista, un poblado pequeño debido a la falta de espacio y ubicado a la orilla del lago de Texcoco, con un santuario dedicado a la diosa Tonantzin y un lugar de paso entre México-Tenochtitlan y las poblaciones en el lado norte. El otro Tepeyácac, del cual se habla en este capítulo, era el señorío de Tepeyácac, localizado en el actual estado de Puebla, conocido como Tepeaca. Para diferenciar estos dos lugares, los españoles llamaron «Tepeaquilla» al cerro del Tepeyac y «Tepeaca» al señorío de Tepeyácac, donde Hernán Cortés fundó en julio de 1520 la villa de Segura de la Frontera.

que les parecía muy peligroso y que lo mejor sería volver a Cuba. Malinche dio un largo discurso. Les prometió que los dejaría volver en cuanto conquistaran aquella ciudad. De igual forma, les habló sobre el valor que debían demostrar a su reino y sobre el alto costo que se pagaba por la cobardía y la traición. Aquello tenía tintes de amenaza. Finalmente, les anunció que en los días siguientes llegarían refuerzos de las costas totonacas. Todos accedieron.

Días después, llegó un tlashcalteca ante Malinche para avisarle que estaban por entrar más hombres como él. Malinche se alegró y llamó a sus compañeros. En medio de un gran júbilo salieron para recibir a los refuerzos. Los tlashcaltecas los acompañaron. Poco a poco, el festejo se transformó en silencio y confusión. Permanecieron por un largo rato mirando al horizonte.

—¡Ahí vienen! —gritó alguien con emoción.

Todos los demás celebraron al ver un grupo de siete personas oscilando de un lado a otro a tropezones.

—Deben estar cansados y hambrientos —dijo Malinche mirando al llano y luego se dirigió a uno de sus capitanes—. Id con todos los caballos y ayudad a los que vengan más agotados.

Apenas se preparaban para salir, cuando el grupo llegó. Estaban enfermos y desnutridos.

—En este momento irá la caballería para auxiliar a los rezagados.

—¿Cuáles rezagados?

—El ejército que se quedó atrás.

—Allá no hay ningún ejército. Sólo vinimos nosotros.

Malinche se quedó sin habla por un largo rato. Sus hombres se hicieron para atrás discretamente, previendo un ataque.

—Siete hombres —dijo mirándolos de arriba abajo. Tenía su mano en el puño de su largo cuchillo de plata. Negó con la cabeza agachada—. Siete hombres. —De pronto comenzó a reír al mismo tiempo que se dio media vuelta y caminó de regreso a la ciudad.

Llegado el día acordado, marcharon acompañados por tropas tlashcaltecas, hueshotzincas y cholultecas. Eran aproximadamente cuatrocientos cincuenta extranjeros, sin sus trompetas de fuego, pues se les había acabado la pólvora. Se anunció la salida con los huéhuetl, los teponaztli, las caracolas y gritos de alegría, como si se tratase de una fiesta. El comandante principal del ejército tlashcalteca se llamaba Tianquiztlatoatzin. También iban Mashishcatzin, Tlehuesholotzin, Citlalpopocatzin y Shicoténcatl Ashayacatzin, en representación de su padre, quien por su avanzada edad ya no podía acompañarlos.

Tras un recorrido lento de dos días, llegaron a Tzompantzinco, un pueblo cercano a Tepeyácac, donde pasaron la noche. Desde ahí, Malinche envió a unos mensajeros a los señores principales de aquella ciudad para exigirles su rendición y la expulsión de los meshícas que se hallasen en su señorío. Asimismo, les advertía que si no aceptaban la rendición, los declararían rebeldes, los atacarían y esclavizarían. La respuesta fue negativa. Malinche envió a los mensajeros por segunda vez, pero con una carta escrita en castellano, lo cual dejó sorprendidos a los señores principales, pues no encontraron una respuesta lógica a dicha acción. Se negaron una vez más. Malinche envió a los mensajeros por tercera ocasión, y obtuvo la misma respuesta.

Entonces marcharon hacia Zacatépec, un llano repleto de maizales muy altos, lo que hacía muy difícil la visión. Fueron atacados por sorpresa; los soldados tlashcaltecas por ir al frente y ser mayoría sostuvieron la batalla, que se prolongó más de medio día, derrotando a los meshícas y tepanecas. Al caer la noche, se alojaron en unas edificaciones cercanas. Más tarde llegaron algunos tlashcaltecas con prisioneros. Posteriormente, cazaron algunos perros nativos, llamados *techichi* y se los comieron, sin embargo, no fue suficiente para alimentar al ejército tlashcalteca.

Tres días fueron atacados por los enemigos. Al cuarto simplemente no llegó nadie. Entonces los extranjeros y sus aliados aprovecharon el momento y huyeron del lugar. Arribaron a Quecholac y Acatzinco, pequeños poblados que, por falta de ejército, no opusieron mucha resistencia.

Su entrada a Tepeyácac fue más sencilla, pues los señores principales se habían marchado a Tenochtítlan. La gente evitó la violencia y se arrodillaron ante los extranjeros. Malinche, quien se encontraba montado en su venado gigante, dirigió su mirada satisfecha a sus hombres y ordenó que tomaran la ciudad.

Los pobladores de aquella ciudad conocieron el infierno del que tanto hablaban los extranjeros en sus sermones religiosos. Malinche declaró a todos esclavos y ordenó que a cada uno de los habitantes se le marcara con hierro candente en la mejilla la letra G de guerra. «Si no damos grande y cruel castigo en ellos, nunca se enmendarán jamás», sentenció. Luego dividió a los esclavos: una quinta parte fue declarada propiedad del emperador Carlos Quinto y el resto lo repartió entre sus hombres y los señores principales de Tlashcálan.

Los días siguientes emprendieron una persecución en todos los poblados vecinos, quemando casas y templos, y capturando esclavos, algo que no habían hecho hasta el momento los extranjeros. Ya cuando los tenían prisioneros, los torturaban, con la amenaza de que les quemarían la cara con el acero ardiente si no confesaban quiénes eran sus informantes y cuáles eran los planes del huey tlatoani Cuauhtláhuac. Nadie confesó, pues no tenían idea; así que fueron marcados en la mejilla con dicha la letra. Otros tantos recibieron torturas más crueles: les cortaron las narices, brazos, piernas y pies. A otros les sacaron los ojos. A otros los mandaron azotar hasta perder el conocimiento. Muchos amanecieron ahorcados en árboles. Cientos de habitantes decidieron huir de sus pueblos antes de que llegaran los extranjeros y los tlashcaltecas. Otros mataban a sus hijos e hijas para evitarles la desgracia de ser torturados por Malinche y sus hombres.

Miles fueron encerrados desnudos en un patio cercado, del que nadie podía escapar. Para divertirse, los hombres de Malinche lanzaban flechas y lanzas —mientras los nativos corrían de un lado a otro, tratando de esquivarlas— hasta matarlos. En uno de esos pueblos que invadieron, tras capturar a todos los habitantes, Malinche ordenó que separaran a los hombres más fuertes y preparados para la guerra; entonces, los mandó matar a todos, según él, para prevenir una rebelión. Fueron degollados o penetrados por los largos cuchillos de plata frente a sus esposas, madres, hijas, abuelos, hermanos y amigos. En otro pueblo, derribó la imagen de Quetzalcóatl desde la cima del teocali, provocando la furia de los habitantes. En respuesta Malinche ordenó al ejército tlashcalteca que no los capturaran, sino que los asesinaran en combate. Murieron más de diez mil. En esos días, los extranjeros y sus aliados tlashcaltecas ejecutaron aproximadamente a más de ciento cincuenta mil personas.

## 24

A la mañana siguiente de haber visitado al chamán, lo primero que hice fue, con gran desesperación, revisarme manos y pies. Me tranquilicé al comprobar que aún no tenía aquellas pústulas. «Es muy probable que usted ya esté infectado», dijo, y aquella frase se me quedó en la mente toda la noche y los días siguientes. Mi sentencia de muerte estaba escrita; y sólo el chamán y yo éramos los únicos que la conocíamos.

—¿Cómo puede estar tan seguro? —insistí.

—¿Sus concubinas viven en las Casas Nuevas con usted? —preguntó.

—Sí —respondí eludiendo su mirada.

—En una o dos semanas sabremos si se contagió o no. Mientras tanto será mejor que no vaya para allá.

A partir de esa noche dormí en la que había sido mi casa antes de ser jurado huey tlatoani, la cual hasta el momento se había mantenido deshabitada. La primera noche no le avisé a nadie que pernoctaría ahí. Aunque en realidad no puedo decir que dormí. Después de aquella pesadilla, me mantuve despierto. Fue casi al amanecer cuando logré dormir un poco. Estuve repitiendo y analizando las palabras del chamán: «Entre los primeros doce y diecisiete días no se presentan síntomas, incluso los infectados se sienten bien. Durante este lapso, las personas no son contagiosas. Pero después sienten fiebre, malestar, vómitos, dolor de cabeza y cuerpo entre dos y tres días. Los días siguientes aparecen manchas rojas en lengua y boca».

Concluí que si no sentía los primeros malestares todavía tenía entre una y dos semanas para no contagiar a nadie, si es que estaba infectado. Tenía tantos pendientes y tan poco tiempo.

No podía dejar de pensar en la enfermedad de las pústulas y a todos los que se acercaban a mí los observaba detenidamente. Buscaba manchas en sus lenguas o ronchas en caras, brazos y piernas. En ese momento recordé que Malinche y sus hombres le habían regalado a Motecuzoma un espejo que reflejaba los rostros como agua pura y tranquila; así que me dirigí a las Casas Viejas y busqué con desesperación aquel objeto. No lo encontré. Pregunté a los encargados de la limpieza y todos aseguraron que no sabían de lo que les hablaba. Sabía que me estaban mintiendo.

—Si no me dicen quién se llevó ese objeto ordenaré que los arresten a todos —grité enfurecido.

Ninguno se atrevió a confesar. Entonces salí y llamé a uno de los capitanes que se encontraba en el patio.

—Yo vi que alguien se llevó ese objeto —dijo uno.

Apenas me dio su nombre y dirección, salí a buscarlo en compañía de cuatro soldados. Entramos sin avisar. El hombre estaba durmiendo.

—¡Entrégame los objetos que te robaste de las Casas Viejas! —Lo levanté jalándolo del cabello.

—¡No sé de qué me habla! —dijo sin saber quién era yo.

Le di un fuerte golpe en la cara.

—¡Está ahí! —Señaló una caja de madera en la esquina de su habitación—. ¡Ya no me golpee!

Recuperé el objeto reflejante, me miré en él y saqué la lengua. No tenía nada, aún. Los soldados me observaron atónitos.

—¡Arréstenlo! —les ordené.

Al salir una veintena de hombres y mujeres enclenques me rogó por alimento.

—¡Mi señor, ayúdenos! ¡No tenemos comida!

—¡Por piedad!

Detenerme a hablar con ellos era una pérdida de tiempo. No podía prometerles algo que no teníamos. Llevábamos semanas tratando de conseguir alimento con nuestros vecinos, pero era insuficiente.

Seguí derecho sin responderles. Muchos de ellos expresaron su molestia.

—¡Tlatoani traidor!

Enfurecido, di media vuelta y les respondí.

—¡Al que vuelva a gritar un solo insulto lo mandaré encarcelar!

Guardaron silencio. A partir de ese día mi actitud cambió por completo. Por primera vez dejó de importarme lo que los demás pensaran de mí. Finalmente, comprendí a mi hermano Motecuzoma y su actitud hacia el final de sus días. Nos pasamos la vida tratando de complacer a los demás y nos olvidamos de cumplir con nosotros mismos. Por esas formalidades mentí, acepté, bajé la cabeza, callé y dije lo que no pensaba. Así son las costumbres en Meshíco Tenochtítlan.

Pensé en todos los problemas que me habría evitado si hubiese actuado como en realidad debía. Quise cumplir con el protocolo meshíca y recibí traiciones. Motecuzoma los mandó matar en cuanto fue jurado tlatoani y obtuvo sumisión y respeto. ¿Es que acaso la población no valora la libertad? ¿Funciona mejor en ellos la represión? ¿Los hace felices el autoritarismo?

Dos días después tomé una decisión: ordené que arrestaran a uno de los hijos de Motecuzoma, acusado por muchos miembros de la nobleza de dar información a Malinche. Lo mandé apresar y luego lo envié a la piedra de los sacrificios. De igual forma, hice que arrestaran a Tlilancalqui, Opochtli y Cuitlalpítoc, de quienes también había escuchado que pretendían traicionarme.

—¿Es esta la manera del tlatoani de hacer justicia? —reclamó Tlilancalqui, mientras dos soldados lo detenían de los brazos.

—Es la manera de evitar traiciones —les dije, me di la vuelta y ordené que los mataran.

—¿Cómo? —preguntó el capitán.

—Así. —Tomé un macáhuitl, caminé hacia Tlilancalqui y le rebané la garganta.

Si iba a morir, debía dejarle el camino libre a mi sucesor con el menor número de problemas internos. Quería solucionar, antes de mi muerte, todos los conflictos que teníamos: las alianzas con los pueblos alrededor, la falta de alimento y armamento, la reconstrucción de la ciudad, la organización del ejército y, por supuesto, el exterminio de los invasores. No tenía idea de cuánto tiempo me quedaba de vida, y peor aún, ni siquiera sabía si estaba infectado, y no podía confiarme. Tenía que ser pesimista, era la única forma de pensar correctamente. Siendo optimista, sólo pospondría decenas de tareas. Además, corríamos el riesgo de que en cualquier momento llegaran los extranjeros con sus aliados los tlashcaltecas. No. Yo no podía darme el privilegio de ser optimista. En funciones de gobierno sí debía mostrar todo el optimismo posible, aunque me estuviese derrumbando por dentro.

Ahora que sé que pronto voy a morir, no me arrepiento de las decisiones que tomé. Me apresuré y no fallé. Cuánto me hubiese gustado haberme equivocado, estar sano a estas alturas, sin ninguna de estas pústulas horrendas y dolorosas. Qué importa que se hubiesen burlado de mí, el tlatoani temeroso a la muerte, asustado por una enfermedad que no conocía, qué importa. Pero mi realidad es ésta. Estoy aquí, derrumbado en este petate, hablando contigo, tlacuilo, mi confesor, el único que conoce todos mis temores y de los pocos con los que he cruzado palabra desde hace tantas semanas, para evitar contagiar a más.

¿De qué te ríes, viejo chimuelo? No me hagas reír, que me duele todo el cuerpo.

¿Te ríes de mi cara?

Ah, ya entendí. Te ríes porque no te veo a la cara. Sí, es eso. Trato de no hacerlo porque me dan asco esas pústulas que han invadido tu rostro y porque me recuerda el mío.

Tenía el tiempo encima. Sabía que no podía esperar más. Transcurrió una semana desde que había visto al chamán. Todas las mañanas, antes de salir de mi habitación, me revisaba la lengua, con el objeto que los extranjeros le regalaron a Motecuzoma. Las manchas en mi lengua serían la señal de que ya era contagioso y que no podría hablar con nadie más. Tenía que apresurarme. Ese día, te pedí que buscaras a Cuauhtémoc. Ni siquiera tú tenías idea de lo que iba hablar con él.

En cuanto lo vi entrar a la sala principal, le pedí que se mantuviera lo más lejos posible, lo que le provocó cierta desconfianza. Seguía siendo el mismo joven fuerte, saludable y entusiasta. Estábamos completamente solos. Se escuchaba fuertemente el eco de nuestras voces y pasos.

—Joven Cuauhtémoc —dije con mucha tristeza y temor—, te he mandado llamar porque... —me quedé en silencio por un instante—. Hace poco más de una semana, me enteré de que se ha propagado una enfermedad en la ciudad isla. El chamán que me informó dice que se trata de un mal muy contagioso, cuyos síntomas principales son unas pústulas en toda la piel, desde la cara hasta los pies. No sabe qué es ni cómo curarla. Lo que sí es cierto es que un número considerable de habitantes se ha contagiado, entre ellos, uno de mis hijos, lo cual pronostica que yo también lo esté. También mencionó que uno de los primeros síntomas son unas manchas en la lengua y que antes de esto el paciente no es infeccioso. No debes preocuparte. De cualquier manera, creo que será más seguro que me mantenga alejado de todos ustedes. ¿Me entiendes?

—Sí —respondió y se agachó.

No pude ver su rostro, pero entendí que estaba preocupado.

—He decidido que a partir de hoy permaneceré encerrado, para evitar contagios.

Cuauhtémoc alzó la cabeza y me miró asombrado.

—Sé que teníamos programada una expedición con las tropas, pero no puedo arriesgar a todos nuestros soldados, ni a ti. Asimismo, te ordeno que asignes a un chamán para que examine a cada uno de los soldados. Y los que tengan algún síntoma de fiebre, vómito, dolor de cabeza, manchas en la lengua o pústulas en la piel los envíes a su casa y los obligues a permanecer ahí hasta nuevo aviso.

—Pero...

—No podemos asumir ningún riesgo. Es mejor que falten soldados a que uno de ellos contamine a tus tropas.

—Así lo haré.

—A partir de hoy todo quedará bajo tu mando. Yo no saldré de aquí hasta estar completamente seguro de que no he sido contagiado, lo cual puede tardar tres o cuatro semanas. En este lapso, tú serás responsable de todo lo que suceda allá afuera. Es probable que muera muy pronto. Mientras tanto, me encargaré de que te lleguen mis mensajes, sin que haya contacto alguno. Será la única forma de comunicarnos. Necesito que envíes la mayor cantidad de embajadores a todos los pueblos de alrededor y les solicites, a mi nombre, tropas, alimento y armamento. Diles que quedarán exentos de tributo.

—¿A todos?

—A todos. No tenemos más opciones. Malinche y sus hombres llegaron a Tlashcálan y con su apoyo atacaron sin misericordia el señorío de Tepeyácac, donde han cometido cientos de atrocidades jamás vistas en estas tierras.

Cuauhtémoc agachó la cabeza.

—Te pido que envíes una embajada con muchos regalos a Michhuacan y les solicites una alianza.

—¿A Michhuacan?

—Sí. Debemos ofrecerles las mejores condiciones.

—Pero...

—Obedece.

—Así lo haré.

—Dejo todo en tus manos. Espero verte de nuevo.

Cuauhtémoc se quedó estupefacto.

—No regresarás a esta casa a menos de que yo te lo ordene.

Cinco días más tarde tuve mucha fiebre, malestar, vómitos, dolor de cabeza y cuerpo. No pude contenerme y lloré. Lloré desesperadamente. La soledad y la certeza de que pronto moriría me derrumbaron por tres días. Al cuarto, al ver mi reflejo en ese objeto que Malinche le regaló a Motecuzoma, vi esas manchas en mi lengua. Le pedí al mensajero que le avisara al chamán que ya tenía los síntomas. La respuesta fue que él también los presentaba.

Desde entonces me encerré en esta habitación a la espera de la muerte. Sufrí día y noche imaginando mi destino. Los mensajeros me hablaban desde la calle para evitar el contagio. Me informaron sobre los acontecimientos. Desde esta habitación me enteré de que Malinche y sus aliados habían atacado Cuauhquecholan, donde los esperaba un ejército meshíca. Habían matado a la mitad de nuestros soldados y esclavizado a muchos otros, que fueron marcados en la mejilla con metal ardiente. Los sobrevivientes huyeron hacia Itzocan, donde se hallaban más soldados meshícas. Una semana más tarde se rindieron los señores principales de Ocuiteco.

Fue en esos días en los que insististe en entrar a esta habitación, tlacuilo. Ordené que te prohibieran el paso y, aun así, te metiste, argumentando que tu labor era permanecer con el huey tlatoani hasta el último día de tu vida.

Desde entonces hemos estado solos, aquí, en esta fría habitación. Eres un gran hombre, Ehecatzin. No creas que he olvidado la noche en que me salvaste la vida. ¿Cómo olvidarlo? Fue cuando perdiste casi toda tu dentadura. Fue tan fuerte el golpe que recibiste que estuviste inconsciente nueve días. El chamán te pronosticaba una vida longeva y nadie le creyó, excepto yo. Aunque no lo aceptes, viejo chimuelo, siempre supe que despertarías. Y ahí estuve, a un lado de tu petate, cuidándote, como tú has cuidado de mí en todos estos días.

Juntos sufrimos la aparición de las llagas y sus aberturas en la boca y garganta, las erupciones en cara, brazos, piernas, pies y manos. Nos engañamos al sentirnos mejor, creímos que ya habíamos superado la enfermedad. Pero vino lo peor: las erupciones se transformaron en abultamientos y se llenaron de ese líquido espeso y opaco.

En esos días interminables, no nos quedó más que esperar a que el tiempo transcurriera, tlacuilo. Cuántas cosas platicamos. Jamás conversé tanto con alguien. Bien sabes cuánta tristeza me ha provocado esto. Esta impotencia de no poder salir y luchar contra los barbudos. Siento mucha rabia.

Tú viste lo feliz que me sentí cuando llegó la noticia de que habíamos logrado conseguir alimento para abastecer a todo el pueblo.

Justo cuando ya habíamos reconstruido la ciudad, organizado nuestras tropas, hecho alianzas con algunos pueblos (en un principio reacios); cuando habíamos logrado satisfacer las necesidades alimenticias de toda la isla y habíamos elaborado miles de flechas, escudos, lanzas, arcos y macahuitles. Justo cuando estábamos listos para acabar con los barbudos y sus aliados tlashcaltecas. Justo cuando estábamos tan cerca de obtener la victoria, se esparció por todo territorio esa enfermedad pustulosa.

Hasta el momento se ha infectado una cuarta parte de la población tenoshca: muchos pipiltin, capitanes del ejército, sacerdotes de Tenochtítlan y los señores principales de Tlayllotlacan, Shalco, Tacualtitlan, Tenanco, Amecameca, Itzcahuacán, Opochhuacán y Ehecatépec. Incluso el señor de Michhuacan se contagió y murió.

Todo se volvió oscuro. Nos vimos obligados a prohibirles el regreso a las tropas que estaban atacando a Malinche cerca del señorío de Tepeyácac, para evitar más contagios. Pronto la ciudad quedó solitaria. Nadie quiere salir de sus casas. No hay gente barriendo los templos, ni alumnos en el Calmécac y los Telpochcali, ni obreros reconstruyendo la ciudad ni trabajando la tierra ni cosechando ni vendiendo en el tianquiztli ni pescando en el lago. Si alguien va a sus casas no los reciben ni salen a negarse. ¿Será el fin de los tenoshcas? Oh, tlacuilo, perdona. No debería ponerme así. El llanto no soluciona nada.

...

Tlacuilo...

...

¿Ya te dormiste?...

...

En fin...

Mañana seguimos platicando.

Si despertamos...

# EPÍLOGO

Hay quienes aseguran que Cuauhtláhuac murió el 25 de noviembre de 1520, pero no hay forma de corroborarlo. Pudo ser antes o después.

Algunos historiadores afirman que en 1520 había en Mesoamérica alrededor de veinticinco millones de habitantes. Otros mencionan cifras menores. No existe una cantidad exacta sobre los muertos de viruela ni los muertos en combate.

En 1545, Mesoamérica fue víctima de otra epidemia —sarampión—, de la cual tampoco existen cifras sobre los muertos. Lo que sí se sabe es que para 1550 sólo quedaban entre tres y cuatro millones de indígenas vivos.

# CUAUHTÉMOC

EL OCASO DEL IMPERIO

—¿**D**ónde tenéis el tesoro de Mutezuma? —pregunta rabioso un hombre de largas barbas, ojos azules y dientes amarillos.

A la sazón otro de los barbados vierte con dilación aceite hirviendo sobre los pies del huey tlatoani Cuauhtémoc, que convulsiona atado por gruesas sogas a una estrecha mesa de madera. Sus brazos y piernas —bañados en sudor— tiemblan descontrolados. No grita, no gime, no llora. Únicamente tuerce la cara como trapo exprimido. Sus ojos se pierden en dirección al techo.

—¡Hablad, perro maldito! —exige enfurecido el hombre a cargo de la tortura.

Cuauhtémoc recibe una segunda derrama de aceite hirviendo sobre sus pies ya rojos e inflamados. Se estremece nuevamente, aunque no puede moverse por lo apretado de las sogas. Inhala con ahogo. Cierra los ojos. Lo rodean más de cuarenta barbudos. La sala tiene muy poca luz, apenas si los puede reconocer.

Malinche observa distante y en silencio, sin tomar partido. Sabe que si intenta detenerlos, se volverán contra él. Exigen el oro que se les prometió: su pago por estos años de trabajo, hambre y guerras.

—¿Dónde tenéis escondido el tesoro de Mutezuma? —grita el hombre al mismo tiempo que otro vierte más aceite hirviendo sobre los pies, ahora con manchas blancas, cafés y negras, del joven tlatoani—. ¡Responded! —El hombre salpica de saliva el rostro de Cuauhtémoc al momento que le grita.

El joven tlatoani no tiene idea de dónde se encuentran esas joyas, pues la noche de la huida, los extranjeros las llevaban en sus venados gigantes, los cuales cayeron al lago en medio del combate. Había miles de personas peleando. Llovía. Imposible saber dónde quedó el oro si en ese momento lo único que les interesaba a los meshícas era recuperar su ciudad.

—Este indio no hablará —dice uno de los barbudos y desvía su mirada hacia Tetlepanquetzaltzin, señor de Tlacopan, amarrado, de la misma forma que Cuauhtémoc.

—Intentemos con éste —agrega el que carga la olla con aceite hirviendo—. ¿Dónde tenéis escondido el tesoro de Mutezuma? —Amenaza con quemarle los pies.

—No sé —responde el tecutli de Tlacopan, con el rostro empapado de sudor.

El hombre que está al mando se dirige al que carga la olla de aceite y con la mirada le indica que proceda. Tetlepanquetzaltzin aúlla y convulsiona. Los demás observan complacidos, aunque saben que con ello no subsanan las heridas recibidas. Malinche se mantiene en silencio, distante. El acto se ejecuta cinco veces: mismas preguntas, mismas respuestas. «¡No sé! ¡No sé! ¡No sé!», se estremece y emite violentos alaridos. De pronto Tetlepanquetzaltzin le grita al tlatoani:

—¡Cuauhtémoc, ya no soporto más!

—¿Estoy yo en algún deleite o un temazcali[90]? —responde iracundo.

Los extranjeros continúan torturando a Tetlepanquetzaltzin.

—¡Está en Tlacopan! —grita desesperado—. ¡Escondido en el palacio!

—¡Andad! —ordena Malinche a sus hombres—. ¡Id por el tesoro de Mutezuma!

Todos obedecen con exaltación. Por fin ha terminado la espera. Muy pronto podrán cobrar su parte del botín y regresar a su tierra. Ninguno quiere permanecer ahí un día más. En cuanto la sala queda vacía, Malinche camina hacia Tetlepanquetzaltzin, lo mira directamente a los ojos y le habla:

—¿Tenéis idea de lo que acabáis de hacer?

La niña Malina traduce. Ha aprendido la lengua de los barbudos y el tecutli Malinche la lengua náhuatl. Ya no es necesaria la intervención de Jeimo Cuauhtli.

Tetlepanquetzaltzin asiente con la cabeza. Está sudando y temblando.

—Ahí no hay ningún tesoro. —Malinche se ve tranquilo, incluso desinteresado en la recuperación del tesoro—. ¿Por qué mentisteis?

90   Con el paso de los años esta frase cambió por: «¿Acaso estoy en un lecho de rosas?».

—No lo sé —solloza el tecutli de Tlacopan. Sabe que su ausencia no tomará mucho tiempo.

Se encuentran en la casa del tecutli de Coyohuácan. Rodear el lago a caballo o cruzarlo en canoas les demorará por lo menos medio día. Para cuando descubran que ahí no hay ningún tesoro, habrá anochecido. Con suerte regresarán en la madrugada.

—Cuando vuelvan, no tendrán clemencia —dice Malinche y le da la espalda.

—Me matarán… —Tetlepanquetzaltzin cierra los ojos y unas lágrimas escurren por sus sienes—. Será menos doloroso que esta tortura.

Malinche mueve la cabeza de izquierda a derecha y sale sin despedirse. La niña Malina lo sigue en silencio. El tecutli de Tlacopan dirige su mirada hacia el tlatoani, pero él lo ignora: su rostro se encuentra empapado en sudor, sus ojos cerrados y su boca abierta. Jadea con dificultad.

—Mi señor —susurra avergonzado.

Cuauhtémoc no responde. Sólo se escucha su respiración ronca.

—Perdóneme. Por mi culpa vamos a morir, pero no pude soportar el tormento.

Hasta el momento no ha pasado por la mente del tlatoani que ése podría ser el último día de su vida. Tiene la certeza de que Malinche lo mantendrá con vida mientras le sea útil, tal y como lo hizo con Motecuzoma.

Al igual que muchos tenoshcas, él aprendió en la infancia a resistir el dolor físico y emocional; así como la ausencia del padre que no conoció. El huey tlatoani Ahuízotl había muerto cuando Cuauhtémoc tenía dos años, edad que fue su condena y salvación. Sin darse cuenta dejó de ser el hijo del tlatoani para convertirse en uno más de los primos del recién electo tlatoani Motecuzoma Shocoyotzin.

La lucha por el poder estaba en el pináculo y traía consigo un atadero de rencores y envidias, que se fueron desvelando con el paso de los años. La elección había sido una de las más complejas de la historia de Meshíco Tenochtítlan. Había corrupción y grandes enemistades.

Con todo, la elección no le garantizaba el poder absoluto al tlatoani, pues de cierta manera no era el único que tomaba las decisiones.

Además del cihuacóatl, había decenas de ministros que discutían los asuntos del gobierno antes de que se llegara a un fallo. Moctezuma no quería eso. Así que tras ser electo, la primera estrategia del tlatoani para hacerse del poder absoluto fue destituir a todos los miembros del gobierno anterior y mandarlos a la piedra de los sacrificios, entre ellos a algunos primos (hijos del difunto Ahuízotl); pero Cuauhtémoc y su hermano Atlishcatzin, por ser niños de dos y ocho años, respectivamente, no figuraban entre los que representaban un peligro para el gobierno del nuevo señor de los tenoshcas.

La educación de los niños quedó a cargo de familiares y profesores del Calmécac, debido a que su madre —Tiyacapantzin, hija de Moquihuishtli, último señor de Tlatelolco antes de ser conquistados por los meshícas— se desentendió de ellos poco después de la muerte de Ahuízotl. Atlishcatzin fue siempre obediente, mientras que la rebeldía del menor fue ampliamente conocida por todos los miembros de la nobleza. Los tíos y primos intentaron educarlo de acuerdo con las costumbres y, en la mayoría de los casos, acudiendo a los castigos más comunes. Pero ni los azotes ni las perforaciones en los labios ni los rasguños con púas en todo el cuerpo ni los encierros en cuartos oscuros ni la tortura con espinas enterradas en todo el cuerpo doblegaron al niño, que hasta entonces no tenía interés en nada ni en nadie; ni siquiera en la memoria de su padre, por todos reverenciado. Entonces su madre lo envió unos cuantos años a Ishcateopan[91], que estaba poblado por mayas chontales, para que se educara. Por lo mismo, cuando regresó años más tarde, surgió el mito de que Cuauhtémoc había nacido en aquel poblado y que ni siquiera tenía sangre meshíca.

La primera vez que Cuauhtémoc sintió que iba a morir fue cuando era apenas un escuálido jovencito de quince años. Había sido encerrado, sin alimentos, por siete días en una cárcel de palos de madera por desobedecer a uno de los capitanes a cargo del entrenamiento de su grupo. Al principio, no se alarmó pues sabía que no lo dejarían morir de hambre ni de sed, pero conforme pasaron los días, las tripas hicieron su labor y la mente lo traicionó. «Sé que me quieres matar, Motecuzoma, pero no lo conseguirás», dijo al cuarto día. Las opinio-

91   Actualmente, Ixcateopan de Cuauhtémoc, en el estado de Guerrero.

nes de su madre de que Motecuzoma quería evitar que Cuauhtémoc o su hermano llegaran algún día a ser tlatoanis, por fin habían alcanzado su objetivo. «Tienen que recuperar lo que les pertenece por herencia», les había reiterado la mujer en los últimos años, por aquellos tiempos en que de súbito mostró interés por la vida de los jóvenes.

Aquella arrogancia heredada por su madre fue la que llevó a Cuauhtémoc a desobedecer las instrucciones de su capitán, quien impasible al linaje del muchacho, lo mandó castigar como lo hacía con todos sus alumnos. No era ni el primero ni el último de los miembros de la nobleza que intentaban pasar por encima de sus instructores.

Al quinto día de encierro, Cuauhtémoc ya estaba delirando. Se arrastraba por el piso e imploraba por agua y comida con voz casi inaudible. El guardia a su cargo lo observaba en silencio. Conocía bien su trabajo y a los prisioneros. Sabía cuándo era el momento exacto para ceder. Cuauhtémoc todavía aguantaría dos días más.

Esa tarde su hermano Atlishcatzin, de veintiún años de edad, entró a la jaula. Lo encontró acostado bocabajo en el piso, con el rostro y el cuerpo llenos de tierra. El joven Cuauhtémoc puso su mano derecha en uno de los pies de Atlishcatzin.

—Agua —bisbisó—, me estoy muriendo...

—No te vas a morir —dijo luego de negar con la cabeza.

—Agua —insistió.

—Ponte de pie —ordenó Atlishcatzin.

El joven no respondió, entonces su hermano se sentó en cuclillas y lo tomó de la cabellera.

—Me estoy muriendo. —Su aspecto era lamentable.

Le dio una bofetada.

—Escúchame y deja de quejarte. No te vas a morir. Te faltan dos días. Esto es sólo el principio de tu sufrimiento. No es nada comparado con lo que te espera. Así que aprende a obedecer.

El joven lo miró atemorizado.

Ésa fue la última vez que Cuauhtémoc sintió miedo a la muerte. Y también la última en que les faltó al respeto a sus superiores.

La habitación ha quedado a oscuras. Sólo entra la débil luz de una tea que yace en el pasillo. Los dos soldados que cuidaban la entrada ya fueron remplazados. Tetlepanquetzaltzin y Cuauhtémoc se han mantenido despiertos toda la tarde. Saben que los barbudos ya deben haber llegado a Tlacopan y descubierto que ahí no hay ningún tesoro. En cualquier momento entrarán enfurecidos y desbordarán su ira contra ellos.

—Perdón —insiste Tetlepanquetzaltzin, acostado bocarriba y con lágrimas deslizándose por sus sienes.

—Estuvo muy bien lo que hiciste —responde el tlatoani en voz casi inaudible—. Se merecen eso y más. —Sonríe con dificultad.

El tecutli de Tlacopan se siente aliviado y también sonríe.

—Pero... —Hace una larga pausa—. Volverán más enojados.


Cuauhtémoc permanece en silencio. Su garganta emite un par de jadeos, iguales a los que soltó la tarde en que su hermano Atlishcatzin volvió a la cárcel para liberarlo.

—Levántate —le dijo y el joven Cuauhtémoc creyó que su hermano únicamente había salido unos cuantos segundos desde su última visita—. Se acabó tu castigo.

—Agua...

—Toma. —Le dio un pocillo para que bebiera.

El joven se acabó el líquido en segundos. Su hermano lo observó seriamente, sin mostrar compasión.

—Espero que con esto hayas aprendido la lección.

—¿Cuál lección? —preguntó y en ese momento se desmayó.

Despertó a la medianoche.

—Agua —dijo con desesperación.

A su lado se encontraban su madre y varias tías.

—Tranquilo, ya estás en casa. —Una de las mujeres le ayudó a incorporarse—. Bebe agua.

Su madre, indignada, no lo observó. Fijó su atención en la oscuridad que había en el otro lado del tragaluz.

—Comida. —El joven pidió sin poner atención en el lugar donde se encontraba.

—Aquí hay un poco —dijo otra mujer.

El joven Cuauhtémoc tomó el plato y metió los dedos para coger lo que había en su interior.

—Despacio... —le dijo su tía.

Pero él no obedeció, tragó todo lo que había en el plato. Al terminar levantó la mirada y observó su entorno. Entonces comprendió que estaba en su habitación. Reconoció a su madre y a algunas tías.

—Déjennos solos —ordenó Tiyacapantzin con seriedad. En cuanto las otras mujeres salieron de la habitación ella se dirigió irritada a su hijo—. ¿En verdad crees que así vas a recuperar el gobierno?

El joven Cuauhtémoc se mantuvo pensativo por un instante, hasta recordar completamente lo sucedido, luego bajó la mirada.

—Yo únicamente le dije al capitán lo que pensaba.

—¡No! ¡Así no funciona la política! Cuando estés en la cima podrás decir lo que te dé la gana, mientras tanto escuchas, callas y obedeces. Aprende de tu hermano.

El joven Cuauhtémoc desvió la mirada con desagrado.


—Esto es apenas el inicio —le dice el tlatoani Cuauhtémoc al señor de Tlacopan—. Malinche y sus hombres no descansarán hasta que tengan en sus manos el tesoro que ellos mismos extraviaron.

Guardaron silencio. Sus respiraciones son disonantes, con ligeros zumbidos. No hay más ruido que el que proviene del pasillo, a veces lejano. Hace muchos días que el Anáhuac está así de silencioso. Los gritos de guerra y lamento, los tambores, los caracoles, los disparos de los palos de fuego y los relinchos de los venados gigantes, que tanto aturdían los oídos por días y noches, han desaparecido. Todo parece estar en calma. Pero no es así. Afuera los tlashcaltecas, hueshotzincas, shalcas, acolhuas, entre otros pueblos aliados, están despojando a los meshícas y tlatelolcas de sus pertenencias: plumas preciosas, mantas de algodón, utensilios de cocina, cerámica, ropa, sal, todo, todo eso que a los barbudos no les interesa. No se escucha nada porque Cuauhtémoc y Tetlepanquetzaltzin están presos en Coyohuácan; y porque ya son pocas las cosas que pueden robar los aliados de Malinche.

Más tarde Tetlepanquetzaltzin pide agua en voz baja. El tlatoani gira un poco su cabeza para ver a su compañero.

—Si piensas en agua sufrirás más. —La experiencia de Cuauhtémoc en aquella jaula sigue viva en su recuerdo, pues ocurrió apenas hace cinco años.

—¿Y en qué debo pensar? —El tecutli de Tlacopan cierra los ojos y aprieta los dientes, tratando de aguantar el dolor que siente en los pies.

—En el pasado.

Tetlepanquetzaltzin abre los ojos con asombro. Gira la cabeza lentamente para ver al tlatoani. Le parece absurdo lo que acaba de escuchar. Lo que menos quiere es recordar. Ni lo bueno ni lo malo. La memoria duele en este momento.

—¿Para qué? ¿Para sufrir por lo que hicimos mal?

—Pensar en el presente o en el futuro, ciertamente es más aterrador.

—¿Y usted en qué estaba pensando hace un momento?

—En la primera vez que fui castigado en una cárcel por desobedecer. Estuve siete días sin agua ni alimentos.

—Yo nunca fui castigado de esa manera.

—Ahora que lo pienso, no me arrepiento de haberle faltado al respeto al comandante.

—¿Qué fue lo que hizo?

—Le dije que era un imbécil y desobedecí la orden que me acababa de dar.

—¿Cuál era esa orden?

—Subir a las copas de los árboles.

—Era parte del entrenamiento. A todos nos han ordenado eso en el ejército. ¿Por qué no quiso obedecer?

—Le dije que un día yo iba a ser tlatoani, y que no tenía por qué hacer eso.

El tecutli de Tlacopan libera una risa adolorida.

—Eso sí merecía un castigo.

—Pero fue una gran lección.

—¿Hace cuánto fue eso?

—Cuatro o cinco años, no lo recuerdo bien. Creo que tenía quince años.

—En algo no se equivocó. Llegó a ser tlatoani. Un tlatoani muy jo... —El tecutli de Tlacopan interrumpe lo que está diciendo, pues sabe que al tlatoani le molesta que lo juzguen por su corta edad.

—Joven —dice Cuauhtémoc.

—Quise decir, mucho más pronto de lo que cualquiera hubiese imaginado.

Cuauhtémoc suspira con angustia.

—Sé lo que muchos han dicho de mí. Los entiendo. Ahora veo por qué me criticaron tanto. Si el nuevo tlatoani hubiese tenido más experiencia, no estaríamos en esta situación.

—Usted sabe que no fue por eso. Teníamos a muchos pueblos en nuestra contra, además de los tenoshcas que traicionaron a Motecuzoma y Cuauhtláhuac. Y luego... esa enfermedad que mató a tantos.

—Si yo no hubiese sido tan cobarde... —Cuauhtémoc admite como quien recibe una punzada en el abdomen.

El tecutli de Tlacopan cierra los ojos y traga saliva.

—Era nuestra única opción.

—Debí haber permanecido al frente hasta que me mataran.

Años atrás, Cuauhtláhuac lo había aleccionado sobre el tema. Caminaban por los jardines del palacio de Iztapalapan, señorío de Cuauhtláhuac.

—Sufrimos una de las peores derrotas ante las tropas de Hueshotzinco —le contó el hermano de Motecuzoma.

—¿Desertaste? —preguntó el joven Cuauhtémoc.

—¿Estás bromeando? ¡Jamás! Abandonar a las tropas o al pueblo en plena guerra es lo más cobarde que cualquier gobernante o capitán puede hacer en su vida. Motecuzoma acababa de ser electo tlatoani; sin embargo, seguíamos en competencia él, mis hermanos Tlacahuepan, Macuilmalinali y yo... No quería morir tan joven —Cuauhtláhuac sonrió como si se riera de sí mismo—. Seguí hasta el final. Y aquí estoy. —Señaló las flores y los árboles extendiendo las manos hacia los lados.

—¿Qué le sucedió a Tlacahuepan y Macuilmalinali?

—Están muertos —Cuauhtláhuac cerró los ojos por un breve instante.

—¿Murieron en esa batalla?

—No. —Suspiró y levantó la mirada hacia el cielo—. Fue otra. Una terrible batalla.

—¿Motecuzoma los mandó matar? —El joven Cuauhtémoc pretendió mostrarse astuto.

—Te pedí que vinieras para hablar sobre el castigo que recibiste hace unos días. —Cuauhtláhuac fingió no haber escuchado.

—Los mandó matar —aseguro con insolencia, como si con ello pudiese demostrar su madurez.

—Te sugiero que no vuelvas a decir eso. Ni a mí ni a nadie más. —Cuauhtláhuac se acercó al joven, mirándolo con ojos amenazantes—. ¿Entendiste?

—¿Por qué? —Infló el pecho.

—Por si deseas seguir con vida.

La soberbia del joven Cuauhtémoc se desvaneció. Cuauhtláhuac se detuvo y miró directamente a su primo.

—Bien sabes que tus hermanos murieron poco después de que Motecuzoma tomara el poder. No creo que sea necesario que te recuerde la manera. A ti y a tu hermano Atlishcatzin les perdonó la vida porque eran niños.

—Mis otros hermanos también.

—¡Cállate! —Cuauhtláhuac le dio la espalda, se llevó las manos a la cintura y suspiró profundamente. Luego volvió hacia su primo un poco más tranquilo—. El hermano que le seguía a Atlishcatzin tenía doce años. Muy pronto iba a entrar al ejército y los otros dos ni se diga. Cualquier día, uno de ellos iba a cometer una tontería. Conoces bien las obsesiones de tu madre.

Aquello era absolutamente cierto. Cuauhtémoc desvió la mirada. Ahora se sentía avergonzado por su actitud soberbia. No era la primera vez que le ocurría. Pero no lo podía evadir. Desde la infancia tuvo los mismos arranques.

—Es vital que pongas un alto a tus arrebatos. El castigo que recibiste la semana pasada fue el primero y el único aviso de parte del tlatoani.

—¿El tlatoani?

—Así es. Fue él quien mandó castigarte, no tu maestro, que como muchos otros instructores en el pasado le dieron informes completos al tlatoani sobre tu educación y progreso. Aunque no lo creas, a Motecuzoma le preocupas. Pero su paciencia tiene un límite. La próxima vez no habrá compasión.

—Perdón —el joven Cuauhtémoc inclinó la cabeza.

—Sé que tu madre les ha metido ideas a ti y a tu hermano acerca de que deben recuperar el gobierno que fue de tu padre, pero sabes perfectamente que esto no se hereda, se gana. —Cuauhtláhuac hizo una pausa al mismo tiempo que alzó la barbilla—. Me refiero a que también se requiere de convencimiento.

—Mi madre dice que Motecuzoma ganó gracias a la corrupción del cihuacóatl.

—Así es la política. Los votos no se consiguen exclusivamente por méritos propios. Imaginemos que hoy es el día de la elección. ¿Crees que votarían por ti?

—Tal vez... —Se mostró inseguro.

—¿Qué te hace creer eso? ¿Cuáles son tus virtudes?

—Soy valiente, inteligente... —El joven Cuauhtémoc comprendió que había perdido la batalla verbal.

—¡Eso no es suficiente! Siempre habrá alguien mucho más astuto y valeroso que tú. ¿A cuántos miembros del Tlalocan conoces?

El joven, al sentirse intimidado, bajó la mirada y respiró pausado.

—Creo que a tres o cuatro.

—¿Son tus amigos? ¿Te has ganado su confianza?

—No. Únicamente los conozco de nombre... y he hablado algunas veces con ellos. —Se veía como un venado asustado.

—¿Quieres saber cuál sería el resultado si hoy tuvieran que elegir? Ninguno de ellos votaría por ti. No eres nadie ante sus ojos. Atlishcatzin se ha ganado la confianza de Motecuzoma, ha demostrado gran valor en las guerras, es el nuevo tlacatécatl y un buen candidato al gobierno. Si hoy fueran las elecciones, ten la certeza de que tu hermano, por ser mayor, más responsable y mucho más respetuoso tendría muchas más posibilidades que tú. Quizá no ganaría, porque es muy joven en comparación con los demás miembros de la nobleza que podemos aspirar al gobierno, pero por lo menos lo tomarían en cuenta en el Tlalocan. A ti no.

Un sentimiento de tristeza invadió al joven Cuauhtémoc. Su madre y la historia le habían puesto en los hombros una carga cada día más pesada. No sólo se esperaba que fuera tlatoani un día, sino que rebasara los logros de sus antecesores y, principalmente, los de su padre.

Ahuízotl había sido electo poco después de la trágica muerte del tlatoani Tízoc, de la cual se le acusó por muchos años de ser el autor intelectual. Fue uno de los responsables de llevar a Meshíco Tenochtítlan a su máximo esplendor, reconquistando los pueblos perdidos en el gobierno de su antecesor e invadiendo muchos más por su cuenta. Su mayor legado era la construcción[92] del nuevo Coatépetl. Cuatro años había durado aquella majestuosa obra. Cuando se concluyó se llevó a cabo la celebración más grande que se hubiese visto en todo el Anáhuac. Acudieron cientos de señores principales de todos los territorios y miles de invitados. Se sacrificaron todos los guerreros que habían sido apresados en las guerras emprendidas por Ahuízotl desde el inicio de su gobierno. Se dice que fueron entre sesenta y setenta mil cautivos. Para llevar a cabo aquellos sacrificios, en cuatro días se repartieron los rituales entre todos los teocalis de todos los *calputin* («barrios»), siendo los sacrificadores los *calpuleque*[93]. Asimismo, construyó el acueducto de Coyohuácan hasta Meshíco Tenochtítlan y mandó demoler todos los edificios viejos para edificar unos más grandes y hermosos. Por si fuera poco, su padre se había creado la fama de hombre recio en las artes del sexo. Hasta el momento de su muerte era el hombre con más concubinas e hijos de la historia del Anáhuac. Luego Motecuzoma superaría aquellas cifras inciertas, pues jamás se pudo saber con exactitud cuántos hijos y cuántas concubinas tuvieron. Ahora el joven Cuauhtémoc sentía que era imposible superar todos esos logros.

—¿Has deseado alguna vez ser tlatoani? —cuestionó con urgencia, para desviar la conversación.

—Toda mi vida... —Cuauhtláhuac comenzó a caminar al mismo tiempo que dirigía su atención a las copas de los árboles que rodeaban el jardín.

---

92   Se construía sobre la obra existente, de forma que era una ampliación, pero ellos no lo veían de esa manera.
93   El plural de *calpulec*, que significa «jefe de calpuli».

—¿Has pensado que podrías morir antes que Motecuzoma?

—He pensado en muchas posibilidades. Buenas, absurdas y crueles.

Se acercaron al palacio de Iztapalapan.

—¿Por qué haces esto? —Cuauhtémoc se mostró desconfiado.

—¿Qué?

—Cuidar de mí. Yo soy un peligro para tus aspiraciones políticas.

—¿En verdad crees eso? —Lo observó detenidamente y antes de recibir una respuesta, hizo otra pregunta—: ¿Deseas ser tlatoani?

—Más que nada —lo dijo de forma insegura.

—Por eso te cuido.

Estaban a punto de entrar al palacio de Cuauhtláhuac, pero Cuauhtémoc se inmovilizó dejando que su primo avanzara.

—¿Te estás cogiendo a mi madre?

—No. —Cuauhtláhuac se detuvo en el primer escalón y miró a su primo por arriba del hombro—. Quiero que seas tlatoani.

—No te creo.

—Por lo visto me equivoqué al pensar que tú... —Volteó hacia el interior del palacio—. Olvídalo. —Caminó sin mirarlo.

—Espera. —El joven Cuauhtémoc lo siguió—. Disculpa por lo que dije...

—No te preocupes. —Cuauhtláhuac no se detuvo—. Ya puedes volver a Tenochtítlan —se escuchó el eco de su voz.

—No te equivocaste —dijo en voz alta al ver a su primo de espaldas.

Cuauhtláhuac sonrió con malicia.

—No lo sé. Tendré que pensarlo más tranquilamente.

—¿Qué es eso que tienes que pensar?

—Si en realidad vales la pena. —Se dio media vuelta para ver a Cuauhtémoc. El sonido de sus pies raspando el piso se escuchó con un fuerte eco.

—Puedo demostrarlo. —Enderezó la espalda y caminó hacia su primo.

—¿Qué?

—Que soy un hombre digno de confianza.

—Apenas eres un niño.

Aunque Cuauhtémoc disimuló su desaliento, Cuauhtláhuac lo notó.

—La vida es corta —dijo Cuauhtláhuac con mucha seriedad—. Un día sientes que nunca serás adulto y cuando menos te das cuenta ya eres un viejo con hijos y nietos. Motecuzoma es un hombre saludable. Esperemos que así siga por muchos años. De ninguna manera le deseo el mal. Pero también entiendo, y quiero que comprendas que en la política no se puede ser inmaduro. Si quieres llegar alto, debes hacer a un lado toda esa soberbia que te ha cerrado tantos caminos. Un día tal vez llegue a ser tlatoani y quiero que tú estés ahí, a mi lado. No digo esto porque te crea indispensable, sino porque un candidato a gobernante siempre debe estar listo para gobernar, lo que significa que deben prepararse aquellos que van a dirigir con él.

A los hombres barbados no les gusta sentarse en cuclillas, como a los tenoshcas. Cuando llegaron a Meshíco Tenochtítlan traían un objeto al que llaman silla y se la regalaron al tlatoani Motecuzoma Shocoyotzin. Luego de apoderarse de las Casas Viejas, les enseñaron a los carpinteros meshícas a fabricar este tipo de asientos y después les ordenaron que les hicieran varias decenas más. Es por ello que en la casa de Malinche, en Coyohuácan, abundan las sillas, incluso en la habitación donde se encuentran recluidos Cuauhtémoc y Tetlepanquetzaltzin.

Si bien en un principio rechazaron las sillas, consideradas indignas de las costumbres locales, ahora que les es imposible sentarse en cuclillas, han aceptado utilizarlas para sobrellevar los padecimientos de las quemaduras en los pies.

Los soldados murmuran en el pasillo. Cuauhtémoc y Tetlepanquetzaltzin no entienden la lengua de los hombres blancos; sin embargo, por el tono, se percatan de que se están divirtiendo. De pronto, se escuchan pasos en el pasillo y los soldados callan, se ponen de pie y esperan. Una voz masculina les hace preguntas. Es Malinche. Poco después entran todos. Dos soldados tlashcaltecas les entregan agua en pocillos de barro a Cuauhtémoc y a Tetlepanquetzaltzin. Ambos beben con apuro. Ya perdieron la cuenta de los días que han estado sin agua. Malinche los observa en silencio y siempre con seriedad absoluta. Lo acompañan sus intérpretes. Los soldados permanecen firmes, con una mano en el puño de sus largos cuchillos de plata.

—Dice mi señor —traduce la niña Malina— que tuvieron suerte, pues sus hombres, enfurecidos, querían quemarlos vivos esta tarde por el engaño de Tetlepanquetzaltzin, pero que él lo evitó.

—Los hubiera dejado —responde Cuauhtémoc sin mirar a ninguno de ellos.

Malinche da tres pasos hacia el frente. Se ve muy flaco. Demasiado, comparado con el aspecto que tenía el año anterior. Su barba está sucia y larga. Ya no porta su traje de metal, lo que da muestra de que se siente seguro de su triunfo sobre los meshícas. Observa al tlatoani Cuauhtémoc y habla.

—Dice mi señor que él no pretende hacerles daño. Por el contrario, quiere que vivan —traduce la niña Malina, quien en ocasiones parece estar conmovida por la desgracia de los meshícas.

—Dile a tu señor que prefiero que me mate.

Malinche se acerca a Cuauhtémoc, se inclina un poco, lo ve a los ojos con mucha serenidad y habla.

—Dice mi señor que él no es su enemigo.


—Yo no soy tu enemigo —Motecuzoma le había dicho años atrás al joven Cuauhtémoc cuando hablaban sobre su comportamiento en el Calmécac.

El joven se encontraba arrodillado frente al huey tlatoani, con quien tenía una audiencia por primera vez. Si bien se conocían en persona, se habían visto en escasas reuniones familiares y se habían saludado, pero hasta ese momento no habían tenido una conversación formal.

Había alrededor de cuarenta funcionaros en la sala, vestidos con ropas de henequén, pues tenían prohibido vestir atuendos finos frente al tlatoani. De pronto, Motecuzoma les ordenó a todos que se retiraran.

—Yo no soy el enemigo, Cuauhtémoc —repitió el tlatoani cuando se quedaron solos.

El joven se mantuvo en silencio con la cabeza agachada.

—Levántate —dijo Motecuzoma casi con dulzura desde lejos, en el asiento real—. Ven.

Que el tlatoani le permitiese a alguien verlo a la cara era un privilegio de pocos. Cuauhtémoc se puso de pie y caminó al frente, algo temeroso. Hasta ese día —aunque muchos le habían contado—, jamás había experimentado la intimidación que generaba el tlatoani con su presencia.

—¿Cómo estás? —Observó al joven directo a los ojos.

—Avergonzado por mi mal comportamiento —respondió sin atreverse a mirar al tlatoani.

—Yo fui igual de rebelde que tú —habló con un tono afable—. Me gané el desprecio de muchos compañeros en el Calmécac y en el ejército. Mis maestros me llamaron soberbio, testarudo e irrespetuoso. Yo únicamente pretendía expresar lo que pensaba, quería que me escucharan. Estaba seguro de que tenía la razón, aunque muchas veces estuve equivocado. Pero lo más valioso de todo era mi convicción. Y eso es algo que siempre admiro en los demás... —hizo una breve pausa—, mas no por ello estoy dispuesto a solapar desplantes y arbitrariedades. Luego entendí que así no iba a llegar a ninguna parte, y espero que tú también lo comprendas de una vez por todas.

—Le pido que me perdone, mi señor. —El joven estaba nervioso.

Motecuzoma se puso de pie y caminó al centro de la sala sin ver a Cuauhtémoc, quien no pudo evitar contemplar el hermoso atuendo del tlatoani, finamente decorado con oro, plata y piedras preciosas, así como su penacho de largas plumas azules, verdes, amarillas y rojas.

—He escuchado muchas disculpas a lo largo de mi gobierno y, créeme, más de la mitad han sido falsas. Prefiero ver que lo cumplas. Estoy enterado de tu brillante desempeño en el Calmécac, a pesar de tu insubordinación. Es por ello que quiero dar seguimiento a tu carrera religiosa.

Aquello contrastaba con todo lo que el joven había escuchado sobre el tlatoani a lo largo su vida.

—Sé que has escuchado cientos de rumores sobre mi persona —continuó el tlatoani alrededor de la sala—. Pero confío en tu buen juicio. Sólo los mediocres dan validez a las habladurías sin comprobar su verosimilitud. Yo admiraba a tu padre y aprendí mucho de él. Ha llegado el momento de retribuirle todo lo que me enseñó.

Cuauhtémoc dudó de la buena voluntad de aquel hombre, cuya fama de tirano era superior a la de sus bondades.

—Para ello requiero de tu confianza. —Se detuvo frente a él—. Tu confianza absoluta. Si no confías en mí, no habrá correspondencia.

El joven se enderezó y alzó la frente.

—Tendré que... —vaciló en concluir lo que pensaba— esforzarme para ganarme su confianza, mi señor —sentenció.

Sin embargo, lo que había planeado decirle era que tendría que conocerlo mejor para poder confiar en él, pero concluyó que con esas palabras haría de su primera entrevista con el tlatoani la última.

—Bien. —El tlatoani sonrió ligeramente y volvió al asiento real—. Sé que visitaste a mi hermano Cuauhtláhuac en Iztapalapan. Imagino lo que platicaron.

Cuauhtémoc tragó saliva. Se sintió como si su interlocutor lo hubiera descubierto cometiendo un delito. A pesar de que hizo todo lo posible por no evidenciar su nerviosismo, Motecuzoma lo notó.

—No será el último que te ofrezca su apoyo incondicional. Te lo aseguro. Muy pronto llegarán muchos que ni siquiera conoces para que aceptes su amistad. Voy a ser muy claro. A un gobernante lo quieren derrocar a cada momento. Para lograrlo se requiere de aliados. Muchos. Leales y eficaces. Intentarlo a solas es un acto suicida. Supongamos que envenenan al tlatoani: eso no garantiza que el homicida se apodere del gobierno. Se necesitan votos y esos votantes tienen que estar de acuerdo con la muerte del tlatoani y con la elección del sucesor.

«¿Está insinuando que Cuauhtláhuac quiere matarlo?», pensó Cuauhtémoc.

—Eso no significa que mi hermano quiera matarme... espero —expresó con sarcasmo el tlatoani, con una ligera sonrisa—. Pero la muerte de un tlatoani siempre es inesperada. Conoces nuestra historia y sabes que a Chimalpopoca lo mataron los tepanecas, aunque hay quienes aseguran que fueron Tlacaélel, Izcóatl y Motecuzoma Ilhuicamina, con el argumento de que Chimalpopoca era nieto de Tezozómoc y, por tanto, el gobierno meshíca quedaría en manos de los tepanecas; y que a Tízoc lo envenenaron porque se negaba a realizar campañas de conquista... —Unió las palmas de las manos frente a su rostro y comenzó a mover los dedos uno por uno, en sincronía con los de la otra mano.

«¿Insinúa que mi padre mató a Tízoc?», pensó Cuauhtémoc.

—No malinterpretes lo que dije. Tu padre no tuvo nada que ver en eso... —Motecuzoma arrugó los labios y desvió la mirada hacia la derecha.

—En ningún momento pensé eso —respondió con seguridad—. Confío en la integridad de mi padre —mintió.

Sabía perfectamente que su padre había estado involucrado en aquel homicidio, que muchos pretendían endilgarle a Tlacaélel. Pero sus descendientes se encargaron de desmentirlo con la única y más eficaz evidencia: Tlacaélel había muerto antes de que envenenaran a Tízoc.

—Yo no soy el enemigo, Cuauhtémoc —dijo el tlatoani una vez más—. Si quieres llegar lejos, debes tener la certeza de que soy tu mejor aliado.

—Le creo, mi señor.

A partir de entonces, el joven Cuauhtémoc aprendió a fingir, algo que ante Malinche nunca consiguió. El odio que sentía hacia él rebasaba el desprecio que había sentido por cualquier otra persona.


—Dice mi señor que los enemigos están en las islas de Cuba y La Española —traduce la niña Malina, y Cuauhtémoc se muestra indiferente ante el comentario—. Si ellos se apoderan de Tenochtítlan, entonces sí estarían en problemas. Es por ello que le ofrece que colabore con él, primero diciéndole dónde tienen el oro y luego ayudándole a reorganizar el gobierno del imperio para que se puedan cobrar los impuestos a tiempo. Necesita saber los nombres de los pueblos vasallos, la calidad y cantidad de los productos que pagaban.

—Dile a tu tecutli que no soy tan imbécil como los tlashcaltecas —responde el tlatoani, tajante.

Malinche cierra los ojos, niega con la cabeza, se lleva las manos a la cintura y luego responde con molestia:

—Si fuereis más astuto, ya habríais aprovechado la situación en la que estáis. Vuestro destino no cambiará a menos de que aceptéis las condiciones que os ofrezco, que a estas alturas, son las mejores. Mis hombres desean quemaros vivo, vuestra gente ansía sacaros el corazón por haberlos abandonado, en cambio yo —se lleva una mano al pecho— os quiero salvar la vida.

—Quieres un rehén —reclama Cuauhtémoc, luego de escuchar la traducción de la niña Malina—, para salvar tu vida.

—Mi vida ya no corre peligro, señor Guatemuz. Vuestro pueblo está cansado y muriendo de hambre. Todos los señores de los pueblos vecinos han venido a ofrecerme su vasallaje —miente, pues algunos han decidido luchar por su libertad, ya que por fin se ha extinto la Triple Alianza que los había mantenido bajo un yugo insostenible por años.

Sin responder, Cuauhtémoc desvía la mirada y piensa que si pudiera caminar golpearía a Malinche en el rostro, le quitaría la espada y lo mataría, aunque sin duda entiende que en ese instante él también moriría a manos de los guardias; y que muy probablemente ni siquiera alcanzaría a herir a su enemigo.

—No seáis obstinado, Guatemuz —sugiere Malinche con las manos en la cintura—. Ésta es vuestra única opción.

No hay duda; tiene una sola alternativa. Así ha sido casi toda su vida, siempre con un camino, a lo mucho dos, para elegir.

—Es tu mejor opción —le dijo su madre años atrás—. Síguele el juego a Motecuzoma. Cuauhtláhuac es el hermano más leal del tlatoani y seguramente te estaba poniendo una trampa para luego delatarte.

La flama de la tea que los alumbraba bailoteaba con la corriente de aire que se filtraba por el tragaluz. El joven se encontraba pensativo, sentado en el petate donde dormía. Su madre había ido hasta ahí a medianoche para saber qué le había dicho el tlatoani Motecuzoma.

—Podría ofrecer lealtad a los dos —agregó Cuauhtémoc—, sin traicionar a ninguno.

—No. —La mujer le acarició el cabello con ternura a su hijo de quince años—. Eso únicamente te dará mala fama.

—¿Qué te sucede? —preguntó intrigado—. ¿Por qué de pronto eres muy cariñosa conmigo si nunca lo fuiste?

La mujer cambió el semblante. Se mantuvo recta y en silencio, acomodando ideas en su cabeza. La pregunta era sencilla, la explicación no tanto. Ante la opinión pública, Tiyacapantzin había sido una madre negligente, hosca y egoísta. Colocó sus manos sobre los hombros de su hijo y comenzó a masajear suavemente.

—Tras la muerte de Tízoc, sus hijos fueron, aunque no excluidos abiertamente, sí ignorados en las dos siguientes elecciones. Luego, como ya lo sabes, Motecuzoma ordenó matar a casi todos los funcionarios del gobierno de tu padre y a muchos de tus hermanos, incluso a los bastardos. No nada más la historia de los gobernantes meshícas está manchada de sangre; también la de los tepanecas, acolhuas y muchos más. Para llegar a la cima, hay que quitar los obstáculos, aunque éstos sean familiares o amigos muy queridos. Si un día llegas a ser gobernante, tal vez tendrás que deshacerte de alguien cercano.

»Mi más grande temor, desde que tu hermano y tú nacieron fue, precisamente, que tu padre muriera, pues con ello, quedarían desamparados. Y así sucedió. Tu padre murió tras un golpe que se dio en la cabeza, cuando la ciudad se inundó. ¿Y sabes qué fue lo peor de todo eso? Que fue su culpa. Él y su obsesión por construir ese acueducto desde Coyohuácan. Para su mala suerte, en cuanto terminó su construcción, el dios Tonátiuh nos envió las lluvias que nos había quitado el año anterior, provocando una sequía, así que tu padre decidió construir el acueducto. Toda el agua de Coyohuácan vino a dar a Meshíco Tenochtítlan. El nivel del agua llegó hasta los techos de las casas. Tu padre fue arrastrado por la corriente, se golpeó la cabeza y murió. Tú acababas de nacer. Era preciso evitar que Motecuzoma o cualquier otro miembro de la nobleza les hicieran daño a ti y a tu hermano. Tuve que fingir ante todos que no amaba a mis hijos para salvarles la vida. Si los convertía en mis joyas más preciadas, los pipiltin buscarían la forma de matarlos e impedir que alguno llegase a ser tlatoani algún día. Pero al verlos desvalidos, tus tíos y primos sintieron que debían protegerlos y educarlos. Ahora han madurado y son capaces de comprender esto. Si se los decía en la infancia, me habrían delatado, quizá sin darse cuenta, con algún amigo o familiar, y todos nuestros planes se habrían arruinado.

—¿Qué te hace creer que ahora confío en ti? —Cuauhtémoc se quitó de los hombros las manos de su madre—. ¿Nunca te has puesto a pensar que podría odiarte?

—Eso me dolería mucho, pero lo entendería. —Ella caminó frente a él, se arrodilló y lo abrazó sin ser correspondida—. Tienes razones de sobra. Estuve consciente todo el tiempo del riesgo que tomaba. Y cada vez que te veía solo y enojado, sentía deseos de abrazarte, pero sabía que el amor materno, con la ausencia de la estricta instrucción paterna, te haría débil. Lo que importa es que cumplas con tu destino.

—Mi destino... —dijo con la mirada perdida.

Había días en los que no soportaba escuchar aquella frase, que conllevaba una carga demasiado pesada, una carga que él no había solicitado. Una carga, que a pesar de todo su esfuerzo, no se le había endilgado a su hermano.

—Escúchame bien. —Puso sus manos en las mejillas de su hijo y dirigió el rostro del joven hacia el de ella para que se vieran a los ojos—. Está en tu destino. Los agüeros lo afirmaron cuando naciste. Pero eso no garantiza que lo logres. Nosotros debemos esforzarnos para que se cumpla; tú, principalmente. ¿Lo entiendes? —Le apretó las mejillas—. ¿Lo entiendes?

—Sí. —Se puso de pie, caminó hacia el tragaluz y miró, alzando la cara, hacia el cielo oscuro y nublado.

—Lo que tienes que hacer de ahora en adelante es obedecer a tus superiores, no importa qué tan enfadado o frustrado te sientas. Cuando vayas a la guerra...

—¡Ya basta! —la interrumpió molesto—. Sé perfectamente lo que debo hacer.

—Tienes razón. —La mujer salió de la habitación sin despedirse.

De la misma forma, Malinche ha salido ahora, cansado de insistirle a Cuauhtémoc que acepte sus condiciones.

Los pasos de Malinche se escuchan en el pasillo cada vez más lejos. Los guardias en la entrada ríen y murmuran. Parece que les da gusto ver enfadado a Malinche, pues cuando se enoja es cuando peor les va a los nativos. Cuauhtémoc y Tetlepanquetzaltzin se quedan solos en la habitación. Ninguno dice una palabra. Los dolores en los pies no han cesado. Están muy débiles y hambrientos. Siguen sentados, uno frente al otro, en las sillas de madera.

El tecutli de Tlacopan observa los pies de Cuauhtémoc con turbación. Tienen un aspecto aterrador, como leña quemada, cubierta por una especie de pasta derretida. No se atreve a ver los suyos. Cree que al hacerlo no podrá evitar las náuseas y el suplicio de verse a sí mismo. A pesar de que el tlatoani está sufriendo por las quemaduras, no lo demuestra. Tetlepanquetzaltzin admira el coraje de su compañero y, al mismo tiempo, detesta su obstinación.

Aunque ya se conocían, comenzaron a tratarse en el año Diez Caña (1515), durante las fiestas de Izcali, en honor de Shiuhtecuhtli, el dios del fuego y el calor. Ese año Cuauhtémoc y Tetlepanquetzaltzin quedaron a cargo de la elaboración de la imagen que representaba al dios Shiuhtecuhtli: un armazón de varas atadas, llamadas *colotli*, decorado con prendas lujosas y una máscara roja o amarilla que semejaba a la de un anciano. Al caer la noche, se encendía el fuego nuevo, donde arrojaban decenas de animales —ratones, conejos, peces, serpientes, entre muchos más—, que los jóvenes de la ciudad habían cazado en los diez días anteriores. Se proseguía al sacrificio de esclavos que eran ataviados a semejanza del dios del fuego. Se les perforaban los lóbulos a los niños nacidos en ese año. Luego se llevaba a cabo un banquete.

Cuauhtémoc, Tetlepanquetzaltzin y otros jóvenes pertenecientes a la nobleza terminaron alcoholizados con octli, en una casa de mujeres públicas.

Después de aquella noche, Cuauhtémoc y Tetlepanquetzaltzin se frecuentaron poco. Sus caminos parecían distintos, aunque entrelazados. Tetlepanquetzaltzin se incorporó a las tropas de Tlacopan, mientras que Cuauhtémoc comenzó su carrera religiosa.

—¿Por qué decidió dedicar su vida al sacerdocio y no al ejército? —pregunta el señor de Tlacopan.

—No lo sé. —El tlatoani no lo mira.

—Entiendo si no quiere hablar. —Tetlepanquetzaltzin dirige por fin su atención a sus pies quemados. Como lo esperaba, siente náuseas—. Le voy a hacer una confesión...

El tlatoani lo ignora.

—El primer sacrificio que presencié fue cuando tenía seis o siete años. Nadie me llevó. Yo subí al teocali antes de que la ceremonia iniciara y me escondí en el cuarto donde los sacerdotes solían enclaustrarse por días. En verdad quería ver de cerca cómo se hacían los sacrificios. No tenía idea de lo que estaba por ver. Llevaron al esclavo a la cima del teocali, lo acostaron bocarriba; y mientras cuatro personas le sostenían brazos y piernas, mi padre le abrió el abdomen con su

cuchillo de pedernal y le metió la mano, como quien busca en una petaca, y jaló el corazón con fuerza. Todo fue tan rápido. Lo cortó con
su cuchillo y lo ofrendó a los dioses alzándolo en todo lo alto. Pero lo
que más me impactó fue cuando levantó el corazón al fuego. Sin
poder contenerme vomité en ese momento. Desde entonces, siempre
que veo carne quemándose, siento náuseas. Por eso no me dediqué a
la religión. Puedo matar gente con el macáhuitl, con una flecha, pero
no en un ritual religioso y mucho menos lanzarlo al fuego, como se
hace en los funerales. La sola idea de imaginar a un hombre o mujer
vivo quemándose me perturba por días. Cuando tomé el cargo de mi
padre, llevé a cabo varios sacrificios, y en todos sufrí antes y después.

Cuauhtémoc levanta el rostro hacia el techo y deja escapar un
quejido. Tetlepanquetzaltzin decide guardar silencio. Un silencio
muy largo.

—A mí jamás me llamó la atención salir a la guerra. Quería estudiar los astros, comprender la cuenta de los días, el origen del tiempo,
el designio de los dioses. Todos mis amigos eran valientes y aven-
turados. Casi nadie sabe con exactitud los nombres, significados y
deseos de cada uno de nuestros dioses.

—Recuerdo perfectamente mi primer día en el Calmécac. Lo
primero que el sacerdote hizo fue preguntar quién sabía los nombres
de nuestros dioses principales y ninguno lo supo —dice Tetlepanquetzaltzin con una sonrisa, olvidando por un breve instante el dolor
en los pies.

—Sí... —Cuauhtémoc cierra los ojos y se queda dormido.

## 3

La exigua luz del amanecer, que entra por el tragaluz, alumbra el rostro afligido del tlatoani. La necesidad de orinar se incrementa con cada minuto, pero le punzan tanto las heridas que no ha hecho el intento por ponerse de pie. Se acomoda de lado, saca su pene del taparrabos —la única prenda que trae puesta— y orina en el piso. A los dos guardias en la entrada no les importa si los presos defecan o vomitan.

El tecutli de Tlacopan abre los ojos al escuchar el líquido que chorrea. Por un instante piensa en cuestionar al tlatoani si se siente bien, pero opta por callar. Tetlepanquetzaltzin siempre ha sido un hombre de pocas palabras. A los arrogantes y a los necios siempre los dejó hablar hasta que se cansaran y les dio la razón. Por ello, se ganó la fama de torpe y sumiso; creencia sobre su persona que nunca intentó desmentir. Lo consideraba una pérdida de tiempo. En cambio, sus compañeros del ejército siempre hicieron todo lo posible por demostrar su valentía, astucia y destreza en el uso de las armas.

«Cuánta soberbia», pensó la tarde en la que el huey tlatoani Motecuzoma Shocoyotzin entregó reconocimientos a los soldados que regresaron de una campaña en contra de un pequeño pueblo, donde dos meshícas habían sido encarcelados por robo. El tlatoani lo había considerado un agravio y motivo suficiente para enviar sus tropas. De igual forma, aprovechó aquella campaña para mandar a trescientos soldados recién egresados, entre ellos a Tetlepanquetzaltzin. El tlatoani se encontraba en la cima del Coatépetl, donde nadie lo podía ver. Los soldados que recibían su primer reconocimiento tenían que subir y arrodillarse al llegar a la cúspide, sin alzar la cabeza y mucho menos intentar ver al tlatoani.

Tetlepanquetzaltzin lo conocía muy bien, pues cuando era niño había acompañado a su padre a las Casas Nuevas. Aunque todos estaban obligados a arrodillarse y ver hacia el piso, él desobedecía aquel mandato con frecuencia. Aquella indisciplina le habría costado a cualquiera varios días de encarcelamiento o incluso la vida, pero Tetlepanquetzaltzin por ser un niño, nunca fue reprendido por el tlatoani. Sin embargo, el cihuacóatl Tzoacpopocatzin le llamó la atención en repetidas ocasiones, lo cual le generó, al volver a Tlacopan, severos castigos propinados por Totoquihuatzin, su padre.

—Buenos días —dice una voz femenina en el pasillo.

Los dos presos, sin moverse, escuchan con atención. Los soldados al ver que ella trae comida para los presos le ceden el paso sin decir una palabra. Lo primero que ve la mujer al ingresar a la habitación son los pies quemados de los presos. Permanece boquiabierta, contemplando con desolación la extraña combinación de colores: rojo, blanco, negro y morado en la piel inflamada y deforme en algunas zonas, como las velas de cera que los hombres barbados trajeron a estas tierras, y sin poder evitarlo suelta unas lágrimas. Cuauhtémoc y Tetlepanquetzaltzin la observan. Ninguno de los tres dice una palabra.

—Mis señores... —hace una pausa, traga saliva y continúa—, me llamo Atzín y he venido a... traerles de comer.

—Acércate —dice el huey tlatoani al mismo tiempo que se endereza sobre la silla.

La mujer tiene alrededor de dieciocho años, es muy delgada y de baja estatura. Viste un humilde huipil de henequén y anda descalza. Su cabello largo y suelto le cubre las sienes y las mejillas. Camina con lentitud hacia los presos y se dispone a arrodillarse ante el tlatoani y colocar un canasto en el piso, pero él se lo impide. Ella se desconcierta, pero disimula.

—Tuve que orinar ahí hace un momento.

Atzín permanece de pie, observa el piso y luego el canasto que lleva en las manos.

—Les traje tortillas, frijoles con chile y agua. —Saca los alimentos y le entrega su porción a cada uno.

Ambos comen despacio. Observan discretamente hacia la salida, específicamente lo que hacen los soldados, aunque ellos los ignoran. Estuvieron toda la noche en vela y lo único que les interesa es dormir.

—Háblanos de la situación en Tenochtítlan —dice Cuauhtémoc, mirándola con mucha atención.

—Mucha gente está abandonando la ciudad. Llevan consigo pocas pertenencias. Pero van muy tristes. Dicen que ya no piensan regresar jamás. Otros están muy indignados con usted por haberlos... —Suspira con dolor y temor.

—Abandonado —dice el tlatoani avergonzado.

Atzín asiente con la cabeza al mismo tiempo que con los dedos acomoda su cabello y lo sujeta detrás de las orejas. En su rostro hay un aspecto lúgubre.

—Tú no eres meshíca. Hablas diferente, pero no logro identificar de dónde eres —dice el tlatoani, sin poder quitar la mirada de aquella joven.

—Soy zapoteca, mi señor.

—¿Qué están haciendo con los muertos? —pregunta Tetlepanquetzaltzin.

—Los están quemando todos juntos —responde Atzin.

—¿Sin ninguna ceremonia?

—Nada.

—Es una lástima —continúa el señor de Tlacopan—. ¿Y tus familiares?

—No deberías hacerle ese tipo de preguntas —interrumpe el tlatoani.

—Los mataron en Oashaca, hace seis años.

—¿Quiénes? —pregunta Tetlepanquetzaltzin.

—Unos meshícas.

El tecutli de Tlacopan no sabe qué decir.

—Te pido perdón por el daño, en nombre del pueblo meshíca —dice Cuauhtémoc.

El que habla en este momento no es el mismo que era hace unos años, ni siquiera el que era hace unos meses. Ahora ni él mismo se reconoce. Tres años atrás tenía la certeza de que sería mejor tlatoani que Motecuzoma.

—Ampliaré el Coatépetl. Será dos veces más alto —le aseguró a Mashóchitl, una mujer con la que había tenido varios encuentros amorosos—. Cambiaré el régimen tributario y crearé leyes más estrictas.

Se encontraban acostados en un petate. Él bocarriba y ella bocabajo, a un lado de él.

—¿Y qué te hace creer que serás tlatoani? —Sonrió, al mismo tiempo que le acariciaba el pecho desnudo.

—Lo sé. —Se llevó las manos detrás de la nuca y suspiró, mirando al techo de la habitación.

—Lo mismo dice mi esposo. —Quitó la mano del pecho de Cuauhtémoc y se acostó bocarriba. Sus enormes senos se desparramaron a los extremos de su costado—. Todos ustedes creen que serán el próximo tlatoani. ¿Qué no piensan en otra cosa?

—Tu esposo es un imbécil.

—Es hijo del tlatoani, mayor que tú, lleva más tiempo en el ejército y tiene más posibilidades de heredar el trono.

—No te confíes. La política es impredecible.

—Lo único impredecible en este mundo somos las mujeres. —Le dio un beso y se levantó del petate donde habían pasado las últimas horas—. Ya me tengo que ir. —Se hizo un nudo en el cabello para vestirse.

—Quédate un poco más. —La miró mientras se ponía su huipil.

—Si me quedo más tiempo Shoshopehuáloc vendrá por mí y nos encontrará. No quiero morir⁹⁴.

—No entrará hasta la habitación —dijo Cuauhtémoc con engreimiento.

—Eso crees... —Lanzó una mirada burlona.

—Le dices que mi madre te entretuvo.

—Duerme un rato. —Se acercó a él y lo besó—. Cuando seas tlatoani podré estar contigo todo el tiempo que quieras.

Cuando ese día llegó, ella había muerto por la *hueyzáhuatl*, nombre que le dieron los meshícas al mal de las pústulas.

94 De acuerdo con las leyes meshícas, eran condenados a muerte quienes fuesen encontrados culpables de adulterio: los apedreaban o quebraban la cabeza entre dos lozas. Esta ley era aplicada en su mayoría a las mujeres, así como a hombres que cometían adulterio con una mujer casada. Si el hombre caía en adulterio con una mujer soltera o prostituta no era delito. Era permitido el divorcio si el hombre repudiaba a la mujer. Un hombre podía casarse con la esposa de su hermano si éste moría. Los hombres, generalmente los pipiltin, podían tener todas las concubinas que quisieran, siempre y cuando las pudiesen mantener. Un hombre no podía matar a su mujer si la descubría en adulterio. La tenía que llevar ante un juez.

—Señor Guatemuz —dice Malinche al entrar sorpresivamente.

Ni los presos ni la joven escucharon sus pasos. El tlatoani y el tecutli de Tlacopan miran con desprecio a Malinche, que viene acompañado de la niña Malina.

Atzín da unos pasos hacia atrás, con algo de temor e incertidumbre. Malinche camina hacia ellos, dirige su mirada a los pies de ambos presos, los contempla detenidamente, hace un gesto de desaprobación, libera un suspiro al tiempo que niega con la cabeza apuntando hacia el piso, y habla.

—Ya te puedes retirar —traduce la niña Malina a Atzín.

La joven, desconcertada, teme por la vida de los presos y sale con la cabeza agachada. Luego la niña Malina se dirige a Cuauhtémoc.

—Mi tecutli Cortés quiere hablar con usted sobre el gobierno de Tenochtítlan.

—¿Quiere que haga lo mismo que Motecuzoma? ¿Que le enseñe a gobernar nuestro pueblo? ¿Que traicione a mi gente?

La niña Malina le traduce a Malinche, pero él no espera para escuchar todo lo que ella le tiene que decir.

—Dile que no vengo a reñir con él y que es hora de que razone. Su guerra está perdida.

Apenas la niña Malina traduce, Cuauhtémoc responde con ira.

—Dile que me mate de una vez, porque no pienso ayudarle.

—Nada de lo que hagáis —respondió Malinche, mirándolo directamente a los ojos—, nada de lo que digáis, nada de lo que penséis cambiará la situación. Si os mato, todo seguirá igual. Vuestra muerte únicamente servirá para alegrar a los que están allá afuera. Ellos os odian. Para ellos vos sois un traidor, un cobarde que huyó de la guerra para salvarse a sí mismo. Lo único que quieren es paz. A los vasallos no les importa quién los gobierne mientras haya tranquilidad y prosperidad. Vos deberíais saberlo, pero sois tan joven e ingenuo que no lo entendéis. Mutezuma lo comprendió con claridad.

—¡Mientes! —grita Cuauhtémoc.

—¡No! ¡Jamás he intentado engañaros! Siempre dije a Mutezuma que no quería una guerra y él lo comprendió. No por cobardía, sino por astucia.

—Motecuzoma no es tan astuto como muchos creen —le había dicho Tlilancalqui años atrás al joven Cuauhtémoc, luego de que el tlatoani lo hubiera designado sacerdote de Tlatelolco, a pesar de que había otros candidatos con mayor experiencia y de que el mismo Itzcuauhtzin, tecutli de Tlatelolco, se había opuesto.

Para esto, el tlatoani le había pedido al joven Cuauhtémoc, en privado, que le informara sobre la lealtad y la forma de gobernar de Itzcuauhtzin. El recién nombrado sacerdote prometió llevar a cabo aquella solicitud, pero no cumplió, pues aquel tipo de solicitudes se había multiplicado en los últimos dos años.

—Es por eso que hemos venido a verte —añadió Tlilancalqui.

Era un hombre de unos cincuenta años, muy delgado, pero de músculos sólidos.

—¿Por qué? —Cuauhtémoc actuó igual que como se comportaba con todos, fingiendo ingenuidad para eludir aquellos compromisos que le querían echar en hombros.

—Nos preocupa que nuestro amado tlatoani no pueda enfrentar el gran reto que viene con la llegada de los extranjeros —explicó Cuitlalpítoc.

—No entiendo a qué se refieren.

—Si Motecuzoma hubiese enviado a sus tropas a las tierras totonacas, habrían acabado con los barbudos y no estaríamos preocupados por nuestro destino. Pero decidió esperar. Nosotros tenemos la certeza de que en determinado momento llegarán esos hombres a nuestras tierras. Necesitamos saber quiénes estarán dispuestos a dar su vida para defender Tenochtítlan.

—¿No creen que se están precipitando?

—Nosotros ya fuimos a las tierras totonacas y conocimos en persona a ese hombre al que llaman Malinche. Él no está jugando. Sabe lo que quiere: llegar a Tenochtítlan y derrocar a Motecuzoma.

Cuauhtémoc se sorprendió al escuchar la seguridad con la que aquellos tres hombres, a los que apenas había conocido esa tarde, hablaban sobre el futuro de la ciudad isla.

—Sabes que Motecuzoma tiene muchos enemigos, ¿verdad?

—Sí... —Cuauhtémoc los miró con desconfianza.

—Malinche también lo sabe. A pesar del poco tiempo que tiene de haber llegado, ya se informó y sabe que nuestros principales enemigos son los tlashcaltecas. En este momento se dirige a Tlashcálan, acompañado de mil trescientos soldados totonacas. Les ofrecerá una alianza y juntos nos atacarán.

Todo eso le pareció poco creíble al joven sacerdote. Motecuzoma le había asegurado que en cuanto los hombres barbados llegaran a Tlashcálan, serían atacados y destruidos.

—¿Y ustedes quieren...? —Cuauhtémoc sabía lo que querían, pero esperó a que ellos se lo dijeran.

—Saber si podremos contar con tu lealtad.

—¿A cambio de qué?

—No malinterpretes nuestras palabras. De ninguna manera pretendemos conjurar en contra de nuestro huey tlatoani. Únicamente estamos previniendo cualquier fatalidad.

—Si algo así llegase a suceder, yo seré de los primeros en defender nuestras tierras.

Opochtli, Tlilancalqui y Cuitlalpítoc se dieron por satisfechos con aquella respuesta y se marcharon.

## 4

Ha oscurecido y descendió la temperatura. Aunque los presos están casi desnudos, el frío no les incomoda debido a que las antorchas siguen encendidas. Más que una molestia son un beneficio.

Atzín entra a la habitación, pero en esta ocasión no trae alimentos sino una olla de barro y varios trapos de algodón. Le sigue la niña Malina y uno de los hombres de Malinche, quien dice ser médico.

—El tecutli viene a curarles los pies —explica la niña Malina y se detiene en la entrada, como un soldado más.

—Me llamo Cristóbal de Ojeda —los saluda con tono amistoso.

El tlatoani y el tecutli de Tlacopan suspiran con alivio.

—Se lo ruego —dice Tetlepanquetzaltzin.

Cuauhtémoc asiente; el hombre y la joven caminan hacia el señor de Tlacopan. El médico observa detenidamente las heridas y hace algunos gestos de reproche. Sabe que debió atenderlos antes, pero Malinche no dio la orden hasta esta noche. Le hace señas a Atzín. Ella se arrodilla, mete un pequeño trapo en la olla, lo saca, lo exprime ligeramente y se lo entrega al médico, que lo coloca con suavidad sobre uno de los pies de Tetlepanquetzaltzin, que al instante se queja del dolor.

—No tenemos medicamentos —explica—. Lo único que he logrado conseguir es este remedio que me proporcionaron unas ancianas. Me han dicho que lo hicieron con raíces y hojas que, sinceramente, no conozco.

Inmediatamente la niña Malina se ocupa de traducir.

—Si se lo dieron nuestras abuelas, seguramente nos curaremos —responde Cuauhtémoc con gran seguridad.

—Vaya que sois arrogante —dice el médico en cuanto la niña Malina le traduce—. Si sabéis tanto sobre medicina, ¿por qué ha muerto tanta gente a causa de la viruela?

Por un momento, el tlatoani siente el deseo de propinarle un puntapié en la cara al médico en cuanto se acerque a curarle las heridas, pero sabe que no lo hará, le duelen mucho los pies.

—Cuéntenos sobre la situación allá afuera —dice Tetlepan-quetzaltzin.

El hombre se rasca la cabeza en cuanto la niña Malina le traduce.

—¿Qué os puedo decir? —Se encoje de hombros—. Que la situación va mejorando. Se están limpiando las calles, pues entre tanto muerto y tantas casas derrumbadas apenas si se podía caminar.

—¿Y la gente? ¿Cómo está?

—Muchos se han marchado y los que han decidido permanecer en Temistitan están contentos porque ha terminado la guerra. Están acudiendo a misa y escuchan la palabra de Dios, nuestro señor.

—¡Mentira! —exclama Cuauhtémoc enojado.

El médico aprieta los labios a forma de sonrisa, baja los párpados y se encoge de hombros.

—Don Fernando Cortés quiere lo mejor para vuestro pueblo.

—Si fuera cierto me dejaría en libertad.

Tetlepanquetzaltzin frunce el entrecejo al escuchar a Cuauhté-moc hablar en singular.

—Si os deja en libertad —continuó el médico—, lo primero que haréis será reunir a vuestras tropas y reanudar la guerra. Os diré algo que no debería, pero creo que lo debéis saber. Entre todos esos barba-janes hambrientos de oro, don Fernando es el único con cordura. Me asombra escucharlo hablar sobre su proyecto para estas tierras. Él tenía vuestra edad cuando llegó a La Española, una isla que no se compara con vuestra ciudad. Hoy en día no queda nada de eso, es una copia de cualquier pueblo de Castilla. Don Fernando no quiere eso para Temistitan. Nos lo ha dicho en repetidas ocasiones. Desea una ciudad en la que podamos convivir ambas razas.

—¿Y para eso mató a tanta gente?

—¡No! Él jamás quiso esta guerra. Disculpad mi sinceridad, pero fue vuestra culpa. Don Fernando os envió muchas ofertas de paz y vosotros las rechazasteis. Ni siquiera aceptasteis hablar con él en persona.

—¿A quién quiere engañar?

—Vos os estáis engañando solo.

—Malinche aprovechó la hospitalidad de Motecuzoma para apresarlo en las Casas Viejas.

Aquel fatídico día, Cuauhtémoc se encontraba en Tlatelolco, dando una clase sobre el origen de Tezcatlipoca a un grupo de adolescentes de entre doce y trece años.

—¡Tecutli Cuauhtémoc! —gritó un mensajero meshíca al llegar—. ¡Tecutli Cuauhtémoc!

—¿Qué sucede? —preguntó alarmado.

—Los tienen presos. —El hombre se agachó, puso sus manos sobre sus rodillas, manteniéndose de pie, mientras jadeante tomaba aire—. ¡Los barbudos! ¡Tienen a Motecuzoma y a todos los miembros de la nobleza encerrados en las Casas Viejas! ¡También a los señores principales de Tlatelolco y a su hermano Atlishcatzin!

El joven Cuauhtémoc apenas si tuvo tiempo de analizar lo que estaba escuchando, cuando llegó una decena de hombres a darle la misma noticia. Tenochtítlan y Tlatelolco se habían quedado sin dirigentes. La primera pregunta que pasó por su mente fue: «¿Qué hacer?». Pero guardaste silencio. Sabía que eso no era lo que ellos esperaban. Dedujo que si lo habían ido a buscar era para que él organizara las tropas, ya que el tecutli Itzcuauhtzin y el tlacochcálcatl de Tlatelolco estaban presos, y acudiera en auxilio de los meshícas. Se sintió preocupado y confundido. Hasta el momento jamás había tomado una decisión tan importante, ni mucho menos había dirigido un ejército. Era apenas un joven sacerdote, cuya labor consistía en enseñar historia y religión, llevar a cabo los rituales sagrados y sacrificios humanos.

—¿Qué hacemos? —preguntó uno de los hombres que había acudido a informarle.

—Vamos —respondió sin pensar mucho lo que estaba diciendo.

—¿Llevaremos las tropas?

Aquello implicaba asumir la responsabilidad total de las muertes. Cuauhtémoc no estaba preparado para eso. Todo lo que su madre le había dicho en los últimos años sobre recuperar el gobierno, que le correspondía como hijo del tlatoani Ahuízotl, le pareció muy lejano. Siempre creyó que algo así sucedería cuando él tuviera entre treinta o cuarenta años. Las circunstancias habían anticipado su posible llegada al gobierno mucho antes de lo esperado. Aunque no estaba pensando en la sucesión del tlatoani en ese momento, el simple hecho de dirigir una tropa lo hacía sentirse acorralado. Por primera vez estaba comprendiendo las dificultades de la política, la guerra y el gobierno. Pese a que jamás se lo había confesado a nadie, admiraba a Motecuzoma, pues sabía que sus logros, más que el arte de la intriga, habían requerido astucia, paciencia, sensatez, prudencia y arrojo. Pensó en cómo procedería el tlatoani.

—No llevaremos las tropas tlatelolcas. Primero buscaremos la manera de dialogar con Malinche.

—¿Dialogar? —preguntó molesto uno de ellos—. ¿De qué estás hablando?

—No sabemos por qué los tienen presos.

—¡Los tienen presos, eso es lo que importa!

—Vamos —evitó discutir—. No hay que perder tiempo.

El hombre se mostró inconforme, sin embargo, obedeció y caminó a un lado del joven sacerdote, quien esperaba que al llegar a Tenochtítlan las circunstancias cambiaran, que Motecuzoma estuviese libre para entonces o que alguno de los capitanes de las tropas meshícas hubiese asumido la responsabilidad.

Conforme se acercaron a los límites con Tenochtítlan, aumentó la aglomeración de personas, por lo cual se hizo cada vez más complicado avanzar. Había alrededor de trescientas mil. Al llegar a las Casas Viejas, fue casi imposible atravesar la multitud que gritaba enardecida, sosteniendo piedras, palos, macahuitles, flechas, lanzas y escudos. Nadie los estaba dirigiendo. Una mujer gritó:

—¡Maten a Motecuzoma!.

—¡Te mataremos a ti por traidora! —le gritó otra.

—¡Atrévete! —le escupió en la cara.

La otra intentó tirarla, jalándola de los tobillos, pero intervinieron varias personas, lo cual facilitó el paso para Cuauhtémoc y su comitiva.

—¡Liberen a Motecuzoma! —gritaba el tumulto ubicado detrás de los soldados meshícas que se encontraban hasta el frente, conteniendo a los manifestantes.

—¡Tlilancalqui! —gritó el joven Cuauhtémoc en cuanto lo vio en las filas delanteras—. ¡Tlilancalqui!

El hombre no lo escuchó. Nadie lo habría escuchado entre tantos gritos y con tanta distancia entre ellos. Por ello, Cuauhtémoc tuvo que forzar su paso entre la multitud, la cual no tenía idea de quién era él. Pertenecía a una generación joven que apenas se estaba dando a conocer en la sociedad tenoshca.

—¡Tlilancalqui! —Le rozó el hombro, pero ni así logró que el hombre volteara, pese a que se estiró por arriba de dos personas—. ¡Déjenme pasar! —le dijo al que estaba frente a él.

—Muchacho, todos estamos aquí por el mismo motivo, ¿qué te hace pensar que tienes más privilegios que los demás?

—Necesito hablar con Tlilancalqui —dijo casi a tono de ruego.

—Yo necesito hablar con el tlatoani Motecuzoma —le respondió con ironía.

—Soy Cuauhtémoc, hijo de Ahuízotl, déjeme pasar.

—Y yo soy primo de Motecuzoma —respondió enojado otro hombre, que le obstaculizaba el paso—. Aquí todos somos iguales. Así que tendrás que esperar, porque yo no pienso quitarme.

Muy a su pesar, Cuauhtémoc permaneció en el mismo sitio por varias horas. Por más que preguntó a los que estaban a su alrededor, no logró obtener más información de la que ya sabía: Motecuzoma y los miembros de la nobleza habían sido apresados por los extranjeros de barbas largas. Las tropas meshícas habían formado una valla humana para evitar un amotinamiento y la muerte del tlatoani y los pipiltin.

Al caer la noche, salieron Malinche, sus hombres más cercanos y algunos miembros de la nobleza. La población gritó enardecida:

—¡Liberen a Motecuzoma!

Entonces los pipiltin hicieron señas con las manos para que la gente se callara, lo cual tardó varios minutos. Finalmente, cuando todo estuvo en silencio, habló uno de los pipiltin que se encontraba a un lado de Malinche.

—¡Tenoshcas! ¡Nuestro tlatoani está a salvo! ¡No hay razón para preocuparse! ¡Todo está bien! ¡Los rumores que han escuchado son sólo rumores! ¡Motecuzoma pide que vuelvan a sus casas y que mañana continúen con sus actividades!

—¡Mienten! —gritó alguien.

—¡Exigimos ver al tlatoani! —gritó otro.

La población completa volvió a vociferar sin descanso por varios minutos, mientras los pipiltin que estaban a un lado de Malinche y sus hombres intentaban callarlos.

—¡Nuestro huey tlatoani ya está durmiendo! Vayan a hacer lo mismo. Mañana él saldrá a hablar con ustedes.


—Nos mintieron desde el primer día. Dijeron que todo estaba bien.

—La mirada del tlatoani Cuauhtémoc se mantiene inmóvil ante el hombre que le cura las heridas. Le resulta difícil creer que uno de los hombres que han destruido su ciudad le esté haciendo un bien.

—No tiene caso que intente convenceros de lo contrario —responde el médico, incómodo con la actitud del tlatoani.

—¿A cuántos de nosotros ha atendido? —pregunta Cuauhtémoc.

—Estuve a cargo de los cuidados médicos de Mutezuma y algunos señores tlascaltecas.

—¿No habría sido más fácil para usted dejar morir a Motecuzoma y a esos tlashcaltecas?

—Yo no he venido a combatir sino a curar a los enfermos, sin importar la raza.

—No le creo. Está mintiendo. Sólo obedece a Malinche, que le ha ordenado que nos cure porque le conviene mantenernos vivos.

—Mi señor —interviene el tecutli de Tlacopan—. No creo que sea apropiado decir algo así en estos momentos.

—¿Quién te crees tú para decirme lo que debo o no decir?

—Disculpe. —Tetlepanquetzaltzin agacha la cabeza.

—¡Este hombre es tan sólo un sirviente! —Lo señala con vilipendio.

La niña Malina traduce todo el tiempo. El médico, al escuchar lo que dice el tlatoani, alza las cejas e inhala con molestia.

—Si eso es lo que vos estáis pensando, me retiro. —El hombre se pone de pie y camina a la salida.

—¡Lárguese! ¡Lárguese! ¡No necesito de sus cuidados! ¡Asesino! ¡Asesino!

—Es usted un idiota —espeta Tetlepanquetzaltzin cuando se quedan solos y se acuesta de lado, dándole la espalda a Cuauhtémoc.

—¿Idiota? ¿Me llamaste idiota?

—¡Sí! —grita molesto, sin voltear—. ¡Lo vienen a curar y usted se comporta como si lo torturaran! ¿No ha pensado que con sus pies sanos podría hacer muchas cosas, como caminar, correr, huir? Pero no, usted lo único que quiere es gritarle a los extranjeros cuánto los odia. ¿Quedó satisfecho? Dudo que ese hombre quiera volver a curarle sus pies podridos y pestilentes.

—¡Cuida tus palabras!

—¿Y si no qué? —Se sienta y lo ve de frente—. ¿Me va a mandar matar? Los dos estamos presos. En estas circunstancias somos iguales. Somos presos.

—Sí, te mandaría matar —responde Cuauhtémoc en voz baja, al mismo tiempo que desvía la mirada—. Si fuera otra la situación... Si pudiera caminar, te rompería los dientes a golpes... Si no estuviéramos presos, te habría llevado a la piedra de los sacrificios y te habría sacado el corazón yo mismo.

El tecutli de Tlacopan se acuesta de lado, dándole la espalda al tlatoani, quien de inmediato hace lo mismo. Ahora sólo se escuchan sus respiraciones y las voces de los guardias en el pasillo. Cuauhtémoc se pregunta si lo que está viviendo es igual o peor que lo que sufrió Motecuzoma.

En aquellas primeras horas de incertidumbre se escuchaba todo tipo de rumores sobre la situación del tlatoani Motecuzoma. Algunos decían que Malinche lo tenía colgado de una cruz, otros afirmaban que estaba amarrado a un palo y que pretendían quemarlo vivo.

—¡Tlilancalqui! —dijo el joven Cuauhtémoc cuando la gente comenzó a volver a sus casas y él pudo acercarse.

El hombre lo saludó con brevedad y tristeza. Luego siguió caminando. Cuauhtémoc no supo cómo iniciar la conversación. El tema era por todos sabido y cualquier pregunta que hiciera quedaría sin respuesta por el momento.

—Vine en cuanto me enteré...

El hombre no le prestó mucha atención.

—Estuve detrás de usted toda la tarde, pero la gente no me dejaba pasar.

—Sí, todo esto fue un enredo —negó con la cabeza—. Motecuzoma es hombre muerto.

—¿Está seguro?

—Esos hombres no lo dejarán libre... ni vivo...

—¿Y quién tomará las decisiones ahora?

—Ése es el principal conflicto que tenemos. La mayoría de los miembros de la nobleza están ahí dentro. Los que estamos afuera podríamos tomar el control, pero no es tan sencillo. Podría interpretarse como un acto de rebelión[95].

—Y eso, obviamente sería castigado con la pena de muerte —finalizó Cuauhtémoc.

—Eso si el tlatoani sale vivo. —Miró en varias direcciones e hizo un gesto irónico—. Podría salir mañana, en una semana, o nunca.

—Pero urge que alguien se haga cargo...

—Se requiere de un hombre valiente, dispuesto a arriesgarlo todo con tal de salvar nuestra ciudad. Pero hay muchos cobardes. Incluyéndome a mí. Ya estoy demasiado viejo para andar entre los soldados. Me matarían en el primer combate.

—¿Quiénes están libres?

—Hasta donde tengo entendido, aunque no los he visto aún, Opochtli, Cuitlalpítoc, Cuecuetzin, Imatlacuatzin y Tepehuatzin. Quizá haya otros por ahí, pero no sabemos.

—¿Hay algo en lo que pueda ayudar?

Tlilancalqui arrugó los labios y negó con la cabeza.

---

95   De acuerdo con las leyes meshícas, se consideraba traición al tlatoani y al gobierno organizar revueltas o manifestaciones en el pueblo; usurpar las facultades del tlatoani; crear alianzas secretas o contrarias al gobierno; agredir a un embajador, ministro o pipiltin; utilizar de forma inadecuada las insignias o armas reales; que los jueces sentenciaran de manera injusta o contraria a la ley; alterar medidas establecidas en el comercio; encubrir a cualquier involucrado en las antes mencionas. Quienes fuesen encontrados culpables eran condenados a muerte (descuartizados). El adulterio, el homicidio, el incesto y el robo también eran castigados con la muerte. Si el robo era de poco valor, el acusado tenía que pagar al agraviado.

—Entonces, ¿qué hago?

—Espera... Igual que todos. —Caminó, luego se detuvo y volvió la mirada hacia el joven Cuauhtémoc—. Acércate a Opochtli, Cuitlalpítoc, Cuecuetzin, Imatlacuatzin o Tepehuatzin, a cualquiera de ellos. Te ayudarán y te enseñarán mucho.

En ese momento pasó corriendo un joven de la misma edad que Cuauhtémoc. Era muy delgado, tenía la mirada perdida y dificultad para mover el cuello, brazos y piernas. Se trataba de Tohueyo, uno de los hijos bastardos de Motecuzoma que había perdido la cordura al llegar a la pubertad; sin embargo, circulaban rumores de que era así desde su nacimiento, pero que por ser hijo del tlatoani se había salvado de ser sacrificado, como solía hacerse con todos los niños deformes, retardados o con algún defecto, algo que sucedía con demasiada frecuencia. Ni los pipiltin ni los macehualtin se salvaban de los castigos de los dioses enviados a sus hijos.

—¡Ayúdenlo! —gritó sin dirigirse a alguien en específico—. ¡Lo tienen preso!

Hubo uno que otro despistado que sintió piedad por el joven que tenía ya varios años recorriendo las calles de Tenochtítlan, gritando cosas sin sentido; aunque no en esta ocasión. Quienes ya lo conocían lo ignoraban por completo. Cuauhtémoc permaneció en el mismo lugar por varios minutos, observando a Tohueyo, mientras la gente regresaba con obediencia a sus casas, de la misma manera en que lo hacían cuando terminaba una celebración. Nadie había decidido permanecer en guardia frente a las Casas Viejas.

De pronto, se preguntó por los hombres que habían ido a buscarlo a Tlatelolco. Se perdieron entre la multitud apenas entraron a Tenochtítlan. Igual que él, habían descubierto que no podrían hacer nada para rescatar al tlatoani. Entonces recordó la actitud osada con la que habían salido de Tlatelolco y comenzó a reír. Se había anticipado demasiado.

Decidió pasar esa noche en casa de su madre.

—¡Qué bueno que estás a salvo! —dijo y lo abrazó, muy preocupada, en cuanto lo vio entrar a la casa—. Mandé a que te avisaran a Tlatelolco acerca de lo que estaba ocurriendo, pero el mensajero jamás volvió.

—Sí, recibí a tu mensajero, pero decidí ir directamente a las Casas Viejas.

La mujer bajó la mirada y se mostró preocupada.

—¿Me estás ocultando algo? —Intentó verla a los ojos, pero ella lo evadió.

—¿Qué podría estarte ocultando?

—Muchas cosas, madre.

—Únicamente soy una mujer viuda y sola.

—Tienes muchos amigos. Siempre te enteras de todo.

—Está bien. —Alzó la cara con soberbia—. Se rumoraba que Malinche haría algo en contra de los meshícas.

—¿Se rumoraba? ¿Quién? ¿Por qué no informaron de esto a Motecuzoma?

—Eran tan sólo rumores, hijo. Los rumores siempre son así, y no se los puede tomar en serio. Si se hiciera de esa manera, estaríamos vigilados día y noche.

—¿Dónde escuchaste esos rumores? —preguntó molesto.

—No lo sé, no lo recuerdo, escucho rumores todos los días y en todas partes.

—¡No mientas!

—¿De qué te servirá saber eso? —Se cansó de fingir—. No te lo voy a decir. Tu objetivo no es rescatar al tlatoani, sino recuperar lo que te pertenece, ¿no lo entiendes?

—Tienes razón. —Miró a su madre con reserva. Cuando ella tomaba una decisión era imposible hacerle cambiar de parecer.

—Tenemos mucho trabajo por delante —añadió ella con la frente en alto, al mismo tiempo que se masajeaba las manos.

—¿De quién estás hablando? —Trató de disimular su desconcierto, pero no pudo evitar fruncir las cejas.

—De ti y de mí, por supuesto. No creerás que pienso abandonarte ahora que más me necesitas.

—Tú y yo no lograremos nada solos —respondió Cuauhtémoc.

Ella sonrió. La pregunta de su hijo le pareció demasiado pueril. «Hijo mío, he estado pensando en este momento desde que murió tu padre».

—¿Quiénes son tus aliados? —Evadió el cruce de miradas. Comprendió que había sido demasiado ingenuo y se sintió avergonzado.

—Oh. —Se encogió de hombros y dejó escapar una sonrisa cándida—. De eso no te preocupes. Lo sabrás en su debido momento.

—Necesito descansar.

Aunque sentía deseos de gritarle a su madre que se estaba cansando de su actitud, se lo guardó y caminó a una de las habitaciones. Se acostó, pero no pudo dormir. Pasó la mayor parte del tiempo pensando en qué pasaría a partir de entonces.

Cuauhtémoc y Tetlepanquetzaltzin no han cruzado palabra en nueve días. Aunque con dificultad, ya pueden dar algunos pasos. Atzín les trae de comer, les cura las heridas y les limpia la celda.

—El tecutli Malinche salió hoy de la ciudad —dice la joven mientras limpia los orines en el piso.

—¿A dónde fue? —pregunta Cuauhtémoc.

—No lo sé. Pero sí sé que se llevó muchos soldados. Escuché que fue a visitar a un tecutli muy importante.

—¿Está haciendo más alianzas? —pregunta el señor de Tlacopan.

—No hagas preguntas estúpidas —interviene Cuauhtémoc con molestia—. Ya no necesita hacer alianzas.

—Por supuesto que sí. Entre más aliados tenga, mejor para él. Así podrá evitar cualquier rebelión.

La joven agacha la cabeza para esconder una sonrisa inofensiva. Lo menos que esperaba era encontrar al tlatoani y al tecutli de Tlacopan discutiendo como niños. Cuauhtémoc se pone de pie y camina cojeando hasta donde se encuentra Tetlepanquetzaltzin:

—Deja de joderme. —Lo mira directamente a los ojos y le apunta con el dedo índice.

—Se te acabó el poder. —El tecutli de Tlacopan sonríe—. No te has dado cuenta de que nunca saldrás de aquí. Que ya no eres más que un preso… Un preso más.

—Esto es lo que querías, ¿verdad? —Cuauhtémoc cierra ligeramente los párpados mostrando desconfianza—. Ahora lo entiendo. Tú me traicionaste.

—¿Eso es lo que crees? —Niega con la cabeza y aprieta los labios—. Eres un imbécil.

Cuauhtémoc lo golpea en la cara. Tetlepanquetzaltzin se lleva la mano a la boca, la baja y al verla encuentra sangre en sus dedos. Si el tlatoani estuviese ejerciendo su gobierno, cualquiera que intentase golpearlo sería condenado a muerte. Pero ya no hay esperanza de ser liberados y mucho menos de que el tlatoani recupere su poder. Es un prisionero más, un hombre frustrado por la derrota y dispuesto a descargar su ira contra todos, incluyendo a su compañero de celda. Tetlepanquetzaltzin le responde con otro golpe.

La joven Atzín pide auxilio a los guardias, quienes entran con apuro, pero al ver que se están dando de golpes optan por observar, mientras ríen y gritan ante el espectáculo. El tlatoani y el tecutli de Tlacopan están en el piso, combatiendo con las pocas fuerzas que les quedan. Atzín camina hacia ellos, intenta detenerlos, pero recibe un golpe en la cara y cae de nalgas al suelo. La riña termina.

—¡Perdóname! —suplica el tlatoani—. No quise golpearte.

Ella levanta el rostro atemorizada, lo ve por unos segundos, se pone de pie rápidamente y sale corriendo.

—¡Ha sido suficiente! —grita uno de los guardias con un regocijo que no puede ocultar. Es un hombre sucio, mal oliente, de dentadura amarillenta, con cabellera y barba que le llega hasta la cintura.

Cuauhtémoc cojea hacia uno de los rincones. Se sienta con dificultad, baja la mirada y se queda pensativo. Está muy avergonzado por haber golpeado a aquella joven. No es la primera vez que hace algo así. La primera fue con una de sus concubinas, años atrás.

—¿Cuántas mujeres has golpeado en tu vida? —pregunta Cuauhtémoc a Tetlepanquetzaltzin cuando el enojo ha desaparecido.

—Si piensas que con mi respuesta disminuirá tu sentimiento de culpa, estás muy equivocado.

—No he dicho que sienta culpa.

—No lo dices, pero lo demuestras. Por lo menos no eres tan soberbio como creía.

—¿Crees que soy soberbio? —Se levanta y lo mira—. Todo este tiempo has pensado que soy un arrogante que no merecía el gobierno.

—Yo no he dicho nada.

—Pero lo pensaste.

—Si eso es lo que quieres creer, adelante. Me tiene sin cuidado.

Nuevamente se dan la espalda. No vuelven a hablar por el resto de la noche. Tetlepanquetzaltzin piensa en el encierro de Motecuzoma y de los miembros de la nobleza, entre ellos su padre, Totoquihuatzin, tecutli de Tlacopan.

Al igual que Cuauhtémoc, él se vio obligado a tomar decisiones sin tener experiencia. Había asistido a algunos combates, pero sin ostentar el mando y, mucho menos, la sabiduría para organizar las tropas.

—Éste sería un buen momento para derrocar a los tenoshcas —le dijo uno de los ministros de Tlacopan.

—¿Estás hablando en serio? —preguntó Tetlepanquetzaltzin sorprendido.

—Por supuesto. El momento de la venganza ha llegado.

—¿De qué venganza estás hablando?

—Los meshícas derrotaron a Mashtla, hijo de Tezozómoc, señor de Azcapotzalco. Y sometieron a Tlacopan y Azcapotzalco desde entonces.

—Hemos sido aliados.

—Sirvientes. Nos dieron parte en la alianza para evitar una rebelión.

—Jamás nos han tratado como vasallos.

—Pero no somos señores de estas tierras. Estamos por debajo de ellos, siempre tenemos que obedecer, acudir a las guerras que ellos organizan. Y al volver, se quedan con las riquezas. Es tiempo de acabar con esa tiranía.

—No lo creo —respondió el príncipe tepaneca.

—Ishtlilshóchitl, el hijo de Nezahualpili, ya está haciendo algunas alianzas.

—Mi padre está preso. No pienso poner su vida en peligro por caprichos de sediciosos.

—Como usted lo decida. Yo únicamente di mi opinión.

—Espero que te reserves esa opinión para ti. No quiero enterarme de que andas repitiendo esos pensamientos por todas partes.

El hombre arrugó los labios e inhaló profundamente.

Días más tarde, Imatlacuatzin y Tepehuatzin, miembros de la nobleza meshíca, llegaron al palacio de Tlacopan. Caminaron con arrogancia por toda la sala, observando con desdeño la calidad de las pinturas en los muros y la austeridad del palacio.

—Tu padre siempre ha sido gran amigo nuestro —dijo Imatlacuatzin.

Tetlepanquetzaltzin los conocía muy bien.

—Él siempre ha confiado en ti y en tu capacidad para tomar decisiones. Siempre habló maravillas de ti —añadió Tepehuatzin.

El joven príncipe se mantuvo en silencio, observando con cautela todos sus movimientos.

—En alguna ocasión nos dijo que si él se ausentaba, deberíamos acudir a su hijo más querido... Se refería a ti, por supuesto —agregó Imatlacuatzin.

—¿Qué es lo que quieren? —preguntó tajante el joven.

—Tu apoyo.

—¿Qué tipo de apoyo?

—La situación es más que evidente. Los extranjeros tienen presos a todos los miembros de la nobleza.

—No podemos tomar decisiones sin nuestros dirigentes.

—¡Por lo mismo, esto es urgente! ¡Debemos actuar ahora!

—¡No!

—Si no lo hacemos ya, quedaremos a merced de los barbudos.

—No puedo tomar ninguna decisión aún. Si Motecuzoma y los miembros de la nobleza son liberados en unos días, nuestras acciones podrían ser tomadas como un acto de rebelión.

—¿Y si no quedan libres jamás? ¿Y si los matan?

—Si los matan, actuaremos.

—¿Hasta entonces?

—Creo que es la única opción que tenemos.

—Entonces, no tenemos nada más que hablar. —Se retiraron.

—¿Cuántas personas se acercaron a ti para invitarte a que te unieras a sus alianzas? —pregunta Tetlepanquetzaltzin acostado bocarriba.

Cuauhtémoc se encuentra acostado de lado, dándole la espalda a su compañero. Abre los ojos, se queda pensativo y voltea.

—No sé. Perdí la cuenta. Fueron días confusos. Era muy complicado distinguir quién decía la verdad.

—Y optaste por seguir a Opochtli, Tlilancalqui, Cuitlalpítoc, Cuecuetzin, Imatlacuatzin y Tepehuatzin.

—No lo puedo negar. Mi madre me había dicho que ellos me sabrían guiar.

—Nuestro único objetivo es defender a los tenoshcas. Nosotros no pretendemos rebelarnos contra el gobierno de Motecuzoma; por el contrario, queremos su libertad —dijo Cuecuetzin.

—¡Exigimos su libertad! —agregó Tepehuatzin.

—¿Y qué es lo que quieren de mí? —respondió el joven Cuauhtémoc.

—Queremos a alguien joven, valiente y confiable. ¿Y quién mejor que el hijo de nuestro difunto tlatoani Ahuízotl? —Sonrió.

—Además, estamos pensando en el futuro —agregó Tlilancalqui.

—¿A qué se refieren?

—Nosotros ya somos viejos para aspirar al gobierno. Meshíco Tenochtítlan necesita un gobernante joven.

—Tú eres joven —dijo Opochtli.

—Y ambicioso —añadió Cuitlalpítoc.

—No creo que sea el momento adecuado para pensar en eso —respondió Cuauhtémoc.

—Te equivocas —contestó Opochtli—. Si quieres ser tlatoani, tienes que pensar en ello todo el tiempo. Tienes que vivir para eso. Piensa en tus antecesores, se prepararon para gobernar toda la vida. Analiza a cada uno de ellos y decide qué quieres ser. —Hizo una larga pausa sin quitarle la mirada de encima—. Pero... —suspiró y se encogió de hombros—, si no estás seguro, elegiremos a alguien más.

—Sí, eso es lo que quiero.

—Bien —dijo sin mostrar entusiasmo—. Nos vemos mañana temprano para presentarte con los demás.

—¿Quiénes?

—Mañana los conocerás. Ve a descansar —se despidió muy cordialmente Opochtli.

Para el joven aspirante a tlatoani no fue fácil dormir aquella noche; a la mañana siguiente se levantó muy cansado. Con el estómago vacío se dirigió al recinto de los guerreros águila, donde ya se encontraban reunidos los seis miembros de la nobleza ante un centenar de seguidores, mucho más jóvenes. Tepehuatzin hablaba en voz alta para la audiencia.

—Ven —dijo Tlilancalqui—. Vamos por este lado. —Lo guio por un pasillo para que la audiencia no se distrajera.

—¿Dónde están los ancianos? —preguntó Cuauhtémoc.

Las decisiones del gobierno las tomaban siempre los más ancianos. Lo que menos esperaba Cuauhtémoc era encontrar una reunión llena de jóvenes de su edad.

—Todos los miembros de la nobleza están encerrados en las Casas Viejas —respondió Tlilancalqui, tratando de no dar más explicaciones.

—¿Quiénes son ellos?

—Los hijos y nietos de los miembros de la nobleza. Los que no tenían ningún empleo en el gobierno.

—¿Y por qué no llamaron a los ancianos que no pertenecen a la nobleza? Su sabiduría nos podría ser de utilidad.

—Tú lo acabas de decir: no pertenecen a la nobleza.

—Pero... —Se mordió el labio inferior y negó con la cabeza—. El pueblo también tiene derecho a decidir.

—Nunca ha tenido derecho. Ni aquí ni en ninguna otra ciudad.

—Eso podría cambiar.

—Inténtalo y en dos días tendrás una guerra entre meshícas.

—Tiene razón... —respondió el joven Cuauhtémoc, aunque no estaba de acuerdo con lo que acababa de escuchar.

—Es por ello —dijo en voz alta Tepehuatzin ante los jóvenes presentes— que queremos proponer al joven Cuauhtémoc como mediador entre los meshícas y los extranjeros.

—Anda —dijo Imatlacuatzin—, camina al frente para que todos te vean.

Cuauhtémoc avanzó temeroso. Todos estaban en silencio, observando con cautela y celo. Hubo muchos que esperaban recibir aquel nombramiento. Sabían sobre la existencia de un hijo de Ahuízotl, pero nada más. Habían pasado diecisiete años desde la muerte de aquel tlatoani y los jóvenes presentes no lo reconocieron.

—¡Podemos confiar ampliamente en el príncipe Cuauhtémoc! —dijo Tepehuatzin en voz alta—. ¡Él no nos traicionará!

Se escucharon rumores.

—¿Quién lo nombró mediador? —preguntó un joven desde las primeras filas.

—Sería mejor que nosotros eligiéramos a nuestro representante —dijo otro desde el fondo.

—¡No estamos eligiendo a un tlatoani! —respondió Tepehuatzin—. ¡Únicamente estamos nombrando a un mediador! Un joven valiente que está dispuesto a arriesgar su vida para rescatar a nuestros padres y abuelos que están encerrados en las Casas Viejas.

—¿Por qué él? —gritó alguien más.

—¡Porque es el hijo de un tlatoani! —intervino Tlilancalqui—. Y el hijo de un tlatoani siempre tiene más peso político a la hora de mediar ante el enemigo. Si cualquiera de ustedes intenta hablar con Malinche, lo primero que él preguntará será: «¿Y quién eres tú? ¿Por qué debo escucharte a ti?». Y ustedes lo único que podrán responder será: «Soy sobrino del tlatoani. Soy hijo del sacerdote. Soy nieto de uno de los ministros. Mi padre es cobrador de impuestos. Mi tía es hermana del capitán de las tropas». Los barbudos creen que tienen presos a todos los miembros principales de la nobleza. Lo que no saben es que aquí está el hijo legítimo de un tlatoani.

Nadie respondió.

—Los invito a que aceptemos como mediador al hijo del difunto tlatoani Ahuízotl y trabajemos juntos. Es momento de unir fuerzas. ¿Estamos de acuerdo?

—¡Sí! —respondieron algunos.

Cuando finalmente aceptaron todos, se llevó a cabo un banquete y luego una serie de discursos en los que el tema principal era la defensa de la ciudad y el rescate de Motecuzoma y los miembros de la nobleza.

—Sería bueno traer a los soldados —le dijo Cuauhtémoc en voz baja a Tlilancalqui.

—¿Qué? Lo que menos quieren es tener nuevos líderes. Por eso no han permitido que el pueblo entre a las Casas Viejas. Están esperando que Motecuzoma muera para luego derrocar a los extranjeros y tomar el poder. ¿No lo habías pensado?

—No lo creo.

—Pues debes creerlo.

—¿Por qué?

—Por el bien de nuestra ciudad. Piensa; si uno de ellos se hace jurar tlatoani, ¿quién osaría confrontar al ejército?

Para sorpresa de la población, los días siguientes el gobierno comenzó a funcionar casi como si el tlatoani estuviese libre. Los funcionarios de Motecuzoma salían todas las mañanas, escoltados por soldados tlashcaltecas, y administraban el gobierno. La gente, muy a su pesar, tuvo que adaptarse a las nuevas condiciones.

Un día, mientras caminaba por las calles de Tenochtítlan, el joven Cuauhtémoc escuchó una conversación a su espalda.

—El mediador es sólo de adorno —dijo un joven, miembro del comité formado por los seis pipiltin.

—Y yo que aspiraba a obtener ese puesto —respondió otro con sátira.

El hijo de Ahuízotl comprendió las intenciones de aquel comentario, así como que confrontarlos únicamente incrementaría su humillación. Siguió su camino con la cabeza agachada, sabía que lo que acababa de escuchar era cierto. No había hecho nada importante hasta el momento. Nada que representara a los meshícas. Nada por rescatar a Motecuzoma. Nada, porque no tenía idea de qué hacer ni de cómo comenzar. Únicamente había ostentado un nombramiento inútil. En las reuniones en representación de los seis pipiltin aún libres, escuchaba a los jóvenes pipiltin y respondía con dilucidaciones sin sentido y promesas ambiguas.

—La próxima vez evita prometer que rescataremos a Motecuzoma —le aconsejó Cuecuetzin al terminar la reunión.

—¿De qué estás hablando? —cuestionó muy confundido.

—No debemos prometer algo que no podemos cumplir.

—¿Quién dice que no podemos?

—No tenemos la certeza. ¿Qué les responderás a todos ellos el día que maten al tlatoani? Te llamarán mentiroso.

—¿Por qué aseguras que matarán al tlatoani?

—Porque he vivido más que tú. Conocí a tu padre, estuve presente en la jura de Motecuzoma y presencié la muerte de todos los pipiltin que él mandó matar para que no lo opacaran con su experiencia. Viví su régimen, fui a muchas batallas, vi centenares de muertos y fui testigo de decenas de traiciones. Sé cómo son las guerras y conozco la maldad humana. —Cuecuetzin se dio media vuelta y salió sin despedirse.

Después de aquella conversación, la situación siguió igual. Cuauhtémoc continuó al frente de las reuniones en representación de los seis pipiltin libres, mientras los jóvenes pipiltin cada vez eran menos. Parecía que el pueblo tenoshca se estaba resignando a ver a los barbudos montados en sus venados gigantes por toda la ciudad, a las tropas meshícas en guardia frente a las Casas Viejas día y noche, y a las mujeres cocinando días enteros para alimentar a los miles de soldados meshícas, tlashcaltecas, totonacas, hueshotzincas, cholultecas y extranjeros.

Una tarde en la que Opochtli, Tlilancalqui, Cuitlalpítoc, Cuecuetzin, Imatlacuatzin y Tepehuatzin se encontraban reunidos, Cuauhtémoc aprovechó la oportunidad para hablar con los seis, pues en las últimas semanas le había sido casi imposible.

—Me interesa saber cuál es su postura ante los últimos acontecimientos —preguntó con respeto.

—Nosotros opinamos que debemos esperar —respondió Tepehuatzin.

—¿Qué está sucediendo?

—Todo parece indicar que Motecuzoma no será liberado —aseveró Cuitlalpítoc.

—¿Quién les dijo eso?

—Algunos de los pipiltin que salen todos los días de las Casas Viejas para cumplir con las funciones de gobierno.

—¿Y con eso se conforman?

—No nos queda otra opción —replicó Opochtli.

—No estoy de acuerdo con ustedes —espetó Cuauhtémoc con molestia—. Debemos hacer algo.

—¿Hacer qué? —Tlilancalqui se aproximó a él con talante intimidatorio—. ¿Pretendes poner en peligro a la población? ¿Sabes cuántos soldados enemigos hay dentro de la ciudad? ¿Tienes experiencia en la organización de un ejército? ¿Sabes cómo funcionan las armas de los barbudos? Sus palos de humo y fuego pueden matar a diez personas al mismo tiempo. Tienen unos troncos de humo y fuego que lanzan bolas de piedra con las que pueden destrozar casas enteras. Lo presencié cuando fui a las costas totonacas. Y créeme, no querrás ver eso dentro de nuestra ciudad.

—No es que pretenda poner en riesgo a la población, pero...

—Pero ¿qué?

—No podemos seguir así. ¿Cuánto tiempo vamos a esperar?

—Lo que sea necesario.

—Pero... —Cuauhtémoc bajó la cabeza.

—Escúchame. —Tlilancalqui lo tomó de la barbilla e hizo que levantara el rostro—. Entiendo tu preocupación. Nosotros también estamos sufriendo igual, pero debemos ser más inteligentes que nuestros enemigos.

—Sé que hay grupos que están organizando a la gente para una rebelión.

—Ya estamos enterados de eso. —Se cruzó de brazos y suspiró con seriedad—. Es gente inculta, bárbara. Los macehualtin no entienden cómo funciona el gobierno. Creen que con exigir a gritos solucionarán las cosas. Tenemos al enemigo en casa. Ellos tienen rehenes; nosotros no tenemos nada. Las tres calzadas son insuficientes para escapar en caso de una guerra. Supongo que estás enterado de la masacre que los barbudos perpetraron en Cholólan.

—Sí.

—¿Por qué crees que los tlashcaltecas se rindieron?

—Porque prefirieron aliarse a los barbudos con tal de atacarnos.

—Y, principalmente, porque sabían que su guerra contra los hombres blancos estaba perdida.

Meses después Malinche y algunos de sus hombres salieron de Tenochtítlan rumbo a las costas totonacas. Entonces, comenzaron a correr diversos rumores por la ciudad.

—¿Es cierto que se está planeando una rebelión? —preguntó Cuauhtémoc a Opochtli.

—No. Por el contrario. Hemos decidido esperar.

Cuauhtémoc se molestó por aquella respuesta. Habían pasado meses desde su nombramiento como mediador y hasta el momento no había hecho nada.

—¿Por qué? —insistió Cuauhtémoc.

—Hemos llegado a la conclusión de que Motecuzoma le ha cedido el mando a Malinche.

—Es falso. Hace veinte días Motecuzoma intentó escapar, y nosotros no estuvimos ahí, ni siquiera nos habíamos enterado. Un grupo de meshícas esperó en el piso la caída del tlatoani...

—Y no se concretó... —lo interrumpió Opochtli.

—Debido a que los soldados extranjeros lo capturaron en el último instante, dejando al tlatoani colgado de cabeza.

—¿Te has detenido a pensar que si hubiésemos estado ahí nos habrían capturado o matado los soldados de Malinche?

—No entiendo su posición.

—Eso es porque eres demasiado joven. Debemos actuar con cautela.

—¿Sabías que hace cinco días ese mismo grupo de meshícas cavó un túnel para entrar a las Casas Viejas y rescatar al tlatoani?

—Sí. Y si el tlatoani hubiese querido salir, lo habría hecho. Él está aliado con Malinche. También escuché el rumor, infundado, de que le proporcionaron un macáhuitl por medio de uno de los extranjeros que Motecuzoma sedujo. ¿Puedes creer eso?

—Es cierto, así ocurrió —Cuauhtémoc defendió la versión que había en las calles—. No escapó porque fueron descubiertos.

—No creas todo lo que te cuentan.

—No estamos haciendo suficiente por rescatar al tlatoani —dijo Cuauhtémoc.

—Te sugiero que pienses con claridad todo lo que me has dicho y analices si vale la pena arriesgar nuestras vidas por un tlatoani que ha traicionado a su pueblo. ¿No sería mejor planear el rescate de Tenochtítlan?

En silencio, se miraron a los ojos por un instante.

—Cuando llegue el momento adecuado, actuaremos —agregó Opochtli.

—Es el momento oportuno —respondió Cuauhtémoc con perseverancia—. Malinche salió. Hay pocos de sus hombres. Se acerca la celebración del Tóshcatl.

—¿Qué estás diciendo? El Tóshcatl es sagrado.

—Creo que ya es el momento.

—Pues no creas. Tú estás aquí para obedecer.

## 6

—¿En qué piensas? —pregunta Cuauhtémoc de pie mientras mastica una tortilla con chile.

La comida que reciben todos los días es poca, apenas para mantenerlos con vida.

—¿En verdad te interesa? —el tecutli de Tlacopan da dos pasos con mucha dificultad. Ambos han quedado lisiados de por vida, con dolores que jamás desaparecerán.

—Si no me interesara, no preguntaría.

—Soy la única persona con la que puedes hablar. —Niega con la cabeza y hace una mueca—. Y lo haces cuando te aburres.

—Tú también. —Deja escapar una sonrisa casi imperceptible.

—Lo hago porque preguntas.

—¿En verdad me odias tanto?

—No. Simplemente no me agradas.

—¿Qué te hice?

—Eres soberbio.

—Disculpa, es el encierro.

—No me interesan tus excusas.

—Olvídalo. —Cuauhtémoc cojea hasta el tragaluz, que se encuentra demasiado alto para escalar, y observa las nubes. Se pregunta por qué Malinche no se ha aparecido ante ellos en las últimas tres semanas.

—Estoy pensando en todo lo que hicimos mal —dice Tetlepanquetzaltzin.

El tlatoani contempla el cielo con nostalgia. También tiene semanas pensando en todo lo que hizo mal. Se siente arrepentido de haberle hecho caso a tanta gente.

—¿Y si no hubiese seguido ese camino? —se pregunta en voz alta.

—¿De qué hablas?

—De las celebraciones del Tóshcatl... —Cuauhtémoc se lleva las manos a los brazos como abrazándose a sí mismo, un abrazo que le hace falta desde hace mucho.

Tras la masacre en la noche del Tóshcatl, los soldados enemigos se resguardaron en las Casas Viejas. La multitud enardecida intentó entrar escalando los muros y prendiendo fuego a las puertas, pero éste era mitigado por los aliados tlashcaltecas. Poco a poco la batalla se diluyó. No obstante, se mantuvo la defensa por ambos bandos.

Mientras tanto, miles de meshícas se ocuparon en recoger cadáveres y extremidades cercenadas el resto de la noche. Había, por todas partes, mujeres arrodilladas, bañadas en lágrimas y lamentándose frente a sus hijos, esposos y hermanos muertos.

Cuauhtémoc llevaba en brazos el cadáver de una niña de diez años con el pecho destrozado: se le veían las costillas rotas y los pulmones desgarrados. No pudo soportar más y cayó de rodillas con el cuerpo entre sus brazos. La abrazó como si se tratara de su hija y le lloró apretándola contra su pecho. Le prometió vengar su muerte.

Tras colocar a la niña en una pila de restos humanos, continuó, como todos, cargando más cuerpos y auxiliando heridos. La gente, de rostros entristecidos, hablaba únicamente para dar instrucciones, informar o responder preguntas. Por primera vez, los tenoshcas habían sido atacados en su ciudad; por ello, la derrota dolía aún más.

Al día siguiente, poco después de que se ocultara el sol, llegó exhausto a la casa de su madre. Ahí había muchos familiares heridos: uno de ellos sin un brazo, otro con la mitad de la cara destrozada y muchos con severas cortaduras y quemaduras. Los sirvientes habían pasado toda la noche y todo el día atendiéndolos.

—¡Hijo! —Tiyacapantzin lo abrazó al verlo en la entrada con manchas de sangre en el pecho, brazos y rostro—. ¿Estás herido?

—No, madre, estoy bien.

—Qué alivio. —Le besó la mejilla al mismo tiempo que le acarició el cabello—. No tienes idea de lo preocupada que he estado. Nadie me supo decir de ti. Envié a uno de los sirvientes a que te buscara. Llegó hace rato con la noticia de que no te había encontrado, pero que alguien le había dicho que te habían visto recogiendo cadáveres.

—¿Hay alguna habitación disponible? —Bostezó—. Necesito dormir.

—La mía. Ordenaré que te preparen el baño.

—Me bañaré cuando despierte. —Caminó por el pasillo arrastrando los pies.

—Pero necesitas quitarte toda esa sangre...

—La sangre es lo de menos.

Apenas se acostó sobre el petate, se quedó dormido. Sin embargo, las pesadillas no lo dejaron descansar.

Despertó bañado en sudor. Todo estaba oscuro. No tenía idea de cuánto faltaba para el amanecer. Por un instante se sintió tranquilo al creer que todo había sido un mal sueño, pero en cuanto vio las manchas de sangre en sus manos, comprendió que era real.

—Volverán a atacar —dijo y se puso de pie.

Al salir de la habitación se cruzó con una de las criadas.

—¿Ya despertó mi madre?

—La señora no se ha ido a dormir todavía. Sigue atendiendo a los heridos.

Caminó por el pasillo hasta llegar a la sala principal. Comprendió que no había transcurrido mucho tiempo.

—Sabía que no ibas a poder dormir —le dijo su madre en cuanto lo vio. Se encontraba curándole las heridas en la espalda a una mujer.

—Me siento muy cansado, pero no puedo dejar de pensar en lo sucedido.

—Ordenaré que te preparen el baño, una cena y un poco de peyote para que te relajes.

Tiyacapantzin jamás había visto a su hijo tan desolado como aquella noche. Era la primera vez que el joven presenciaba la derrota de su pueblo. Ella, en cambio, tenía muchos años de vida y una larga lista de guerras en la memoria, desde que era la joven esposa del tlatoani Ahuízotl. Apenas había cumplido los trece años, cuando aquel hombre, veinte años mayor, la desposó. Ni siquiera comprendía el motivo de las constantes guerras de los meshícas, pero ya había sido adiestrada para obedecer las órdenes de su marido, observar, callar y atenderlo siempre que regresara de una contienda. A los treinta días de haberse casado, su esposo se fue a una campaña, dos semanas después él y miles de soldados regresaron malheridos. A partir de entonces, Tiyacapantzin tuvo que ver los estragos de la guerra desde primera fila.

—Si tu padre estuviera vivo no te permitiría estar con esa actitud —le dijo a su hijo mientras ambos esperaban a que el baño estuviera listo.

El joven Cuauhtémoc apretó los labios.

—Esto es muy doloroso para todos nosotros —continuó la mujer—. Pero no debemos dejar que este sentimiento nos derrumbe; por el contrario, debemos armarnos de rabia y acabar con esos invasores.

—Se los dije a los pipiltin en muchas ocasiones, pero no me hicieron caso.

—Ya llegará el momento.

—Hablas igual que ellos.

—Tienen razón.

—¿Cómo sabes que tienen razón si...? —Se quedó pensativo sin quitarle la mirada. Luego de analizar un instante replicó—. Tú y ellos están aliados. ¿Qué pretenden? —Caminó hacia su madre con desazón—. ¿Están esperando a que los extranjeros maten a Motecuzoma?

—No lo van a matar...

—¿Entonces?

—Opochtli, Tlilancalqui y Cuitlalpítoc viajaron, sin permiso de Motecuzoma, a las costas totonacas cuando Malinche aún estaba ahí. Le ofrecieron una alianza para derrocar a Motecuzoma e imponer un nuevo gobierno, es decir, a uno de ellos; a cambio de oro, plata, piedras preciosas y vasallaje a su tlatoani en el otro lado del mar.

—Y le creyeron a Malinche.

—Por supuesto que no. Lo están utilizando para hacerse del gobierno.

—¿Y por qué ninguno de ellos se ha hecho jurar tlatoani?

—Porque primero deben convencer al pueblo de que Motecuzoma los ha traicionado. Y ése es tu trabajo.

—Y luego, ¿qué? ¿Esperan que Malinche se marché tranquilamente? ¿En verdad creen que él dejará nuestra ciudad?

—Es un enemigo muy fácil de derrotar. Son tan sólo seiscientos hombres.

—¡No son seiscientos hombres! ¡Son más de tres mil! ¡Se te olvida que llegaron con tropas tlashcaltecas, cholultecas, totonacas, hueshotzincas y de muchos otros pueblos pequeños? ¿Cómo pudieron creer algo tan estúpido? ¿Ya viste lo que hicieron ayer?

—Sí.

—¿Sí?

—Tus primos y tíos están aquí, heridos.

—¿Y crees que tus familiares son los únicos? Ve a las calles y corrobora cuánta gente murió. Hay centenares de mujeres, ancianos, niños y hombres descuartizados, apilados como costales de maíz. El recinto sagrado quedó hecho un lago de sangre.

—Y a ti se te olvida que Motecuzoma mandó matar a tus hermanos mayores y a decenas de los pipiltin que estaban en el gobierno de tu padre, para que no lo derrocaran del gobierno.

—Que forma tan imbécil de cobrar venganza.

—Cuando tengas más edad comprenderás todo esto.

En ese momento entró un sirviente.

—El baño está listo —dijo con humildad.

—Ya no será necesario —dijo Cuauhtémoc y se marchó.

Caminó enfurecido por las calles. Al llegar a un canal, se zambulló y se lavó el cuerpo. La gente que caminaba lo ignoró. Muchos llevaban los cuerpos de sus familiares para tenerlos en sus casas, lavarlos y llorarles antes de incinerarlos.

Al salir volvió al recinto sagrado y ayudó a la gente. No hizo nada por demostrar quién era. Cargó heridos hasta sus casas, barrió, limpió cadáveres, llevó agua y comida a los que yacían en el piso sin poder caminar y que aún no eran atendidos.

Aunque mucha gente lo reconoció, casi nadie mostró interés por entablar una conversación con él. Circulaba el rumor de que los seis pipiltin impedirían cualquier levantamiento en contra de los invasores, lo que incluía al joven Cuauhtémoc. No le dio importancia porque se había comprometido a ayudar. Tomó una escoba y comenzó a barrer con cientos de hombres y mujeres.

De pronto fijó su mirada en una mujer que llamó su atención. Parecía estar tallando el piso con un trapo, pero su actitud indicaba otra cosa. Se alejó de ella fingiendo que alguien lo saludaba de lejos. En cuanto encontró a alguien conocido, se detuvo y lo saludó.

—¿Cómo estás?

—Triste. —La mujer bajó la cabeza—. Mi esposo y mi hijo murieron. —No pudo contener el llanto.

—Lo siento mucho.

—No encuentro a mi hermano... —Lo abrazó y sollozó.

—Lo encontraremos, no te preocupes. —Dirigió la mirada a la derecha y buscó a la mujer que había visto minutos atrás. Había desaparecido. Luego miró a la izquierda con discreción.

—Mi hermana dice que alguien lo vio muerto.

El joven Cuauhtémoc encontró a la misma mujer tallando el piso a unos metros.

—¡Sí! —La tomó de la mano y caminó—. ¡Vamos!

—¡Gracias, madre Tonantzin, gracias grandísimo Tezcatlipoca, gracias amado Quetzalcóatl! ¡Oh, hermoso Huitzilopochtli, yo sabía que protegerías a mi hermano!

—Tenemos que apurarnos porque tengo entendido que a los heridos que no habían sido reconocidos los iban a llevar a otro lugar; después será más complicado encontrarlo. Ya sabes cómo es esto. Aquí no está, entonces vaya para allá, aquí tampoco, está por aquel lugar, y nunca terminas.

—No me importa cuánto me tarde en encontrarlo, mientras mi hermano esté a salvo.

Dirigió su atención en varias direcciones, haciendo todo lo posible por no ser reconocido. Debido a que había mucha gente en las calles, a Cuauhtémoc le resultaba muy complicado identificar a sus seguidores. Al llegar a una de las casas donde habían albergado a algunos enfermos, fingió que buscaba al hermano de la mujer entre decenas de personas acostadas en el piso con los brazos y piernas mutilados, y los rostros y pechos heridos. Unas mujeres hacían curaciones, mientras otras iban y venían con agua y trapos para limpiar a los heridos. Un par de curanderos intentaban resucitar a un paciente. Entre todos ellos, se encontraban los familiares desalentados.

—Estoy seguro de que lo vi aquí —mintió.

La mujer preguntó a todo el que se le cruzaba en su camino y pronto perdió todo el entusiasmo que había acumulado.

—Perdóname.

—No te preocupes... Entre tantos heridos y muertos es fácil confundirse. —La mujer salió del lugar con lágrimas en las mejillas.

Cuauhtémoc permaneció de pie en medio del lugar, buscando a la mujer que le había parecido sospechosa. No la encontró, sin embargo, tenía la sensación de que alguien lo estaba vigilando. Salió del lugar sigilosamente. Caminó a paso lento, cabizbajo, mirando de un lado a otro. Alrededor únicamente había gente afligida, sucia, llena de sangre y lodo. El joven Cuauhtémoc se sintió avergonzado por su desconfianza. Concluyó que aquella mujer lo estaba viendo por interés o angustia.

Siguió su camino en silencio, hasta dar con un grupo de hombres hablando en círculo. Uno de ellos se percató de la presencia de Cuauhtémoc. Entonces, todos disimularon y se esparcieron. No se detuvo ni los cuestionó. Al llegar a una esquina dio vuelta y esperó unos segundos, luego regresó y se asomó, escondido detrás del muro de una vivienda. Todos estaban reunidos nuevamente. Caminó hacia ellos para indagar. Otra vez se dispersaron. Uno se le acercó y lo saludó con reticencia. Cuauhtémoc no supo qué decir. No tenía la autoridad para interrogarlos. A fin de cuentas, no estaban haciendo nada ilegal.

—Me llamo Shochiquentzin —dijo el hombre y guardó silencio.

Ambos se observaron en un silencio tenso.

—¿Está todo bien? —se atrevió a cuestionar con una sonrisa a medias.

—No. Hay miles de muertos por todas partes.

—Cierto. —Bajó la mirada y encogió los hombros—. Me llamo...

—Sabemos bien quién es usted —lo interrumpió otro hombre, llamado Motelchiuhtzin—. ¿Qué es lo que quiere?

—Ah... Yo... —Hizo una mueca torpe y pensó por un instante lo que iba a decir—. Quiero ayudar.

—¿A quién? —preguntó Motelchiuhtzin.

—¿Cómo que a quién? A los meshícas.

—Hay dos clases de meshícas, los pipiltin y los macehualtin. Usted pertenece a los primeros, esos que únicamente se preocupan por su bienestar —agregó Shochiquentzin.

—Eso no es cierto.

—¿Entonces por qué no han hecho nada para sacar a los barbudos de nuestra ciudad? —preguntó Motelchiuhtzin.

—Porque tienen preso al tlatoani.

—¿Vale más la vida de un hombre que la de todo un pueblo?

—No. Pero no se trata sólo de él. También están todos los miembros de la nobleza.

—¿Se da cuenta? Para ustedes lo único importante es la suerte de los pipiltin. Márchese y haga de cuenta que no habló con nosotros.

—No... Quiero saber qué están planeando.

—Nada que a usted le incumba —respondió Shochiquentzin con un tono retador.

—Todo lo que sucede en esta ciudad me concierne.

—¿De verdad?

—Así es.

—Lo dudo. Ni si quiera lo creo capaz de tomar un macáhuitl para defender a nuestra gente.

—Ustedes no me conocen. No saben de qué soy capaz.

—Usted es Cuauhtémoc, hijo de Ahuízotl, sacerdote de Tlatelolco —dijo Motelchiuhtzin—. Nunca ha asistido a una guerra. No sabe lo que es eso. Además, representa a los aliados de Malinche.

—¡Eso es mentira!

—¿Cree que la gente no lo sabe? Opochtli, Tlilancalqui y Cuitlalpítoc fueron a las tierras totonacas a dialogar con Malinche y prometieron ayudarlo con la condición de que matara a Motecuzoma y los dejara gobernar Tenochtítlan. Sabemos perfectamente que usted quiere ser nombrado tlatoani. Así son todos los de su linaje, únicamente ansían el poder.

—¡Cuide sus palabras!

—Ni usted ni ninguno de los suyos tienen autoridad para callarnos. El tlatoani está encerrado con sus familiares y amigos, comiendo y descansando mientras el pueblo sufre.

—Aunque ustedes no lo crean yo...

—Usted únicamente obedece los designios de esos traidores.

Cuauhtémoc se sintió vilipendiado ante aquella acusación. No encontró argumentos para su defensa.

—¿Qué están planeando?

—Se lo diré porque de cualquier manera se enterará. Estamos preparando un levantamiento para esta madrugada. Atacaremos a los extranjeros y sus aliados. Le prenderemos fuego a las Casas Viejas para que se acabe esto de una vez. No importa que mueran el traidor de Motecuzoma y toda su familia.

—Quiero ayudar.

—¿Quiere ayudar o quiere atribuirse la victoria?

Cuauhtémoc no respondió.

—Ya conocemos a los de su estirpe.

—Véalo de este otro modo, sin mí son tan sólo un grupo de macehualtin en rebelión. Si pierden, serán ejecutados por los pipiltin en la piedra de los sacrificios o por los extranjeros con sus armas de humo y fuego. Conmigo, serán un ejército defendiendo su ciudad en nombre del hijo del difunto tlatoani Ahuízotl, y con ello podrían obtener el auxilio de muchos pueblos vecinos, comenzando por Tlatelolco, donde yo soy sacerdote y tengo muchos aliados. Y si eso no les parece suficiente, tengo muy buenas relaciones con los señores de Ehecatépec, Tlacopan, Coyohuácan, Shochimilco, Shalco, Teshcuco, Tlalnepantla, Chapultépec y Coacalco. Ustedes no tienen los recursos para llevar a cabo una batalla en contra de los extranjeros. Quizá yo no tenga la experiencia, pero tengo una posición mucho más ventajosa que la de ustedes.

Motelchiuhtzin y Shochiquentzin se miraron entre sí, cautelosos. Uno de ellos hizo una mueca de desaprobación y el otro se encogió los hombros y alzó las cejas. Luego miraron a Cuauhtémoc.

—Si nos traicionas, te mataremos.

—Y si ustedes me traicionan, los mataré —respondió Cuauhtémoc, frunciendo el ceño.

## 7

—¡Poneos de pie! —ordena un soldado de Malinche al entrar a la habitación.

El tlatoani y su acompañante de celda apenas sí comprenden lo que el hombre acaba de ordenar.

—¿Y ahora qué nos van a hacer? —pregunta Tetlepanquetzaltzin con temor.

—¡Vamos, tenemos más tareas por cumplir! —dice el hombre de barbas largas.

Los dos prisioneros caminan a la salida, a paso lento, cojeando, cabizbajos.

—Nos van a torturar de nuevo —dice el señor de Tlacopan.

—Cállate —bisbisa Cuauhtémoc.

Una docena de soldados los escolta por los oscuros pasillos de la casa de Malinche en Coyohuácan. De pronto, la comitiva se detiene en la puerta de otra habitación. Les hacen señas para que entren. En el interior se encuentran Cohuanacotzin, tecutli de Teshcuco; Coyohuehuetzin, tlacochcálcatl de Tlatelolco; Tlacotzin, cihuacóatl y bisnieto de Tlacaélel; Huanitzin, nieto de Ashayácatl y tecutli de Ehecatépec; y los macehualtin Motelchiuhtzin y Shochiquentzin.

—Pensamos que ya los habían matado —dice Cohuanacotzin en cuanto los barbudos salen de la celda.

—Nosotros pensamos lo mismo —responde Tetlepanquetzaltzin, y justo en ese momento se da cuenta de que a ellos también los han torturado.

El tlatoani camina lentamente hasta una de las paredes. Todos notan que le cuesta trabajo moverse. Ven sus pies quemados y se lamentan en silencio. Está de más preguntar qué le han hecho los barbados. En todos sus rostros abunda la rabia y el desamparo. En el de Cuauhtémoc predomina la sed de vergüenza. Está arrepentido de muchas de las decisiones que tomó, de haber ignorado tantas voces y prometer demasiado.

Motelchiuhtzin y Shochiquentzin le dieron su voto de confianza y a la mañana siguiente llevaron al joven Cuauhtémoc ante el grupo de hombres que se organizaban en Chapultépec para atacar a los barbudos en las Casas Viejas.

Motecuzoma Shocoyotzin había gobernado con mano dura y se había ganado el repudio de miles de meshícas, los mismos que en esos momentos estaban dispuestos a aprovechar la disyuntiva, derrocar a los invasores y establecer un nuevo gobierno, sin pedir la intervención de los pipiltin, un grupo que se había enriquecido a costa de los macehualtin.

Muchos estaban de acuerdo en que había llegado el momento de cambiar la forma de gobierno y algunas leyes, comenzando por la división de las tierras (las del tlatoani, las del gobierno y las comunitarias). Las del gobierno estaban destinadas para cubrir sus propios gastos: salarios de jueces, funcionarios públicos y personal del ejército. La propiedad privada existía hasta cierto punto, pues únicamente los pipiltin podían vender sus tierras sin ninguna restricción ni cargo de impuestos. Los macehualtin, no. El terreno y sus construcciones eran comunitarios y hereditarios, de padres a hijos. El cultivo estaba destinado para el pago de impuestos y gastos públicos. El gobierno podía reclamar estas tierras si se dejaba de cultivar por dos años, quedaban sin herederos o corrían el riesgo de caer en manos de malhechores o enemigos.

Por ello, todos se rehusaron a aceptar a Cuauhtémoc en sus filas. Él les aseguró que no pretendía hacerse del poder. Incluso mencionó que no merecía un nombramiento así, ya que era un joven sin experiencia. Luego de discutir un largo rato, fue aceptado con la condición de que recibiera el mismo trato que cualquier otro macehuali.

No había tiempo que perder. En la ciudad ya se estaban llevando a cabo las exequias. Se escuchaban los lamentos de las mujeres y los niños, como en la noche de la matanza. El pueblo estaba dividido: unos estaban velando a los muertos y otros se preparaban para dar la vida en combate contra los invasores. Al cuarto día de velar a los muertos, se llevaría a cabo la incineración frente al Coatépetl. Luego los amigos llevarían regalos a las familias de los caídos.

Lo primero que hicieron los meshícas en contra de los invasores fue prenderle fuego a las casas flotantes que Malinche había mandado construir en el lago de Teshcuco. Las llamas eran visibles desde las costas del lago. Los comerciantes que transitaban en sus canoas se detuvieron para contemplar aquel gigantesco incendio. Se escucharon gritos de victoria, tambores, flautas y caracolas, hasta los pueblos vecinos, al otro lado del lago. El mensaje era claro: el pueblo meshíca seguía en pie y jamás se daría por vencido. Se dirigieron a las Casas Viejas y comenzaron a lanzar todo tipo de proyectiles, como piedras, lanzas, flechas, bolas de fuego.

Los barbudos y sus aliados respondieron a los ataques con flechas y explosiones de humo y fuego, que los meshícas pocas veces pudieron esquivar. Decenas de hombres perdieron la vida sin enterarse por dónde les había llegado la muerte. El único recurso que les quedaba era tirarse al piso cada vez que escuchaban un estallido.

Al caer la noche, todos regresaron a sus casas, como era costumbre en las guerras meshícas. Cuauhtémoc caminó solo de regreso, agotado. De pronto, recibió un golpe en la nuca. Perdió el conocimiento. Al abrir los ojos se encontró tirado en el piso con las manos atadas en una habitación. Opochtli, Tlilancalqui, Cuitlalpítoc, Cuecuetzin, Imatlacuatzin y Tepehuatzin lo observaban con enojo.

—Cuando me anunciaron que estabas entre los rebeldes no lo pude creer —dijo Cuitlalpítoc.

El joven Cuauhtémoc apenas si pudo reconocer al hombre que le hablaba. Su visión estaba borrosa, su oído sumergido en un zumbo y su comprensión difusa. Sentía como si algo se estuviese batiendo dentro de su cabeza. Tuvo dificultad para diferenciar entre la realidad y la pesadilla.

—El hijo de Ahuízotl en medio de unos alborotadores.

—¿Dónde estoy? —preguntó. Se sentó en el piso y se llevó la mano a la nuca.

—Eso no importa. Deberías preguntarte dónde deberías estar y dónde estarás si continúas por el camino que has tomado. Un camino erróneo, evidentemente.

Finalmente comprendió lo que estaba sucediendo. Miró detenidamente a cada uno de los presentes.

—Perdón —dijo agachando la cabeza—. Me dejé llevar por el dolor y la rabia.

—Todos sentimos lo mismo. Pero ésa no es la manera. Debemos actuar con inteligencia, jamás por impulso. No soy partidario de muchas de las decisiones que tomó Motecuzoma a lo largo de su gobierno, pero admito que ante la llegada de los extranjeros sus maniobras fueron excepcionalmente astutas. Evitó exponer a su gente a cualquier combate contra los barbudos, mantuvo la paz hasta el último momento, incluso a costa de su bienestar. Ahora todos nos preguntamos qué fue lo que sucedió y por qué nos atacaron los barbudos. La ira, el miedo y el odio se sienten aunque no se vean ni se puedan tocar. Ellos sintieron ese odio en los meshícas en cuanto Malinche se fue a las costas totonacas a luchar contra los rebeldes de su misma raza. Sintieron miedo y creyeron que nosotros aprovecharíamos el mitote del Tóshcatl para atacarlos. Y los tlashcaltecas utilizaron ese miedo para vengarse de nosotros. Aun así, nada justifica la forma traicionera con la que nos atacaron. Y la matanza de hace tres días tampoco justifica lo que aquellos macehualtin y tú hicieron.

»Quemar las casas flotantes que Malinche había mandado construir sólo aumentaría su ira y generaría más conflictos bélicos. No estamos en condiciones para sostener una guerra contra los barbudos. ¿No les quedó claro con lo que ocurrió la noche del Tóshcatl? No eran más de cien barbudos. ¿Tienes idea de lo que nos harían si fuesen más de mil? He recibido informes de que Malinche derrotó a los rebeldes en las costas totonacas, y pronto volverá, con más guerreros, pues las tropas enemigas se incorporaron a sus filas. Y así será de ahora en adelante; su tlatoani le enviará los soldados que sean necesarios para derrotarnos. Es una guerra que perdimos desde el momento en que llegaron a las costas. Motecuzoma lo supo y fue muy inteligente al mantener la paz. Las derrotas de Kosom Lumil, Ch'aak Temal, Chakan-Putún, Tabscoob, Cempoala, Tlashcálan y Cholólan pronosticaron para nosotros un rotundo fracaso si intentábamos levantarnos en armas. Juventud, arrebato e ignorancia, pésima mezcla para una rebelión. Todos esos macehualtin que están allá afuera reclamando justicia o venganza no tienen la más mínima idea de cómo funciona un gobierno. Si continúan por ese camino, empujarán al pueblo meshíca a un suicidio colectivo. Jamás, entiéndelo bien, jamás ganaremos.

—Tiene razón —dijo Cuauhtémoc sin alzar la mirada.

—Aléjate de esa gente. Tu misión no es organizar levantamientos. Naciste para gobernar, está en tu linaje, no necesitas demostrarle nada a nadie. Debes mantener distancia con el pueblo. Si los macehualtin conviven contigo y conocen tus defectos, perderás todo el respeto. Ellos podrán decir tonterías y mentiras sobre Motecuzoma, pero carecen de evidencias, porque jamás han convivido con él. Ni siquiera lo han visto de cerca. El tlatoani es como un dios al cual no pueden juzgar porque no lo conocen. Y eso debes hacer tú si realmente quieres gobernar estas tierras.

—Entonces... ¿Debo alejarme de la gente?

—No del todo. Debes ser la voz del pueblo, la que los inspira, los guía y ayuda. Pero eso no significa que debas mezclarte con ellos, hacerte su confidente y, mucho menos, exponer tus debilidades.

—Lo entiendo... —respondió el joven Cuauhtémoc con humildad—. Les pido que perdonen mis arrebatos.

—¿Podemos confiar en que no volverás a comportarte con tal irresponsabilidad?

—Sí, mi señor. Usted dígame qué debemos hacer.

—Ahora debemos disolver a los rebeldes. Necesitamos los nombres de los agitadores.

El hijo de Ahuízotl se llevó la mano a la nuca y arrugó los párpados.

—En este momento no recuerdo ningún nombre. Con el golpe que me dieron sigo un poco confundido.

Cuitlalpítoc se cruzó de brazos, se dio media vuelta y caminó a la salida.

—Cuando los recuerdes, les comunicas a los guardias para que me informen. Hasta entonces podrás salir libre.

Los otros pipiltin que habían permanecido en silencio salieron detrás de Cuitlalpítoc.

—¡Esperen! ¡No me dejen aquí! —gritó el joven Cuauhtémoc al mismo tiempo que se puso de pie y se dirigió a la salida; dos guardias le impidieron el paso.

—Aprovecha el tiempo para pensar en todo lo que te dije —finalizó Cuitlalpítoc, caminando por el pasillo sin mirar atrás.

Afuera seguían escuchándose los lamentos de las mujeres que lloraban por sus padres, esposos e hijos, que en ese momento estaban siendo incinerados, todos juntos, en el Cuauhshicalco y en el Telpochcali.

Cuauhtémoc se sentó en el piso con la espalda contra el muro. Intentó mantenerse despierto, pero el cansancio lo derribó. Tenía dos noches sin dormir.

Poco antes de que saliera el sol, unos guardias lo despertaron.

—¿A dónde me llevan?

—A bañarte.

Exhaló gustoso y ocultó una sonrisa. A donde lo llevaron no era el acostumbrado temazcali, sino un cuarto donde había varios pocillos con agua fría. Lo obligaron a desnudarse, le echaron agua helada sobre la cabeza y le exigieron que se tallara la mugre con una hilaza de zacate. El frío estremecedor le quitó el sueño y el cansancio. Al terminar, lo llevaron a otra sala donde le dieron de desayunar. Mientras comía sentado en cuclillas, apareció su madre, muy seria.

—Explícame qué fue lo que hiciste.

—No sé de qué hablas… He hecho muchas cosas en mi vida.

—No te burles de mí. Sabes a lo que me refiero. Te das cuenta del peligro en el que te has metido al involucrarte en una rebelión con esos macehualtin. ¿Qué te está ocurriendo? Eres un pipiltin. Eres el hijo de Ahuízotl.

—Por esa misma razón lo estoy haciendo. Como hijo de un tlatoani tengo la responsabilidad de defender nuestro territorio. Los barbudos y sus aliados nos atacaron sin siquiera declararnos la guerra.

—Sí, pero no se puede actuar así. Deja que los pipiltin hablen con Malinche cuando regrese. Opochtli, Tlilancalqui y…

—¿Qué? ¿Dónde quedó tu dignidad? Eres peor que una…

—¡No hagas que me arrepienta de haberte parido!

—Yo ya estoy arrepentido de ser tu hijo. —Siguió comiendo.

—Entonces arréglatelas como puedas. —Salió de la sala sin despedirse.

A partir de ese momento, la relación entre ambos se rompió para siempre.

Más tarde entró a la sala Cuitlalpítoc con el mismo semblante del día anterior.

—No mereces todos los sacrificios que ha hecho tu madre por ti. Si no fuera por ella, estarías muerto. No habrías llegado siquiera a la adolescencia. Olvida lo que dije ayer. Ya no tienes nada. Lo has perdido todo por culpa de tu rebeldía. Si fueras alguien más, ordenaría que te quitaran la vida en este preciso instante, pero no será necesario. Los agüeros lo advirtieron... y los ignoramos. La desgracia está en tu nombre: Águila que desciende. Nadie lo entendió entonces, pues podía significar muchas cosas. «Sol que desciende», ya que al águila se le asocia con el sol, pero ahora queda absolutamente claro, todo lo que hagas en tu vida te llevará al fracaso. Eres libre. Lárgate. Y asegúrate de no cruzarte en mi camino lo que te queda de vida.

—Les demostraré que están equivocados. —Salió apretando los puños.

Las calles se encontraban desiertas. Cuauhtémoc sabía perfectamente que una mitad de los pobladores estaba llorando a sus muertos en el Cuauhshicalco y en el Telpochcali; y la otra sitiando a los invasores en las Casas Viejas.

Conforme se acercaba al recinto sagrado, los gritos de rabia, los silbidos de las caracolas y los tambores se escuchaban con mayor intensidad. Al llegar, se encontró con un descontrol absoluto. Nadie los estaba guiando. Había decenas de hombres en las azoteas de las casas y edificios aledaños arrojando piedras, lanzas, dardos, flechas y bolas de fuego.

El joven Cuauhtémoc no encontró por ningún lado la voz de un líder, o a alguien que por lo menos intentara organizarlos. Él mismo no sabía cómo hacerlo. Jamás lo había hecho.

De pronto, el muro de una casa, cerca de donde se encontraba Cuauhtémoc, se derrumbó en segundos. Le habían disparado con uno de los cañones. Todos los que se encontraban a pocos metros, quedaron sepultados. Los extranjeros habían hecho estallar uno de esos cañones que lanzaban enormes bolas, a veces de metal y otras de piedra. Cuauhtémoc fue herido por unas pequeñas piedras que salieron volando. Perdió el conocimiento por un instante. Nadie lo auxilió. No había tiempo ni forma de ayudar a los caídos. Los palos de humo y fuego los tenían desconcertados, no podían predecir dónde daría el siguiente.

Cuando volvió en sí, vio frente a su rostro un montón de piedras y tierra. Escuchó a lo lejos el silbido de las caracolas, los tambores, los gritos y varias explosiones. Estaba confundido. Vio su cuerpo lleno de polvo. Se tocó la nuca con la mano derecha y sintió mojado. Al ver la palma de su mano, la encontró llena de sangre. Recordó lo que había sucedido. Se puso de pie con dificultad y buscó donde resguardarse. Se sentó en el piso y observó lo que estaba sucediendo: un hombre salió de la casa de enfrente con un arco y una flecha, se detuvo en medio de la calle, disparó y corrió de regreso al lugar donde se estaba ocultando. En la azotea había decenas de hombres haciendo lo mismo. Otro salió de la casa, lanzó con su honda otra piedra y corrió al rincón donde se encontraba Cuauhtémoc. Ambos se miraron por un instante.

El joven e inexperto Cuauhtémoc observó con asombro la valentía de aquel hombre, que sin decir una palabra se puso de pie, corrió a la mitad de la calle, lanzó otra piedra y se fue al otro extremo. Detrás de otro muro se encontraban dos hombres que igualmente salieron y lanzaron sus proyectiles. Cuauhtémoc respiraba agitado. Tenía las manos en el piso. De pronto, sintió una piedra muy cerca de su mano. Bajó la mirada y la contempló por unos segundos. Caviló en hacer lo mismo. Para eso había ido ahí, para eso había desobedecido a su madre y a los pipiltin que le habían ofrecido un futuro prometedor. Apretó la piedra entre sus dedos y se preparó para salir al ataque. Las Casas Viejas estaban al final de la calle. En ese momento un hombre se paró en medio de la calle, y justo cuando iba a lanzar una piedra, un disparo le destrozó la cara. La sangre salpicó todo alrededor. El hombre murió al instante. Nadie se acercó al cadáver, ni siquiera para quitarlo del camino. Cuauhtémoc se quedó petrificado. Sudaba. Le temblaban las manos y las piernas. Apretó los dientes, se puso de pie, caminó, lanzó la piedra y corrió hasta el otro extremo donde dos hombres se preparaban para hacer lo mismo. Se sentó en el piso, con la espalda recargada en la pared y esperó. Cuando regresaron, miraron a Cuauhtémoc y notaron su miedo.

—Debemos continuar —le dijo uno.

—Sí, sí... —respondió con la respiración agitada.

—Ya no tenemos piedras —explicó el otro—. Vamos para allá. —Señaló el sitio a donde debían dirigirse.

Se puso de pie y los siguió hasta la esquina de un edificio que se ubicaba frente a las Casas Viejas, donde un centenar de hombres construía, en una cadena humana, un terraplén con las piedras de la casa que se había derrumbado minutos antes. Los recién llegados se sumaron rápidamente a la mano de obra, mientras por otros lados miles de hombres seguían lanzando todo tipo de proyectiles.

—¡Apúrense! —ordenó uno de los soldados.

—¡Tú no tienes ningún derecho para dar órdenes! —le gritó otro.

En ese momento un disparo le dio en la espalda a uno de los hombres; por su parte, el otro se tiró al suelo y se arrastró hasta lo que consideró un lugar seguro. Los proyectiles caían sin cesar. Mientras unos se pasaban las enormes piedras de mano en mano, otros los protegían con los escudos. Un hombre con las piernas destrozadas se arrastró hasta el terraplén. El joven Cuauhtémoc lo vio y se detuvo por un instante.

—¡No te distraigas! —el hombre que se hallaba a su derecha lo regañó.

—¡Ese hombre se está muriendo!

—¡Y tú serás el siguiente! —Lanzó la piedra sin esperar a que Cuauhtémoc estuviese preparado para recibirla, por lo que ésta le golpeó el abdomen.

No tuvo tiempo de quejarse, pues en ese instante los barbudos hicieron explotar uno de sus cañones, derribando el muro de otra de las casas. Los meshícas corrieron en todas direcciones para resguardarse. Hubo desorden y estampidas, lo que generó más heridos y muertos. Cuando regresaba la calma, reanudaban el ataque.

Al caer la noche y sin que nadie diera la orden, los nativos cesaron el combate y comenzaron a retirarse. Caminaron de regreso a sus casas, como era la costumbre. Incluso los aliados de los extranjeros hacían lo mismo. Los hombres de Malinche aprovecharon esta práctica para descansar. Cuauhtémoc permaneció frente a las Casas Viejas, donde también se mantuvieron decenas de vigías. Observó que los tenoshcas se retiraban callados, exhaustos y desolados.

## 8

Han transcurrido tres noches desde que Cuauhtémoc y Tetle-panquetzaltzin fueron traídos con Cohuanacotzin, tecutli de Teshcuco; Coyohuehuetzin, tlacochcálcatl de Tlatelolco; Tlacotzin, cihuacóatl y bisnieto de Tlacaélel; Huanitzin, nieto de Ashayácatl y tlatoani de Ehecatépec; y los macehualtin Motelchiuhtzin y Shochiquentzin.

Las conversaciones se han agotado. También los reclamos. No queda nada, sólo esperar la muerte. Lo discutieron incansablemente. Tienen la certeza de que les irá igual o peor que a los pipiltin que estuvieron presos con Motecuzoma. El lugar hiede a sudor, orines y mierda. Atzín limpia la esquina donde evacuan todos los días, pero la fetidez permanece. Abunda el mal humor entre ellos. No obstante, cualquier comentario puede generar una discusión durante horas. Todos están muy por debajo de su peso. Aunque la cantidad de alimento ha mejorado en los últimos días, comen menos de la mitad de las porciones recibidas. Han acordado hacerlo a manera de sacrificio, ya que no pueden asistir a los teocalis para adorar a sus dioses.

Entran a la habitación dos extranjeros y tres soldados tlashcaltecas. Llaman al tlatoani y le exigen que salga inmediatamente. Lo llevan ante Malinche, que se encuentra en la sala principal de aquella casa en Coyohuácan. La niña Malina está junto a él. Cuauhtémoc los observa con resentimiento. Aprieta los puños. Tiene deseos de golpear a aquel hombre a quien odia despiadadamente.

—Mi señor, don Fernando Cortés quiere hacerle una propuesta —explica la niña Malina.

—No negociaré con él.

Malinche se frota las barbas con las manos al mismo tiempo que levanta la cara. Se nota la molestia en sus gestos. Habla en su lengua y la niña Malina le traduce a Cuauhtémoc:

—Dice mi señor que quiere que usted continúe al frente de Tenochtítlan, que podrá ver a sus hijos, concubinas y amigos.

—¿A cambio de qué?

—De abolir los sacrificios humanos, aceptar a Jesucristo como Dios único y verdadero, y ofrecer vasallaje al tlatoani Carlos Quinto.

—Es justamente lo que le ofrecieron a Motecuzoma.

—Y él estuvo de acuerdo.

—¡Mienten! ¡Él jamás estuvo de acuerdo!

—Él comprendió que era lo correcto.

—Eso no es verdad —Cuauhtémoc recuerda cuando fue a ver a Motecuzoma, luego de la matanza en el recinto sagrado.

Habían transcurrido tres días de reñidos enfrentamientos, cuando Tonátiuh y una veintena de barbudos salieron de las Casas Viejas para pedir un cese. Solicitaron hablar con los pipiltin, pero éstos no se encontraban entre la multitud, pues se habían resguardado en sus casas para evitar el peligro y los malos entendidos con Malinche, cuando éste regresara de las costas totonacas. Entonces uno de los macehualtin, que había reconocido a Cuauhtémoc, lo señaló.

—¡Él es hijo del difunto tlatoani Ahuízotl!

Todos los meshícas presentes lo miraron sorprendidos, pues aquel joven había estado junto a ellos esos días y había mantenido un perfil bajo, ayudando y obedeciendo como cualquier macehuali.

—¡Camina al frente! —le dijo alguien al joven Cuauhtémoc.

—¿Qué es lo que quieren? —preguntó al encontrarse frente a los barbudos.

—¡Tonátiuh quiere que hables con Motecuzoma! —dijo un tlashcalteca.

No preguntó por qué ni para qué. Asintió con la cabeza y entró a las Casas Viejas.

Al salir se encontró con Tonátiuh y sus aliados. Le preguntó a qué acuerdo habían llegado. Cuauhtémoc respondió que el tlatoani hablaría con el pueblo. Tras escuchar estas palabras, Tonátiuh dejó ir al joven.

Afuera de las Casas Viejas fue recibido por los macehualtin, que esperaban ansiosos. Cuauhtémoc les informó que el tlatoani y los pipiltin estaban con vida. Aún no terminaba de hablar cuando lo cuestionaron multitudinariamente.

—¿Qué te dijo Motecuzoma?

—¿Lo van a liberar?

—¿Qué le hicieron a los demás?

—¿Está vivo el tecutli Cuauhtláhuac?

—¿Qué vamos a hacer ahora?

Eran demasiadas preguntas. Decidió no contarles todo lo que Motecuzoma le había dicho. Sabía que muchos no comprenderían los deseos del tlatoani. Si les informaba que él pretendía morir, lo llamarían cobarde, algo que ya estaba en boca de muchos. Y si les decía que la orden sería atacar, no esperarían más para cumplir con aquella orden.

—Debemos...

En ese momento toda la atención se dirigió a las Casas Viejas. Tonátiuh y sus hombres estaban con el tlatoani y el tecutli de Tlatelolco, quien ordenó que dejasen las armas.

—¡El tlatoani se encuentra vivo!

—¿Por qué lo encerraron y le pusieron cadenas de metal en los pies? —gritó alguien.

Apareció entonces el tlatoani, junto al hombre de las barbas doradas.

—¿Qué viene a decir Motecuzoma?

—¡Ah, pillo!

—¿No eres tú acaso uno de sus hombres?

La opinión del pueblo estaba dividida. Algunos macehualtin, que estaban sobre las puntas de los árboles, las azoteas y los teocalis, gritaban y amenazaban con seguir atacando si no liberaban a Motecuzoma. La gente comenzó a lanzar todo tipo de proyectiles. Ya no se sabía si era para defender al tlatoani o para agredirlo. Tonátiuh y Motecuzoma desaparecieron de la vista de los meshícas, que no suspendieron su ataque hasta llegada la noche.

Sólo entonces volvió la calma y, con ésta, el momento idóneo para hablar. Mientras los macehualtin regresaban a sus casas, el joven Cuauhtémoc aprovechó para atraer su atención. Había pensado toda la tarde en lo que les diría y las palabras que utilizaría, pues estaba aprendiendo que la opinión pública suele ser desconfiada y celosa de sus creencias; primordialmente si la casta yace indignada, herida, dolida.

—¡Hermanos tenoshcas! —dijo de pronto, sin que nadie esperara su intervención—. ¡Hablé con nuestro tlatoani, Motecuzoma!

—¡A quién le importa lo que diga ese pillo! —gritó alguien.

—¡Cállate! —le respondió otra voz.

—¡Ven a callarme! —replicó enfurecido.

—¡Déjalo hablar! ¡Nosotros sí queremos saber qué dijo Motecuzoma! —dijo alguien más.

—¡Si a ti no te interesa saber, puedes marcharte! —agregó otro.

Al hombre no le quedó más que permanecer en silencio.

—Nuestro tlatoani Motecuzoma se encuentra muy dolido por los acontecimientos ocurridos en los últimos días. Especialmente por la matanza de tantos meshícas en el recinto sagrado y en el interior de las Casas Viejas. Envía sus condolencias a todos los familiares de los caídos. Asimismo, se está esforzando para que Tonátiuh libere a los pipiltin cautivos, y a él. Está dispuesto a sacrificarse con tal de que los meshícas recuperemos nuestra ciudad.

—¿En verdad esperas que te creamos esas mentiras? —gritó alguien al fondo—. ¡Motecuzoma está plácidamente sentado en su habitación, mientras sus sirvientes y sus mujeres lo agasajan con manjares y arrumacos!

—Es muy probable que en estos días el tecutli Cuauhtláhuac sea liberado —agregó el joven Cuauhtémoc, que sabía cuánto estimaba y respetaba la gente al hermano del tlatoani.

—Por fin alguien que nos guíe —dijo una mujer.

—Sí, ya basta de tanta desorganización —continuó un anciano—. Todos quieren mandar y nadie quiere obedecer. Este pueblo no sabe actuar por sí solo, necesita que lo traten con mano dura.

Todos comenzaron a hablar al mismo tiempo e ignoraron al joven Cuauhtémoc, que aprovechó el momento para retirarse. Le urgía reposar. Se estaba albergando en el Calmécac, en compañía de cientos de soldados agotados y desnutridos, ya que el alimento comenzaba a escasear.

Pero esa noche, antes de llegar al Calmécac, fue interceptado por un hombre, a quien no reconoció en el primer instante debido a que iba vestido de macehuali.

—Estoy realmente impresionado por tu sagacidad.

Cuando estuvieron frente a frente, reconoció el rostro de Tlilancalqui. Permaneció en silencio, esperando a que el pipiltin terminara su discurso, pues no le quedaba duda de que el encuentro no era casualidad.

—Debo admitirlo, en un principio dudaba de tus capacidades. Te creía más ingenuo. Estaba seguro de que tu rebeldía no te llevaría a ninguna parte. Ahora que he visto lo que has hecho con esos macehualtin, tengo la certeza de que nos engañaste a todos. Has manipulado con gran astucia a esta gente, la cual pocas veces escucha a los pipiltin. Mírate, ya estás entre ellos. Te has ganado su confianza.

—¿Eso es lo que piensas de mí?

—A mí no me engañas. Soy demasiado viejo. Pero a estas alturas no importa si te creo o no, sino a dónde quieres llegar y a quién quieres junto a ti cuando seas nombrado tlatoani. Vas a necesitar a mucha gente. El gobierno no lo puede llevar una sola persona. Y si piensas que podrás gobernar con un puñado de macehualtin, estás muy equivocado. Se requiere de gente con experiencia. No necesitas tomar una decisión en este momento. Falta mucho tiempo para que seas electo. Sin embargo, es preciso que tengas en mente lo que te acabo de decir. No querrás llegar al gobierno solo. De ser así, no llegarás muy lejos. Fracasarás. Te lo aseguro.

—Lo único que me interesa es liberar al tlatoani y sacar a los extranjeros de nuestras tierras.

—Quiero pensar que pretendes engañarme, que tienes bien calculado cada uno de tus pasos. Ése es el perfil de un aspirante al gobierno en circunstancias como ésta. Si es así, significa que ya eres un político; de lo contrario, sigues siendo un completo imbécil.

## 9

—Os aseguro que lo que menos he buscado es una guerra —dice Malinche al mismo tiempo que observa detenidamente los pies de Cuauhtémoc y suspira. La niña Malina traduce—. Estoy cansado de tantas muertes, de tantos malos entendidos. Me gusta vuestra ciudad, vuestras costumbres, vuestra comida, vuestras mujeres... —Sonríe—. Y mi mayor deseo es que la vida siga como antes. —Hace una pausa y frunce el ceño—. Excepto por vuestros sacrificios humanos y rituales demoniacos. Se lo dije a Mutezuma y os lo digo a vos, Guatemuz, hay un solo dios. La causa principal por la que venimos a estos lugares es para ensalzar y predicar la fe de Cristo. Deseo que vos también lo conozcáis y lo adoréis con la misma pasión con la que lo hacéis con vuestros ídolos Uchilobos y Quezacuat.

Cuauhtémoc observa con enojo a Malinche.

—Yo no sabía quién eras —continúa Malinche—. Aunque Malina me dijo tiempo después que vos habíais estado presente el día de nuestra llegada a Temistitan, yo no os recuerdo. Disculpad mi pésima memoria, pero había tanta gente. Y según me han dicho Alvarado y otros de mis hermanos, vos fuisteis quien me interceptó a mi regreso de La Villa Rica...

Tañían los teponashtles, mientras centenares le impidieron el paso a Malinche y a sus soldados. Los meshícas habían quitado algunos puentes. Mientras tanto las tropas de Ishtlilshóchitl entraban atacando por las otras calzadas. Le cerraron el acceso a Malinche para que el joven Cuauhtémoc hablara con él.

—Soy el único que puede ayudaros —dijo Malinche—. Si no me dejáis entrar, mis hombres asesinarán a Mutezuma y a los miembros de la nobleza.

El joven Cuauhtémoc no entendió una sola palabra.

—Si hubiese sabido que vosotros seríais nombrado tlatoani algún día me habría asegurado de capturaos mucho antes de que toda esta desgracia hubiese ocurrido —sentencia Malinche con seriedad—. Cometí muchos errores. Uno de ellos fue liberar a Cuetravacin...

Mutezuma me engañó, pues me prometió que su hermano calmaría al pueblo y lo convencería de que abriera el tianguis de Tlatelulco. Además, ignoraba que podían elegir a los hermanos y sobrinos del tlatoani. Si lo hubiese sabido, no habría permitido que ese Cuetravacin saliera.

La liberación de Cuauhtláhuac ocurrió justamente cuando la mayoría de los meshícas habían aceptado seguir al joven Cuauhtémoc. El recibimiento que se le dio a Cuauhtláhuac fue caluroso. A pesar de que había muchas riñas entre pipiltin y macehualtin, la mayoría decidió hacer una tregua para acercarse a Cuauhtláhuac, quien esa misma noche fue electo tlatoani... No hubo festejos ni rituales.

—Eres un idiota —le dijo Opochtli al joven Cuauhtémoc al finalizar aquel evento. Ambos caminaban rumbo a las Casas Viejas, donde nuevamente se estaban llevando ataques contra los extranjeros.

—No sé de qué habla —evadió el encuentro de miradas.

—Ésta era tu oportunidad para ser tlatoani. Si nos hubieras hecho caso, nosotros te habríamos elegido. Ahora no serás más que el pelele de Cuauhtláhuac. —Se marchó sin despedirse.

—Sé que Opochtli era tu aliado —le asegura Cuauhtémoc a Malinche.

—Opo, ¿qué?

La niña Malina repite el nombre.

—No lo recuerdo.

—Es uno de los pipiltin que lo visitaron en las costas totonacas —explica la niña Malina.

—Por supuesto. El que me entregó uno de sus papeles pintados, que ellos adoran como si fuese la Santa Biblia[96] —Malinche se dirige a Cuauhtémoc—. Sí, él y muchos más fueron mis aliados. Vuestro

---

96 De acuerdo con el testimonio de Hernán Cortés, tras su llegada a la Villa Rica de San Juan de Ulúa —el jueves santo 21 de abril de 1519—, el sábado de gloria llegaron tres hombres «a saber de mi venida y lo que se me ofrecía y a pedirme licencia para pintar la gente y navíos con un gran presente de oro y mantas los cuales habiéndose comedido y hacernos jacales. Y a señas que hacían dos principales de ellos doña Marina y Jerónimo de Aguilar los entendieron y les dijeron que guardasen todo sigilo y secreto que no llegara a noticia del gran Mutezuma».

tlatoani tenía demasiados enemigos. Aunque os confesaré algo, eran enemigos inmerecidos. Mutezuma era un hombre honorable. Hay muy pocos como él. Era sabio, congruente, justo, valeroso, sí, valeroso hasta el último día de su existencia. Ustedes no lo vieron. Yo sí. Jamás se rindió. Se dejó morir de hambre con tal de no traicionar a su pueblo. ¿Vosotros haríais eso, Guatemuz?

—Sí.

Malinche sonríe y niega con la cabeza.

—Aquella noche... —dice Malinche con tristeza—. La noche en que salimos de Temistitan perdí a muchos hermanos, más de seiscientos. Hombres de gran valor. También he sufrido, Guatemuz. Esto no ha sido sencillo. Vosotros creéis que soy un hombre sin sentimientos, que únicamente busco riquezas, pero debéis entender que sólo sirvo a su majestad, el rey Carlos Quinto de Alemania y Primero de España.

El tlatoani cierra los ojos. No desea escuchar más a Malinche. No le cree.

—Ha sido, hasta el día de hoy, la noche más triste de mi vida —continúa Malinche—. A pesar del cansancio y las heridas, yo iba cuidando a mis hombres, pues Cuetravacin envió soldados para que nos persiguieran. Capturaron a cuatro. Luego nos atacaron antes de llegar a Tlacuba. Sufrimos hambre y sed. Tuvimos que comernos a uno de nuestros caballos. Otros días cazamos perros de esos que hay hartos por el monte. En el camino murieron Chimalpopoca, hijo de Motecuzoma, y Tlaltecatzin, el señor tepaneca.

Malinche pretendía nombrar tlatoani a Chimalpopoca, por eso no los había matado como al resto de los pipiltin que seguían presos en las Casas Viejas, entre ellos Atlishcatzin, que de haber sobrevivido habría derrotado a su hermano Cuauhtémoc en las elecciones.

—Deberías ir con tu madre —dijo Cuauhtláhuac con tristeza el día después de la huida de los barbudos—. Te necesita.

En la casa de Tiyacapantzin se estaba velando el cuerpo de Atlishcatzin. El joven Cuauhtémoc sabía que si asistía a las exequias, los asistentes darían largos discursos sobre las virtudes del difunto, lo que no era nada fuera de lo común en los funerales. Pero Cuauhtémoc había escuchado aquellos elogios toda su vida: Atlishcatzin el

valiente, Atlishcatzin el honesto, Atlishcatzin el obediente, Atlishcat-
zin el sincero, Atlishcatzin el astuto, Atlishcatzin, Atlishcatzin, Atlish-
catzin, siempre Atlishcatzin.

—Usted me necesita aquí —respondió Cuauhtémoc a Cuauhtláhuac.

—Deja las formalidades para otro tiempo —respondió y se tocó
las sienes—. Hay que reorganizar al gobierno, el comercio, nuestras
relaciones diplomáticas y al ejército. Comenzaremos por nombrar
nuevos embajadores, cobradores de impuestos, comisionados de
asuntos urgentes, ministros de agricultura, comercio, pesca y reconstrucción. Debemos elegirlos por sus méritos, sin importar que no
pertenezcan a la nobleza. Y, principalmente, tenemos que solucionar
el problema de la falta de alimento.

Días más tarde llegaron a Tenochtítlan tres hijos de Motecuzoma: Ashayaca, Shoshopehuáloc y Ashopacátzin, que también habían
estado presos en las Casas Viejas. Tres hijos del tlatoani murieron en
la noche de la huida: Tecocoltzin, Matlalacatzin y Cuauhtlatoa; Chimalpopoca falleció después.

Mientras tanto Malinche y sus hombres —cansados, heridos,
asoleados y hambrientos— seguían su camino rumbo a Tlashcálan.

—Hube de tomar decisiones harto difíciles —explica Malinche
a Cuauhtémoc—. Yo sabía que Cuetravacin no me perdonaría la vida.
Yo no quise que muriera tanta gente, pero no me quedó otra opción.

El tlatoani se levanta enfurecido y se va contra Malinche, quiere
ahorcarlo, pero los soldados tlashcaltecas se lo impiden. Uno lo pren-
sa del cuello con el brazo, mientras el otro le inmoviliza las manos. La
niña Malina observa serena. Ha visto mucho en los últimos dos años
y nada le sorprende.

—¿Por qué no me matas de una vez, Malinche? —Cuauhtémoc
cae de rodillas—. ¡Hazlo de una vez! —Llora con la frente en el piso.

—Llevadlo a su celda con los otros. —Malinche sale de la habitación ignorando a Cuauhtémoc.

—Ya oíste —dice el soldado tlashcalteca—. Ponte de pie.

—Déjenme aquí —responde sin mirarlos—, necesito estar solo.

—Disculpe nuestra impertinencia, tlatoani —dice uno de ellos
con tono mordaz.

—¡Apúrate! —El otro lo tira del cabello y lo arrastra.

Cuauhtémoc se levanta con dificultad y cojea, pues aunque las quemaduras en sus pies han sanado, quedó lesionado de por vida. Al llegar a la habitación donde se encuentran los demás presos, los dos soldados lo empujan y el tlatoani cae al piso de donde no se levanta, pese a que sus compañeros lo asisten.

—Míralo —le dice un soldado tlashcalteca al otro—. No se parece en nada al soberbio tlatoani.

En efecto, ya nada quedaba de aquel joven que, pese a carecer de experiencia, luchó valerosamente y sin descanso contra los barbudos. Supo adaptarse rápidamente a las nuevas tácticas de guerra que se estaban empleando. Cuauhtláhuac lo había enviado al frente de las tropas meshícas para que atacaran a Malinche y a los aliados que estaban invadiendo los pueblos a su paso.

A Cuauhtémoc pocas veces se le veía en Tenochtítlan. Hasta que se le avisó que Cuauhtláhuac había muerto. La enfermedad de las pústulas, hueyzáhuatl, como los chamanes la llamaron, se propagó con rapidez por todo el Valle del Anáhuac.

Entre los nativos se esparció el rumor de que los dioses los estaban castigando a ellos y protegiendo a los barbudos, quienes no mostraban síntomas. La forma en que muchos pobladores vieron a los extranjeros cambió radicalmente. Los invasores eran ahora dignos de respeto y temor. Cuando un tecutli de los pueblos dominados por Malinche moría por la enfermedad de las pústulas, él nombraba a su sucesor. Además, el carpintero de Malinche y cientos de obreros tlashcaltecas estaban construyendo trece casas flotantes en Tlashcálan.

En las siguientes semanas, Malinche recibió ayuda proveniente de Cuba; seis expediciones llegaron a la Villa Rica de la Vera Cruz, con lo cual se añadieron doscientos hombres y cincuenta caballos.

## 10

El tlatoani se niega a hablar. Lleva tres días en absoluto silencio. Sus compañeros de celda le han cuestionado hasta el hartazgo acerca de lo sucedido en su último encuentro con Malinche.

—¿Lo torturaron, mi señor? —pregunta Motelchiuhtzin.

—No lo creo —responde el cihuacóatl Tlacotzin—. No tiene heridas en el cuerpo.

—Estos barbudos torturan de distintas maneras —agregó Cohuanacotzin, tecutli de Teshcuco.

—Malinche sabe intimidar sin levantar la mano —comenta Huanitzin, nieto de Ashayácatl y señor de Ehecatépec.

—El tlatoani siente una gran pena —agrega Coyohuehuetzin, tlacochcálcatl de Tlatelolco—. Yo me sentiría igual en su lugar. Toda la culpa ha caído sobre sus hombros.

—Él lo sabía —responde Tlacotzin sin clemencia—. Pero su ambición de poder lo cegó.

Tras la muerte de Cuauhtláhuac, Cuauhtémoc volvió a la ciudad isla para reunirse con los pocos pipiltin que habían sobrevivido a la epidemia. Al llegar se encontró con un torrente de cadáveres y un hedor punzante. Los vivos yacían escondidos en sus casas, hambrientos, sedientos y desesperados.

Fue directo a las Casas Nuevas, donde se encontró a los pocos pipiltin sobrevivientes con trapos en bocas y narices, tratando de evadir la insoportable pestilencia.

—Me enteré de la muerte del tlatoani Cuauhtláhuac y vine lo más pronto posible —dijo con tristeza el tlacochcálcatl Cuauhtémoc.

—Los dioses nos han enviado un castigo —expresó Cuecuetzin, aliado secreto de Malinche.

Entre los pipiltin estaban los viejos Cuecuetzin, Imatlacuatzin y Tepehuatzin, antiguos enemigos de Cuauhtláhuac; los tres hijos de Motecuzoma, Ashayaca, Shoshopehuáloc y Ashopacátzin; y los pipiltin que habían estado presos con Motecuzoma en las Casas Viejas: el cihuacóatl Tzoacpopocatzin, Meshicalcíncatl, Temilotzin, Tlacotzin, Petlauhtzin, Coatzin, Tlazolyaótl, Auelitoctzin y Yupícatl Popocatzin. El resto eran jóvenes como Cuauhtémoc.

—Estamos muy dolidos —dijo el cihuacóatl Tzoacpopocatzin, y se acercó al tlacochcálcatl. Ambos se miraron discretamente.

Tras la muerte de un tlatoani, el cihuacóatl quedaba al mando mientras se elegía al sucesor. Asimismo, su voto podía influir en la elección. Por tanto, los hijos de Motecuzoma se habían mantenido cerca de él en los últimos días con cínicas intenciones de persuadirlo. Pero Tzoacpopocatzin guardaba en la memoria la muerte de su padre, Tlilpotonqui, el anterior cihuacóatl, anciano de más de setenta años muerto en combate.

Aunque Tzoacpopocatzin no era partidario de Cuauhtémoc, lo veía con mejores ojos que a los hijos de Motecuzoma y Cuecuetzin, Imatlacuatzin y Tepehuatzin, de los cuales se rumoraba que eran aliados de Malinche.

Luego de aquel encuentro con los pipiltin, Tzoacpopocatzin buscó a Cuauhtémoc en el recinto de los guerreros águila. Lo encontró hablando con los soldados, ya que estaba organizándolos para llevar a cabo un ataque contra Malinche y sus hombres, quienes se dirigían a Teshcuco. Lo escuchó sin interrumpirlo y le sorprendió ver que el joven inexperto que había asumido aquel cargo, ahora se mostraba implacable. Aunque le faltaba experiencia y astucia, poseía el enojo y la sed de venganza que les faltaba a muchos de los pipiltin.

Al finalizar la reunión, los soldados se retiraron a descansar. Aunque todos deseaban ir a sus casas para ver a sus familiares, el tlacochcálcatl se los prohibió para evitar infecciones. Aunque la epidemia seguía latente, se estaba reduciéndose el número de infectados debido a que los enfermos se encontraban aislados.

—Quiero hablar contigo. —Se acercó Tzoacpopocatzin a Cuauhtémoc. Su tono de voz era reservado. Su mirada huraña.

—Lo escucho, mi señor.

—Sé que quieres ser tlatoani…

—Así es —respondió prontamente. Desde el instante en el que lo vio en la entrada supo cuál era el objetivo del cihuacóatl. Cuauhtláhuac se lo había advertido años atrás—. Aunque sé que no estoy pre-parado, y quizá no lo merezco... —debía mostrar humildad—, estoy dispuesto a...

—Tus principales contendientes serán los hijos de Motecuzo-ma... —lo interrumpió el cihuacóatl.

—Lo sé.

—No es momento para fingir humildad. Necesitamos a un líder agresivo, sediento de venganza, dispuesto a dar su vida para sacar a los enemigos de nuestras tierras. Malinche está planeando regresar a Tenochtítlan y debemos impedirlo. Tienes dos semanas para demos-trar que mereces el cargo. —Se retiró.

Los días siguientes la población comenzó a salir de sus casas para limpiar la ciudad. Juntaron los cadáveres en el recinto sagrado para in-cinerarlos, el mismo día en que se llevaría a cabo el funeral de Cuauh-tláhuac.

Aunque se enviaron invitaciones para las exequias a todos los pueblos tributarios, pocos señores principales asistieron, incluso sus ofrendas fueron escasas para un funeral. Los que no asistieron envia-ron mensajes informando que sus pueblos estaban sufriendo la enfer-medad de las pústulas.

Esa noche Cuauhtémoc decidió ir a la casa de su madre, a quien no había visto desde que los pipiltin lo habían apresado para castigarlo por rebelarse contra los barbudos. Se veía mucho más vieja. Estaba en-ferma, pero su hijo no se enteró, hasta que murió un año más tarde.

—Pensé que no te volvería a ver —dijo la mujer sin dirigirle la mirada. Seguía resentida por la ausencia de Cuauhtémoc en el fune-ral de Atlishcatzin.

—Muchas veces pensé en venir, pero...

—No me interesa saber —lo interrumpió y se marchó a su habi-tación.

—En tres días se llevará a cabo la elección.

—Elegirán a Ashopacátzin.

—¿Cómo lo sabes?

La mujer se dio media vuelta y lo miró con ironía.

—Sigues dudando de mis virtudes.

—Disculpa. —Inclinó la cabeza.

—Ya te puedes marchar.

Nunca más se volvieron a ver.

Salió con desconsuelo, pues tenía la certeza de que jamás se restablecería la relación con su madre, con quien nunca se había identificado. Creció con la idea de que Atlishcatzin era el obstáculo entre ambos. Murió pensando lo mismo.

Se dirigió a la casa de un amigo de la infancia, quien lo recibió alegremente. Platicaron sobre los últimos acontecimientos mientras bebían octli. Cuando su amigo le informó que ya se iba a dormir, Cuauhtémoc le pidió que le regalara una jícara con octli. Caminó profundamente afligido por las calles silenciosas de Tenochtítlan, sin comprender concretamente qué era lo que lamentaba: ¿La muerte de Cuauhtláhuac? ¿La muerte de tanta gente? ¿La invasión de los extranjeros? ¿El desprecio de su madre? ¿La soledad? ¿La guerra? ¿La incertidumbre?

Llegó a la casa de Motelchiuhtzin, donde todos estaban dormidos.

—¡Motelchiuhtzin! —gritó.

Nadie salió.

—¡Motelchiuhtzin!

Seguía sin obtener respuesta.

—¡Motelchiuhtzin!

Decidió marcharse.

—Cuauhtémoc —dijo Motelchiuhtzin en la entrada—. ¿Se encuentra bien?

—No. —Su aspecto lo decía todo.

Se miraron por un instante.

—Necesito hablar con alguien... —Le dio un trago largo a su jícara de octli—. Alguien que no pertenezca a la nobleza. Que no busque el poder.

Motelchiuhtzin alzó la cara y sonrió ligeramente.

—Aquí estoy.

—¿Crees que soy un buen hombre? —preguntó Cuauhtémoc cuando ambos se sentaron en el piso con las espaldas recargadas en la pared de la casa.

—No le puedo responder eso. Nos conocemos muy poco. El tiempo que hemos estado juntos ha sido por cuestiones bélicas. Jamás hemos platicado. Y, si le soy sincero, me sorprende su presencia en este momento.

—No tengo amigos. Los que creía que eran mis amigos resultaron ser unos oportunistas. Tras la llegada de los extranjeros, muchos se fueron a los extremos. Unos completamente a favor de los barbudos y los otros... están muertos. ¿En verdad crees que existe la amistad?

—Yo ten...

—Sinceramente —lo interrumpió—, lo dudo. No saben escuchar. Están tan enfocados en sus intereses.

—Cierto.

—He estado pensando mucho en ti y en Shochiquentzin. Quiero que ambos estén al frente de las tropas meshícas ahora que me elijan tlatoani.

—¿Cómo sabe que lo...?

—Lo sé, lo sé, y eso es lo que debe importarte.

—Hay rumores.

—Son sólo eso. —Bostezó—. Tengo sueño.

—Quizá sea momento de ir a dormir.

—Sí. —Recargó la cabeza en la pared, cerró los ojos y se quedó dormido.

—Tlacochcálcatl. —Lo movió del hombro—. Despierte.

—¿Qué?

—Vaya a su casa.

—No puedo, he bebido de...

—Vamos, al fondo tenemos una habitación vacía. —Le ayudó a ponerse de pie y lo guio abrazándolo de la cintura. Lo acostó sobre un petate y se fue.

Una hora más tarde, seguro de que todos dormían, Cuauhtémoc se levantó, hurgó entre la ropa de aquella familia pobre, se puso un humilde tilmatli, dejó las prendas que lo distinguían como miembro de la nobleza y tlacochcálcatl, excepto su cuchillo de pedernal, se pintó la cara de negro y salió sigiloso.

A pesar de que las calles estaban vacías, hizo todo lo posible por no ser visto. Un *techichi*[97] le ladró, lo que resultó algo inusitado, pues

---

97  Los techichis, al igual que los xoloitzcuintles, eran una raza de perros que únicamente se daba en el continente americano y formaban parte de la

esa raza solía ser extremadamente silenciosa. Tuvo que apresurar el paso para no ser descubierto.

Pronto llegó a la casa de Ashopacátzin. Afuera había un grupo de soldados vigilando. Caminó hacia la parte trasera y entró por un tragaluz. Todos dormían. Revisó todas las habitaciones hasta encontrar al hijo de Motecuzoma, acostado en su petate. Lo observó un instante sin entrar. De pronto, escuchó pasos. Se escondió detrás de una columna. Alcanzó a ver la silueta de una mujer caminando rumbo al patio trasero. La escuchó orinar. Esperó a que regresara a dormir. Finalmente, entró a la habitación de Ashopacátzin. Lo observó. El hombre, acostado bocarriba, roncaba plácidamente. Cuauhtémoc se sintió nervioso. Sus manos tiritaban, su respiración se aceleró y unas gotas de sudor escurrieron por sus sienes. Sacó el cuchillo de pedernal que llevaba atado a su máshtlatl y dio unos pasos.

«¿Qué esperas?», pensó. «Si no lo haces ahora, después no habrá otra oportunidad. Debería retarlo a un duelo. Me derrotaría, tiene más experiencia en el uso de las armas. Además, si gano, los pipiltin tomarían eso como una ofensa. Hazlo ya, Cuauhtémoc».

Se sentó en cuclillas para enterrar la daga en el corazón. Sus manos tiritaban. Frunció el entrecejo, apretó los dientes, levantó el cuchillo con la mano derecha y lo dejó caer con fuerza.

No alcanzó su objetivo. Ashopacátzin había despertado y con un golpe había logrado desviar el cuchillo, el cual cayó al suelo. Le dio un puñetazo en la cara a Cuauhtémoc, y éste cayó de espaldas. Ashopacátzin se apresuró a recoger el cuchillo, pero el hijo de Ahuízotl se fue contra él: le prensó el cuello con el antebrazo al mismo tiempo que intentaba alejarlo del cuchillo. Ashopacátzin le dio varios golpes con los codos en las costillas. Mientras tanto Cuauhtémoc le propinaba puñetazos en la cara.

—Traidor —susurró Ashopacátzin con dificultad, pues apenas podía respirar.

—Cállate. —Apretó el cuello con más fuerza.

---

dieta de los nativos, por tanto, eran criados específicamente para consumo. El techichi se extinguió después de la conquista, ya que los españoles los consumieron tras la noche de la huida, sin reproducirlos.

LA CONQUISTA DE MÉXICO TENOCHTITLAN

Ashopacátzin se impulsó hacia atrás y logró que Cuauhtémoc quedara de espaldas, en el suelo. Puso sus manos sobre el antebrazo de su agresor para liberarse, pero no pudo, el tlacochcálcatl seguía oprimiendo. El hijo de Motecuzoma respondió con cabezazos, que pronto le rompieron la nariz a su contrincante. Logró liberarse. Se puso de pie y corrió hacia el arma. Cuando la tuvo en la mano, volvió hacia Cuauhtémoc, a quien reconoció a pesar de la pintura negra en la cara.

—Cobarde. —Empuñó el cuchillo con fuerza.

—Tu padre mató a mis hermanos —respondió Cuauhtémoc, que estaba en el piso con la nariz sangrante.

—¡Soldados! —gritó Ashopacátzin mirando hacia el pasillo, sin moverse de su sitio.

Cuauhtémoc abrió los ojos aterrorizado.

—Ordenaré que te encierren y en cuanto salga el sol, llamaré a todo el pueblo para que se enteren de tu cobarde intento de homicidio, traidor. Te llevaré a la piedra de los sacri...

Cuauhtémoc se abalanzó contra él. Ambos cayeron al piso. Ashopacátzin sin soltar el cuchillo, intentó enterrárselo a Cuauhtémoc en el pecho, pero éste le prensó las muñecas.

—¿Qué pasa? —gritó una voz femenina, desde el pasillo.

—¡Llama a los soldados! —respondió Ashopacátzin.

Cuauhtémoc le dio fuertísimos golpes en la nariz y boca con la frente, hasta romperle la dentadura.

—¡Soldados! —gritó la mujer aterrada al ver lo que estaba sucediendo, y se fue corriendo—. ¡Soldados!

El tlacochcálcatl recuperó el cuchillo y sin titubeos lo enterró en el cuello del hijo de Motecuzoma, quien ya tenía garantizados diez votos de los doce dignatarios del Tlalocan. Ashopacátzin lo miró a los ojos mientras su cuello sangraba. Cuauhtémoc escuchó a los soldados en el pasillo. Se puso de pie y salió por la claraboya. Se fue corriendo hasta uno de los canales, al cual entró de un clavado. Se mantuvo debajo del agua, escondido detrás de una canoa, con nariz y boca en la superficie.

Decenas de soldados meshícas pasaron marchando en varias ocasiones. Los vecinos se despertaron y salieron para ver lo que ocurría.

Cuando sintió que el peligro había pasado, Cuauhtémoc se talló el cuerpo entero, sin salir del agua, para quitarse las manchas. Luego salió con la cabeza agachada y caminó sigiloso hasta la casa de Motelchiuhtzin donde, por lo alejados que estaban de la casa de Ashopacátzin, todo estaba tranquilo.

Entró por el mismo lugar por el cual había escapado horas atrás, se quitó la ropa y se acostó.

## 11

—Yo lo maté —dice el tlatoani Cuauhtémoc mientras duerme—. Yo lo maté.

Es medianoche. Los demás presos despiertan al oír la voz del tlatoani, quien lleva cinco días sin hablar.

—¿A quién mato? —pregunta Cohuanacotzin.

—¿Está hablando de Malinche? —cuestiona Coyohuehuetzin.

—No —responde Tlacotzin—. Se refiere a Ashopacátzin.

—¿Él lo mató? —pregunta Huanitzin; en sus ojos despierta un rencor que poco a poco irá creciendo.

Tlacotzin asiente con la cabeza.

—Lo sospechaba —agrega Tetlepanquetzaltzin—. Él nunca me dio confianza.

Motelchiuhtzin finge seguir dormido. Teme ser cuestionado. Se sabe cómplice de aquel crimen.

Aquella mañana la noticia sobre la muerte de Ashopacátzin se había difundido por toda la ciudad isla. Las tropas se encontraban investigando de casa en casa. Motelchiuhtzin se dirigió a la habitación donde había dejado a Cuauhtémoc para notificarle, pero al entrar descubrió el tilmatli húmedo en el piso. Le pareció muy extraño. El hijo de Ahuízotl seguía dormido, bocabajo, casi desnudo, salvo por el máshtlatl. Motelchiuhtzin estaba seguro de haberlo dejado vestido. Aunque eso era lo de menos. Sin embargo, aquella prenda en el piso le provocó desconfianza.

—Mi señor. —Le tocó la espalda.

—¿Qué sucede? —Se giró.

Motelchiuhtzin notó que el tlacochcálcatl tenía moretones en la cara y algo de sangre en la nariz.

—Las tropas meshícas lo están buscando.

—¿A mí? —Se estremeció—. ¿Por qué? —Se sentó.

—Usted es el tlacochcálcatl.

—Sí, sí, eso ya lo sé... —dijo con más tranquilidad—. ¿Qué ocurrió? ¿Por qué me están buscando?

—Un hombre entró en la madrugada a la casa de Ashopacátzin y lo mató.

—¿Lo mató? ¿Está muerto? ¿Estás seguro?

—Eso dicen.

—¿Saben quién fue?

—Dicen que fue un hombre que vestía un tilmatli y que iba con la cara pintada de negro.

—Qué pena. —Exhaló con tranquilidad y se volvió a acostar bocarriba.

—El cihuacóatl solicita su presencia en las Casas Nuevas.

—¿Les dijiste que estuve aquí toda la noche?

—No.

—¿Por qué? —Se mostró algo molesto.

—No sabía si era correcto.

—Tienes razón. Cuando estemos frente al Tzoacpopocatzin, dile que estuve aquí toda la noche. Es la verdad. Sé que me castigará por haber bebido octli, pero asumiré mi reprimenda con responsabilidad.

—Como usted ordene.

Al llegar a las Casas Nuevas, Cuauhtémoc fue recibido por el cihuacóatl Tzoacpopocatzin.

—¿Dónde has estado toda la mañana?

—Anoche me sentí tan acongojado por el funeral de nuestro tlatoani, que sin poder evitarlo comencé a beber octli. —Cuauhtémoc dio una amplia explicación—. Pido perdón por mi falta. Estaba tan ebrio que me tuve que quedar a dormir en casa de Motelchiuhtzin. —Lo señaló.

—¿Quién es él?

—Un macehuali que luchó conmigo en las batallas contra los barbudos. Es un hombre muy valeroso.

—Eso no importa en este momento —dijo Tzoacpopocatzin, desviando la mirada—. ¿Ya te enteraste de lo que le ocurrió al hijo de Motecuzoma?

—Sí, ya me informaron todo.

—Entonces ve a trabajar. —Le dio la espalda—. Encuentra al asesino.

—Como usted lo ordene. —Cuauhtémoc salió acompañado de Motelchiuhtzin.

Al reunirse con sus tropas, recibió un informe sobre lo acontecido. Había decenas de testimonios: que había sido un tlashcalteca, un barbudo disfrazado, que a su paso había matado a dos hombres, que tres soldados lo persiguieron por la calzada de Iztapalapan, entre otros.

Recorrieron toda la ciudad, averiguando con todo aquel que se cruzaba en su camino, hasta la puesta del sol. Volvieron al recinto de los guerreros ocelote con veintiocho sospechosos. Cuauhtémoc los interrogó uno a uno. Hasta que decidió culpar a uno.

—¿Cómo te llamas?

—Yaotécatl.

—¡Confiesa! ¿Mataste al hijo de Motecuzoma?

—¡No, señor!

—¿Por qué estabas en la calle en la madrugada?

—Salí a ver qué ocurría, mi señor. —El hombre lloraba—. Me ganó la curiosidad y espié a los soldados.

—¡No te creo!

—¡Soy un humilde macehuali!

—¡Un aliado de los barbudos!

—¡Eso es mentira!

—¿Me estás llamando mentiroso?

—Perdóneme.

Cuauhtémoc miró a los capitanes en silencio y luego les ordenó que lo dejaran solo con el acusado.

—Sé que fuiste tú.

—No.

—Si admites tu culpa, abogaré por ti. Le diré al cihuacóatl que lo hiciste para defender a los tenoshcas porque sabías que Ashopacátzin estaba aliado con Malinche y que él pretendía entregarle la ciudad en cuanto fuese jurado tlatoani. Quizá Tzoacpopocatzin te perdone la vida. Podría ser benéfico para ti; serías un héroe, el hombre que salvó a los meshícas de la traición del hijo de Motecuzoma. Sabes bien que miles repudiaban al tlatoani.

—Pero yo soy inocente.

—Como quieras. Puedo decirle a todos que eres aliado de Malinche. Morirás apedreado y tus hijos y nietos tendrán que vivir por siempre con la vergüenza de ser descendientes de un traidor.

—Le estoy diciendo la verdad. ¡Soy inocente!

—Tú eliges: morir como un traidor o vivir como un héroe. Piénsalo. Volveré más tarde.

El tlacochcálcatl salió y se dirigió a sus soldados. Les dijo que había encontrado al culpable y que liberaran a los demás sospechosos.

Minutos después, se dirigieron al patio, donde decenas de mujeres estaban sirviendo alimentos para los miles de soldados. Cuauhtémoc los acompañó, como lo había hecho en los días que combatían contra los barbudos.

—¿En verdad cree que ese hombre mató a Ashopacátzin? —preguntó Shochiquentzin.

—Absolutamente. —El tlacochcálcatl se mantuvo con la mirada hacia los soldados, que comían sentados en cuclillas.

—Mi hermano lo conoce y asegura que es un hombre muy pacífico —respondió Shochiquentzin.

—La gente cambia.

Motelchiuhtzin se mantuvo en silencio, con la cabeza agachada.

—¿Tú qué opinas, Motelchiuhtzin? —preguntó Shochiquentzin.

—Lo mismo, la gente cambia. Tanto que un día los desconocemos por completo. —Se puso de pie y se marchó sin despedirse.

Horas más tarde, el tlacochcálcatl volvió con Yaotécatl, quien aceptó las condiciones ofrecidas: vivir como héroe. Lo llevaron al *tlatzontecoyan* (juzgado) para que rindiera su declaración.

El sistema judicial en Meshíco Tenochtítlan había tenido cambios radicales en los últimos años, pues antes de la llegada de los meshícas al Anáhuac, la tribu estaba dividida en diez clanes, pero todos bajo las órdenes de cuatro dirigentes. Tras la fundación de Tenochtítlan, estos clanes se dividieron entre los cuatro calputin (barrios) que se construyeron. Los calpuleque fueron los creadores de las primeras leyes en Tenochtítlan. Con el paso de los años, estos barrios se repartieron en veinte, pues la ciudad había crecido.

La impartición de justicia (en náhuatl *tlamelahuacachicahualiztli*) en Meshíco Tenochtítlan estaba a cargo del huey tlatoani, quien era el juez supremo y cuyas sentencias eran inapelables. En su ausencia, lo representaba el cihuacóatl, quien además estaba a cargo de las rentas reales y designación de los jueces de otros tribunales.

Asimismo, había cuatro miembros de la nobleza que formaban parte del Consejo supremo, en calidad de consejeros y jueces, llamados *tecuhtlahtohqueh*. Al cihuacóatl le seguían en jerarquía el tlacochcálcatl y el tlacatécatl, ambos jefes del ejército; luego el *huitznahuatlailótlac* y el *tizociahuácatl*, quienes fungían como jueces principales.

El tribunal del tlacatécatl, compuesto por tres jueces (el tlacatécatl como presidente, el *cuauhnochtli* y el *tlailótlac*), estaba a cargo de juzgar las causas civiles y criminales en primera instancia. En el tlatzontecoyan, ubicado en las Casas Nuevas, había audiencias todos los días (mañana y tarde). Tras escuchar a los litigantes, los jueces daban sus sentencias, de acuerdo a sus leyes; luego el *tecpóyotl* (pregonero) anunciaba la sentencia si era inapelable (generalmente, las civiles; las criminales podían ser transferidas al tribunal supremo).

Este mismo tribunal tenía un representante (con juzgado) en cada uno de los calputin, quienes todos los días acudían ante el Consejo supremo para dar un informe completo de actividades.

Había *centectlapixqueh* (inspectores) en cada uno de los barrios, asegurándose de que se cumplieran las leyes; sin embargo, no tenían la autoridad para juzgar. En su jefatura tenían un grupo de personas.

Debajo de estos tribunales existían aproximadamente treinta y cinco títulos, como: el *teccálcatl* o el *atláuhcatl* (formados generalmente sobre un topónimo, ya sean templos y barrios de la ciudad de Tenochtítlan); y un número desconocido de cargos, como el de los *calpishqueh* (recaudadores). No se sabe exactamente cuántos pipiltin ostentaban estos títulos. Por ejemplo, podía haber doscientos recaudadores de impuestos (a su vez jueces) y cincuenta administradores del comercio. Los tetecuhtin que ostentaban los títulos referidos desempeñaban funciones sacerdotales, militares, judiciales, de jefatura de los barrios y representación del tlatoani y sus dioses, como *teopishqueh* (guardianes de los dioses).

Cada veinte días, se realizaba una junta entre el tlatoani y los jueces para analizar los casos pendientes. Los que no se solucionaban en esa junta, se postergaban para otra que se hacía cada ochenta días, en la cual todos los casos recibían sentencia. El tlatoani marcaba la cabeza del sentenciado con la punta de una flecha, de manera simbólica.

En los juicios no había abogados o intermediarios. En las causas criminales las únicas pruebas que se admitían eran los testimonios de los testigos. El testimonio bajo juramento del acusado era completamente válido, sin importar la veracidad de sus palabras.

Yaotécatl, dijo exactamente lo que Cuauhtémoc le había dicho, que había matado a Ashopacátzin porque era aliado de Malinche y que en cuanto fuese jurado le entregaría el gobierno. Tzoacpopocatzin lo escuchó sin atención. Parecía distraído.

—A veces el destino es como las aguas turbias, nos engaña y nos hace tomar decisiones erróneas. Si optaste por este camino, no puedo evitar que lo sigas. Que los dioses te acompañen. Serás llevado a la piedra de los sacrificios.

—¿Qué? ¡No! —Intentó acercarse al cihuacóatl, pero los soldados lo cargaron de las axilas y lo sacaron del juzgado—. ¡Soy inocente! —Pataleaba tratando de alcanzar el piso—. ¡Tecutli Cuauhtémoc! ¡Tecutli Cuauhtémoc!

El tlacochcálcatl se mantuvo firme, sin mirar a nadie, como un soldado en guardia. El cihuacóatl Tzoacpopocatzin lo miró de reojo con un gesto de decepción.

Se anunció al pueblo la decisión del cihuacóatl y la muerte de Ashopacátzin quedó resuelta. Sin embargo, Ashayaca y Shoshopehuáloc se rehusaron a aceptar aquella resolución. Aseguraron a todos los que podían que su hermano Ashopacátzin había sido asesinado por un pipiltin y que lo encontrarían tarde o temprano.

Dos días más tarde, se reunió el Consejo formado por doce altos dignatarios civiles, militares y religiosos encargados de elegir al nuevo tlatoani. Los votos se dividieron entre Cuauhtémoc, Ashayaca y Shoshopehuáloc. Una de las facciones insistía en elegir a alguno de los descendientes de Motecuzoma. En la segunda ronda quedaron Shoshopehuáloc y Cuauhtémoc. El cihuacóatl hizo una gran labor de convencimiento y la elección recayó sobre Cuauhtémoc.

Esa tarde se llevó a cabo un banquete austero para los miembros de la nobleza y los pocos invitados. No era nada comparado con las celebraciones que se hicieron tras las elecciones de Ahuízotl, Ashayá-catl y Motecuzoma. En el ambiente había mucha tristeza. La enfermedad de las pústulas seguía matando nativos y el regreso de los barbudos era una amenaza latente.

Al caer la noche, cuando todos los invitados se habían retirado, el cihuacóatl Tzoacpopocatzin habló en privado con el recién electo tlatoani. Lo llevó a la cima del Monte Sagrado y lo invitó a que observara la ciudad, el lago, la majestuosa alfombra de árboles y la cortina de montañas en el otro extremo.

—Esto es tuyo. —Le dio un cuchillo de pedernal.

—Ah... —tartamudeó—, ah... Lo perdí hace varias semanas. —Fingió sorpresa con una sonrisa mal confeccionada—. ¿Dónde estaba?

—Lo dejaste enterrado en el cuello de Ashopacátzin.

—Eh...

—Aunque desapruebo lo que hiciste, no tengo otra opción más que callar. Los demás candidatos no me convencieron. No será el último hombre que mates ni la última vez que seas injusto. El poder transforma. Nunca más volverás a ser el mismo. Se apoderarán de ti la soberbia, la desconfianza, la intolerancia, el egoísmo...

—Suficiente.

—Tiene usted razón. Se me olvidó que ya no estaba hablando con un subordinado.

—Era necesario.

—Lo entiendo. —Agachó la cabeza con humildad—. Ahora, si me lo permite, volveré a mis ocupaciones.

Esa noche Cuauhtémoc comenzó a habitar las Casas Nuevas, aunque aún no había sido jurado, ya tenía el derecho. Tres sirvientes permanecieron junto a él, arrodillados, con las cabezas agachadas, en silencio.

—Ya se pueden ir a dormir.

Ninguno se movió.

—Váyanse. Quiero estar solo.

Se retiraron en silencio, sin darle la espalda. Cuando se quedó solo, no supo qué hacer consigo mismo. No se reconocía. Sus emociones y pensamientos eran completamente nuevos. Sentía mucho poder e impotencia al mismo tiempo. Miedo y coraje. Preocupación y confianza. Rencor y culpa. Euforia y envidia. Angustia y optimismo. Satisfacción y vergüenza.

Se fue a dormir con la esperanza de que al día siguiente sus emociones estuvieran estables.

## 12

—He decidido aceptar las condiciones de Malinche. —Cuauhtémoc rompe el silencio al octavo día.

—¡Habló! —informa Motelchiuhtzin a los demás presos.

—Ya lo escuchamos —responde Tlacotzin con indiferencia.

Cohuanacotzin y Coyohuehuetzin caminan hacia el tlatoani.

—¿Cuáles son esas condiciones? —pregunta Coyohuehuetzin.

—Malinche quiere que siga al frente del gobierno y que organice
a los meshícas para llevar a cabo la reconstrucción de la ciudad.

—¿No es eso lo que le criticaste a Motecuzoma en varias ocasiones? —pregunta Tetlepanquetzaltzin.

—Yo nunca dije eso. Fueron rumores para desprestigiarme. —El
tlatoani cierra los ojos con dolor y agrega—: Y castigué a los responsables...

Poco después de haber sido jurado[98], el huey tlatoani recibió a
un informante en las Casas Viejas. Cuauhtémoc había adoptado los rituales que habían caracterizado a Motecuzoma: los macehualtin tenían que entrar con las cabezas agachadas y arrodillarse ante él no
podían usar prendas de algodón ni sandalias.

—Mi señor —dijo el informante—, hace unos días Malinche y
sus hombres entraron a la ciudad de Shalco, donde fueron recibidos
con ofrendas de oro, piedras preciosas, cargas de mantas, plumas
finas y un gran banquete. Iban escoltados por miles de tlashcaltecas y
acolhuas. A pesar de que las tropas meshícas obstaculizaron el camino con grandes troncos y ramas, Malinche ordenó que mil quinientos
tlashcaltecas y acolhuas limpiaran el camino para que pudiesen transitar los venados gigantes.

»Cuando Malinche y sus hombres llegaron a los llanos, la gente
de los pueblos colindantes encendió fogatas para avisar a los pueblos de
alrededor sobre la presencia de los extranjeros. A pesar de que los extranjeros ya conocían el significado de las columnas de humo, avan-

98   Cuauhtémoc fue jurado tlatoani el primero de marzo de 1521.

zaron sin temor. Los pobladores les gritaban insultos desde lejos. Hubo algunos que les lanzaron piedras y flechas, pero éstos les respondieron con algunos disparos y los persiguieron montados en sus venados gigantes. Los pobladores huyeron. Esa noche los barbudos durmieron en Coatépec, abandonado esa misma tarde. Los tlashcaltecas robaron todo.

—Querrás decir los barbudos.

—No. A ellos parece no interesarles nada más que el oro. Los tlashcaltecas se llevan guajolotes, perros, maíz, frijol, alimentos, ropa, vasijas, plumas y armas.

—Esos extranjeros son muy... Olvídalo. Sígueme contando.

—Ayer se apoderaron de Teshcuco.

Esa misma tarde Cohuanacotzin llegó a Tenochtítlan, acompañado de miles de acolhuas que venían huyendo de Teshcuco. Cuauhtémoc llevó a cabo una reunión con Cohuanacotzin, Tetlepanquetzaltzin y los miembros de la nobleza para establecer el procedimiento ante la llegada de los barbudos y sus aliados a Teshcuco, ciudad que para entonces se hallaba casi despoblada, ya que los ancianos, las mujeres y los niños habían huido a los pueblos cercanos, y la mayoría de los soldados se había incorporado a las tropas meshícas. No obstante, la otra mitad se encontraba bajo el mando del joven Ishtlilshóchitl. Malinche nombró tecutli de Teshcuco a Cuicuitzcatzin, hermano ilegítimo de Cohuanacotzin.

Días más tarde, Malinche recibió en Teshcuco a los señores principales de Coatlíchan, Hueshotzinco y Atenco, quienes le ofrecieron obediencia. Cuauhtémoc envió una embajada a estos pueblos para solicitarles una alianza, pero los tetecuhtin de aquellos pueblos los arrestaron y los llevaron ante Malinche, quien los envió de regreso con un mensaje:

—Dice el tecutli Malinche que si nos entregamos sin resistencia, no habrá represalias —informó el embajador.

El tlatoani soltó una risotada:

—Ya escucharon —se dirigió a los pipiltin con soberbia—. Malinche cree que nos ha derrotado. Le vamos a demostrar que está equivocado. Debemos poner todo nuestro empeño en la defensa de nuestros dominios —dijo el tlatoani con enardecimiento—, de nuestras vidas, nuestra libertad, nuestros hijos y mujeres. Si no lo hacemos, Meshíco Tenochtítlan quedará destruida para siempre. Ustedes han visto cómo Malinche y sus aliados quitan y ponen señores a su antojo, cómo destruyen teocalis y dioses, cómo imponen su fe, sus costumbres y sus leyes. Contamos con un número mucho mayor de guerreros que Malinche y sus aliados. Nuestra ciudad es una fortaleza. Y mientras ellos no entren, no nos podrán destruir.

Los pipiltin murmuraron entre sí, algunos con entusiasmo, otros con pesimismo.

—Permítame decirle, mi señor —dijo uno de los primos de Cuauhtémoc—, que me siento muy alegre de tenerlo como tlatoani. Su determinación y valor darán a nuestras tierras el respeto y la riqueza que siempre han tenido.

—Si usted hubiese sido nuestro huey tlatoani en vez de Motecuzoma —agregó otro—, esos invasores jamás habrían pasado más allá de Cempoala.

—¡Cuente con nuestra lealtad! —agregó otro, con aclamación—. ¡Estamos seguros de que usted nos llevará a la victoria!

El tlatoani agradeció sus palabras con emoción. Sin embargo, no todos pensaban igual.

—El elogio de los subordinados puede enajenar a cualquier líder —le susurró el cihuacóatl al tlatoani—. Tenga cuidado.

Cuauhtémoc se incomodó con aquel comentario; sin embargo, sonrió y se dirigió a la audiencia.

—Mi señor, creo que ha llegado el momento de hacer las paces con los enemigos —recomendó Cuecuetzin.

—¿Rendirnos? —respondió el tlatoani en voz alta—. ¿Por qué haríamos algo así?

—Por nuestro bien. Ya quedó demostrado que a Malinche nada lo detiene.

—Porque no le hemos enviado todas nuestras tropas —respondió Cuauhtémoc con un tono soberbio y un gesto mordaz.

—Aunque así fuera, él tiene las tropas tlashcaltecas, hueshotzincas, cholultecas, totonacas y acolhuas —intervino Imatlacuatzin.

—Por lo visto, ustedes están a favor de Malinche. —Cuauhtémoc caminó frente a ellos.

—No se trata de eso —habló con serenidad Tepehuatzin—. Sino que somos viejos y la experiencia nos ha enseñado que debemos aprender a perder.

—Hablan los que fueron enemigos de Motecuzoma y Cuauhtláhuac. ¿Creen que no estoy enterado? Ustedes estaban coludidos con Opochtli, Tlilancalqui y Cuitlalpítoc. Intentaron manipularme para que cuando fuese electo le entregara el gobierno a sus aliados extranjeros. Me encerraron cuando apoyé a los macehualtin en el levantamiento contra los barbudos. Tenían el poder y eran soberbios. Ahora no son más que un montón de ancianos cobardes, preocupados por conservar los beneficios que han tenido toda su vida bajo el manto de la hipocresía. Eso se acabó. Serán llevados a la piedra de los sacrificios.

Todos los presentes se inquietaron con aquella resolución. El cihuacóatl y los tetecuhtin de Tlatelolco, Tlacopan y Teshcuco intentaron hablar en privado con el tlatoani, pero éste se negó. Cuecuetzin, Imatlacuatzin y Tepehuatzin fueron llevados a una celda donde permanecieron varias semanas, hasta que el tlatoani y un grupo de sacerdotes llevaron a cabo uno de los rituales correspondientes al calendario azteca, en el que soldados enemigos debían sacrificarse.

Contrario a lo que todos esperaban, el nuevo tlatoani se dedicó a gobernar desde las Casas Nuevas, sin salir a combatir a los extranjeros. Envió embajadas a solicitar auxilio, con ofrendas y con la promesa de que quedarían exentos de tributo; y a los pueblos enemigos les ofreció la paz. Principalmente, debían convencerlos del peligro que se avecinaba: destrucción de sus ciudades y esclavitud. Pero algunas respuestas fueron negativas; Tzinzicha, el *cazonci*[99] de Tzintzuntzán, al igual que su padre Zuangua, muerto por la enfermedad de las pústulas, le negó la ayuda. Los acolhuas, shalcas, shochimilcas y tepanecas también se declararon a favor de Malinche. Mientras que Cuauhtlalpan, Cuauhtítlan, Tláhuac, Yacapichtla, Huashtépec, Yauhtépec, Tepóztlan, Cuauhnahuac, Tlayacapan y Totolapan se mostraron fieles a Tenochtítlan. El tlatoani llevó el mayor número de tropas de aquellas

---

99   Gobernante de los purépechas en Michoacán, equivalente a tlatoani.

tierras a Meshíco, con lo cual fortaleció la ciudad; se aseguró de que el trabajo en el campo no se detuviera y de que los víveres y cosechas no fueran a dar a manos del enemigo; asimismo, mandó construir miles de canoas.

Pronto el pueblo comenzó a repudiar las decisiones del huey tlatoani, quien en respuesta intentó ganarse la aprobación de sus vasallos con regalos, aceptados por algunos y rechazados por otros. En poco tiempo se acabaron las riquezas del gobierno y las reservas de semillas.

—Mi señor, debemos hacer algo con los ancianos —dijo el cihuacóatl Tzoacpopocatzin.

—¿A qué te refieres? —respondió Cuauhtémoc despreocupado.

—Corren peligro en la ciudad.

—¿Cuál peligro?

—Si los barbudos llegan a entrar…

—¡No entrarán!

—No podemos estar tan seguros.

—¿Qué quieres decir? —Lo quiso intimidar con la mirada, pero Tzoacpopocatzin era demasiado viejo para caer en trampas como ésas.

—Debemos tomar nuestras precauciones.

—Envíenlos a los cerros colindantes a Tlacopan.

—¿Quiere que caminen hasta allá?

—¿Quieres que los lleven cargando? Lo más importante en este momento es reunir la mayor cantidad de soldados. Si te preocupan los ancianos, soluciona el problema y no me quites el tiempo. Los barbudos ya tomaron Teshcuco.

Al salir de las Casas Nuevas, el cihuacóatl se encontró con los hijos de Motecuzoma, Ashayaca y Shoshopehuáloc, quienes además de considerar al tlatoani demasiado joven e inexperto para el puesto, lo creían culpable de la muerte de su hermano, Ashopacátzin. El cihuacóatl Tzoacpopocatzin estaba arrepentido de haber elegido a Cuauhtémoc, pero no había dicho una palabra, hasta el momento.

—¿Está todo bien? —preguntó Ashayaca.

—No. —Tzoacpopocatzin siguió su camino a paso lento.

—¿Qué ocurre? —Caminó a su lado.

—Preocupaciones de un viejo.

—Debe ser algo muy importante —respondió Shoshopehuáloc, quien también caminaba junto a él.

—El tlatoani...

—Vaya que fue un grave error elegirlo.

—Tienes razón —dijo el cihuacóatl con tristeza—. Nos equivocamos.

—Muchos miembros de la nobleza insisten en que se rinda ante los barbudos, pero Cuauhtémoc se niega —dijo Shoshopehuáloc.

—Está lleno de rabia y ambición —agregó Ashayaca.

—Quiere ser recordado como el tlatoani que acabó con los extranjeros y conquistó todos los territorios —continuó Shoshopehuáloc.

—Y también quiere castigar a quien no piense como él —dijo el cihuacóatl con preocupación.

—Ayer estaba hablando con los pipiltin Zepactzin y Tencuecuenotzin —comentó Ashayaca—, y me dijeron que...

—Escuchen bien —lo interrumpió el cihuacóatl—. Deben tener cuidado con lo que dicen y a quien lo dicen. Imagínense que yo hubiese declarado todo esto para tenderles una trampa. Serían acusados de alta traición. Afortunadamente, no es mi intención. Cuídense. —Se marchó.

En esos días Malinche y sus hombres entraron a Iztapalapan, pero antes de llegar fueron atacados por ocho mil meshícas que iban en canoas. Ishtlilshóchitl se batió a duelo con uno de los señores principales, hasta que lo capturó; entonces, ordenó a sus soldados que lo ataran de pies y manos, y lo quemaran vivo. Tras varias horas de combate, los extranjeros lograron llegar a la calzada-dique que detenía el agua del lago de Shochimilco y protegía la ciudad de inundaciones. Los meshícas comenzaron a destruir la calzada, con lo cual liberaron las corrientes de agua dulce hacia las aguas saladas. Pronto, el canal se desbocó y se llevó a todos a su paso. Ya había oscurecido cuando Malinche ordenó la retirada. La corriente llevaba tanta fuerza que apenas si podían caminar con el agua al pecho. Los aliados tlashcaltecas perdieron el botín que habían adquirido. Murieron más de seis mil hombres, mujeres y niños.

Los barbudos y sus aliados pasaron la noche mojados, con frío y hambre, afuera de Iztapalapan. Al amanecer, los guerreros meshícas los estaban esperando en sus canoas para continuar el combate. Malinche y sus hombres resistieron la agresión, cuidando siempre no perder el camino hacia Teshcuco y dejando atrás a los aliados tlashcaltecas, acolhuas y hueshotzincas, quienes murieron a manos de los meshícas.

La noticia alegró sobremanera al tlatoani, quien ordenó que se hiciera un banquete para los soldados. Se llevaron a cabo danzas y se sacrificaron algunos presos tlashcaltecas.

Al finalizar el mitote, los sacerdotes Zepactzin y Tencuecuenotzin hablaron con Cuauhtémoc.

—Creemos que es el momento justo para que cese la guerra.

—¿Qué? ¿De qué están hablando? Estamos acabando con el enemigo.

—No es así. Están muriendo tlashcaltecas, acolhuas, hueshotzincas y muchos más, y de los barbudos únicamente murió uno —recalcó—: Uno.

El tlatoani los observó detenidamente. Trató de recordar cuántas veces habían avalado sus decisiones y no encontró nada en su memoria. Eran callados, reservados y austeros. Desde la matanza de la noche del Tóshcatl, ellos se habían mantenido en sus casas y en los templos.

—Tienen razón —dijo Cuauhtémoc con humildad—. Su sabiduría me ayuda a reflexionar. En los próximos días tomaré una decisión. Sólo les pido que mantengan esto en secreto. No quiero mal informar al pueblo. ¿Les parece bien?

—Por supuesto. Esperaremos hasta entonces. Y agradezco su comprensión. El pueblo tenoshca también se lo reconocerá por siempre.

Los dos sacerdotes se retiraron complacidos. Más tarde Cuauhtémoc mandó llamar al cihuacóatl.

—¿Qué opinas de Zepactzin y Tencuecuenotzin?

—Son hombres de gran sabiduría. —Tzoacpopocatzin presintió el rumbo que tomaría aquella conversación—. Su experiencia es valiosísima.

—¿Cuáles eran sus cargos en el gobierno de Motecuzoma?

—El gobierno duró muchos años y con frecuencia había cambios. Fueron embajadores, ministros, cobradores de impuestos y sacerdotes.

—¿Alguna vez intentaron rebelarse ante el tlatoani?

—Jamás. —Tzoacpopocatzin se mostró firme.

—¿Nunca contradijeron a Motecuzoma?

—Eso es diferente. La labor de los pipiltin siempre ha sido aconsejar al tlatoani, incluso cuando la recomendación no ha sido solicitada. En todos los gobiernos hay objeciones, por lo cual el tlatoani no debe sentirse traicionado. La diversidad de pensamientos abre caminos, aclara dudas y, sobre todo, ayuda a tomar mejores decisiones.

—No estoy de acuerdo. Cuando hay opiniones tan contrastantes, la toma de decisiones se torna más compleja. Opaca la visión de los demás pipiltin. Los confunde. En este momento lo que menos necesitamos es complicar la situación. Necesitamos convencer al pueblo. Sólo así dejaremos de discutir entre nosotros para dedicarnos a lo único y verdaderamente importante: acabar con el enemigo.

—Centrarnos en un objetivo e ignorar otras posibilidades es demasiado arriesgado.

—Zepactzin y Tencuecuenotzin no están de acuerdo con mis decisiones. —Cuauhtémoc fingió algo de tristeza, agachando la cabeza, al tiempo que se cruzó de brazos.

—Eso es bueno. La sabiduría se obtiene con los fracasos, el diálogo y los consejos. Es bueno que los pipiltin no siempre piensen igual que usted. Uno de los grandes errores de Motecuzoma fue exigir que todos los miembros de la nobleza compartieran sus ideales y caprichos. Por ello, decretó matar a todos los funcionarios del gobierno de Ahuízotl, incluidos algunos de sus hijos.

—Siempre critiqué aquella decisión de Motecuzoma. Me dolió saber que había asesinado a muchos de mis hermanos, pero ahora veo todo de una manera muy distinta. El tlatoani no necesita adversarios en su propio gobierno.

—No son adversarios.

—Necesito aliados, gente de confianza.

—La confianza debe ser recíproca.

—De eso estoy hablando, pues hay muchos miembros de la nobleza que no confían en mí.

—Usted debe ganarse su confianza.

—¿Yo?

—Usted es el tlatoani. —El cihuacóatl alzó la frente.

—Son ellos quienes deben ganarse mi confianza.

—No. —Tzoacpopocatzin se mantenía firme, seguro de cada una de sus palabras.

—¿Te estás rebelando?

—No, estoy diciendo que usted debe ganarse la confianza de los pipiltin para poder gobernar. Es todo.

—Para lograr eso que dices, tengo que obedecerlos.

—No lo veo de esa manera. Existen dos formas para comprender la política: desde la ideología y desde los resultados. La primera siempre es más dañina. Los pipiltin que sugieren una rendición han vivido el triple que usted, disculpe el atrevimiento, pero su experiencia habla por ellos. Saben perfectamente que la ideología no siempre es buena consejera. Por supuesto que es bueno intentar cosas nuevas, sin embargo, existen momentos en los que uno no puede darse esos indultos, mucho menos cuando la vida de tanta gente está en peligro.

—Quieren que me rinda ante el enemigo. Eso es lo que piden. Y, según tus palabras, para ganarme su confianza debo hacer lo que ellos piden: rendirme, rendir al pueblo meshíca ante los invasores y entregarles nuestra ciudad.

—Esta mañana los señores principales de Otumba, Tepecoculco y Mishquic ofrecieron vasallaje a Malinche. Al paso que van, los barbudos se apoderarán de la ciudad de una u otra manera. Usted decide si quiere entregarles una ciudad con una población viva o un cementerio.

—Si no hay otra opción, les dejaremos un cementerio. Pero de aquí no nos van a sacar.

En ese momento uno de los miembros de la nobleza entró a la sala para informarle al tlatoani que dos cobradores de impuestos solicitaban hablar con él.

—Diles que pasen.

—¿Seguirá requiriendo de mi presencia? —preguntó el cihuacóatl con deseos de retirarse. La necedad del tlatoani lo había irritado sobremanera.

—Por supuesto —respondió con exageración—. Eres el cihua-cóatl y tus consejos son indispensables.

Los calpishqueh entraron con la humildad de siempre: descalzos, con ropas de henequén y sin joyas. En cuanto el tlatoani los vio a la cara se percató de que iban heridos.

—¿Qué les sucedió?

—Los campesinos se están negando a pagar el tributo de maíz.

—¿Con qué excusa?

—Que no tienen para comer.

—Les explicaron que es indispensable para sostener al ejército.

—Sí, mi señor.

—¿Qué debemos hacer? —le preguntó el tlatoani al cihuacóatl.

—Pues...

Cuauhtémoc no lo dejó terminar.

—¡Confisquen el maíz! ¡Arresten a quienes se rehúsen a pagar el tributo!

—El problema es que los están defendiendo soldados tlashcaltecas. Hay grupos de hasta cincuenta soldados en cada sembradío.

—¿Usted qué opina? —el tlatoani le preguntó al cihuacóatl.

—Creo que...

—Mañana temprano enviaré tropas a acabar con esos malnacidos —lo interrumpió—. ¿Algo más? —le preguntó Cuauhtémoc al cihuacóatl.

—No —respondió, ocultando su molestia.

—Bien. —Sonrió con satisfacción, luego se dirigió a los dos calpishqueh—. Ya se pueden retirar.

Los hombres salieron caminando hacia atrás para no darle la espalda al tlatoani.

—¿Te das cuenta de que los consejos de los pipiltin no son indispensables? Si me eligieron tlatoani es porque confían en mi capacidad para tomar decisiones.

Ambos se miraron en silencio por un instante.

—Estoy seguro de que ya ha tomado una decisión —dijo Tzoacpopocatzin con pesadumbre—. Haga lo que tenga que hacer. Estaré en mi casa, esperando.

## 13

—Es la mejor decisión —dice el cihuacóatl Tlacotzin.

Cuauhtémoc baja la cabeza con tristeza. Los demás presos tienen la certeza de que ésa debió haber sido la resolución del tlatoani desde el principio de su gobierno. La rendición era su única salida para evitar tantas muertes.

—Tal vez —dice Cuauhtémoc con voz baja, para evitar que los guardias tlashcaltecas lo escuchen—, ya en libertad podríamos organizar al pueblo para...

—No seas terco —le dice el cihuacóatl con amargura—. Se acabó. Basta. Ya no hay más.

Ambos se miran a los ojos como si estuviesen en medio de un duelo, con macahuitles en mano. Los demás presos se mantienen en silencio, esperando que en cualquier instante alguno lance el primer golpe.

—¿Estás dispuesto a vivir lo que te queda de vida en esclavitud? —pregunta el tlatoani con tono retador.

—Estoy dispuesto a lo que sea con tal de que nuestro pueblo deje de sufrir.

—No... A mí no me engañas con eso, ni tú te lo crees. —El tlatoani camina alrededor, con dificultad. Frunce el ceño con cada paso—. Tu problema es que no me perdonas.

—¿De qué hablas? —El cihuacóatl finge ignorar para que el tlatoani lo diga, para que todos lo escuchen.

—Sabes perfectamente a que me refiero.

—No. —Camina hacia el tlatoani—. Dímelo. Quiero saber.

—Olvídalo... —Le da la espalda.

—O... ¿ no quieres que ellos se enteren?

—No necesito que todas mis conversaciones se hagan públicas.

—¿Públicas? Cuenta cuántos somos. Perdón. Tienes razón. Probablemente a Cohuanacotzin se le ocurra salir corriendo a Teshcuco para contarle a los acolhuas. O Coyohuehuetzin tal vez quiera divulgar tu secreto en Tlatelolco. No. El más peligroso podría ser Huanitzin.

Quién sabe qué podrían pensar los pobladores de Ehecatépec. Tetle-panquetzaltzin confía en tu discreción. Sé que por Motelchiuhtzin y Shochiquentzin no te preocupas, ya que siempre supieron callarse. Su humildad y deseos por un mejor gobierno se esfumaron cuando les diste poder, cuando los convertiste en tus cercanos y obedientes soldados. Por cierto, te diré que me parece injusto que, a pesar de toda la confianza que decías tener en ellos, jamás los nombraste tla-cochcálcatl ni tlacatécatl. Nada. Sólo los ocupaste para el trabajo sucio.

—¡Cállate! —Cuauhtémoc le da un puñetazo en la boca.

Tlacotzin le responde con otro golpe. Los demás reclusos se apresuran para detener el pleito, mientras los soldados tlashcaltecas observan divertidos desde el pasillo.

—Para que se enteren —Tlacotzin grita, tratando de soltarse de los brazos que lo aprehenden—, Cuauhtémoc mató a…

El tlatoani golpea con tanta fuerza al cihuacóatl que éste pierde el conocimiento.

—Era necesario —dice Cuauhtémoc de pie, apretando los puños, frente al cuerpo inconsciente de Tlacotzin—. La guerra por la cosecha se había tornado cada día más sangrienta.

Las batallas en las que los nativos buscaban obtener el mayor número de presos habían quedado en el pasado. Por su parte, los tlas-hcaltecas se estaban haciendo de un botín jamás imaginado, ya que, por primera vez en muchos años, llevarían prendas de algodón y sal a sus casas, algo que los meshícas les habían impedido, debido a que los pueblos dedicados a la elaboración de estos productos estaban bajo su dominio.

Shalco también estaba disfrutando de su independencia des-pués de más de cincuenta años de vasallaje. Era tanta la alegría de los pueblos liberados del yugo, que acudían ante Malinche a solicitar que él nombrara a sus nuevos señores. Aunque Cuauhtémoc les enviaba embajadas para ofrecerles una alianza y la condonación de impues-tos, ninguno aceptó. La reputación de los meshícas estaba tan dete-riorada que nada los salvaría del ocaso del imperio.

No obstante, el tlatoani se negaba a admitir su fracaso. Ordenó que se construyera más armamento, lanzas mucho más largas y trincheras más profundas. El rencor del tlatoani hacia aquellos pueblos revelados lo cegó por completo.

—Cualquier pueblo que sostenga alguna relación con los aliados de los extranjeros será considerado nuestro enemigo —decretó el tlatoani en una reunión con los pipiltin y los capitanes del ejército—, por tanto, los castigaremos a todos, hasta reducir sus ciudades a escombros.

—Ésa es la peor decisión que pudo haber tomado, mi señor —dijo el cihuacóatl Tzoacpopocatzin en cuanto estuvieron solos.

No era la primera vez que lo contradecía. Lo había hecho todos los días, pero con moderación, siempre utilizando las palabras más adecuadas para que el tlatoani no las tomara como una ofensa. Comenzaba sus frases con «yo sugeriría…», «qué le parece…», «tal vez podría…», «quizá…», «y si…», «seguramente la gente apreciaría…»; sin embargo, Cuauhtémoc lo ignoraba por completo o se molestaba sin importar la dulzura con la que el cihuacóatl le hablara. No estaba dispuesto a escuchar ni a aceptar la opinión de nadie.

—¿Eso es lo que crees? —Lo miró con encono.

—Sí. —Tzoacpopocatzin sabía perfectamente que aquel momento llegaría tarde o temprano—. Se ha equivocado todo este tiempo.

El tlatoani le dio la espalda y caminó hacia la pared, que estaba pintada con hermosas imágenes que les recordaban sus victorias a los meshícas. Las observó detenidamente, en silencio. Se giró y contempló las columnas de casi tres metros de alto. La sala era bella, elegante y limpia. Y, en ese momento, estaba a su disposición. Todavía le parecía increíble que él fuese el nuevo tlatoani.

—Dime, entonces, ¿en qué me he equivocado?

Tzoacpopocatzin fue nombrado cihuacóatl tras la muerte de su padre, el cihuacóatl Tlilpotonqui, hijo del anterior cihuacóatl, Tlacaélel; el único puesto que era hereditario de padre a hijo, sin importar las circunstancias. Tlacaélel había sido cihuacóatl en los gobiernos de Izcóatl, Motecuzoma Ilhuicamina y Ashayácatl. Tlilpotonqui, en los de Tízoc, Ahuízotl y en el inicio del de Motecuzoma Shocoyotzin, quien lo mandó matar para hacerse del poder absoluto. Tzoacpopocatzin había ostentado el puesto en los gobiernos de Motecuzoma Shocoyotzin, Cuauhtláhuac y ahora con Cuauhtémoc. No le quedaba duda de que el joven tlatoani imitaría a Motecuzoma. Era un anciano que había vivido más de lo que esperaba. Tenía años aguardando la muerte, pero jamás se imaginó que llegaría de esa manera y en esas circunstancias. Aun así, no se atemorizó, por el contrario, se dispuso a recibir el golpe artero con dignidad.

—En todo. Resultaste ser el tlatoani más impulsivo, necio y rencoroso que ha existido. Pero fue mi culpa, porque yo convencí a los demás miembros del Consejo de que votaran por ti. A mí me ganó el arrebato, el rencor, el dolor de haber perdido a mi padre de la misma manera en que tú acabarás con mi vida.

—No sé de qué hablas. —Cuauhtémoc tenía las manos en la espalda baja.

—No seas cobarde y hazlo ya.

—Me decepciona escucharte. Te creí más inteligente.

—La inteligencia y la hipocresía son cosas muy distintas. No te confundas, niño.

—¿Cómo me llamaste? —Se inclinó sin quitarle los ojos de encima.

—Ya lo escuchaste. Eres testarudo, pero no sordo.

—Cuida tus palabras… —Simuló una sonrisa.

—¡Obstinado, vengativo, arrebatado y tremendamente estúpido!

—¡Cállate! ¡Cállate! —Se fue contra él y le enterró el cuchillo de obsidiana en el abdomen cinco veces—. ¡Cállate! ¡Cállate!

El cuerpo del cihuacóatl se desplomó. El tlatoani siguió enterrando el cuchillo en su pecho mientras gritaba desesperado: ¡Cállate! ¡Cállate! ¡Cállate!

Permaneció arrodillado junto al cadáver hasta la madrugada. Contempló las heridas y la sangre como quien descubre el amanecer por primera vez. Aunque no era la primera vez que mataba a alguien, y mucho menos que veía sangre. Como sacerdote encargado de llevar a cabo los sacrificios, había visto suficiente sangre y tenido bastantes corazones en sus manos como para estar acostumbrado. Pero la sangre y la muerte generaban en él una especie de hipnosis.

La primera vez que llevó a cabo un sacrificio, se quedó con las manos ensangrentadas por dos días. Para evitar cuestionamientos, se encerró en la habitación en la cima del teocali de Tlatelolco. Nadie se atrevería a objetarle a un sacerdote qué hacía ahí, pues era común que se recluyera para meditar. En aquella ocasión, se quedó con dos corazones en las manos. Aunque el ritual consistía en lanzarlos al fuego, decidió conservarlos. Los contempló día y noche, con las llamas encendidas y bajo el humo del copal. Era impactante para él comprender que podía arrebatar una vida y al mismo tiempo dar vida, pues con cada corazón se alimentaba a los dioses, dándoles vida.

—Era necesario... Era necesario... Era necesario... —repitió insaciable.

Poco antes del amanecer se puso de pie y ordenó a un grupo de soldados que llevaran el cuerpo con sus familiares y que les informaran que lo habían hallado en la calle.

—El que diga una palabra sobre lo que ha visto aquí, será condenado a muerte —amenazó el tlatoani con las manos ensangrentadas.

Sin embargo, a uno de ellos no le intimidó aquella amenaza.

—El tlatoani lo mató en la noche y estuvo con el cadáver hasta la madrugada —le contó a Tlacotzin.

—Gracias —respondió el hijo del cihuacóatl con lágrimas—. Prometo no decir una palabra.

—Su padre fue un hombre virtuoso —dijo el soldado con abatimiento—. Yo he estado diez años trabajando en las Casas Nuevas y jamás vi en él algo de intolerancia, soberbia o arrebato.

Tres noches atrás Tzoacpopocatzin había hablado en privado con su hijo.

—Bien sabes, amado hijo, que el nombramiento de cihuacóatl es hereditario de padre a hijo, y que si yo muero, automáticamente recibirás el cargo. Y si no eres tú, será tu hermano menor o el que le sigue. Nuestro linaje está condenado a ser la consciencia del tlatoani. Un trabajo difícil. Decirle a quien se cree dueño de todo territorio que está cometiendo un error es peligroso. Las leyes en Meshíco Tenochtítlan son incongruentes e injustas, comenzando por la prohibición de contradecir al tlatoani. Y lo más absurdo de todo es que el cihuacóatl es quien tiene la última palabra al momento de elegirlo. Una decisión extremadamente compleja. Cuando uno cree que ha escogido al tlatoani que no lo traicionará en su gobierno, que no lo tratará como títere, resulta lo contrario. Entre el candidato y el elegido existe un abismo. Jamás se sabe qué sucederá tras la elección. Hijo mío, te ruego que aceptes el nombramiento de cihuacóatl a pesar de cualquier circunstancia. Es tu responsabilidad orientar al tlatoani. Estoy consciente de que lo que te pido es demasiado peligroso para ti y tu familia, tomando en cuenta la situación en la que se encuentra nuestra ciudad. El fracaso del tlatoani en turno es evidente. He intentado por todos los medios convencerlo de que sus decisiones son equívocas y que únicamente nos encaminan hacia la decadencia. Él se rehúsa a admitir su incompetencia. Fue mi culpa y, por ello, pagaré con mi vida. El día que esto suceda, te ruego no te reveles ante el tlatoani, pues únicamente lograrás enemistarte con él. Aconséjalo, escúchalo e insiste. Confío en tu habilidad de persuasión. Y si no lo logras, no te culpes. Los gobernantes suelen perder la capacidad de escuchar y observar cuando adquieren el cargo. No olvides que eres el único representante del pueblo. Los demás únicamente ven por sus intereses. En tus manos dejo el destino de los tenoshcas.

Aquella noche Tlacotzin lloró imaginando lo que vendría. Cuando recibió el cadáver de su padre, no le quedó duda de que Cuauhtémoc lo había asesinado, incluso antes de que el soldado hiciera aquella confesión.

—Él lo mató —dice Tlacotzin al despertar. Los demás presos lo escuchan en silencio—. No quiso escuchar a mi padre. Se negó a admitir que estaba en un error.

El tlatoani permanece solo en una esquina de la habitación.

—Era necesario —dice Cuauhtémoc.

—Ya cállate, imbécil —responde el cihuacóatl acostado en el piso.

Los demás presos permanecen alrededor.

—No me obligues a… —amenaza Cuauhtémoc.

—¿A qué? —El cihuacóatl se pone de pie—. ¿Quién te crees? No eres más que un imbécil que recibió el nombramiento de tlatoani por ser hijo de Ahuízotl.

—Ya me hartaste. —El tlatoani camina al cihuacóatl apretando los puños.

—Detente. —Lo intercepta el tecutli de Tlacopan—. Fue suficiente.

—Quítate de mi camino.

—¡No!

—No me obligues a...

—Eres un idiota —dice Tetlepanquetzaltzin—. Aún no has comprendido dónde te encuentras. Ya no eres un tlatoani. Entiéndelo. Eres un prisionero. No saldrás vivo. Jamás, jamás, jamás. ¡Jamás! Entiéndelo. Nunca volverás a gobernar esa ciudad que creíste poseer. Pues aunque no lo quieras admitir, jamás fuiste tlatoani. Eras tan sólo un comandante de guerra, pese a que nunca dirigiste un combate.

Cuauhtémoc finalmente comprende que se encuentra solo. Se aleja del grupo. Piensa día y noche. Entiende que no le queda nada más. Sus ideales están acabados. Evita el llanto. Se mantiene firme.


—No importa lo que ustedes piensen —declara días más tarde—. Aceptaré las condiciones de Malinche.

—Haz lo que te venga en gana —responde el cihuacóatl.

Los demás presos evitan intervenir.

—Estoy seguro de que podremos reunir a nuestras tropas y...

—Ya cállate —responde el cihuacóatl.

—No me importa lo que pienses. Alcanzaré mi objetivo. Estos invasores no se quedarán con nuestras tierras.

—Lo mismo dijiste antes de llevar al pueblo meshíca a un suicidio colectivo. Eso sin contar a todos los pipiltin que mandaste matar, sólo porque no pensaban como tú.

Cohuanacotzin baja la mirada.

Semanas después del asesinato del cihuacóatl, Cuauhtémoc se reunió con Cohuanacotzin, quien había perdido el gobierno de Teshcuco por culpa de su hermano Ishtlilshóchitl, que había dejado entrar a los barbudos. Malinche había designado a Cuicuitzcatzin como tecutli de Teshcuco. Por tanto, había dos gobernantes al mismo tiempo.

—Mátalo —dijo Cuauhtémoc—. Es la única forma en la que podrás recuperar tus tierras y la legitimidad del gobierno.

—No sé —respondió Cohuanacotzin dudoso.

—¿Qué es lo que no sabes?

—Es mi hermano.

—Pero es un traidor y no merece perdón.

Cohuanacotzin se notaba preocupado.

—No será el último hombre que mates ni la última vez que seas injusto —dijo Cuauhtémoc, reproduciendo las mismas palabras que le había dicho el cihuacóatl tras la muerte de Ashopacátzin—. Si no lo haces, yo te mataré por cobarde. Necesitamos recuperar Teshcuco.

Hubo un breve silencio. El tlatoani lo observaba de forma intimidatoria. No se parecía en nada al joven que había sido meses atrás.

—Enviaré unos...

—No me importa cómo lo hagas, pero acaba con ese traidor.

Al día siguiente, cuatro embajadores se dirigieron a Teshcuco. Cuicuitzcatzin los recibió rodeado de los miembros de la nobleza que habían optado por aliarse con los barbudos.

—Mi señor Cohuanacotzin le manda pedir que reconsidere su postura y lo invita a unirse a las tropas meshícas —dijo uno de los embajadores.

—Dile a mi hermano que yo le hago la misma invitación. Que se aleje del testarudo Cuauhtémoc. Su guerra está perdida.

Los embajadores volvieron a Tenochtítlan e informaron a Cohuanacotzin, quien había evitado que el tlatoani se enterara del envío de la embajada. Tenía la vaga esperanza de convencer a su hermano. Decisión que le arrebató el sueño las siguientes noches. Finalmente, hizo cumplir la petición de Cuauhtémoc: envió un grupo de soldados disfrazados de macehualtin para que lo mataran. Cuicuitzcatzin se había confiado, al tener a los extranjeros de su lado, por lo que andaba por la ciudad sin gran vigilancia. Los sicarios lo habían perseguido varios días, disfrazados de macehualtin, asegurándose de que las condiciones fuesen aptas para cumplir con su misión.

Cuicuitzcatzin acudía todas las mañanas al servicio religioso que los barbudos hacían en honor a su dios colgado de la cruz, a los pies del Monte Sagrado de Teshcuco, el cual era cuatro escalones más alto que el Coatépetl de Meshíco Tenochtítlan; luego regresaban al palacio de Nezahualcóyotl donde desayunaban y hablaban de los logros obtenidos y las estrategias a seguir.

Los sicarios se enteraron de que el plan de Malinche y sus hombres era cercar a los meshícas en su isla, prohibiendo la entrada y salida de gente, con lo cual también limitarían el acceso de alimentos.

A mediodía, Cuicuitzcatzin se bañaba en el temazcali construido por su abuelo Nezahualcóyotl. Iba acompañado de un pequeño número de soldados. Los baños se encontraban fuera de la ciudad, en la cima de un cerro lleno de plantas y flores exóticas. Al terminar volvía, cargado en sus andas, al palacio y continuaba con las labores de gobierno.

Los asesinos lo esperaron a la mitad del camino, escondidos en las copas de los árboles. Cuando lo tuvieron cerca, dispararon cuatro flechas al mismo tiempo. Cuicuitzcatzin fue herido en el pecho por dos, mientras que las otras habían dado en los cargadores.

La guardia se apresuró a buscar a los agresores, quienes sin espera continuaron lanzando flechas. Uno de los sicarios cayó desde la cima del árbol con una flecha atravesada en la garganta. Los otros tres intentaron huir, pero fueron capturados por los soldados. Los ataron de pies y manos, mientras que otros intentaban mantener con vida a Cuicuitzcatzin, que se desangraba lentamente. Uno de los sicarios logró quitarse la soga de las manos, le arrebató el macáhuitl a un soldado y lo mató, enterrándoselo en la espalda. Pronto le arrancó el cuchillo que llevaba atado en la cintura y se lo lanzó a uno de sus compañeros. Los otros tres soldados se prepararon para el combate, dejando a Cuicuitzcatzin en el piso. El sicario logró entretenerlos mientras otro cortaba las sogas. Los soldados hirieron al sicario que se había liberado primero. Los otros dos se desataron, recuperaron sus macahuitles y auxiliaron a su compañero. Los soldados murieron en el combate. Antes de partir, uno de los sicarios caminó hacia Cuicuitzcatzin y le enterró el macáhuitl en el cuello, sin cortarle la cabeza.

Llegaron poco antes del anochecer a Tenochtítlan, donde fueron recibidos por Cuauhtémoc y Cohuanacotzin.

—Me siento muy orgulloso de ustedes —les dijo el tlatoani a los tres hombres—. En cuanto terminemos con nuestros enemigos, me aseguraré de que su valentía sea premiada con tierras y mujeres. Mujeres de la nobleza.

El tecutli de Teshcuco se mantuvo en silencio todo el tiempo. Era la primera que mataba a alguien de su familia. Le dolía ver que sus hermanos se habían convertido en sus enemigos tras la muerte de

Nezahualpili, quien no había nombrado a un heredero. Era como si les hubiese heredado una maldición o un castigo, pues a diferencia de Tenochtítlan, donde el gobernante era electo por la nobleza, en Teshcuco el padre lo designaba. Cohuanacotzin había sido el único de los hijos del tecutli acolhua que había sufrido por la tristeza que llevó a Nezahualpili a aislarse en los últimos años de su vida.

—Mañana enviaremos tropas para recuperar el reino acolhua —dijo Cuauhtémoc con entusiasmo.

Esa noche los tres hombres que le habían arrebatado la vida a Cuicuitzcatzin fueron asesinados. A la mañana siguiente, aparecieron en una canoa. Su dueño, un macehuali, solicitó audiencia con al tlatoani.

—Estaban en mi canoa —explicó el hombre—. Luego dos hombres en otra canoa se acercaron a mí y me ordenaron que le trajera un mensaje.

—¿Cuál es ese mensaje? — Preguntó Cuauhtémoc.

—Tecocoltzin es el nuevo tecutli de Teshcuco, nombrado por Malinche. Ríndanse, meshícas.

—¡Voy a matarlos a todos! —gritó enfurecido el tlatoani—. ¡Preparen las tropas! ¡Atacaremos Teshcuco hoy mismo!

Los miembros de la nobleza lo observaron en silencio por un instante; luego comenzaron a murmurar.

—No —dijo uno de los miembros de la nobleza—. Ya no seguiremos sus caprichos.

El tlatoani caminó hacia él.

—¿Qué dijiste?

Nadie se movió.

—Estamos hartos de esta guerra.

—¿Estamos? Nada más te veo a ti quejarte.

—¿Qué esperan? —preguntó el pipiltin a los demás—. Díganle lo que piensan. Es el momento de parar esta guerra absurda.

—Nos estamos quedando sin alimento —dijo uno.

—Nos están cercando —agregó otro.

—¿Quién más? —Cuauhtémoc miró a los demás, fingiendo consternación por lo que estaba presenciando—. Sean honestos.

Necesito saber quiénes opinan igual. Ése es su trabajo: orientar al tlatoani, hacerle ver que se está equivocando. De lo contrario, su presencia sería inútil. Levanten la mano.

Nadie respondió.

—Escuchen. —Agachó la cabeza—. A veces he actuado de manera incorrecta porque no he tenido la orientación apropiada. Para ser un buen tlatoani se necesita de sabiduría. Y la sabiduría llega con el tiempo, con la experiencia, algo que todavía me falta. Estoy consciente de eso. Sé que muchos de ustedes piensan que soy demasiado joven para el puesto. También creo lo mismo. Necesito que alguien me guíe. Los necesito a ustedes. Si me estoy equivocando, háganmelo saber. Hablen. Sean honestos. Aquí estoy para escucharlos.

Poco a poco, aparecieron los detractores. Muchos se encontraban temerosos de la respuesta del tlatoani, otros cansados de obedecerle.

—¡Arresten a todos los traidores! —le ordenó al tlacochcálcatl.

Decenas de soldados entraron con macahuitles. Uno de los pipiltin intentó atacarlos, pero fue sometido. Los demás aceptaron su condena. Sabían que no había salida.

El tlatoani dio un largo discurso ante los pipiltin que no se habían manifestado en su contra. Les habló sobre la lealtad y los planes que tenía para ellos cuando terminara la guerra. Más de la mitad le creía ciegamente. Otros disimularon su repudio.

## 14

—¡Guatemuz! —grita uno de los soldados de Malinche en la entrada de la celda—. Don Fernando Cortés os manda llamar.

El tlatoani sale con la cabeza en alto. Sabe que sus compañeros desaprueban todas sus decisiones, pero él está resuelto a llevar a cabo un levantamiento. Tiene plena confianza en sus propósitos, pues fue testigo de la manera en que Motecuzoma, a pesar de su encierro, logró enviar información.

—¿Me tenéis una respuesta? —pregunta Malinche caminando de un lado a otro en medio de la sala. Tiene su mano derecha sobre el puño de su largo cuchillo de plata.

—Sí... —responde Cuauhtémoc de pie—. Con una condición.

La niña Malina traduce.

—¿Condición? ¿A mí? ¿En estas circunstancias? —Ríe.

—Así es. —El tlatoani se mantiene firme, a pesar del martirio de mantenerse en pie.

—No... —Malinche lo mira de frente y frunce el ceño—. No. Mi respuesta es no.

—No me has escuchado.

—Acepté la condición de Mutezuma de liberar a su hermano Cuetravacin y me traicionó. ¿Qué os hace pensar que confío en vos? Yo soy quien pone las condiciones.

—Sólo quiero salir de aquí —dice el tlatoani—. No soporto el encierro. Haré lo que pides. Pero déjame ver el cielo, las calles, a la gente. No soporto estar encerrado. Puedes ponerme esas cadenas en los pies, rodeado de soldados, lo que quieras...

—No. —Malinche se dirige a los soldados—: Llevadlo a su celda.

—Es todo lo que pido —insiste Cuauhtémoc mientras los soldados lo toman de los brazos.

En cuanto se llevan al tlatoani, Malinche se sienta en una de las sillas y levanta la cara hacia el cielo. Piensa en lo que se prometió tras salir de la ciudad isla: no volver a confiar en ninguno de los nativos. Por lo mismo, cuando sus hombres le preguntaron qué debían hacer si los indígenas se presentaban en son de paz, él respondió tajante: «Aunque os salgan de paz, os matad».

De esa manera se hizo. Tan sólo en Calpolalpan, entre Tlashcálan y Teshcuco, las tropas de Malinche, a cargo de un hombre llamado Sandoval, mataron a más de tres mil personas en venganza por la muerte de cuarenta y cinco de sus compañeros que habían pasado por ahí meses atrás rumbo a las costas totonacas. Los meshícas los habían interceptado y desollado.

En esa segunda ocasión, los barbudos iban con más de ocho mil tamemes cargando la madera cortada para armar las nuevas casas flotantes en Teshcuco. Otros dos mil llevaban alimento y agua para la expedición. Al llegar a Teshcuco, fueron recibidos con tambores, caracolas y flautas. Era tan larga la fila de cargadores que se tardaron más de ocho horas en entrar.

Aquella noche hubo celebración por toda la ciudad. Tecocoltzin recibió en el palacio a los barbudos con un gran banquete.

—Martín López —dijo con una sonrisa a Tecocoltzin, quien estaba sentado a su lado—. Me llamo Martín López.

—No os entiende —replicó Sandoval—. No desperdiciéis vuestro tiempo.

—Coño, ¿cómo esperáis que aprendan la lengua de Castilla si no os tomáis el tiempo para enseñarles?

—¿Y qué os hace creer que yo quiero enseñar algo a estos indios?

—No se trata de que queráis o no. Pero es de gran utilidad. Ahí tenéis la madera lista para armar los bergantines. ¿Cómo se ha logrado eso? Hablando. No todo se consigue con ballestas y espadas.

—Os puedo demostrar que sí.

—De eso no tengo duda. Pero, carajo, tarde o temprano esta guerra tendrá que terminar y vos no podréis cortarle una mano a un indio porque no os entiende.

—En ese caso vos deberíais aprender la lengua de estos indios, estamos en sus tierras.

—No. —Martín López se rio ligeramente—. Nosotros no tenemos que aprender su lengua. Les estamos salvando del pecado.

—¿Vos qué opináis? —Sandoval se dirigió a Tecocoltzin—. ¿Quién es más imbécil, Martín López o vos?

—Vos. —Martín López lo señaló con una sonrisa a la cual Tecocoltzin respondió con otra.

Al finalizar la cena, el tecutli de Teshcuco se fue a su habitación, donde lo esperaba una de sus concubinas, una doncella recientemente adquirida.

—Me informaron que mi hermano Ishtlilshóchitl me había enviado un regalo, pero jamás imaginé que sería extraordinario. ¿Cuántos años tienes?

—Catorce, mi señor.

—Quítate la ropa.

La joven dejó caer su huipil al suelo.

—Eres verdaderamente hermosa —dijo Tecocoltzin al verla desnuda—. Me encantas.

La joven agachó la cabeza con humildad.

—¿Qué ocurre? —Se acercó a ella.

—Es la primera vez que estoy desnuda ante un hombre.

—No te preocupes. Ya se te pasará.

—Estoy muy nerviosa.

—Ven. —La tomó de la mano y la acercó al petate—. Siéntate. —Luego se dirigió hacia una garrafa que estaba en el piso y sirvió un poco de líquido en un vaso—. Bebe un poco.

—¿Qué es eso?

—Es octli.

—Nunca lo he probado.

—Te encantará.

—No. Prefiero no probarlo. Mi madre siempre me ha dicho que esas bebidas hacen mucho daño.

—Así son las madres. —Tecocoltzin sonrió y le dio un trago—. Si no quieres, no te puedo obligar.

La joven se frotó los brazos al mismo tiempo que se encogió.

—No me digas que tienes frío. —Tecocoltzin comenzaba a sudar.

—Sí, hace frío. Me voy a tapar un poco. No me quiero enfermar.

—¿Frío? Hace muchísimo calor. —El tecutli se quitó la ropa y se abanicó con las manos—. Qué calor. Pediré que nos traigan agua fría. —Se puso de pie, dio tres pasos y se desplomó.

La joven se alejó lentamente sin quitarle la mirada.

—¿Qué le pusiste a mi bebida? —alcanzó a decir Tecocoltzin antes de convulsionar; de inmediato su boca se llenó de vómito.

—Le dije que esas bebidas hacían mucho daño. —La joven escapó por el tragaluz.

Tecocoltzin murió segundos después.

Los extranjeros no se enteraron de aquello, hasta la mañana siguiente, cuando los guardias de Tecocoltzin les informaron.

—Dile a los señores que anoche el tecutli estuvo con una doncella que le envió su hermano Ishtlilshóchitl —dijo el soldado al intérprete, quien apenas podía traducir.

—Dicen que Ishtlilshóchitl no envió a ninguna doncella.

—Pues diles que lo más probable es que ella lo haya envenenado, porque anoche se quedó con él y esta mañana ya no estaba.

Los barbudos enviaron un mensajero a Malinche, que se encontraba en una expedición en el lado norte del lago de Teshcuco. En esos días habían sido atacados por tropas meshícas, las cuales salieron huyendo al enfrentarse al cada día más poderoso ejército de aliados. Malinche y sus hombres saquearon la isla de Shaltocan. Luego se marcharon con el botín y durmieron al aire libre. Al día siguiente, se dirigieron a Cuauhtítlan, la cual se encontraba desierta. No era la primera vez que los pobladores abandonaban sus ciudades para evitar ser masacrados. De igual forma, saquearon Tenayuca y Azcapotzalco, que también estaban despobladas.

De ahí se dirigieron a Tlacopan. Los tlashcaltecas saquearon la ciudad e incendiaron algunos templos y casas de los pipiltin.

Al día siguiente Malinche y sus hombres pretendieron entrar a Tenochtítlan por la calzada de Tlacopan, pero fueron atacados por tropas meshícas y no pudieron resistir el combate. La calzada era demasiado estrecha para que pasara todo el ejército de los invasores.

—¡Entren! —gritaban los soldados tenoshcas con entusiasmo al saberse vencedores de aquellas peleas.

—¿Estáis locos? ¿Queréis ser destruidos? —gritó Malinche en la entrada de la calzada—. ¡Traed a vuestro señor para que dialoguemos, si es que tienen uno!

—¡Todos los que estamos aquí somos señores! —respondió otro con soberbia—. ¡Si quieres decir algo, puedes decirlo ahora!

—¡Queremos hablar con vuestro tlatoani!

—¿Creen que tenemos otro Motecuzoma? —gritó otro con soberbia—. ¡Cuauhtémoc es un hombre valiente y jamás se rendirá!

—¡Todos ustedes moriréis de hambre! —vociferó uno de los barbudos.

—¡Cuando necesitemos alimentos, los comeremos a ustedes! —respondió uno de los meshícas.

Entonces uno de los tenoshcas les lanzó unas tortillas al piso.

—¡Coman! ¡Seguramente tienen hambre! ¡A nosotros no nos hacen falta! —Lanzó una carcajada.

Luego de siete días de reñidos combates, los barbudos y sus aliados regresaron a Teshcuco, donde Malinche nombró a otro de los hijos de Nezahualpili como señor de aquellas tierras. Ahuashpitzactzin era un joven de veintidós años que lo obedecía ciegamente.

—No importa que tan seguro os sintáis —le dijo Malinche antes de jurarlo tecutli de Teshcuco—, nunca, recordadlo, nunca confíes en nadie. Ni en tus soldados ni en los miembros de la nobleza. Ya lo habéis visto con vuestros hermanos. No tienen clemencia entre ellos.

Cuando todos los miembros de la nobleza se reunieron, Malinche llevó del brazo a Ahuashpitzactzin, lo sentó en una silla de madera e hizo una seña con la mano.

—En nombre de su majestad, el rey Carlos Quinto os nombro rey de Tescuco.

No se llevó a cabo ninguno de los rituales acostumbrados. Lo único que Malinche permitió fueron los discursos de los ancianos y los pipiltin.

Al final de la ceremonia, Malinche acompañó al nuevo tecutli a sus aposentos. Todo el palacio estaba severamente resguardado.

—Os presento a quienes, a partir de hoy, serán vuestros maestros de español y de la fe cristiana, Antonio de Villareal y el bachiller Escobar. —Luego señaló a otro hombre—. Él es Pedro Sánchez

Farfán y será vuestro guardia, día y noche. Vuestra vida corre peligro, así que, como ya os dije esta tarde, debéis desconfiar de vuestros familiares, nobles y amigos. Pedro es el único que no os traicionará.

Al día siguiente, llegaron embajadores de Tushpan, Meshicaltzinco y Nauhtla para pedir perdón a Malinche por haberse rebelado contra él y para ofrecerle vasallaje. Malinche aceptó sus disculpas y les exigió que se convirtiesen a la religión cristiana y rindieran vasallaje al rey Carlos Quinto.

Los siguientes días los ocuparon para descansar y recuperarse de las heridas. Al mismo tiempo querían que los carpinteros terminaran de ensamblar las casas flotantes. Pero sus planes no resultaron como esperaban. Informantes de Coatlíchan y Hueshotla le avisaron a Malinche sobre la aproximación de un numeroso contingente de meshícas.

—Digan a sus señores que se mantengan es sus palacios. Sigan vigilando. Yo os protegeré.

Las tropas meshícas no llegaron al día siguiente, pues se estaban fortificando en las costas. Malinche salió a enfrentarlos. Tras una batalla de varias horas, los meshícas se retiraron. Esa noche comprendieron el verdadero objetivo de las tropas meshícas: robar todo el maíz que estaban a punto de cosechar los campesinos.

—Los meshícas argumentan que el maíz les pertenece —dijo uno de los campesinos.

—Tescuco le pertenece a la corona y, por tanto, nosotros tenemos derecho a esa cosecha —respondió Malinche, y sin más se retiró montado en su venado gigante.

Dejó una tropa de tlashcaltecas para que vigilaran día y noche. Para asegurarse de que no se perdiera la cosecha, días después envió a sus hombres con cientos de tamemes para que se llevaran el maíz a Teshcuco. En uno de esos viajes fueron atacados por más de tres mil meshícas, que habían llegado a bordo de mil canoas. Murieron cientos de soldados tlashcaltecas y tenoshcas, y uno de los hombres de Malinche. Cinco de ellos fueron apresados por los meshícas y llevados a Tenochtítlan para ser sacrificados.

La noticia hizo enojar a Malinche. Nada le indignaba tanto como enterarse de que alguno de sus hermanos fuese sacrificado en los rituales de los meshícas.

Se recluyó en el palacio para elaborar una estrategia. Pero fue interrumpido por uno de sus hombres:

—Unos indios quieren hablar con vos.

—¿Quiénes son?

—Dicen que vienen de Shalco.

—Hacedlos pasar.

La niña Malina, como siempre, estaba a su lado para traducir.

—Mi señor —dijo el hombre arrodillado—. Venimos a avisarle que los meshícas están marchando hacia Shalco.

Malinche no quiso distraer a sus tropas.

—Decidle a vuestro rey que no los puedo ayudar por el momento. Si envío a mis tropas, los meshícas podrían atacar por este lado. Solicitad auxilio a Guasucingo y Churultécatl.

—Ellos no querrán ayudarnos —dijo el hombre.

—¿Por qué?

—Hemos sido pueblos enemigos por mucho…

—¡Pero ahora sois vasallos de la corona española! —Malinche levantó la voz.

Los hombres se mostraron humillados.

—Si usted nos proporcionara uno de esos papeles que suele enviar con sus mensajeros, quizá…

—¿Una carta? ¡Pero ninguno de ustedes sabe leer!

—Y tampoco sabemos escribirlas, por tanto, tienen el mismo valor. No hay forma de que las falsifiquemos. Su palabra es de gran valor en estas tierras y si usted lo ordena, ellos obedecerán.

—Así lo haré. Esperen un momento en la otra sala mientras la escribo.

Malinche se dirigió a su habitación, buscó entre sus documentos algo que careciera de valor, lo enrolló y regresó a la sala principal.

—Aquí tenéis una carta de mi puño y letra. Decidles a esos señores que si desobedecen mis órdenes, los castigaré con severidad.

Los hombres agradecieron las atenciones y se retiraron, pero justo antes de que salieran, llegaron mensajeros de Hueshotzinco. Malinche detuvo a los shalcas.

—Nuestros señores nos enviaron para averiguar cómo están.

—Justamente estábamos hablando de ustedes —respondió Malinche—. Necesito que envíen sus tropas al pueblo de Shalco.

Los mensajeros de Hueshotzinco observaron a los de Shalco con placer, imaginando que su designio era atacarlos.

—Os ordeno que hagáis la paz entre vosotros y luchad juntos en contra de los meshícas, que son malos y perversos. Chalco requiere de vuestro auxilio, y como vasallos de la corona española tenéis la obligación de combatir juntos. Podéis retiraos.

—Gracias, mi señor —dijeron todos al mismo tiempo.

—Aguardad un momento —dijo Malinche—. Ya no necesitaréis la carta.

—Sí, sí —respondió el de Shalco—. Será muy bien recibida por nuestro señor.

—Bien. —Sonrió Malinche—. Si es así, podéis llevadle la carta.

A pesar de que en un principio, Malinche no deseaba enviar gente a la batalla de Shalco, lo hizo.

Marcharon rumbo a Huashtépec, con tropas shalcas, hueshotzincas y quecholacas. Antes de llegar, se toparon con las tropas meshícas, que ya los estaban esperando. Los tenoshcas no pudieron mantener el combate. Se dispersaron y luego volvieron al ataque. Pronto las circunstancias se invirtieron: los extranjeros estaban retrocediendo debido a que sus venados gigantes no podían caminar por el cerro, incluso uno tropezó y cayó por el barranco. Al llegar al fondo quedó sobre su jinete, quien murió días después.

Llegaron quince mil tenoshcas más; los extranjeros y sus aliados huyeron hacia el pueblo más cercano, donde no pudieron permanecer debido a que fueron atacados por los habitantes.

A la mañana siguiente, los barbudos enviaron unos mensajeros al pueblo de Yacapishtla exigiéndole su rendición, pero se negó. Ante aquella respuesta, los barbudos decidieron atacar de nuevo. Sin embargo, no fue fácil, pues Yacapishtla se encontraba en la cima de un peñón. Los soldados aliados se negaron a escalar, alegando que la pendiente era demasiado inclinada y que las flechas y piedras que les lanzaban desde la cima los terminarían tirando al fondo. El barbudo al frente de las tropas comenzó a escalar, y muchos de sus hombres lo siguieron. Los aliados no tuvieron más opción que hacer lo mismo.

Fueron atacados con flechas y piedras. Para su suerte, los árboles les servían de escudo. Lograron llegar hasta la cima, donde comenzaron los combates cuerpo a cuerpo. Fueron tantos los meshícas que cayeron por el barranco, que el río que se hallaba a un costado quedó teñido de rojo por varios días; lo que provocó que la población sufriera mucha sed. Sometieron a los sobrevivientes, saquearon el pueblo y se llevaron consigo a las mujeres más jóvenes y hermosas para hacerlas sus concubinas.

En cuanto el tlatoani recibió noticia sobre aquella derrota, enfureció.

—Voy a acabar con esos traidores. —Se refería a los shalcas—. Envíen veinte mil guerreros.

—Eso es mucho, mi señor —intervino el nuevo cihuacóatl—. Sugiero que espere un poco.

—¿Esperar hasta que nos tengan completamente rodeados? ¿Hasta que ya no tengamos otra salida?

—Ya no tenemos otra salida.

—No pienso volver a esto.

—¿A qué se refiere, mi señor?

—Al desperdicio de tiempo. Creí que ya había quedado claro que no estoy dispuesto a negociar con ustedes. No en estas circunstancias.

—¿Por qué no?

—¡Porque no tenemos tiempo!

—¿Usted prefiere perder vidas en lugar de pasar unas cuantas horas deliberando?

—De haber sabido que ibas a ser igual que tu padre... —El tlatoani cerró los ojos y le dio la espalda—. Olvídalo.

—¿Qué habría hecho? O mejor dicho, ¿qué no habría hecho?

—¿Qué estás insinuando?

—Lo mismo le pregunto, con todo respeto.

—No olvides que soy el tlatoani.

—Y espero que usted tampoco olvide que el cihuacóatl soy yo, y aunque no le guste, mi trabajo es contradecirlo, orientarlo, guiarlo y ayudarlo a tomar las mejores decisiones.

—La decisión está tomada —concluyó el tlatoani—. Envíen las tropas hoy mismo. —Salió de la sala sin despedirse.

## 15

—¿Qué ocurrió? —pregunta Motelchiuhtzin en cuanto el tlatoani regresa a la celda.

—Rechacé las condiciones de Malinche —responde sin mirar al cihuacóatl.

Los demás presos se hallan sentados en el suelo, recargados contra los muros. Cohuanacotzin, aunque por su postura da la impresión de estar despierto, está dormido. Tlacotzin, Huanitzin y Tetlepanquetzaltzin permanecen juntos la mayor parte del tiempo. Coyohuehuetzin ha decidido mantenerse neutral. Motelchiuhtzin y Shochiquentzin siguen a Cuauhtémoc, a pesar de la mala fama que se han ganado dentro de la celda.

—¿Cuáles eran esas condiciones? —insiste Tlacotzin.

—Que denunciara a los detractores. Le dije que no soy ningún traidor.

Tlacotzin, Huanitzin y Tetlepanquetzaltzin lo observan dudosos.

—¿Eso de que le serviría a Malinche? —pregunta Tlacotzin—. No tiene sentido.

—Para evitar rebeliones.

—¿En verdad crees que a estas alturas hay alguien dispuesto a reanudar la guerra? —Tlacotzin hace una pausa, aprieta los párpados y simula jalarse los cabellos—. Qué pregunta tan tonta, por supuesto que sí. Tú. —Lo mira con los ojos extremadamente abiertos.

—No quiero discutir contigo.

—Siempre que se te acaban las respuestas haces lo mismo. Antes por lo menos gritabas y finiquitabas la discusión con autoritarismo: «Yo soy el tlatoani». —Sonríe.

—Sigo siendo el tlatoani, aunque no te guste.

—La diferencia radica en que antes mandabas asesinar a tus detractores, ahora sólo haces berrinches.

—Tienes razón —responde Cuauhtémoc—. Tuviste suerte.

—Te equivocas, fue coraje.

Tras la discusión por el envío de veinte mil hombres a Shalco, Cuauhtémoc decidió ocultar su enojo ante el cihuacóatl y ocupar su atención en aquellos combates.

Los hombres de Malinche, que habían peleado contra los meshícas en Shalco, se marcharon a Teshcuco, satisfechos por su victoria. Entonces, Cuauhtémoc envió veinte mil hombres a cobrar venganza. Sin embargo, el tlatoani no contaba con que los shalcas y los hueshotzincas ya estaban aliados y dispuestos a acabar con el pueblo opresor; así que fueron recibidos por veinte mil soldados, que obtuvieron una victoria indiscutible. Malinche se enteró de aquel ataque y envió a sus hombres de regreso a Shalco para que los auxiliaran, pero cuando llegaron la contienda había concluido. Con todo, aprovecharon para marcarles con hierro ardiente la G de guerra en la mejilla. Malinche envió a cuatro de los principales capturados a Tenochtítlan para que le dijeran al tlatoani que se rindiera. Dos de ellos se fugaron, mientras que los otros siguieron su camino.

—Por su lealtad los premiaré con tierras y mujeres cuando termine la guerra —prometió el tlatoani.

—Este joven está prometiendo todo sin tener idea de lo que dice —le susurró Ashayaca a su hermano Shoshopehuáloc.

—Vámonos —dijo Shoshopehuáloc.

Los hijos de Motecuzoma caminaron en silencio por las calles de la ciudad. Sabían que Cuauhtémoc los espiaba. Hasta el momento habían evitado al máximo relacionarse con los detractores del tlatoani o hacer cualquier cosa que despertara su desconfianza. No era por temor ni mucho menos por favoritismo hacia el tlatoani. Por el contrario, lo odiaban tanto como todos sus rivales. Estaban seguros de que él había asesinado a su hermano Ashopacátzin. Eran diez y trece años mayores que el tlatoani. Tenían mucha más experiencia, no sólo por la edad, sino también por las enseñanzas de Motecuzoma. Siempre habían sido mucho más discretos que sus hermanos. Así que pasaron desapercibidos, incluso cuando estuvieron presos en las Casas Viejas junto a los pipiltin. En aquellos días, jamás llamaron la atención de Malinche, pues se enfocó en los hijos más viejos y con mayores posibilidades de heredar el gobierno.

Jamás se aliaron a Malinche ni tenían deseos de hacerlo, pero la experiencia les había enseñado que todo tiene un límite; y Meshíco Tenochtítlan lo había rebasado. Estaban conscientes de que no tenían escapatoria. Todos los pueblos vasallos les estaban dando la espalda, algunos por temor a los barbudos y otros, la gran mayoría, por rencor.

Se dirigieron al recinto sagrado. Al caminar frente al Calmécac notaron los avances que llevaban los albañiles en las reparaciones. El Tozpálatl ya no tenía cadáveres en su interior. El juego de pelota se veía limpio. El huey tzompantli seguía en reparación por otra veintena de albañiles. El adoratorio del dios Tonátiuh no había sufrido tantos daños. Los cuatro teocalis alineados entre sí, dedicados a Coacalco, Cihuacóatl, Chicomecóatl y Shochiquetzal, tenían cada uno a diez hombres restaurándolos.

Siguieron hasta el Monte Sagrado y subieron los ciento veinte escalones. Un grupo de sacerdotes barrían e incensaban el huey teocali. Cogieron sus escobas y comenzaron a barrer en silencio.

—¿Nos protegen los dioses? —preguntó Ashayaca con la mirada hacia el piso.

—Los dioses nos protegen —respondió uno de los sacerdotes que esparcía el humo del copal.

Aquello significaba que no había espías.

—Los calpuleque dicen que la mayoría de la gente está cansada de la guerra y que están dispuestos a ofrecer la paz a los barbudos —dijo uno de los sacerdotes mientras barría—. Por si fuera poco, el alimento está escaseando.

—¿Qué dicen los familiares de los soldados? —preguntó Shoshopehuáloc.

—Lo mismo. Principalmente, las madres son las que están preocupadas por sus hijos.

Había muchísimos jóvenes sin experiencia luchando contra los extranjeros, algunos de trece años.

—Debemos hacer que las madres de esos soldados los convenzan de renunciar al ejército —sentenció Ashayaca.

—No creo que eso sea posible —dijo uno de los sacerdotes.

Todos seguían esparciendo el incienso y barriendo.

—Es la única manera —respondió Ashayaca—. Si las tropas desobedecen al tlatoani, el pueblo también lo hará.

—Más de la mitad de los pipiltin está en desacuerdo con Cuauhtémoc —agregó Shoshopehuáloc—, incluyendo al cihuacóatl.

—Si él está en desacuerdo, ¿por qué no impone su autoridad?

—Los tiempos han cambiado.

—Vaya que han cambiado —agregó uno de los sacerdotes más viejos—. Cuando yo era un jovencito, se hacía lo que Tlacaélel ordenaba. —Esbozó una sonrisa—. Era inclemente. No perdonaba la detracción, la deslealtad, la conspiración, el engaño. Fue el líder más autoritario que ha tenido Meshíco Tenochtítlan. Él transformó la religión. Los sacrificios humanos los incrementó con la teoría de que con esto se alimentaba al sol. Mi padre me contaba que, en su momento, muchos estaban en desacuerdo con tantos sacrificios, pero que nadie se atrevía a contradecir al cihuacóatl, ni siquiera el tlatoani. Lo único que ha cambiado es que ahora el poder absoluto está en manos del tlatoani. Tlacotzin y su padre no supieron controlar al joven gobernante.

—Tienes razón —respondió Ashayaca—. Si Tlacaélel estuviese vivo, quizá él tampoco aceptaría la rendición.

—No lo creo —respondió seriamente el anciano—. Esta guerra es muy distinta a todas las anteriores. Creo que incluso Tlacaélel habría aceptado la paz con los extranjeros.

—Motecuzoma nunca se rindió —comentó uno de los sacerdotes.

—Porque jamás percibió el poder de las armas de los extranjeros —respondió Shoshopehuáloc—. Sufrió mucho tras la matanza del Tóshcatl, pero no vio los combates ni sufrió sus heridas. Tienes razón. Nunca se rindió, a pesar de todo, a pesar de su gran dolor. Por eso a veces me pregunto qué habría hecho mi padre si hubiese estado al frente de la batalla, si hubiese sido testigo de la miseria en la que nos encontramos ahora. Él ni siquiera conoció la enfermedad de las pústulas, no vio a los miles de hombres que se arrastraron por las calles rogando por algo que les curara aquellos ardores. Mi padre fue un gran hombre, un guerrero valiente, en su momento, ante una guerra que conocía. Esto es muy distinto. Y el imbécil de Cuauhtémoc no lo entiende. Las circunstancias han cambiado.

—Haremos todo lo posible por convencer a las madres de los soldados.

—Nosotros hemos sido muy discretos hasta el momento, pero en cuanto ustedes nos digan, haremos nuestra labor con los pipiltin.

Los hijos de Motecuzoma tomaron dos ahumaderos, rociaron incienso a los teocalis de Huitzilopochtli y Tezcatlipoca y se retiraron sin despedirse de los sacerdotes. Caminaron por la ciudad sin pronunciar una palabra. En el camino se encontraron con el cihuacóatl. Se miraron en silencio.

—Que los dioses los protejan —dijo Tlacotzin.

—Que los dioses lo protejan —respondieron los hijos de Motecuzoma.

El cihuacóatl siguió su camino hasta su casa, donde cenó con sus hijos y yernos, quienes también tenían empleos en el gobierno. Las conversaciones siempre versaban sobre las funciones del gobierno y, tarde o temprano, terminaban hablando sobre las reuniones con el tlatoani. El cihuacóatl solía ser muy abierto en las conversaciones con sus hijos. No podía llamarse el cihuacóatl si no era capaz de escuchar las críticas de sus hijos.

—Creo que la decisión del tlatoani de enviar veinte mil hombres a Shalco fue acertada —dijo uno de sus hijos.

—¿Por qué piensas eso? —preguntó el cihuacóatl sin intenciones de contradecir a su hijo.

—Tenemos derecho a defender nuestras tierras.

—¿A costa de muchas vidas?

—A costa de todo. No conocemos a los extranjeros. Han llegado con una nueva religión, con reglas nuevas. Lo único que desean es apoderarse de nuestras tierras y de nuestras riquezas.

—No se pueden poner en riesgo miles de vidas sólo porque queremos conservar nuestro territorio —respondió otro.

—Sí, eso lo entiendo. Pero tampoco tenemos la certeza de que finalizada la guerra, los extranjeros nos permitan vivir como antes. No sabemos en realidad qué sucederá. Han matado a miles de personas en otros pueblos, gente que ni siquiera deseaba pelear, gente que se rindió y que aun así fueron asesinados. ¿Qué les hace creer que cuando termine la guerra nos dejarán vivir como antes?

—¿Qué te hace pensar que ganaremos esta guerra?

—Nada.

—¿Prefieres morir en el intento?

—Sí. Los meshícas somos un pueblo guerrero. Fuimos educados para ganar guerras, para dominar la tierra, sin importar las circunstancias. Huitzilopochtli nos protege. ¿De qué les han servido todas las enseñanzas en el Calmécac si ahora se quieren rendir ante un enemigo desconocido? Ésta es la verdadera prueba para el pueblo meshíca. Es el momento de demostrar quiénes somos.

—Estás muy equivocado. No se puede ir a la guerra con el idealismo como escudo. Se requiere de sabiduría.

—¿Usted qué opina, padre?

El cihuacóatl se había mantenido en silencio.

—Prefiero no opinar. Me gusta escucharlos hablar.

Al terminar la cena, los hijos del cihuacóatl se marcharon a sus casas y él se dirigió a su habitación.

Después de la medianoche, un ruido lo despertó. Se levantó de su cama y se dirigió hacia el rincón de la habitación donde tenía sus armas. Tomó el macáhuitl y salió al pasillo. Caminó sigiloso hasta la entrada de la casa. Conforme avanzaba los ruidos que lo habían despertado se incrementaron. Se asomó discretamente hacia el patio: sus seis guardias se estaban batiendo a duelo con una docena de sicarios. Tlacotzin salió en su auxilio sin temor. Uno de los sicarios lo atacó con su macáhuitl en cuanto lo vio. El cihuacóatl detuvo el porrazo con su arma. El hombre continuó lanzando golpes sin clemencia, pero Tlacotzin resistió la embestida. Tenía mucha experiencia en las armas. Había pertenecido a las tropas de Motecuzoma desde los quince años. Y, por si fuera poco, había estado entre los guerreros que apresaron al gigante Tlahuicole. Si bien ya no era el joven ágil de antes, la experiencia le servía mucho más. Su atacante era feroz, pero de golpes imprecisos, lo que le generaba desgaste físico. El cihuacóatl dejó que su adversario se cansara y se ocupó de defenderse. Luego con una maniobra casi imperceptible, desarmó al contrincante, quien desesperado se fue contra él para golpearlo. Tlacotzin dejó caer su macáhuitl y esperó a que el hombre se acercara; lo recibió con su cuchillo de obsidiana y se lo enterró en la garganta.

Mientras tanto, del otro lado del patio, sus guardias seguían luchando. Dos de sus soldados y cinco enemigos ya habían sido abatidos. El cihuacóatl los auxilió. El combate duró poco más de media hora. Finalmente, lograron mantener vivos a dos de ellos.

—¿Qué quiere que hagamos, mi señor? —preguntó uno de los soldados.

—Vamos a interrogarlos ahora mismo. Empecemos con él. —Le cogió la mano y con su cuchillo de obsidiana le cortó los dedos.

El hombre, empapado en sangre y sudor, contuvo un grito.

—¿Quién los envió?

Silencio.

—Si no me respondes, te voy a cortar toda la mano.

—Córtemela. De cualquier manera no hablaré.

—Tú lo pediste. —Le cortó la mano.

—¡Ah! —aulló el hombre.

—¿Quién los envió?

La sangre escurría rápidamente sobre el piso.

—Si no te apuras, morirás muy pronto —amenazó el cihuacóatl.

—Moriré con honor.

—Tienes razón —le respondió y luego se dirigió a los soldados—. Háganle un torniquete para que no se desangre. Lo quiero vivo. Intentemos con él. —Tlacotzin miró al otro hombre—. ¿Cuál mano quieres que te corte primero?

—Si le digo la verdad, me promete que no me hará daño.

El otro lo miró con enojo.

—Te prometo que no te haré daño.

—Fue el tlacochcálcatl.

—¡Traidor! —gritó el otro.

—Te prometí que no te haría daño y lo cumpliré. Sólo tengo una condición: en este momento ve a la casa del tlacochcálcatl, le pides una audiencia en privado y le dices que tú me mataste. Para hacer esto creíble y evitar que te fugues, mis soldados irán contigo, como tus presos. En algún momento, el tlacochcálcatl se acercará a ti para felicitarte. Entonces, le enterrarás tu cuchillo en el corazón. Si no lo haces, él mismo te matará en cuanto descubra que le mentiste.

—Eso es traición.

—¿Hablas de traición? Intentaste matar al cihuacóatl. Eso es traición y cualquier juez te condenaría a muerte. Me dijiste quien te envió. Lo traicionaste. Qué más da que lo mates. No tienes honor. Claro que si no quieres, te cortaremos las manos y te llevaré mañana ante el juzgado. El tlacochcálcatl estará presente, y para asegurarse de que no lo delates, llevará a tus hijos para que los veas por última vez. No te quepa duda que los matará a todos.

—Haré lo que me pide —respondió preocupado.

—Eso es lo que quería escuchar. Anda. Ve a salvar a tus hijos.

El hombre llegó a la casa del tlacochcálcatl acompañado de los cuatro soldados que simulaban llevar las manos atadas a la espalda. Debido a que iban sucios y heridos, no despertaron desconfianza en la guardia del tlacochcálcatl.

—Quiero hablar con el tlacochcálcatl en privado.

—Está durmiendo.

—Es sumamente importante.

—¿No puede esperar a que amanezca?

—No. Soy el soldado sobreviviente de una misión secreta. Él sabe de qué se trata. Y si no le avisas en este momento, mañana será demasiado tarde, y lo más probable es que te condenen a muerte.

—¿Quiénes son ellos?

—Mis prisioneros.

—Espera un momento. —El soldado entró a la casa y salió minutos más tarde—. Puedes pasar.

En la sala el tlacochcálcatl los recibió con su larga cabellera suelta, vestido con una prenda que apenas le cubría la cintura. Se le veía fatigado.

—Veo que me tienes buenas noticias.

—Así es, mi señor.

—Habla.

—Lo que tengo que contarle es sumamente confidencial. Estoy seguro de que usted no querrá que se sepa.

—Sálganse —le ordenó a su guardia.

—Hicimos lo que nos ordenó.

—¿Y tus compañeros?

—Murieron. Ellos son mis prisioneros. Ahora, suyos. Maté al cihuacóatl, como usted lo ordenó —dijo.

—Muy bien. —Sonrió y caminó hacia el soldado—. Te felicito. —Le puso las manos en los hombros—. Te premiaré bastante bien en cuanto termine la gue... —No pudo terminar la frase, pues el soldado le enterró el cuchillo de obsidiana en el corazón.

Los soldados del cihuacóatl se fueron contra el homicida y lo mataron rápidamente; huyeron del lugar sin ser vistos.

A la mañana siguiente, el tlatoani se enteró de la muerte del tlacochcálcatl.

## 16

El fracaso duele. Cada día más. Todos sus compañeros de celda notan la tristeza del tlatoani. Cohuanacotzin, Motelchiuhtzin y Shochiquentzin sufren con él; Tlacotzin, Huanitzin y Tetlepanquetzaltzin disfrutan verlo atormentado. Coyohuehuetzin es indiferente, no porque no le preocupe estar preso o la situación con sus familiares, sino porque está convencido de que haga lo que haga no logrará que las cosas cambien.

Huanitzin tenía confianza en Cuauhtémoc. Lo conocía desde que nació. Tenía la certeza de que el joven lograría salvar a Meshíco Tenochtítlan de la invasión. Lo aconsejó siempre que tuvo oportunidad. Creyó en su política. Pero todo se desvaneció de un día para otro.

Por esa época asesinaron a Ahuashpitzactzin, tecutli de Teshcuco. En cuanto el tlatoani se enteró, felicitó a Cohuanacotzin, quien no supo cómo responder.

—Te entiendo, era tu hermano —dijo Cuauhtémoc—. Pero comprende que era necesario.

—No fui yo.

El tlatoani se echó para atrás.

—¿Estás hablando en serio?

—Por supuesto. Pensé que había sido usted.

—No... Te lo habría informado.

Ambos permanecieron en silencio.

—¿Quién habrá sido? —preguntó el tlatoani.

—Ishtlilshóchitl.

El tlatoani no pudo contener una sonrisa.

—Yo sabía que él no se quedaría tranquilo. Hace años que quería el cargo.

—Lo voy a matar.

—Adelante. Tienes todo mi apoyo.

Semanas más tarde, se enteraron de que Ishtlilshóchitl había sido nombrado tecutli de Teshcuco.

Malinche y sus hombres se encontraban en Tlalmanalco, donde fueron bien recibidos. A la mañana siguiente, continuaron su camino rumbo a Shalco, con cuatro mil guerreros más, provenientes de Shalco, Tlashcálan, Hueshotzinco, Cuauhquecholan y otros poblados más pequeños. Llegaron sin dificultad a la ciudad de Shalco. Luego pasaron a Chimalhuácan, donde se les añadieron más soldados, llegando a cuarenta mil. Avanzaron a Totolapan, Yauhtépec y Tlayacapan, sobre un peñón; ahí fueron atacados por los tlahuicas. Malinche y sus aliados los combatieron por tres puntos distintos a la vez. Sin embargo no les resultó fácil subir el peñasco. Las lanzas, piedras y flechas se los impidieron. Finalmente, se dieron a la huida.

Los días siguientes, se apoderaron de Oashtépec, Cuauhnahuac (Cuernavaca) y Shochimilco; quemaron todo, porque llegaron muy sedientos y no encontraron ríos a su paso, además, los señores principales jamás se presentaron para ofrecer vasallaje. De ahí fueron a Coyohuácan, Tlacopan, Cuauhtítlan, Acolman y a los pueblos del norte del lago, hasta regresar a Teshcuco sin contratiempos. Su único obstáculo eran las lluvias. Los meshícas creían que ahuyentaban a los enemigos, pero la verdad es que Malinche se acercaba cada día más a la victoria.

Estaban cercando a Meshíco Tenochtítlan, mientras miles de hombres cavaban un canal de tres metros y medio de ancho, tres y medio de profundidad y tres kilómetros de largo, desde Teshcuco hasta la orilla del lago, para armar las casas flotantes en Teshcuco y evitar ser descubiertos por los meshícas, quienes, ignorando las estrategias de Malinche, se sentían protegidos en la ciudad isla, a pesar de que sufrían la carestía de alimentos. El tlatoani había llenado la ciudad de soldados aliados, pero dejó de ocuparse de la producción y comercialización de alimentos. Por otra parte, se enfocaron más en mantener los rituales religiosos.

—Mi señor, los barbudos construyeron doce casas flotantes.

—¿Qué? —preguntó enfurecido—. ¡Les ordené que vigilaran el lago!

—Eso hicimos.

—Entonces explícame cómo aparecieron doce casas flotantes de un día para otro.

—Nuestros espías no informaron que cortaron la madera en Tlashcálan; la llevaron a Teshcuco donde armaron las casas flotantes, y luego hicieron un canal desde Teshcuco hasta la orilla del lago.

Las casas flotantes medían doce metros de largo por dos y medio de ancho. La capitana era de trece metros y medio. Cada una tenía doce remos, seis de cada lado y dos mástiles para las velas. Con espacio para treinta hombres.

—Envíen las tropas a Teshcuco.

—¿En canoas?

—En canoas y caminando.

—No podemos —respondió el nuevo tlacochcálcatl—. Malinche tiene bloqueadas las calzadas. Además, destruyeron el acceso de agua al acueducto de Chapultépec. Ahora nuestro único suministro es el pozo del recinto sagrado.

—Envíen tropas a todas las calzadas —ordenó el tlatoani.

—No —respondió Shoshopehuáloc—. Ya no iremos a combatir.

—¿Estás rebelándote? —Permaneció sentado.

—Fue suficiente. No podemos seguir así. No tenemos alimentos. Y pronto nos quedaremos sin agua. Nos tienen cercados. Ha llegado el momento de ofrecer la paz.

—Esa decisión no te corresponde.

—No soy el único que piensa de esa manera.

—Somos muchos pipiltin los que estamos en contra de continuar con esta guerra —terció Ashayaca.

—Sabía que tú también estabas involucrado. —Sonrió Cuauhtémoc.

—Yo apoyo a los hijos de Motecuzoma —dijo uno de los miembros de la nobleza.

—El pueblo también está cansado —continuó otro de los pipiltin—. Necesitamos...

—¡Silencio! —gritó el tlatoani—. No voy a desperdiciar mi tiempo discutiendo con ustedes. Tengo al enemigo allá afuera y ustedes lo único que quieren es rendirse. ¡Cobardes!

Dirigió la mirada a sus soldados, a quienes había adiestrado para que actuaran en momentos como ésos. Los soldados caminaron hacia Shoshopehuáloc, Ashayaca y los otros dos miembros de la nobleza.

—Estás cometiendo un grave error —exclamó Ashayaca.

—¿Qué ocurre con ustedes? —cuestionó enojado Shoshope-huáloc mirando a los demás pipiltin que les habían prometido alzar la voz cuando llegara el momento—. ¡Hablen! ¡Luchen por su vida!

Los soldados los rodearon. Uno de ellos miró al tlatoani a los ojos y éste le dio la señal que esperaba. El soldado se giró, sacó su cuchillo y degolló a Shoshopehuáloc. Los otros soldados hicieron lo mismo con los otros tres detenidos; luego, dejando los cadáveres en el piso, caminaron junto al tlatoani y se pararon a su espalda, mirando a los demás miembros de la nobleza que estaban atónitos.

—Ya me cansé de discutir con ustedes, de tener que darles explicaciones como si necesitara su aprobación. Saben a quiénes me refiero. En esta sala también hay una gran cantidad de hombres leales. Espero que sea la última vez que tenga que recurrir a esto. —Se marchó de la sala.

Huanitzin sintió un profundo dolor esa tarde. Esperó a que la mayoría de los pipiltin se marchara para llevarse los cuerpos de sus primos y darles un funeral digno.

En venganza, Huanitzin mandó matar a los sacerdotes de Huitzilopochtli y Tezcatlipoca, que se habían mostrado a favor de los hijos de Motecuzoma y habían jurado no traicionarlos. Huanitzin no había asistido a aquellas reuniones, porque hasta el momento respetaba las decisiones de Cuauhtémoc.

Después de eso, ninguno de los pipiltin se mostró en contra del tlatoani, quien en los días siguientes envió tropas a las calzadas, a la isla de Tepepolco, a Iztapalapan, Coyohuácan, Tepeyácac, Tlacopan y cientos de canoas para que evitaran el arribo de las casas flotantes a Tenochtítlan. Sin embargo, poco pudieron hacer. Las tropas de Malinche rebasaban los doscientos mil.

El tlatoani recorrió el lago en una canoa para supervisar los combates. Estaba furioso por las derrotas. Así que al volver a Tenochtítlan, ordenó que las mujeres también se prepararan para tomar las armas. Se encendieron fogatas por toda la ciudad, para informar que Meshíco estaba siendo atacado. Sonaron los tambores y las caracolas. Lo ataques se dieron por toda la ciudad y en las calzadas, y desde las azoteas y las canoas.

Malinche logró que sus casas flotantes se acercaran a la isla, quitando los puentes de las calzadas y cruzando de un lado a otro. Entraron a la ciudad isla por los canales del sur. Mientras tanto seguían los ataques en la calzada de Nonoalco y en Coyohuácan.

Entre la gente que huía de los ataques se encontraba Atzín. Aquella tarde Atzín corrió entre algunos callejones, pero de pronto se tropezó. Se sentó en el piso por un instante y notó que se había cortado la planta del pie. Buscó alrededor para comprender qué le había provocado aquella cortada, pero no encontró nada. Cojeando se metió en una casa, dejando huellas de sangre por todo el camino. Desde un rincón alcanzó a ver la forma en que los barbudos les cortaban la cabeza con gran facilidad a sus contrincantes.

—¿Qué tenemos aquí? —dijo un barbudo con su largo cuchillo de plata en la mano derecha.

Atzín no entendió lo que había dicho el hombre que se le acercó con una sonrisa malévola, al mismo tiempo que se acariciaba su larga y canosa barba. Ella trató de huir, pero no pudo, el hombre la atrapó. La acostó en el piso y se preparó para quitarse el pantalón, cuando, súbitamente, entró uno de sus compañeros.

—¿Qué estáis haciendo?

El hombre sonrió y dejó que el otro viera a su víctima en el piso.

—No es momento para eso. ¡Andad!

El hombre se abrochó el pantalón y se marchó. Atzín permaneció ahí toda la noche, sin agua ni alimento.

Mientras tanto, afuera, los meshícas cavaron zanjas para protegerse de los ataques. Al día siguiente, los aliados tlashcaltecas las llenaban. Y al anochecer, los meshícas las volvían a cavar.

Hasta entonces, los meshícas entraban y salían por la calzada de Tepeyácac, por la cual estaban obteniendo alimentos y agua. Cuando Malinche se enteró de esto, ordenó a sus hombres bloquearla.

Fueron días y noches sin descanso. Malinche y sus hombres avanzaron por uno de los canales rumbo al recinto sagrado. Pese a los ataques lograron aproximarse lentamente. Quemaron y derrumbaron todas las casas a su paso. Continuaron a pie hacia el norte de la ciudad. Hicieron estallar sus cañones, con lo cual intimidaron a los soldados meshícas, que huyeron hacia el recinto sagrado. Malinche y

sus tropas los siguieron sin clemencia. Ahí hicieron retumbar nuevamente sus cañones, destruyendo el Calmécac, el juego de pelota y el
huey tzompantli.

Pronto llegaron miles de soldados meshícas en auxilio, con lo
cual superaron por mucho a los enemigos, obligándolos a huir y a dejar
uno de sus cañones. En su retirada, los barbudos y sus aliados fueron
atacados severamente por una lluvia de piedras que les caía desde las
azoteas de las casas. Al mismo tiempo, los capitanes Alvarado y Sandoval embistieron la ciudad por el lado oeste y norte, sin embargo, no
lograron entrar. El pueblo meshíca estaba enardecido.

Entre los soldados meshícas había un otomí, llamado Tzilacat-
zin, casi tan grande como el gigante Tlahuicole. Iba armado con tres
piedras enormes para construir muros. En cuanto veía a los extranjeros corría hacia ellos y con las piedras los derrumbaba antes de que lograran atacarlo. Entonces, ellos huían y él los perseguía hasta sacarlos
de la ciudad. Los meshícas le tenían gran confianza. Pero un día un
disparo en la frente acabó con él.

Aunque los ataques no cesaron por varios días, los enemigos
no lograron entrar a la ciudad, ya que los meshícas clavaron estacas
en los canales para que las casas flotantes encallaran.

En una ocasión, Alvarado y sus hombres entraron a la ciudad sin
ser atacados. Entonces decidieron tomar el mercado. Al momento que
estaban adentro, frente a unos templos muy grandes y rodeados de
casas, les llegó una lluvia de piedras y flechas. Salieron miles de meshícas por todas partes. Los barbudos y sus aliados tuvieron que dis-
persarse por las calles y los canales. La mayoría se lanzó a los canales
para salvarse. Mientras tanto las dos casas flotantes, en las que habían
llegado, estaban encalladas por las estacas que los meshícas habían enterrado en el fondo de éstos.

Cinco días más tarde, Malinche y sus tropas volvieron a entrar
hasta el recinto sagrado, donde nuevamente fueron embestidos con
furia. Huyeron al caer la tarde. Los siguientes días, Malinche decidió
destruir la ciudad, algo que no deseaba, pues quería mantenerla intacta. Quería que el rey Carlos Quinto conociera su belleza. Pero concluyó que si no derribaba los edificios no podrían avanzar, pues los
ataques provenían desde las azoteas. Así destruyeron las Casas Viejas,

las casas de las aves y muchos templos. Los únicos que celebraban la destrucción de la ciudad eran los tlashcaltecas, hueshotzincas, cholultecas y demás aliados.

Aunque la gente de Meshicatzinco, Mishquic, Cuitláhuac, Huitzilopochco, Iztapalapan y Culhuácan decidió no tomar las armas en contra de los barbudos, les proporcionó agua y alimentos a los meshícas. En cuanto los shalcas se enteraron de esto, los atacaron y derrotaron. Con esto, los meshícas perdieron aliados valiosísimos.

Tras destruir la mayoría de la ciudad, los extranjeros y sus aliados lograron entrar a ésta sin ser combatidos, pues los meshícas ya no los podían atacar desde las azoteas.

Los hombres de Malinche sugirieron que tomaran la ciudad ese mismo día, pero éste les respondió que no quería repetir la historia. Si se alojaban sin la rendición del tlatoani y su gente, en cualquier momento serían encerrados. Entonces optó por salir de la ciudad esa tarde y entrar a la mañana siguiente, para destruir más edificios y acorralar a los meshícas.

Así continuó dos semanas más. Los meshícas no descansaban. En las noches cavaban las brechas para impedirles el paso y, al amanecer, los aliados las volvían a abrir. En una ocasión, una de las brechas no fue rellenada correctamente y cinco barbudos cayeron presos. Días más tarde, una de las casas flotantes encalló en uno de los canales. Los meshícas las atacaron ferozmente, capturando a quince extranjeros.

Malinche entró a la ciudad veintitrés días después de iniciado el sitio. Sin embargo, se negó a tomar la ciudad. Quería que el pueblo y el tlatoani se rindieran. Así que continuaron con los ataques los siguientes días.

Al ver la destrucción, el tlatoani decidió negociar con Ecatzin y Temilotzin, los dos más altos dignatarios de Tlatelolco, para mudar su gobierno a aquella ciudad, la cual no había sufrido ningún daño hasta el momento.

—Con una condición —respondió tajante Temilotzin.

—¿Cuál?

—Que renuncies al dominio absoluto, incluso después de terminada la guerra. Y que éste quede bajo el control de Tlatelolco.

—¿Quieres que los pueblos rindan vasallaje a Tlatelolco?

—Así es —continuó Ecatzin—. Seguirás siendo tlatoani de Meshíco Tenochtítlan, pero a partir de hoy las decisiones las tomaremos todos. No nada más tú o yo. Sino todos los pipiltin.

Cuauhtémoc suspiró. Le dolió aquella respuesta, más viniendo del pueblo en el que había sido sacerdote.

—Me están traicionando.

—¿Traición? —respondió con enfado Temilotzin—. Los meshícas utilizaron a los tlatelolcas para vencer a los tepanecas y luego crearon la Triple Alianza entre Tenochtítlan, Teshcuco y Tlacopan, dejando a un lado a uno de los pueblos que más los apoyó, su ciudad gemela, Tlatelolco. Años más tarde invadieron Tlatelolco y lo obligaron a pagar tributo por años. Lo que yo te estoy ofreciendo es una negociación. Tu ciudad está destruida, tus tropas cansadas y tu pueblo sediento y hambriento. Me estás solicitando asilo. Si te lo doy, mi ciudad corre el riesgo de quedar en ruinas, igual que Meshíco. ¿No tengo derecho de exigir algo a cambio?

—Acepto. —No tenía otra salida.

Su gobierno se mudó a Tlatelolco y su cuartel general quedó en el edificio Yacacolco. Otros personajes a cargo de Tlatelolco eran Topantemoctzin, el tizociahuácatl; Popocatzin, el tezcacohuácatl; Temilotzin, el tlacatécatl; Coyohuehuetzin, el tlacochcálcatl; y Matlalacatzin, el tzihuatecpanécatl.

Por aquellos días llegó a Tlatelolco una embajada de Teshcuco.

—Nos envía el señor acolhua. Esto es lo que les manda decir: «Escuchen tlatelolcas. Se aflige y se acongoja mi corazón. Si compro alguna cosa y la pongo en mi envoltorio o en mi regazo, al punto vienen y me la arrebatan. Está muriendo la gente. Por eso digo: Que dejen solo al tenoshca para que perezca él solo; ya no haré más que esperar su respuesta».

Le respondieron los señores de Tlatelolco:

—«Nos ha hecho merced nuestro hermano; ¿acaso no es nuestro padre y nuestra madre el acolhua chichimeca? Pero escuche esto: hace ya veinte días que debió hacerse lo que propone; porque ahora lo que veo es que el tenoshca ha desaparecido: ya nadie se proclama tenoshca, sino que algunos se hacen pasar por cuauhtitlancalcas, y otros por tenayocas, azcapotzalcas, coyohuacas o cualesquiera otros; eso es lo que yo veo»[100].

Los barbudos atacaron Tlatelolco. Malinche y sus hombres conocían poco las calles de aquella ciudad, así que el avance resultó mucho más lento de lo esperado. La ofensiva de los tlatelolcas y los meshícas fue atroz. La lluvia de piedras y flechas los obligó a retirarse. El caos, el pánico de los aliados tlashcaltecas y las calles estrechas hicieron imposible que los barbudos estallaran sus cañones como en Tenochtítlan. Ni siquiera podían montar sus venados gigantes.

Un grupo de soldados meshícas logró capturar a Malinche. Como era costumbre, deseaban llevarlo preso, para luego sacrificarlo en la cima del Monte Sagrado. Lo tenían sujetado de las manos. Estaban seguros de que con aquella acción ganarían la guerra, que sus hombres y sus aliados se rendirían inmediatamente. Así se acostumbraba. Con o sin Malinche ellos continuarían con su venganza. En ese momento uno de los barbudos llegó en auxilio de Malinche, sacó su largo cuchillo de plata y les cortó las manos a los hombres que lo tenían preso.

Esa tarde, cuando los barbudos y sus aliados se retiraron, los tlatelolcas celebraron la victoria en el recinto sagrado de esta ciudad. Sin lugar a dudas, la victoria era suya. Llevaron al huey teocali a los presos de aquel día, incluyendo a varios barbudos, a quienes les sacaron los corazones en la piedra de los sacrificios; les cortaron las cabezas, brazos y piernas y los repartieron entre la gente para que los cocinaran en chile. La fiesta era tan grande que se escuchaba al otro lado del lago. Las fogatas, los gritos, los caracoles, los tambores y las danzas tenían un único objetivo: intimidar a sus enemigos.

Al caer la noche se dieron a la huida miles de tlashcaltecas, hueshotzincas, cholultecas, acolhuas, shalcas y otros. Los aliados no rebasaban los ciento cincuenta hombres. La fama de los meshícas seguía viva. Aunque la victoria le pertenecía a los tlatelolcas.

Los extranjeros permanecieron en sus cuarteles por cuatro días, escuchando y viendo de lejos los festejos de los tlatelolcas y meshícas. Asimismo, aprovecharon aquellos días para curar sus heridas.

100  *Anales de Tlatelolco.*

Entre los barbudos capturados, cinco llevaban sus palos de fuego. Los capitanes de las tropas tlatelolcas les ordenaron que les enseñaran cómo usarlos; entonces los barbudos dispararon al aire. Los meshícas, creyendo que los estaban atacando, se fueron contra ellos y los descuartizaron.

Los pipiltin enviaron embajadas a Shalco, Shochimilco, Cuauhnáhuac y otros lugares para que les ofrecieran una alianza. Llevaban las cabezas de los barbudos capturados y de los venados gigantes. El mensaje era que ya había quedado comprobado que Huitzilopochtli no había abandonado ni a los meshícas ni a los tlatelolcas. A pesar de eso, los señores principales decidieron no dar ninguna respuesta.

Malinche, por su parte, se encargó de enviar mensajeros a todos los pueblos aliados para pedirles que regresaran al combate. Fue entonces que se enteró que los de Malinalco habían atacado a los de Cuauhnáhuac. Él sabía perfectamente que si los abandonaba, ellos también lo dejarían solo en su lucha contra los meshícas. Así que envió a ochenta de sus hombres y diez venados gigantes para auxiliarlos. En diez días derrotaron a los de Malinalco. De igual forma, mandó otro grupo de hombres a socorrer a los otomíes que habían sido atacados por los de Matlacingo.

Quince días después de la victoria, los meshícas y tlatelolcas permanecían encerrados. Sin atacar, sin cobrar venganza, sin aprovechar esa gran y última oportunidad para destruir a los extranjeros, que seguían prácticamente abandonados por los aliados.

## 17

—Mi padre solía decirme que con el baño no sólo se quita la mugre, sino también los malos pensamientos —comenta Huanitzin.

Los soldados tlashcaltecas llevaron a los presos a un temazcali para que se bañaran.

—¿Le creíste? —pregunta Tlacotzin.

—En aquellos años le creía todo a mi padre... yo era un niño.

—¿Y sigues pensando lo mismo?

—No... Desde hace mucho que los malos pensamientos no me abandonan, a pesar de que me bañe.

Ambos ríen.

En el otro extremo del temazcali, el tlatoani se mantiene en silencio.

—Tal vez debería llevar a cabo esos pensamientos, para que de una vez por todas dejen de atormentarme —agrega Huanitzin mirando a Cuauhtémoc, que se encuentra lejos de él y no lo escucha.

—¡Afuera todos! —grita un soldado tlashcalteca.

Los presos salen del temazcali, se secan con unos trapos de algodón, se visten y caminan a paso lento, escoltados por un ejército, rumbo a la casa de Malinche. La gente de Coyohuácan observa el desfile, tratando de ver a los presos, pero no pueden ya que son tantos los soldados que se vuelve imposible .

—Se siente bien —dice Cohuanacotzin.

—Extrañaba el sol —responde Coyohuehuetzin con la mirada puesta en el cielo.

—La brisa —sonríe Motelchiuhtzin.

—¡Apúrense! —los regaña uno de los soldados tlashcaltecas.

—Creo que yo también llevaré a cabo esos malos pensamientos, para que me dejen en paz —susurra Tlacotzin.

—Si me cuentas cuáles son esos pensamientos, yo te platico los míos —responde Huanitzin en voz baja.

—Los mismos que los tuyos —Tlacotzin sonríe al mismo tiempo que dirige la mirada hacia el tlatoani.

Tetlepanquetzaltzin los escucha todo el tiempo, pero se mantiene en silencio.

El rencor que siente el tecutli de Tlacopan proviene principalmente del abandono de los meshícas ante la invasión de los barbudos a Tlacopan. Cuauhtémoc estaba tan ocupado en defender Meshíco Tenochtítlan que se olvidó de proteger a sus aliados, algo que Malinche sí tomó en cuenta.

Tras el auxilio de los barbudos a los de Cuauhnáhuac y a los otomíes, los pobladores de Tlashcálan, Hueshotzinco, Cholólan y Teshcuco tomaron aquella acción como un acto de lealtad; por lo que comenzaron a regresar, aunque no de manera masiva. Malinche y sus hombres seguían atacando Tenochtítlan y Tlatelolco. La respuesta de los habitantes era cada vez menor, pues se estaban quedando sin alimentos y sin agua.

Atzín, al igual que miles de jovencitas, era ya un fardel de huesos que deambulaba a todas horas en busca de comida. Rascaba en el piso para encontrar insectos o ratas. En una ocasión atrapó una lagartija, entonces llegó un jovencito, se la arrebató y se la comió mientras huía. Atzín trató de alcanzarlo, pero ya no le quedaban fuerzas. Había días en los que masticaba hojas de árbol para imaginar que estaba comiendo de verdad; incluso llegó a comerlas y a beber agua del lago. A la mañana siguiente amaneció con diarrea. No fue la primera ni la última que enfermaba por beber el agua salada del lago, que además era donde los meshícas y tlatelolcas echaban sus desperdicios.

Comenzó la venta de macehualtin, doncellas, niños, jóvenes y sirvientes: dos medidas de maíz, diez tortillas de mosco acuático o veinte rollos de zacate para comer. El oro, el jade, las plumas finas, las mantas de algodón, ya no valían nada. Incluso a los niños extraviados los estaban vendiendo como esclavos, a pesar de que las leyes lo prohibían. En otros tiempos, a los que eran encontrados culpables, se les encarcelaba y se les incautaban sus bienes: la mitad para pagar al comprador la libertad del niño y la otra para el mantenimiento del infante. Los tutores a cargo de algún niño huérfano eran ahorcados si no administraban correctamente los bienes heredados de éste.

Pero a esas alturas, ya no había ley que se cumpliera en Tenochtítlan y Tlatelolco. Muchos salían en las noches por el lago, en canoas o nadando, desesperados, hambrientos, dispuestos a aceptar las condiciones de los barbudos. Pues lo único que no podían hacer era rendirse públicamente ni mucho menos rendir al pueblo entero. A pesar de todo, la última palabra la seguía teniendo el tlatoani.

—Ha llegado el momento de rendirnos —dijo uno de los señores principales de Tlatelolco.

—No —respondió Cuauhtémoc—. Aún tenemos otra posibilidad para derrotar a los enemigos. Ya lo hicimos hace algunos días.

—La gente está enfermando —insistió.

—Podemos utilizar a las mujeres para los combates.

—¿Mujeres? ¿Cuándo se ha visto eso?

Todos los pipiltin se conmocionaron.

—La mujer es el cordón umbilical que nos une a la tierra —dijo uno de ellos con indignación—, es la criadora de hijos, la cocinera, la flor de la casa. Verlas con un macáhuitl y un escudo significará la destrucción de las costumbres.

—Las podemos vestir de hombres para engañar a los enemigos —insistió Cuauhtémoc—. Debemos aprovechar esta oportunidad.

No hubo detractores. No se sabe si fue por temor a las represalias o por el enojo que sentían al ver sus ciudades destruidas.

Los meshícas y tlatelolcas dejaron de abrir las brechas, con las cuales les impedían el paso a los enemigos, quienes adoptaron una nueva estrategia: demoler e incendiar todas las casas a su paso, y con los escombros tapar los canales, de tal forma que pudiesen avanzar más rápido. Su mayor obstáculo en aquellos días fue la temporada de lluvias, pues todas las tardes caían severos aguaceros.

En una ocasión Malinche y sus hombres entraron hasta el recinto sagrado, que estaba en ruinas. Poco después apareció un grupo de meshícas. Los barbudos y sus aliados seguían en guardia.

—No nos maten —rogó uno de ellos.

Uno de los tlashcaltecas tradujo a la lengua de los extranjeros.

—Decidles que si quieren la paz, tendrá que venir su rey Guatemuz a rendirse —respondió Malinche.

—Iremos por él —dijeron.

Los invasores y sus aliados bajaron la guardia. Entonces llegó una tropa de tlatelolcas y meshícas con lanzas y piedras. Los barbudos respondieron al ataque y lograron salir de ahí.

Cohuanacotzin fue capturado en uno de esos combates por tropas acolhuas. Su hermano Ishtlilshóchitl había ordenado su aprehensión a toda costa.

Cuando Cuauhtémoc se enteró, reunió a los pipiltin para hablar. Solamente una persona se atrevió a proponer la rendición, sin embargo, la mayoría de los meshícas y tlatelolcas se negaron rotundamente.

Los enemigos tenían ocupadas tres cuartas partes de Tenochtítlan; avanzaban día con día hacia Tlatelolco. Cuando se les acabó la pólvora, aparecieron con un invento jamás visto en el Anáhuac: una catapulta. La colocaron en la cima del teocali dedicado al dios Mómoztl. Sin embargo, al momento de usarla, el aparato no funcionó. Las enormes piedras no llegaban tan lejos como los barbudos esperaban. Malinche decidió abandonar esa estrategia y continuar con los ataques y el envío de mensajeros que ofrecieran a los meshícas la paz. Pero éstos se negaban una y otra vez. Estaban dispuestos a morir en su ciudad.

En diversas ocasiones Cuauhtémoc envió mensajeros que prometían a Malinche que acudiría a verlo, pero no cumplía. A veces mandaba gente a que los atacaran. Un día, los mensajeros prometieron que Cuauhtémoc, por fin, se reuniría con él. Malinche esperó cuatro horas en el mercado de Tlatelolco. Nadie llegó. Enfureció y ordenó a sus hombres que acabaran con la ciudad. Los aliados tlashcaltecas mataron a todos los que encontraban a su paso, incluyendo mujeres, niños y ancianos. Jamás se había visto tanta mortandad en el Anáhuac. La venganza de los pueblos sometidos por los meshícas se estaba consumando, luego de décadas de espera. La ciudad se convirtió en un cementerio, tal cual lo había prometido Cuauhtémoc en una conversación con el cihuacóatl. Sangre en los muros y en los pisos. Gente al borde de la muerte por el hambre, la diarrea, las heridas; con brazos y piernas mutilados o las tripas por fuera, y miles de cadáveres podridos por todos los estrechos callejones de Tlatelolco. Ese día murieron alrededor de cuarenta mil personas.

Como último recurso, el tlatoani decidió acudir a la magia negra, así que vistieron a un guerrero de tecolote-quetzal. El atuendo había pertenecido al padre de Cuauhtémoc. El objetivo era que el guerrero ataviado saliera cargando un cetro en forma de culebra retorcida y la imagen de un búho hecho de finas plumas, para ahuyentar a los enemigos. Mientras se llevaban a cabo algunos sacrificios. El guerrero vestido de tecolote-quetzal subió a las azoteas para que los enemigos lo vieran, pero no obtuvo resultados favorables.

Tres noches después, Cuauhtémoc sacrificó en el huey teocali de Tlatelolco a los últimos prisioneros que quedaban: unos cuantos barbudos y varios tlashcaltecas. Esperaba intimidar a sus enemigos, pero no funcionó. Esa noche cayó un tremendo aguacero sobre el Anáhuac.

La madrugada del Uno Culebra del mes de Shocolhuetzi, del año Tres Casas[101], la pasaron en vela. No tenían más que dos opciones: morir o rendirse.

—¿Qué hacemos? —preguntó Topantemoctzin, el tizociahuácatl de Tlatelolco.

Todos estaban sucios, hambrientos y enclenques.

—No me voy a rendir —respondió el tlatoani.

—¿Entonces?

—Me voy.

—¿Qué?

Todos se quedaron boquiabiertos. Ninguno podía creer lo que acaba de decir Cuauhtémoc. Después de tantos discursos sobre el valor, el amor a su religión, la lealtad a Tenochtítlan y al gobierno, el honor de morir por su raza; ahora salía huyendo, sin importarle el porvenir de su ciudad. Primero estaba su vida y su orgullo.

—Tomaré una canoa y remaré hasta Azcapotzalco. Encontraré algún pueblo que nos quiera ayudar.

—¿Cree usted que exista un pueblo dispuesto a ayudarnos? —preguntó Topantemoctzin—. Se acabó. Es momento de rendirnos.

—¡Jamás!

—La gente está muriendo de hambre.

—Así lo quieren los dioses que nos han abandonado.

—Acepte la rendición —insistió Topantemoctzin.

—Ya dije que no. ¿Quién quiere venir conmigo?

101  El 13 de agosto de 1521.

Los pipiltin lo observaron con decepción, otros con desprecio. Era una acto de cobardía imperdonable; más viniendo de quien se había rehusado a la sumisión y había empujado a su pueblo a un suicidio colectivo, a pesar de tantas advertencias.

—Cobarde —dijo uno de ellos con vilipendio.

—¡Te hubieras largado desde antes! —le gritó uno de los pipiltin, lleno de rabia.

—¡Deseo que los barbudos te atrapen y te maten, perro cobarde! —le gritó otro.

—Tetlepanquetzaltzin, vamos —dijo el tlatoani—. Podemos recuperar Tlacopan.

—No lo hagas —le dijo uno de los pipiltin.

—Si te quedas, los barbudos te matarán. Eso es lo que han hecho con todos los señores principales de los pueblos que han invadido.

—No vayas —exhortaban los pipiltin.

El tecutli de Tlacopan estaba muy nervioso. Sabía que abandonar a los demás a su suerte era lo peor que podía hacer un gobernante.

—Lo siento —dijo y caminó detrás del tlatoani.

—¿Quién más viene conmigo? —preguntó Cuauhtémoc.

Se le unieron Tepotzitóloc, Yaztachímal y Cenyáotl. Estaba amaneciendo.

—¡Cobardes! —gritaron algunos.

—Ahí va Cuauhtémoc —gritó una mujer al verlo abordar una de las canoas.

—¡Vámonos! —le dijo un pipiltin a su esposa e hijos—. ¡Aborden una canoa!

—¿Por qué? —preguntó la mujer.

—Muy pronto entrarán los enemigos y matarán a todos. Tenemos que salir de aquí.

La mujer obedeció sin preguntar más. En cuanto los demás pobladores los vieron, los acusaron de cobardes, mientras otros decidieron hacer lo mismo. Pronto el lago se llenó de gente que quería escapar. Cientos corrían al agua para abordar alguna canoa. Inició el caos. La gente peleaba.

Los pipiltin que se quedaron, se prepararon para salir en cuanto el sol apareciera y ofrecer la rendición.

Al amanecer, los barbudos y sus aliados entraron a los últimos barrios de Tlatelolco que no habían sido atacados. Encontraron miles de personas sucias, debiluchas, enfermas, amotinadas en las casas. A pesar de las condiciones lamentables en las que se encontraban los meshícas y tlatelolcas, los tlashcaltecas los atacaron sin misericordia. En un principio nada pudo hacer Malinche para evitarlo. Estaban enardecidos. La gente rogaba con alaridos y llanto que no los matasen. Al comprobar que no se trataba de una treta y que en verdad se estaban rindiendo, Malinche ordenó a los rabiosos tlashcaltecas que cesaran su carnicería, la cual no acabó del todo. Mataron a más de cinco mil en ese día. Mientras él hablaba con los pipiltin meshícas, otros cientos de tlashcaltecas enfurecidos seguían entrando a las casas, asesinando a quien se les pusiera en frente y saqueando la ciudad de Tlatelolco.

Luego de un rato, llegó un poco de calma; Malinche pudo observar con más tranquilidad los alrededores. Había miles de cadáveres amontonados en las casas y calles. Los meshícas habían hecho eso para evitar que los enemigos se dieran cuenta del alto número de muertos de hambre, por diarrea o por heridas que estaban teniendo a diario.

—¿Dónde está el tlatoani? —preguntó Malinche.

Respondieron cientos al unísono.

—¡Se fue, el cobarde!

—¡Huyó!

—¡Abordó una canoa!

—¡Mátenlo!

—¡Va para Azcapotzalco!

—Id a buscarlo —dijo Malinche a sus hombres—. Notificad a todos los bergantines.

Las canoas en las que estaban huyendo el tlatoani y sus seguidores fueron interceptadas por una de las casas flotantes. Los barbudos abordaron la que llevaba a Cuauhtémoc, Tetlepanquetzaltzin, a sus acompañantes y a sus mujeres; les apuntaron con sus palos de fuego y sus arcos de metal.

—¡No dispares, soy el tlatoani! —dijo atemorizado—. ¡Me llamo Cuauhtémoc!

## 18

La flama de una vela bailotea sobre el escritorio. Un sirviente camina a la ventana y cierra las recién construidas puertas de madera para evitar que siga entrando la corriente de aire. Malinche y Cuauhtémoc se miran en silencio. La niña Malina espera de pie la respuesta del capitán:

—Os daré permiso de salir, pero siempre escoltado por mis hombres. No podréis tomar decisiones sin antes consultarlas conmigo.

Cuauhtémoc exhala con tranquilidad. Necesita aire fresco, el contacto con la gente, el calor del sol. Malinche sonríe al ver el gesto del tlatoani.

—Si me hubieseis escuchado desde un principio... —Malinche baja la mirada y se lamenta en silencio. Luego se dirige a la niña Malina—. No le digáis lo que acabo de decir.

Lo que pensaba era que si Cuauhtémoc lo hubiese escuchado desde un principio, se habría evitado la destrucción de la ciudad. Esa ciudad que lo había embelesado. Esa ciudad que, según él, era mucho más bella que Venecia. Esa ciudad de templos majestuosos, calles hermosamente decoradas con flores y canales llenos de canoas y vida. Tanto le gustaba que quería entregársela intacta a su majestad, el rey Carlos Quinto. Pero de eso ya nada queda.

Tras la caída de la ciudad isla, Cuauhtémoc fue llevado ante Malinche, quien lo recibió con el mismo respeto y honores con los que había tratado a todos los señores principales del Anáhuac.

Llovía fuertemente, como ocurría cada año en esas fechas y como había sucedido un año atrás, cuando los meshícas luchaban para sacar a los extranjeros de las Casas Viejas.

Se miraron fijamente a los ojos. Malinche, con el placer de la victoria. Cuauhtémoc, con el dolor de la derrota. Los aliados de Malinche estaban jubilosos por presenciar la escena. Malinche les ordenó que guardaran absoluto silencio y que mostraran respeto. Todos obedecieron, pues sabían que si hacían enojar al capitán Malinche lo pagarían muy caro.

—Finalmente, conozco en persona a Guatemuz.

—Ah, capitán. —El tlatoani lucía esquelético y sucio—. Aunque he hecho todo lo que estaba en mi poder para defender mi ciudad y librarla de tus manos, mi fortuna no ha sido favorable. Quítame la vida, será más justo. Con esto acabarás con el gobierno meshíca, pues a mi ciudad y vasallos los tienes destruidos y muertos.

Malinche respondió tranquilo:

—Os estimo más de lo que vos creéis. Admiro el valor con el que habéis defendido vuestra ciudad. Sin embargo, hubiese preferido que os hubieseis hecho la paz antes de tanta destrucción. No debéis temer. Todo estará bien. Mis hombres os llevarán a una habitación para que vayáis a descansar, que dentro de poco podréis gobernar vuestra ciudad y pueblos como antes solíais hacerlo.

—Si no puedo convencerte, esperaré con resignación el momento de mi muerte.

—¿Dónde está la hija de Motecuzoma?

—¿Cuál de ellas?

—La niña de diez años.

—Tecuichpo.

—¿Dónde está?

—No lo sé. Venía conmigo, pero tus hombres se la llevaron antes de entrar aquí.

Malinche dirigió la mirada a sus hombres con desagrado.

—No os preocupéis por ella. Ordenaré que la traigan y me aseguraré de que reciba el trato que se merece la reina de Temistitan.

Tras esto, Malinche no supo qué más decir ante aquel desconocido por quien sentía un odio indisoluble; pues para él, la destrucción de la ciudad y el alto número de muertes eran responsabilidad de Guatemuz el testarudo, como llegó a llamarle en varias ocasiones. Se miraron en silencio por unos segundos. En ese momento, uno de los hombres de Malinche se acercó y le habló al oído.

—Me acaban de informar que todavía hay grupos de resistencia en las calles. Es necesario llevaros ante la multitud para que les habléis y ordenéis que dejen las armas —dijo Malinche en tono de orden.

A pesar de que había corrido el rumor de que el tlatoani había abandonado la ciudad, muchos no lo creyeron y aseguraron que jamás haría algo así.

—Lleve con usted a alguno de ellos. —El tlatoani señaló a los hombres que habían sido capturados junto con él.

—No —respondió tajante Malinche—. Es vuestra obligación calmar al pueblo.

—No puedo... —Bajó la mirada lleno de vergüenza.

El capitán Malinche dio a sus soldados la orden de que llevasen al tlatoani afuera. Lo guiaron hasta la azotea del palacio de Tlatelolco, donde se podía ver a una multitud aún enfurecida, dispuesta a morir en combate. Cuauhtémoc los miró y por un instante sintió el deseo de que lo mataran a pedradas o que una flecha le perforara el corazón.

—¡Mejicas! —gritó Malinche—. ¡Aquí está vuestro tlatoani!

Nadie le hizo caso.

—Decidles que se tranquilicen —ordenó Malinche a Cuauhtémoc.

Con gran nerviosismo y vergüenza, el tlatoani se dirigió a aquella muchedumbre.

—¡Meshícas y tlatelolcas, dejen las armas! —Sintió un severo mareo en ese instante—. ¡Ha llegado el momento de rendirnos!

La gente se quedó en silencio al reconocer al tlatoani. Para la gran mayoría verlo ahí, rendido, significaba la peor de las desilusiones de sus vidas. Habían creído ciegamente en los discursos de aquel joven. Los que no le habían creído habían abandonado la ciudad isla hacía mucho tiempo.

—¡Meshícas y tlatelolcas, dejen las armas! —repitió con tristeza.

Todos estaban consternados. Les aterrorizaba el futuro. Mucho se había hablado en las calles, de día y de noche, sobre lo que les sucedería si los barbudos se apoderaban de la ciudad. Estaban enterados de las torturas con hierro ardiente en las mejillas a las que habían sometido a muchas personas en los pueblos derrotados. Así como las violaciones a mujeres y las matanzas injustificadas. El mismo tlatoani, que en ese momento les estaba ordenando que se rindieran, era el que les había advertido hasta el cansancio sobre los peligros que corrían si se entregaban.

—¡Cobarde! —gritó un meshíca.

—¡Traidor! —agregó otro.

Malinche decidió que era el momento de regresar al interior del palacio.

—Os llevarán a una de las habitaciones para que descanséis —dijo Malinche, para terminar el encuentro. Un encuentro muy distinto al que había tenido con Motecuzoma.

Escoltaron a Cuauhtémoc a una habitación, donde permaneció solo. Contempló los muros con melancolía, sin dar un paso. Sus brazos caídos. Sus ojos rojos, ojerosos. Su cuerpo enclenque. Sucio. En ese momento se escuchó un trueno. La tormenta que azotaba a la ciudad esa tarde llevaba consigo muchos lamentos, una pena colectiva e indómita: la maravillosa ciudad isla, la más poderosa, estaba destruida.

Para menguar el inmenso dolor que lo estaba comiendo por dentro, apretó los puños y golpeó el muro hasta llenar sus nudillos de sangre. Berreó iracundo. Los soldados lo observaron desde el pasillo, contentos.

A la mañana siguiente, el silencio se apoderó de la ciudad. Los gritos amenazadores y lamentos de hambre y pena, que tanto se habían escuchado a todas horas en las últimas semanas, desaparecieron. Cuatro soldados tlashcaltecas entraron a la habitación donde estaba el tlatoani, le entregaron una manta real de plumas de quetzal, muy sucia, como símbolo de su derrota, y lo llevaron a la sala principal, donde se encontraban los demás miembros de la nobleza: el cihuacóatl Tlacotzin, el tlilalanqui Petlauhtzin, el huitznáhuatl Motelchiuhtzin, el sumo sacerdote, Coatzin, el decano de los sacerdotes, el tesorero Tlazolyaótl, el mishcoatlailótlac Auelitoctzin y el pipiltin Yupícatl Popocatzin. Los tetecuhtin de Tlatelolco, Tlacopan y Teshcuco vestían unas mantas hechas de fibra de maguey, con fleco y ribete de flores labradas, también muy sucias, como símbolo de humillación. Ésa era la manera de presentar a los señores derrotados cuando una ciudad era conquistada.

El encuentro con los capitanes tlashcaltecas, cholultecas, shalcas, hueshotzincas y demás aliados fue el más humillante que pudo experimentar cualquier tlatoani en la historia de Meshíco Tenochtítlan. Las risas, las burlas, los gritos e insultos se tornaron ensordecedores. Los barbudos se tapaban la boca y nariz con trapos para evadir el hedor de la muerte por toda la ciudad.

—Decidles que se callen —dijo Malinche a la niña Malina.

Resultó difícil silenciarlos, ya que su júbilo era mucho mayor que el respeto que le tenían a Malinche y a sus hombres. Aquella victoria les pertenecía a ellos. Una victoria que habían codiciado por décadas.

—El año pasado Motecuzoma nos regaló oro, jade y piedras preciosas. Cuando salimos de vuestra ciudad, lo llevábamos en baúles, pero lo extraviamos en el combate. Queremos que nos lo devuelvan.

—No sé de qué oro hablan —respondió el tlatoani.

—Lo único que nosotros tenemos es el que llevábamos en las canoas al salir de Tlatelolco.

Los barbudos interrumpieron sin permiso de Malinche.

—¡Estáis mintiendo! —gritó uno de los barbudos.

Cuauhtémoc guardó silencio mientras los demás pipiltin se esforzaban por convencer a los barbudos de que no tenían nada. Pero no les creyeron.

—¡Entréguenles el oro que quieren! —exclamó enojado uno de los pipiltin de Tlatelolco.

—¿Cuál? ¿De dónde? No tenemos nada —respondió uno de los meshícas.

—A mí no me engañas —respondió otro de los tlatelolcas.

—No tenemos más que lo que llevábamos —respondió otro pipiltin tenoshca.

—Los tlatelolcas también lucharon aquella noche —respondió el cihuacóatl—. ¿No será que ellos se llevaron el oro?

—¡Nosotros no somos ladrones! —respondió un tlatelolca.

De pronto los meshícas y tlatelolcas comenzaron a discutir frente a los barbudos y sus aliados.

—Tienen que presentar doscientas piezas de oro de este tamaño —dijo la niña Malina dibujando con sus manos en el aire un círculo del tamaño de una cabeza.

—Tal vez las mujeres se llevaron el oro —respondió el cihuacóatl nervioso.

Los barbudos perdieron la paciencia y comenzaron a gritar. Malinche los tranquilizó prometiéndoles que tarde o temprano recuperarían el tesoro. Ordenó que llevaran a los pipiltin a distintas habitaciones, donde permanecieron aislados, sin saber lo que sucedía en la ciudad isla.

Más tarde partieron a Coyohuácan, donde el tecutli de aquel poblado les tenía preparado un banquete para celebrar la victoria.

Días atrás, Malinche había enviado a algunos de sus hombres a lo que él llamaba la Villa Rica de la Vera Cruz, para que llevaran a Coyohuácan todo el vino que pudieran para la celebración. Se emborracharon y dieron discursos sin sentido, aseguraron que muy pronto tendrían sillas de oro en sus caballos y flechas de oro en sus ballestas.

Mientras tanto los tlashcaltecas, acolhuas, shalcas y demás aliados estaban masacrando a todos los meshícas y tlatelolcas que encontraban en las calles. Lo único que escuchaban el tlatoani y los demás presos eran gritos de sufrimiento, especialmente por las noches.

Muchas familias intentaron huir de aquella masacre nadando por el lago, pero eran interceptadas por los tlashcaltecas, que vigilaban alrededor de la ciudad isla día y noche.

Dos mujeres de la nobleza se sumergieron en el agua a la orilla de la laguna, en una zona rodeada de grandes tulares. El agua les cubría todo el cuerpo, manteniendo la cabeza apenas sobre la superficie para poder respirar. Llevaban consigo unas mazorcas, de las cuales comieron entre diez y quince granos a ratos, para menguar el hambre atroz por la que tuvieron que pasar a lo largo de tres días. Cuando ya no pudieron por el cansancio, el hambre y la sed, salieron del lago desesperadas y rogaron a quienes se cruzaban en su camino que les dieran algo de beber y de comer[102].

Al tercer día Malinche visitó a Cuauhtémoc en su celda, con la intención de obtener más información sobre el tesoro que aseguraba seguía en manos de los meshícas. El tlatoani le dijo una vez más que no sabía nada.

—Volveré dentro de unos días —finalizó Malinche.

—¿Qué está sucediendo allá afuera? —preguntó el tlatoani en cuanto vio que Malinche se marchaba—. Escucho muchos gritos de día y de noche.

---

102    Una de estas mujeres era la tía de fray Juan de Tovar, uno de los primeros mestizos en nacer en Tlatelolco y autor del *Códice Ramírez*.

—Vuestros enemigos los tlaxcaltecas y tezcucanos están... —hizo un mueca— matando a muchos mejicas[103].

—Quiero pedirle algo, capitán.

—Hablad.

—Que permita que la gente salga de Meshíco Tenochtítlan.

—¿Por qué? —preguntó dudoso—. ¿Para qué?

—La ciudad está destruida y la gente tiene mucho tiempo sin comer.

—Les daré permiso de salir. —Malinche le dio la espalda y se marchó.

Al salir, llamó a los capitanes tlashcaltecas. En compañía de Jerónimo de Aguilar, la niña Malina y sus hombres más cercanos, les ordenó que dejaran de matar a los meshícas y les notificó que en los próximos días permitirían salir a toda la gente que así lo quisiera. Pero los barbudos trataron de convencerlo de que le convenía más tenerlos como esclavos.

—¿Cómo pensáis alimentarlos? Se están muriendo de hambre.

—Yo creo que es un engaño de Guatemuz.

—Pero si tiene días encerrado, Alvarado, no digáis estupideces.

—¿Y si lo están haciendo para llevarse el tesoro?

—¿Cómo?

—El cihuacóatl lo dijo el otro día, que las mujeres se lo podían haber llevado entre las faldas.

—Revisen a cada una de las personas que salga de la isla —finalizó Malinche.

A la mañana siguiente se anunció a los meshícas y tlatelolcas que podrían salir de la isla si así lo querían. En consecuencia, las calzadas se llenaron de gente por varios días[104]. Hacían filas. Pero la espera se volvió larguísima, ya que los barbudos revisaban minuciosamente a

---

103  La cifra exacta de mexicas muertos —sin contar aquellos que perdieron la vida por la viruela, la hambruna y la diarrea— durante este lapso es imposible de calcular. Durán asegura que murieron cuarenta mil; Bernal, entre sesenta y ochenta mil; Gómara, cien mil; en el *Códice Florentino*, Ixtlilxóchitl plantea que fueron doscientos cuarenta mil.

104  Se calcula que salieron entre treinta mil y setenta mil personas en aquellos días.

cada uno de los tenoshcas que pasaban por ahí. Se les interrogaba acerca de si tenían oro, cuánto, dónde o si conocían a alguien que lo tuviera.

Entre las miles de personas que intentaron abandonar la ciudad en esos días, se encontraba Atzín, enclenque, sucia y enferma. Llevaba formada más de ocho horas bajo el sol, esperando su turno para poder cruzar la calzada. Vio la forma en que los barbudos le tocaban las tetas, las nalgas y entre las piernas a las mujeres, con la excusa de que les buscaban pepitas de oro.

—¿Y a ésa qué le van a hacer? —le preguntó Atzín a una señora que estaba formada delante de ella.

—La van a violar.

Atzín comenzó a temblar de miedo.

—No hagas eso. Vas a llamar su atención.

La mujer se agachó y orinó. Luego revolvió el líquido con la tierra hasta hacer un poco de lodo y se lo untó en la cara y el cuerpo.

—¿Qué hace?

—Para provocarles repulsión a los barbudos.

Atzín hizo lo mismo.

—Rompe tus ropas. Entre más asco les provoques menos se fijarán en ti. Si lo que quieres es salir de aquí.

—¿Quién no?

—Hay muchas que prefieren quedarse a vivir con los barbudos para tener alimento seguro, pues salir de Tenochtítlan no garantiza encontrar casa y comida.

Atzín recordó el tiempo que vivió fuera de la ciudad.

—De igual forma, muchos hombres se están entregando a los barbudos como esclavos —continuó la mujer—. A todos se les marcan las mejillas con hierro candente.

Pero ni la pestilencia ni la suciedad impidieron que los barbudos forzaran a las mujeres.

Cuando llegó el turno de Atzín, fue llevada a una casa en ruinas. En cuanto los barbudos la vieron ella les hizo señas. Comida a cambio de su cuerpo.

—Únicamente pido comida —dijo llorando—. Necesito comida. —Se arrodilló—. Me estoy muriendo de hambre.

Uno se apiadó de ella, la tomó del brazo y la llevó a otra casa, donde unas mujeres la recibieron y alimentaron.

Cinco días después de la caída de Tenochtítlan —el día Cinco Agua del mes de Shocolhuetzi del año Tres Casas[105]—, Malinche y sus hombres decidieron mudarse a Coyohuácan, para no tener que soportar la pestilencia de tantos muertos.

En el camino, Cuauhtémoc, Tetlepanquetzaltzin, Cohuanacotzin Coyohuehuetzin, Tlacotzin, Huanitzin, Motelchiuhtzin, Shochiquentzin y otros miraron con gran desconsuelo las calles de Tlatelolco atiborradas de cadáveres, que en lugar de colmarse de gusanos, se secaban como momias, debido a la desnutrición y al salitre de la tierra. Las paredes estaban manchadas de sangre, los canales sucios, con basura flotando y llenos de escombros. Entraron a Meshíco Tenochtítlan, donde la mayoría de las casas estaban completamente destruidas. Una pena indomable los torturó cuando cruzaron el recinto sagrado. El Coatépetl estaba derruido, así como la casa de Quetzalcóatl, el Calmécac, el juego de pelota, el teocali de Tonátiuh y los recintos de los guerreros águila y los guerreros ocelote. Al abordar una de las casas flotantes, apreciaron con nostalgia las montañas arboladas, los ahuehuetes, los cedros, los fresnos, los huertos de las chinampas, como si ese día fuese el último de sus vidas; como si estuvieran yendo directo a la piedra de los sacrificios, lo que habría sido mucho más reconfortante que saberse presos y ver el imperio construido por los abuelos demolido, calcinado y muerto. Entre los meshícas germinó un canto de desconsuelo.

105   El 17 de agosto de 1521.

## 19

## Octubre de 1524

Han transcurrido cinco años desde la llegada de los españoles al Anáhuac y tres desde la caída de Meshíco Tenochtitlan. Tres años en los que Cuauhtémoc ha estado parcialmente preso. Aunque es libre de caminar por las calles, siempre está vigilado por los guardias de don Elnando Coltés, quien ha dejado de ser llamado Malinche por la mayoría de los meshícas; sin embargo, las letras D, F y R siguen siendo difíciles de pronunciar para ellos. Por eso también le llaman Helnán o simplemente Coltés. La niña Malina, ahora de veinte años de edad, es llamada por todos doña Malina, en castellano. Malintzin en náhuatl.

El regreso a la ciudad isla representó para Cuauhtémoc la humillación más grande de su vida. Más que haber tenido que pedir a los meshícas que cesaran la defensa de la ciudad. O el haber sido presentado como el tlatoani derrotado ante los tetecuhtin de los pueblos enemigos.

—Ahí viene Cuauhtémoc —dijo un joven al verlo bajar de una de las casas flotantes.

Recibió miradas de desprecio y algunos improperios. Aun así, prefirió aquella humillación que el suplicio de las cuatro paredes entre las que vivió por tres meses.

Los soldados de Cortés se encargaron de alejar a la gente que intentaba acercarse al tlatoani, el cual los había abandonado a su suerte en medio de la peor guerra que la nación meshíca había sufrido.

La ciudad continuaba en escombros. La gente que aún seguía ahí —con una G cicatrizada en las mejillas— era la que había decidido entregarse en esclavitud a los barbudos. Las tropas aliadas se habían marchado a sus ciudades para disfrutar del botín, un botín que a los extranjeros no les interesaba (jade, chalchihuites, plumas, mantas, cerámica, prendas de vestir, sal y todo tipo de utensilios).

—¡Cobarde! —gritó uno de los meshícas que logró acercarse al tlatoani.

Cortés ordenó que la comitiva se detuviera y habló ante aquella multitud.

—¡Mejicas! ¡Guatemuz sigue siendo el tlatoani de esta ciudad, por tanto, debéis respetarlo como lo habéis hecho en el pasado! ¡La única diferencia es que ahora todos vosotros rinden vasallaje a su majestad, el rey Carlos Quinto!

En cuanto Malintzin tradujo, la gente cambió de actitud. No porque estuviesen de acuerdo con lo que se les había dicho, sino porque creían que Cortés había llevado a Cuauhtémoc a la ciudad para humillarlo ante todos. Volvió el temor entre la gente. Callaron para no ser castigados. Comprendieron la situación en ese instante: Cuauhtémoc únicamente sería un sirviente de Cortés.

Junto al tlatoani iban casi todos sus compañeros de celda, excepto Cohuanacotzin, que fue enviado a Teshcuco a petición de su hermano Ishtlilshóchitl, a cambio de más oro que llevaron del reino de Acolhuacan. Se encontraba en grave estado de salud debido a las cadenas que tenía en los pies y a la falta de alimento.

A pesar de que esa información ya la había obtenido de los libros de la renta de Motecuzoma, proporcionados y explicados por el tlatoani, casi dos años atrás, esa tarde Cortés le pidió a Cuauhtémoc que le diera los nombres de los pueblos que debían pagar impuestos a Tenochtítlan, así como la cantidad y calidad del tributo.

En semanas anteriores, Cortés había enviado a sus hombres a gobernar aquellos poblados ya sometidos y a pelear con los que aún se declaraban en contra de ellos, como los mishtecas, en Oashaca, y zapotecas, en Huatusco. Los barbudos accedieron tras recibir la promesa de que el verdadero tesoro no estaba en Tenochtítlan, sino en los pueblos vasallos, en las contribuciones y en el gobierno. Entonces, dejaron de exigir la parte del botín que Cortés les había prometido desde el inicio de la conquista.

Cortés adoptó pronto los usos y las costumbres de los meshícas, vivía como tlatoani, con los mismos privilegios, esclavos y concubinas. Cuauhtémoc estuvo a cargo de la reconstrucción de la ciudad, pero a modo de las edificaciones españolas. Se comenzó por la institución de la traza de la ciudad: la parte central estaba destinada específicamente para los españoles, así como sus alrededores; habría cuatro barrios para los meshícas, con casas de adobe y tejados de tejamanil o zacate.

Se emplearon alrededor de cuatrocientas mil personas de todos los poblados vecinos para demoler todo lo que parcialmente seguía en pie y construir alrededor de cien mil casas, un monasterio, una cárcel y edificios para el gobierno. En donde anteriormente se hallaban las Casas Viejas se edificó la casa de Cortés[106], que los primeros años fungió como palacio de gobierno e iglesia; y sobre los escombros de las Casas Nuevas se levantó otra casa para Cortés[107]. También se construyó un mercado frente a las casas de Cortés[108]. Hasta el momento no se había trazado el sitio donde se construiría la iglesia[109]. Se llenaron más de la mitad de los canales con los escombros para construir calles, otras se ensancharon, debido a que eran estrechas como callejones. Hubo harta mortandad debido a las excesivas jornadas de trabajo, la falta de agua y alimento, y a la negligencia en general. Arrastraban con sogas las enormes piedras de los teocalis destruidos para fabricar las casas y los edificios de los españoles; con frecuencia había derrumbes, donde morían muchos. Tlatelolco, ahora llamada Santiago de Tlatelolco, quedó separada por el canal Tezontlali. También se construyeron presas y nuevos canales para proteger la ciudad. Se repararon las calzadas y el acueducto de Chapultépec, destruidos meses atrás.

Cuauhtémoc contempla la nueva ciudad que él ayudó a construir. Una ciudad que no le pertenece, con la cual no se identifica y que no le genera satisfacción. Sus habitantes son hombres blancos, con

---

106 Actualmente, el Nacional Monte de Piedad.

107 Actualmente, Palacio Nacional.

108 El mercado se encontraba justamente donde hoy está la plancha del Zócalo. Permaneció así hasta 1629, cuando fue incendiado durante un motín. La plaza quedó despejada; se llenó rápidamente por comerciantes ambulantes hasta 1789, cuando se llevó a cabo la construcción de la plaza que antecede a la actual Plaza de la Constitución.

109 La primera iglesia —llamada la iglesia mayor— era una construcción de menos de 30 metros de ancho y fue construida entre 1524 y 1532, mirando hacia el poniente, donde se hallaba el templo de Quetzalcóatl. En 1562, comenzó la edificación de la actual Catedral Metropolitana, en dirección al sur. Su levantamiento demoró más de 200 años.

barbas y ropas españolas. Los meshícas que caminan por las calles son tan sólo sirvientes, llamados indios, que van y vienen cumpliendo órdenes, y que al caer la noche deben salir del primer cuadro para habitar los cuatro barrios mal organizados y descuidados.

El gobernador de la Nueva España está montado en su caballo. A su lado va doña Marina y detrás de ellos yacen decenas de pajes, mayordomos, mil cargadores, dos mil soldados nahuas, trescientos soldados españoles —en ciento cincuenta caballos—, un doctor, músicos, halconeros y juglares[110], listos para partir a un lugar que Cortés llama Las Hibueras, en tierras mayas. Como un tlatoani, los cargadores llevan la cama y vajilla del gobernador de la Nueva España. Además, los acompañan los miembros de la nobleza meshíca, los cuales son pocos en comparación con los que había en tiempos de Motecuzoma, así como los tetecuhtin de Teshcuco, Tlacopan y Tlatelolco. Ishtlilshóchitl también lo escolta y le proporciona veinte mil soldados a Cortés. Entre tantos criados se encuentra Atzín, que desde la caída de Tenochtítlan se convirtió en esclava y concubina de un español, de quien quedó preñada. Lleva en brazos una niña de piel morena, ojos verdes y rizos dorados.

Cuauhtémoc aún no logra comprender el motivo de este viaje tan largo y riesgoso. Le genera muchas dudas que un hombre como Cortés, ahora con tanta riqueza y tanto poder, esté dispuesto a abandonarlo todo.

Lo poco que Cuauhtémoc sabe sobre Cortés es gracias a lo que otros le han platicado. Desde el año en que se apoderaron de Tenochtítlan, Cortés se vio amenazado por otros españoles que intentaban derrocarlo. Había logrado, por medio de las leyes de España, demostrar que él era imprescindible en el gobierno de la recién fundada y nombrada ciudad de Nueva España.

Los enemigos de Cortés no se quedaron tranquilos e insistieron los años siguientes, acusándolo de traicionar a la Corona española y de pretender adueñarse de las tierras conquistadas.

—¿Por qué estamos huyendo? —pregunta en castellano Cuauhtémoc a Cortés, mientras salen de la Nueva España.

110   Artistas ambulantes en la Europa medieval.

Doña Marina le ayuda a Cuauhtémoc con las palabras que desconoce.

—No estamos huyendo —dice Cortés luego de esconder una sonrisa insegura.

—¿A qué vinieron los cuatro oficiales reales de España? ¿Qué hacen?

—Son recaudadores de impuestos, nada más.

—¿Por qué están molestos con vos?

—Porque quieren llevarse toda la riqueza de la Nueva España.

—Vos dijisteis muchas veces que rendías vasallaje a España. ¿Cuál es el problema ahora?

—Para pagar impuestos primero hay que activar la economía. Hay que invertir para que haya más y luego se puedan pagar los impuestos.

—En Tenochtítlan jamás se hizo eso. A los pueblos vasallos se les obligaba a pagar tributo sin importar las circunstancias.

—Por eso se ganaron el odio de tantos pueblos. Si hubiesen sido más flexibles, ellos no habrían buscado mi ayuda.

—Ellos no os buscaron. Vos los buscasteis.

—Eso no importa ahora.

—No importa —Cuauhtémoc niega con tristeza.

—Su majestad, el rey Carlos Quinto quiere que haya otro tipo de esclavitud en la Nueva España. Menos derechos para los indios, que los españoles puedan invadir sus tierras, y que exista una Santa Inquisición en la Nueva España.

—¿Qué es eso?

—Que se castigue a los indios con la muerte por adorar a otros dioses.

—No entiendo la diferencia. Habéis destruido nuestros templos, prohibido la adoración a nuestros dioses y obligado a muchos a adoptar vuestra religión cambiándoles el nombre.

—La Santa Inquisición es mucho más cruel de lo que podéis imaginar. Yo os he tratado de convencer de que recibáis el bautismo sagrado, ellos no os lo pedirán. Simplemente matarán a quienes no acepten y a quienes sean descubiertos practicando su religión.

—¿Es por eso que nos vamos?

El gobernador de la Nueva España detiene su caballo y observa el cielo despejado.

—No.

—¿Entonces?

—Envié a Cristóbal de Olid a conquistar aquellas tierras mayas, pero el traidor se sublevó, aliándose con Diego Velázquez, uno de los muchos españoles que me odian. Cuando me enteré, mandé cinco barcos bajo la tutela de mi primo Francisco de Las Casas, pero Olid lo venció y lo apresó.

—Vais a defenderlo.

—No exactamente. Mi primo y otro español, González de Ávila, que también quería adueñarse de aquellas tierras y que fue vencido por Olid, se aliaron, liberaron y derrocaron a Cristóbal de Olid. Lo juzgaron y condenaron a muerte. Le han cortado la cabeza hace algunos días.

—Ésa no es una justificación para abandonar la Nueva España. En otras ocasiones habéis enviado a vuestros hombres.

—Yo sabía que esto no iba a durar por siempre, que tarde o temprano, la Corona española se haría cargo de la Nueva España. Quise evitarlo, pero no pude. Pretendí engañar al rey Carlos Quinto y tampoco lo logré. Le escribí cosas que quizá nadie se atrevería. Ahora debe estar furioso.

—Siempre creí que vos queríais adueñaros de nuestras tierras y que habías inventado lo de vuestro rey. Ahora entiendo que a vos no os gusta el poder, sino la aventura, el peligro, el reto de lo imposible. Estáis aburridos de gobernar.

—Me pareció que ya tenía mucho tiempo de ocioso y no hacía cosas nuevas. —Cortés evade las miradas de Cuauhtémoc.

—Dejadme aquí a cargo del gobierno —dice Cuauhtémoc.

Don Fernando Cortés lo mira de reojo y sonríe.

—Si hago eso, vos levantaréis un ejército y os rebelaréis en contra de la Corona. La gente está tranquila, se está adaptando a una nueva vida, está aprendiendo oficios y costumbres nuevas. Estamos construyendo una nueva casta. No podemos arriesgarnos a que haya otra guerra.

—Pero vos no queréis el gobierno.

—No de la manera que lo quieren todos, incluido vos.

—¿Pensáis dejar a los meshícas a merced de los españoles?

—Dejarlos a vuestra merced sería aún más peligroso. —Sonríe Cortés y echa a andar su caballo.

Avanzan lentamente ante la mirada de españoles y meshícas. La ruta a seguir es Tlashcálan hasta las costas totonacas. De la Villa Rica de la Vera Cruz irán por toda la costa hasta llegar a Itzancánac, en tierras mayas; de ahí bajarán a Tayasal, San Gil de Buenavista, Bahía de Amatique y, finalmente, a Trujillo.

—Hay algo que jamás os he dicho —dice Fernando Cortés con una ligera sonrisa mientras su caballo avanza.

—¿Qué es eso? —pregunta Cuauhtémoc sobre otro caballo, pero con las manos atadas y un soldado cabalgando junto a él, sosteniendo la soga.

—El rey Carlos Primero de España y Quinto del Sacro Imperio Romano Germánico tiene la misma edad que vos. Y si vos os habéis sentido demasiado joven para el cargo, valga informaros que Carlos de Gante recibió la monarquía a los dieciséis años. Yo tenía doce años de haber abandonado Medellín, mi tierra natal, para embarcarme al Nuevo Mundo.

—Creo que no le tenéis aprecio.

—¿Creéis que los meshícas os apreciaban?

—Me despreciaban por ser joven e inexperto.

—Todos los reyes son despreciados por sus súbditos, aunque públicamente sean amados. A nadie le gusta saber que un hombre posee y mal gasta toda la riqueza de un imperio. Además, quitan y ponen arbitrariamente gente de los gobiernos.

Conforme pasan los días, la cabalgata y las caminatas se vuelven una tortura para todos. Los días son muy calurosos y las noches frías. Cuauhtémoc y los demás miembros de la nobleza caminan ya sin correas en las manos. Al llegar a un pueblo cerca de Orizaba, llamado El Tuerto, Fernando Cortés decide detenerse un par de días para proteger a su amada Marina. En medio de una borrachera, la casa con uno de sus amigos, Juan Jaramillo, procurador en el ayuntamiento. Con esto Marina recibe las tierras de Oluta y Jaltipan, y una excelente posición social, en caso de que Cortés muera.

En el camino los dos oficiales reales, Salazar y Chirinos, se quejan con Cortés de los inconvenientes del viaje: el calor, las caminatas, los animales que los acechan, los mosquitos, el escaso alimento, la tierra, la falta de baños y camas. Al mismo tiempo, Fernando Cortés recibe correspondencia de la capital, donde le informan que los dos gobernadores interinos, el contador Albornoz y el tesorero Estrada, han entrado en severas diferencias. Además, se han generado algunos alborotos entre españoles y meshícas. Cortés permite que Salazar y Chirinos regresen a la capital.

Al llegar a Tabasco recorren en canoas manglares, ciénagas, ríos y lagunas infestadas de cocodrilos, rodeados de una densa selva. En donde los caballos no pueden cruzar caminando, se construyen alrededor de cincuenta puentes. Los lugareños se muestran temerosos y sumisos, pues han escuchado, gracias a los comerciantes —que viajan desde el centro hasta el sur— muchas historias sobre los extranjeros. Los reciben y le ayudan a Cortés a orientarse, dibujándole mapas. Éste los escucha con atención y observa su brújula todo el tiempo, lo que provoca entre los pobladores una especie de asombro, pues no entienden cómo funciona ese artefacto, así que concluyen que Cortés es un chamán y el dicho artilugio un don de los dioses.

Llegan a Cihuatán, pero está desierto. Esperan cuatro días, ya que se han perdido, y les urge que los orienten. Cortés decide enviar a dos de sus hombres en busca de algún nativo. Dos días más tarde, regresan con dos presos y cuatro mujeres, quienes se niegan a decir dónde se esconden los pobladores. Además, ninguno de sus hombres habla la lengua de aquellos territorios. Únicamente logran entender que deben seguir rumbo a una sierra, a cincuenta y cinco kilómetros.

Siguen el camino hasta llegar a unas ciénagas enormes, por lo cual tienen que construir un puente de trescientos pasos de largo. Al llegar a Chilapan, se encuentran con cientos de árboles frutales y mucho maíz, pero nada de habitantes. Dos días después, se topan con dos hombres, quienes los orientan para que sigan el camino rumbo a Tepetitan. Hallan otro río muy amplio y de aguas exaltadas, Chilapan. Para cruzarlo deben fabricar canoas por cuatro días. Las fuertes corrientes hacen que se pierda mucho equipaje y un soldado. Igualmente, cruzan decenas de ciénagas donde los caballos se hunden hasta el cuello y apenas pueden avanzar.

Al llegar a Tepetitan, lo encuentran incendiado y abandonado. Siguen su camino hacia Iztapan, donde la gente también ha huido. Días más tarde, llega el gobernante de aquel poblado con algunos regalos de oro. Cortés le asegura que no tiene intenciones de hacerles daño y les promete ayudarlos. Ordena a su gente que construya un camino y un puente sobre un río, rumbo a Tlatlahuitalpan y le regala algunas canoas a Cortés. Tlatlahuitalpan, igualmente, está destruido y vacío.

Días después, Cortés descubre que están transitando en círculos. Han llegado al mismo lugar. Se han quedado sin alimentos. Mueren algunos españoles y decenas de aliados. Otros son abatidos por las enfermedades y se quedan en el camino, que ahora tiene cruces de madera o marcas de cuchillos en las ceibas, señalando la tumba de algún compañero; o bien, notas de despedida clavadas en los árboles. Con suerte logran cazar conejos, tlacuaches, comadrejas, ratones. Comienzan a escucharse rumores. Muchos están enfadados con Cortés.

Cihuatecpan, aunque abandonada y en cenizas, tiene milpas, verduras y frijoles listos para cosechar. Hay suficiente para alimentarlos a todos, por lo menos dos días. Mientras tanto, aprovechan para explorar la zona en busca de pobladores. Al llegar a una laguna encuentran una red de canoas, atadas entre sí. Doña Marina les dice, en lengua maya, que no vienen a atacarlos. No le creen, la destrucción de Meshíco Tenochtítlan es bien sabida por todos los pueblos mayas. Los pochtecas, además de vender mercancías, son los mejores informantes.

—Dicen que hace dos días estuvieron aquí otros barbudos —traduce Marina a Cortés. Se trata de la avanzada que envió para que exploraran la zona.

—Preguntadles a dónde se han marchado nuestros hermanos.

Doña Marina obedece y le responden que la avanzada se fue por el río hacia Petenecte, guiados por el hermano del señor local.

—Pedidles que los busquen y que les digan que regresen.

Se cumple la petición de Cortés, pero no los encuentran. Reciben alimentos y un poco de descanso. Al no tener noticias de sus compañeros, la comitiva avanza por un río caudaloso, en una selva espesa llena de cedros rojos, ramones, amates y ceibas. Alrededor vuelan zopilotes, águilas pescadoras, faisanes negros, chachalacas, palomas, búhos, lechuzas de campanario, tucanes de pico real, pájaros carpinteros, golondrinas y calandrias.

Cuauhtémoc y sus compañeros tienen semanas caminando con la misma libertad que cualquier otro acompañante de Cortés.

—Tal parece que Cortés ha dejado de preocuparse por nosotros —le dice Tlacotzin a Cuauhtémoc, quien lo mira sorprendido, pues tienen mucho tiempo de no hablar entre sí.

—Está asustado. No sabe a dónde se dirige.

—Ésta sería una buena oportunidad... —Tlacotzin desvía la mirada hacia la sierra que los guías recomiendan cruzar en lugar del pantano de aproximadamente siete metros de hondo y quinientos pasos de ancho.

Cuauhtémoc sabe perfectamente que la gente de Malinche está muy cansada y hambrienta, y que no se arriesgarían a perseguirlos en medio de esa selva. Los puentes que construyeron en los ríos anteriores ya deben haber sido destruidos por las corrientes que han subido en los últimos días, debido a las lluvias. Sabe que los españoles no arriesgarán su vida.

—Veinte días es demasiado —dice Cortés refiriéndose al tiempo que les tomaría cruzar la sierra—. Debemos construir un puente.

Ese debemos no lo incluye a él ni a los españoles ni a los pipiltin. Los macehualtin trabajan todo el día cortando árboles, cargándolos hasta la orilla del pantano y enterrándolos verticalmente en un fondo que tiene dos brazas de lama y cieno. Para la mayoría, aquella construcción resultaría imposible. Los inconformes solicitan la cancelación de aquella expedición. Para tranquilizarlos, Fernando Cortés acude a una de sus más eficientes estrategias: las promesas. Incluso a los macehualtin les dice que cuando vuelvan a la capital, los premiará. Cuatro días más tarde, hambrientos y cansados, terminan el puente que requirió mil doscientas veinticuatro vigas de sesenta a noventa centímetros de diámetro y quince metros de largo.

—Este puente no lo derribarán ni las corrientes ni las lluvias —dice Cortés orgulloso, mirando aquella construcción—. Sólo lo podrán destruir con fuego.

Cruzan sin que el puente se tambalee. Tras continuar su camino, se encuentran con una ciénaga tan profunda que los caballos apenas si pueden cruzarla, van con los hocicos y ojos al límite del agua. En cuanto salen a la superficie, aparecen frente a ellos los avanzados con ochenta naturales cargando maíz y aves. Cortés y sus compañeros se apresuran a abrazarlos. Hay mucha alegría.

—Hemos llegado a Acalan[111] y el señor de este pueblo, que se llama Apoxpalon, nos ha dado un trato especial —informa uno de ellos.

En el poblado son recibidos con honores por Pax-Bolón-Acha, el nombre del señor de Acalan. Aunque los lugareños hablan chontal de Tabasco, Marina conoce lo suficiente para darse a entender. Es un lugar con tanto comercio, que los mercaderes son dueños de algunos barrios. Pax-Bolón-Acha es el señor principal por ser el negociante más rico. En cuanto haya un comerciante con mayores riquezas que él, recibirá el cargo.

Cuauhtémoc aprovecha que Cortés está lejos de su alcance, para hablar con Pax-Bolón-Acha.

—No te recomiendo que confíes en Malinche. Yo soy Cuauhtémoc, tlatoani de Meshíco Tenochtítlan y prisionero de los barbudos desde hace tres años.

Pax-Bolón-Acha se muestra sorprendido.

—No me lo habían informado.

—¿Sabes que destruyeron toda nuestra ciudad?

—Sí, eso sí...

—Malinche te está mintiendo porque en este momento quiere llegar al sur, pero te aseguro que cuando alcance su meta, volverá para destruir tu ciudad y apoderarse de todas tus riquezas. El yugo de los españoles será cada vez más pesado. Es un buen momento para acabar con ellos. Matémoslos.

---

111 Situada al sur de Campeche, en la desembocadura de los ríos de la laguna de Términos, muy cerca de los límites con Tabasco.

—Lo pensaré —dice Pax-Bolón-Acha al ver que Cortés se acerca a ellos.

—Disculpad que no os haya presentado —dice Cortés, y Marina traduce inmediatamente—. El rey de Méjico ha sido muy gentil al acompañarnos en este trayecto.

La expedición puede alimentarse y descansar varios días, mientras la gente de Pax-Bolón-Acha construye un puente para que crucen el río más cercano.

Cuauhtémoc aprovecha el tiempo para hablar con los pipiltin. Lo hace uno por uno. Les pide perdón por haberlos ofendido y les promete tierras y riquezas.

—Eso no importa ya —dice Tlacotzin—. Es momento de unir fuerzas. Es una gran oportunidad.

Tetlepanquetzaltzin, Cohuanacotzin, Coyohuehuetzin, Huanitzin, Motelchiuhtzin y Shochiquentzin y el resto de los pipiltin meshícas y tlatelolcas se muestran entusiasmados. Cuauhtémoc les pide que sean discretos.

Días más tarde, parten rumbo a un poblado llamado Itzancánac[112], sin que Pax-Bolón-Acha le dé una respuesta a Cuauhtémoc. Los macehualtin construyeron algunas chozas para los españoles.

Una de esas noches, mientras todos cenan en la plaza central, Meshicalcíncatl —uno de los pipiltin meshícas— se acerca a Cortés y discretamente le entrega un papel. Disimula.

—¿Qué es esto? —pregunta Cortés.

—Es uno de nuestros amoshtli, o como usted dice, códice. Lo traje porque es importante para mí y me gustaría que vos lo conservarais —dice en voz alta—. Os puedo interpretar lo que está dibujado, si os parece.

Cortés frunce el ceño, pero accede.

—Cuauhtémoc, Tetlepanquetzaltzin, Cohuanacotzin y Temilotzin —susurra mientras señala el dibujo y finge que le explica su significado a Cortés— han estado planeando darle muerte a usted.

Fernando Cortés levanta la mirada con asombro, pero inmediatamente retoma su actitud pasiva, para escuchar lo que Meshicalcíncatl le está narrando.

---

112  Hoy conocido como la zona arqueológica de El Tigre, en Campeche.

—Quieren matar a todos los españoles para volver a Tenochtítlan y recuperarla. Ya decidieron cómo se dividirán las tierras.

—Gracias. Sabré recompensar vuestra lealtad.

La noche es larga. Cortés observa alrededor. Vuelve la desconfianza que lo había abandonado en días anteriores. Cuauhtémoc y los pipiltin platican con alegría, como si celebraran algo.

A la mañana siguiente, le advierte a sus hombres que mantengan la guardia y manda llamar al cihuacóatl.

—Me han informado que están organizando una rebelión.

—Así es, mi señor —responde Tlacotzin con un castellano atropellado—. Pero yo les he dicho que no pienso traicionar al gobernador de la Nueva España ni al rey Carlos Quinto.

Marina, como siempre, está presente, le ayuda a Tlacotzin a decir lo que no puede.

—¿Por qué no me lo habéis informado antes?

—Porque quería saber con exactitud quiénes estaban involucrados.

—¿Y quiénes son los implicados?

—Cuauhtémoc, Tetlepanquetzaltzin y Cohuanacotzin.

Cortés le agradece su lealtad a Tlacotzin y manda llamar a cada uno de los pipiltin. Tetlepanquetzaltzin, Cohuanacotzin, Coyohuehuetzin y Shochiquentzin niegan todo, excepto Motelchiuhtzin y Huanitzin, que denuncian a Cuauhtémoc con el mismo cinismo con el que lo hizo el cihuacóatl.

Enfurecido, el capitán Cortés sale de la choza, donde ha estado interrogando a los pipiltin. Con gritos les ordena a los barbudos que apresen a Cuauhtémoc, Tetlepanquetzaltzin y Cohuanacotzin.

—¡Así que pretendéis traicionarme y matarme! —grita frente a Cuauhtémoc, que no se inmuta—. ¡Responded, indio del demonio!

—Yo no te puedo traicionar, porque no somos aliados.

—¿Así que vos también estabais en el complot? —le pregunta a Tetlepanquetzaltzin.

—Cuauhtémoc y yo habíamos platicado que valía más morir de una vez que morir cada día por el camino, con la gran hambre que estamos pasando. Sólo eso —responde Tetlepanquetzaltzin.

—¿Vos qué tenéis que decir? —le pregunta a Cohuanacotzin.

—Nada. Yo no estaba enterado de ningún complot.

—Capitán Cortés —trata de interceder Ishtlilshóchitl por su hermano.

—¡Esto no os incumbe! —le grita Cortés—. ¿O es que también estáis involucrado?

—Si así fuera, no necesitaría de Cuauhtémoc —responde Ishtlilshóchitl con serenidad. Tiene casi veinte mil soldados en este momento.

Los españoles apuntan sus armas para prevenir cualquier levantamiento por parte de los soldados de Ishtlilshóchitl.

—Cuauhtémoc, Tetlepanquetzaltzin y Cohuanacotzin, habéis sido descubiertos infraganti en la elaboración de un complot en contra del gobernador de la Nueva España y de los hombres que rinden vasallaje a la Corona, por tanto, en nombre de su majestad, el rey Carlos Quinto, los condeno a la horca.

Los frailes que han participado en la expedición intentan detener a Cortés, pero no está dispuesto a escuchar a nadie.

—¿Tenéis algo que decir antes de que os quitemos la vida? —pregunta Cortés al último tlatoani de Meshíco Tenochtítlan.

—¡Oh, Malinche! —dice Cuauhtémoc de pie, con la soga en el cuello, que cuelga de una gigantesca ceiba—. ¡Días había que yo tenía entendido que esta muerte me habías de dar y había conocido tus falsas palabras, porque me matas sin justicia!

FIN

# EPÍLOGO

Tras la muerte de Cuauhtémoc, Tlacotzin fue bautizado con el nombre de Juan Velázquez Tlacotzin, quien, vestido como un español, con espada y caballo, fue nombrado huey tlatoani, entre 1525 y 1526. Murió en Nochixtlán, de una enfermedad desconocida, antes de volver a Tenochtitlan.

Le sucedió Motelchiuh, que fue bautizado como Andrés de Tapia Motelchiuh (1526-1530). Falleció en Aztatlán, herido por una flecha chichimeca, mientras se bañaba. A este último, le sucedió Xochiquentzin (1530-1536), bautizado como Pablo Xochiquentzin. A él, le sucedió Huanitzin, nombrado Diego de Alvarado Huanitzin; quien, recibió la designación de primer gobernador de Tenochtitlan en 1538. Murió en 1541.

Todos gobernaron bajo el sistema colonial español.

# CRONOLOGÍA

| | |
|---|---|
| **Siglo** I | Surgimiento de Teotihuacán. |
| **Siglo** V | Esplendor de Teotihuacán. |
| **Siglo** VIII | Decadencia de Teotihuacán. |
| **Siglo** IX | Surgimiento del Imperio tolteca. |
| **Siglo** XI | Desaparición del Imperio tolteca. |
| **Siglo** XII | Salida de las siete tribus nahuatlacas de Chicomóztoc. |
| **1063** | Nacimiento del Quinto Sol. |
| **1244*** | Llegada de los chichimecas al Valle del Anáhuac. Xólotl se proclama primer rey acolhua. |
| **1325** | Fundación de México-Tenochtitlan. |
| **1375*** | Acamapichtli es proclamado primer tlatoani. |
| **1396*** | Huitzilíhuitl es proclamado segundo tlatoani. |
| **1402** | Nacimiento de Nezahualcóyotl. |
| **1409*** | Ixtlilxóchitl hereda el reino acolhua. |
| **1417*** | Chimalpopoca es proclamado tercer tlatoani. |
| **1418*** | Muerte de Ixtlilxóchitl, padre de Nezahualcóyotl y señor de Acolhuacan. Conquista de Texcoco al mando de Tezozómoc, señor de Azcapotzalco. |
| **1427*** | Muerte de Tezozómoc, señor de todo el Valle del Anáhuac. |
| **1428*** | Maxtla asesina a su hermano Tayatzin y a Chimalpopoca, y se hace proclamar señor de todo territorio. |
| **1429*** | Derrota de los tepanecas. Izcóatl es proclamado cuarto tlatoani. Creación de la Triple Alianza entre Texcoco, Tlacopan y México-Tenochtitlan. |
| **1440** | Moctezuma Ilhuicamina es designado quinto tlatoani. |
| **1469** | Axayácatl es proclamado sexto tlatoani. |

\*   Estas fechas son aproximadas, ya que el dato exacto se desconoce.

| | |
|---|---|
| **1473** | Conquista de Tlatelolco. |
| **1474** | Isabel de Castilla es nombrada reina de Castilla. |
| **1479** | Fernando es proclamado rey de Aragón. |
| **1481** | Tízoc es designado séptimo tlatoani. |
| **1485** | Nace Hernán Cortés en Medellín, Extremadura. |
| **1486** | Ahuízotl es proclamado octavo tlatoani. |
| **1472** | Muerte de Nezahualcóyotl. |
| **1492** | Fin del gobierno moro en Granada. Rodrigo Borgia es nombrado papa Alejandro VI. Llegada de Cristóbal Colón a las Lucayas, actualmente Las Bahamas, y a La Española, hoy Haití y Cuba. |
| **1494** | Se funda La Española (Haití), primera ciudad española en el Nuevo Mundo. |
| **1500** | Nace Carlos de Gante. Portugal se apropia las tierras de Brasil. |
| **1502** | Moctezuma Xocoyotzin es proclamado noveno tlatoani. |
| **1504** | Hernán Cortés sale de Sanlúcar y llega a Santo Domingo. Muere Isabel la Católica. |
| **1511** | Naufragio del navío en el que viajaban Gonzalo Guerrero y Jerónimo de Aguilar. |
| **1515** | Muerte de Nezahualpilli, rey de Acolhuacan. |
| **1516** | Muerte del rey Fernando el Católico; proclamación de Carlos de Gante como rey de Castilla. |
| **1517** | Expedición de Francisco Hernández de Córdova a la península de Yucatán. |
| **1518** | Expedición de Juan de Grijalva a la península de Yucatán y al Golfo de México. |
| **1519** | Expedición de Hernán Cortés a la península de Yucatán y al Golfo de México. Recorrido de Cortés desde Veracruz hasta México-Tenochtitlan. Moctezuma es retenido por los españoles en el palacio de Axayácatl. El rey Carlos I de España es proclamado emperador de Alemania. |
| **1520** | Batalla entre Cortés y Narváez en Cempoala. Matanza del Templo Mayor. Muerte de Moctezuma Xocoyotzin. Salida de los españoles de México-Tenochtitlan. Cuitláhuac es designado décimo tlatoani. La viruela azota a todo |

el Valle del Anáhuac. Muerte de Cuitláhuac. Cuauhtémoc es proclamado undécimo tlatoani.

**1521** Caída de México-Tenochtitlan.

**1522** Comienza la construcción de la Nueva España. Carlos V nombra capitán general, justicia mayor y gobernador de la Nueva España a Hernán Cortés. Muere en Coyoacán Catalina de Xuárez, esposa de Cortés, poco después de haber llegado a la Nueva España. Nace Martín Cortés, hijo de Malintzin y Hernán Cortés.

**1523** Hernán Cortés derrota a los rebeldes en la Huasteca.

**1524** Arriban a América los primeros doce franciscanos, entre ellos Toribio Paredes de Benavente (Motolinía). Cristóbal de Olid viaja a Las Hibueras y traiciona a Cortés, quien a su vez es derrotado por González de Ávila y Francisco de Las Casas; éstos juzgan, condenan y decapitan a Cristóbal de Olid. Hernán Cortés abandona la Nueva España y sale rumbo a Las Hibueras, con miles de sirvientes y miembros de la nobleza como rehenes, entre ellos Cuauhtémoc.

**1525** (28 de febrero) Hernán Cortés condena a la horca a Cuauhtémoc y a algunos miembros de la nobleza, acusados de intento de rebelión.

# TLATOQUE EN ORDEN CRONOLÓGICO

Tenoch, «Tuna de piedra». Fundador de Tenochtitlan. Nació alrededor de 1299. Gobernó aproximadamente entre 1325 y 1363.

Acamapichtli, «El que empuña la caña» o «Puño cerrado con caña». Primer tlatoani. Hijo de Opochtli, un principal mexica, y de Atotoztli, hija de Náuhyotl, tlatoani de Culhuácan. Nació aproximadamente en 1355. Gobernó entre 1375 y 1395.

Huitzilíhuitl, «Pluma de colibrí». Segundo tlatoani; hijo de Acamapichtli y una de sus concubinas. Nació aproximadamente en 1375. Gobernó entre 1396 y 1417.

Chimalpopoca, «Escudo humeante». Tercer tlatoani; hijo de Huitzilíhuitl y Miahuehxichtzin, hija de Tezozómoc, señor de Azcapotzalco. Nació aproximadamente en 1405. Gobernó entre 1417 y 1426.

Izcóatl, «Serpiente de obsidiana». Cuarto tlatoani; hijo de Acamapichtli y una esclava tepaneca. Nació aproximadamente en 1380. Gobernó entre 1427 y 1440.

Moctezuma Ilhuicamina, «El que se muestra enojado» o «Flechador del cielo». Quinto tlatoani. Hijo de Huitzilíhuitl y Miahuaxíhuatl, princesa de Cuauhnáhuac. Nació aproximadamente en 1390. Gobernó entre 1440 y 1469.

Axayácatl, «El de la máscara de agua». Sexto tlatoani. Nieto de Moctezuma Ilhuicamina, cuya hija, Atotoztli, se casó con Tezozómoc, hijo de Izcóatl. Ambos padres de Axayácatl, Tízoc y Ahuízotl. Nació aproximadamente en 1450. Gobernó entre 1469 y 1481.

Tízoc, «El que hace sacrificio». Séptimo tlatoani. Nieto de Moctezuma Ilhuicamina, cuya hija Atotoztli se casó con Tezozómoc, hijo de Izcóatl. Ambos padres de Axayácatl, Tízoc y Ahuízotl. Nació aproximadamente en 1436. Gobernó entre 1481 y 1486.

Ahuízotl, «El espinoso del agua». Octavo tlatoani. Nieto de Moctezuma Ilhuicamina, cuya hija Atotoztli, se casó con Tezozó-moc, hijo de Izcóatl. Ambos padres de Axayácatl, Tízoc y Ahuízotl. Se desconoce la fecha de su nacimiento. Gobernó entre 1486 y 1502.

Moctezuma Xocoyotzin, «El que se muestra enojado» o «El joven». Noveno tlatoani. Hijo de Axayácatl y de la hija del señor de Iztapalapan, también llamado Cuauhtláhuac. Nació aproximada-mente en 1467. Gobernó de 1502 al 29 de junio de 1520.

Cuauhtláhuac, «Águila sobre el agua». Cuitláhuac fue una de-rivación en la pronunciación de Malintzin al hablar con los españo-les. Por tanto, se ha traducido como «Excremento divino». Décimo tlatoani; hijo de Axayácatl y de la hija del señor de Iztapalapan, tam-bién llamado Cuauhtláhuac. Nació aproximadamente en 1469. Go-bernó de septiembre 7 a noviembre 25 de 1520.

Cuauhtémoc, «Águila que desciende» o, más correctamente, «Sol que desciende», pues los aztecas asociaban al águila con el sol, en especial la nobleza. Undécimo tlatoani. Hijo de Ahuízotl y Tiyaca-pantzin, hija de Moquihuixtli, el último señor de Tlatelolco antes de ser conquistados por los mexicas. Nació aproximadamente en 1500. Gobernó de enero 25 de 1521 a agosto 13 de 1521.

Tlacotzin (bautizado como Juan Velázquez Tlacotzin). Duo-décimo tlatoani. Nieto de Tlacaélel y Cihuacóatl durante los manda-tos de Moctezuma Xocoyotzin y Cuauhtémoc; fue capturado junto con Cuauhtémoc y torturado para que confesara la ubicación del te-soro de Moctezuma. Cortés lo designó tlatoani tras ejecutar a Cuau-htémoc el 28 de febrero de 1525, en Taxahá, Campeche. Tlacotzin fue el primer tlatoani en usar ropa española, espada y caballo, se dice que por órdenes de Cortés. En realidad, nunca ejerció el go-bierno, ya que el año en que ostentó el cargo estuvo en la expedición que Cortés había emprendido hacia Las Hibueras (Honduras), la cual duró tres años. Murió en 1526 de una enfermedad desconocida en Nochixtlán.

Motelchiuhtzin (bautizado como Andrés de Tapia Motelchiuh). Decimotercer tlatoani. Fue nombrado tlatoani de Tenochtitlan en 1526. Fue un mazehual que llegó a ser capitán de las tropas mexicas; fue capturado por los españoles, junto con Cuauhtémoc, y torturado para que confesara la ubicación del tesoro de Moctezuma. Murió en Aztatlán en 1530, herido por una flecha, mientras se bañaba. Las tropas mexicas y españolas habían llevado una campaña en contra de los chichimecas que se negaban a aceptar al gobierno español.

Shochiquentzin (bautizado como Pablo Shochiquentzin). Decimocuarto tlatoani. Fue un mazehual nombrado tlatoani de Tenochtitlan en 1530. Murió en 1536, después de gobernar durante cinco años.

Huanitzin (bautizado como Diego de Alvarado Huanitzin). Decimoquinto tlatoani. Fue nieto de Axayácatl, tlatoani de Ehecatépec; también fue capturado por los españoles, junto con Cuauhtémoc, y torturado para que confesara la ubicación del tesoro de Moctezuma. Cortés lo liberó cuando regresó de su expedición de Las Hibueras y le permitió retomar su gobierno en Ehecatépec. En 1538, Antonio de Mendoza, primer virrey de Nueva España, lo nombró primer gobernador de Tenochtitlan, bajo el sistema español colonial de gobierno. Murió en 1541.

Tehuetzquititzin (bautizado como Diego de San Francisco Tehuetzquititzin). Decimosexto tlatoani. Fue nieto de Tízoc. Nombrado tlatoani y gobernador de Tenochtitlan en 1541. Comandó las tropas mexicas, obedeciendo al virrey Antonio de Mendoza, en la Guerra del Mixtón en Nueva Galicia (Xochipillan). Por ello, el rey Carlos V y su madre Juana emitieron una concesión de un escudo personal, en reconocimiento a su servicio, el 23 de diciembre 1546. Sus armas incluían el símbolo de un nopal que crece en una piedra en medio de un lago y un águila. Murió en 1554, tras gobernar catorce años.

Cecepacticatzin (bautizado como Don Cristóbal de Guzmán Cecetzin). Decimoséptimo tlatoani. Fue hijo de Diego Huanitzin. Nombrado alcalde en 1556 y gobernador de Tenochtitlan de 1557 hasta su muerte, en 1562.

Nanacacipactzin (bautizado como Luis de Santa María Nanacacipactzin). Decimoctavo tlatoani. Fue el último tlatoani y gobernador de Tenochtitlan, del 30 de septiembre de 1563 hasta su muerte, el 27 de diciembre de 1565.

# BIBLIOGRAFÍA

Acosta, José de. *Historia natural y moral de las Indias*, José Alcina Franch (ed.), Dastin, sin lugar ni fecha de edición.

--------------------. *Anales de Tlatelolco*, México: Consejo Nacional para la Cultura y las Artes (Conaculta), 1948.

--------------------. *Anales de Cuauhtitlán*, México: Conaculta [Cien de México], 2011.

--------------------. *Anónimo de Tlatelolco*, Ms., (1528), E. Mengin (ed. facsim.), fol. 38, Copenhagen, 1945.

Alva Ixtlilxóchitl, Fernando de. *Obras Históricas*, tomo I, *Relaciones*; tomo II, *Historia chichimeca*, 2 vols., Alfredo Chavero (anot.), México, 1891-1892.

Alvarado Tezozómoc, Hernando de. *Crónica mexicana*, Manuel Orozco y Berra (anot. y estudio cronológico), México: Porrúa, 1987.

Barjau, Luis. *La conquista de la Malinche*, México: Instituto Nacional de Antropología e Historia (INAH)-Planeta, 2009.

---------------. *Hernán Cortés y Quetzalcóatl*, México: El Tucán de Virginia-INAH-Conaculta, 2011.

Benavente, fray Toribio de (Motolinía). *Relación de la Nueva España*, México: Universidad Nacional Autónoma de México (UNAM), 1956.

---------------, *Memoriales*, Nancy Joe Dyer (ed. crit., introd., notas y apénd.), México: El Colegio de México (Colmex), 1996.

--------------------. *Historia de los indios de la Nueva España*, México: Porrúa, 2001.

Benítez, Fernando. *La ruta de Hernán Cortés*, México: Fondo de Cultura Económica (FCE), 1964.

Casas, Bartolomé de las. *Los indios de México y Nueva España*, Edmundo O'Gorman (pról., apénd. y notas), México: Porrúa, 1966.

Chavero, Alfredo, *Resumen integral de México a través de los siglos*, tomo I, Vicente Riva Palacio (dir.), México: Compañía General de Ediciones, 1952.

——————. *México a través de los siglos*, tomos I-II, México: Cumbre, 1988.

Chimalpahin Cuauhtlehuanitzin, Domingo. *Las ocho relaciones y el memorial de Colhuacan*, México: Conaculta, 1998.

Clavijero, Francisco Javier. *Historia antigua de México*, Mariano Cuevas (pról.), México: Porrúa, 1964.

——————. *Los días y los dioses del Códice Borgia*, Krystyna Magdalena Libura (est. y textos), México: Tecolote-Secretaría de Educación Pública (SEP), 2000.

——————. «Textos nahuas de los informantes indígenas de Sahagún, en 1585», en *Códice Florentino*, Santa Fe: Dibble y Anderson: Florentine Codex, 1950.

——————. *Códice Matritense de la Real Academia de la Historia* (textos en náhuatl de los indígenas informantes de Sahagún), Francisco del Paso y Troncoso (ed. facs.), vol. VIII, Madrid: 1907.

——————. *Códice Ramírez*, Manuel Orozco y Berra (est. cronol.), México: Porrúa, 1987.

Cortés, Hernán. *Cartas de relación*, México: Tomo, 2005.

Davies, Nigel. *Los antiguos reinos de México*, México: FCE, 2004.

Díaz del Castillo, Bernal. *Historia verdadera de la conquista de la Nueva España*, México: Porrúa, 1955.

Durán, fray Diego. *Historia de las Indias de Nueva España*, México: Porrúa, 1967.

Duverger, Christian. *Cortés, la biografía más reveladora*, México: Taurus, 2010.

Escalante Gonzalbo, Pablo. *Los códices*, México: Conaculta, 1997.

Fernández de Echeverría y Veytia, Mariano. *Historia antigua de México*, tomo II, México: Editorial del Valle de México, 1836.

Garibay, Ángel María. *Poesía náhuatl*, tomo II, *Cantares mexicanos*, Manuscrito de la Biblioteca Nacional de México, primera parte (folios 16-26, 31-36, y 7-15), México: UNAM-Instituto de Investigaciones Históricas, 1965.

--------------------. *Teogonía e historia de los mexicanos*, México: Porrúa, 1965.

--------------------. *Llave del náhuatl*, México: Porrúa, 1999.

--------------------. *Panorama literario de los pueblos nahuas*, México: Porrúa, 2001.

Hill Boone, Elizabeth. *Relatos en rojo y negro, historias pictóricas de aztecas y mixtecos*, México: FCE, 2010.

Icazbalceta García, Joaquín. *Documentos para la historia de México*, tomos I y II, México: Porrúa, 1971.

Krickeberg, Walter. *Las antiguas culturas mexicanas*, México: FCE, 1961.

León-Portilla, Miguel. *Visión de los vencidos, relación indígena de la conquista*, México: UNAM [Biblioteca del Estudiante Universitario], 1959.

--------------------. *Los antiguos mexicanos a través de sus crónicas y cantares*, México: FCE, 1961.

--------------------. *Trece poetas del mundo azteca*, México: UNAM-Instituto de Investigaciones Históricas, 1967.

--------------------. *Toltecáyotl, aspectos de la cultura náhuatl*, México: FCE, 1980.

--------------------. *Historia documental de México*, tomo I, México: UNAM, 1984.

--------------------. *Aztecas-mexicas. Desarrollo de una civilización originaria*, México: Algaba, 2005.

--------------------. *El reverso de la conquista*, México: Joaquín Mortiz, 2006.

Longhena, María. *México antiguo. Grandes civilizaciones del pasado*, España: Folio, 2005.

López Austin, Alfredo y Luis Millones. *Dioses del norte, dioses del sur*, México: Era, 2008.

-------------------- y Leonardo López Luján. *Monte Sagrado. Templo Mayor*, México: UNAM-Instituto de Investigaciones Antropológicas-INAH, 2009.

--------------------, Miguel León-Portilla, Felipe Solís y Eduardo Matos Moctezuma. *Dioses del México antiguo*, México: DGE-Antiguo Colegio de San Ildefonso-UNAM-Conaculta-Gobierno del Distrito Federal, 1995.

López de Gómara, Francisco. *La conquista de México*, José Luis Rojas (ed.), Dastin, 2001.

Mann, Charles C. *1491. Una nueva historia de las Américas antes de Colón*, México: Taurus, 2006.

Martínez, José Luis. *Nezahualcóyotl, vida y obra*, México: FCE, 1972.

--------------------. *Hernán Cortés*, México: UNAM-FCE, 1990.

--------------------. *América antigua*, México: SEP, 1976.

Mendieta, Jerónimo. *Historia eclesiástica indiana*, 4 vols., Joaquín García Icazbalceta (ed.), México: Antigua Librería Robredo, 1870.

Miralles, Juan. *Hernán Cortés, inventor de México*, México: Tusquets, 2001.

Molina, fray Alonso de. *Vocabulario en lengua castellana y mexicana, y mexicana y castellana*, México: Porrúa, 1970.

Montell, Jaime. *La conquista de México Tenochtitlan*, México: Porrúa, 2001.

Orozco y Berra, Manuel. *Historia antigua y de las culturas aborígenes de México*, tomo I y II, México: Fuente Cultural, 1880.

--------------------. *La civilización azteca*, México: SEP, 1988.

Piña Chan, Román. *Una visión del México prehispánico*, México: UNAM-Instituto de Investigaciones Históricas, 1967.

Pomar, Juan Bautista. *Relación de Tezcoco, 1582, Joaquín García Icazbalceta*, México: Nueva Colección de Documentos para la Historia de México, 1891.

--------------------. *Arqueología Mexicana*, números 34, 40, 49, 111 y 127.

Romero Vargas Yturbide, Ignacio. *Los gobiernos socialistas de Anáhuac*, México: Sociedad Cultural In Tlilli In Tlapalli, 2000.

Sahagún, fray Bernardino de. *Historia general de las cosas de la Nueva España*, México: Porrúa, 1982.

Solís, Antonio de. *Historia de la conquista de México*, tomos I y II, México: Editorial del Valle de México, 2002.

Tapia, Andrés de. *Relación de la conquista de México*, México: Colofón, 2008.

--------------------. *Tira de la peregrinación*, Joaquín Galarza y Krystyna Magdalena Libura (est. y textos), México: Tecolote-SEP, 1999.

Thomas, Hugh. *La conquista de México*, México: Planeta, 2000.

Torquemada, fray Juan de. *Monarquía indiana*, Miguel León-Portilla (selec., introd. y notas), México: UNAM, 1964.

# ÍNDICE

Sobre esta colección. . . . . . . . . . . . . . . . . . . . . . . . . . . . . . . . . 11

La castellanización del náhuatl. . . . . . . . . . . . . . . . . . . . . . . 13

Moctezuma Xocoyotzin, entre la espada y la cruz . . . . . . . . . . . 15

Cuitláhuac, entre la viruela y la pólvora . . . . . . . . . . . . . . . . 323

Cuauhtémoc, el ocaso del Imperio. . . . . . . . . . . . . . . . . . . . 541

Cronología . . . . . . . . . . . . . . . . . . . . . . . . . . . . . . . . . . . . 733

Tlatoque en orden cronológico. . . . . . . . . . . . . . . . . . . . . . 737

Bibliografía. . . . . . . . . . . . . . . . . . . . . . . . . . . . . . . . . . . . 741

# ÁRBOL GENEALÓGICO

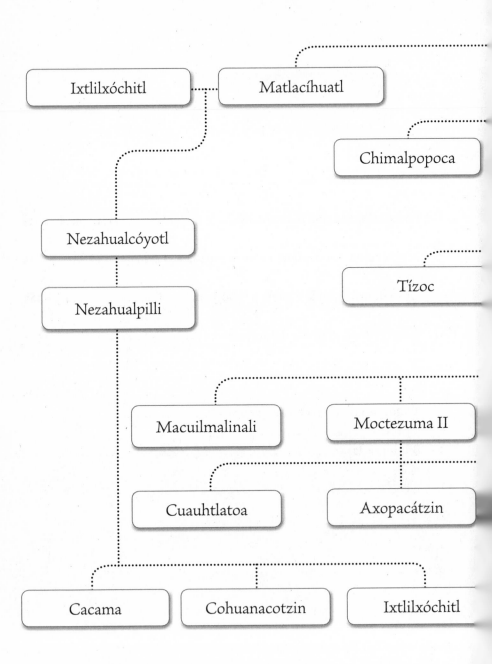

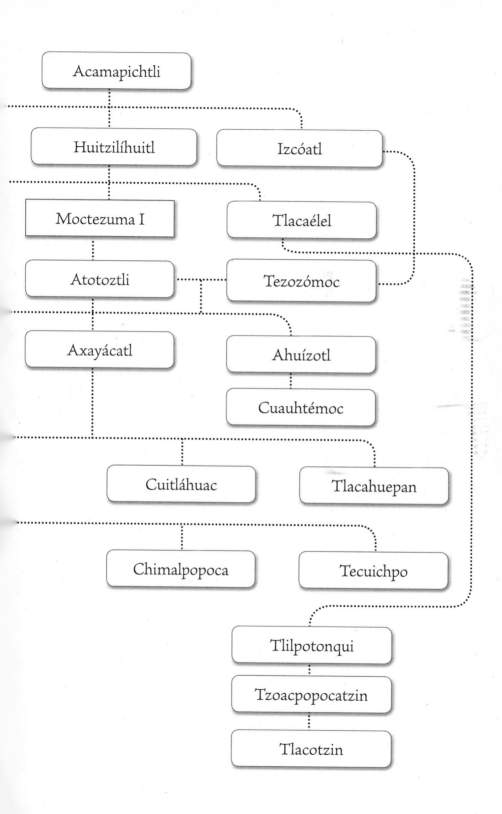